D0592112

RUDOLPH
THE
RED-NOSED
REINDEER®

RUNNING PRESS
PHILADELPHIA · LONDON

Library of Congress Control Number: 2007920073

ISBN-13: 978-0-7624-3098-7
ISBN-10: 0-7624-3098-2

This kit may be ordered by mail from the publisher.
Please include $1.00 for postage and handling.
But try your bookstore first!

Running Press Book Publishers
2300 Chestnut Street
Philadelphia, PA 19103-4371

Visit us on the web!
www.runningpress.com

One springtime in Christmastown, Santa's lead reindeer, Donner, had just become a proud papa. "We'll—we'll call him Rudolph," Donner suggested to his wife.

"Rudolph is a lovely name," she agreed.

The little fawn looked up. But as Rudolph raised his

head, his nose glowed with a bright red light.

"He's . . . he's got a shiny nose!" Rudolph's mother exclaimed. "Well, we'll simply have to overlook it."

"How can you overlook that?" Donner asked. "His beak blinks like a blinkin' beacon!"

Rudolph the Red-Nosed Reindeer

Just then, Santa's jolly laugh echoed in the family's cave. "Ho ho! Well, Donner, where's the new member of the family? After all, if he's going to be on my team someday, he'd better get to know me." Santa walked over and greeted the baby fawn warmly with a pat on the head.

But Rudolph's nose started glowing red again. "Great bouncing icebergs!" Santa exclaimed.

"I'm sure it'll stop as soon as he grows up, Santa," Donner said.

"Well, let's hope so, if he wants to make the sleigh

team someday."

After Santa left, Donner thought about Rudolph's nose problem. "Santa's right. He'll never make the sleigh team. . . . Wait a minute! I've got it! We'll hide Rudolph's nose. Come here, boy. You'll be a normal little buck just like everybody else." Donner

scooped up some mud
with his hoof and covered
Rudolph's nose with it. "A
chip off the old antlers."

Soon, it was right before
Christmas and everybody
was getting ready for the big
sleigh ride on Christmas Eve.
"Hermey! Aren't you finished
painting that yet?" the

frustrated head elf asked a young elf. "There's a pileup a mile wide behind you! What's eating you, boy?"

"Not happy in my work, I guess."

"What?"

"I just don't like to make toys," Hermey explained.

"What?" the head elf

exclaimed. "You don't like
to make toys? Do you mind
telling me what you do
want to do?"

"Well, sir, someday I'd
like to be a dentist," Hermey
answered with excitement.

"A dentist!"

"I've been studying," Hermey said, pulling out his den-

tistry textbook. "It's fascinat-
ing. You've no idea. Molars
and bicuspids and incisors."

"Listen, you! You're an elf,
and elves make toys. Now,
get to work! Finish the job,
or you're fired!"

Meanwhile, Rudolph was
having growing pains, too.
Donner was determined to

keep Rudolph's nose a secret. He handed Rudolph a cover for his nose. "All right, son, try it on."

"Aw, but Daddy, it's not very comfortable." With the cover on his nose, Rudolph sounded funny, like he had a bad cold.

"There are more important things than comfort—like

self-respect. Santa can't object to you now."

A few months later, in April, all the new fawns came out with their folks to be inspected by Santa. Donner had a few last-minute pointers for Rudolph. "Now, don't worry about your nose, son. Just get out there and do your stuff."

With his nose cover on,
Rudolph was bashful, but
another fawn befriended
him. "Hi, my name's Fireball.
Come on. You can be my
buddy."

"Where are we going?"
Rudolph asked.

"To the reindeer games.
Makes antlers grow. Besides,

it's a great way to show off in front of the does," Fireball explained. "Come on!"

During this time, the elves were bustling with activity. Christmas was over, but they still kept busy with lessons in elf improvement. "All out for elf practice!" the head elf called. The elves quickly lined

up in front of Santa and
Mrs. Claus.

"Well, let's get this over
with," Santa said, looking at
his watch. "I have to go down
and look over the new deer."

"Okay, Santa. Let's try out
the new elf song I wrote,"
the head elf instructed
the others. As the elves

sang their cheerful little
song, Santa seemed a little
distracted.

"Hmmm . . . it needs work,"
he said after they'd finished.
"I have to go." He rushed out
the door.

The head elf turned around
and addressed the other
elves. "That sounded terrible!

Rudolph the Red-Nosed Reindeer

The tenor section was weak!"

"Wasn't our fault, boss.
Hermey didn't show up."

While the other elves were
at elf practice, Hermey was in
the workshop, practicing his
dentistry on dolls. Without
warning, the head elf burst
through the door. "Why
weren't you at elf practice?"

"Just fixing these dolls'
teeth," Hermey said.

"Now, listen! We have dolls
that cry, talk, walk, blink, and
run a temperature. We don't
need any chewing dolls!"

"I just thought I found a
way to fit in," Hermey
said sadly.

"You'll never fit in!" the

head elf shouted. "Now, you come to elf practice and learn to wiggle your ears and chuckle warmly and go 'hee hee' and 'ho ho' and important stuff like that. A dentist. Good grief!" The head elf shook his head in disgust and slammed the door behind him.

Hermey started to follow, but stopped. "No, I just can't. It's like he said. I'll never fit in." He picked up his dentistry textbook and climbed out the window. "I guess I'm on my own now."

Meanwhile, Rudolph was still at the reindeer games. "Hey, look! Does!" Fireball pointed out, his tail wagging. "What do you know! One of them likes you."

Rudolph was pleased. "Yeah, Fireball? You really think so?"

Just then, a whistle blew. "Uh-oh. Here comes the coach," Fireball said.

"My name is Comet.

And even though I'm your instructor, I wanna be your pal. Right? Right."

Comet blew his whistle to start the reindeer games. "We all wanna pull Santa's sleigh someday, don't we? So we must learn to fly. Now, who's first to fly?"

Fireball whispered to

Rudolph. "He won't get to us
for a while yet. Now's your
chance to get acquainted
with that doe."

Rudolph walked over to her,
but was too bashful to speak.

"Nice day," she said.

"Yup."

"For takeoff practice, I
mean," the doe continued.

"Yup."

"I bet you'll be the best."

"Aw, I don't know," Rudolph said, turning red.

"Is something wrong with your nose?" the doe asked. "I mean, you talk kind of funny."

"What's so funny about the way I talk?" Rudolph responded defensively.

"Well, don't get angry. I don't mind," the doe said.

"You don't?"

"My name is Clarice."

"Rudolph, you get back here! It's your turn, you know!" Comet called out.

"Gee, I gotta go back," Rudolph told Clarice. "Would you walk home with me?"

Clarice nodded, then whispered, "I think you're cute."

Hearing this, Rudolph bounded away with excitement. "I'm cute! I'm cute! I'm cuuuuute!" And with that, he was flying in the air.

"Magnificent!" Comet declared.

Santa arrived just at that

moment. "Not bad. Not bad at all!"

But as Rudolph celebrated with Fireball, their playful sparring knocked Rudolph's nose cover off.

"For crying out loud!" Fireball said, surprised by the bright light. "Get away from me!"

"Now, now, now. What's this nonsense here, bucks?" Comet asked. "After all— aaaaagggghhhh!"

Everyone gasped as they saw Rudolph's shiny red nose. Then they started making fun of him. "Hey, look at the beak! Hey, fire snoot! Rainbow puss! Bright schnozz!"

"Stop calling me names!" Rudolph demanded.

"Rudolph the Red-Nosed Reindeer!" the other fawns called out, laughing.

Comet blew his whistle to regain order. "All right, all right! Now, yearlings, back to practice. Oh, no, not you," he said to Rudolph. "You better

go home with your folks.
From now on, gang, we
won't let Rudolph join in
any reindeer games."

Rudolph ran away as
Clarice called after him.
"Rudolph?"

"What do you want?"

"You promised to walk
me home."

"Aren't you gonna laugh at my nose, too?" Rudolph asked.

"I think it's a handsome nose. Much better than that silly false one you were wearing, she said."

"It's terrible," Rudolph said. "It's different from everybody else's."

"But that's what makes it

so grand," said Clarice. "Why, any doe would consider herself lucky to be with you."

"Yeah?" Rudolph said, surprised.

Unfortunately, Clarice's father was less understanding. "Clarice! You get back to your cave this instant!"

"Yes, sir," she said,

reluctantly.

"There's one thing I want to make very plain," Clarice's father told Rudolph. "No doe of mine is going to be seen with a red-nosed reindeer!"

After Clarice's father left, Rudolph sat down heavily on the snow. Just then, Hermey popped his head out of the

snow bank next to Rudolph
and looked around.

"Who are you?" Rudolph
asked.

"I am a dentist. Well, I
want to be someday," Hermey
explained. "Right now, I'm
just an elf. But I don't need
anybody. I'm independent."

"Yeah? Me, too!" Rudolph

declared. "I'm . . . whatever you said. Independent."

"Hey, what do you say we both be independent together?" Hermey suggested.

Rudolph was wary. "You wouldn't mind my red nose?"

"Not if you don't mind me being a dentist," Hermey answered.

"It's a deal!"

The two new friends soon began to realize the world was a lot more complicated and dangerous than it seemed when they were snug and warm at home. A loud growl rose above the noise of the howling wind, and Hermey realized they were in grave

danger. "The Abominable.
He must see your nose.
Quick, douse the light."
With Rudolph's nose covered,
they were safe from the
Abominable Snow Monster
for the moment.

As they continued on their
journey, a large man with a
red beard barreled toward

them on a dogsled. "Mush!"
he called to his team of dogs.
"Don't you understand North
Pole talk? Mush!"

"Who are you?" Rudolph
asked.

"The name's Yukon Cornelius, the greatest prospector in the north!" he said
proudly. "Wahoo!" He threw

his pickax up in the air, then picked it up from the ground, sniffed it, and licked the surface. "Nothin'," he said with disappointment.

"Oh, well. I'll give you a lift. Hop aboard, mateys."

But before they could mush, the Abominable Snow Monster came upon them.

"Gadzooks! The Bumble Snow Monster of the North strikes again! Whoopee!" Yukon Cornelius exclaimed.

"It's my nose. It keeps giving us away," Rudolph said.

"Anythin' I hate is a noisy Bumble Snow Monster!" Yukon Cornelius said as the Abominable approached them. "We'll have to outwit the fiend with our superior intelligence."

"How?" Rudolph asked.

"Douse your nose and run like crazy!" Yukon Cornelius replied. "Come on!"

As they ran away, the Abominable Snow Monster chased them. Soon they reached the edge of the ice and could go no further.

"We're trapped! There's no way out. It's my nose again. It's ruined us." Rudolph said with despair.

But Yukon Cornelius wasn't worried. "The Bumble has one weakness, and I know it." Using his pickax, he chopped the surface until the section of ice they were on separated from the main ice shelf. "Do-it-yourself icebergs," he said, twirling his pickax as they floated away from the Abominable.

"Observe: a Bumble's one weakness. A Bumble sinks," he shouted gleefully as the

Abominable fell into the water while trying to follow them, and sank.

"Yukon Cornelius scores again! Whoopee!" Again, he tossed up his pickax, then sniffed and licked it. "Nothin'."

Back at home, Donner felt pretty bad about the way he

had treated Rudolph. He
knew that the only thing to
do was to go out and look for
his little buck. No sooner did
he leave, but Mrs. Donner and
Clarice decided to set out on
their own.

Out on the water, the little
ice boat had run into a pack
of mighty wicked fog. Without

warning, they hit an island.
As they explored, they en-
countered a box. Out popped
a toy dressed like a jester.
"Halt! Who goes there?" the
toy shouted.

"Rudolph and Hermey
and Yukon Cornelius, sir,"
Rudolph replied. "Who
are you?"

"I'm the official sentry of the Island of Misfit Toys."

"A jack-in-the-box for a sentry?" Hermey asked.

"Yes. My name is—"

"Don't tell me. Jack?" Rudolph interrupted.

"No. Charley!" The toy started to cry. "That's why I'm a misfit toy. My name is all

wrong. No child wants to
play with a Charley-in-the-
box, so I had to come here."

"Hey, we're all misfits,
too. Maybe we could stay
here for a while," Rudolph
said eagerly.

"Well, you'd have to get per-
mission from King Moonracer.
He rules here. Every night, he

searches the entire earth.
When he finds a misfit toy—
one that no little girl or
boy loves—he brings it
here to live on this island
till someone wants it,"
Charley explained.

The three travelers went to
the castle to have an audience
with King Moonracer. "We're

misfits from Christmastown
and now we'd like to live
here," Rudolph said.

"No, that would not be
possible," the king said. "This
island is for toys alone."

"How do you like that?
Even among misfits you're
misfits," Yukon Cornelius
protested.

"Unlike playthings, a living creature cannot hide himself on an island. But perhaps, being misfits yourselves, you might help the toys here," the king said.

"Help them?" Rudolph repeated.

"Yes. When someday you return to Christmastown,

would you tell Santa about our homeless toys?" King Moonracer asked. "I'm sure he could find little boys and girls who would be happy with them. A toy is never truly happy until it is loved by a child."

"When and if we ever get back, we'll tell Santa, sir,"

Rudolph promised.

"Good. You are free to spend the night."

That night, in their room, Rudolph, Hermey, and Yukon Cornelius sat in bed, talking. "No, it's all settled. We leave tomorrow together," Hermey said with determination.

"But the Abominable will

see my nose and get us all. I've got to go alone," Rudolph protested.

"Nonsense! It's all for all, and one for . . . I mean, one— one for . . . aw, let's get some shuteye." With that, Yukon Cornelius went to sleep.

"But—"

"It's all settled," Hermey

declared as he turned off the light.

But Rudolph realized that he couldn't endanger his friends' lives anymore. That night he decided to strike out on his own.

"Goodbye, Cornelius. I hope you'll find lots of tinsel. Goodbye, Hermey. Whatever a

dentist is, I hope someday
that you're the greatest,"
Rudolph said as he floated
away on his little block of ice.

Time passed slowly. Rudoph
existed as best he could.
Meanwhile, a strange and
wonderful thing was happen-
ing. Rudolph was growing up,
and that made him realize

you can't run away from
your troubles. Pretty soon,
he knew where he had to
go—home.

"Mom? Pa? I'm home."

"They're gone, Rudolph,"
Santa said, entering the
family's cave. "They've been
gone for months—out looking
for you. I'm very worried.

Christmas Eve is only two days off, and without your father I'll never be able to get my sleigh off the ground."

"I'll find them, sir!" Rudoph said.

Rudolph knew where he had to look—the cave of the Abominable Snow Monster. Once there, he attacked the

Snow Monster with his antlers to save his family, but he was no match for the mighty beast. All hope seemed lost.

Hermey and Yukon Cornelius arrived outside the Snow Monster's cave just in time to help their friend. "What do we do?" Hermey asked Yukon Cornelius.

"I've got an idea. Listen," he said, and whispered the plan in Hermey's ear . . .

As the Abominable Snow Monster prepared to do his worst, Hermey and Yukon Cornelius put their plan into action.

"Are you sure we can get

him to come out here?"
Hermey asked.

Yukon Cornelius was confi-
dent. "Never knew the Bumble Snow Monster yet who
turned down a pork dinner
for deer meat. Do your stuff."
He climbed into place on
the upper rim of the cave
entrance.

Hermey started to make pig noises. "Oink, oink. Oink, oink, oink, oink."

Soon, the Abominable Snow Monster heard Hermey's pig sounds and followed them to the cave entrance, where Yukon Cornelius caused a snow cave-in on him. "Yahooooo!" He dropped a large boulder right on the Bumble's head, knocking him out. "All right, dentist. You take it from here."

At Yukon Cornelius's command, Hermey pulled out his dental tools.

"Let's get out of here," Donner said, but the Abominable Snow Monster had awakened

and let out a growl from the doorway.

"Don't let this big blowhard scare you anymore. Just walk right past him." Hermey stood near the Snow Monster's teeth, which he had pulled out.

The Abominable seemed surprised to find no ferocious

teeth in his mouth.

"I tell you, you're looking at a mighty humble Bumble," Yukon Cornelius said. "See? He's nothing without his choppers. Let me at him. Wahooooo!" He and his dogs advanced on the now-defenseless Snow Monster until it backed over a cliff,

taking Yukon Cornelius
with him.

"Yukon!" Rudolph and
Hermey shouted.

They were all very sad at
the loss of their friend, but
they realized that the best
thing to do was to get back
to the North Pole. When the
residents of Christmastown

heard Rudolph and Hermey's story, they realized they had been hard on the misfits.

Even Santa realized that maybe he had been wrong. "Rudolph, I promise, as soon as this storm lets up, I'll find homes for all those misfit toys."

The head elf also made

amends. "All right, you can open up a dentist's office," he told Hermey. "Next week— after Christmas."

"Come here. Open your mouth," Hermey said.

"Aaaahhhhh . . . "

"Oh, dear," Hermey chided. "I'd better set up an appointment for you a week from Tuesday. Four thirty, sharp!"

"And I'm sorry, too, Rudolph, for the way I acted," Donner told his son.

Suddenly, a loud knock sounded at the door and a voice called, "Open up! Isn't a fit night out for man or beast!"

As two elves opened the large doors of Santa's castle, the snow swirled in. Yukon Cornelius entered, pulling his dogsled, and the Abominable Snow Monster as well.

Everyone gasped in shock and fear.

"Now, calm down. I re-formed this Bumble," Yukon

Cornelius said. "He wants a job. Looky what he can do!"

As everyone watched, the Snow Monster gently placed the star on the top of the Christmas tree.

"But—but you went over the side of the cliff!" Rudolph said in amazement.

"Didn't I ever tell you about

Bumbles?" Yukon Cornelius asked. "Bumbles bounce!"

As good as everyone felt, there was no time to celebrate. The next day was Christmas Eve—the biggest day of the year! As elves worked hard to finish the toys, Santa and Mrs. Claus sat down to dinner. They

were interrupted by one of
the elves. "Latest weather
report, sir."

Santa read through the
report with concern. "Well,
this is it. The storm won't
subside by tonight. We'll
have to cancel Christmas."

"Papa, are you sure?" Mrs.
Claus asked anxiously.

"Everything's grounded! Aw, the poor kids. They've been so good this year, too. But I couldn't chance it."

Santa slowly walked toward the main hall, where elves and reindeer were making the final preparations for the big night. "I've got some bad news, folks," he said. "Christmas is going to be canceled."

The crowd murmured
in disbelief.

"There's nothing I can do.
This weather . . . " Santa
winced as Rudolph's nose
started glowing brightly.
"Rudolph, please! Could you
tone it down a bit? I mean,
that nose of yours . . .

that nose! That beautiful,
wonderful nose!"

"Huh?" Rudolph said,
confused.

"Christmas is not off. And
you're going to lead my team!
You and that wonderful nose
of yours!" Santa declared
with glee.

"My nose, sir?"

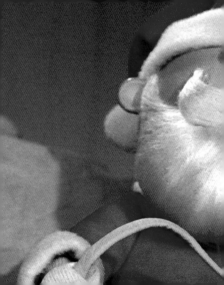

"From what I see now, that'll cut through the murkiest storm they can dish up! Will you help?"

"It will be an honor, sir!" Rudolph said proudly.

The elves packed the sleigh full of toys as the reindeer took their places, with Rudolph in the lead position.

"Ready, Rudolph?"
Santa asked.

"Ready, Santa!"

"Well, let's be on our way.
Okay, Rudolph. Full power!
First stop, the Island of Misfit
Toys."

On the Island of Misfit
Toys, the Charley-in-the-box
and two other misfit toys

were sitting around a campfire. "Well, it's Christmas Eve, but—" Charley started.

"Looks like we're forgotten again," finished the spotted elephant.

"But Rudolph promised we'd go this time," the rag doll said sadly.

"I guess the storm was too

much for them," Charley
replied, holding back sobs.
"Might as well go to bed
and start dreaming about
next year."

The elephant heard some-
thing. "Wait a minute. What's
that? Is it—"

"It sure is! It's Santa!"
Charley jumped for joy. "And

look, Rudolph is leading the way!"

"You can see his nose from here!" the rag doll added.

All the misfit toys gathered. As Santa's sleigh landed they hopped aboard. "Well, let's be on our way," Santa said. "Ready, Rudolph?"

"Ready, Santa!"

"Okay, Rudolph! Full
power!"

Rudolph's nose glowed
brightly as the sleigh climbed
high into the sky once again.
As Santa delivered toys to
all the good children of the
world that night—thanks
to Rudolph the Red-Nosed
Reindeer—he called out

cheerfully, for all to hear
"Merry Christmas! Merry
Christmas!"

LE RÉVEIL

DE L'INTUITION

MONA LISA SCHULZ

LE RÉVEIL
DE L'INTUITION

Le réseau corps-esprit à l'œuvre
dans la guidance et la guérison

Avant-propos du Dr Christiane Northrup

TRADUIT DE L'ANGLAIS
PAR ALAIN ET MÉLISSA CHANNEL

Titre original :
AWAKENING INTUITION
Publié par Harmony Books, Crown Publishers, Inc.

À tous mes mentors
– médecins, scientifiques
et médecins intuitifs –, qui m'ont aidée à guérir,
qui m'ont généreusement enseigné tout
ce qu'ils savaient et qui m'ont affectueusement
poussée hors du nid afin que
j'accomplisse ce que j'étais
supposée réaliser.

REMERCIEMENTS

Vous ne tiendriez pas ce livre entre vos mains en ce moment si de nombreux individus n'avaient participé à sa réalisation. Personne ne crée seul. L'œuf a besoin du sperme, Rocky a eu besoin de Bullwinckle et j'ai moi-même eu besoin de beaucoup d'aide pour écrire ce livre. Dans cet esprit, je tiens donc à remercier :

Ma famille, d'avoir introduit dans ma vie les défis qui m'ont amenée à devenir une physicienne, une scientifique et un médecin intuitif.

Le personnel enseignant de l'Université Brown et de l'Université de Boston de m'avoir donné l'opportunité de façonner et de développer mon intellect.

Margaret Naeser, Ph.D., Deepak Pandya, médecin, Edith Kaplan, Ph.D., Norman Geschwind, médecin, et Marcel Mesulam, également médecin, dont le travail collectif m'a permis d'appréhender le cerveau et l'esprit en tant que neuroscientifique. Ils m'ont appris comment les émotions, la mémoire, le langage et le comportement sont créés, à l'origine, dans le cerveau aussi bien que dans l'intellect.

Le Dr George McNeil ainsi que les autres médecins, les infirmières, les assistantes sociales, les ergothérapeutes et les secrétaires du Service psychiatrique du Maine

Medical Center, qui ont fait pousser dans mon cerveau et dans mon cœur les germes nécessaires pour devenir neuropsychiatre.

Mes remerciements aussi aux bibliothécaires du Maine Medical Center. Merci à Judy Barrington, illustratrice dans le domaine médical, qui m'a aidée à définir le contenu de ce livre par l'ajout de dessins. Merci à Mary Romano pour son travail de secrétariat en psychothérapie. Merci également à Marjorie Phyfe-Diane Boyce-Joyce Perry, qui travaillent ensemble dans une telle harmonie que même leurs noms sont reliés par des traits d'union. Ces femmes mettent leur génie au service des patients les plus perturbés afin de leur permettre de retrouver une vie équilibrée.

Les médecins qui m'ont aidée à guérir – le Dr John Hall (qui m'a rendue forte), le Dr Lee Thibideau (qui a rendu mes idées cohérentes), le Dr Flaherty (qui m'a aidée à ne pas dévier de mes objectifs), le Dr Christiane Northrup (qui m'a appris à persévérer) et le Dr Jean Matheson (qui a réveillé ma conscience). Merci à Fern Tsao (qui m'a « aiguillonnée »), une experte en acupuncture qui mesure environ un mètre cinquante et doit peser quarante kilos « toute mouillée », et dont la force yin aurait de quoi intimider les âmes sensibles. Merci à Bea Riordan qui a écouté mes pleurs, en tête à tête et au téléphone, et qui m'a appris à accepter l'aide d'autrui et à m'aider moi-même.

Ruth Buczynski, Ph.D., de m'avoir donné l'opportunité de prendre la parole lors de ses remarquables conférences, même après que les médias m'eurent décrite comme « une personne qui s'exprime d'une drôle de façon » et comme un « cauchemar audiovisuel avec un défaut d'élocution ». Merci à toutes les personnes de Hay House de m'avoir permis de m'exprimer aux Ateliers pour l'avancement des femmes. Les gens qui assistent à ces soirées sont extraordinaires, et les dî-

ners qui suivent les conférences sont toujours exceptionnels.

Gina, pour sa fabuleuse cuisine et sa chaleur typiquement italienne et méditerranéenne. Joanne Arnold,
pour sa technique d'utilisation des haltères visant à
soulager les personnes souffrant de la colonne vertébrale. Cette femme obtient de merveilleux résultats
avec ce système très simple. Je suis également reconnaissante à Mary Noyes, véritable génie des affaires
dissimulé sous une tenue de sport grand luxe. Ses plai-
santeries polies et ses bons mots cachent en réalité un
cœur d'or. Merci à Jean Doane d'avoir à la fois compris
et accepté et ma situation financière peu ordinaire et
mon talent unique pour égarer dans mon ordinateur
les formulaires de relance concernant mes cotisations
en retard. Sans oublier Loretta Laroche, dont les
coups d'œil comiques lancés par-dessus les têtes dans
les salles bondées de monde m'ont presque fait mourir
de rire.

Les deux taupes rousses (ainsi qu'une brune à lunettes) qui ont lu mon manuscrit en cachette et m'ont vivement encouragée lorsque j'en avais le plus besoin.

Zofia Smardz, qui m'a offert l'hémisphère gauche de
son cerveau, car le mien est minuscule. Sans son incroyable capacité à retranscrire mes idées sur une page
de papier, ce livre ne serait qu'une longue phrase sans
fin, illustrée de nombreux dessins et diagrammes.

Diane Grover, qui m'a fait profiter de ses lobes frontaux, car les miens ne sont pas très développés non plus.
Elle sait parfaitement tout organiser et planifier. Elle
tient mon agenda avec précision, me dit où et quand
me rendre quelque part et m'indique la façon de me
comporter lorsque je suis en société.

Charlie Grover, le mari de Diane, qui s'occupe de tous
les autres aspects de ma vie à partir de chez moi… enfin
presque !

Winter Robinson, qui m'a fait découvrir la médecine intuitive. Je tiens aussi à exprimer ma reconnaissance à Louise Hay, qui enseigne à présent la médecine psychosomatique et la médecine intuitive, après avoir appris tout ce qu'elle sait par ses propres moyens, sans jamais avoir eu recours à une bourse d'études !

Caroline Myss, Ph.D., pour son humour, son intelligence et sa ténacité. Elle fut mon mentor et d'une présence assidue durant mon « apprentissage » en médecine intuitive. Elle m'a également généreusement aidée à participer à l'émission télévisée *Oprah Winfrey Show*. Je suis sincèrement reconnaissante d'avoir eu comme enseignante l'un des pionniers de la médecine énergétique.

Merci à Muriel Nellis, mon agent, et la marraine littéraire qui sait faire disparaître les problèmes d'un coup de baguette magique. Son amour, sa candeur et son humour m'ont aidée à suivre la bonne direction.

À Joan Borysenko. Ph.D. Nous nous sommes rencontrées à l'occasion de l'un des dîners conférences de Ruth et nous nous sommes rapidement rendu compte que nous partagions la même délectation à décortiquer les cerveaux de rats en laboratoire. Lorsque je lui offris de réaliser de la recherche pour son remarquable ouvrage *A Woman's Book of Life* (Riverhead, 1997), elle a insisté pour que j'écrive plutôt mon propre livre et m'a immédiatement tendu le téléphone pour que je passe, sans attendre, le premier coup de fil à cet effet.

Ma profonde gratitude à Leslie Meredith, mon éditrice aux éditions Harmony Books du groupe Crown Publishing. Elle a accepté mon livre en disant qu'il avait quelque chose de « spécial », alors qu'il ne m'apparaissait encore que comme la simple histoire d'une mante religieuse. Il s'agit là d'une intuition ou d'un coup de tête, ou peut-être des deux. Quoi qu'il en soit, ce que cette femme est capable d'accomplir, avec un crayon et un manuscrit, entre deux bouchées de cuisine italienne, force l'admiration.

Annie et Kate, les enfants de Chris. Ils m'ont permis de me débarrasser de mon complexe parental par procuration. J'ai passé de nombreuses et agréables soirées à rédiger un bulletin de nouvelles dans une Mazda MPV, avec Chris, tout en conduisant les enfants à un entraînement de football, à une répétition de théâtre ou à un match de tennis. La vie de banlieue, simple et équilibrée, mais à prix d'or !...

J'ai énormément de gratitude, d'affection et de respect pour Chris Northrup. Lorsque je l'ai rencontrée, la première chose qu'elle m'a dite fut : « J'ai besoin de toi pour... » Paradoxalement, cette femme s'est avérée pour *moi* une aide incommensurable. Elle m'a enseigné tout ce qu'elle sait sur la santé des femmes, la gynécologie, l'obstétrique, la nutrition, le féminisme, la politique (même lorsque je simulais l'ennui) et l'art de parler en public. Bien que moi-même titulaire d'un doctorat en neuroscience du comportement et ayant étudié de façon approfondie le cerveau et l'esprit, elle m'a appris que l'utérus dispose de sa propre conscience. C'est une vraie scientifique, dans le sens esthétique du terme. Avec cette femme, j'ai ri, pleuré, crié, perdu et gagné ; j'ai appris, puis j'ai créé. Elle m'a présenté mon éditrice et m'a aidée à rencontrer mon agent. Elle a rédigé mon Avant-propos et m'a poussée à écrire dans ce livre des choses qui me semblaient sans importance ou que je n'osais y faire figurer. Ensemble, nous avons bu de nombreux cappuccinos, partagé bien des repas et provoqué plusieurs manifestations publiques quelque peu provocatrices... Avant de la rencontrer, je réalisais toujours mes travaux de recherches et de créations en solitaire, car cela me semblait plus simple et plus sûr. Cependant, elle m'a fait comprendre qu'une association solide peut être bâtie entre deux êtres intelligents,

11

déterminés, opiniâtres, sensibles et qui savent rire de bon cœur.

Enfin, Emily et Dina, mes chats, qui sont toujours à mes côtés. Ils miaulent de mécontentement lorsque je travaille à un texte ardu, soufflent et crachent lorsque quelqu'un qui ne leur semble pas bénéfique pour moi franchit le seuil de ma porte, et ronronnent de plaisir dès qu'une personne aux vibrations positives entre chez moi. Ils font partie intégrante de mon intuition.

SOMMAIRE

AVANT-PROPOS

par le Dr Christiane Northrup

Je fais de la recherche en association avec le Dr Mona Lisa Schulz depuis maintenant plus de cinq ans. Bien qu'étant à l'origine son mentor, alors qu'elle n'était encore qu'une étudiante désireuse de tout savoir sur l'obstétrique, la gynécologie et la santé chez la femme, notre relation élève-professeur s'est vite transformée en partenariat professionnel.

Ensemble, nous avons passé des heures entières à rire, à nous moquer l'une de l'autre, à crier l'une après l'autre et à finir par développer toutes sortes d'idées nouvelles qui nous surprenaient et nous ravissaient toutes deux. L'âpreté des discussions qui nous ont menées à ces diverses inspirations et découvertes scientifiques – et le degré d'entêtement qui nous caractérisait alors – ont dû paraître bien effrayants aux plus émotifs. Ce fut d'ailleurs le cas pour mes enfants, lorsque ces derniers étaient plus jeunes. En effet, avant l'apparition de Mona Lisa dans ma vie, ils n'avaient jamais vu deux femmes adultes s'époumoner avec autant d'esprit, d'intuition et de passion.

À l'occasion de l'une de ces fameuses discussions, l'été précédant la publication de cet ouvrage, alors que le titre n'avait pas encore été choisi, j'étais au téléphone avec Mona Lisa et notre « directrice des opérations », Diane Grover. Nous étions en train de peaufiner et de préciser les bases de notre relation professionnelle, et Mona Lisa, avec sa véhémence coutumière, réclamait de Diane et de moi-même que nous assumions des charges supplémentaires. La conversation dégénéra, et nous nous sommes mises en colère contre Mona Lisa. Nous réalisâmes alors que sa perspicacité intuitive, alliée à sa force de caractère, nous effrayait quelque peu. Comme à diverses occasions par le passé, nous sentions confusément que nous n'aurions pas gain de cause. Comme d'habitude, nous avons tenu bon, puis nous avons réussi à surmonter notre désaccord. Et, comme d'habitude, Mona Lisa avait mis le doigt sur nos peurs et nos faiblesses à toutes les trois, avec précision et lucidité. Je reconnus ma propre force, ma véhémence, ma peur et pris conscience que cela se traduisait chez moi par une réaction plus intérieure (et cardio-vasculaire) que chez Mona Lisa. De son côté, Diane admit que ses craintes se concrétisaient dans son ventre chaque fois qu'elle se sentait prisonnière et prise à partie. Et comme toujours, à force de persévérance, nous avons individuellement et collectivement permis à nos rapports de devenir encore plus étroits. Et je compris mieux alors le monde magique de la médecine intuitive et la façon dont elle influence notre vie quotidienne.

Voici ce qui s'est passé. Le matin d'été de cette fameuse discussion, j'allai avec Diane dans mon jardin, chacune avec son propre cellulaire. Ce jour-là, Mona Lisa travaillait aux urgences à l'hôpital, et nous avions toutes des différends à régler les unes avec les autres. Nous décidâmes de nous mettre en conférence téléphonique à trois et d'en finir une bonne fois pour toutes. La matinée était déjà chaude, et je remarquai que l'herbe que je foulais de mes pieds nus était sèche. L'intensité de notre conversation et l'herbe sèche me firent penser à l'énergie primaire et purificatrice des éclairs. J'avais d'ailleurs suggéré, la semaine précédente, que le mot « éclair » soit inclus dans le titre du livre de Mona Lisa. En effet, son énergie et sa sensibilité intuitive sont aussi rapides que l'éclair, et sa seule présence peut provoquer des situations « électriques » lorsque ses émotions sont trop intenses.

Alors que je donnais des coups de pied dans l'herbe et que je ressassais ce concept d'éclairs dans ma tête, je remarquai que Diane, le téléphone à la main, s'était aventurée dans une partie boisée de ma propriété où l'herbe était haute… le genre de coin qu'elle évite toujours systématiquement à cause de sa phobie des serpents. Mais, imperturbable, la voilà qui se décidait à affronter sa crainte d'être prise au piège, tout en ramassant de vieilles branches de bois et en les lançant par-dessus le talus, un peu comme un nettoyage de jardin et un nettoyage psychologique simultanés. Ou bien encore, si vous préférez, comme une confrontation avec des démons intimes tout en s'engageant sans aucune crainte sur le territoire de démons extérieurs.

Alors que la véhémence de notre conversation atteignait son point culminant, puis commençait à décroître, cette vision d'éclairs m'obsédait toujours. Bien qu'absorbée par l'évolution de notre discussion et le nouveau seuil de compréhension auquel nous étions parvenues, une partie de mon cerveau ne cessait de penser à l'énergie et aux conséquences des éclairs, et je cherchais un moyen d'intégrer cette énergie très particulière de Mona Lisa dans le titre du livre. C'est alors que je me suis souvenue des séquoias qui poussent dans l'ouest des États-Unis et dont les graines ont besoin de chaleur intense pour pouvoir faire exploser leurs coquilles et germer ensuite. La chaleur indispensable à ce processus provient des feux de forêts provoqués naturellement par la foudre, qui produit l'explosion d'énergie suffisante pour réveiller les graines endormies.

En osant ainsi nous aventurer dans le feu provoqué par la foudre de Mona Lisa, nous avons toutes les trois réussi à briser une vieille coquille et découvert de nouvelles graines qui allaient pouvoir germer en nous-mêmes et au sein de notre relation. Plus tard ce jour-là, j'ai réalisé à quel point le titre de cet ouvrage, *Le Réveil de l'intuition, le réseau corps-esprit à l'œuvre dans la guidance et la guérison*, est approprié. Et une fois de plus, j'ai compris que j'avais rempli mon rôle d'obstétricienne-sage-femme en participant à une nouvelle naissance.

En lisant cet ouvrage et en laissant la foudre créatrice du Dr Schulz briser la coquille résistante de vos propres graines, vous pourrez, vous aussi, guérir, grandir et revivre. Résistez à la tentation de tout laisser tomber lorsque son contenu deviendra trop brûlant. N'oubliez pas que l'univers a commencé avec le big bang – une explosion de lumière et de chaleur. Les grands principes qui régissent le monde d'aujourd'hui n'ont pas beaucoup changé avec le temps. Ce qui est neuf et excitant a quelquefois besoin de lumière et de chaleur pour se révéler.

*Si les seuils de perception
étaient purifiés,
toute chose apparaîtrait à l'homme
telle qu'elle est en réalité, infinie.*

William BLAKE

INTRODUCTION

Je suis un médecin qui pratique également la médecine intuitive. Je donne des consultations intuitives
par téléphone. Une personne m'appelle et me communique son nom et son âge, rien de plus. Puis, sans avoir
jamais rencontré la personne en question, je donne
une consultation « longue distance ». Je distingue, simultanément, la condition physique du patient et son
état émotionnel, et lui explique de quelle façon ces
deux facteurs sont reliés. Invariablement, lorsque j'ai
terminé, les patients réagissent de deux manières. Certains suffoquent de surprise et disent : « Comment
vais-je faire ? Je ne pourrai jamais y arriver. Je n'ai
aucune intuition. » Les autres, froidement, répondent
tout net : « Je savais déjà tout cela. » Bien que, intuitivement, ils aient connaissance de ce phénomène, ils
n'y croyaient pas, ou ne l'admettaient pas ou ne
l'exprimaient pas, jusqu'à ce que moi, une parfaite
étrangère à leurs yeux, je le leur explique, de façon im-
personnelle.

C'est ainsi que les choses se déroulent habituellement. De nombreuses personnes pensent n'avoir
aucune intuition ou bien ne croient pas du tout à sa
réalité. De ce fait, elles ne font pas confiance à cette

intuition qui réside en elles, leur vie durant. On me demande fréquemment : « Croyez-vous vraiment que l'intuition existe ? » Me poser une telle question revient à me demander si je crois aux vertus de la vitamine C ou à l'existence d'Hawaï. Je ne suis jamais allée à Hawaï. Je ne sais pas non plus comment fonctionne précisément la vitamine C. Mais je suis convaincue de leur réalité. En ce qui concerne l'intuition, je ne crois pas seulement qu'elle existe. Je sais qu'elle existe. Et contrairement au mythe largement répandu, elle n'est pas seulement l'apanage de quelques individus privilégiés qui seraient dotés de je ne sais quel extraordinaire pouvoir divin. L'intuition n'est rien d'autre qu'un sens supplémentaire que nous possédons tous. Nous sommes tous des intuitifs.

J'admets qu'accepter d'agir en fonction de notre intuition peut réclamer une bonne dose de foi et de confiance – de la même façon que nous avons cru sincèrement que Neil Armstrong et les autres astronautes avaient réellement marché sur la Lune. Cela requiert de notre part la mise de côté provisoire de notre incrédulité foncière. De nombreuses personnes, peut-être même la plupart, doivent d'abord expérimenter le processus intuitif et ressentir la sensation étrange qui l'accompagne, avant de commencer à utiliser l'intuition de façon systématique dans leur vie. Apprendre à déchiffrer le langage personnel et magnifique de votre intuition peut améliorer considérablement votre santé et votre vie en vous rendant plus heureux. Car l'intuition, c'est précisément ceci : un langage exceptionnel créé à la fois par le cerveau et par le corps, et destiné à augmenter notre discernement et la compréhension de notre passé afin de nous fournir des solutions pour l'avenir et nous aider à rendre notre vie plus intense et plus agréable.

Voici ce que ce livre vous révélera : Si vous possédez un corps et un cerveau, si vous avez des souvenirs, si vous dormez la nuit (ou à n'importe quel autre moment), par définition, vous devez être – vous êtes – intuitif.

Et, plus important surtout, vous pouvez utiliser votre intuition afin d'améliorer votre santé et rendre votre vie plus agréable.

Lorsqu'un événement significatif survient dans notre vie, cette expérience émotionnellement chargée est enregistrée et codée dans notre cerveau. Nous n'aurons probablement aucune conscience de la portée réelle de cette expérience. Cependant, en s'ajoutant à d'autres souvenirs émotionnellement chargés, elle influencera chacun de nos actes futurs, qu'il s'agisse de choisir notre compagnon ou notre carrière professionnelle. En faisant appel aux souvenirs stockés dans notre cerveau, nous sommes en mesure de comprendre parfaitement de quelle manière le passé influence en permanence notre esprit conscient et la réalité dans nos actions quotidiennes.

Nous possédons d'autres souvenirs que ceux stockés dans notre cerveau. Des souvenirs et des expériences, ainsi que les émotions qui leur sont associées, sont aussi codés systématiquement au sein des tissus de chacun de nos organes. Ces souvenirs, ces émotions nous parlent, non par le biais du processus rationnel, mais par l'intermédiaire des symptômes et des maladies de nos organes physiologiques. Un nombre important d'études scientifiques ont mis en évidence le fait que certains profils émotionnels et psychologiques sont associés à des maladies d'organes spécifiques ; d'autres études font ressortir le lien existant entre des souvenirs et des émotions précises et certains dysfonctionnements d'organes, comme le cancer du sein, les affections coronariennes ou la maladie de Parkinson.

Nos esprits cartésiens éprouvent quelques difficultés à comprendre comment certains souvenirs ou expériences pénibles peuvent provoquer douleurs et maladies dans notre vie. La médecine traditionnelle ou alternative et la psychothérapie se révèlent souvent impuissantes à soulager les personnes malades ou qui souffrent. La clé de la guérison se trouve dans l'inconscient. Si nous arrivons à prendre conscience des souvenirs entreposés dans notre corps et à nous les remémorer, nous pourrons obtenir une compréhension différente et irrationnelle de la façon dont le passé influence notre vie présente, nos actions et notre esprit conscient. Nous pouvons parvenir à ce résultat si nous apprenons à nous brancher sur ce que j'appelle le réseau de l'intuition, afin de nous aider à imaginer et à créer une existence plus saine, au lieu de permettre aux vieux souvenirs et aux anciens schémas comportementaux de continuer à créer de pénibles expériences.

Je souhaiterais pouvoir dire que j'ai découvert la relation existant entre les souvenirs, les rêves, l'intuition et la guérison lors de cours suivis dans un collège ou, mieux encore, sous l'inspiration divine. Cependant, le destin a voulu que je décèle cette relation par le biais d'une maladie, comme, j'en suis convaincue, la plupart des gens.

J'ai toujours été intuitive, mais je n'ai pas toujours souhaité l'être. La prise de conscience de cette faculté remonte à ma plus tendre enfance. Chaque soir après le repas, mon père faisait réciter les tables de multiplication à ma sœur aînée. Lorsqu'elle se trompait, je lui soufflais la réponse exacte, bien que je ne fusse, à l'époque, âgée que de cinq ans. Mon père, étonné, tournait son regard vers moi et me demandait comment je connaissais la bonne réponse. « J'ai deviné », lui répondais-je. L'incrédulité qui se peignait sur son visage me contrariait. Assez rapidement, je commençai à associer devinette et désapprobation. Je réalisai alors que mes parents étaient beaucoup plus enclins à mettre mon remarquable talent sur le compte d'une faculté mentale particulière.

Ainsi, depuis mon plus jeune âge, j'ai reçu le message que la plupart d'entre nous reçoivent, selon lequel l'intuition est néfaste et l'intelligence, bienfaisante. L'intuition est suspecte ; l'intelligence est reconnue.

Ce message fut, sans aucun doute, encore renforcé lorsque mes parents, inquiets du fait que je n'étais pas normale, me firent passer un test psychologique à l'âge de sept ans. Bien que ce test ait été satisfaisant, il m'apparut clairement que je devais mettre mon intuition de côté et faire tout mon possible pour devenir « normale ». C'est ce que j'entrepris alors. Durant mes quatre premières années de scolarité, les résultats ne furent guère encourageants. Je « séchais » lamentablement sur les mêmes problèmes de maths que je solutionnais intuitivement quelques années auparavant pour le compte de ma sœur et restais travailler à la maison pendant les congés, alors que mes camarades jouaient dehors. Néanmoins, je ne baissai pas les bras. Je fis de gros efforts afin d'utiliser les ressources de mon intelligence et, en cinquième (grâce, peut-être, à certaines prières ferventes faites l'été précédent), le déclic se produisit. Mes professeurs informèrent mes parents, ravis, que j'étais la première de ma classe et que j'allais être dirigée vers un cycle supérieur.

J'avais appris que l'on n'obtient rien par intuition, mais tout grâce au cerveau. À partir de cet instant, je développai ma réflexion et réprimai mon intuition. N'ayant jamais fait les choses à moitié, je travaillai si dur que je pus passer ma licence, puis mon doctorat. Vous ne serez guère étonnés d'apprendre que ma thèse de doctorat traita de neuroanatomie et de neuroscience du comportement – l'étude du cerveau et de l'intelligence, ce bon vieux système pour connaître et apprendre.

Cependant, alors que j'accumulais titres et diplômes sur mon curriculum vitæ, je vécus une expérience qui m'ouvrit progressivement les yeux et me fit comprendre que mon cerveau et mon intelligence ne pourraient plus me faire progresser davantage. Au cours de ma troisième année à l'Université Brown, je fus atteinte d'une anomalie du cerveau que l'on diagnostiqua comme une narcolepsie, une affection au cours de laquelle le cerveau reçoit le signal de dormir et de rêver instantanément, et le transmet aussitôt à l'organisme. En d'autres termes, vous vous assoupissez subitement, où que vous soyez, quoi que vous fassiez, sous la douche ou en faisant vos courses au supermarché. Bien que je me sois endormie dans des endroits étranges et à des moments curieux tout au long de mon existence, j'avais appris à vivre avec ce problème et à le dissimuler dans une certaine mesure. J'avais maîtrisé l'art de reconstituer rapidement, dès mon réveil, tout ce qui s'était déroulé durant mon « absence ». Par exemple, j'avais appris à faire particulièrement attention aux conversations durant les dîners auxquels j'assistais, de façon à pouvoir en retrouver le fil au cas où je me serais assoupie devant mon assiette pendant une minute ou deux. J'allais voir le même film trois ou quatre fois afin d'être certaine de le voir intégralement. (Je vis *Amadeus* quatre fois avant de me rendre compte que Mozart avait vécu une vie bien malheureuse.) Je m'endormis en plein milieu de mon premier rendez-vous galant ! Je pouvais m'endormir debout, assise et même en marchant. Ma vie n'était qu'une répétition permanente de la fameuse scène du *Magicien d'Oz* au cours de laquelle Dorothy, le Lion et Toto, courant dans un champ de coquelicots, tombent par terre et sont saisis d'une irrépressible envie de dormir.

Pendant un certain temps, je fus capable de dissimuler ce problème. Je me disais qu'il ne s'agissait là que de fatigue et que les gens qui me connaissaient apprendraient à faire fi de cette particularité. J'étais persuadée de maîtriser tout à fait la situation, mais le stress provoqué par mes études intensifiait mon problème de sommeil, ce qui effrayait mon entourage. Je ne connaissais aucun autre moyen pour mener une vie normale, mais une camarade de chambre me suggéra de chercher de l'aide lorsqu'elle me vit m'endormir au cours d'une mise en forme sur un vélo d'exercice. Je m'endormais toujours plus fréquemment et de plus en plus longtemps. Je ne pouvais plus dissimuler davantage ce qui se passait. Mon intellect devenait de moins en moins capable de contrôler un processus apparemment issu de quelque recoin non rationnel et non intellectuel de mon cerveau. Finalement, je décidai d'aller consulter un médecin. À la suite du diagnostic décelant un trouble du sommeil apparenté à une narcolepsie, je subis divers tests médicaux qui eurent pour effet secondaire de brouiller mes idées. Il me devint très difficile de me concentrer, de lire, d'écrire. Pour la première fois de ma vie, je ne pouvais plus compter uniquement sur mon intelligence pour survivre. La seule chose sur laquelle je m'appuyais et que j'avais tant contribué à développer n'était plus en mesure de diriger ma vie.

Je devais revenir à la devinette.

À l'intuition.

Je pris un congé de maladie, partis m'installer à Boston et acceptai une situation dans un laboratoire de recherches. Je savais qu'il me serait difficile de suivre les diverses opérations des expériences que nous allions mener, mais je m'imaginais que je pourrais m'en sortir. Je n'aurais qu'à suivre mon intuition.

De fait, j'acquis rapidement, au laboratoire, la réputation d'une personne très intuitive. Mon patron apprit très vite à capitaliser cette qualité. Il se rendit compte que même s'il égarait un dossier quelque part dans le labo, je pouvais invariablement lui indiquer où il se trouvait. Pourtant, il est une circonstance où mon talent ne lui sembla pas aussi gratifiant. Nous organisions régulièrement des concours de pronostics de football au laboratoire. Chaque vendredi, nous tenions des paris sur les matches du week-end. Mes connaissances en matière de football étaient nulles, et chacun le savait. Cependant, je gagnais si souvent que mes collègues m'exclurent du concours. Je pense que le jour où leurs nerfs lâchèrent fut celui où je misai sur l'équipe de Green Bay, qui avait une chance sur onze de gagner, et qui, finalement, l'emporta par six points contre Dallas, le champion en titre du moment. « Comment avez-vous pu deviner cela ? » me demanda aigrement mon patron en me remettant les cinquante dollars que j'avais gagnés.

Nous nous réconciliâmes pourtant rapidement. Nous rencontrions des difficultés au cours d'une expérimentation que nous menions. Nous tentions de créer artificiellement des microbes de blennorragie appelés liposomes. Quoi que nous fassions, les cellules fuyaient telles des passoires. Mon supérieur était contrarié et s'impatientait. Un jour, il surgit et se pencha sur mon plan de travail, les veines saillant sur ses tempes. Pointant son doigt dans ma direction, il me demanda brutalement : « Que comptez-vous faire à propos de cela ? »

Je levai les yeux vers lui et lui lançai : « Nous allons essayer les alpha-glucosides ! » en me demandant simultanément ce que pouvaient bien être les alpha-glucosides, quels pouvaient être leurs effets et, par-dessus tout, d'où me venait cette idée saugrenue !

Apparemment, mon patron se posait la même question. Il me jeta un regard empreint de scepticisme.

« Quels en seront les effets ? » demanda-t-il. « D'où vous vient cette idée ? »

Je lui demandai de me laisser un peu de temps afin de lui établir un compte rendu expérimental détaillé qui répondrait à toutes ses questions et à beaucoup d'autres, qui pourraient éventuellement surgir. Je me dirigeai aussitôt vers une bibliothèque et commençai mes recherches sur les alpha-glucosides. Après avoir consulté divers ouvrages de référence, je découvris comment cette enzyme pouvait être utilisée pour créer artificiellement des cellules blennorragiques qui ne soient pas poreuses. Je fis un essai au labo, et cela marcha ! Quelques mois plus tard, la même année, je fis une communication sur ce sujet lors d'une conférence scientifique.

Mon patron fut transporté de joie par mon succès. Bien que ravie moi-même, j'étais assaillie de questions. Je me demandais toujours d'où provenait la solution de ce problème. Quelle était la source de cette connaissance intuitive ? Mais, une fois encore, au lieu de laisser mon intuition m'apporter les réponses satisfaisantes, je la refoulai.

Bien que mes crises d'endormissement aient continué durant mon travail au labo, j'avais appris à m'appuyer sur mon intuition lorsque mon intellect était inaccessible. Puis vint le jour où mes médecins m'offrirent un médicament qui enraya totalement mes crises. J'étais folle de joie, et ma vie redevint normale. Je pus, à nouveau, lire et écrire. Je pus, à nouveau, me concentrer. J'étais en mesure de ne plus me soucier de mon intuition et de recommencer à utiliser mon intelligence. Je pouvais revenir à des moyens « normaux » de réflexion. Le mot clé, bien entendu, est « normal ». Je pensais que l'intuition était une réponse compensatrice à une maladie. La maladie n'étant pas « normale », l'intuition ne pouvait l'être non plus. Et j'étais déterminée, envers et contre tous, à être une personne normale.

Je revins à l'Université Brown. Ma moyenne était passée de 2,22 à 4, et je me délectais de mes succès intellectuels. Tout ce temps, je tournais le dos au merveilleux don que la maladie m'avait offert, la révélation qu'il existait dans la vie quelque chose de supérieur aux qualités intellectuelles.

Je n'allais pas tarder à apprendre, cependant, que si vous ne tirez pas profit de la leçon que vous enseigne l'intuition au cours d'une maladie, celle-ci vous frappera à nouveau avec la vigueur d'un coup de marteau.

Dans mon cas, ce coup de marteau fut provoqué par un camion. Deux semaines après avoir obtenu mon diplôme à l'université, j'effectuais mon jogging habituel et traversais un pont suspendu lorsqu'un camion me heurta par-derrière. Selon le rapport de police, je fus projetée à plus de vingt mètres de là. J'eus quatre fractures au pelvis, plusieurs côtes cassées, le poumon écrasé et une omoplate brisée.

Immédiatement, les médecins estimèrent que j'avais subi une autre « crise de sommeil », ce qui impliquait que mon médicament n'était plus efficace. Après avoir fait l'analyse de mon sang, cependant, ils constatèrent que j'avais un problème beaucoup plus grave. Mon corps ne tolérait plus ce médicament. Mes cellules sanguines mouraient, et mon foie commençait à subir une inflammation. Je suppliais les docteurs de maintenir le traitement qui m'avait rendu l'usage de mon intellect. Ils refusèrent. Si mes cellules sanguines continuaient de mourir, déclarèrent-ils, alors, je mourrais.

Cette fois-ci, je compris. J'acceptai le message que mon corps m'envoyait. Je sus que je devais recommencer à recourir à mon intuition.

Les endormissements reprirent, car le nouveau médicament prescrit ne fonctionnait pas aussi bien que le précédent. Grâce à l'acupuncture, à l'exercice physique et à un régime alimentaire, je parvins à les maîtriser et fus capable de les maintenir à un seuil minimal en prenant conscience qu'ignorer certaines émotions ne ferait qu'aggraver le problème. Me faire du souci au sujet de l'argent, par exemple, augmentait les crises, de même qu'une relation non satisfaisante. Le fait d'être seule, par contre, les faisait diminuer. C'est ainsi que, pour la première fois, je découvris que mon corps s'adressait à moi intuitivement et me parlait des émotions et des problèmes de ma vie auxquels je devais apporter des solutions.

Une bonne partie de mon énergie fut donc consacrée à ma santé. Un jour, une relation me suggéra d'aller consulter un médecin intuitif. Sceptique et réticente, je fis la connaissance d'une femme que j'appellerai Marisa. Afin de la rencontrer, je me rendis à Boston en autobus, avec deux cents dollars en espèces dans un sac en papier – la fortune dont je disposais à cette époque. J'espérais de toutes mes forces trouver de l'aide. Je m'attendais à rencontrer une vieille gitane obèse qui allait lire les lignes de ma main et m'annoncer que j'épouserais un homme séduisant, que j'aurais beaucoup d'enfants et que je vivrais heureuse très longtemps. Au lieu de cela, Marisa me sembla parfaitement normale. Elle ne portait ni collier de perles ni plume et n'employait pas de boule de cristal ni aucun des gadgets folkloriques et pseudo-spirituels auxquels je m'attendais.

Marisa s'assit en même temps que moi et me communiqua un message très simple. Elle me déclara que je pourrais supprimer la malédiction de mes crises de sommeil avec mon esprit. En fait, me dit-elle, la plupart de mes capacités intellectuelles et de mes émotions étaient gelées. Je ne guérirais jamais, à moins de libérer mes émotions et de connecter mon esprit et mon corps.

Je fus profondément troublée par cette déclaration qui me sembla, néanmoins, tout à fait sensée. Cependant, cette révélation revêtant un caractère tout à fait général – chacun de nous disposant, dans son cerveau, d'un grand potentiel inutilisé –, je l'incitai à ajouter quelque chose de concret et de précis au sujet de mon passé. Marisa leva les yeux, et son regard se perdit dans le lointain, puis elle commença à décrire un épisode de mon enfance concernant un événement traumatisant survenu alors que j'étais enfermée dans un placard. Bien entendu, des tas d'enfants ont été effrayés en étant enfermés dans un placard, mais la description que fit Marisa de ma propre expérience fut si précisément détaillée que j'en fus stupéfaite. Elle me décrivit la couleur précise du placard, sa forme, son mécanisme d'ouverture, les dessins et les moulures du bois. Convaincue qu'elle avait réellement vu mon passé, l'endroit où je m'étais trouvée physiquement et l'origine de certains de mes plus profonds défis, je dus l'empêcher d'aller plus loin.

Marisa ne put me donner de conseil précis sur la façon de débloquer mes émotions et refusa tout honoraire. Ceci m'impressionna profondément. Je quittai son bureau étonnée et bouleversée par l'exactitude de sa lecture. Je pris l'autobus pour rentrer à Providence et pénétrai dans une librairie afin de chercher des informations sur la façon d'harmoniser mon corps et mon esprit. Comme je fouillais parmi les étagères, un titre me sauta aux yeux : *You Can Heal Your Life* (Vous pouvez guérir votre vie), par Louise Hay. J'achetai le livre et commençai à mettre en pratique les visualisations et les affirmations positives que l'on se répète sans cesse. Durant les deux mois suivants, je me mis à me contempler dans mon miroir en répétant des phrases telles que : « Aujourd'hui, je mérite une excellente santé », « Je mérite le meilleur et l'accepte à partir de maintenant », ou « Je m'aime et m'accepte telle que je suis ». En fait, j'appris (et, j'en suis convaincue, j'appris à chacune des cellules de mon corps) à m'aimer et à m'accepter, à me pardonner et à être persuadée que je méritais d'être en bonne santé. À mon grand étonnement, cela marcha. Mes crises de sommeil disparurent presque complètement. Durant la journée, je restais éveillée et étais tout à fait capable de lire, d'écrire et de me concentrer. Peu à peu, sous la surveillance de différents amis, qui étaient tous des professionnels de la santé, je supprimai les médicaments.

Marisa m'avait aussi laissé savoir qu'un grand potentiel intuitif inutilisé restait enfoui dans mon esprit. Je savais que je devais apprendre à déceler mes capacités de perception intellectuelles, à ne pas seulement utiliser mon intellect « normal ». Je devais apprendre à reconnaître et à respecter mon intuition, mais je n'entrepris ce travail de façon systématique que deux ans plus tard. J'avais commencé mon internat dans un hôpital surchargé du centre-ville manquant de main-d'œuvre et de fournitures. Le premier jour, on me demanda de descendre en salle d'urgence afin de rencontrer mon premier patient, une femme de cinquante-six ans nommée Betty. Je devais rechercher ses antécédents, déterminer la raison de sa présence à l'hôpital et pratiquer un examen physique. Dès que j'entendis le nom de la patiente, je visualisai instantanément ce qui se passait dans son organisme. Au même moment, je vis ce qui, dans sa vie émotionnelle, permettrait de déterminer la cause de sa maladie physique. Dans mon esprit, je vis Betty, un mètre soixante, obèse, et souffrant dans la partie supérieure droite de son abdomen. Elle pensait qu'il s'agissait de sa vésicule biliaire. Je pris conscience que la douleur provenait du fait que Betty était incapable de se dégager de certaines responsabilités familiales.

Désireuse de progresser, je m'installai dans la salle de permanence et consultai les ouvrages de référence afin de déterminer l'origine d'une douleur dans la partie droite de l'abdomen. Je fis la liste de toutes les maladies possibles pouvant présenter ce symptôme et déterminai les examens à effectuer pour faire un diagnostic. Ces derniers incluaient des tests de la fonction hépatique, spécialement une amylase et un sondage abdominal par ultrasons.

J'arrivai dans la salle d'urgence et constatai que Betty était une femme d'âge moyen dotée d'une surcharge pondérale ; de sa main, elle tenait le côté droit de son ventre. Elle était en route pour une réunion de famille et paraissait maintenant très contrariée à l'idée de décevoir son entourage en n'y assistant pas. Les résultats de certains de ses tests hépatiques étaient inquiétants, et un sondage de son abdomen par ultrasons révéla des calculs biliaires. J'exultai. Je venais d'effectuer ma première lecture médicale intuitive !

L'utilisation de mon intuition m'aida à m'organiser au mieux au sein de l'hôpital. Je finis par être plus rapide, plus efficace que les autres, et je quittais mon travail avant tout le monde. De plus, j'utilisais mon intellect *et* mon intuition de façon productive et gratifiante. Je devins un meilleur médecin grâce à l'alliance de mon intuition et de mon intellect.

Nous avons tous quelques idées fixes avec lesquelles nous vivons, des idées que nous considérons comme vraies. Certaines d'entre elles nous limitent : « Je ne m'en sortirai jamais », « Je n'ai jamais assez d'argent », « Personne ne me comprend », « Je suis toujours tout seul ». À certains moments clés, ces idées restrictives se concrétisent. Elles se transforment en symptômes physiques qui nous poussent à nous remettre en question. Je suis convaincue, comme de nombreux médecins du corps et de l'esprit le sont, que la maladie est un signal de déséquilibre dans notre vie voulant nous inciter à faire le point sur notre situation actuelle et à considérer le but vers lequel nous nous dirigeons. Nous avons besoin d'apprendre à interpréter les épreuves de la vie que notre corps nous inflige en restant à l'écoute de notre intuition, le magnifique langage grâce auquel s'exprime notre organisme.

Pendant longtemps, j'ai pensé ne pas pouvoir être acceptée par les autres à moins d'être « comme tout le monde ». J'ai laissé cette peur diriger ma vie pendant des années. Je n'acceptais pas les émotions provoquées par la honte et l'anxiété qui m'avaient maintenue dans un schéma comportemental limitatif et m'avaient empêchée d'être celle que je suis réellement. Je n'admis les émotions cachées derrière ce désarroi et ne commençai à changer ma vie que lorsque je devins sérieusement malade et que mon intuition s'adressa à moi par l'intermédiaire des symptômes de mon corps physique.

Les émotions sont un élément constitutif majeur du réseau de l'intuition en chacun de nous. Elles représentent un ensemble cohérent de conseils qui déterminent et mettent en relief ce qui ne va pas dans notre vie et qui nous incitent à réagir d'urgence. Albert Einstein formula sa fameuse équation : $E = mc^2$. L'énergie est égale à l'accélération de la matière. Il parlait de physique, mais sa formule s'applique également très bien à l'intuition et à la santé. Durant leurs consultations avec leurs clients, de nombreux médecins intuitifs perçoivent leur corps en termes de champs d'énergie. Ils se situent sur le plan « E » du théorème d'Einstein, c'est-à-dire sous l'angle de l'énergie. Mais du fait que je me considère moi-même comme une intuitive émotive, je me sens plus concernée par l'autre partie du théorème relative à l'accélération de la matière. Celle-ci, de mon point de vue, est la conséquence des émotions refoulées et non reconnues. Le mot « émotion » origine du latin et signifie « sortir ou se porter en avant ». Si nous ne reconnaissons pas et n'exprimons pas nos émotions, comme cela fut mon cas pendant des années, si nous ne les évacuons pas et si nous n'avançons pas nous-mêmes, alors les émotions effectueront ce mouvement pour nous. Elles accéléreront la matière dans nos corps, poussant les cellules à se diriger dans des directions pouvant créer le schéma de la maladie. L'énergie de la maladie est seulement libérée par les émotions que nous conservons en nous-mêmes sans nous en soucier, tel un noyau nucléaire radioactif.

Pour de nombreuses personnes, il est difficile d'accepter le fait que les situations émotionnelles de nos vies ou les souvenirs des émotions conservées dans nos organes peuvent affecter notre santé. Pourtant, observez les façons étranges dont les maladies frappent. Une trentaine de personnes font un pique-nique dans un lieu où un hamburger de mauvaise qualité est servi. Seules dix personnes tombent malades, bien que tout le monde ait mangé la même viande. Pourquoi la bactérie E. *coii* provoque-t-elle une réaction chez ces dix personnes et non pas chez les vingt autres ? S'agit-il seulement d'une coïncidence ? Au cours d'une fameuse expérience, un scientifique et son équipe burent des ampoules de liquide contenant la bactérie du choléra et attendirent les résultats. Vous imaginez naturellement que chacun d'entre eux fut frappé du choléra. En fait, seuls certains membres de l'équipe devinrent malades. Les autres furent totalement épargnés. La conclusion de ce qui précède est la suivante : la cause des maladies n'est pas simplement la bactérie, mais aussi la façon dont celle-ci réagit au système immunitaire des personnes qui tombent malades.

Dans la vie, si vous vous concentrez sur les possibilités qui se présentent, elles deviennent des probabilités. La façon dont vous percevez le monde qui vous entoure détermine la manière dont celui-ci vous influence. Si vous croyez que vous n'êtes pas en sécurité et que le monde dans lequel vous vivez est dangereux, vous créez en vous des sentiments de désespoir et d'impuissance qui augmentent votre susceptibilité à la maladie et diminuent votre immunité. Les souvenirs de vos expériences émotionnelles passées, enfermés dans vos cellules, les souvenirs associés à certaines émotions que vous n'avez jamais complètement évacuées, affectent aussi votre santé physique. Si vous entretenez des pensées d'insécurité, si vous vous dites : « Je suis toujours malade », alors, vous courez sans doute plus de risques de tomber malade que quelqu'un d'autre qui est convaincu que le monde est rempli de microbes, mais qui ne se sent ni désespéré ni impuissant.

En parcourant ce livre, vous verrez comment de tels souvenirs, enfouis dans votre cerveau et dans votre corps, et activés par votre intuition, constituent une tentative de votre âme afin de vous amener à modifier votre vie en vous poussant dans les directions qui vous apporteront plus de bonheur et une meilleure santé. À partir du jour où je suis devenue un médecin intuitif, j'en ai reçu la preuve un nombre incalculable de fois. J'ai aussi constaté ce phénomène au cours de ma pratique médicale classique. Examinons le cas suivant. Le malade était un homme, gros buveur, colérique et violent, qui battait régulièrement sa femme, mais qui le regrettait aussitôt après. Il avait eu une attaque d'hémiplégie qui avait endommagé la partie de son cerveau reliant la colère à l'action. Son corps était paralysé d'un côté et ne pouvait répondre à son émotion. Par la suite, sa crise s'atténua, et il put bouger à nouveau.

Son intuition lui avait adressé un message, un signal le mettant en garde contre son attitude. Il avait eu une occasion de changer, de modifier et d'améliorer sa vie, et de cesser de brutaliser sa femme. Malheureusement, il n'écouta pas ce message intuitif. Il ignora les signaux d'avertissement de son réseau intuitif et continua de maltraiter son corps et son épouse. Que se passa-t-il alors ? Il eut une seconde attaque. Cette fois-ci, elle endommagea la même zone de son cerveau, mais des deux côtés simultanément. Cette crise fut remarquable en ceci : la colère étant une émotion protectrice extrêmement primitive et violente, elle peut suivre de nombreux trajets à l'intérieur du cerveau, tel le système d'autoroutes qui entoure la ville de New York. Si l'une des voies est bouchée, vous pouvez en essayer au moins sept autres. Cependant, chacune des voies que la colère de cet homme pouvait emprunter était bloquée par la crise. Comme s'il avait pratiqué une lobotomie sur son propre front ! Désormais, tout ce qu'il pouvait faire se résumait à s'asseoir sur une chaise, incapable de bouger et de ressentir une émotion quelconque. Comme si, après qu'il eut refusé d'agir selon son intuition, son âme avait pris la situation en main et simplement évacué sa problématique comportementale en le rendant insensible aux émotions ou aux aspects négatifs de cette situation.

Dans un autre cas, je fus capable d'apprendre comment un malade pouvait se tirer d'affaire tout seul en suivant son intuition pour résoudre son problème. Durant mon internat, on me confia une patiente de quarante-huit ans appelée Sheila ; c'était une divorcée affligée d'une insuffisance rénale. J'entrai rapidement en contact avec elle, car j'étais la seule interne capable de lui faire une prise de sang correctement. Un après-midi, elle me parla de sa vie. Elle avait été mariée vingt-quatre ans à un homme nommé Joe. Ensemble, ils avaient élevé trois enfants. Ils étaient fiers d'avoir réussi grâce à leur travail. Sheila avait été heureuse et comblée dans sa vie d'épouse, de mère et de secrétaire juridique. Elle souhaitait partager une vie longue, gratifiante et heureuse avec son mari, une fois leurs enfants élevés et partis de la maison.

Peu de temps après que son dernier enfant fut parti au collège, Sheila découvrit que son mari avait une liaison avec une femme beaucoup plus jeune qu'elle. Puis, il partit s'installer avec l'autre femme, laissant Sheila seule pour la première fois de sa vie. Six mois plus tard, elle se mit à souffrir d'insuffisance rénale.

Elle dut quitter son travail pour raison de santé et finit par perdre sa maison lorsqu'elle ne fut plus en mesure d'honorer ses dettes.

Les médecins lui firent prendre des stéroïdes, ce qui la rendit diabétique. Ma tâche, en tant qu'interne, consista à régulariser son diabète. En moi-même, j'étais convaincue que le stress et la trahison de son mari avaient joué un rôle dans son affection rénale. Mais, en tant qu'interne, je pensais qu'il ne m'incombait pas de considérer cet aspect de sa maladie. Mon rôle consistait à lui fournir une aide médicale de qualité basée sur ses symptômes, ses tests sanguins et les autres données déterminées en laboratoire.

Je ressentais aussi que le fait de la consoler et d'adoucir sa douleur faisait partie de mon travail. Un après-midi, Sheila regardait la télévision pendant que je lui faisais une prise de sang pour ce qui me sembla être la millième fois. Comme par hasard, le sujet de l'émission portait sur les hommes qui trompent leur femme. Comme je soutirais le dernier tube de sang, Sheila commença à faire des commentaires là-dessus.

« Vous voyez ce type ? Il est mauvais, dit-elle. Sa femme devrait le jeter dehors. »

Je levai les yeux. En effet, l'homme sur l'écran paraissait être un vrai minable, et je fus d'accord avec elle.

Puis, Sheila ajouta : « Vous savez, je viens juste de découvrir la raison de mon insuffisance rénale. Toute ma vie j'ai pensé qu'il me serait impossible de vivre sans un homme. Après que mon mari m'eut quittée, je me suis demandé si j'allais pouvoir continuer à vivre. C'est à ce moment-là que mes reins ont commencé à me lâcher. Je n'ai pas mérité la façon dont mon mari m'a traitée. Je me suis sentie trahie, mais je n'ai jamais imaginé pouvoir vivre sans lui. »

« Mais vous savez, dit-elle encore – et pour la première fois, sa voix devint plus ferme –, c'était il y a deux ans. D'une certaine manière, j'ai appris à vivre seule. J'ai survécu et je suis plus forte aujourd'hui que lorsque j'étais mariée. Je pense que tout ira bien maintenant. »

Rapidement, les reins de Sheila se remirent à fonctionner. Elle put supprimer les stéroïdes, et son diabète disparut lui aussi.

Sheila avait cru toute sa vie qu'elle ne pourrait exister qu'avec un homme. C'était tout ce qu'elle savait. Puis, à cause du destin ou d'autres raisons, son mari la quitta, la plaçant dans une situation qui ébranla sa conviction qu'elle ne pouvait mener qu'une vie de femme dévouée et de mère. Sheila fut obligée d'affronter sa crainte de se retrouver seule, du fait de sa maladie. Puis, grâce à sa propre intuition, elle fut capable d'entendre le message caché derrière sa maladie, le langage par lequel son corps lui faisait savoir que tout n'allait pas bien dans sa vie. Cette crise existentielle lui permit de retrouver la paix et de repartir à nouveau, plus forte et plus sage qu'auparavant.

J'ai appris à reconnaître la relation étroite existant entre l'intuition, les souvenirs, les rêves et le corps grâce à mes travaux de scientifique, de médecin traditionnel (étude de la maladie et de la santé) et de médecin intuitif. Plus important encore, j'ai vu d'autres personnes commencer à utiliser leur intuition dans leur propre vie afin de guérir la maladie et d'affronter leurs défis émotionnels personnels.

Vous aussi pouvez apprendre le langage de votre corps. En comprenant la signification de vos sensations, de vos mouvements, des souvenirs de votre corps, des signaux douloureux de la maladie, vous pouvez développer un corps intuitif.

Dans ce livre, vous apprendrez comment les souvenirs entreposés dans votre cerveau et dans votre corps parviennent jusqu'à vous par l'intermédiaire des impressions, des sensations, de la douleur et de la maladie. Vous apprendrez comment les rêves aideront à déterminer vos futurs possibles à l'abri de la maladie et des problèmes. En définitive, vous apprendrez à comprendre le langage extraordinaire de votre intuition et la façon dont il peut vous permettre de vous bâtir une vie plus heureuse et plus saine.

1re PARTIE

LE RÉSEAU INTUITIF

CHAPITRE 1

Le sens le plus répandu : la vérité au sujet de l'intuition

*Je me sentis tel un astronome lorsqu'une nouvelle
planète apparaît dans son télescope.*

John Keats

Une des premières nuits où j'étais de garde comme
interne dans la salle des urgences, on se serait crus dans
un zoo. Les patients surgissaient de l'obscurité avec des
maladies aussi banales que la grippe ou aussi urgentes
que des traumatismes ou des commotions.

Je n'étais que la cinquième roue du carrosse. Le médecin de garde me donna ses instructions. Les ambu-
lanciers avaient amené une vieille femme qui s'était
évanouie chez elle, devant son sèche-linge. Le médecin
l'avait examinée, et elle paraissait aller bien. Ses signes
vitaux étaient stables. Elle semblait avoir récupéré de
son évanouissement ou de son étourdissement et se reposait tranquillement. On pouvait la renvoyer chez elle,
avait déclaré le médecin, mais puisque personne ne
pouvait s'occuper d'elle à la maison, il avait cru bon de
la garder à l'hôpital pour la nuit, dans le cadre d'une
admission à caractère social.

Ma tâche consista à organiser son admission et à l'amener au rez-de-chaussée. Je parcourus le corridor, où des gens se précipitaient dans tous les sens, et me dirigeai vers ma patiente. Comme j'approchai de son chariot, je ressentis brusquement un sentiment vague, flou et insistant qui semblait me parvenir à travers le bruit et la confusion autour de moi. J'eus soudain la conviction, issue de nulle part, que, contrairement aux apparences, tout n'allait pas très bien pour notre patiente.

Je voulus lui faire faire un électrocardiogramme, mais ne me demandez pas pourquoi. Sa feuille de maladie n'indiquait aucun antécédent cardiaque, et le médecin traitant n'avait noté aucun signe de problème semblable. Les garçons de salle étaient prêts à l'emmener. Poussée par une impulsion, je cachai sa feuille de soins pour les arrêter – un malade ne peut aller nulle part sans cet imprimé de la plus haute importance. Puis, je me ruai vers le médecin de garde.

« Hum ! commençai-je, éclaircissant ma voix, je sais que vous avez déclaré que cette patiente allait très bien, mais juste par acquit de conscience, ne pourrions-nous pas pratiquer un électrocardiogramme ? » Il me regarda puis m'adressa un sourire légèrement condescendant. Je pus même l'entendre penser : « Quelle interne zélée ! » Tout le monde pensait que je faisais trop de zèle. C'est peut-être pourquoi il accéda à ma requête. C'était d'accord, il allait ordonner un électrocardiogramme. Et je disparus.

Pour une raison que j'ignorai, il me sembla urgent de vérifier le dossier médical de la malade. Je me précipitai deux étages plus haut, comme si mes pieds connaissaient la destination et comme s'ils savaient quelque chose que mon cerveau ignorait. Il s'avéra que mes pieds étaient pleins de sagesse. Dans la salle contenant les dossiers médicaux, je découvris certains documents concernant la vieille dame et les sortis. Et là, tout était inscrit noir sur blanc. La preuve concrète de mon intuition. Les dossiers montraient que la patiente avait eu des antécédents cardiaques. Deux étages plus bas, le nouvel électrocardiogramme pratiqué montrait aussi que la malade venait d'être frappée brutalement par une crise cardiaque.

On transporta immédiatement la malade au bloc opératoire. Non seulement mon intuition sauva la vie de cette femme, mais évita aussi au médecin de garde de commettre une grave erreur de diagnostic et à l'hôpital, de perdre une patiente.

Ce qui m'arriva cette nuit-là dans la salle d'urgence n'est pas une expérience rare. J'avais eu un « choc » intuitif. La plupart des gens vivent des expériences similaires à certains moments de leur existence, au travail ou ailleurs. Nous avons tous entendu parler d'individus qui eurent une intuition, annulèrent leur voyage à la dernière minute et, de ce fait, échappèrent miraculeusement à un accident d'avion. Ou d'autres qui, soudainement, inexplicablement, ont, au cours de la journée, l'impression que quelque chose ne va pas et apprennent plus tard qu'un malheur est arrivé à un être cher ou à un ami à cet instant précis. Encore plus fréquentes sont les intuitions que nous avons chaque jour sur la façon d'accomplir une tâche particulière ou sur le moment de demander une augmentation, d'inviter ou non quelqu'un à un rendez-vous, d'appeler à la maison pour s'enquérir de la santé d'un enfant, ou encore d'annuler ou retarder un certain nombre d'activités routinières quotidiennes. Et puis, bien entendu, il y a les rêves que nous faisons la nuit – certains prophétiques, d'autres symboliques, mais nous fournissant fréquemment de remarquables indications sur les événements de nos heures de veille.

Que nous l'appelions pressentiments, prémonitions, impressions ou rêves, il s'agit de la même chose – de l'intuition qui nous parle, qui nous donne des indications afin de nous aider à prendre les bonnes décisions concernant les actions que nous entreprenons. L'intuition se manifeste lorsque nous avons conscience de faits sans l'utilisation de nos cinq sens habituels et indépendamment de tout processus de raisonnement. Un scientifique a défini l'intuition comme « le processus permettant de parvenir à des conclusions précises à partir d'informations inadéquates ». Cette définition décrit précisément mon expérience dans la salle d'urgence. Je pris alors une décision correcte sur la base de données insuffisantes et pratiquement inexistantes. D'un point de vue purement rationnel, je n'aurais pas dû me précipiter afin de consulter le dossier médical de la malade. Aucune indication concrète ne me suggérait de le faire. En réalité, agir de cette façon aurait pu me procurer des ennuis. Mon cerveau me conseillait de procéder à l'admission de la patiente et d'aller vaquer à mes autres occupations, mais mon corps m'incitait à me précipiter pour rechercher des antécédents cardiaques apparemment sans intérêt, poussée en cela par un vague pressentiment. En fait, d'une manière totalement débranchée de la réalité et sans aucun raisonnement logique, j'avais ressenti quelque chose qui, en réalité, s'avéra exact.

D'où provenait cette perception ? Les scientifiques s'efforcent toujours de trouver la réponse à cette question. D'après une théorie, les gens dotés de qualités intuitives exceptionnelles dans certains domaines ne sont que des experts puisant dans une vaste banque d'informations représentée par les souvenirs stockés dans leur esprit. Selon cette explication, un spécialiste en aviation qui détecte une défaillance d'un moteur d'avion, défaillance que personne d'autre n'a pu déceler, agit ainsi parce qu'un simple détail a déclenché chez lui le vague souvenir d'avoir réglé un problème similaire dans le passé. Ceci lui permet de choisir le manuel technique approprié au sein de sa mémoire, de le feuilleter mentalement et – bingo ! – de trouver la bonne solution. Il s'agit là d'une théorie séduisante, mais qui présente de multiples faiblesses. L'une d'entre elles, par exemple, n'explique absolument pas mon expérience par rapport à la crise cardiaque de ma patiente dans la salle des urgences. À ce moment-là, aucune bibliothèque n'était disponible dans mon esprit. Je disposais peut-être à peine d'une ou deux fiches médicales. Rien dans mon expérience passée n'avait pu me faire comprendre rationnellement, ou par un raisonnement cognitif, ce qui était en train d'arriver à cette patiente.

De plus, il est possible d'apprendre certaines choses intuitivement sans avoir jamais souscrit un abonnement au journal approprié ni avoir amassé d'informations à ce sujet. Mon amie et collègue Caroline Myss travaillait dans une maison d'édition lorsqu'elle découvrit ses talents en matière de médecine intuitive. Elle ignorait tout du corps humain et n'avait jamais montré quelque intérêt que ce soit à ce sujet. Cependant, dès qu'elle puisa dans son intuition médicale, elle fut capable de fournir à ses clients des lectures étrangement précises ayant trait à leur santé et fondées uniquement sur la connaissance de leur nom et de leur âge.

Les gens qui font régulièrement appel à leur intuition dans le cadre de leur profession ne réalisent pas consciemment l'origine de cette information ni la raison pour laquelle elle les aide dans leur travail. Ils ne font que s'en servir. L'une des catégories professionnelles les plus intuitives qu'il m'ait été donné de rencontrer fut représentée par les infirmières de l'unité de soins intensifs de l'hôpital. Le jour où, en qualité d'interne, j'étais de garde à cette unité, je me rendis dans la salle des infirmières, où semblait-il, les boutons d'alarme de tous les patients de l'hôpital étaient en train de sonner simultanément, et, croyez-moi, il y en a beaucoup dans une telle unité. En face du tableau indicateur des alarmes brillamment illuminé, trois ou quatre infirmières étaient assises calmement, totalement étrangères au vacarme ambiant. L'une dégustait allègrement un plat de porc accompagné de riz sauté, une autre était très occupée à grignoter des ailes de poulet et deux autres piochaient dans une boîte de pâtisseries. J'en fus abasourdie. Ignoraient-elles que ces sonneries pouvaient signifier que des malades étaient au plus mal ? Pourquoi ne répondaient-elles pas ? À leur place, ayant souffert d'un léger problème de stress post-traumatique par le passé, je me serais précipitée d'un bout à l'autre du service afin de vérifier l'état de chaque malade dont l'alarme s'était déclenchée. Et, bien entendu, j'aurais été épuisée au bout de dix minutes.

D'une certaine façon, ces infirmières savaient quand ces alarmes étaient sérieuses ou non. Pendant que je les contemplais, une autre sonnerie se déclencha, et une infirmière leva les yeux sur le tableau indicateur des alarmes, jeta son aile de poulet et se précipita dans le hall. Cette fois-ci, il s'agissait *vraiment* d'une urgence. Apparemment, l'infirmière l'avait compris uniquement à partir de la sonnerie d'une alarme et d'une lumière clignotante. Ce phénomène se répéta de temps à autre. Presque invariablement, bien qu'ignorant la plupart des alarmes qui se déclenchaient, les infirmières répondaient lorsqu'un danger réel menaçait. De nouveau, j'en fus stupéfaite. Mais quand je leur demandai comment elles déterminaient le moment où elles devaient agir et celui où elles pouvaient s'en dispenser, elles me jetèrent un regard étonné. Chacune d'elles haussa les épaules et me répondit : « Je ne sais pas. Je le *sens*. »

Quel médecin n'a pas entendu une infirmière répéter cette phrase ? Comme dans le cas de ma patiente dans la salle des urgences, l'état d'un malade peut sembler stationnaire ou en voie d'amélioration, mais l'infirmière qui s'est occupée de lui toute la nuit peut affirmer que son état empire ou qu'une crise est sur le point de se déclencher. « Comment le savez-vous ? » lui demandera le docteur, qui s'attend à une information objective. « Examinons ses signes vitaux, les résultats des analyses et des rayons X. » Et l'infirmière peut seulement répondre : « Je le sais, c'est tout. » L'intuition est le principal atout des infirmières, mais personne n'est en mesure de vous dire d'où elle provient.

Dans une importante étude sur les infirmières et l'intuition, Patricia Brenner, une infirmière qui dirigeait cette recherche, attribua le processus intuitif des infirmières sur leur lieu de travail à un « schéma répétitif de compétences ». Il s'agit là d'une autre version des « bibliothèques de l'esprit ». Là encore, d'après cette théorie, la base et la source de l'intuition proviennent d'un savoir préalablement acquis et d'une compétence basée sur la mémoire et l'expérience. Une infirmière décèle une anomalie chez un patient. Cette anomalie déclenche aussitôt une petite sonnerie dans son cerveau et lui rappelle un cas précédent semblable qui provoque chez elle un pressentiment quant à l'état actuel du malade.

Cependant, l'un des cas cités par Mme Brenner contredit cette belle théorie. Il évoque un cas d'embolie pulmonaire. On le sait, cette maladie, caractérisée par un caillot de sang dans les poumons et dont l'issue est presque toujours fatale s'il n'est pas détecté à temps, est l'une des plus difficiles à diagnostiquer en médecine occidentale. Il n'y a quasiment aucun symptôme apparent, et, très souvent, rien n'indique qu'un patient soit sur le point de subir une embolie pulmonaire. Un patient peut avoir des poumons en parfait état et, soudain, souffrir d'une embolie pulmonaire et décéder. Cette maladie se manifeste différemment, selon les individus.

Dans les facultés de médecine, on vous apprend essentiellement à considérer systématiquement l'éventualité d'une embolie pulmonaire si votre patient ne se sent pas bien et que vous ne pouvez en diagnostiquer la raison. Mais, généralement, il s'agit là d'un des plus graves problèmes médicaux et, malheureusement, l'un des plus difficiles à déceler.

L'infirmière que Patricia Brenner observa s'occupait d'un patient souffrant d'un œdème cérébral et dont le cerveau baignait dans une certaine quantité de liquide, qu'on était parvenu à pomper partiellement. Le malade reposait tranquillement. Mais l'infirmière était préoccupée. « J'étais en quelque sorte convaincue que le malade allait traverser des moments difficiles », déclarat-elle. Encore une fois, cette fameuse impression intuitive… « Je ne sais pas pourquoi, mais j'étais sûre qu'il se dirigeait tout droit vers une embolie pulmonaire. » Mais quel pressentiment ! Comment parvint-elle à cette extraordinaire conclusion ? Il s'agissait d'un cas de précognition. Ce malade n'avait pas de problème de caillot dans les poumons, il souffrait d'un œdème au cerveau ! Il ne s'agissait même pas d'une erreur mineure ; cette infirmière semblait vraiment très loin du compte ! Plus tôt dans la journée, elle avait vaguement entendu la femme du malade dire que son mari était anxieux. Cela constituait le seul symptôme possible pouvant être associé à une embolie pulmonaire. Cette nuit-là, l'infirmière ne put s'éloigner de la chambre du patient bien qu'il ait été confié à la garde de quelqu'un d'autre. Tout comme mes pieds m'avaient menée au bureau des dossiers médicaux, ses pieds la menèrent dans la chambre du malade pour vérifier son état. Elle le trouva « un peu pâle et anxieux », et bien qu'il fût toujours conscient, elle fit appeler les médecins. Comme par hasard, au moment où ces derniers arrivèrent, le patient mourut. Les docteurs le ramenèrent à la vie. L'embolie pulmonaire avait été diagnostiquée à temps, et le malade fut sauvé.

En essayant d'expliquer l'impulsion qui la poussa à vérifier l'état du malade, l'infirmière ne put que dire : « Je me doutais que quelque chose n'allait pas. Cela venait sûrement du plus profond de moi-même. »

Quelque chose provenant de l'intérieur.

Un doute intérieur. Une intuition.

Le mot intuition origine du mot latin *intuerim*, qui signifie « regarder à l'intérieur ». L'intuition est quelque chose que nous voyons, que nous entendons et que nous ressentons à l'intérieur de nous-mêmes ; un langage intérieur qui facilite la lucidité et la compréhension. De ce fait, elle est beaucoup plus immédiate que le processus de reconnaissance fondé sur une information extérieure. En effet, le processus répétitif de reconnaissance peut représenter une partie importante de l'intuition, celle qui provient de l'hémisphère droit de notre cerveau. Mais, en réalité, l'intuition émane d'un ensemble de caractéristiques spécifiques présentes dans le cerveau et dans le corps. De même, les souvenirs et les expériences, qu'ils soient stockés dans le cerveau ou codés dans les organes du corps, jouent un rôle essentiel dans notre compréhension intuitive. Mais cette sensation initiale qui vient en premier lieu lorsque notre intuition est à l'œuvre est quelque chose d'autre. Les scientifiques comme Patricia Brenner et d'autres ont essayé de la classer comme une connaissance ou une partie de notre esprit rationnel, la partie logique de notre cerveau. Mais l'intuition est davantage une sensation (voir, entendre, ressentir) qu'une réflexion. Lorsque j'effectue une lecture pour un client, je ne dispose, au départ, que de son nom et de son âge. Je ne sais rien de cette personne ; aussi, ne puis-je procéder selon le processus répétitif de reconnaissance consistant à associer des fragments de sa vie à ceux d'autres personnes que j'ai rencontrées. Ce n'est qu'après avoir saisi certains éléments concernant mon client, grâce à la perception intuitive, que je commence à reconnaître des schémas d'information.

Dans la Grèce antique, les Grecs croyaient que l'intuition était imputable aux dieux et que lorsqu'une chose aussi incompréhensible qu'une vision intuitive leur parvenait, celle-ci provenait directement des cieux. Aussitôt après avoir énoncé son fameux théorème, le mathématicien grec Pythagore sacrifia un millier de bœufs au dieu Apollon pour le remercier de lui avoir enseigné cette règle.

Les scientifiques modernes, et particulièrement ceux qui étudient le cerveau, repoussent généralement cette idée. Ils inclinent à croire que l'origine des fonctions humaines, du comportement et de la connaissance est abritée dans cet organe complexe et multifonctionnel. Mais, de temps à autre, quelque chose survient qui ébranle cette conviction. J'ai un doctorat en neuroanatomie et en neuroscience du comportement, et j'ai rédigé ma thèse sur les structures du système moteur du cerveau. Je peux sans doute affirmer sans exagération avoir lu quasiment tout ce qui a été écrit sur le contrôle neurologique de la motricité du corps humain depuis l'origine des temps. Jusqu'à une date récente, j'étais absolument convaincue que le cerveau contrôlait la motricité, un point c'est tout. Sans aucune exception. Si une partie du cerveau était endommagée, la motricité contrôlée par cette partie cessait ou était diminuée. C'était là quelque chose que je savais. Je l'avais étudié, appris et observé. J'en étais sûre. Lorsque vous avez votre doctorat, vous êtes considéré comme un scientifique et une autorité.

Puis, un jour, je vis quelque chose qui ébranla mes certitudes.

Un homme qui venait d'avoir une attaque cérébrale fut amené à l'hôpital. On lui fit un électroencéphalogramme mais, pendant quatre jours, l'appareil ne détecta aucune crise. Auparavant, deux séances de scanner avaient confirmé l'absence de toute anomalie particulière dans le cerveau du malade. Les médecins en conclurent que sa première attaque était due à un problème psychiatrique plutôt qu'à un problème physique et se préparèrent à signer son départ.

Je n'avais vu ce patient qu'une fois et j'avais été surprise de constater une longue éraflure à vif sur le côté droit de son visage. Apparemment, il s'était infligé cette blessure en tombant lors de sa première crise, mais, en psychiatrie, il est rare de rencontrer une personne qui se blesse au cours d'une crise, car ces dernières sont généralement peu violentes. Je pris note de ce fait. Quelques jours plus tard, je partis déjeuner et passai devant la salle des infirmières. Le patient en question s'y trouvait lui aussi en compagnie de son épouse. Soudain, il tomba sur le sol en proie à une nouvelle attaque.

Je l'examinai aussitôt. En général, un malade qui subit une véritable attaque cérébrale est somnolent, dans un état semi-comateux et en pleine confusion mentale. Pour l'aider à retrouver ses esprits, je lui demandai la date du jour. Il me regarda, puis répondit : « Nous sommes le trois… quatre… deux, quatre, six, huit, qui apprécions-nous ? » Il était en pleine confusion, montrant par là qu'il avait subi une véritable crise. Mais il avait répondu par une phrase compliquée, de celles que l'on ne s'attend pas à entendre de la part de quelqu'un qui vient de supporter une telle attaque. Pour ma part, j'étais un peu perplexe. Le seul diagnostic qui me vint à l'esprit fut qu'il s'agissait d'une véritable attaque physique ayant entraîné des conséquences psychiatriques. Je suggérai d'effectuer d'autres tests afin de vérifier s'il n'y avait pas d'autres problèmes physiques, car j'avais l'impression que quelque chose n'allait pas chez ce patient.

Heureusement, les médecins qui s'occupaient de lui pratiquèrent un autre scanner. Ce qu'ils découvrirent fut un véritable choc pour nous tous. Cet homme avait une tumeur de la grosseur d'un pamplemousse, une énorme masse, en plein centre de son cerveau, qui s'était développée, apparemment, en six mois, depuis son dernier scanner. Cette tumeur était si grosse qu'elle avait envahi les zones motrices gauche et droite de son cerveau, la matière blanche située en dessous et la zone contrôlant le langage de la partie gauche de son cerveau – soit pratiquement l'intégralité de celui-ci. Les cellules cancéreuses sont supposées paralyser les diverses fonctions du corps humain. Ce patient aurait dû, théoriquement, être paralysé, presque muet, incontinent – dans un état quasiment végétatif. Pourtant, exception faite d'une petite confusion, il semblait presque complètement normal et fonctionnel. En fait, les neurologues déclarèrent qu'il *était* normal. Ils l'avaient observé marcher et discuter, avaient confirmé que ses réflexes étaient bons, que ses sensations étaient normales et qu'il ne présentait aucun signe de démence.

La véritable question était donc la suivante : Comment cet homme arrivait-il à fonctionner ? À ce stade, il était évident que certaines de ses capacités ne pouvaient être attribuées à la biologie. Quelque chose en dehors de lui le contrôlait, permettant ainsi à son corps de se mouvoir. Quelque chose d'autre dirigeait la machine. Cela me rappela ces autocollants appliqués sur les voitures et sur lesquels on peut lire : « Dieu est mon copilote. » Dans le cas de cet homme, cela semblait être le cas. Il est certain que cette expérience m'amena à reconsidérer tout ce que je savais sur la motricité. J'avais toujours cru que cette dernière était dirigée par le cerveau. Maintenant, je devais admettre qu'une force située hors de cet homme avait très bien pu le pousser à agir, quelque chose au-delà des sens normaux et de la raison, de la vue, de l'ouïe, de l'esprit et du corps. Pouvait-il s'agir de l'âme ?

L'intuition fonctionne de la même façon, comme un pilote automatique. Nous avons toujours cru que le cerveau était le réceptacle de la connaissance acquise consciemment, de façon rationnelle, mais serait-il possible que le cerveau soit aussi le *transmetteur* de la connaissance acquise inconsciemment, de façon irrationnelle ? Souvenez-vous de mon expérience avec les alpha-glucosides au laboratoire où je travaillais. Je n'avais jamais entendu parler de cette enzyme ; pourtant, son nom m'est venu à l'esprit spontanément, au moment précis où j'étais en mesure d'accepter et d'utiliser cette information.

Dans son livre *A New Science of Life*, Rupert Sheldrake traite de la théorie des champs morphogènes – des champs de forces invisibles qui entourent et relient toutes les formes de matière, et qui sont porteurs d'évolution et de transformation. L'auteur décrit des expériences de laboratoire au cours desquelles il lui fallut vingt essais pour enseigner à une centaine de rats à effectuer certaines tâches. Un mois plus tard, une centaine de rats situés dans une autre zone du laboratoire furent capables de réaliser ces mêmes tâches après seulement deux essais. Sheldrake émit l'hypothèse selon laquelle les premières expériences avaient provoqué une modification du champ morphogène, permettant au second groupe de rats d'y puiser ses connaissances. Bien avant Sheldrake, Jung pensait que nous pouvions augmenter nos connaissances intuitives en « puisant dans l'inconscient collectif ».

Ceci pouvait expliquer ma rencontre inopinée avec les alpha-glucosides dans un laboratoire d'une grande ville du XXe siècle. Mais il reste toujours Pythagore, dans la Grèce antique, vivant à une époque où la connaissance des champs morphogènes n'était guère d'actualité, remerciant les dieux pour son théorème. Lui-même avait réalisé que la connaissance lui était venue de quelque part à l'extérieur de lui, mais il avait su écouter sa voix intérieure, son intuition, peut-être même le langage de ses dieux, afin d'entendre le message. L'intuition est le langage de notre âme, de nos dieux, exactement comme pour Pythagore. C'est comme le transistor que nous gardons dans notre poche et qui peut nous communiquer les nouvelles et les informations en permanence, aussi longtemps que nous le branchons et que nous écoutons la station choisie. De la même façon que la station de radio « nourrit » notre transistor, notre intuition est nourrie par quelque chose d'extérieur. Il s'agit d'un Dieu en dehors de nous – de l'âme ou de la conscience divine, selon notre choix. La conscience divine s'adresse à la conscience humaine, nous offrant des informations pertinentes et rapides concernant les problèmes de notre vie quotidienne et nous suggérant des solutions potentielles grâce au langage de l'intuition – le langage de l'âme.

LE SAVOIR CACHÉ

L'intuition nous incite à devenir créatifs dans notre vie et dans la façon dont nous concevons notre existence. Pour la plupart d'entre nous, la première condition permettant d'entendre le langage de l'intuition consiste à rester ouverts et prêts à accueillir une autre façon, apparemment illogique, de percevoir et de recevoir l'information. Ceci est un problème pour bien des gens. Du fait de la nature et des origines mystérieuses de l'intuition et du rationalisme de notre culture moderne, la plupart des individus ne font pas confiance à l'intuition ou nient complètement son existence. Même s'ils croient en elle, les gens tendent à penser que l'intuition est exceptionnelle, qu'elle n'est qu'une compétence particulière réservée à un petit nombre d'individus spécifiques. Ils l'assimilent à une sorte de pouvoir mystique. « Mystique » est un mot qui revêt de fortes connotations spirituelles. Associer ce mot à l'intuition reviendrait à placer la personne intuitive dans la position d'un « grand prêtre », une autorité religieuse qui aurait accès à un savoir interdit au commun des mortels. Rien de tout ceci ne s'applique à l'intuition.

Un mystique peut très bien être un intuitif, mais cela ne signifie pas pour autant qu'être intuitif fait de vous un mystique. Une tante à moi est une immigrante portugaise trapue, dotée de la robustesse et du bon sens de nos ancêtres. Elle ne ressemble pas à une mystique ; pourtant, elle est l'une des personnes les plus intuitives que j'aie jamais rencontrées.

En ma qualité de médecin intuitif, je me suis heurtée à la conception populaire erronée selon laquelle l'intuition est comme une sorte de pouvoir magique ou surnaturel mis au service de personnes en détresse cherchant à comprendre et à régler leurs problèmes. Les gens me réclament des lectures dans l'espoir que je serai capable de modifier la conclusion d'une situation ou d'influencer le cours de certains événements. Prendre en compte ces espoirs est toujours très difficile et incite à réfléchir. Récemment, j'ai reçu une demande de lecture de la part des parents d'un petit garçon de quatre mois souffrant d'une affection génétique des intestins. Les médecins avaient déclaré à la famille que la seule façon de permettre à leur enfant de mener une vie normale consistait à pratiquer sur lui une colostomie. Ils avaient prévu de pratiquer l'ablation du côlon et de le remplacer par un sac destiné à recevoir ses déjections. La famille se tourna vers moi en désespoir de cause, pensant que je pourrais lui dire ou faire quelque chose afin d'éviter cette opération. Mais cela me fut impossible. Ce n'est pas de mon ressort. Même si la connaissance intuitive peut contribuer grandement aux guérisons, recevoir une perception intuitive n'est pas ce qui guérit la personne. Faire une lecture concernant cet enfant aurait même pu être dangereux. En réalité, un certain mystère entoure les cas semblables à celui de cet enfant. Nous ignorons la raison pour laquelle des anomalies génétiques surviennent. Quelques personnes croient que de telles anomalies chez les bébés sont la conséquence de problèmes survenus au cours d'une vie antérieure ou qu'elles sont provoquées par un mauvais karma. Cependant, parler de ceci aux parents commotionnés d'un enfant malade aurait pu faire empirer les choses ou, à tout le moins, n'aurait servi à rien. L'information intuitive pratique que j'étais en mesure de leur donner n'aurait probablement pas été appropriée en cette circonstance, et ils n'auraient pas été prêts à l'entendre. Ils espéraient, contre toute logique, pouvoir faire quelque chose de plus que la solution qui leur était offerte et qui consistait à suivre les conseils de leurs médecins, à prier et à s'adresser à l'âme de leur enfant. Je ne pouvais pas leur demander de faire plus que cela.

Il est vain de parler de l'intuition en termes d'originalité ou de supériorité, en termes de surnaturel ou même d'excentricité et d'étrangeté. L'intuition est simplement un sens commun à chacun d'entre nous. Il s'agit ni de pouvoir magique ni d'étranges pressentiments excentriques. C'est une capacité terre à terre, concrète, disponible pour chaque personne souhaitant se brancher sur son émetteur et écouter ce qui est annoncé. L'information que l'intuition nous livre est pratique et peut améliorer et enrichir nos vies de façon considérable. Dans cette optique, l'intuition représente le bon sens fondamental et spontané.

De nombreuses études ont montré que l'utilisation de l'intuition dans de nombreux domaines représente souvent ce qui sépare l'enfant de l'adulte – c'est-à-dire l'amateur du professionnel. C'est l'atout supplémentaire qui fournit à un individu un avantage sur les autres dans son champ d'activité et le propulse dans « l'univers des spécialistes ». Cela explique pourquoi certains agents de change semblent posséder un sixième sens pour détecter les investissements gagnants, pourquoi certains éditeurs savent quels livres deviendront des best-sellers et pourquoi certains enquêteurs peuvent identifier des suspects auxquels personne n'aurait jamais songé. Une étude sur l'intuition dans le monde des affaires distingua deux catégories d'hommes d'affaires : les intuitifs « hauts » et les intuitifs « bas », en fonction de leur capacité à reconnaître des cartes à jouer présentées face cachée. Ceux qui obtinrent le score le plus élevé démontrèrent par la suite qu'ils prenaient de meilleures décisions face à des problèmes simulés de management que ceux qui obtinrent des scores plus faibles.

L'étude de Brenner relative aux infirmières montra aussi que les meilleures d'entre elles utilisaient leur jugement intuitif pour prendre leurs décisions cliniques. Cependant, Brenner et les autres chercheurs ont régulièrement constaté que ces infirmières sous-estiment vraiment leur propre jugement intuitif. À moins de pouvoir s'appuyer sur une preuve concrète et évidente, elles ne font pas confiance à leur intuition. Au cours de cette étude, une infirmière déclara avoir été attirée dans la chambre d'un patient dont elle n'avait pas la responsabilité. Croyant qu'il était en danger, elle déclencha le signal d'urgence bien que sa respiration et son pouls fussent normaux. Lorsque le médecin rentra dans la chambre, l'infirmière fut dans l'incapacité de lui expliquer la raison pour laquelle elle craignait pour la santé du patient. La respiration oppressée de celui-ci lui semblait l'indice d'un problème respiratoire, mais les autres infirmières pensaient, comme le docteur, que le malade avait simplement ingéré une dose importante de sédatifs. L'infirmière n'insista pas, mais en rentrant chez elle cette nuit-là, elle déclara à une collègue qu'elle était prête à parier son salaire que le malade en question allait mourir. Et ce fut le cas. Le jour suivant, l'infirmière s'en voulut terriblement, comme nous le faisons tous lorsque nous n'écoutons pas notre petite voix intuitive. « Je n'ai pas suffisamment insisté », déclara-t-elle. Combien de fois n'avez-vous pas pensé la même chose dans un cas semblable ? « Je savais que j'aurais dû faire ceci ou cela. » « J'avais le pressentiment que cela arriverait. » « J'aurais dû suivre ma première impression. »

Parce que l'intuition implique de prendre des décisions basées sur des faits intangibles, nous avons tendance à croire que les informations qu'elle nous communique ne sont pas fondées. Quelle que soit notre confiance en la précision de notre jugement intuitif, notre certitude fléchit la plupart du temps lorsque nous ne sommes pas en mesure de nous appuyer immédiatement sur une preuve concrète. Comme Brenner l'a signalé, l'intuition est perçue tel un savoir que l'on se procure au « marché noir ».

Mais l'argent du marché noir reste tout de même de l'argent. En fait, il vaut quelquefois plus que l'argent légal. Un jour que je voyageais au Brésil et que le cours du cruzado, la monnaie locale, était en chute libre, je décidai de changer de l'argent au marché noir. Je me trouvais dans une petite ville, et les habitants me conseillèrent à cet effet de me rendre, croyez-le ou non, au magasin des pompes funèbres. J'ignore si cette activité n'était qu'une façade, mais dans l'arrière-boutique, le propriétaire me remit littéralement un seau rempli d'argent en contrepartie de mes dollars. C'était merveilleux. Je reçus beaucoup plus d'argent pour mes dollars que si je les avais changés sur le marché officiel.

La même chose se produit avec l'intuition. Les informations supplémentaires qu'elle nous fournit ne sont pas reconnues comme « légitimes », mais peuvent être d'une valeur inestimable. Son application dans la vie quotidienne peut avoir des conséquences importantes et révélatrices. La relation existant entre l'intuition et la créativité a été parfaitement étudiée. Le nombre de découvertes qui ont été faites parce que leurs auteurs ont suivi leur intuition est étonnant. Prenez le cas d'Henry Jacobs. En 1930, Jacobs était un étudiant en médecine à l'Université de Chicago. Un beau jour d'automne, alors qu'il était quelque peu contrarié d'être de garde à l'hôpital alors que tout le monde se détendait à un match de football de l'université, il entra par hasard dans le laboratoire de l'hôpital, s'assit sur un banc et se mit à regarder les étagères sur lesquelles se trouvaient des réactifs chimiques. Toujours par hasard, il saisit trois bouteilles sans même lire leurs étiquettes. Il les plaça sur la table devant lui et les fixa d'un air absent pendant un certain temps. Puis il jeta un œil sur les étiquettes. Il s'agissait de chlorure de cobalt, de chlorure de choline et de ferrocyanure de sodium. Il ignorait tout de leurs propriétés chimiques, mais il fut poussé par le désir de les mélanger. Ce qu'il fit, sans réfléchir. Il versa le cobalt dans la choline, ajouta le ferrocyanure et mélangea le tout. Il obtint un liquide vert émeraude qui, par la suite, devint la base de la méthode colorimétrique servant à mesurer le taux de potassium dans le sang, un test médical classique appliqué à des milliers de personnes chaque jour.

Je vécus une expérience similaire dans mon laboratoire de recherches à Boston. Lors de mon premier jour de travail, mon supérieur me remit une éprouvette de plaquettes sanguines de babouin, un appareil pour les homogénéiser, de l'aspirine et des instructions pour mener à bien cette expérience. Ma tâche consistait à homogénéiser les plaquettes, puis à prouver que l'aspirine entravait ce processus. Comme je suis dyslexique et impulsive, j'éprouvai quelques difficultés à conserver mon calme afin de lire le protocole rempli de termes techniques. Comme je n'avais jamais vraiment brillé dans cette discipline durant mes études, je décidai d'ignorer ces directives. (Ce qui, bien entendu, n'est pas la chose la plus intelligente à faire. Cela m'arriva une fois au cours de mes études, et l'on dut évacuer les bâtiments après que j'eus, accidentellement, lâché quelques substances toxiques dans les airs.) Les instructions préconisaient l'utilisation d'eau distillée pour cette expérience, et je me souviens très distinctement d'avoir pensé : « De l'eau, c'est de l'eau. Quelle importance qu'elle soit distillée ou non ? » Aussi, mélangeai-je l'aspirine avec de l'eau du robinet. Je réussis à homogénéiser les plaquettes, puis je versai le mélange eau-aspirine. Le processus d'homogénéisation s'arrêta.

À la fin de la journée, je montrai mes résultats à mon supérieur. Il me regarda d'un air incrédule. « Ça a marché ! » s'exclama-t-il, profondément surpris. « Oui… », répondis-je, ne comprenant pas très bien la raison de son étonnement. « Nous n'y sommes jamais parvenus auparavant, ajouta-t-il. Comment avez-vous fait votre mélange ? » Lorsque je lui déclarai avoir utilisé l'eau du robinet, il ne put le croire. Mais, ce jour-là, nous analysâmes le taux de pH de l'eau du robinet de Boston. Nous réussîmes à nouveau, et je pus ainsi publier ma première communication, après une seule journée de travail en laboratoire !

Les sceptiques affirmeront que ce que Jacobs et moi réalisâmes ne fut qu'un simple accident de parcours. Mais Jacobs décrivit son expérience comme la conséquence directe de l'aide que lui apporta son intuition. En effet, elle le guida et l'amena à faire de nouvelles découvertes. J'éprouvai la même impression d'avoir été guidée intérieurement. Tout comme Keats et Jacobs, je ressentis la sensation soudaine de quelque chose de nouveau, d'inattendu et d'éclatant surgissant dans le champ de ma vision intérieure et élargissant le registre de mes connaissances. Travailler de cette façon intuitive nous amène à expérimenter ce que le poète appela « effleurer la face de Dieu ». Il s'agit réellement d'une expérience transcendante. Comme si votre âme touchait les cieux et que vous participiez à la naissance d'une nouvelle création.

Beaucoup d'autres savants et inventeurs – de Pythagore à Thomas Edison en passant par Jonas Edward Salk – ont reconnu que l'intuition avait stimulé leurs créations. À la fin de sa vie, Salk, qui découvrit le vaccin antipoliomyélite, écrivit un livre entier sur l'intuition. Il affirmait que la créativité dépendait de l'interaction entre l'intuition et le raisonnement.

De la même façon, nous devrions tous être attentifs à l'importance du rôle de l'intuition dans notre vie. Comme un scientifique l'a écrit : « L'intuition est une capacité universelle qui s'applique non seulement aux créations des grands savants, mais aussi aux petits détails de la vie quotidienne des individus. » Elle peut révéler des choses étonnantes aux plus humbles d'entre nous.

LE RÉVEIL DE L'INTUITION

L'intuition se présente à vous à n'importe quel moment : que vous soyez éveillé, endormi et en train de rêver ou dans un état intermédiaire de conscience. Henry Jacobs croyait que l'intuition était précédée d'un certain détachement, d'une légère mélancolie et d'une sorte d'état de transe, comme celui qu'il éprouva lorsqu'il fit sa découverte dans un laboratoire. Vous avez peut-être vous-même ressenti cette sensation en vous promenant au hasard – peut-être légèrement contrarié par quelque chose ou rêvassant – et en tombant soudain sur quelque chose d'inattendu. Mais l'intuition peut aussi certainement surgir en vous lorsque vous êtes en pleine activité consciente, comme lors de mon expérience dans la salle des urgences. Peu après, cependant, comme Jabobs l'a prétendu, vous êtes positivement en pleine euphorie.

L'intuition présente plusieurs caractéristiques :

• confiance dans le processus intuitif,
• certitude de la réalité des visions intuitives,
• connaissance immédiate et à priori,
• émotion associée à la vision intuitive,
• spontanée, irrationnelle et illogique,
• connaissance gestaltique,
• associée à l'empathie,
• difficulté de traduire les images en mots,
• relation avec la créativité.

Les visions intuitives sont soudaines et inattendues. Elles semblent illogiques et ne pas correspondre à une pensée structurée. Elles surgissent fréquemment de nulle part. Néanmoins, elles sont accompagnées d'un sentiment de confiance et de la certitude absolue de leur réalité incontestable. Souvent, même lorsque nous semblons douter de notre intuition, lorsque nous la dévalorisons, comme les infirmières dans l'étude de Brenner, notre corps fait confiance aux informations qu'elle lui communique. Je n'eus pas le courage de parler de mon intuition au médecin de garde de la salle des urgences ; cependant, mes jambes me portèrent jusqu'à la salle des dossiers médicaux. Mon corps répondait à l'intuition qui me saisissait. Ce que nous devons faire, c'est prêter attention et être à l'écoute des signes et des symptômes que notre corps nous adresse, puisque le langage intuitif de l'âme s'exprime dans notre corps.

Les visions intuitives impliquent une émotion. Elles sont difficiles à décrire, ou, plus précisément, se révèlent d'abord en tant que gestalt, tels des pressentiments difficiles à exprimer par des mots. Cependant, l'hémisphère gauche du cerveau trouve rapidement les mots qui conviennent, rendant ainsi l'intuition compréhensible et aisée à interpréter. L'intuition est aussi associée à l'empathie.

Le corps possède également un langage intuitif qui s'exprime par le biais de symptômes de bonne santé ou de maladie et par les rêves, sous la forme de visions, de voix intérieures, de sensations corporelles et d'émotions. L'intuition est multiforme au sein du corps, du cerveau et des rêves. Elle prend l'apparence de visions, de sons, de goûts et d'odeurs ou de sensations corporelles, de mouvements et d'émotions. On l'appelle souvent le sixième sens, mais j'évite d'employer cette expression, qui implique une sorte de sens supplémentaire dont tout le monde ne serait pas doté, alors qu'en fait, chacun a de l'intuition. De plus, cette expression suggère aussi que l'intuition existe indépendamment des autres sens, alors qu'en réalité, c'est exactement le contraire qui est vrai.

Nous avons tous des impressions visuelles et auditives se rapportant au monde extérieur dont chacun est conscient. L'intuition est une forme de perception interne de choses qui ne sont pas directement sous nos yeux. C'est une vision intérieure auditive, une sensation corporelle et une émotion. En réalité, elle est concomitante des autres sens et les amplifie. Ce qui différencie l'intuition des autres sens, c'est la forme d'expression tout à fait particulière qu'elle revêt en chacun de nous. Les mécanismes de la vue, de l'ouïe, du goût, du toucher et de l'odorat sont exactement les mêmes pour tous. Mais il n'existe pas deux personnes éprouvant de l'intuition de la même façon. Cinq médecins intuitifs effectuant une lecture d'un même patient décriraient les informations reçues de cinq façons différentes.

Certains intuitifs sont clairvoyants. Ceci signifie que l'intuition se manifeste en eux visuellement, à travers des images qu'ils perçoivent dans leur esprit. Edgar Cayce, sans doute le plus fameux médecin intuitif du XXe siècle, était clairvoyant. L'une des premières fois où je m'adonnai à une lecture, je m'imaginai à l'intérieur du corps de mon patient, scrutant ce qui m'entourait. Je me plaçai en pleine cavité abdominale, près de l'aorte et levai les yeux. L'aorte m'apparut comme une sorte d'arbre. Elle paraissait massive. Les artères de l'abdomen, le pelvis, etc., représentaient ses branches et ses racines qui saillaient à angle droit. Tout cela était si réel que je pouvais réellement distinguer la texture de l'aorte.

Aujourd'hui, lorsque je pratique une lecture pour un patient, je me représente tout d'abord assise en face de ce dernier, vérifiant sa tête, ses yeux, ses oreilles, son nez et sa gorge. Puis, je me projette dans l'œsophage et me laisse glisser vers le bas. J'effectue mon voyage à travers les divers organes en visualisant leur état. Il s'agit là d'une forme d'empathie consistant à vous imaginer dans la peau d'une autre personne. Si vous éprouvez de l'empathie, si votre cœur est réceptif aux informations, vous apprendrez énormément. Jonas Edward Salk décrivit son propre processus intuitif de la même façon. Il déclara qu'au cours de son étude, il s'imaginait placé dans le système immunitaire, essayant de trouver le meilleur moyen de combattre tel virus ou telle cellule cancéreuse. Cette forme extrême d'empathie lui permit d'acquérir de nouvelles connaissances afin de mener ses expériences.

D'autres personnes sont dotées de clairaudience : leur intuition leur parvient par l'intermédiaire de sons. Lorsque j'examine le cœur d'un patient durant une lecture, je l'écoute surtout et, plutôt que de le regarder, je suis attentive au rythme de ses battements. Rappelez-vous ! Je me trouve à des kilomètres de cette personne et je m'entretiens avec elle par téléphone. Tout se passe donc dans ma tête. Certaines personnes entendent des mots au hasard et doivent les trier afin de pouvoir en tirer les informations nécessaires. En ce qui me concerne, je reçois à la fois des images et des sons.

D'autres intuitifs encore sont « clairsensitifs ». Leur intuition se manifeste par des sensations dans leur propre corps. Un jour, un médecin intuitif et moi-même fûmes placés dans une pièce afin d'effectuer une lecture pour une personne située dans un autre État, à l'autre bout du pays. Je visualisai immédiatement une douleur au niveau des vertèbres inférieures du cou (C6, C7 et TI) et un engourdissement de deux doigts de chaque main. Pendant ce temps, l'autre médecin intuitif qui m'accompagnait déclara qu'elle se sentait désorientée. « Quelque chose ne va pas avec mes mains », dit-elle. Je lui saisis les mains et touchai chacun de ses doigts et lui demandai de me signaler ceux qui étaient ankylosés. Elle me montra les quatre doigts touchés. Cela coïncidait exactement avec ce que j'avais visualisé intuitivement : le problème relié aux vertèbres de notre patient provoquait l'engourdissement des doigts correspondants. Ma collègue s'était donc transportée dans le corps du patient et ressentait maintenant les sensations du patient dans ses propres mains.

Depuis des années, je souffre moi-même de douleurs dans la région de la colonne vertébrale et je ressens toujours un engourdissement dans les mains lorsque je parle au téléphone avec une certaine personne avec laquelle j'ai entretenu des relations turbulentes dans le passé. Pensez-vous que mon corps tente de me dire quelque chose ?

Certains intuitifs ressentent des impressions de « déjà-vu » au cours desquelles le temps et l'espace sont brouillés. D'autres ont une perception précognitive de certains événements, c'est-à-dire qu'ils savent à l'avance que quelque chose va survenir dans le futur. Les informations intuitives leur parviennent en permanence. La plupart des gens, cependant, vivent en réglant le volume de leur émetteur intuitif à une intensité beaucoup trop basse pour pouvoir l'entendre. Nous l'ignorons même la plupart du temps. Nous sommes tellement déconnectés de notre intuition que nous ne la reconnaissons même pas lorsqu'elle se manifeste. Par exemple, il m'est arrivé un jour de passer un week-end chez une amie. Durant la nuit du vendredi, je m'apprêtais à me coucher lorsque, soudain, j'entendis des cris provenant de la chambre de mon amie. Alarmée, je me précipitai pour voir ce qui se passait. Mon amie Mildred gisait sur son lit, hurlant de peur, effrayée par quelque chose d'invisible. « Que se passe-t-il ? » m'écriai-je, la secouant par les épaules. Mildred s'arrêta de pleurer et me regarda. Elle sembla sortir d'une sorte de torpeur, son regard s'affermit, et elle haussa les épaules. « Ne t'en fais pas dit-elle, cela m'arrive tout le temps. Nous en parlerons demain matin. » Puis elle se tourna sur le côté et s'endormit.

Mildred a passé une bonne partie de sa vie d'adulte à consulter des voyantes, des astrologues, des chiromanciennes, des *channels* afin d'essayer de devenir plus intuitive. Elle a tout fait pour cela, sauf consulter SOS-INTUITION. Le lendemain matin, au cours du petit déjeuner, elle me déclara que depuis l'âge de douze ans, elle souffrait de terreurs nocturnes entre 22 heures et 23 heures Durant cette période, elle se trouvait dans une sorte de rêve semi-éveillé et voyait apparaître un groupe de personnes ou d'objets surgissant du plafond dans l'intention de l'agresser d'une manière ou d'une autre. Souvent, il lui arrivait même de se lever au cours de ses rêves, de détacher les tableaux des murs de sa chambre et de les placer sous son lit afin qu'ils ne puissent la blesser. Au matin, son mari lui demandait à quoi diable elle avait bien pu penser. Il essaya même de l'envoyer consulter un spécialiste du sommeil afin de la débarrasser de son problème. Mildred était réticente parce que, médecin elle-même, elle savait que la médecine moderne ne lui proposerait aucune explication à ce phénomène et se contenterait de lui prescrire des médicaments. Je suggérai à Mildred que ses terreurs nocturnes étaient partie intégrante de son circuit intuitif et lui confirmai que la zone de son cerveau qui traite de l'intuition est aussi associée à la peur, à la paranoïa et aux états oniriques. Il me semblait que Mildred subissait ce type d'apparitions que d'autres tentent d'obtenir volontairement en suivant des séminaires sur l'intuition, mais Mildred, elle, était terrifiée et avait passé toute sa vie à essayer de s'en débarrasser ! Simultanément, elle s'efforçait de développer son intuition afin d'entrer en contact avec son âme à l'aide de tierces personnes.

Un aspect encore plus remarquable de l'intuition de Mildred m'apparut clairement un peu plus tard. Elle participa à une étude sur les problèmes cardiaques au cours de laquelle on lui demanda de porter un appareil Holter afin de mesurer le rythme de ses pulsations cardiaques pendant vingt-quatre heures. Elle s'acquitta de cette tâche avec sérieux et retourna l'appareil aux fins d'analyse. Environ une semaine plus tard, lorsqu'elle reçut de l'institut qui menait cette étude une copie du graphique de son rythme cardiaque, elle me demanda de l'examiner et de le lui expliquer, sa force n'étant pas dans l'interprétation des graphiques. Je ne pus en croire mes yeux. Des antécédents cardiaques existent dans la famille de Mildred, et la courbe indiquait des pics arythmiques. Mais ce qui m'étonna surtout fut l'heure à laquelle ils se produisaient : aux environs de 23 heures et de 4 heures du matin. À quel moment se produisaient ses apparitions ? Aux environs de 23 heures. (4 heures du matin constitue une autre heure significative pour l'intuition.) Les visions de Mildred surgissaient au cours des intervalles irréguliers de ses pulsations cardiaques.

Je fixai intensément ce graphique. J'étais si énervée que j'en tremblais. Soudain, je compris de façon lumineuse comment notre intuition se manifeste : elle apparaît à travers les trous de l'âme, à cause de nos problèmes physiques. En fait, l'âme parle à la conscience humaine par l'intermédiaire des sensations de bien-être ou de malaise de notre corps. Ayant compris que ses terreurs nocturnes n'avaient aucune raison de la terrifier, Mildred a modifié sa façon de les percevoir. Aujourd'hui, au lieu de leur résister, elle prête attention aux informations qu'elles lui communiquent. Par exemple, elle me raconta que, lors d'un épisode récent, elle sentit que les apparitions dans sa chambre filmaient certains aspects de sa vie en vue d'un projet plus important. Elle prit aussi conscience que sa maison était un champ d'expérimentation. Tout ceci avait un sens. En effet, Mildred avait récemment terminé un film et recherchait d'autres occasions dans ce créneau. De plus, elle était en train de reconsidérer et d'améliorer ses relations, y compris avec ses enfants et son mari. Ces relations étaient représentées par sa maison.

Bien que nous réussissions, la plupart du temps, à bloquer avec succès notre intuition, il y a des moments où, malgré tout, les messages qu'elle nous communique s'insinuent en nous et s'infiltrent dans nos défenses et dans notre réticence à l'entendre. La maladie, les malaises et autres troubles percent un « trou » par lequel nous recevons des informations en dépit de nous-mêmes. Les informations pénètrent par cette ouverture. Je suis narcoleptique, et mes informations proviennent de fuites électriques au sein de mon cerveau. Celles de Mildred originent de fuites, ou de « trous », dans son cœur. Si vous souffrez de diverticules, vos informations se manifesteront probablement dans l'intestin. Si vous avez de l'acné, ce sera sur votre peau. Mais il n'est pas nécessaire que vous perdiez une jambe ou que vous ayez un accident pour ressentir votre intuition. Même si, généralement, vous êtes en bonne santé, l'intuition peut se manifester par diverses modifications dans le rythme naturel de votre organisme – le cycle menstruel, par exemple, ou le sommeil – ou par des changements subtils dans vos fonctions organiques. Elle peut aussi communiquer avec vous par l'intermédiaire de vos rêves. Tout ceci représente le branchement du réseau de votre intuition.

Cette prise de conscience fut un tournant décisif dans ma carrière de médecin. Si vous êtes docteur, les patients viennent à vous dans l'espoir que vous éliminerez leurs diverses maladies et que vous leur rendrez la santé, bien que ces symptômes divers soient le seul moyen qui leur permette de recevoir les informations du monde extérieur (expériences, émotions, schémas de vie pouvant provoquer angoisse ou tristesse). Seule l'écoute attentive des informations concernant ce qui est bon ou mauvais, fort ou faible, juste ou faux dans leur vie peut aider les patients à obtenir santé et sérénité. Ils doivent donc écouter attentivement chaque symptôme émotionnel ou physique, ce qui leur permettra de recevoir le message qui leur est destiné puis d'agir en conséquence. Je commençai alors à m'interroger sur mon rôle de médecin consistant à soigner les symptômes des gens sans les aider à être à l'écoute des messages intuitifs dissimulés derrière les maladies et sans leur apprendre à déchiffrer le langage de leur âme.

Permettez-moi de vous donner un exemple. Un jour, une nageuse professionnelle dans la trentaine vint me voir à Boston, à l'hôpital où je travaillais. Elle souffrait de crises de panique débilitantes. Ces crises survenaient principalement lorsqu'elle devait prendre l'avion, ce qui lui arrivait souvent, puisqu'elle voyageait dans le monde entier afin d'honorer ses meetings sportifs. Elle était très préoccupée par ces crises, qui diminuaient son désir de voyager, et craignait qu'elles n'affectent ses capacités sportives. Je m'assis en face d'elle et l'écoutai tout en pensant que c'était précisément la raison pour laquelle elle souffrait de ces crises. Sa conscience physique conseillait à sa conscience mentale d'arrêter ce qu'elle faisait afin de modifier certains aspects de sa vie et de s'intéresser à des choses dépassant le cadre de ses activités quotidiennes habituelles.

Les médecins lui firent passer divers tests. Ses tests cardiaques furent bons, mais ce fut une autre histoire en ce qui concernait ses tests hormonaux. Ils indiquaient en effet un manque important d'œstrogènes et de testostérones, et des modifications hormonales provoquées par le fait que son corps puisait dans ses réserves. Elle manquait cruellement d'androgènes, un important stéroïde sexuel, et son équilibre hormonal était complètement détraqué. En fait, tout cela se manifeste fréquemment chez les athlètes féminines. Cette preuve matérielle nous informa clairement que cette femme s'adonnait à beaucoup trop de compétitions. Je sus qu'elle devait ralentir, mais elle ne voulut rien entendre. La situation était comique. Une partie de son traitement médical consistait en prise d'androgènes. En outre, elle devait prendre du clonazepam pour lutter contre ses crises de panique, mais l'utilisation de stéroïdes et de drogues, interdite par les règlements de la Fédération athlétique mondiale, aurait provoqué son exclusion d'un sport sur lequel elle régnait depuis des années. En d'autres termes, ce qui aurait pu l'aider sur le plan physique l'aurait obligée à abandonner la partie de sa vie la plus importante à ses yeux.

J'étais convaincue que son âme lui parlait de sa vie de façon imagée. Elle lui disait que fuir ce qu'elle essayait de fuir ne fonctionnerait plus pour elle dorénavant. Je souhaiterais pouvoir déclarer qu'elle comprit le message. Malheureusement, elle décida d'essayer un traitement alimentaire dans l'espoir de rétablir son équilibre hormonal. À ma connaissance, même le meilleur traitement du monde n'aurait eu que peu d'effets sur ses symptômes physiques. J'étais convaincue que son intuition trouverait un autre moyen de parvenir jusqu'à elle.

Si vous ne traitez que les symptômes que vous percevez, vous rencontrerez rapidement d'autres problèmes. Lorsque les symptômes disparaissent, vous les oubliez et vous ne vous interrogez plus sur leur cause. Allongé sur le sable d'une plage des Bahamas, vous ne ressentez plus ces migraines qui vous faisaient souffrir et vous vous dites : « Problème résolu. » Mais dès votre retour au bureau, l'étau qui enserrait vos tempes revient alors, deux fois plus douloureux et deux fois plus souvent qu'auparavant. C'est ce qui m'arriva lorsque je fus renversée par un camion.

Ceci est tout à fait compréhensible. Très souvent, nous ne voulons pas écouter notre intuition parce que, comme cette athlète, nous ne souhaitons pas vraiment entendre ce qu'elle a à nous dire. De même, par l'intermédiaire de l'intuition, notre cerveau nous donne accès à des informations que nous ne voulons pas entendre. L'intuition est la faculté qui permet d'avoir accès à des pensées qui, en général, sont absentes de notre environnement extérieur. Elle représente une connaissance que nous ne souhaitons pas *vraiment* acquérir et dont nous ne voulons pas *vraiment* suivre les recommandations, bien qu'elles soient essentielles à notre bien-être. Ignorer ce que notre intuition essaie de nous dire par l'intermédiaire de notre corps revient à ignorer les ratés du moteur de notre voiture. Vous pouvez vous mettre à accélérer, à remonter la vitre de votre portière et penser que ces ratés ont disparu, mais ils sont toujours là. Et un jour, le moteur tombera en panne.

LE RÉSEAU DE L'INTUITION

Ainsi, comment apprenons-nous à reconnaître notre intuition, à comprendre son langage et à l'utiliser ? Nous devons nous brancher sur notre réseau intuitif.

Il s'agit de notre émetteur interne ; je vous en ai déjà parlé. En réalité, il est plus gros que votre transistor de poche ; c'est votre corps entier, y compris votre cerveau et tous vos autres organes, qui permet ce langage exceptionnel par lequel votre intuition s'adresse à vous.

Le cerveau interprète et traite l'intuition. L'hémisphère droit, qui contrôle le processus imaginatif, fournit la gestalt, le sens général global qui représente l'étincelle initiale de l'intuition. L'hémisphère gauche, qui contrôle les capacités verbales et la communication, complète le processus avec les détails et fournit à l'intuition sa forme d'expression définitive. De son côté, le lobe temporal représente un canal important du réseau intuitif concernant les informations visuelles et auditives ainsi que les souvenirs et les rêves.

Les rêves sont une autre partie de notre système intuitif. Durant nos rêves nous parviennent des informations sur nos organes nous indiquant s'ils sont en bonne santé ou non. Le langage de l'intuition a ses propres symboles oniriques. Certains sont universels, d'autres sont propres à chaque individu, et nous devons tous apprendre à interpréter le langage unique de l'intuition qui s'adresse à nous par le biais de nos rêves.

Les souvenirs et les émotions qui les accompagnent sont entreposés et codés à la fois dans notre *cerveau* et dans notre *corps*. La sagesse acquise et les traumas subis sont traités verbalement dans le cerveau. Ils le sont aussi dans notre corps, de façon non verbale et souvent par l'intermédiaire du stress. Le cerveau communique en permanence avec les autres organes, qui, à leur tour, communiquent avec nous. L'utérus, par exemple, nous parle par l'entremise du cycle menstruel, notre estomac peut s'adresser à nous lorsque nous sommes victimes d'un trac profond, et notre peau a pu réagir lorsque nous subissions le stress de la puberté. Lorsque l'intuition survient, le cerveau libère des endorphines et des neuropeptides dans les nerfs, les vaisseaux sanguins, le cœur, les poumons et dans tous les autres organes. Et un ensemble d'émotions et de souvenirs spécifiques situés dans le cerveau sont transférés à certains organes déterminés du corps. Tout ceci fait partie de notre réseau intuitif, de notre système de conseils intérieurs.

Nous avons tous un cerveau : il comprend un hémisphère droit, un hémisphère gauche et un lobe temporal. Nous faisons tous des rêves. Nous avons tous un corps. Nous avons tous des souvenirs. Un réseau intuitif est en place en chacun de nous.

Si nous l'écoutons, nous pouvons nous bâtir une vie plus heureuse et plus saine. Aussi merveilleuse soit-elle, je sais néanmoins que cette perspective est effrayante aux yeux de nombreuses personnes. Modifier le point de vue et la façon dont nous nous voyons et dont nous nous percevons est beaucoup plus terrifiant que conserver le statu quo, même si celui-ci nous apporte frustration, malheur ou maladie.

Je vérifie cette vérité en permanence. Un week-end, j'ai voulu m'amuser à tirer les cartes du tarot pour une de mes amies. Un certain vendredi soir, je tirai donc les cartes, et l'as de deniers renversé sortit. L'as signifie un nouveau commencement, les deniers représentent l'argent, et la position renversée de la carte sous-entendait que Claudia devait changer quelque chose dans ses finances. Cette carte paraissait légèrement alarmante, car elle indique souvent des déboires dans le domaine financier. Cependant, mon amie Claudia se pencha par-dessus la table, ramassa les cartes et dit : « Je suis fatiguée. Tout ceci est faux. Je n'ai pas envie d'une lecture de tarot maintenant. » J'étais un peu ennuyée qu'elle ne veuille pas se concentrer sur l'annonce de certains soucis, mais je n'insistai pas. Le jour suivant fut splendide et ensoleillé, et nous avions décidé de marcher jusqu'au port. En attendant, je repris les cartes et fis un autre tirage. Bien entendu, l'as de deniers renversé sortit à nouveau. Claudia secoua la tête et dit : « Peut-être ne suis-je pas supposée être au courant de ceci », en rangeant une fois encore le paquet de cartes.

« Tu ne veux pas savoir ? insistai-je. Tu pourras peut-être éviter certains problèmes si tu t'assieds une minute. » Claudia haussa les épaules et changea de sujet. Elle n'avait vraiment pas envie de savoir. C'est ainsi que la plupart d'entre nous refusent d'affronter les difficultés qui pourraient toucher négativement le cours de notre vie. Cependant, le fait d'être à l'écoute de nos symptômes en déchiffrant les signes qu'ils nous donnent nous offre l'opportunité de changer ce qui ne va pas dans notre existence, de nous préparer et de nous adapter aux problèmes qui s'annoncent, et d'influencer le cours des événements afin de nous permettre d'obtenir quelque chose de meilleur. Le jour suivant, Claudia alla effectuer un retrait à un guichet automatique. À sa grande surprise, son compte présentait un découvert de deux mille dollars. Comme la machine recrachait sa carte et indiquait sur l'écran « transaction refusée », elle comprit que l'as de deniers renversé l'avait avertie de la nécessité de veiller à ses finances avec plus de soin. En l'occurrence, il fallait qu'elle expose ses problèmes à son banquier.

Aujourd'hui, Claudia consulte le tarot avant chaque transaction ou décision professionnelle. Elle sait que les cartes ne représentent pas l'origine de son intuition, mais qu'elles agissent comme un support imagé extrêmement utile lui indiquant ce sur quoi elle doit porter plus particulièrement attention dans la vie. Les cartes sont les câbles de démarrage de la batterie de son moteur intuitif personnel.

Il s'agit du véritable pouvoir de l'intuition qui nous donne, à chaque instant, la capacité de transformer notre destin.

CHAPITRE 2

QUAND LES DIEUX NOUS PARLENT :
LES RÊVES INTUITIFS

Les Égyptiens, les Grecs et tous les peuples de l'Antiquité étaient convaincus que les dieux les visitaient dans leurs rêves, pendant leur sommeil. Ils croyaient que ces visiteurs divins leur apportaient les solutions aux problèmes qu'ils affrontaient durant la journée. Des siècles plus tard, Sigmund Freud déclara que les rêves provenaient de notre propre inconscient, exprimant durant notre sommeil les souhaits que nous ne pouvons formuler ou accepter à l'état d'éveil.

Les Anciens et Freud avaient à peu près la même approche concernant leur interprétation des rêves. Les uns et les autres affirmaient que les rêves sont une source primordiale d'intuition, un canal au sein duquel des conseils et des images de la plus haute importance nous sont adressés concernant les sujets critiques de notre existence.

Tout le monde dort, et chacun rêve. La vérité est que vous rêvez, même si vous êtes convaincu du contraire. La clé qui vous permettra d'obtenir des informations intuitives est de vous souvenir de vos rêves. Vous devez aussi souhaiter entendre et accepter les informations qui vous seront fournies.

Il y a deux ans environ, une infirmière avec laquelle je travaillais s'approcha de moi en hésitant quelque peu. Je pouvais voir qu'elle souhaitait me parler de quelque chose qui la troublait, mais elle semblait incertaine quant à la façon d'aborder le sujet. Finalement, elle me dit à voix basse : « Vous travaillez sur l'intuition, n'est-ce pas ? » J'acquiesçai, et elle me demanda si je pouvais interpréter un rêve qu'elle venait de faire.

Nous nous installâmes dans la salle des infirmières, et elle me raconta le rêve qu'elle avait fait plusieurs nuits de suite, mais avec une conclusion différente chaque fois. La première nuit, elle était à bord d'un bateau, sur une rivière, s'éloignant d'une maison en flammes et se dirigeant vers quelque nouvelle destination. Mais une forte impulsion l'incitait à retourner sur ses pas afin d'aller chercher ses enfants, restés dans la maison avec son mari. La seconde nuit, elle parcourait en tous sens la maison en feu, recherchant désespérément ses enfants afin de les emmener avec elle vers sa nouvelle destination.

« Puis, la troisième nuit, dit-elle lentement, pesant bien ses mots comme si elle pensait que je ne la croirais pas, je le jure devant Dieu, les flammes avaient érigé un mur entre mes enfants et moi d'un côté et mon mari de l'autre. » Elle me regarda, espérant une réponse. « Que pensez-vous de ce rêve ? demanda-t-elle. Que signifie-t-il ? »

Il était étrange de constater la force avec laquelle l'intuition de cette infirmière s'était adressée à elle dans ses rêves. À mon avis, ces derniers représentaient la manifestation éclatante des problèmes relationnels existant dans son couple. Bien entendu, je ne pouvais lui lancer cela brutalement. Lorsque je travaille intuitivement avec des gens, je ne peux que les orienter ou les guider dans la direction d'une meilleure compréhension de ce que leur intuition leur dit. Je ne fus pas surprise, cependant, de constater que l'infirmière fut, comme la plupart des gens, incapable d'entendre *ce* message, ou plutôt le refusa.

« Avez-vous des difficultés ou des problèmes avec votre... », commençai-je. Mais avant d'avoir pu terminer de poser ma question, elle jeta : « Mari ? » Je hochai la tête, et, de façon surprenante, elle sembla faire marche arrière et devenir même quelque peu réticente, bien qu'elle ait anticipé ce que j'allais lui demander. Elle admit qu'elle avait d'abord pensé devoir se séparer de son mari. Mais, insista-t-elle, ses rêves n'avaient rien à voir avec cela. En fait, elle ne voulait pas les interpréter en fonction de sa relation conjugale. Elle savait que les rêves lui adressaient un certain message, mais ce message la mettait mal à l'aise. Elle ne souhaitait pas l'entendre.

Elle pensait peut-être que la signification de ses rêves impliquait qu'elle devait trouver un nouveau métier. Nous parlâmes de tout cela pendant plusieurs mois, mais elle ne changea jamais d'avis, bien que j'aie tenté de la guider vers la véritable solution.

Puis nos chemins divergèrent. Au cours de l'année suivante, au lieu d'essayer de régler ses problèmes avec son mari, l'infirmière entreprit de trouver une nouvelle situation, essayant différents emplois l'un après l'autre, recherchant divers futurs possibles. À la fin de l'année, elle me téléphona pour m'informer qu'elle avait pris conscience, grâce à ses recherches professionnelles, de ne plus progresser avec son mari et de son besoin de changer de situation conjugale. Elle avait même entamé une procédure de divorce.

Les rêves de cette infirmière lui avaient, très tôt, fortement suggéré ce dénouement. Pendant son sommeil, son intuition avait créé une série de scénarios qu'elle aurait dû considérer comme des solutions à ses problèmes conjugaux. L'un de ses rêves lui avait montré qu'elle pouvait prendre la décision de quitter son mari. Mais, dans ce cas, ses enfants lui auraient manqué, comme le lui indiqua son deuxième rêve. Elle aurait pu prendre ses enfants avec elle, partir et divorcer, comme le révéla le troisième rêve – ce qui arriva, bien entendu. Non sans une forte résistance de sa part au début, parce que son intuition lui laissait voir quelque chose qui ne lui était pas facile d'accepter, quelque chose qu'elle préférait ne pas affronter. Aussi occupa-t-elle ses journées à essayer de créer ses propres solutions et ignora-t-elle ses rêves intuitifs. Heureusement, elle effectua finalement d'elle-même les changements que son intuition n'avait cessé de lui conseiller. En dépit de son divorce, son histoire eut une fin heureuse, parce que en agissant comme son réseau intuitif l'avait incitée à le faire et en procédant aux modifications nécessaires dans sa vie, elle évita sans doute le risque de voir ses problèmes non résolus prendre racine dans son corps et se transformer en maladie. Son histoire constitue une illustration éclatante de la façon dont l'intuition se manifeste chez de nombreuses personnes. Il n'est pas nécessaire de perdre une jambe ou de développer une arythmie cardiaque pour recevoir les messages de l'intuition. Nous sommes nombreux à percevoir l'intuition au cours de nos rêves, qui représentent une connexion privilégiée de notre réseau intuitif.

LES VOIES VERS LE FUTUR

Depuis des décennies, les chercheurs et autres scientifiques énoncent comme principe que les rêves sont un mécanisme du cerveau visant à résoudre les problèmes. Pendant notre sommeil, dans nos rêves, nos esprits échafaudent diverses solutions possibles aux problèmes de notre existence. De la même façon que nous essayons les chaussures que nous désirons acheter en les admirant devant un miroir, nous essayons chacune des solutions proposées durant nos rêves. Ceux-ci nous demandent : « Cette solution vous convient-elle ? » De votre côté, vous vous demandez : « Cela marchera-t-il pour moi ? Que se passera-t-il si je fais ceci ? » Les rêves nous font connaître tous les choix potentiels dont nous disposons dans notre vie. Avec leurs issues différentes, ils nous font part du résultat de chacune des solutions que nous pourrions envisager. C'est ce qui survint au cours de la série des trois rêves de ma collègue infirmière. Ces derniers constituaient des tentatives menées par son cerveau pour trouver la solution au problème qui lui était révélé intuitivement.

Cela peut sembler paradoxal, mais notre cerveau est plus actif lorsque nous sommes endormis que lorsque nous nous trouvons dans un état conscient. Quand nous sommes éveillés, seul dix pour cent de notre cerveau fonctionne. Mais une fois endormis, la machine tout entière s'allume. Le système se met brusquement en marche. Si nous comparons le cerveau à un ordinateur, c'est comme si sa capacité de mémoire vive (RAM) était soudainement multipliée par quatre. Au même moment, l'activité de notre cerveau se trouve libérée de toutes les interférences provoquées par le monde extérieur – les gens qui estiment que nous avons tort – et par notre moi intérieur, qui, lui, nous limite par rapport à ce que nous souhaitons entreprendre.

Quand nous sommes éveillés, notre lobe frontal, qui abrite le sens critique et le jugement, nous répète inlassablement que la plupart des choses que nous souhaitons faire sont ridicules. Le lobe frontal est notre juge implacable. Mais, pendant notre sommeil, il disparaît. Souvenez-vous que lorsque Elvis Presley apparut au cours d'une émission télévisée d'Ed Sullivan, les censeurs s'assurèrent que nous ne verrions que sa tête sur les écrans. Bien entendu, l'essentiel de l'attrait qu'exerçait Elvis sur la foule était situé en dessous de la taille. Ces censeurs étaient comme nos lobes frontaux, limitant le potentiel d'Elvis. Mais imaginez maintenant que ces censeurs aient été licenciés et que nous ayons pu voir Elvis sans aucune inhibition. Quel spectacle !

C'est ce qui arrive lorsque nous rêvons. Pendant notre sommeil, le lobe frontal est dans l'impossibilité de nous empêcher de rêver aux choses que nous serions absolument incapables de faire à l'état d'éveil. Supposons que, dans votre cadre professionnel, vous soyez attiré par une personne séduisante que vous saluez tous les jours. Pendant la journée, vous envisagez de l'approcher et d'entamer une relation plus étroite, mais, immédiatement, votre lobe frontal réprime ces pensées. Il vous soufflera : « Non, cela ne marchera pas. Il (ou elle) ne m'aimera jamais. Il est chirurgien et je suis psychiatre ; les chirurgiens pensent que tous les psychiatres sont bizarres, etc. », provoquant ainsi en vous toute la litanie des attitudes inhibées que vous avez apprises en grandissant. Lorsque vous êtes éveillé, votre super-ego est aux commandes, vous conseillant d'être prudent et vous mettant en garde de ne pas faire de bêtises. Mais la nuit, le cerveau finit par faire disparaître ce parasite permanent. Au cours d'un de vos rêves, vous vous avancez vers le séduisant objet de vos désirs et lui dites : « Aimeriez-vous m'accompagner à la cafétéria afin que nous dégustions ensemble un de leurs délicieux hot dogs ? » (Freud se serait régalé devant un tel symbolisme.) Le lobe frontal est déconnecté, et vous n'entendez pas votre mère qui vous redit : « Non, non, il (elle) n'est pas fait (e) pour toi. » Si vous êtes un homme, vous ne vous souviendrez pas de cette fille de terminale qui annula son rendez-vous galant avec vous, en prétextant qu'elle était malade, et qui préféra sortir avec le capitaine de l'équipe de football. Encouragé par les progrès réalisés au cours de ce rêve, vous pourriez progresser la nuit suivante, en invitant l'élue de votre cœur à dîner dans un bon restaurant. Encouragé une nouvelle fois par ce rêve, vous l'invitez à dîner chez vous le jour suivant. Et le jour d'après... ?

Même lorsque vos rêves vous proposent divers scénarios, votre corps assoupi essaie, lui aussi, de vous aider de différentes façons à combler les désirs de votre cœur. Bien que votre corps soit au repos durant votre sommeil, vos neurones restent toujours actifs et permettent ainsi la réalisation de vos rêves. Aussi, lorsque vous abordez l'être qui vous est cher au cours de l'un de vos rêves, les neurones de vos jambes vous affermissent réellement et tracent dans votre esprit une véritable piste que vous serez peut-être capable de suivre dans l'un de vos futurs états d'éveil.

Tout ceci fut confirmé par les expériences physiologiques menées par des scientifiques essayant de comprendre pourquoi nous rêvons et comment les rêves influencent notre vie. Une étude mesura et définit le flux sanguin de diverses parties du cerveau durant la phase du sommeil au cours de laquelle la plupart des rêves se déroulent. On constata alors, et de façon surprenante, un accroissement de l'activité des neurones dans certaines parties du cerveau. Principalement, les secteurs concernés furent ceux contenant les souvenirs les plus *chargés émotionnellement* tant dans le *cerveau* que dans le *corps* ; provoqués par des *émotions intenses* et des *sensations physiques* dirigées vers l'intérieur. Pendant ce temps, les zones se rapportant au jugement et à l'esprit critique étaient mises hors circuit. Lorsque le lobe frontal est vraiment débranché du reste du cerveau et qu'il ne peut nous empêcher de courir après nos désirs, nous appelons cette situation la « technique de l'agrafe ». Cette étude conclut que la phase de sommeil profond est importante pour la formation des composantes émotionnelles de la *mémoire*, y compris *la mémoire corporelle*. Les souvenirs chargés émotionnellement et situés dans le corps et dans le cerveau font partie intégrante du réseau intuitif. Quand nous dormons, certaines parties de notre corps peuvent nous faire parvenir des informations concernant le passé et le présent. Elles nous adressent des informations émotionnelles relatives aux modifications à apporter dans notre vie. En fait, Freud était d'accord avec ces chercheurs lorsqu'il déclara : « Les rêves sont une conversation avec soi-même, un dialogue fait de symboles et d'images qui s'établit entre le conscient et l'inconscient dans notre esprit. » Cette théorie a toujours été fortement controversée, mais, en se fondant sur leurs résultats, les auteurs de cette étude conclurent ironiquement que « Freud devait sourire de satisfaction ».

En résumé, pendant notre sommeil, notre esprit a accès à des pouvoirs auxquels nous n'accordons pas d'attention lorsque nous sommes éveillés, des pouvoirs qui nous permettent d'élargir nos pensées et d'acquérir des compétences plus importantes. Au cours de nos rêves, nous profitons d'un accès quasiment illimité à notre intuition. Les rêves nous procurent un moyen d'obtenir des informations relatives à notre vie, à nos émotions et, de façon très significative, à notre corps. Si nous les écoutons, nous aurons l'opportunité de modifier ce qui cause les conflits, les problèmes ou les maladies et, ainsi, nous diriger vers la guérison.

Les rêves et le corps

Dans la Grèce antique, on nommait le dieu de la médecine Asclépios, ou Esculape. Les malades et les affligés visitaient ses temples dans l'espoir d'un traitement et d'une guérison. Certains patients assistaient alors à divers rituels et cérémonies de purification sous la direction des prêtres d'Asclépios. Puis, en proie à une émotion psychique intense, ils se couchaient par terre, et les prêtres et leurs assistants les recouvraient de peaux de béliers sacrifiés. On croyait alors que, durant leur sommeil, les remèdes à leur maladie leur étaient communiqués par l'entremise de leurs rêves. Les prêtres interprétaient ensuite ces songes thérapeutiques.

D'autres malades consultaient les oracles des temples qui n'étaient autres que des médecins intuitifs avant l'heure. Ces oracles entraient dans un état onirique ou de transe profonde (que la médecine moderne diagnostiquerait probablement comme une sorte de crise ou de désordre du sommeil) afin de « s'infiltrer » dans le rêve du malade et de recevoir ainsi les informations concernant sa vie émotionnelle, ses maladies et les remèdes possibles.

Il n'est pas surprenant que les Grecs aient recherché dans les rêves les informations ayant trait aux maladies et à la santé. Le grand philosophe Aristote fut l'un des premiers à affirmer que les prémices d'une maladie pouvaient en fait être détectées dans les rêves bien avant que les symptômes réels n'apparaissent réellement. Ce petit bruit dans votre moteur corporel pourrait parvenir distinctement à vos oreilles oniriques alors qu'il resterait indétectable à vos oreilles conscientes.

Cette croyance en une relation entre les rêves et le corps a été largement mise en évidence depuis des siècles par les hommes de science. Au Moyen Âge, un médecin nommé Artemidore décrivit le cas d'un homme qui rêva en deux occasions distinctes que son oreille était frappée par une pierre et qui souffrit rapidement d'une importante inflammation de cette oreille. Artemidore déclara : « Les rêves sont comme des loupes qui peuvent déceler les tout premiers signes d'une maladie physique. » Il s'agit là d'une définition merveilleuse. Elle me rappelle une scène d'*Alice au pays des merveilles* au cours de laquelle cette petite fille atteint une taille gigantesque après avoir mangé un champignon sur lequel était inscrit MANGE-MOI. Puis, après avoir bu à la bouteille sur laquelle était marqué BOIS-MOI, elle rétrécit au point de devenir minuscule. Son univers était déformé, devenant soit très grand, soit très petit. Tout était exagéré, et la crainte régnait. C'est souvent ainsi que les choses apparaissent dans nos rêves. De façon que les problèmes soient imprimés dans nos rêves et qu'ils puissent ainsi atteindre notre conscience, ils doivent être exagérés et baigner dans un flot d'émotions, comme dans un film de Steven Spielberg. Dans les rêves, nos cerveaux, comme des loupes, grossissent les métaphores de nos problèmes de façon que nous puissions les voir, les entendre et y prêter attention.

Nos organes communiquent plus facilement avec nous la nuit que le jour. Les rêves qui prédisent une maladie, ou rêves prodromiques, furent étudiés par les scientifiques dès le milieu du XIXᵉ siècle. Le philosophe allemand Arthur Schopenhauer décrivit la relation entre les organes et certains nerfs spécifiques (système nerveux sympathique) qui sont eux-mêmes connectés au cerveau. Il déclara que, durant la nuit, lorsque les influences du monde extérieur sont atténuées, les messages en provenance des organes atteignent plus facilement le cerveau par l'intermédiaire du système nerveux. Réfléchissez à ceci en vous imaginant être une sorte de récepteur radio ou de télévision. Tout comme la télévision par câble, nous disposons de douzaines de canaux qui nous permettent de savoir ce qui a trait à notre monde. Nous pouvons nous brancher sur une « émission » axée sur les finances, sur la famille, ou d'ordre professionnel, sur une émission abordant les problèmes de la vie quotidienne, etc. Pendant la journée, alors que nous sommes submergés par nos tâches diverses, nous passons constamment d'une émission à une autre, en fonction des problèmes qui se présentent. L'émission concernant nos organismes, cependant, est semblable à une chaîne éducative. Nous avons tendance à passer rapidement dessus sans chercher à profiter d'un documentaire intéressant. La nuit, cependant, cette chaîne devient la seule disponible. Vous vous branchez dessus, en dépit de vous-même. Et les messages qu'elle vous transmet se présentent sous la forme de rêves en provenance de votre corps. La seule façon de filtrer ces messages est de ne pas vous souvenir de vos rêves. Mais les rêves et leurs messages n'auront pas moins de répercussions sur vous. Vous êtes-vous jamais endormi pendant une émission télévisée pour, ensuite, en intégrer certaines parties au cours de vos rêves ? C'est le contraire de ce qui se passe lorsque vous oubliez vos rêves à votre réveil. Vous avez éteint l'émission, mais, malgré tout, son message s'est imprimé dans votre conscience. Il affecte vos divers états de conscience, votre esprit, et influence vos décisions quotidiennes.

En fait, si vous ne vous souvenez pas de vos rêves, si vous n'en tenez pas compte, si vous ne les ressentez pas pleinement, ainsi que leurs informations intuitives, qui vous expliquent ce qui doit être changé dans votre vie affective, alors, vous mettez en danger votre santé physique. Cela fut spectaculairement mis en évidence par une étude concernant les rêves de femmes enceintes. Les chercheurs découvrirent que les femmes qui faisaient des rêves anxieux et conflictuels durant leur grossesse accouchaient sans problème, après moins de dix heures. Au contraire, les femmes dont les rêves étaient normaux et paisibles accouchaient difficilement plus de vingt heures après, avec parfois de sérieuses complications. Attendez un instant ! direz-vous. N'est-ce pas le contraire de l'intuition ? Vous pourriez penser que les femmes qui font des rêves sereins seraient celles dont le travail serait le plus facile, n'est-ce pas ? Pourtant, au cours d'une grossesse, le taux de progestérone d'une femme est plus élevé que la normale. Cela peut avoir un effet calmant sur sa façon de ressentir consciemment ses émotions. Ainsi, à l'état de veille, une femme enceinte peut ne pas ressentir la crainte et l'anxiété inévitables chez toute femme dont l'accouchement approche. Les chercheurs ont émis l'hypothèse selon laquelle les femmes qui font des rêves troublés libèrent, pendant leur sommeil, leurs craintes et leur anxiété quant à leur maternité. En faisant ainsi apparaître ces appréhensions dans leur conscience, les femmes concernées sont en mesure de les affronter. D'un autre côté, les femmes qui ne font pas de rêves effrayants peuvent, en fait, réprimer ou nier leurs émotions. Ne pouvant affronter leurs craintes, elles les somatisent ou les expriment physiquement, par le biais de divers dysfonctionnements et problèmes au cours de l'accouchement si anxieusement attendu.

En d'autres termes, les rêves perturbants agissent comme une sorte de soupape de sécurité. Les femmes enceintes qui se trouvaient peut-être dans un état d'esprit plus réceptif, grâce à l'effet calmant de la progestérone, furent capables d'affronter avec succès leurs terreurs oniriques.

D'après certains scientifiques, à moins que les émotions perturbantes (émotions qui accompagnent les problèmes non résolus de notre vie) ne soient libérées dans notre conscience par l'intermédiaire de nos rêves, elles restent entreposées dans notre corps. Elles affaiblissent ainsi les fonctions de notre système immunitaire et accroissent notre susceptibilité à de nombreuses maladies, dont le cancer. Divers cas ont mis en évidence le fait que les images oniriques peuvent même indiquer le type et la localisation du cancer d'une personne. Dans un certain cas, une femme rêvait régulièrement d'un chien déchiquetant son estomac. Au bout de deux mois, on diagnostiqua chez elle un cancer de l'estomac, et elle décéda trois mois plus tard. Dans un autre cas, un homme se plaignait de faire des rêves dans lesquels du charbon brûlait dans son larynx ou un sorcier lui enfonçait des seringues hypodermiques dans le cou. En définitive, cet homme développa un cancer de la thyroïde. Dans un autre cas encore, une femme qui souffrait d'un cancer du sein rêvait que son crâne était rasé et que le mot « cancer » y était inscrit. En se réveillant après un tel rêve, elle se déclara convaincue que le cancer dont elle souffrait avait atteint son cerveau. Pourtant, aucun symptôme n'indiquait que ce fut le cas. Cependant, peu de temps après, son diagnostic se révéla exact. Un autre malade atteint, cette fois, d'un cancer de la vésicule biliaire, rêvait que son corps explosait et s'éparpillait en milliers de morceaux. On découvrit, quelque temps plus tard, que son cancer s'était généralisé.

Les cas de rêves étranges et prophétiques précédant la maladie physique abondent dans la littérature scientifique. Un homme, fumeur invétéré, rêvait qu'il était noir et dans l'armée, et qu'il faisait le guet au cours d'une action militaire, à l'abri d'un grand arbre. Comme il se tenait là, recroquevillé, des balles de mitrailleuse furent tirées dans l'arbre, et il fut touché du côté gauche de la poitrine. Plus tard, on lui trouva une petite tumeur dans le lobe inférieur de son poumon gauche, exactement à l'endroit où la balle l'avait frappé dans son rêve.

Un autre cas concerne le rêve d'une jeune femme dans lequel son estomac éclatait après qu'elle eut mangé une pizza. Elle finit par avoir un ulcère. Une autre rêvait qu'elle était étendue sur le sol. Ce dernier s'effondrait sous elle, et elle tombait dans un trou, où elle commençait à suffoquer. Deux mois plus tard, elle développait une tuberculose caractérisée par des lésions en forme de cavités dans les poumons et par des difficultés respiratoires. Une autre femme encore était troublée depuis plus d'un an par des rêves au cours desquels une personne tenait une bougie allumée au-dessus de sa jambe gauche. Elle craignait d'avoir une maladie mentale et sollicita l'aide d'un psychiatre. Ce dernier l'écouta décrire son rêve à diverses reprises et l'envoya voir un médecin, qui ordonna une radiographie de sa jambe. La radio révéla une ostéomyélite, soit une grave inflammation et infection des os, dans sa jambe gauche.

Comment de tels rêves sont-ils possibles ? Les études démontrent que, par l'intermédiaire des rêves, nos organes internes nous communiquent des informations sur leur bon ou leur mauvais fonctionnement. Selon les scientifiques, durant le sommeil, les cellules du corps adressent à notre esprit inconscient des signaux chimiques et codés. Ces signaux fournissent ensuite la base des rêves qui préviennent d'une maladie imminente. Mais il y a encore plus à dire à ce sujet.

Des preuves scientifiques attestent que la physiologie de notre corps se modifie au cours de nos rêves. Durant le sommeil, nos organes se conduisent de la même façon que lorsqu'ils sont à l'état de veille et sous condition de stress. Pour certains, rêver peut être véritablement stressant. D'autres personnes constatent des modifications de leur pouls, de leur pression sanguine et de leur respiration. Leur taux d'adrénaline, qui permet de mesurer l'intensité du stress, s'élève pendant qu'elles rêvent. Cela n'est pas surprenant. En effet, durant la phase onirique, nous revivons véritablement les événements stressants et les diverses émotions de notre vie, afin de trouver les solutions à ces problèmes. En d'autres termes, il s'agit de réponses inconscientes et intuitives.

Plus intéressant encore, on a constaté que les changements physiques qui surviennent au cours de nos rêves se produisent exactement dans les organes les plus stressés lorsque nous sommes éveillés et actifs. Une étude scientifique se pencha sur un groupe de personnes dont certaines souffraient d'ulcères et d'autres, pas. Des sondes furent introduites dans leur bouche jusque dans leur estomac, et on les observa durant leur sommeil. Devinez à quel moment les malades souffrant d'ulcères sécrétaient le plus d'acide dans leur estomac ? Durant les périodes oniriques. Pendant ce temps, les patients qui ne souffraient pas d'ulcères ne montraient aucun accroissement de ces sécrétions acides dans l'estomac. Au cours de leurs rêves, les personnes souffrant d'ulcérations revivaient probablement leurs problèmes et tentaient d'y remédier. Et, pendant qu'elles affrontaient leurs difficultés en état onirique, elles activaient les organes affectés par le stress au cours de la journée.

Pour résumer : si vous ne prêtez aucune attention à votre vie émotionnelle et que vous ne savez pas être à l'écoute de l'intuition qui s'adresse à vous au cours de vos rêves ou lorsque vous êtes éveillé, vous courez le risque de voir se concrétiser dans votre organisme, sous forme symbolique et symptomatique, vos problèmes émotionnels.

Un cas intéressant illustrera ce phénomène particulier. Un homme rêvait d'un rat qui rongeait la partie supérieure droite de son abdomen. Durant la journée, il souffrait d'indigestions aiguës et d'acidité gastrique, mais il était soulagé quand il suivait les recommandations diététiques qu'il avait lues dans un magazine traitant de santé. Un peu plus tard, cependant, il refit le même rêve et constata une oppression et une sensibilité dans la région touchée par le rat. Il alla consulter un médecin, et bien entendu, on diagnostiqua un ulcère intestinal à cet endroit précis.

Il est facile d'imaginer cet homme subissant des situations stressantes durant la journée. Il était peut-être plongé dans une compétition féroce au travail, ou contrarié par des problèmes professionnels. Il est possible qu'il ait ressenti une douleur dans la partie supérieure droite de son abdomen au cours de la journée, mais qu'il l'ait ignorée pour des raisons d'efficacité et de productivité dans son cadre professionnel. Néanmoins, son cerveau conserva la douleur juste au-dessous de son seuil de conscience. En fait, il était convaincu que tout allait bien et qu'il était capable de travailler tout à fait efficacement. Toutefois, pendant la nuit, il ne pouvait empêcher la vérité de surgir. Il rêvait sur ce qui se passait au travail et, soudain, voyait un rat en train de ronger son estomac.

Lorsque nous rêvons la nuit, nous avons accès à des souhaits émotionnels auxquels nous devons prêter attention. Nous sommes aussi informés de la manière dont ces émotions s'expriment grâce aux symptômes rattachés à des organes particuliers. Les organes touchés par une maladie quelconque lorsque nous sommes à l'état de veille sont ceux qui sont les plus susceptibles d'être actifs quand nous dormons. En réalité, certains scientifiques croient que l'on peut prévoir une maladie d'après la façon dont les organes s'agitent durant nos périodes oniriques. D'après eux, les symptômes de certaines maladies, tels les ulcères, les colites ulcératives, l'asthme, l'hypertension, les affections de la thyroïde et la polyarthrite, s'expriment symboliquement durant nos rêves, la nuit, et de façon beaucoup plus précoce que tout autre symptôme qui apparaîtra à l'état de veille.

Ainsi, et en d'autres termes, si l'un de nos organes est susceptible d'éprouver des émotions ou des tensions spécifiques, notre corps peut indiquer cette faiblesse avant qu'elle ne se manifeste physiquement, et ce, grâce à des symboles oniriques. Si nous ne prêtons pas attention aux problèmes émotionnels qui resurgissent régulièrement dans nos rêves et si nous ne comprenons pas les symptômes présentés sous forme de symboles durant notre sommeil, la maladie peut frapper l'organe touché. En fait, la période onirique elle-même est semblable à une mini-maladie, car durant cette phase, nous pouvons activer les organes impliqués et effectuer une sorte de répétition générale de la maladie avant que celle-ci ne se déclenche réellement.

Que penser alors d'une personne en bonne santé ? demanderez-vous. Chacun d'entre nous a un point faible, un point susceptible d'être affecté par des problèmes émotionnels bien précis, le maillon faible de la chaîne. Même si vous n'êtes pas malade, cet organe fragile montrera la plus grande activité durant la phase onirique. Mon amie infirmière, dans son rêve récurrent, avait probablement un point faible qui subissait un stress intense pendant ses rêves. Si elle n'avait pas tenu compte de son intuition concernant sa vie émotionnelle, elle aurait vite remarqué une sorte de signal d'alarme symbolique au cours de ses rêves, provenant de l'organe sensible. Et si elle avait ignoré ce signal, elle aurait fini par avoir un problème.

Les rêves font partie intégrante de notre système de conseils intuitifs qui connaît parfaitement les problèmes émotionnels de notre existence auxquels il nous faut prêter attention. Les symptômes physiques qui surviennent durant nos rêves sont tous en corrélation avec nos émotions. Si nous ne tenons pas compte de nos difficultés émotionnelles et n'apportons pas les changements voulus dans notre vie, celles-ci peuvent provoquer des maladies dans certains de nos organes. Les rêves sont semblables à des fenêtres ouvertes par lesquelles nous pouvons apercevoir les images de nos émotions et ce que notre intuition essaie de nous dire, et nous y concentrer sans les voiles vaporeux et les distractions de la vie quotidienne. Les rêves nous envoient des images avec lesquelles nous pouvons travailler pour effectuer certains changements dans notre existence avant qu'il ne soit trop tard.

Les cas réels ont tous montré qu'une fois supprimés les troubles physiques et émotionnels signalés dans les rêves, ces derniers cessent. Ce fut le cas de cet homme dont l'estomac était dévoré par un rat. Après l'opération de son ulcère, il déclara n'avoir plus jamais refait ce rêve. Lorsque j'eus les premiers problèmes reliés à ma colonne vertébrale, je fis des rêves au cours desquels les marches d'escaliers de ma maison s'effondraient sous mes pas. Les ouvriers devaient reclouer chaque planche de façon à solidifier l'escalier pour qu'il ne s'écroule

pas. Lorsque j'eus mon opération à la colonne vertébrale, ce fut exactement la même chose : plusieurs vertèbres furent soudées ensemble pour consolider ma
colonne vertébrale. Après cette opération couronnée de
succès, je ne fis plus jamais ce rêve. Cela fut possible
grâce à la chirurgie, bien sûr, mais aussi, comme nous
le verrons plus tard, grâce aux décisions importantes
que je pris alors concernant ma vie émotionnelle. Parce
que j'avais modifié quelque chose d'important dans ma
vie, mon intuition n'eut plus besoin de me sermonner
à ce propos.

LES SYMBOLES ONIRIQUES
ET LE LANGAGE DES RÊVES

Nos rêves se présentent souvent tel un monceau
d'images insensées. Comment pouvons-nous donner un
sens à ces événements bizarres qui surviennent lorsque
notre corps est assoupi mais que notre cerveau fonctionne à plein rendement et que l'intuition nous ali-
mente en informations vitales sur certaines choses que
nous ignorons dans notre vie ? Comment parvenons-
nous à saisir le langage de l'intuition tel qu'il s'adresse
à nous dans nos rêves ?

À travers les âges, divers symboles et images oniriques ont été acceptés comme représentatifs d'objets et
d'attitudes mentales et physiques. Bien avant Freud,
par exemple, on pensait qu'une maison représentait le
corps. Des organes pris individuellement sont fréquemment considérés comme des chambres individuelles de
cette maison. Un hall d'entrée pourrait être la bouche.
Un escalier, comme dans mes rêves, pourrait symboli-
ser la colonne vertébrale, la gorge ou l'œsophage. Les
plafonds couverts d'araignées sont souvent une métaphore indiquant les migraines, alors qu'un foyer em-
brasé ou un soufflet sont associés à l'asthme ou aux

problèmes respiratoires. Pendant l'ovulation, les femmes rêvent fréquemment à des pierres fracassant leurs fenêtres (les ovules libérés par les ovaires). Elles rêvent aussi souvent qu'elles se trouvent dans une maison dont les murs s'écroulent (les desquamations de l'utérus pendant les règles). Et puis, il y a le fameux pilier, qui, dans la meilleure tradition freudienne, représente, bien entendu, le phallus.

Voici les symboles oniriques les plus fréquents et l'organe ou l'état physique qu'ils sont censés représenter.

Symbole	Organe affecté/État
Maison	Corps
Pièces de la maison	Organes distincts
Entrée	Bouche
Escalier	Gorge, œsophage, colonne vertébrale
Plafond avec araignées	Migraines
Foyer embrasé	Poumons, respiration
Boîtes ou paniers vides	Cœur
Objets ronds	Vessie, vésicule
Bâtons dressés ou piliers	Organes génitaux mâles

Il y a plus de deux mille ans, les Chinois observèrent que certains types de rêves étaient reliés à l'état de santé de certains organes ou groupes d'organes. Les rêves empreints de terreur, par exemple, semblaient reliés à des problèmes cardiaques. Les rêves marqués par la suffocation référaient aux poumons, alors que l'eau se rapportait visiblement aux reins ou à la vessie. La plupart de ces observations sont encore valables aujourd'hui.

Organe affecté	Rêve
Cœur	Terreur. Anxiété au réveil. Rêves habituellement courts impliquant une mort horrible. Feu, brasiers.
Poumons	Rêves d'étouffement, de suffocation et de fuite. Objets blancs. Assassinats cruels. Objets métalliques.
Appareil digestif	Goût ou dégoût pour la nourriture. Pénurie ou abondance de nourriture ou de boisson. Construction d'immeubles ou de murs. Collines, marécages.
Reins, vessie	Navires, bateaux, noyades ; marches et excursions ; baignades ; séparation du corps au niveau de la taille

Bien qu'il soit tentant d'affirmer que tous les rêves peuvent être déchiffrés sur la base de ces symboles reconnus, ils ne sont, au mieux, que des repères facilitant la compréhension de notre intuition onirique. On ne peut les appliquer de façon systématique. Chacun de nous vit des expériences inhabituelles qu'il peut interpréter symboliquement de différentes manières. Par exemple, mon père était charpentier. Aussi, fis-je de nombreux rêves relativement à des maisons et à des matériaux de construction. Les femmes rêvent plus souvent aux maisons que les hommes. Dans la symbolique onirique féminine, les serpents sont supposés représenter l'érotisme, mais, chez une personne déprimée, un serpent pourrait alors figurer une corde ou un nœud coulant. Pour quelqu'un d'autre, un serpent pourrait correspondre à une route ou à un chemin que cette personne devrait suivre.

Par le passé, les interprétations freudiennes des symboles ont dominé notre approche des rêves. Comme si l'on voyait la vie selon les expériences de Freud, d'après son cerveau et son corps ; comme si nous portions ses propres lunettes. Mais ses expériences ne sont pas forcément valables pour les autres et, quelquefois, ce que vous voyez dans vos rêves ne représente rien d'autre que ce qu'il semble être, ni plus ni moins, sans aucun sens caché. Ce n'est pas ce que Freud défendait au début. Il écrivit un jour une phrase fameuse à propos d'une pipe apparaissant dans le rêve d'un patient : « Ce n'est pas une pipe. » Dans son esprit, le pénis était dans les rêves un thème récurrent représenté par de nombreux symboles. Eh bien, je ne sais pas ce que vous en pensez, mais même si les organes génitaux mâles apparaissent occasionnellement dans mes rêves, cela ne se produit pas de façon régulière. Je pense que Freud finit par comprendre. Par la suite, il modifia sa théorie et admit que « quelquefois, un cigare ne représente rien d'autre qu'un cigare ».

De plus, la vie moderne a introduit dans les rêves des éléments et des objets qui n'existaient pas à l'époque de Freud et encore moins il y a deux mille ans en Chine. Nous devons trouver une nouvelle interprétation à ces symboles oniriques. Habituellement, leur sens est tout à fait propre à la personne qui en rêve. J'ai commencé à avoir des problèmes au cou à une époque où j'essayais de faire deux choses en même temps – préparer mon doctorat et suivre des cours à la faculté de médecine. De plus, je parcourais de trente à soixante kilomètres par jour à vélo et courais dix kilomètres le soir. Vous devez penser que j'en faisais trop. À cette époque, je rêvais à des lentilles de contact ; qu'elles doublaient de taille, ce qui les rendait vraiment difficiles à placer sur mes yeux. J'arrivais à les mettre, mais avec beaucoup de mal. Durant la journée, j'éprouvais des difficultés à concilier toutes ces activités, mais je me suis toujours arrangée pour y parvenir. Comme j'étudiais en psychiatrie et que je m'intéressais au cerveau, je tentai d'appliquer tout le fatras de Freud à mon propre cas et parvins à la conclusion suivante : mon rêve sur mes lentilles de contact établissait un lien avec les modifications de mon image personnelle et celles de ma carrière.

Je me débattis pour terminer mon doctorat et continuer mes activités à la faculté de médecine. Puis, un matin, je m'éveillai et pris conscience que certaines parties de mes mains étaient devenues insensibles et que j'éprouvais des difficultés à bouger mes doigts. Un scanner révéla que deux de mes disques vertébraux n'étaient plus alignés. Ces disques comprimaient la moelle épinière, provoquant un engourdissement et une paralysie partielle. Afin d'éviter une intervention chirurgicale, j'optai pour un traitement plus conservateur à base d'ostéopathie, d'acupuncture et de psychothérapie. Je décidai aussi de ne pas poursuivre mes études de neurologie, contrairement à ce que j'avais prévu. (Comme si je n'en faisais déjà pas assez !) La taille des disques diminua, et ils commencèrent à se réaligner correctement. Et aussitôt, mes rêves sur des lentilles de contact cessèrent.

Bien entendu, à cet instant, je n'avais pas encore établi la relation entre les rêves, les disques et les schémas émotionnels de mon existence qui nécessitaient d'être corrigés. Je m'installai dans le Maine et entrepris des études psychiatriques. Trois ans plus tard, cependant, je réalisai que je m'ennuyais et commençai à rechercher d'autres défis et d'autres sujets de stimulation. Je décidai d'essayer d'entreprendre deux choses en même temps et envisageai d'étudier à la fois la neurologie et la psychiatrie. Dans ce but, j'organisai mon installation à Chicago. Et, de nouveau, mes douleurs cervicales et l'engourdissement de mes mains réapparurent.

Mes rêves à propos des lentilles de contact recommencèrent aussi. Cette fois-ci, les verres de contact étaient si gros qu'il m'était impossible de les ajuster. Puis, un jour, j'éternuai fortement, et deux nouveaux disques cervicaux se déplacèrent. Je dus être transportée d'urgence à l'hôpital, parce qu'il m'était impossible de bouger la main gauche et que je commençais à perdre toute sensation dans mes jambes. Les disques déplacés comprimaient la moelle épinière et provoquaient la paralysie. La chirurgie était inévitable.

Le lendemain de l'opération, j'eus mon dernier rêve ayant trait à des verres de contact. Au cours de celui-ci, j'étais sur le point de placer une lentille sur mon œil lorsqu'elle se brisa en mille morceaux dans ma main. Je me réveillai, inondée de sueur avec le sentiment profond que ce rêve était important. Mais je ne le compris toujours pas. Je crus avoir besoin de nouveaux verres de contact. Un de mes amis prit rendez-vous pour moi chez un ophtalmologiste. Quelques semaines plus tard, je reçus l'analyse des résultats de mon opération. Et soudain, je compris. D'après ce document, divers fragments de disques vertébraux avaient été ôtés de la surface de ma moelle épinière. En d'autres termes, l'un de mes disques s'était brisé. Et quelle est la forme d'un disque vertébral ? À peu près la même forme convexe que celle d'une lentille de contact !

À cet instant, je compris le langage imagé de mon rêve. Et je me rendis compte que mon intuition m'avait avertie, par l'intermédiaire de mes rêves et de mes souvenirs corporels, par les réminiscences de mes douleurs dorsales associées aux périodes difficiles de mon existence, qu'essayer d'entreprendre simultanément deux choses différentes et contradictoires n'était pas souhaitable. En fait, cela avait déclenché quelque chose en moi. Que s'était-il passé ? Ma tête avait décidé quelque chose – continuer mes études de neurologie et m'installer à Chicago –, alors que mon cœur et le reste de mon corps étaient d'un avis opposé – rester dans le Maine et poursuivre mes études de psychiatrie. Ainsi, ma tête allait dans une direction, Chicago, et mon corps dans une autre, le Maine. Et d'où provint le signal avertisseur ? De mon cou, situé entre les deux.

Mes rêves m'avertissaient qu'à moins de changer ce que je faisais et les raisons qui me poussaient à agir ainsi, j'allais me faire beaucoup de mal. Aujourd'hui, il me reste encore un disque à problème. Il est situé en T3-T4, juste à côté de mon cœur. Si ce disque se brise, je devrai subir une intervention chirurgicale de la cage thoracique. Les chirurgiens devront alors ouvrir cette dernière, écarter les poumons et retirer les morceaux de disque avec une fine paire de pinces. Aussi est-il impératif que je comprenne maintenant ce que mes rêves ont voulu me dire (et ce que mon corps m'a fait subir lorsque je n'ai pas voulu écouter) : suivre la voie du salut indiquée par mon cœur et mon corps plutôt que la valse hésitation entre ma tête et mon cœur.

Bien entendu, ni les Chinois ni Freud n'avaient entendu parler de verres de contact, de sorte que leurs symboles de référence ne pouvaient m'aider à interpréter mes rêves. De plus, dans le cas de quelqu'un d'autre, l'image onirique représentant les disques vertébraux aurait pu être totalement différente. Cependant, n'importe qui peut comprendre le symbolisme de mes rêves. Nous avons tous fait des rêves qui nous mettaient en garde, qui nous réveillaient, baignés de sueur, nous obligeant à nous demander ce qu'ils pouvaient bien signifier. Nous savions qu'ils étaient importants, mais ne pouvions en comprendre le sens. Dans certains cas peut-être, grâce à un ami à qui nous en avions parlé, avons-nous commencé à discerner les situations émotionnelles auxquelles nous devions véritablement prêter attention et que nous devions affronter, faute de quoi certaines parties de notre corps seraient en danger.

Une grande partie du langage intuitif des rêves est propre à chaque individu. Cela sous-entend que nous devons tous apprendre à déchiffrer les façons dont nos rêves communiquent avec nous et, en particulier, ce que nous devons modifier dans notre vie émotionnelle et les parties de notre corps qui peuvent être mises en danger si nous n'agissons pas ainsi.

Une preuve scientifique fournie par une fascinante étude réalisée durant les années trente établit l'idée selon laquelle l'imagerie onirique est reliée à nos fonctions corporelles et à notre santé. Sur la côte Ouest, un chercheur demanda à certaines femmes de décrire leurs rêves. Sur la base du contenu onirique de ces derniers, le chercheur put déterminer la phase du cycle menstruel dans laquelle chaque femme se trouvait. Le scientifique fut ainsi en mesure de calculer l'activité ovarienne et utérienne de ces femmes uniquement d'après le contenu de leurs rêves. Un frottis vaginal de chacune des femmes fut envoyé à un laboratoire de la côte Est, qui les examina et détermina exactement le cycle menstruel de chacune des femmes. Les prévisions furent presque toutes exactes. Avant l'ovulation, les rêves de ces femmes portaient plus spécialement sur le monde extérieur. Mais, pendant leurs règles, leurs rêves trahissaient essentiellement des préoccupations plus personnelles – le foyer, le ménage, la famille. Le contenu psychologique de ces rêves reflétait ce qui se passait dans le corps de ces femmes.

Si vous prêtez attention aux informations en provenance de vos rêves, vous aurez une connaissance immédiate de l'état de votre organisme. Vous pouvez aussi avoir accès à votre état émotionnel et avoir une vue précise des buts de votre existence, et ce, très clairement. Un jour, je fis une lecture à une femme qui souffrait, du moins le pensai-je, d'une composition sanguine déficiente. J'ignorais de quoi il s'agissait précisément, mais je vis que cette affection était liée, d'une certaine façon, à sa famille et à un sentiment de perte. Je lui demandai s'il lui était possible de me décrire un rêve étrange qu'elle aurait pu faire. Au début, comme la plupart des gens, elle me déclara qu'elle ne rêvait jamais. Aussi n'insistai-je pas pendant quelque temps, et nous parlâmes d'autres choses. Une fois qu'elle fut décontractée, je lui demandai à nouveau : « Êtes-vous certaine de ne jamais rêver ? N'importe quel rêve ? » Je dus répéter ma question à trois reprises avant qu'elle ne finisse par admettre que oui, en effet, elle faisait un rêve récurrent dont elle acceptait de me parler : elle volait dans le ciel et rencontrait son cousin mort d'un lymphome, une sorte de cancer des globules blancs. Elle l'enlaçait tout en flottant dans les airs et, à cet instant, sentait que le mal de son cousin traversait dans son propre corps.

Il s'avéra que cette femme souffrait d'une affection qui diminuait considérablement le nombre de ses globules blancs. Mais, élément étrange de cette affaire, *cette affection se développa six mois après la mort de son cousin* ! Comme si elle avait développé une forme atténuée de la maladie de son cousin, et cela, en réaction au sentiment de perte qu'elle avait ressenti à la mort de ce dernier. Son rêve l'informait de cette situation sous une forme imagée dramatiquement forte. Et, une fois qu'elle comprit ce rêve et qu'elle l'accepta, elle fut capable de prendre en compte le message intuitif qui lui avait été communiqué et, de ce fait, d'améliorer à la fois sa condition physique et sa qualité de vie.

CHAPITRE 3

Tout sur le cerveau

De prime abord, nous croyons que le cerveau est le siège de l'intellect et de l'intelligence. Toutefois, ceux-ci ne représentent que la moitié du potentiel du cerveau. Trop souvent, nous oublions l'intuition, cette autre capacité mise à notre disposition par le cerveau.

Le personnage de l'Épouvantail dans *Le Magicien d'Oz* est très caractéristique de la façon dont la plupart d'entre nous considèrent le cerveau. Si seulement il avait un cerveau, se dit-il, il pourrait résoudre les équations d'Einstein dans sa tête et débiter mot à mot, et à toute allure, les sonnets de Shakespeare. Ce qu'il exprime, en définitive, par ces souhaits, c'est le désir de posséder un *cerveau gauche*, la partie la plus importante de notre cerveau en ce qui a trait à l'intellect et à la pensée rationnelle. En fait, l'Épouvantail possédait visiblement une forme d'intelligence, comme le Magicien le savait parfaitement, mais lui-même l'ignorait. S'il était capable d'aider Dorothy au cours de ses aventures au royaume d'Oz, c'était parce qu'il avait accès à l'intuition, une caractéristique du *cerveau droit*.

L'intuition est moins accessible à certaines personnes qu'à d'autres parce que, dans l'ensemble, nous sommes, contrairement à l'Épouvantail, lourdement influencés par notre cerveau gauche. Nous vivons dans un monde qui met surtout l'accent sur l'intellect et qui, comme l'Épouvantail, néglige l'intuition.

Nous nous basons sur notre cerveau gauche, qui est en harmonie avec le monde extérieur et avec la logique, afin de diriger la plupart de nos actions et de contrôler les réponses que nous devons apporter aux événements qui surviennent dans notre vie. De ce fait, nous négligeons l'autre moitié de notre cerveau, beaucoup plus orientée vers l'introspection et qui nous procure l'essentiel de notre capacité intuitive.

Sur l'écran de notre esprit, la bataille des cerveaux est un spectacle permanent. Cependant, si nous pouvons apprendre à faire cesser ce combat féroce, à amener ces deux esprits antagonistes mais aussi indispensables l'un que l'autre à se rencontrer et à s'intégrer aux autres parties de notre cerveau, nous pouvons modifier le scénario et permettre à l'intuition de jouer un rôle plus important et plus positif dans notre vie.

DEUX CERVEAUX EN UN

Nous avons tous un cerveau unique, mais il est divisé en deux entités différentes. La moitié gauche ou hémisphère gauche est le siège de la logique. Cet hémisphère est séquentiel, rationnel, linéaire, logique et centré sur le monde extérieur. Il cherche en permanence à interpréter les informations qu'il reçoit. Sa force réside dans la faculté du langage, et on le considère habituellement comme la partie masculine du cerveau. L'hémisphère droit, de son côté, est plus irrationnel, réceptif, visuel et orienté vers la gestalt. Il est intéressé par la beauté et l'esthétique. Il se concentre sur les émotions et les sensations du corps, et est généralement considéré comme la partie féminine du cerveau. Le cerveau gauche appartient au monde extérieur, ou au yang, et le cerveau droit est plus intériorisé, ou yin.

Chez certaines personnes l'hémisphère gauche est dominant et chez d'autres, c'est l'hémisphère droit. Les femmes, dans leur ensemble, ont davantage accès au cerveau droit et une plus grande capacité de passer simultanément d'un hémisphère à l'autre. Les hommes, en général, ont tendance à n'utiliser qu'un hémisphère à la fois, et plus particulièrement le gauche.

Un soir, j'assistai à un concert avec une amie et son mari. À la fin de la représentation, le chef d'orchestre fit un petit discours sur l'importance de la culture musicale. Il parlait avec passion de la façon dont la musique est rattachée aux émotions de notre cerveau droit et comment elle peut aider les gens à apprécier la beauté de la vie et à en comprendre l'essence. Il fit aussi allusion à des recherches d'après lesquelles l'étude de la musique ou l'apprentissage d'un instrument musical aidait les gens à développer leurs dons pour les sciences et les mathématiques. Mon amie et moi fûmes passionnées.

Lorsque le chef d'orchestre eut terminé, le public se leva et lui fit une ovation. Mon amie se tourna vers son mari, un homme habituellement d'une grande sensibilité, qui était resté assis et ne s'était pas joint à cette ovation. « Tu n'as pas trouvé cet exposé extraordinaire ? » lui demanda-t-elle. Son mari haussa les épaules. « Je ne l'ai pas vraiment compris, a-t-il répondu. Je l'ai trouvé très vague. Que voulait-il dire ? » Mon amie était stupéfaite. « Je n'en crois pas mes oreilles ! s'écriat-elle. C'était merveilleux. » Son mari haussa à nouveau les épaules. « Je n'ai pas trouvé cela très intéressant », répéta-t-il.

Je me suis alors dit : « Ouf ! un cerveau droit et un cerveau gauche sont en train de discuter à côté de moi. »

La réaction de mon amie sur cet exposé avait été de type « cerveau droit ». (En fait, j'aurais parié que la plupart des femmes avaient déjà eu ce genre de discussion.) Elle avait beaucoup apprécié cette expérience et souhaitait que son mari éprouve les mêmes émotions : « Cela avait été si merveilleux ! Ne penses-tu pas que ce qu'il a dit était beau ? » Son mari, de son côté, eut une réponse typiquement « cerveau gauche ». Il ne pouvait partager les sensations de son épouse parce qu'il recherchait la logique, la précision et, plus que tout, parce qu'il n'avait pas compris. C'était trop général. Qu'est-ce que le chef d'orchestre avait voulu dire ?

L'hémisphère droit, considéré comme plus indépendant et créatif, est supposé être la moitié du cerveau la plus réceptive à l'intuition. Voilà pourquoi, les femmes ayant plus facilement accès au cerveau droit, « l'intuition féminine » est une réalité. Dans notre culture, l'hémisphère droit est dominant et les gens ont, de ce fait, tendance à négliger, à mépriser et même à rejeter l'intuition. Ceux qui ont un cerveau gauche dominant tendent à penser que les gens qui croient à l'intuition sont des farfelus. D'un autre côté, ceux qui ont un cerveau droit dominant pensent que les autres ne sont que des gens terre à terre et sans imagination. Cependant, lorsque nous devons interpréter les messages de notre intuition, les deux hémisphères sont d'importance égale. Du fait que le cerveau a besoin de ses deux moitiés pour fonctionner avec la plus grande efficacité, nous avons besoin, nous aussi, de notre cerveau droit et de notre cerveau gauche, en somme, de notre *cerveau complet*, pour puiser au maximum dans notre intuition.

À L'INTÉRIEUR DU CERVEAU

Le poste central de commandement du réseau intuitif – le cerveau – est un organe pluripartite, multicouche et polyvalent. Vous pouvez l'imaginer de deux façons.

La première : comme un avocat. La peau représente le cortex, une couche extérieure de cellules qui fonctionnent tels des ordinateurs et s'occupent de notre pensée. La chair verte représente le câble reliant les différentes parties du cerveau, leur permettant ainsi de communiquer, de partager les informations et de procéder à des associations d'idées. Le noyau est la partie la plus profonde du cerveau. Il contient les structures complexes comme l'inconscient et les nucléoles qui permettent de mettre en marche le cortex.

La deuxième façon de vous représenter les différentes parties du cerveau est d'imaginer celui-ci comme une voiture. Le capot est représenté par le lobe frontal qui contrôle le comportement social. C'est lui qui dirige, règle et impose les limites. Il nous dit de ne pas faire ceci, de ne pas toucher à cela, de ne pas agir ainsi. Comme si nous avions simultanément dans notre tête un proviseur de collège et la religieuse qui nous a fait le catéchisme. À l'arrière de la voiture, le coffre représente la partie visuelle de notre cerveau, une sorte de caméra vidéo qui nous aide à interpréter ce que nous voyons. Les ailes sont les lobes temporaux. Certaines personnes ont des ailes aussi impressionnantes que celles d'une Cadillac des années cinquante et qui longent le cerveau tout entier. Ces lobes sont importants pour interpréter ce que nous voyons et entendons, pour créer des souvenirs et pour exprimer des émotions. Les lobes temporaux sont aussi d'une importance vitale pour l'intuition.

Si vous ouvrez le capot de la voiture et examinez son moteur, vous constaterez qu'un enchevêtrement de câbles relient entre elles les diverses parties du véhicule – les serrures, les fenêtres, les ampoules, et bien d'autres pièces. Plus votre vie se prolonge, plus nombreux sont les câbles que votre cerveau développe afin de connecter ses différentes parties. Ces câbles internes permettent les associations entre ce que nous voyons (les ailes arrière), ce que nous entendons, ce que nous ressentons (les ailes latérales) et ce que nous devrions faire ou ne pas faire (le capot).

De plus, le cerveau est divisé en deux par le milieu. Son côté droit contrôle la moitié gauche de notre corps, et vice versa. Les deux hémisphères du cerveau sont reliés par un réseau de fibres nerveuses appelé *corpus callosum*, qui est semblable à une série de fils téléphoniques leur permettant de communiquer entre eux. Cette communication est de la plus haute importance puisque chacun des hémisphères a une tâche bien spécifique à remplir. Parce que chacun de ces hémisphères a un rôle déterminé et important à jouer, vous ne pouvez tirer le maximum de profit de votre intuition que lorsqu'ils collaborent parfaitement ensemble.

Ensemble et détails

Si je vous demandais de dessiner une maison, votre cerveau droit s'occuperait de sa forme extérieure. Il définirait le profil du bâtiment et de son toit. Le cerveau gauche, quant à lui, fignolerait les détails. Il dessinerait donc les portes et leurs poignées, les fenêtres et leurs chambranles, la cheminée, la fumée s'en échappant en montant vers le ciel, et toute autre caractéristique que vous souhaiteriez ajouter à votre dessin.

Le cerveau droit pense en termes de gestalt ou de globalité. Il peut appréhender la forme générale de quelque chose et en déduire sa nature. Considérez le mot suivant présenté sous forme de schéma. Pouvez-vous deviner de quoi il s'agit ?

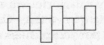

110

Si votre cerveau droit est dominant, il est probable que vous avez déjà trouvé la solution. Si, par contre, votre cerveau gauche est dominant, comme la plupart des gens, vous aurez sans doute besoin d'un indice : il s'agit du nom d'un animal. Avez-vous trouvé ?

Une fois cet indice fourni, presque tout le monde lit le mot immédiatement : éléphant.

Si vous avez été capable de déchiffrer ce mot uniquement à partir de la configuration des lettres, vous avez probablement un hémisphère droit très développé. Lorsque je propose cette expérience à mes étudiants, seul un élève sur cent est capable de fournir la bonne réponse sans aucune aide. Cela signifie que ce dernier a été en mesure de tirer une conclusion correcte à partir de très peu d'éléments. Rappelez-vous la définition de l'intuition au chapitre 1 : la faculté de tirer une conclusion correcte à partir d'une base de données inadéquates.

Bien entendu, l'hémisphère droit n'est pas infaillible. Je me souviens d'un jour où, me trouvant derrière un autre véhicule sur une autoroute, je remarquai un autocollant portant une inscription en caractères gothiques. J'étais trop éloignée pour arriver à la lire, mais son aspect général, celui des lettres qui la composaient, me fit penser à l'inscription « Holy Cross ! » Eh bien ! lorsque je le doublai, je m'aperçus que l'inscription n'était pas du tout celle que je croyais ; il était écrit : « *Grateful Dead*. » D'accord, je m'étais fourré le doigt dans l'œil ! En somme, mon cerveau droit avait tiré une conclusion fondée sur des données insuffisantes. Cette fois-là, il se trompa, mais, en général, il a raison. La plupart des gens à prédominance « hémisphère droit » lisent en fait de cette façon. L'hémisphère droit devine et fait une approximation basée sur la forme du mot ; puis l'hémisphère gauche complète les détails. Certains dyslexiques ne lisent pas lettre par lettre, mais évaluent la forme générale et l'associent à un mot. Lorsque des personnes subissent une attaque de leur cerveau gauche et deviennent aphasiques (interruption du fonctionnement du centre de l'expression orale et écrite dans le cerveau), elles peuvent recouvrer certaines aptitudes à la lecture sur la base de ces principes généraux. Une personne aphasique ne pourra jamais lire de mots écrits en lettres majuscules parce que ceux-ci n'ont pas de forme susceptible d'être interprétée par l'hémisphère droit. « ÉLÉPHANT », par exemple, ressemblerait à une tache informe. Mais elle serait capable de trouver le mot « éléphant » à partir du schéma ci-dessus. Ce dernier s'apparente davantage au schéma de reconnaissance dont nous avons parlé plus tôt.

L'hémisphère droit est capable de déchiffrer une forme globale ou de recevoir des informations en provenance de l'intuition, mais il a besoin de l'hémisphère gauche pour obtenir les détails lui permettant de parvenir à une conclusion. Dans ce cas, la collaboration des deux hémisphères est donc nécessaire. Vous rappelez-vous ces infirmières qui « savaient » que leurs malades avaient besoin d'aide, bien que ne présentant aucun signe visible ni aucun symptôme alarmant ? Interrogées par les médecins, elles commençaient par rechercher des explications extérieures pour justifier leurs conclusions intuitives. Dans l'incapacité d'y parvenir, elles étaient en général incapables de convaincre les médecins que des mesures devaient être prises au profit des malades. Ainsi, deux éléments vitaux ayant trait à l'intuition manquaient à ces infirmières : la confiance en ce que leur communiquait intuitivement leur hémisphère droit et l'aide de l'hémisphère gauche pour communiquer et expliquer cette information aux autres. Vous pouvez ressentir une intuition dans votre cerveau droit – « Quelque chose ne va pas ici » – mais vous devez ensuite rechercher autour de vous des faits acceptables par votre cerveau gauche sur lesquels baser un raisonnement rationnel. Autrement, vous ne serez pas capable de prouver la validité de votre information intuitive.

Les deux hémisphères se complètent mutuellement. Le cerveau droit fournit l'intuition tandis que le gauche nous la rend compréhensible et nous permet de la communiquer aux autres. Sans l'aide du cerveau gauche, les messages du cerveau droit ne seraient que du charabia. Lorsque je commençai à faire mes premières lectures, je me rappelle avoir pensé d'une personne souffrant du foie : « Oh ! ce foie a éclaté en mille morceaux. » J'appris que cet homme avait eu une transplantation du foie et que son organisme provoquait une réaction de rejet. Je visualisais parfaitement ce problème grâce à mon cerveau droit, mais j'étais tout à fait incapable de formuler ce que je ressentais intuitivement. Bien entendu, cela n'arrangeait en rien les affaires de mon patient. Il avait besoin de comprendre précisément ce qui se passait et pourquoi. Pour quelles raisons son corps réagissait-il ainsi ? Quel aspect de sa vie émotionnelle était associé à ce rejet ? Je ne devins un médecin intuitif efficace qu'au moment où je laissai mon hémisphère gauche exprimer en termes logiques et compréhensibles ce que mon intuition était en train de me suggérer. De nombreux voyants sont excellents pour recevoir les informations intuitives du cerveau droit, mais ils sont ensuite incapables de les exprimer clairement par l'intermédiaire du cerveau gauche. Ils ressassent sans arrêt ce qu'ils ressentent, mais ne parviennent pas à analyser ou à interpréter leurs impressions au bénéfice de leurs clients. Mais l'intuition du cerveau droit qui ne s'exprime pas avec les mots de l'hémisphère gauche est semblable à quelqu'un qui voudrait diriger un orchestre symphonique sans être capable de lire la partition. L'intuition sans support concret est sans intérêt.

De même, le fait d'être doté d'un cerveau gauche dominant – logique, analytique, organisé – ne signifie pas que vous n'êtes pas intuitif ou que vous ne pouvez l'être. Nous sommes tous intuitifs. Même cet ingénieur utilisant en permanence sa calculatrice et donnant l'impression qu'il n'y a pas, en lui, la moindre once d'imagination ou d'intuition, pourrait vous surprendre par ses capacités intuitives. Qui est plus strict et organisé qu'un cadre de direction, par exemple ? Cependant, toutes les études ont démontré que ces individus recourent plus à leur hémisphère droit qu'au gauche. Vous connaissez tous des techniques élaborées de prises de décision et d'organisation qui sont en permanence mises au point et enseignées dans les écoles de commerce. Il se trouve que les meilleurs directeurs les ignorent totalement ! Ils préfèrent lire les expressions du visage et analyser les intonations de voix et les gestes des gens avant de prendre des décisions dans telle ou telle situation. Ils utilisent leur hémisphère droit et non le gauche.

Je connais une femme que je qualifierais de ménagère intuitive. Elle peut « lire » les maisons, y pénétrer et savoir instinctivement – intuitivement – où se trouvent les objets à l'intérieur et l'emplacement qui leur convient le mieux. Elle pratique l'art asiatique du fêng shui, selon lequel l'harmonie de votre vie et votre équilibre dépendent de la façon dont votre intérieur est arrangé.

Cette femme ne ressemble pas à l'idée que la plupart des gens se font d'une intuitive. Elle est extrêmement minutieuse, logique et organisée – caractéristiques typiques du cerveau gauche. En fait, je ne l'ai pas moi-même considérée comme une intuitive lorsque je l'ai rencontrée pour la première fois. Intérieurement, je trouvais un peu ridicules ses conseils très précis sur l'agencement de mon mobilier en fonction de l'énergie provoquée par d'invisibles champs électromagnétiques qui affecteraient différents aspects de ma vie. Toutefois, je suivis l'essentiel de ses conseils. Par exemple, je plaçai divers objets ayant un rapport avec ma profession du côté sud de ma maison. Du côté ouest, je concentrai des éléments ayant trait à l'affection et aux relations en général. Et ainsi de suite. Mais je négligeai ses conseils concernant ma santé. Oh ! c'était sans importance, pensai-je, sceptique à propos de ses théories.

Puis, Noël arriva, et je suspendis allègrement à toutes mes fenêtres des guirlandes électriques qui parcouraient toute ma maison, du secteur de la profession et de la prospérité jusqu'au secteur des voyages et de l'aventure en traversant la zone de la santé que j'avais négligée. Que pensez-vous qu'il arriva ? Le matin suivant, je me levai et découvris que les ampoules de mes guirlandes électriques toutes neuves, situées dans le secteur de la santé, avaient inexplicablement grillé. De plus, elles avaient fait sauter les plombs de ma maison et rempli celle-ci d'une odeur âcre de plastique brûlé ! Alors, d'où proviennent les problèmes récurrents de ma vie ? De ma santé. Mon problème de désordre du sommeil, actuellement résolu, était en réalité une sorte de problème électrique où mon cerveau était lui-même allumé ou éteint, exactement comme les ampoules de mes guirlandes.

Vous ne serez pas surpris d'apprendre que je devins immédiatement une adepte du fêng shui et que je compris que cette femme était en réalité une véritable intuitive, en dépit de ses caractéristiques « hémisphère gauche » évidentes. Son cerveau *droit* lui indiquait la façon dont l'intérieur d'une maison devait être agencé. Elle était semblable à une décoratrice d'intérieur qui, instantanément, se représente une vision grandiose : « Oh ! ce sera magnifique ! Nous allons décorer selon le style Early American avec une touche de Santa Fe. » Son cerveau *gauche* lui fournissait alors les détails qui permettraient d'accomplir concrètement cette réalisation, comme l'assistant de la décoratrice donnant les instructions aux ouvriers : « Suspendez ce tableau ici. Placez le canapé là-bas. Mettez ce petit tapis rouge devant la cheminée. »

Prédominance du cerveau gauche sur le cerveau droit

Idéalement, les deux hémisphères devraient travailler ensemble, mais c'est rarement le cas. Le cerveau gauche tend à mépriser le droit, tout comme le président du Congrès, administrant et concevant des lois à sa guise. L'hémisphère droit agit comme les électeurs dont la vocation est d'être gouvernés. Cependant, les raisons de la prééminence de l'hémisphère gauche ne sont pas uniquement culturelles. En fait, de nombreuses études suggèrent que les préjugés culturels pourraient très bien être d'origine biologique. Ces études furent réalisées sur des individus dont le *corpus callosum* (l'ensemble de fibres nerveuses reliant les deux hémisphères du cerveau) avait été coupé. Leurs découvertes sont remarquables et très significatives. Elles expliquent pourquoi les gens répriment ou ignorent si fréquemment leur intuition.

Lorsque le cerveau d'un individu est coupé en deux, les deux hémisphères ne peuvent plus communiquer. Chacun d'eux agit indépendamment de l'autre et vit des expériences personnelles. Cependant, les chercheurs ont établi que lorsque les hémisphères vivent des expériences différentes, l'hémisphère gauche aura toujours la perception dominante. De plus, il tentera d'étouffer la perception du cerveau droit, celui qui a trait davantage à l'intuition !

Imaginons, par exemple, une personne tenant un numéro de *Playboy* dans sa main gauche et un exemplaire de *National Geographic* dans sa main droite. Cette personne réagira émotionnellement à *Playboy* en rougis-

116

sant, puis oubliera tout cela en déclarant : « Ces photos d'Afrique ne sont-elles pas magnifiques ? » Son hémisphère gauche ignorera et niera l'expérience de son hémisphère droit.

Curieusement, cela s'applique même lorsque vous ne fournissez aucun sujet d'expérience à l'hémisphère gauche. Reprenons à nouveau l'exemple ci-dessus. Mais cette fois-ci, la personne ne tient rien dans sa main droite. Tout comme précédemment, elle réagira à partir de son cerveau droit et commencera à rire et à rougir. Si vous lui demandez la raison pour laquelle elle rougit et ricane, soit elle sera incapable de répondre, soit son hémisphère gauche commencera à discuter – à inventer quelque chose n'ayant rien à voir avec l'expérience de l'hémisphère droit – et, en fait, niera totalement la réalité du cerveau droit.

Tout cela est remarquable, car cela illustre exactement ce qui se passe dans la vie. La plupart du temps, nous ignorons les émotions du cerveau droit. Pourquoi accepter la colère ou le chagrin ? À quoi cela nous servirait-il ? Il est parfois plus facile de méconnaître ces émotions difficiles. De la même façon, nous ignorons aussi les intuitions du cerveau droit. Notre société entièrement dominée par l'hémisphère gauche tend à nier tout ce qui a trait à l'hémisphère droit. Le côté gauche a tendance à prendre le dessus à chaque instant. Rappelez-vous l'exposé musical que j'ai cité au début de ce chapitre. Les réflexions du chef d'orchestre sur la beauté et l'intérêt de la musique étaient très pertinentes et émouvantes. Cependant, souvenez-vous qu'il ajouta ceci : la musique aidait beaucoup de gens à devenir bons en mathématiques et en sciences. Il n'était pas suffisant que la musique soit appréciée pour elle-même, comme quelque chose possédant une grande valeur intrinsèque. La plupart des gens ne peuvent trouver un intérêt quelconque à une émotion ou à une intuition du cerveau droit que dans la mesure où cela sert le cerveau gauche rationnel. Patricia Brenner, qui réalisa l'étude sur les infirmières, suggéra que la plupart des gens acceptent rapidement l'intuition si celle-ci est appelée processus répétitif de reconnaissance. En d'autres termes, vous devez lui accoler une étiquette acceptable pour l'hémisphère gauche et destinée à un public plus large.

L'hémisphère gauche est plus sûr de lui que le droit. Même dans des situations où il n'est guère brillant, il a tendance à prendre les commandes. L'hémisphère gauche tentera de donner un nom à quelque chose, même si l'objet ou la situation en cause sont imprécis. Il commet des erreurs d'affirmation. J'appelle ceci « avoir rarement raison, mais ne jamais douter ». Le cerveau droit, au contraire, fait des erreurs par omission, perdant des opportunités de victoire en hésitant à tirer au but. Il a tendance à se tenir en retrait, à surveiller la scène, à agir avec prudence, à être moins dominant. Nous constatons des erreurs d'affirmation plus souvent chez les hommes que chez les femmes. Les hommes sont plus agressifs dans leurs affirmations personnelles, plus enclins à foncer, même s'ils ignorent s'ils ont raison ou tort. La plupart des femmes, cependant, sont plus prudentes et hésitent à saisir leur chance, de crainte de se tromper. Au fil des années, de nombreuses modifications surviendront, comme nous le verrons dans d'autres chapitres.

Lorsqu'il s'agit d'obtenir une réponse correcte en un minimum de temps, l'hémisphère droit a l'avantage. L'hémisphère gauche suit une longue série d'étapes logiques et laborieuses pendant que l'hémisphère droit, de son côté, procède par tâtonnements intuitifs. Si vous mettez l'hémisphère droit à l'épreuve, il ne vous fournira pas forcément les bonnes réponses aux questions les plus simples, ni des réponses fausses aux questions plus difficiles. En fait, c'est souvent le contraire. L'hémisphère gauche procédera par étapes successives afin d'obtenir les bonnes réponses. Mais lorsque les questions deviendront plus difficiles, il abandonnera, et l'hémisphère droit prendra le relais. C'est l'essence même de l'intuition, une conclusion correcte qui n'est pas basée sur un raisonnement logique. C'est le garçon et la fille qui, venant de terminer un examen, comparent leurs réponses. Le garçon, qui a utilisé son hémisphère gauche, demandera à sa camarade, avec un certain étonnement, comment elle a réussi à répondre à une question particulièrement difficile. Et celle-ci, qui a fait appel à son hémisphère droit lorsque les choses se sont compliquées, haussera les épaules et répondra : « Je ne sais pas. »

L'hémisphère droit, cependant, est plus docile et réceptif que le gauche. Un scientifique remarqua un phénomène intéressant un jour qu'il voyageait en voiture en Angleterre, avec sa femme. Il conduisait, assis à la droite du véhicule, sa femme se trouvant à gauche. Il s'aperçut alors qu'il était beaucoup plus réceptif à la conversation et aux conseils de cette dernière que lorsqu'il conduisait aux États-Unis et qu'elle était assise à sa droite. En Angleterre, elle lui parlait dans l'oreille gauche, s'adressant donc à son cerveau *droit*, lui permettant ainsi d'être beaucoup plus convaincante dans ses propos. En Angleterre, il suivait tout à fait ce qu'elle lui disait. De retour aux États-Unis, cependant, il reprenait les commandes, au sens plein du terme. En Amérique, lorsque sa femme lui parlait dans l'oreille droite, soit à son cerveau *gauche*, il était beaucoup moins sensible à ses suggestions. Son cerveau gauche pouvait dominer la situation. Il n'écoutait plus sa femme. Il n'est pas étonnant que les hommes veuillent toujours tenir le volant aux États-Unis !

En d'autres termes, la persuasion est plus forte si l'hémisphère droit est activé. C'est la raison pour laquelle les cassettes audio de développement personnel s'adressent particulièrement à l'oreille gauche.

L'hémisphère droit est fondé sur l'émotion tandis que l'hémisphère gauche est basé sur le concret. Et parce que ce dernier tente de rejeter l'apport de l'hémisphère droit, il ne se sent pas à l'aise avec les émotions et les nie, car il ne veut pas avoir à les écouter. Et l'intuition nous parle toujours de choses que nous ne voulons pas entendre.

LA PATHOLOGIE DE LA SUPÉRIORITÉ

Vous penserez peut-être que je suis en plein paradoxe en utilisant le mot « supériorité » après avoir dit que les deux hémisphères sont essentiels pour l'apparition de l'intuition. Chez certaines personnes, cependant, l'un des hémisphères est supérieur ou plus développé que l'autre, ce qui provoque, parfois, ce que les médecins nomment une « pathologie de supériorité ».

Bien que, chez la plupart des gens, l'hémisphère gauche soit supérieur ou dominant, le cerveau de certaines personnes se développe différemment. Si vous êtes doté d'un cerveau gauche peu développé, vous pourrez éprouver des difficultés à lire ou à écrire (dyslexie). Simultanément, cependant, vous pourrez très bien avoir des aptitudes supérieures issues de votre cerveau droit. Si la croissance d'un hémisphère est retardée, l'autre côté peut se développer davantage et posséder ainsi des aptitudes qu'il n'aurait pas eues autrement. On rencontre fréquemment ce cas chez les personnes frappées d'autisme et qui présentent souvent des caractéristiques extraordinaires. Dans le cerveau de ces personnes, il semblerait y avoir une sorte de toute petite zone où les cellules ne se sont pas développées correctement. Toutefois, certaines zones voisines peuvent avoir subi un développement exagéré. Les scientifiques estiment que ce genre d'anomalie explique pourquoi de telles personnes possèdent certains traits de génie, comme une extraordinaire capacité de calcul mental ou une mémoire exceptionnelle des dates, tout en étant incapables d'utiliser ces capacités géniales dans un but pratique. Elles seront capables de vous dire qu'Abraham Lincoln s'est brossé les dents le vendredi 13 juin 1862 au matin, mais ignoreront qui fut cet homme.

Si vous examiniez mon cerveau, vous constateriez que mon hémisphère gauche est aussi gros qu'un gland (j'exagère, mais vous m'avez comprise). Mon hémisphère droit, cependant, est énorme. Je suis dyslexique, mais je compense ce handicap par mon intuition. Ainsi, vous pourriez affirmer que les fonctions anormales qui se sont développées dans mon hémisphère gauche ont créé des aptitudes supérieures dans mon hémisphère droit. En fait, de nombreux dyslexiques possèdent des capacités supérieures du cerveau droit, des talents particuliers qui contrebalancent leur infirmité par rapport à la lecture et à l'écriture. Certains d'entre eux ne s'intègrent pas bien dans notre société de communication verbale, mais s'ils vivaient dans un monde où le langage n'existe pas, ils ne souffriraient d'aucun handicap.

Sous un autre angle, on pourrait même dire que certaines personnes dotées d'un cerveau gauche dominant sont véritablement sous-développées par rapport à leur hémisphère droit. (Ce sont, je le crains, surtout des hommes. Avez-vous remarqué que la plupart des personnes intuitives sont des femmes ?) En fait, une catégorie de personnes souffre d'alexie. Cela signifie qu'une rupture existe entre leurs émotions et leur capacité à les exprimer. Les lignes téléphoniques entre leurs cerveaux droit et gauche sont coupées. Ces gens éprouvent une profonde gêne, car, bien qu'ils puissent ressentir des émotions, ils sont dans l'incapacité de les exprimer, quoi qu'ils fassent. En fait, ce petit groupe de personnes représente le seul segment de la population qui peut éprouver d'énormes difficultés à avoir accès à l'intuition.

D'un autre côté, les gens dotés de liens excessifs entre leurs deux hémisphères connaissent d'autres problèmes. Prenez les personnes souffrant d'un déficit de concentration. Elles disposent d'un très grand nombre de connexions entre leurs deux cerveaux. De plus, leurs lobes frontaux sont branchés différemment, de sorte qu'elles éprouvent de grandes difficultés à déterminer ce qui est important ou pas. Un homme à prédominance « hémisphère gauche » aura probablement des lobes frontaux semblables à ceux d'Arnold Schwarzenegger qui lui signifieront de ne pas prêter attention à ce qui provient de l'hémisphère droit. Mais une personne souffrant d'un déficit de concentration aura plus vraisemblablement des lobes frontaux semblables à ceux de Barney Fife dans le *Andy Griffith Show*[1] : pas trop intimidant et très indécis. Elle recevra des tonnes d'informations sans éliminer celles qui sont sans intérêt. Bien que ces gens-là possèdent une forte intuition, ils ne sont pas capables de l'ordonner afin de retenir les caractéristiques et les faits importants. C'est, de nouveau, à cet instant, que l'hémisphère gauche intervient.

Trop recourir au même hémisphère peut entraîner des conséquences graves. Certaines études suggèrent que la folie ou la schizophrénie pourraient être le résultat d'une hyperactivité de l'hémisphère gauche. Un chercheur mit en évidence le fait que les schizophrènes emploient leur hémisphère droit pour discuter, suggérant par là que l'hémisphère gauche ne fonctionne plus correctement. Il remarqua aussi que ces personnes ont tendance à regarder vers la droite plus fréquemment que vers la gauche, ce qui tendrait à indiquer que l'hémisphère gauche est hyperactif et provoque un déséquilibre. Ceci est remarquablement contre-intuitif et prouverait que l'utilisation trop importante de l'hémisphère gauche pourrait mener à une instabilité émotionnelle, alors

---

1. Émission de télévision américaine des années soixante.

même que l'hémisphère *droit* est le siège des émotions !
En clair, fuir les émotions, les chasser de notre vie, n'est
pas seulement improductif mais peut mener à la folie !

Les gens qui sont trop de type « hémisphère gauche »
sont également trop conformistes, consciencieux, rigides et perfectionnistes. Ils éprouvent des difficultés à
se relaxer. Ils sont prédisposés aux troubles obsessionnels compulsifs. Une personne atteinte de ce syndrome
éprouve des pensées récurrentes et permanentes ou ressent un besoin irrésistible d'accomplir certains actes de
façon répétitive pour soulager son anxiété, comme se
laver les mains, vérifier sans arrêt les serrures des portes ou compter et recompter la vaisselle... D'un autre
côté, un hyperfonctionnement du cerveau droit peut
provoquer hystérie, émotions excessives, manque d'esprit analytique, excitabilité, instabilité et hyperactivité.
Les gens qui font appel à leur cerveau gauche de façon
excessive ont tendance à regarder en haut et à droite ;
ceux qui utilisent davantage leur cerveau droit ont tendance à regarder en haut à gauche.

Statistiquement, les femmes ont un *corpus callosum*
plus développé que les hommes, ce qui signifie qu'elles
disposent de plus de connexions, de lignes téléphoniques reliant leurs deux cerveaux et sont donc, de ce fait,
plus libres de passer de l'un à l'autre. Une femme peut
jouir d'autant de lignes sur son téléphone alors qu'un
homme n'en a qu'une seule. Lorsque celui-ci est en
ligne avec son hémisphère gauche, la ligne qu'il utilise
est occupée et l'hémisphère droit ne peut établir la communication. Lorsqu'il est en train de vider le lave-
vaisselle, il est inutile de lui demander ses impressions
sur le paysage extérieur qui se couvre peu à peu de
neige. Il ne peut exprimer ses sentiments parce que son
cerveau gauche est occupé par les détails pratiques
concernant le rangement de la vaisselle. Par contre, une
femme peut littéralement parler de ses impressions sur
une ligne, vider le lave-vaisselle sur une seconde, prendre

son enfant dans ses bras et le consoler sur une troisième, se préoccuper de son poids – Oh non ! je grossis ! – sur une quatrième et se demander, sur une cinquième, si elle aura les moyens de sortir vendredi soir ?

Il existe une façon de déterminer si une personne est davantage « cerveau gauche » que « cerveau droit ». Elle est reliée au comportement. Aimeriez-vous savoir si le nouvel élu de votre cœur représente un parti intéressant et prometteur ? Au cours de votre premier dîner en tête à tête au restaurant, essayez ceci : demandez-lui de se lever et d'aller vous chercher une fourchette sur une autre table, et regardez bien de quel côté il ou se retournera pour revenir. La plupart des femmes droitières se dirigeront directement vers une table, se saisiront d'une fourchette et feront demi-tour à gauche. Ceci montre que, bien qu'elles soient, pour la plupart, branchées sur l'hémisphère gauche, elles ont aussi, par leur nature féminine, directement accès à leur hémisphère droit. La plupart des hommes droitiers se dirigeront vers une table et reviendront par la droite. Ces hommes sont fortement influencés par leur cerveau gauche et possèdent un *corpus callosum* étroit, ce qui signifie qu'ils ne peuvent avoir accès facilement à leur hémisphère droit. Ils sont probablement de compagnie agréable, mais ils peuvent ne pas représenter le compagnon compréhensif idéal. Les femmes ambidextres tourneront indifféremment à gauche ou à droite. Par ailleurs, presque tous les hommes gauchers obliqueront vers leur gauche. Ceci parce que les gauchers ont onze pour cent de plus de fibres dans leur *corpus callosum*. Cela implique qu'un homme gaucher tournant sur sa gauche aura plus de facilité à utiliser ses deux hémisphères que la plupart des autres hommes. Vous devriez peut-être vous intéresser à celui-ci... D'un autre côté, cette personne sera sans doute plus intuitive et plus en mesure de lire vos pensées. Aussi, devriez-vous peut-être y réfléchir à deux fois !

Il est toutefois important de se rappeler qu'aucun hémisphère n'est préférable à l'autre ni meilleur et que les hommes ne sont pas mieux que les femmes, et vice versa. Une certaine école de pensée soutient que, l'intuition provenant de l'hémisphère droit, nous devrions fuir l'hémisphère gauche et nous en débarrasser. Mais, en agissant de la sorte, nous ne serions plus qu'un hémisphère droit isolé, plein d'émotions et d'intuition, mais incapables de les exprimer intelligemment. Cette attitude serait aussi négative que si l'hémisphère gauche déniait toute valeur à l'hémisphère droit. Comme si l'on tenait les hommes pour responsables de tous les maux de la terre, et les femmes comme seules capables de résoudre tous les problèmes. Il ne peut en être ainsi, car les femmes ont un « homme » en elles du fait qu'elles possèdent, elles aussi, un hémisphère gauche. La solution consiste à trouver un équilibre entre les deux aspects et à les amener à cohabiter harmonieusement l'un avec l'autre.

INTUITION ET SAGESSE

Chaque semaine, j'anime une thérapie de groupe comprenant un certain nombre de femmes à la limite du trouble de la personnalité, ce qui correspond à un état de dépression profonde. Les personnes affligées d'un tel trouble sont si bouleversées par leurs émotions qu'elles sont incapables de réfléchir ou de se comporter normalement en société. Elles se retrouvent littéralement paralysées par leurs émotions. Elles sont figées dans un « état émotionnel » situé dans l'hémisphère droit. En fait, vous pourriez dire qu'elles sont « super-hémisphère droit ». Un jour, un membre de mon groupe posa une question délicate : « Que faire si votre intuition vous dit : "Je veux mourir. Ma vie est finie ?"

Pourquoi ne puis-je tout simplement suivre mon intuition ? Nous sommes supposés lui faire confiance. »

Cette femme avait marqué un point, sauf qu'elle n'avait pas tenu compte de son côté gauche. Elle était submergée par ses émotions. Trop dépendre de son hémisphère droit n'est pas bon. Vous pouvez être intuitif, mais vous passez à côté de la réalité ; vous n'êtes pas équilibré par l'esprit rationnel, l'hémisphère gauche.

Nous autres, psychiatres, enseignons aux gens ce qu'est le « cerveau raisonnable ». Imaginez trois cercles sur une page. Le cercle de gauche représente le mental ou l'esprit rationnel, soit le cerveau gauche. Le cercle droit représente l'esprit émotionnel, le cerveau droit. Enfin, le cercle du milieu, reliant les deux autres, est le cerveau raisonnable, véritablement le trait d'union entre les deux autres cerveaux.

Le cerveau raisonnable fonctionne lui aussi avec l'intuition. Il équilibre les hémisphères droit et gauche. Cet équilibre est visiblement bénéfique. Il a été constaté que les génies authentiques ont une facilité beaucoup plus grande que la plupart des gens à passer rapidement et sans heurt d'un hémisphère à l'autre. Ils font preuve d'une grande flexibilité, contrairement à la réaction hémisphérique rigide que l'ensemble des gens éprouvent devant un problème. Les enfants doués identifient les sons avec leurs deux oreilles, signifiant par là qu'ils n'ont pas de préférence hémisphérique. Un enfant d'intelligence moyenne montre plus fréquemment une prédisposition pour l'oreille droite, c'est-à-dire le cerveau gauche.

Bien que nous puissions avoir une prédominance de l'un ou l'autre hémisphère, le cerveau oscille en permanence entre les deux. Il existe une alternance permanente entre les deux hémisphères, comme pour les dauphins. Lorsque les dauphins dorment, l'un de leurs hémisphères est toujours en éveil. Deux heures plus tard, ceux-ci alternent, et celui qui était éveillé s'endort tandis que l'autre prend la relève. Nos cerveaux permutent aussi, de même que nous nous reposons d'un pied sur l'autre lorsque nous sommes debout depuis un long moment. Toutes les quatre-vingt-dix à cent minutes, un hémisphère sera en éveil, ou plus actif, pendant que l'autre s'assoupira. Nous procédons ainsi lorsque nous dormons et que nous entrons et sortons du cycle onirique durant lequel l'hémisphère droit est prédominant. Cela est particulièrement significatif chez les personnes qui pensent ne jamais avoir accès à leur hémisphère droit. En fait, elles se trompent. Il peut y avoir des moments durant la journée au cours desquels elles utilisent puis abandonnent cette fonction, mais elles n'en sont pas conscientes. Si elles pouvaient réaliser cela, elles seraient en mesure d'ouvrir tout grands les seuils de leurs perceptions.

Les hémisphères alternent aussi harmonieusement avec les autres rythmes corporels. Bien que la faculté du langage dépende d'abord et avant tout de l'hémisphère gauche, elle existe aussi dans l'hémisphère droit, spécialement chez les femmes. Des études ont démontré que l'hémisphère gauche est activé par des mots très positifs comme « joie », « bonheur », « amour » et « enthousiasme », alors que l'hémisphère droit est plus sensible aux mots à connotation négative. Il a été constaté qu'avant l'ovulation, la plupart des femmes entendent les mots essentiellement par l'intermédiaire de l'hémisphère gauche, c'est-à-dire de l'oreille droite. Après l'ovulation, cependant, le cerveau droit prend le relais. À ce moment-là, les femmes entendent davantage les mots comme « douleur », « colère » et « dépression ». Cela explique largement les syndromes prémenstruels. Durant cette période, le cerveau permet aux femmes d'entendre des choses qu'elles ne souhaitent pas, généralement, entendre. Juste avant leurs règles, elles ont davantage accès aux informations qu'elles ont besoin de connaître mais qu'elles ignorent pendant le reste de leur cycle.

Cela pourrait-il représenter une partie de l'intuition ? Vous pourriez avoir tendance à le penser après avoir entendu cette histoire. Un de mes amis avait une patiente dont le mari prétendait que, juste avant ses règles, elle donnait l'impression de vouloir reprendre certaines études afin de changer de profession. Une fois ses règles déclenchées, elle abandonnait pourtant ses plans de carrière et ne souhaitait plus que s'occuper de son mari. Il n'est pas surprenant que ce dernier l'ait incitée à consulter un gynécologue de façon à la « stabiliser ». Il n'appréciait pas les intuitions qui s'emparaient alors d'elle quant à la direction à donner à sa vie.

Il est clair que nos seuils de perception peuvent, en fait, être élargis. Cela a été démontré par certaines thérapies psychiatriques. On a découvert que les individus à hémisphère gauche dominant étaient traités psychiatriquement avec plus de succès lorsqu'on utilisait une thérapie comportementale faisant appel au cerveau droit. Cela se comprend parfaitement parce que, si nous sommes dominants dans un secteur donné, nous pouvons aussi utiliser cette caractéristique pour nous protéger contre ce que nous ne voulons ni savoir ni affronter. Lorsqu'elles sont envahies par les émotions, les personnes à prédominance hémisphère droit peuvent ne pas en sortir totalement indemnes. La meilleure façon de les aider est de les calmer et de leur apprendre à avoir davantage accès à leur cerveau gauche afin qu'elles deviennent sensées, logiques, et qu'elles communiquent mieux. D'un autre côté, avez-vous jamais eu une discussion avec quelqu'un qui soit largement dominé par son hémisphère gauche, logique et structuré ? Il est inutile d'essayer de contrer une telle personne avec des mots. Vous ne pourrez pas contrôler la situation. La meilleure chose à faire sera de déstabiliser cette personne en l'approchant sous un angle inattendu. Cela permettra d'atteindre deux objectifs. Tout d'abord, de contourner ses défenses. Ensuite, de la contraindre à faire appel à son autre fonction, relativement sous-développée. Ainsi, on aide davantage quelqu'un possédant un hémisphère gauche dominant et qui a besoin d'apprendre à reconnaître ses émotions, en utilisant des images. Avec une personne plus émotive, on utilisera plus la parole pour soulager ses angoisses.

Dans notre société largement dominée par l'hémisphère gauche, il est donc indispensable d'apprendre à recourir à son intuition. Si nous voulons réellement améliorer notre vie, une psychothérapie, ou même une simple discussion de nos problèmes, peut ne pas se révéler suffisante, car elle nous maintient dans notre hémisphère gauche. Parce que l'intuition implique que nous ayons accès à notre hémisphère droit et, comme nous allons le voir, à notre corps, elle peut, en fait, avoir des effets extrêmement bénéfiques.

LE CERVEAU ET LE CORPS

Le distinguo entre notre cerveau gauche et notre cerveau droit ne s'arrête pas simplement au cerveau lui-même ni à la logique confrontée aux émotions. Il existe aussi dans notre corps.

Nous savons que le cerveau gauche domine le côté droit de notre corps et que le cerveau droit contrôle le côté gauche. Si le cerveau gauche est considéré comme masculin et dominant, et le droit, comme féminin et réceptif, alors, le côté droit du corps est aussi masculin alors que le côté gauche est féminin. Des études portant sur les hermaphrodites, ces individus qui ont une anomalie sexuelle et qui sont à moitié homme et à moitié femme, confirment ce qui précède. Chez les véritables hermaphrodites, le côté droit du corps abrite généralement les organes sexuels mâles alors que le côté gauche abrite les organes femelles. Et, ce qui n'est pas surprenant, leurs testicules se développent en premier : voilà encore ce cerveau gauche qui affirme une fois de plus sa domination ! On constate aussi ce phénomène chez les personnes normales. Une étude menée sur les hommes, qui sont habituellement sous domination du cerveau gauche, a montré que le testicule droit est fréquemment plus haut et plus lourd que le gauche. De plus, le testicule droit se développe d'habitude le premier. Chez certaines femmes, cependant, il a été établi que l'ovaire gauche apparaissait généralement avant l'autre. Cela se comprend très bien, car les ovaires correspondent à la nature réceptive, féminine, yin, de l'hémisphère droit. Des femmes ont même des mamelons supplémentaires qui, généralement, surgissent du côté droit. De même, l'hypertrophie mammaire et les insuffisances de lactation se produisent à droite.

Des relations significatives existent aussi entre les hémisphères du cerveau et les divers organes du corps humain. La thyroïde, comme nous le verrons en détail dans un prochain chapitre, est un organe associé à la communication ou à l'expression et à l'affirmation de soi dans le monde extérieur. Bien entendu, la communication, c'est le langage. À votre avis, quel est le côté du cerveau qui a le plus de contrôle sur la thyroïde ? Comme vous le pensiez, des tests effectués en laboratoire sur des rats ont démontré que le côté gauche du cerveau, celui qui se rapporte à l'expression et à la communication avec le monde extérieur, domine davantage la thyroïde que le côté droit. Cependant, les ovaires, symbole de la féminité, sont plus dépendants du côté droit du cerveau, l'aspect féminin. D'autres tests ont démontré que le fait de causer des dommages à l'hémisphère droit contrarie ou perturbe la fonction ovarienne des rats. Nous sommes obligés d'extrapoler ces résultats afin de les appliquer aux humains, mais, une fois encore, ils sont fondés puisque le cerveau droit représente la moitié réceptive féminine.

Du fait que les hémisphères droit et gauche ont différentes connexions avec le corps, les souvenirs stockés dans notre cerveau seront exprimés de diverses façons dans l'organisme, selon la moitié du cerveau impliquée. Par conséquent, les maladies se développent plutôt d'un côté que de l'autre, en fonction du sexe. Prenons le cancer des intestins. Aussi étrange que cela puisse paraître, la plupart des hommes souffrent de ce type de cancer du côté gauche, et la plupart des femmes, du côté droit. Je pus constater personnellement ce fait lorsque je travaillais à l'unité chirurgicale d'un hôpital. Je crus être folle jusqu'au jour où je demandai à un chirurgien s'il s'agissait du fruit de mon imagination ou si la plupart des femmes admises dans ce service souffraient bien d'un cancer du côlon du côté droit. « Non, vous avez raison, me répondit-il. Nous ne savons pourquoi, mais c'est la vérité. » Ma propre théorie, qui n'engage que moi, car je ne dispose d'aucun élément concret pour la confirmer, est la suivante : les intestins sont influencés par les sentiments inexprimés d'une relation et, comme il est sensé d'imaginer que les hommes puissent avoir des problèmes non résolus impliquant les femmes de leur vie, ceux-ci développent un cancer des intestins du côté gauche, relié au féminin. L'inverse est aussi vrai chez les femmes.

Le cancer du sein offre un autre exemple frappant de l'opposition droite-gauche. Des études ont démontré que la plupart des femmes droitières développent un cancer du sein gauche avant la ménopause. Après la ménopause, on observe un cancer du sein droit. Chez les femmes gauchères, le contraire se produit. Qu'est-ce que cela signifie ?

Chez les femmes non ménopausées, on constate davantage de cancers du sein gauche. On voit aussi de nombreux cancers du sein parmi les femmes très

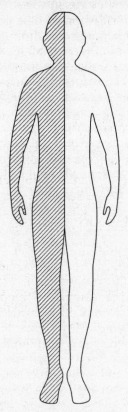

Côté droit
(masculin)

Côté gauche
(féminin)

**Les écrits anciens suggèrent que la moitié
droite du corps symbolise les fonctions
masculines et la moitié gauche, les fonctions
féminines.**

dévouées et prédisposées au martyre. Se pourrait-il que
ces femmes aient les glandes de la responsabilité hyper-
trophiées dans leur sein gauche, ou moitié féminine ?
Le côté gauche du corps, l'aspect féminin, soit le côté

droit du cerveau, est en rapport avec l'altruisme, la générosité, la fonction réceptive. Il se pourrait donc que ces femmes, se dépensant sans compter pour les autres, étant de véritables martyres dans leurs relations et ne recevant pas suffisamment en retour, créent toutes les conditions requises pour développer un cancer du sein gauche. Imaginons une femme – appelons-la Cynthia – qui a dédié sa vie entière à s'occuper de sa famille. Elle avait désiré de nombreux enfants parce qu'elle aimait se sentir indispensable. Toute sa vie fut consacrée à préparer les repas, à repriser les chaussettes, à plier et à ranger les sous-vêtements. Chacun venait la consulter pour la moindre petite chose. Cynthia était aussi la clé de voûte de son quartier. Elle cuisait des gâteaux pour la troupe de scouts dont faisait partie sa fille, préparait des repas pour les réunions de charité organisées par son église, conduisait ses enfants et ceux des voisins aux matchs de football et aidait ses enfants à faire leurs devoirs. Elle constatait, cependant, qu'elle était toujours exténuée, n'avait aucun temps libre et s'inquiétait de son avenir, lorsque ses enfants auraient grandi et quitté la maison. La vie de Cynthia est caractérisée par trop de responsabilités, un altruisme excessif et une tendance au martyre. D'un autre côté, nous ne distinguons aucune contrepartie ; Cynthia n'autorise personne à faire quoi que ce soit pour elle. Mais ce qui est critiquable dans son attitude, c'est qu'elle est consciente qu'il lui manque quelque chose, que tout n'est pas parfait dans son univers. D'une certaine façon, Cynthia sait qu'elle devrait modifier sa vie et recevoir davantage en fonction de ce qu'elle donne. Elle sait qu'elle devrait développer cet aspect de son existence, réellement très important, puisque sa fonction réceptive est pratiquement inexistante. Autrement, un cancer peut se développer à sa place afin de lui signaler qu'un changement doit survenir dans sa vie.

Après la ménopause, les cancers apparaissent du côté droit pour une autre raison logique. De nombreuses femmes s'ouvrent alors au monde et tentent d'accomplir tout ce qu'elles ont sacrifié durant les années où elles s'occupaient de leurs enfants. Ainsi, la situation est inversée. Le problème ne touche plus leur fonction réceptive. Il concerne leur voracité et leur désir forcené de rattraper le temps perdu. Mais tout ceci s'effectue de façon déséquilibrée. Alors, le cancer du sein surgit du côté droit, soit l'hémisphère gauche, parce que ces femmes sont tiraillées par les exigences du monde extérieur.

Revenons à Cynthia. Une biopsie de son sein gauche révéla l'existence d'un cancer. On procéda à une mastectomie, et elle commença une thérapie. Sa ménopause est maintenant terminée, et ses enfants ont douze, quatorze et quinze ans. Elle a décidé de suivre des cours pour obtenir un diplôme d'infirmière. Aujourd'hui, elle est inscrite à des cours du soir et fait ses devoirs à la maison. Pendant ce temps, son mari l'interroge : « Ne vas-tu pas aider à confectionner le repas de l'église ? » Ses enfants se demandent qui cuira les biscuits. Cynthia est tiraillée. Elle se dit que son examen pourrait peut-être attendre. Mais ensuite, elle se reprend : « Non, c'est à mon tour de penser un peu à moi. » Finalement, son cancer réapparaît, cette fois-ci au sein droit.

Bien que les deux hémisphères soient reliés au corps, l'hémisphère droit possède plus de connexions avec l'organisme, en particulier avec la douleur physique et les fonctions organiques qui sont d'une grande importance dans le réseau intuitif. Ces connexions supplémentaires avec le corps sont à double tranchant. Elles peuvent accroître notre capacité à ressentir notre douleur et celle des autres, mais elles peuvent aussi augmenter notre sensibilité intuitive et notre intuition médicale. Les études prouvent que la douleur est plus localisée dans l'hémisphère droit, qui est donc plus réceptif. L'une des manifestations de l'intuition, la clairsensibilité – la capacité de ressentir la douleur des autres et l'état physique de son propre corps –, est aussi appelée l'intuition maternelle. Certaines mères peuvent éprouver dans leur propre corps ce qui se passe dans celui de leurs enfants. Visiblement, ceci démontre qu'une mère a besoin d'un sens intuitif qui lui permette de ressentir les besoins de son bébé lorsque celui-ci souffre. Cela pourrait être l'une des raisons pour lesquelles l'hémisphère droit et les émotions sont raccordés au corps. Par contre, les femmes, avec les caractéristiques de leur cerveau droit, seront plus vraisemblablement sujettes à un désordre somatique. C'est-à-dire un état de détresse émotionnelle accompagné d'une incapacité à parler de cette détresse, qui se manifeste alors sous forme de douleurs physiques.

Un autre groupe de personnes dotées de fortes connexions cerveau droit-organisme est représenté par les individus souffrant de ce que l'on pourrait appeler des désordres de conversion. Ces personnes sont incapables d'exprimer un souhait ou une émotion de façon concrète, soit en utilisant leur cerveau gauche. Aussi les expriment-elles inconsciemment, ce qui se manifeste par certains déséquilibres fonctionnels du côté gauche de leur corps. En réalité, leur organisme fonctionne normalement, mais comme elles sont incapables de reconnaître une émotion et d'en parler, cette dernière se transforme symboliquement en la perte d'une fonction physique, habituellement de caractère neurologique. Elles pourraient donc très bien devenir aveugles, généralement de l'œil gauche, être incapables de bouger le bras ou la jambe gauche, ou même perdre toute sensation dans l'ensemble du côté gauche de leur corps. Même si ces personnes ont développé leur intuition, elles ne peuvent l'exprimer et ne peuvent réaliser son importance en ayant recours au cerveau gauche. Elles sont entièrement sous l'emprise des émotions générées par leur cerveau droit. Le résultat : les émotions du cerveau droit sont déviées dans leur corps. Certains scientifiques pensent qu'il s'agit là de l'essence même de la cause des maladies. *L'incapacité à parler des émotions qui vous étreignent se transforme généralement en un langage symbolique de symptômes puis de maladies dans votre organisme*.

Par ailleurs, beaucoup de gens trop branchés sur leur hémisphère gauche perdent aussi une bonne partie de *leur* intuition. Ils ne ressentent pas toutes les émotions ni toutes les intuitions en provenance de leur hémisphère droit et sont relativement déconnectés de leur corps. Ils peuvent ne pas ressentir la douleur physique ni les sensations de plaisir.

Bien entendu, de nombreuses personnes, y compris des médecins, pensent que ne pas ressentir la douleur physique est une chose très souhaitable. Je ne suis pas d'accord. Il est important que nous soyons capables d'éprouver la douleur dans notre corps puisqu'elle nous informe que quelque chose doit être changé dans notre vie. La douleur peut être un véritable don du ciel. Un jour, une femme vint me voir au cours d'une conférence et me dit : « Dorénavant, je ne veux plus causer de douleur à mon corps. Je veux corriger chaque erreur dans ma vie immédiatement, une fois pour toutes. » Tout ce que je pus lui répondre fut : « Vous n'avez aucune chance que cela arrive à moins de mourir à l'instant même. » Les symptômes apparaissent dans notre organisme ou dans nos rêves afin de nous avertir que certaines choses doivent être transformées.

La douleur est un signal avertisseur, tout comme une lumière qui clignote sur le tableau de bord de votre véhicule vous informe que vous n'avez presque plus de carburant. Franchement, ne ressentez-vous pas une véritable *douleur* lorsque cette petite lampe se met à clignoter ? Elle vous avise que vous devez vous mettre en quête d'une station-service afin de remplir votre réservoir. Cela vous obligera peut-être à modifier votre trajet. En ce qui concerne l'hémisphère droit, ce signal avertisseur est très sensible, et la lumière clignotera très facilement. Pour sa part, l'hémisphère gauche peut ignorer l'avis et vous amener ainsi à vous trouver à court de carburant. Au début, il est remarquable de constater la capacité de rejet de l'hémisphère gauche. Au cours d'une bataille, un soldat peut ignorer la douleur. Mais, en définitive, cette douleur existe pour une bonne raison ; elle fait savoir à ce soldat que sa jambe a été touchée et qu'il mourra d'une hémorragie s'il ne reçoit pas de l'aide. À tout moment, l'hémisphère droit vous fait prendre conscience de douleurs en provenance de votre corps. Cela est important. C'est le rôle de l'intuition de vous informer qu'une douleur existe dans votre vie et que des changements doivent y être apportés.

Mais, vous demanderez-vous, comment puis-je amener mon cerveau gauche à cesser de nier la douleur que ressent mon cerveau droit ? Tout dépend de votre niveau de conscience. C'est le moment où « l'esprit raisonnable » intervient de nouveau. Imaginons que vous soyez médecin et que vous vous trouviez avec un patient lorsque, soudain, un signal se déclenche. Vous ressentez une douleur à l'estomac qui vous avertit qu'un nouvel ulcère est en formation. Si vous êtes une personne qui a tendance à somatiser, qui est très « cerveau droit », qui ressent intensément ses émotions et qui subit la douleur sans pouvoir l'identifier, alors, cette attaque vous paralysera. Mais, bien entendu, cela ne surviendra pas, car vous êtes médecin et vous vous trouvez avec un patient. Vous ne pouvez vous arrêter au milieu d'une phrase et dire : « Désolé, je ne peux vous recevoir pour l'instant. Mon signal d'alerte s'est déclenché, et je ne peux rester davantage avec vous. Je dois tout interrompre maintenant et analyser les aspects émotionnels de ma vie qui pourraient être à l'origine de ma maladie. » Ce serait ridicule. Heureusement, votre cerveau gauche intervient en déclarant : « Tu sais, ce n'est pas grave. Continue. » En d'autres termes, c'est la négation totale. Mais en réalité, il *s'agit bien* de quelque chose d'important.

À cet instant, vous avez besoin de réunir un comité de direction. De la même manière que votre esprit raisonnable, vous devez considérer vos émotions et vos sentiments comme importants. Vous devez prendre conscience des émotions douloureuses et de vos douleurs physiques. Puis, vous devez utiliser votre hémisphère gauche non pas pour les nier, mais pour les évaluer. Lorsque l'hémisphère droit vous crie : « J'ai mal à l'estomac ! » le gauche répond : « D'accord, c'est bon à savoir, mais terminons-en d'abord avec ce patient, puis téléphone à ton médecin, finis ta journée et, enfin, réfléchis aux émotions auxquelles tu dois être attentif. » Les deux hémisphères travaillent de pair. Le cerveau droit détecte la douleur, le cerveau gauche la détermine, définit les priorités et établit un plan. Si les deux hémisphères ne travaillent pas ensemble, le corps souffrira davantage.

Les conséquences physiques provenant d'un échec des deux cerveaux à travailler ensemble ont été mises en évidence par des cas réels. Une étude analysa le cas de douze personnes. Leurs émotions et leurs souvenirs physiques ne passaient plus de l'hémisphère gauche à l'hémisphère droit. Certains individus avaient subi une opération chirurgicale consistant à trancher le *corpus callosum* afin de corriger certaines anomalies provoquées par des commotions cérébrales. Cette étude révéla que toutes ces personnes rêvaient très peu et qu'elles exprimaient peu d'émotions en parlant. Des chercheurs mirent en évidence les mêmes effets chez des personnes atteintes de certaines maladies, comme les affections de la thyroïde, l'hypertension et les maladies coronariennes. L'étude conclut que les patients atteints de ces maladies étaient incapables de faire communiquer leurs deux hémisphères et, de ce fait, ne pouvaient exprimer leurs émotions ou leurs sensations corporelles. En d'autres termes, ces malades étaient plus susceptibles de développer des maladies, car leur cerveau gauche, siège de la pensée rationnelle, était coupé du cerveau droit, siège des émotions et de l'intuition. Donc, vous voilà face à votre patient lorsque, soudain, vous ressentez une violente douleur à l'estomac. Votre hémisphère gauche vous dit : « N'y pense pas, continue, tu as des patients à examiner. » Lorsque l'hémisphère droit se met à protester, l'hémisphère gauche l'ignore : « Ce n'est rien. Tu as simplement faim. Laisse tomber. » Et ainsi, l'hémisphère droit décide d'augmenter l'intensité de son signal d'alarme. Ce qui n'était lundi qu'une petite irritation stomacale se transforme en ulcère une semaine plus tard, devient aussi gros qu'une pièce de vingt-cinq sous la semaine suivante et, quelques jours plus tard, vous oblige à vous faire admettre à la salle des urgences d'un hôpital et à vous faire injecter quatre flacons de sang pour compenser l'hémorragie déclenchée. Plus vous ignorerez votre intuition corporelle, qui vous avertit que certaines choses doivent changer, plus votre maladie s'aggravera.

Par ailleurs, on constata au cours de cette étude que les sujets observés – aussi bien ceux dont le cerveau avait été opéré que ceux souffrant de maladies diverses – rêvaient moins et étaient moins intuitifs que la normale. En vérité, nous ne savons pas vraiment s'ils rêvaient ou non ; nous savons simplement qu'ils ne se souvenaient pas de leurs rêves. Cela peut très bien vouloir dire que leur hémisphère gauche leur conseillait d'oublier leurs rêves, car ils n'étaient pas importants. Il se déconnectait spontanément de l'hémisphère droit. Cela peut très bien constituer une décision volontaire. Ces personnes ignorent leurs signaux d'alarme, soit leur intuition. On ne peut pas dire qu'elles n'arrivent pas à exprimer les sentiments de leur hémisphère droit ; en fait, elles refusent de les exprimer. Elles ne veulent même pas les écouter, car cela signifierait qu'elles devraient apporter des changements dans leur vie. Aussi, lorsque l'hémisphère droit leur dit que quelque chose ne va pas, l'hémisphère gauche le nie. L'hémisphère droit se met à crier plus fort, et l'hémisphère gauche nie encore plus. Puis tout est refoulé dans l'organisme, qui crie : « Maladie. »

Voici quelles peuvent être les véritables conséquences physiques pouvant survenir si vous n'écoutez pas votre intuition.

LE LOBE TEMPORAL

L'hémisphère droit est censé être le réceptacle de l'intuition, mais nous sommes en mesure de définir précisément une zone spécifique du cerveau par laquelle l'intuition est transmise. Le lobe temporal est au cœur du réseau intuitif et nous adresse des pensées intuitives et des sentiments par l'intermédiaire de ses connexions avec les autres parties du cerveau et du corps.

Le lobe temporal est important, à la fois pour ce que nous voyons et entendons, aussi bien pour nos rêves que pour nos émotions intenses. Il éclaire et explique nos diverses expériences. Il exprime ce que nous ressentons et ce que nous devrions faire à ce sujet.

Le lobe temporal joue aussi un rôle vital dans la formation des souvenirs, l'un des éléments essentiels du réseau intuitif. Il contient l'hippocampe, qui aide à créer les souvenirs verbaux (mémoire du cerveau) et qui joue un rôle important dans les rêves. Il contient aussi l'amygdala, qui construit les souvenirs que l'on ne peut exprimer par des paroles et que l'on appelle la mémoire physique.

Certains chercheurs pensent que le lobe temporal est sensible aux énergies électromagnétiques de basses fréquences, le courant qui est supposé transmettre et recevoir les informations intuitives. Les neurones temporaux s'activent quand ils entrent en contact avec de telles énergies électromagnétiques pouvant pénétrer les tissus du cerveau.

On a remarqué que les personnes particulièrement intuitives subissent des transformations du lobe temporal. Ce fait est encore plus marqué chez les individus souffrant d'épilepsie de ce lobe temporal, affection au cours de laquelle ce dernier est en hyperfonction ou subit une attaque. Chez ces personnes, la fonction de la mémoire est modifiée, ce qui inclut aussi les sensations de « déjà-vu », les états de conscience onirique, les distorsions temporelles, les expériences hors du corps, la sensation d'une présence invisible, la perception auditive interne, les visions complexes, l'anxiété, la panique et l'impression d'être victime d'un mauvais sort. Je me suis occupée d'un patient qui souffrait d'épilepsie du lobe temporal et qui, régulièrement, voyait des anges lui rendre visite pendant qu'il s'occupait dans son jardin. Il les voyait et les entendait réellement. Lorsqu'ils lui tenaient des propos qu'il ne souhaitait pas entendre, il les incitait à partir, prétextant ses travaux de jardinage. Une autre de mes patientes, une femme ayant souffert d'attaques du lobe temporal, voyait défiler devant ses yeux des souvenirs visuels. Il s'agissait véritablement d'expériences « cinématographiques » ayant trait à son enfance, lorsqu'elle était âgée de sept ans.

On pense aussi que les personnes souffrant d'épilepsie du lobe temporal ont des facultés intuitives très développées.

Un de mes amis médecins faisait sa ronde à l'hôpital, un matin. Sur le tableau, une infirmière avait noté qu'un patient souffrant d'épilepsie l'avait fait sursauter au cours de la nuit en se redressant brusquement dans son lit et en criant : « Mon père va mourir. » L'infirmière lui avait demandé si son père était malade ou âgé. Le patient avait répondu qu'il n'était âgé que d'une cinquantaine d'années et n'avait jamais été malade. Mais il était sur le point de mourir, avait répété le jeune homme.

Le médecin ne sut que faire de ce rapport. Puis, au cours de la matinée, un appel inquiétant parvint à la salle des infirmières. L'interlocuteur était un parent du patient épileptique. Il annonça avec tristesse que la nuit précédente le père du jeune homme était soudainement et inexplicablement décédé.

En anticipant la mort de son père, le patient avait fait l'expérience d'une situation précognitive, une expérience intuitive qui lui permit de prévoir un événement avant que celui-ci ne survienne réellement.

La plupart des gens ne croient pas à la réalité de ce genre de situation, qui représente un phénomène quelque peu effrayant et en dehors de leurs références habituelles. En fait, lorsque l'on demanda à l'un des médecins de l'hôpital son opinion sur l'événement que je viens de décrire, il rejeta catégoriquement l'idée que cela ait pu se passer. « Du fait qu'il est impossible à quiconque de connaître le futur avant qu'il n'arrive, dit-il, cet événement n'a pu se produire. » Peut-être ce médecin avait-il lui-même un problème de lobe temporal. Plus vraisemblablement, parce que cet événement ne s'inscrivait pas dans son schéma conceptuel routinier, il était simplement effrayé d'accepter le fait que certaines personnes aient la capacité de connaître des choses avant qu'elles ne surviennent. Cela voudrait dire que le monde n'est pas aussi contrôlable ni aussi contrôlé que la plupart d'entre nous ont tendance à le croire. Cela impliquerait que l'intuition est une capacité que nous possédons tous, car nous sommes tous dotés d'un lobe temporal qui nous donne accès à des informations nous permettant d'effectuer les changements nécessaires dans notre vie.

Il est important de comprendre que les expériences intuitives ne sont pas uniquement une forme d'épilepsie du lobe temporal. Les gens qui vivent des expériences intuitives, dont le fonctionnement du lobe temporal est normal et qui ne souffrent pas de troubles particuliers partagent avec les épileptiques du lobe temporal un certain nombre de phénomènes, telles les sensations de déjà-vu, les rêves prophétiques et les expériences hors du corps. Il existe aussi une similitude importante entre le moment de la journée où surviennent les crises et les expériences intuitives. La plupart de ces crises se manifestent le soir, entre 22 heures et 23 heures, et le matin, entre 2 heures et 4 heures À quel moment les personnes sujettes à des expériences intuitives – telles que le pressentiment qu'un membre de la famille va mourir – reçoivent-elles leurs prémonitions ? *Entre 22 heures et 23 heures, et le matin, entre 2 heures et 4 heures*. Vous vous souvenez de mon amie Mildred, qui essayait de chasser de sa chambre des « visiteurs » nocturnes ? Elle vivait aussi ces instants le soir, entre 22 heures et 23 heures. Nous avons tous des mini-crises dans nos lobes temporaux la nuit, lorsque nous dormons. Les informations les plus secrètes nous parviennent durant l'obscurité de la nuit.

Nos vies seraient très différentes sans lobes temporaux et sans le rôle vital qu'ils jouent dans nos souvenirs, nos rêves et notre intuition. Les lobes frontaux sont le siège du jugement, de l'organisation et de la moralité. Nous passons la majeure partie de notre temps à développer cette partie de notre cerveau. Des études ont démontré que des singes dont les lobes frontaux avaient été détruits continuaient à vivre et à agir dans leur groupe, bien que de façon altérée. Mais lorsqu'on leur enleva les lobes temporaux, les singes moururent.

Sans lobes temporaux, il nous est impossible d'interpréter ce qui est émotionnellement important pour nous ; nous ne pouvons déterminer si une expérience est significative ou non, de quelle manière nous la ressentons et ce que nous allons en faire. Il nous est impossible de nous rappeler la moindre chose et d'avoir accès à notre intuition. Sans les lobes temporaux, la seule chose que nous puissions faire est de vivre dans l'instant présent. Ce fait est parfaitement mis en lumière par le fameux cas de H.M., sur lequel une ablation des lobes temporaux fut effectuée à la suite d'une crise. Après l'opération, cet homme devint incapable d'avoir de nouveaux souvenirs. Ses souvenirs lointains, survenus avant son opération, restèrent intacts, car ils s'étaient implantés dans l'ensemble de son cerveau. Mais les souvenirs récents doivent passer par l'hippocampe, situé dans les lobes temporaux. Sans ces derniers, H.M. n'a plus aucun souvenir de ce qui lui est arrivé depuis son intervention chirurgicale. Il ne peut même pas se souvenir de son déjeuner. Cinq minutes après avoir mangé, il demandera à son infirmière : « À quelle heure est le déjeuner ? » Il vit véritablement dans l'instant présent et ne pourra jamais apprendre quelque chose de nouveau.

Au cours d'une autre série d'expériences, des chercheurs ont extrait l'amygdala du lobe temporal du cerveau de certains singes. Auparavant, les singes étaient capables de reconnaître que les hommes en blanc qui s'approchaient de leur cage pour leur placer des électrodes sur la tête n'étaient pas animés de bonnes intentions. Ils savaient que ces moments s'accompagnaient d'une charge émotionnelle importante (« Hum, tous mes copains ont disparu ; je ne pense pas que ce type me veuille du bien »). Ils se sentaient effrayés, en colère et crachaient sur les expérimentateurs. Mais une fois leurs lobes temporaux sectionnés, leur attitude changea complètement. Au lieu d'être effrayés par certaines situations dangereuses et de réagir en conséquence, les singes ne ressentirent plus de crainte. Ils perdirent leur capacité à distinguer la peur de la sécurité, la confiance de la méfiance. Soudainement, ils devinrent indifférents devant un type en blouse blanche. Au lieu de hurler, d'essayer de le mordre et de se défendre, ils commencèrent à se comporter comme si un tel homme incarnait quelqu'un à aimer ou quelque chose à manger. Plutôt que de percevoir l'expérimentateur comme un prédateur et d'agir en conséquence, les singes pensaient qu'il représentait une source potentielle de nourriture et tentaient de le lécher ou essayaient de manger des objets qui l'entouraient. De plus, les singes donnèrent l'impression de s'être pris d'affection pour le chercheur et de vouloir copuler avec lui. En somme, les singes devinrent passifs face aux menaces physiques et au danger.

Manger et avoir une activité sexuelle. Cela vous rappelle-t-il quelque chose ? Dans notre société, que font tant de personnes désorientées, qui ne comprennent rien à leurs sentiments et qui ne savent pas comment réagir ? Elles mangent et elles font l'amour. Nos lobes temporaux peuvent être intacts, mais, parfois, nous agissons sans leur aide, sans écouter les conseils de sagesse qu'ils nous prodiguent et qui nous indiquent ce qui est émotionnellement intéressant et la façon dont nous devrions nous comporter. Comme les singes, nous devenons passifs. L'une des principales causes de dépression, en particulier chez les femmes, est la passivité – impuissance et désespoir.

Les singes avaient été déconnectés des centres intuitifs de leur cerveau. Au départ, ils avaient compris intuitivement du premier coup d'œil que « ce type ne leur voulait pas de bien ». Par la suite, ils ne savaient plus. Ils pensèrent : « Bon, on va coucher ensemble, ou peut-être irons-nous manger tous les deux. » Exactement comme de très nombreuses femmes. Bien que des signaux d'alarme résonnent dans nos têtes afin de nous rappeler que ce type est très semblable aux trois autres avec lesquels nous avons entretenu des relations désastreuses, nous sortons tout de même avec lui. Nous acceptons son invitation à dîner, nous passons la nuit avec lui et nous envisageons même de l'épouser !

Les chercheurs qui menèrent ces expériences ont appelé l'affection qui frappa les singes « cécité psychique ». Je trouve cette expression parfaite. Psychiquement, ces singes sont aveugles vis-à-vis du monde qui les entoure. Ils ne savent pas quelles émotions ressentir devant ce qu'ils voient et, de ce fait, ignorent comment réagir de façon appropriée. Bien qu'ils puissent voir, entendre et se mouvoir normalement, ils sont totalement impuissants et désespérés.

L'impuissance et le désespoir représentent les deux principales causes de maladie. Beaucoup de femmes américaines ne se soucient pas de leur vie, ignorent leurs sentiments et ne savent que faire. C'est le cas typique du mari qui demande à sa femme : « Que veux-tu faire ce soir ? » et de celle-ci qui répond invariablement : « Je ne sais pas. » Ces femmes sont impuissantes, spécialement devant les situations menaçantes. Au lieu d'être à l'écoute de leur sagesse intérieure et de leur intuition, et d'agir en conséquence, elles passent leur temps à quémander des conseils et de l'aide aux autres. Cette attitude n'est pas forcément la plus intelligente. Le singe serait-il avisé de demander au « prédateur de laboratoire » s'il peut sortir de sa cage en toute sécurité ? Je ne le pense pas. Mais cette attitude n'est pas différente de celle de la femme qui ignore son intuition et demande à son ami qui vient de la frapper par trois fois : « Suis-je en sécurité avec toi ? Puis-je te faire confiance ? »

L'intuition est un outil servant à comprendre ce que nous ressentons pour quelque chose ou quelqu'un, la raison de ce sentiment et ce que nous devrions faire dans ce cas. Si, d'une certaine manière, vous ne pouvez vivre normalement sans lobes temporaux, de même ne pourrez-vous vivre normalement si vous êtes déconnecté de votre intuition.

En outre, l'amygdala et les lobes temporaux sont importants pour apprendre à distinguer ce qui est menaçant de ce qui est gratifiant. C'est très important, parce qu'il s'agit là d'un des rôles essentiels de l'intuition. Ce rôle consiste à confronter des croyances entreposées dans notre cerveau et dans notre corps, et que nous n'utilisons plus. L'intuition analyse ces croyances, puis décide ou non de les changer. Si vous aviez le vertige et que l'on vous offrait une situation d'un million de dollars par an, dans le domaine de vos rêves, mais au dernier étage de l'Empire State Building, que feriez-vous ? Devriez-vous refuser cette offre ? Non, vous pourriez faire appel au centre intuitif de votre cerveau, là où se tiennent vos souvenirs et vos émotions, et apprendre à guérir votre phobie des hauteurs. Ainsi pouvons-nous modifier beaucoup de nos comportements. De nombreux hommes et femmes traversent la vie en pensant de façon erronée qu'un certain type de personnes du sexe opposé leur offrira l'amour qu'ils réclament et qu'un autre type représente une menace pour eux. Par exemple, plusieurs femmes choisissent systématiquement le mauvais compagnon au cours de leur jeunesse parce que, quelque part dans leur cerveau et dans leur corps, sont inscrites des séries de souvenirs concernant ce qui est gratifiant et ce qui est menaçant. Toutefois ces souvenirs sont complètement mélangés. Si, chaque fois, elles persistent à choisir M. Parfait, qui s'avère, par la suite, être M. Zéro, elles ne peuvent comprendre uniquement avec leur cerveau pourquoi leurs relations successives échouent. Leur corps, cependant, générera symptômes puis maladies de façon à leur faire comprendre, de façon brutale, que quelque chose ne va pas. L'attitude de ces femmes est, en fait, très négative.

MAUVAISES HERBES ET PETITES FLEURS

Le cerveau représente un amas très complexe de connexions diverses nous permettant d'accéder en permanence à notre intuition. Cependant, nous réalisons toujours un peu en retard les changements individuels et sociaux nécessaires afin de mieux maîtriser cet outil capital pour notre santé et notre bien-être.

Une particularité physique inhabituelle nous offre une métaphore intéressante nous amenant à comprendre la façon dont le cerveau gauche nous domine culturellement. Chez certaines personnes, et pour une raison inconnue, une moitié du corps grandit plus rapidement et devient plus développée que l'autre. Vous ne serez pas surpris d'apprendre que cette croissance exagérée se situe du côté droit, qui correspond à l'hémisphère gauche.

J'ai toujours été intriguée par le nom attribué à cette particularité. On l'appelle hémi-hypertrophie, ou croissance excessive. Le choix de ce terme est très significatif. Il met l'accent sur l'aspect hyperdéveloppé. En général, les gens ne se préoccupent pas de ce qui est à la traîne, en l'occurrence, la croissance du cerveau droit. Je serais plus encline à nommer cette particularité hémi-atrophie, ou sous-développement du cerveau droit. J'insisterais sur le fait que l'un des côtés du corps ne se développe pas suffisamment. À mes yeux, l'accent mis sur l'aspect dominant et trop développé équivaut à marcher dans son jardin en disant : « Mon Dieu ! les mauvaises herbes sont trop hautes. » Il serait plus sage de dire : « Mes fleurs devraient pousser davantage. »

Voilà ce que nous apporte l'intuition : une nouvelle perception globale, une façon de considérer les choses sans focaliser notre attention sur l'évident et qui nous permet de distinguer ce qui est difficile à percevoir. L'intuition nous aide à regarder au-delà des mauvaises herbes envahissantes afin de rechercher les moyens de faire pousser davantage les fleurs de notre jardin.

CHAPITRE 4

SOUVENIRS DU PASSÉ :
MÉMOIRE DU CERVEAU ET
MÉMOIRE DU CORPS

La mémoire est l'une des forces les plus puissantes dont nous disposons dans notre vie. Chacun de nous possède un souvenir originel, réminiscence d'un moment de notre prime enfance, semblable à un instant figé estompé par le temps et qui peut être retrouvé à volonté dans un des tiroirs de notre esprit. Il s'agit d'une mémoire consciente située dans le cerveau. Mais nous disposons tous également d'autres souvenirs dont, habituellement, nous n'avons pas conscience. Ils ne sont pas seulement situés dans les plus profonds recoins de notre cerveau, mais sont aussi présents dans notre corps. Des souvenirs physiques sont organisés systématiquement dans nos organes, tel l'enregistrement de quelque chose qui nous est arrivé et qui nous a affecté d'une façon que nous n'avons jamais tout à fait saisie. Les médecins intuitifs lisent ces souvenirs qui sont stockés dans notre cerveau et dans notre corps.

Avez-vous mal à la tête quand un collègue en particulier s'approche de vous ? Ou une douleur à l'estomac quand vous rentrez chez vous pour les vacances ? Vous êtes-vous demandé pourquoi cela vous arrive ? Je connais une femme qui craint de prendre l'ascenseur. Aussitôt qu'elle entend le bruit de la porte se fermant derrière elle et la sonnerie précédant la mise en marche, son cœur se met à battre la chamade et ses paumes deviennent moites. Elle est alors saisie d'une peur sans nom. Après avoir été agressée dans un ascenseur lorsqu'elle était enfant, elle a réprimé l'essentiel du souvenir conscient de cet événement traumatisant. Mais son corps, lui, se rappelle, et chaque fois qu'elle se trouve dans un ascenseur, elle revit ce traumatisme qu'elle n'a jamais véritablement voulu affronter.

Nous commençons à stocker des souvenirs dès le moment de notre naissance, ou peut-être même avant, dans l'utérus. L'enregistrement de toutes nos expériences passées, des événements émotionnels importants survenus au cours de notre vie, détermine et influence notre personnalité. Cela affecte donc aussi, inévitablement, la façon dont nous bâtissons notre avenir et celle dont nous organisons notre vie. Cela détermine notre future profession, les partenaires que nous choisissons, les buts que nous nous fixons et même ce que nous percevons comme agréable ou douloureux.

Nos souvenirs sont les archives de la sagesse et des traumatismes entreposés dans notre cerveau et dans notre corps. Certains souvenirs peuvent nous prédisposer à la santé ou à la maladie. Ils font partie intégrante de notre réseau intuitif et nous envoient constamment des signaux, des avertissements et des informations sur les événements qui surviennent dans notre vie. Grâce à l'intuition, nous pouvons mieux comprendre le langage des souvenirs de notre cerveau et de notre corps lorsqu'ils s'adressent à nous pour nous informer de ce qui ne va pas dans notre vie et de la façon dont nous pouvons arranger les choses.

D'après une théorie concernant la façon dont la mémoire fonctionne, cette dernière n'est pas complètement préservée et ce que l'on oublie a été perdu. Selon une autre théorie, rien de ce que nous vivons n'est jamais entièrement perdu. Chacune des choses que nous voyons, chaque emballage de bonbon, chaque nid-de-poule est enregistré quelque part dans le cerveau. Le fait de ne pouvoir nous souvenir de tout cela signifie simplement que nous avons oublié le processus qui nous permettrait de nous le rappeler. C'est exactement comme lorsque vous perdez une paire de boucles d'oreilles. Elles ne cessent pas d'exister parce qu'elles ont été égarées. Mais comme vous n'arrivez pas à savoir où elles se trouvent, vous ne parvenez pas à mettre la main dessus. Une fois créé, un souvenir ne se perd jamais ; il est simplement égaré sous votre lit, parmi les chaussettes sales et autres objets, de sorte que vous ne réussissez pas à le trouver.

Il est généralement admis que nos souvenirs sont dispersés dans l'ensemble du cerveau et que notre capacité à les retrouver implique certaines neuroconnexions semblables à des lignes téléphoniques parcourant celui-ci. L'oubli représente la coupure d'une de ces lignes. En d'autres termes, si vous n'employez pas un souvenir, le cerveau coupe tout simplement la ligne téléphonique à laquelle il est relié. Ou bien encore, pensez à une carte de crédit que vous n'avez pas utilisée depuis six mois et que la banque a annulée. Vous ne pouvez plus y recourir pour retirer de l'argent du distributeur, mais vous possédez toujours la carte dans votre portefeuille.

Il n'est pas exagéré d'affirmer que nous oublions la plupart des événements de notre vie. Les choses dont nous nous souvenons, les souvenirs auxquels nous sommes reliés sont ceux qui sont imprégnés d'une forte charge émotionnelle. Vous ne vous souviendrez probablement pas d'une capsule de bouteille que vous vîtes un jour sur le sol, au cours de la fête annuelle de votre ville, lorsque vous aviez six ans. Cependant, si vous aviez glissé sur cette capsule, si vous étiez alors tombé en vous cassant un bras, si vous aviez pleuré ensuite dans l'ambulance durant tout le trajet jusqu'à l'hôpital et si vous aviez finalement dû porter un plâtre pendant six semaines – là, vous vous en souviendriez.

En d'autres termes, un souvenir constitue l'expérience d'une émotion codée et imprimée dans notre cerveau et dans notre corps. Certains souvenirs sont plaisants et positifs, d'autres sont déplaisants et négatifs. Un souvenir particulièrement heureux et non stressant est habituellement codé dans l'hippocampe du lobe temporal, qui facilite la conservation de la mémoire verbale, c'est-à-dire celle qui contient les souvenirs dont on peut parler. Cependant, lorsqu'une expérience est douloureuse et traumatisante, l'hippocampe est incapable de l'enregistrer parce qu'elle est gommée par les hormones de stress libérées par le cerveau et le corps. C'est alors que l'amygdala, une autre zone du lobe temporal, intervient et prend la direction des opérations, enregistrant cette expérience comme un souvenir non verbal ou qui ne peut être aisément exprimé par des mots. Ce dernier est alors conservé dans la mémoire corporelle. Vous pouvez ne pas vous en souvenir consciemment, mais il est toujours présent dans votre esprit et dans les cellules de votre corps.

C'est ainsi que fonctionne le cerveau lorsqu'un souvenir apparaît. Quand vous vivez une expérience déterminée, le cerveau l'enregistre par le biais du visuel et de l'appareil auditif, recueillant à la fois les images et les sons de cette expérience. Le cerveau enregistre aussi dans une zone spécifique ce que vous ressentez physiquement. Toutes ces zones du cerveau sont extrêmement sensibles. Plus tard, lorsque vous évoquerez ce souvenir, ces trois zones seront activées. Remémorez-vous, par exemple, le jour de votre mariage. Ce faisant, vous créez dans votre esprit un hologramme de cet événement. Vous apercevez tous les invités alors présents à cette réception, vous entendez la musique, vous ressentez la douleur que vos chaussures neuves infligent à vos pieds et vous percevez le son de votre traîne glissant sur le plancher. Il s'agit là d'un souvenir sans traumatisme dont vous pouvez parler facilement et souvent avec grand plaisir.

Imaginons maintenant que vous partiez vous promener un jour sur une route de campagne. Vos pieds heurtent les cailloux du chemin, vous respirez dans l'air le parfum des lilas et ressentez la brise légère caresser vos bras et votre visage. Vous vous sentez libre et forte lorsque soudain, surgissant des fourrés, un énorme chien se précipite sur vous en grognant férocement et en montrant les dents. Vous voyez ses crocs impressionnants, vous l'entendez aboyer et vous avez la chair de poule. Terrifiée et saisie par la panique, vous courez aussi vite que vous le pouvez afin d'échapper à ce chien.

Ce soir-là, au repas, votre mari vous demande si vous avez apprécié votre promenade. « C'était très bien », répondez-vous. Vous ne souhaitez pas mentionner l'incident relié au chien, aussi n'en parlez-vous pas. En un certain sens, vous avez déjà commencé à l'oublier parce qu'il fut désagréable et effrayant, et représente donc quelque chose que vous ne voulez pas affronter de nouveau. Cette réaction est très semblable à celle que vous avez lorsque vous faites un cauchemar. S'il s'agit d'un rêve particulièrement horrible et que vous n'en parlez pas à quelqu'un dès votre réveil, alors, il n'est pas enregistré dans votre mémoire verbale. Cependant, il est stocké dans votre mémoire corporelle et, dans ce cas, il est possible que, pendant une heure ou deux, vous vous sentiez extrêmement perturbée par ce rêve, même si vous ne pouvez réellement vous en souvenir. Tout comme un mauvais rêve, votre rencontre émotionnellement chargée avec le chien est codée dans votre mémoire corporelle. Néanmoins, vous l'avez dissociée de votre mémoire consciente, mise de côté ou isolée mentalement, car elle vous est douloureuse et inacceptable.

C'est ainsi que nous procédons devant un traumatisme. Nous agissons comme dans la chanson de Barbra Streisand : « Nous choisissons tout simplement d'oublier les souvenirs trop douloureux. » Pourtant, le fait d'agir ainsi trop fréquemment avec les souvenirs *qu'il est important que nous affrontions* nous amènera à en subir les conséquences sur les plans émotionnel, physique ou organique, entraînant les maladies et les problèmes de santé sous-jacents.

Centre des émotions	Organes	Dysfonctionnements physiques	Pouvoir émotionnel	Vulnérabilité émotionnelle
1	Support physique de colonne vertébrale	Problèmes chroniques	Doute	Confiance
			Indépendance	Dépendance
	Colonne vertébrale	Sciatique	Solitude	Grégarisme
	Sang	Scoliose		
	Système immunitaire	Problèmes rectaux	Ingéniosité	Impuissance
		Fatigue chronique	Intrépidité	Crainte
		Fibromes	Débrouillardise	Adaptabilité
		Perte des défenses auto-immunitaires		
		Arthrite		
		Problèmes cutanés		

2	Utérus	Problèmes	*Motiva-*	
	Ovaires	gynécologi-	*tions :*	
		ques	Actif	Passif
	Vagin	Désordres	Sans com-	
		de la pros-	plexes	Inhibé
		tate		
		et des testi-		
		cules		
	Col de		Direct	Indirect
	l'utérus			
	Prostate		Fonceur	Réceptif
	Testicules	Douleurs	Effronté	Honteux
	Pénis	du pelvis		
		et au bas		
		du dos	*Relations :*	
	Vessie	Puissance	Indépen-	Dépendant
		sexuelle	dant	A besoin
	Pelvis	Fertilité		des autres
	Gros intes-	Problèmes	Recherché	Donne
	tin	urinaires	par les	davantage
			autres	
	Bas du dos		Prend da-	
			vantage	
			Limitations	Limita-
			définies	tions non
				définies
			Assuré	Soumis
			Protège les	A besoin de
			autres	protection
			S'oppose	Coopère
3	Abdomen	Problèmes	Compé-	Médiocrité
		gastriques	tence	
	Intestins	Ulcères	Maîtrise	Infériorité
		duodénaux		
	Foie	Problèmes	Volontaire	Résigné
		du côlon et		
		intestinaux		
	Vésicule bi-			
	liaire			
	Œsophage	Responsa-	Irresponsa-	
		bilité	bilité	
	Estomac	Colite ulcé-	Pris entre	Addiction
	inférieur	reuse	deux feux	
	Reins			

Pancréas	Maladie de Crohn	Agressivité	Sur la défensive
Glandes surrénales	Aigreurs	Menace	Fuite
Rate	Gastrite	Intimidation	Manquements
Milieu de la colonne vertébrale	Diabète	Sens du territoire	Contraintes
	Constipation et diarrhée	Limitations	Limitations
	Anorexie	Compétitivité	Non-compétitivité
	Boulimie	Victoire	Perte
	Hépatite	Gain	Perte

4 Cœur	Maladie	*Manifestation émotionnelle :*	
Poumons	de l'artère coronaire		
Vaisseaux sanguins	Infarctus du myocarde	Passion	Amour
Épaules		Colère	Ressentiment
Seins	Arythmie	Joie	Sérénité et paix
Diaphragme	Douleurs à la poitrine	Stoïcisme	Effusions émotionnelles
Œsophage supérieur	Hypertension		
	Asthme	Courage	Anxiété
	Cancer du poumon	Deuil	Dépression
	Pneumonie	Perte	Abandon
	Problèmes dans le haut du dos	*Relations :*	
	Maladie des seins, y compris le cancer	Isolement	Intimité
		Aider	Être aidé
		Donner	Recevoir
		Paternalisme	Materner
		Martyre	Nourrir
			Pardon

5	Thyroïde	Maladie de Grave	*Communication :*	
			Expression	Compréhension
	Vertèbres cervicales	Hypothyroïdie		
	Gorge	Bronchite	Parler	Écouter
	Bouche	Laryngite		
	Dents et gencives	Ulcères buccaux	*Timing :*	
		Affection des disques cervicaux	Précipitation	Attente
		Articulations temporaux-mandibulaires	*Volonté :*	
			Volontaire	Accommodant

6	Cerveau	Hémorragie ou tumeur cérébrale	*Perception :*	
	Yeux	Crise cardiaque	Clarté	Ambiguïté
	Oreilles		Concentration	Inattention
	Nez	Perturbations neurologiques	Non réceptif	Réceptif
	Glandes pinéales			
		Cécité	*Pensée :*	
		Surdité	Sagesse	Ignorance
		Maladie de Ménière	Rationalité	Irrationalité
		Vertiges	Linéaire	Non linéaire
		Acouphène	Rigidité	Flexibilité
		Maladie de Parkinson	*Moralité :*	
		Difficultés d'assimilation	Conservateur	Libéral
			Respect des lois	Prise de risques
			Critique	Feed-back
			Répressif	Non inhibé

7	Tous les organes	Désordres de croissance	Compréhension du sens de la vie	Incompréhension du sens de la vie
		Désordres génétiques	Je dirige ma vie	Dieu dirige ma vie
		Scléroses multiples		
		Scléroses amyotrophiques latérales	Je peux influencer le cours de ma vie	Les choses arrivent comme elles le doivent
		Anomalies multiples	Attachement	Détachement
		Tout accident, ou maladie, menaçant servant de prise de conscience		

Dissociation et maladie

Les exemples les plus frappants de dissociation de la mémoire et de ses conséquences peuvent être rattachés aux cas de dédoublement de la personnalité. Popularisé grâce aux livres et aux deux films qui en ont été tirés, *Les Trois Visages d'Ève* et *Sybil*, le dédoublement de la personnalité est un trouble majeur de dissociation au cours duquel deux ou plusieurs personnalités différentes partagent un même corps. L'individu a alors un seul cerveau et un seul corps, mais un certain nombre de personnalités distinctes, chacune d'elles possédant sa propre banque mémorielle personnelle. De plus, il est possible que l'une de ces personnalités souffre de quelques troubles, et pas les autres.

Ainsi, les études portant sur les dédoublements de la personnalité ont démontré que quelques-unes de ces personnalités souffrent de migraines, mais pas toutes. De même, l'une d'entre elles peut souffrir d'allergies ou de sensibilité à certains médicaments, mais pas les autres. Une personnalité peut être droitière et l'autre, gauchère. L'une de ces études a montré qu'une personnalité avait une meilleure vision que l'autre. Les diagnostics sur ce type de désordre mental sont souvent controversés, et la possibilité d'une fraude est toujours possible. Dans une autre étude, des chercheurs ont demandé à quelques personnes d'agir comme si elles possédaient différentes personnalités, et ils ont examiné leurs globes oculaires. Ils mirent ainsi en évidence le fait que les changements observés ne correspondaient pas à ceux constatés chez les individus affligés de personnalités multiples.

Dans un autre cas, l'une des personnalités était un enfant souffrant de strabisme divergent, une anomalie de l'œil que l'on rencontre souvent chez les enfants mais rarement chez les adultes. Lorsque l'individu en cause passait de sa personnalité d'enfant à celle d'adulte, ce strabisme disparaissait. Dans d'autres cas, les chercheurs mesurèrent la température et la conductibilité de la peau, la respiration et le rythme cardiaque des diverses personnalités d'un patient. Pour chacune de ces personnalités, les résultats furent différents. Les mêmes données furent vérifiées dans une étude au cours de laquelle les chercheurs étudièrent les capacités de réaction des personnalités multiples par une batterie de tests du cerveau qui mettaient en évidence la façon dont les gens répondent aux stimuli de leur environnement extérieur. Pendant quatre jours, ces capacités de réaction varièrent en permanence, selon le même schéma, en fonction de la personnalité étudiée.

Tout ceci prouve que chez ces gens-là, les réactions au monde extérieur se transformèrent, de même que leur corps, leur santé et leurs maladies, en même temps que leurs diverses personnalités – c'est-à-dire au fur et à mesure que leurs souvenirs se modifiaient. En clair, leurs souvenirs n'étaient pas seulement situés dans leur cerveau, mais également dans leur corps, et se manifestaient différemment, selon la personnalité dominante du moment.

Un patient souffrant d'un dédoublement de la personnalité dissocie de sa conscience ses personnalités diverses et les événements qui y sont rattachés. Dans ce cas, cette dissociation est tellement forte qu'une nouvelle personnalité se forme afin d'affronter les expériences très douloureuses ou les souvenirs traumatisants dont l'individu est en train de se séparer. Puis, cette personnalité qui supporte ces souvenirs traumatisants développe une maladie.

En fait, la plupart d'entre nous créons une telle dissociation, mais à un degré très atténué. J'effectuai, un jour, une lecture pour une personne qui venait juste de s'inscrire à l'université. Le jour de la rentrée, elle se dirigea vers sa salle de classe, mais s'aperçut alors qu'il lui était impossible d'y pénétrer. Pour une raison inconnue, elle était terrifiée. Ses mains commencèrent à trembler, ses paumes devinrent moites, et elle ressentit une terreur sans nom. Elle se força néanmoins à entrer dans cette salle et alla s'asseoir. À la fin du cours, elle se précipita dans sa chambre et se mit à vomir.

Elle ne savait pas ce qui se passait. Elle avait parlé de son problème à un psychiatre, mais cela ne lui avait été d'aucun secours. Lorsque je commençai sa lecture, je remarquai une irritation de son estomac et les prémices d'un ulcère en formation.

Quand je lus sa vie émotionnelle, je vis que, des années auparavant, cette cliente avait reçu une éducation très stricte. Ses parents se séparèrent, et elle fut envoyée dans une école très répressive. Là, elle vécut de nombreuses expériences déplaisantes, depuis les coups de règle sur les doigts pour mauvaise conduite jusqu'à l'exclusion du réfectoire pour ne pas avoir remarqué que le col de son uniforme était de travers. Je pus visualiser cette scène et voir ma cliente si malheureuse qu'elle se tenait l'estomac sans pouvoir manger. Je pus, par la suite, la voir assise à une table de la cafétéria, repoussant le plateau devant elle. Je la vis allongée sur son lit, à l'écart des autres enfants qui jouaient dehors. Elle maigrit et devint très malade.

En définitive, je la vis retourner chez elle. Ses parents vivaient de nouveau ensemble pour permettre sa guérison. Ses douleurs à l'estomac disparurent, et elle recommença à s'alimenter. Durant le reste de son enfance, elle ne pensa pas beaucoup à ce bref épisode de son existence au cours duquel elle fut séparée de ses parents. Ces derniers avaient toujours l'habitude de s'enfermer dans une pièce pour se disputer, mais elle ignorait ce qui se passait. Elle croyait que ses parents étaient heureux et que sa famille était paisible et stable. Elle oublia son expérience d'internat. Jusqu'à ce qu'elle aille à l'université.

Le fait de pénétrer pour la première fois dans une salle de classe de l'université provoqua dans son corps, et en particulier dans son estomac, les peurs qu'elle avait vécues, enfant, dans le pensionnat. Ses souvenirs corporels commencèrent à resurgir peu à peu. Elle se mit à avoir des nausées et à vomir, sans comprendre pourquoi.

Si nous ignorons nos émotions ou nos souvenirs, notre corps les fera resurgir brutalement. Si nous ne faisons pas attention au petit bruit dans notre voiture, il deviendra de plus en plus fort, et finalement, la transmission fera défaut. Nous sommes paralysés jusqu'au moment où nous affrontons nos émotions, qui sont impliquées dans les symptômes de notre organisme et qui essaient par là d'attirer notre attention. Les médecins intuitifs ne sont pas les seuls à lire les émotions disséminées dans la vie d'une personne et la façon dont elles sont enregistrées dans les cellules de son corps. Chacun de nous peut commencer à apprendre le langage intuitif de son corps, qui lui indique quel aspect de sa vie requiert son attention.

Lorsque nous prenons nos souvenirs et nos émotions et que nous les dissocions de notre conscience, ils s'installent dans notre corps grâce à notre système nerveux autonome, cet enchevêtrement de fils téléphoniques reliant nos émotions à nos fonctions organiques. Nous pouvons constater ce phénomène chez les personnes souffrant du problème psychiatrique appelé désordre de conversion. Un jour, une malade complètement paralysée du côté gauche fut amenée à l'hôpital. Un examen pratiqué alors ne montra aucun problème physique. Pourtant, elle était incapable de marcher ou de faire le moindre mouvement du côté gauche de son corps. Nous apprîmes que ses parents étaient décédés au cours des dernières années et qu'elle fut aussi affectée par d'autres décès survenus dans sa famille. Cependant, elle était incapable d'en parler et de supporter ces divers drames. La moitié de sa famille, c'est-à-dire la moitié de sa vie, avait maintenant disparu, et elle ignorait comment s'en sortir. Le résultat fut le suivant : la moitié de son corps était morte, ou insensible, et elle-même était véritablement paralysée, incapable de faire le moindre pas. Elle ne pouvait endurer l'intensité de l'émotion qui la submergeait. Aussi, avait-elle purement et simplement refoulé ces souvenirs insupportables. Du fait qu'elle ne pouvait en parler, ils s'étaient répandus dans son organisme et matérialisés sous la forme de ses problèmes physiques.

Certains scientifiques croient que la maladie est due à une dissociation temporaire, à une interruption de nos fonctions habituellement intégrées. Dans le cas d'un dédoublement de la personnalité, seule une personnalité devient malade, celle qui abrite les souvenirs ou les émotions refoulés de la conscience. Imaginons, par exemple, qu'une patiente souffrant d'un dédoublement de la personnalité se retrouve au beau milieu d'une scène épouvantable entre sa mère et sa sœur. Sa sœur a ensuite un accident, est hospitalisée et supplie notre patiente aux personnalités multiples de venir lui rendre visite. Mais sa mère la prévient qu'elle la reniera si elle s'approche seulement de l'hôpital où sa sœur l'attend. Au cours de ce terrible dilemme, la patiente nie ses émotions douloureuses et les refoule vers son autre personnalité. Maintenant, il lui est possible d'aller voir sa sœur à l'hôpital sans se soucier de la réaction de sa mère. Mais l'autre personnalité, consciente de la colère que la mère éprouvera, se fait du souci et devient malade.

La plupart des gens ressentent quelque chose de similaire. La plupart d'entre nous ne possèdent qu'une seule personnalité, bien sûr, mais les organes associés aux émotions que nous avons refoulées risquent de tomber malades. Nous en ignorons la raison, mais c'est à ce moment que nous devons faire appel à notre intuition. Les différentes études menées auprès de multiples cas de dédoublements de la personnalité ont permis aux scientifiques de comprendre que les sentiments sont issus de divers endroits de notre esprit et que nous n'en avons, en général, pas conscience. Et une partie de cet esprit est située dans notre corps. Un collègue traitait une femme représentant un cas dramatique. Elle souffrait d'un dédoublement de la personnalité depuis des années. Dans son bras gauche, elle avait développé une infection sérieuse qui semblait incurable. En définitive, on dut l'amputer de ce bras. De façon incroyable, aussitôt cette amputation effectuée, cette patiente ne souffrit plus jamais de dédoublement de la personnalité ! Le médecin qui la soigna se demanda si les souvenirs douloureux qui avaient peut-être été emmagasinés dans ce membre avaient pu provoquer ces multiples personnalités. Est-il possible qu'une fois ce membre retiré, elle n'ait plus eu accès à ces souvenirs particuliers ? Nous ne le saurons probablement jamais. La patiente se porte très bien aujourd'hui, bien qu'il soit concevable qu'elle puisse en conserver quelques séquelles. Bien entendu, je ne suggère pas qu'il suffise d'amputer la partie malade du corps pour supprimer les souvenirs qui y sont stockés. Cela voudrait dire que la jeune femme qui souffrait de douleurs et d'ulcères stomacaux lorsqu'elle allait au collège se porterait comme un charme si l'on pratiquait l'ablation de son estomac. Cependant, cette histoire illustre le fait qu'il suffit parfois de changer quelque chose dans notre corps pour régulariser nos émotions. Et inversement, si nos émotions sont harmonisées, il en résultera pour nous un organisme en bien meilleure santé.

Les cas de dédoublements de la personnalité mettent en évidence le fait que si nous pouvons soigner nos personnalités qui souffrent de certains troubles – perceptions négatives de souvenirs associées à des émotions dans notre vie actuelle –, alors, si nous souffrons de maladies ou de problèmes physiques, nous pouvons aussi recouvrer la santé. Nous pouvons passer de notre personnalité troublée à notre saine personnalité. Parce que les symptômes et les sensations se développent constamment dans notre corps et font partie intégrante de notre réseau intuitif, nous devons apprendre, au cours de notre vie, à les relier à nos émotions. La médecine intuitive est le processus de liaison consciente entre nos émotions et nos sensations physiques. Les symptômes physiques nous informent du moment où notre vie émotionnelle n'est pas équilibrée et des modifications souhaitables à apporter.

Les personnes gravement atteintes de dédoublement de leur personnalité ne peuvent y parvenir. Les différentes parties de leur réseau intuitif sont complètement séparées les unes des autres, totalement enfermées dans leurs diverses personnalités et ne peuvent ainsi leur apprendre comment modifier leur vie pour recouvrer la santé. Mais la plupart d'entre nous n'ont pas ce genre de problème. En étant consciemment attentifs à notre intuition, nous pouvons apprendre à utiliser toutes les parties de notre cerveau et de notre corps afin de parvenir à une compréhension globale de ce qui se passe dans notre vie et de ce que nous devrions modifier et adapter, au lieu de revivre en permanence les traumatismes de notre passé.

Une étude célèbre porta sur des rats enfermés dans des cages et qui recevaient régulièrement des décharges électriques depuis leur naissance. Cela peut sembler horrible, mais pour ces rats, il s'agissait de quelque chose de normal. Cela est comparable à la vie que mènent de nombreuses personnes vivant dans un environnement traumatisant. Dans l'exemple touchant des rats, ceux-ci grandirent en subissant des chocs électriques et, lorsqu'ils atteignirent l'âge adulte, ils furent autorisés à quitter leur cage. L'opportunité leur fut alors offerte de se diriger vers d'autres cages dans lesquelles ils n'écopaient d'aucun choc électrique. Eh bien, ils choisirent tous de retourner dans leur cage d'origine et de retrouver ainsi les décharges électriques.

Les rats étaient plus heureux de retrouver leur triste condition familière que de vivre un futur paisible, mais inconnu. Ils avaient appris que l'impuissance était leur unique façon de vivre. C'était la seule chanson qu'ils connaissaient, le seul rythme auquel ils marchaient. Dans leur cage, avec des chocs électriques, ils contrôlaient leur existence. Ils pensaient : « Hé ! je peux maîtriser cette situation. J'ai passé toute ma vie à recevoir des chocs électriques. » De la même façon, nous sommes nombreux à avoir vécu notre vie en étant surchargés de travail ou en vivant une relation malheureuse et non gratifiante. Nous pouvons nous accommoder de cette situation, car elle nous est familière. De plus, la perspective de trouver un autre emploi ou de se débrouiller tout seul après avoir quitté l'autre est véritablement terrifiante. Il est plus facile de continuer comme avant.

Cependant, malheureusement pour les rats, leur impuissance finit par affecter leur immunité. Ils s'étaient faits à l'idée que le monde n'est pas sûr et qu'ils recevraient continuellement des chocs électriques. Bien qu'ils aient appris à tolérer émotionnellement cette situation, leur organisme, lui, ne la tolérait pas. L'intuition et les souvenirs corporels finissent toujours par gagner. En réalité, notre esprit refoule le nombre de chocs que nous recevons. Mais le corps, lui, les enregistre. D'un choc à l'autre, nos globules blancs et notre immunité diminuent. Au fil du temps, le système immunitaire des rats s'effondra, livrant passage à toutes sortes de maladies. La croyance selon laquelle ils étaient en permanence vulnérables aux attaques du monde extérieur s'était brusquement concrétisée.

Tout comme les rats, la plupart d'entre nous tendent à revivre sans cesse les traumas passés. Nous tombons dans le trou noir du traumatisme. Les souvenirs accroissent les excitations physiologiques, c'est-à-dire qu'ils nous préparent physiquement et émotionnellement à d'autres chocs futurs. À l'époque où survint le trauma, nous sécrétâmes des hormones de stress. Ce qui nous prépara pour l'attaque suivante. Par conséquent, nous étions de plus en plus réceptifs et préparés à ces chocs. Et, devinez quoi ? Nous attirons de plus en plus d'attaques. Quand nous nous remémorons ce trauma, le cerveau et le corps libèrent sans cesse ces hormones. Cela signifie que, lorsque nous nous trouvons dans un environnement qui évoque un souvenir traumatique, nous l'interprétons de façon aussi stressante et traumatisante *que dans le passé*. Notre organisme le ressent comme un traumatisme réel, bien qu'il ne s'agisse que d'un souvenir, d'un mauvais rêve. Notre corps est secoué, comme si nous avions fait des cauchemars toute la nuit, bien qu'en réalité nous ne fassions que revivre un schéma enregistré dans notre cerveau. Il en résulte que nous recréerons ces traumas, aussi bien dans le présent que dans le futur.

J'ai tendance à conduire trop vite. J'ai déjà reçu plusieurs contraventions et accumulé des points d'inaptitude pour excès de vitesse. Un jour, je me rendais à une fête organisée en l'honneur de mon anniversaire. J'étais en retard et, de ce fait, me dépêchais afin d'attraper le traversier qui devait m'amener au restaurant où avait lieu la réception. Je conduisais à 85 km/h dans une zone limitée à 55 km/h. Le policier qui m'arrêta me demanda si, par hasard, je n'avais pas inversé mon compteur de vitesse. Je reçus une amende de cent seize dollars. Quelques jours plus tard, je tournai à droite à un feu rouge, sans m'arrêter, et un autre policier m'interpella. Deux jours après, j'attrapai un gros rhume. Maintenant, chaque fois que j'aperçois, ne serait-ce qu'un véhicule avec des skis sur le toit sans feux clignotants (comme la loi l'exige) – ce que l'on voit beaucoup dans le Maine où je vis et où j'exerce –, mon cœur se met à battre la chamade, mes mains deviennent moites, et je freine immédiatement. Je me mets à considérer mon environnement comme traumatisant, puisqu'il est basé sur le souvenir d'expériences passées. Je suis paniquée à l'idée d'être en infraction. En réagissant ainsi, je libère une fois de plus des hormones de stress dans mon sang et, de ce fait, renforce le souvenir d'un trauma. Cette réaction est semblable à l'aiguille du gramophone coincée dans le sillon du disque et qui creuse peu à peu ce dernier. Un souvenir stressant s'enregistre dans mon organisme, comme si j'allais recevoir une contravention, même s'il n'y a aucune voiture de police en vue. Mes défenses immunitaires s'effondrent et, très rapidement, j'attrape un rhume.

Une de mes amies, insatisfaite de sa situation professionnelle, était effrayée à l'idée de chercher un nouvel emploi. Le stress provoqué par son travail s'était manifesté dans son corps sous forme de diverticules. Chaque fois qu'elle partait en vacances, elle se relaxait et se promettait que, dès son retour, elle ne laisserait plus son job l'affecter et prendrait soin d'elle-même avant de se préoccuper de qui que ce soit d'autre au bureau. Cependant, inévitablement, le jour précédant son retour, elle commençait déjà à avoir des douleurs dans le ventre en raison du réveil de ses diverticules chroniques. Chaque fois qu'elle retournait au bureau, elle anticipait le traumatisme qu'elle avait subi dans le passé. Elle revivait cet événement de façon plus intense chaque fois et libérait les hormones de stress qu'elle aurait libérées si le trauma avait été réellement en train de resurgir. En conséquence, ses diverticules la font souffrir avant même qu'elle ne reprenne son travail. Et ces crises se déclenchent de plus en plus facilement. Elle en revient toujours au même point, au trou noir de l'addiction et du trauma. Elle ne se doute pas que son comportement est semblable à celui des rats dans leur cage.

Fuites d'énergie et croissance de la mémoire

Imaginez que nous soyons une encyclopédie en trente volumes. Actuellement, peut-être votre vie vous a-t-elle mené au volume dix-sept. Mais quelque chose dans le volume deux, soit le passé, vous affecte toujours, provoquant des ulcères ou diverses autres affections. Vous devez regarder en arrière et trouver ce qui provoque cet ulcère. La réponse pourrait très bien se trouver quatre ou cinq volumes derrière, ou même dans le volume actuel. La douleur à l'estomac que vous ressentez aujourd'hui peut être provoquée par les hurlements matinaux de votre patron, mais elle peut également être due au fait que votre mère hurlait après vous chaque matin, dans le volume deux de votre vie.

Un trauma, qu'il s'agisse de mauvais traitements à des enfants, d'un combat militaire, de catastrophes naturelles ou provoquées par l'homme, de la vue de violences ou même d'un traumatisme moins important, augmente les seuils de dissociation. Cela signifie que certaines émotions et des souvenirs sont refoulés ; ils sont stockés dans les cellules de notre corps ou dans des zones indéfinissables de notre cerveau. Si nous ne les affrontons pas correctement, ils peuvent créer de graves désordres organiques.

Le point important à retenir – bien que quelque peu compliqué – est le suivant : *ni notre mémoire ni le trauma du passé ne provoquent notre problème actuel.* Ce qui est important pour nous, c'est la signification de ce souvenir, et la façon dont nous réagissons par rapport à lui. En d'autres termes, le pensionnat n'est pas la cause de nos problèmes ; c'est le fait que nous *percevions* l'université comme étant identique au pensionnat. Vous pourriez avoir un professeur adorable, suivre des cours formidables, déjeuner à l'heure de votre choix, et votre corps ressentirait votre vie actuelle à l'université comme tout aussi traumatisante et stressante que votre ancienne expérience au pensionnat.

Cela a été démontré scientifiquement. Au cours d'une expérience, des femmes sur le point de passer une mammographie furent interrogées sur les événements de leur vie au cours des cinq à huit années précédentes. Les chercheurs découvrirent qu'ils étaient capables de déterminer lesquelles seraient atteintes d'un cancer, en se basant sur leurs réponses aux questions posées. Les femmes qui avaient vécu des événements graves – se trouver au centre d'une catastrophe naturelle, peut-être, ou vivre la perte d'un être cher ou d'une situation – au cours de ces années présentaient systématiquement plus de risques de développer un cancer. Même si une femme avait dû faire face à un trauma durant son enfance, *ce n'était pas cet événement qui avait provoqué son problème*. Son cancer ne s'était pas déclenché du fait qu'elle avait été victime d'inceste et qu'elle n'avait jamais été capable d'aimer réellement. Il était apparu à cause de la façon dont elle avait réagi aux crises les plus récentes.

Les chercheurs étudièrent les différences existant entre les femmes qui affrontaient ces crises activement et celles qui s'en désintéressaient. Le désintérêt représente une forme mineure de la dissociation qui sépare la réalité consciente des sentiments qui la concernent. Ils comparèrent les femmes qui avaient établi un plan d'action, une série d'étapes leur permettant d'affronter leurs problèmes, avec celles qui n'avaient rien fait. Ils comparèrent aussi les femmes qui avaient demandé de l'aide auprès d'autres personnes pour résoudre leur problème, avec celles qui n'en avaient pas sollicité. Quelles sont, à votre avis, les femmes dont le risque de développer un cancer du sein fut le plus élevé ? Curieusement, ce fut le groupe des *activistes*.

Vous pourriez penser que cette approche active, qui consiste à affronter ses problèmes, est en accord avec ce que j'ai prôné depuis le début. Mais ces femmes étaient confrontées à des événements graves et implacables – morts, pertes définitives et stress inévitable. Leur stratégie aurait pu être acceptable dans d'autres circonstances, mais pas ici. Elles devaient déterminer quand agir ou non. En essayant de lutter contre quelque chose d'inéluctable, ces femmes actives ne faisaient que revivre sans cesse cet événement, aggravant peu à peu le traumatisme. Vous ne pouvez pas ramener des morts à la vie ; vous ne pouvez pas revivre votre enfance.

Certaines réalités sont tout simplement irréversibles. Cela peut sembler injuste, mais personne n'a dit que la vie devait être juste. Observez les oiseaux en train de manger les graines dans leurs petites mangeoires. Lorsqu'un autre plus gros les chasse, ils ne crient pas à l'injustice. Ils reculent, un point c'est tout. C'est la loi de la nature, et la meilleure chose à faire est de l'accepter. En fait, les femmes actives épuisaient les ressources physiques et émotionnelles qui auraient pu servir à protéger et à soigner leur corps. Les chercheurs conclurent, en définitive, que l'attitude de ces femmes provoquait leur cancer du sein.

Nous devons être attentifs à nos souvenirs corporels et reconnaître les émotions reliées aux symptômes physiques que nous éprouvons. Nous devons nous concentrer sur ces souvenirs, de façon à pouvoir les comprendre, les transformer, les utiliser et puis les libérer, et continuer à progresser. Si nous nous concentrons mentalement de façon permanente sur un trauma ou une émotion particulière éprouvés dans le passé, nous dispersons notre énergie vers le passé et diminuons d'autant l'énergie curative du présent. La puissance de notre ampoule présente ne sera plus que de 60 à 70 watts au lieu de 100. En médecine, on appelle ce phénomène le « syndrome du voleur ». On a constaté que les cellules cancéreuses « volent » l'énergie des cellules saines voisines. Ainsi, si vous revivez de façon répétitive un souvenir traumatisant, deux choses se passent. Tout d'abord, vous matérialisez ce souvenir dans le présent. Ensuite, ce souvenir incite la partie de votre corps qui abrite ce traumatisme à dérober l'énergie des zones saines avoisinantes et, de ce fait, renforce la maladie qui s'y développe.

En psychiatrie, nous ne nous concentrons plus exclusivement sur le passé. Nous enseignons à nos patients la manière d'affronter le présent. Nous enseignons la maturation de la mémoire. Cela se déroule en quatre étapes : 1. localiser l'expérience traumatisante passée et la séparer de la réalité présente ; 2. se concentrer sur la vie actuelle sans se soucier des impulsions hors de propos provenant du passé ; 3. calmer l'agitation extrême du patient grâce à la méditation, à la relaxation et à l'exercice physique ; 4. faire diminuer les réminiscences inopportunes et arrêter les cycles traumatisants du trou noir.

Le cerveau possède son propre système pour diminuer l'influence des souvenirs pénibles. Lorsque vous créez de nouveaux souvenirs qui contredisent les anciens et vous aident à les influencer autrement, la connexion neurologique avec ces anciens souvenirs douloureux est affaiblie. C'est la carte de crédit que vous n'utilisez plus. Pendant ce temps, vous avez recours à de nouvelles cartes de crédit plus fréquemment. Rappelez-vous l'histoire du pianiste David Helfgott dans le film *Shine*. Son père le tyrannisait et le violentait tout en proclamant son amour pour lui, créant un souvenir d'enfance traumatisant et annonçant une future dépression mentale. Mais après que le garçon eut quitté le domicile familial, il eut plein d'autres expériences avec des personnes qui l'aimaient, dont divers maîtres et mentors ainsi que sa future femme. Leur amour pour lui s'exprima de diverses façons, ce qui eut un effet curatif sur lui. David n'oublia jamais son père, mais, à sa manière, il fut capable de modifier la façon dont il interprétait ce souvenir en le remplaçant par le souvenir d'autres personnes exprimant leur affection pour lui de manière différente. Plus les connexions neurologiques de ces nouveaux souvenirs se renforçaient, plus les anciennes faiblissaient.

Une illustration de ce phénomène réside dans une étude menée sur les yeux des singes. Les chercheurs placèrent un cache sur l'œil droit des singes afin d'obliger l'œil gauche à effectuer tout le travail. Durant la période où l'œil droit fut caché, les connexions neurologiques qui favorisaient habituellement une bonne vision de cet œil commencèrent à se rétracter ou à disparaître. Lorsque les caches furent ôtés, les singes étaient quasiment aveugles de l'œil droit. Les connexions neurologiques de leur œil gauche étaient bonnes, mais celles de l'œil droit s'étaient affaiblies simplement par le manque d'exercice.

La mémoire fonctionne aussi de la sorte. Il n'y a aucune raison de penser que votre vie est fichue si vous avez une mauvaise mémoire. Si vous ne renforcez pas en permanence le trauma, il s'affaiblira. Nous connaissons tous des gens qui parlent, parfois avec fierté, de leurs terribles allergies et qui racontent régulièrement comment, après avoir mangé un aliment qui les avait rendus malades, ils avaient enflé et failli en *mourir*. Ils ne se servent que d'un seul œil et, de ce fait, le renforcent. Par conséquent, ils n'utilisent pas leur autre œil, celui qui fut témoin de toutes les fois où ils *n'ont pas* enflé et restèrent en excellente santé.

Nous pouvons tous apprendre, oublier et changer de comportement. Nous pouvons tous écarter le passé et apprendre à vivre dans le présent. Les souvenirs de notre cerveau et de notre corps peuvent nous y aider.

LES SOUVENIRS DU CORPS

Comment savons-nous que les souvenirs existent dans notre corps ?

Vous avez peut-être éprouvé quelques difficultés à croire que l'utérus possédait un esprit, comme l'affirment certains médecins, ou que chaque partie de votre corps est associée à des émotions spécifiques. En fait, non seulement les études scientifiques défendent de telles théories, mais elles démontrent aussi, clairement, que le corps reste le dépositaire de souvenirs, d'événements vécus et d'émotions ressenties qui continuent à vous affecter aujourd'hui.

L'idée que le corps peut exprimer nos émotions même pendant que notre langue demeure silencieuse remonte à l'Antiquité. Au IIIe siècle avant J.-C., un soldat grec nommé Antiochus tomba amoureux de sa belle-mère, Stratonice. Il s'agissait là d'un amour interdit, et Antiochus fit tout son possible pour le dissimuler. De ce fait, il tomba rapidement malade et se trouva bientôt à l'article de la mort. Aucun des nombreux médecins appelés à son chevet ne put déterminer la cause de sa maladie. Son père, très inquiet, fit alors appel au fameux médecin Érisostrate. Lorsque, à son tour, il se révéla incapable de déterminer la cause de la maladie, Érisostrate déclara que le problème résidait dans l'esprit d'Antiochus. Il avait compris que le corps et l'esprit étaient étroitement liés.

Pendant que des tas de gens rendaient visite au jeune malade, le médecin observa les réactions physiologiques d'Antiochus. Il étudia attentivement les mouvements de son visage et de son corps de façon à percevoir comment ils reflétaient « l'inclination de son âme ». Et il remarqua que chaque fois que sa belle-mère, Stratonice, pénétrait dans sa chambre, Antiochus se mettait à balbutier et à transpirer. Il était saisi de palpitations cardiaques, semblait désemparé, livide, comme frappé de stupeur. Le médecin déclara que « son âme était en pleine tourmente ».

Érisostrate estima que les souvenirs et les émotions de sa passion étaient inscrits dans le système nerveux d'Antiochus et que, lorsqu'il était incapable de parler de sa passion ou de l'exprimer ouvertement, son système nerveux autonome s'exprimait par l'intermédiaire de son corps, qui, à son tour, manifestait tout cela sous forme de symptômes et de maladies.

Galen de Pergame, père de la médecine moderne, témoigna d'un cas semblable avec une femme souffrant d'insomnie. Il la trouva fiévreuse, fatiguée et répugnant à répondre à ses questions. Il diagnostiqua chez elle une « mélancolie provoquée par de la bile noire ». En termes simples, elle était déprimée parce qu'elle était en colère et ne pouvait en parler. Durant les deux jours suivants, Galen remarqua que lorsqu'une personne rendait visite à cette femme et commençait à l'entretenir des aventures sentimentales d'un certain héros nommé Pylades, le pouls de la patiente devenait irrégulier et celle-ci commençait à s'agiter. Le médecin en conclut que cette femme était amoureuse de Pylades, sans pouvoir le dire. Cette situation provoquait des transformations hormonales, lesquelles, à leur tour, causaient des modifications de ses défenses immunitaires, entraînant la maladie. En résumé, son corps parlait du sujet que sa langue ne pouvait aborder et l'exprimait sous forme de dépression.

On retrouve fréquemment ce type d'affliction dans la littérature classique. Au XIVᵉ siècle, le *Décaméron*, une œuvre de l'écrivain italien Giovanni Boccace, raconte l'histoire d'un jeune noble qui tombe amoureux d'une servante. En cherchant à cacher sa passion inavouable, il tombe malade. Son médecin se tient à son chevet et prend son pouls chaque fois qu'une personne rentre dans la chambre. Lorsque la servante arrive, le pouls du malade s'accélère. Incapable de parler de son amour, il s'était efforcé d'y mettre fin, mais son corps hurlait la vérité. Son cœur, comme celui d'Antiochus, avait enregistré le souvenir de son amour et l'exprimait lorsque sa langue ne le pouvait.

Nous vivons tous quelque chose de semblable quotidiennement, sur un plan plus terre à terre. Avez-vous remarqué les changements qui surviennent en vous lorsque vous entendez une chanson qui évoque certains souvenirs ? Plusieurs couples considèrent certaines chansons comme « leur » chanson. Chaque fois qu'ils l'entendent, ils ressentent une bouffée de chaleur. Il s'agit là d'un véritable souvenir physique. La chanson évoque un souvenir particulièrement agréable.

Le même phénomène se produit avec les souvenirs physiques déplaisants. Il y a des années, j'ai été agressée. Depuis ce jour, je tressaute littéralement si quelqu'un s'approche de moi par-derrière. Il s'agit d'une réaction instinctive, purement et simplement. Mon cerveau ne me dit pas : « Tu dois sursauter maintenant, car quelqu'un est derrière toi. » Bien avant que mon cerveau ait enregistré une présence, j'ai déjà bondi.

Un jour, une infirmière me parla d'une femme souffrant d'un dédoublement de la personnalité et qui avait été maltraitée par son père. L'une des personnalités seulement était consciente de ces mauvais traitements. Chaque fois que cette personnalité prenait le contrôle, des marques de brûlures apparaissaient sur les bras de cette femme. Lorsque cette personnalité s'éclipsait, les brûlures disparaissaient aussi. Cette histoire semble incroyable, mais elle est en fait corroborée par des découvertes scientifiques et l'étude de nombreux cas.

Les chercheurs ont décrit le cas d'une femme mariée qui avait un sérieux problème d'urticaire. Les dermatologues vous diront que la peau est étroitement liée au cerveau et qu'elle dispose d'un vaste système nerveux autonome qui reçoit les informations en provenance de ce dernier. Cette femme voyait apparaître de larges plaques d'urticaire pendant certaines périodes de stress, en particulier lorsqu'elle était en contact avec une personne très dominatrice. La majeure partie de ce problème impliquait sa belle-mère, avec laquelle elle entretenait des relations difficiles. Son tout premier contact avec elle avait été si traumatisant qu'elle avait subi une crise de ce que la médecine chinoise appelle « échauffement du sang », comme si son sang s'était littéralement mis à bouillir. À cet instant, elle se couvrit d'urticaire. Toutefois, cette relation ne s'améliora jamais complètement. Cette femme continua d'en souffrir sur certains plans.

Chaque fois qu'elle se rappelait de sa belle-mère, une crise d'urticaire se déclenchait. De même, si elle recevait une lettre de cette dernière... Et, lorsqu'elle parlait d'elle à son psychiatre, celui-ci pouvait voir la crise d'urticaire se déclencher sous ses yeux.

Nous subissons certaines transformations physiques lorsque nous vivons certaines expériences, et ces transformations réapparaissent lorsque nous nous rappelons ou revivons ces expériences consciemment ou inconsciemment. Une revue médicale très sérieuse publia le cas d'une femme qui était régulièrement battue par son mari. Lorsque ses fils grandirent, ils empêchèrent leur père de battre leur mère. Celui-ci commença à l'agresser verbalement. Lorsqu'il laissait libre cours à ses violences verbales, sa femme développait ce que l'on appelle un « purpura psychogénique ». De véritables hématomes noir et bleu surgissaient sur sa peau aux endroits précis où elle avait été frappée auparavant par son mari. Et ils apparaissaient alors que celui-ci ne levait même plus le petit doigt sur elle ! Un psychiatre constata l'éruption de ces bleus sur les bras de cette femme alors qu'elle lui parlait de ces agressions verbales. Il ne faut pas être grand clerc en la matière pour comprendre que les souvenirs corporels des anciennes violences subies se matérialisaient alors que le traumatisme actuel des agressions verbales lui rappelait ses mauvaises expériences passées.

Afin de prouver que les pensées, les souvenirs et les émotions sont capables de provoquer des transformations dans notre corps, un certain nombre de chercheurs ont réalisé des études faisant appel à l'hypnose. Au cours d'une de ces études, un groupe d'hommes et de femmes furent hypnotisés, et on leur demanda d'imaginer que des ampoules se formaient sur leurs mains. Seuls quelques-uns des sujets furent capables de faire apparaître réellement des ampoules sur leur peau. Au début, les chercheurs en déduisirent que certains des sujets avaient davantage de pouvoir de visualisation que les autres. Puis, ils remarquèrent qu'une femme arrivait à faire apparaître des ampoules sur le dos de sa main gauche seulement, et toujours au même endroit. Lorsqu'ils l'interrogèrent un peu plus tard, ils apprirent que l'endroit où les ampoules se formaient correspondait exactement à celui où elle s'était brûlée six ans auparavant avec de l'huile bouillante. Les sujets qui ne s'étaient jamais brûlé ou blessé les mains furent dans l'impossibilité de provoquer des ampoules sous hypnose. Les chercheurs en conclurent que la suggestion hypnotique faisait resurgir un souvenir enfoui et que le patient revivait une expérience à la fois *mentale* et *physique*.

Le cas d'un somnambule illustre le même concept. Un homme souffrait de crises de somnambulisme si fréquentes et si dangereuses qu'il dut être entravé. Pour l'empêcher de marcher durant son sommeil, ses poignets et ses bras furent ligotés avec des cordes derrière son dos. Une nuit, il se débattit pour se libérer de ses liens, provoquant des marques sur ses poignets. Près de dix années plus tard, il souffrait toujours de crises de somnambulisme et revivait parfois l'épisode où il avait lutté afin de défaire ses liens. Il marchait alors, tenant ses mains derrière son dos, en se comportant comme s'il se débattait pour rompre ses liens, bien que ses bras ne fussent pas attachés. Et en s'agitant ainsi, des marques profondes se formaient sur ses poignets, comme provoquées par des cordes.

Bon, très bien, direz-vous, vous avez démontré que des souvenirs sont situés dans la peau, et vous avez ajouté que la peau reçoit quantité d'informations en provenance du cerveau. Que dire alors des autres zones du corps ? Voici un exemple de souvenirs situés dans la cheville et dans le front. Dans ce cas, une femme se souvenait de façon très précise d'avoir été blessée et enterrée sous des décombres après l'explosion d'une bombe, durant la Seconde Guerre mondiale. Des années plus tard, alors qu'elle racontait cette expérience, sa cheville gauche et le côté gauche de son front se mirent visiblement à enfler. Il s'agissait des parties de son corps qui avaient été blessées lors de l'explosion de la bombe. Une autre femme semblait avoir des souvenirs dans ses côtes. À l'âge de trente-cinq ans, elle se souvint d'un accident d'équitation survenu lorsqu'elle avait dix ans et au cours duquel elle se fractura les côtes droites. Lorsqu'elle se remémora ce souvenir, elle eut une hémorragie le long de sa dixième côte droite.

Des médecins étudièrent à plus de trente reprises le cas d'une femme parlant des mauvais traitements que son père lui faisait subir lorsqu'elle était enfant. Comme elle relatait ses souvenirs, les médecins observèrent la façon dont son corps s'exprimait lui aussi : les souvenirs corporels de son trauma surgirent devant leurs yeux. Lorsque la femme évoqua son poignet brisé par son père, ce poignet commença à enfler. Quand elle raconta comment son père lui fouetta les épaules, des marques rouges surgirent sur sa peau durant plus de vingt minutes. Elle avait aussi des souvenirs dans son bras. Lorsqu'elle raconta comment son père l'avait frappée avec un bâton, des marques rouges apparurent sur son bras, dessinant la forme exacte du bâton qu'il avait utilisé.

La mémoire se situe dans l'ensemble de notre corps. Elle est dans la peau, dans la poitrine, dans le col de l'utérus, dans l'utérus, dans la prostate, dans l'estomac, dans le cœur... Les souvenirs stockés dans ces organes peuvent avoir des répercussions réelles, non seulement sur notre développement émotionnel, mais aussi sur notre croissance physique. On a constaté que des changements émotionnels, ce qui sous-entend aussi dans nos souvenirs, affectent le développement des caractéristiques sexuelles, particulièrement chez les femmes. Du fait que des connexions nerveuses importantes existent entre notre cerveau émotionnel (celui qui a trait aux souvenirs) et l'hypothalamus (qui régularise la fonction hormonale), les souvenirs peuvent affecter notre équilibre hormonal. Des chercheurs décrivent le cas d'une jeune fille issue d'un foyer perturbé. À l'âge de quinze ans, sa taille était très inférieure à la moyenne, ce qui indiquait un manque d'hormones de croissance. De plus, ses caractéristiques sexuelles secondaires – épanouissement des seins, pilosité, etc. – étaient tout à fait inexistantes. Ceci est très inhabituel, car la plupart des filles montrent certaines caractéristiques sexuelles secondaires dès l'âge de sept ou huit ans. La jeune fille fut retirée de son foyer et de l'environnement hostile dans lesquels elle avait été élevée. Six semaines plus tard, sa poitrine s'était développée et sa taille avait augmenté de plus de 2,5 centimètres. À l'âge de seize ans, elle avait grandi de plus de dix centimètres et présentait une poitrine et une pilosité pubienne très développées. En somme, une fois débarrassée de ses souvenirs traumatisants, sa personnalité et son corps purent se former normalement.

Si nous modifions nos émotions et nos souvenirs, pouvons-nous par la suite grandir émotionnellement et physiquement ? Une remarquable étude semblerait indiquer que la réponse est oui. Des scientifiques émirent l'hypothèse selon laquelle certaines émotions survenant à des moments précis de notre vie peuvent stopper notre croissance. Néanmoins, grâce à l'hypnose, nous pouvons diriger la circulation sanguine dans différentes zones de notre corps. Les migraineux, par exemple, peuvent apprendre, grâce à l'hypnose, à détourner le flux sanguin dans certaines zones du corps pour atténuer leurs migraines. Ne pourrait-on pas, alors, se demandèrent les chercheurs, augmenter la taille des seins en détournant les flux sanguin et hormonal ? Des expériences furent menées durant douze semaines sur douze femmes d'âges divers, incluant des femmes ménopausées. Sous hypnose, elles furent ramenées à l'âge de douze ans. On leur demanda alors de placer leurs mains sur leurs seins et d'imaginer qu'ils grossissaient. Les chercheurs constatèrent que les mains de ces femmes se soulevaient de leur poitrine. À la fin de l'étude, ces dernières montrèrent un accroissement moyen significatif de leur tour de poitrine d'environ 5,5 centimètres ! Il s'agissait d'un accroissement des seins eux-mêmes et non d'un développement de la cage thoracique ou d'un gain de poids. En fait, aucune de ces femmes ne prit du poids (certaines maigrirent même), et leurs formes devinrent plus féminines. On constata, en effet, que leur taille mincit et que la circonférence de leur poitrine située sous leurs seins avait diminué, en moyenne, de 1,6 centimètre.

De façon significative, deux des sujets abandonnèrent l'étude à mi-chemin pour des raisons émotionnelles. Apparemment, ce genre d'expériences ne s'adresse pas aux âmes sensibles. Si vous faites régresser des gens jusqu'à l'âge de douze ans et que vous leur demandez de revivre ce qui leur est arrivé durant cette période de leur vie, ils ramèneront probablement des cicatrices émotionnelles de cette période. En réalité, au moins trois autres études furent menées dans le même sens, et, chaque fois, un certain nombre de sujets abandonnèrent pour raisons émotionnelles un élément que les chercheurs ignorèrent ou minimisèrent. Cette information est cependant importante, car elle semble mettre en évidence un aspect négatif de ce type d'expérience.

Le succès de l'augmentation de la poitrine par hypnose indique que les souvenirs entreposés dans les seins de ces femmes ont pu freiner ou altérer leur développement. Des changements émotionnels dans leur vie peuvent avoir provoqué des changements dans leur corps. Cependant, lorsqu'elles adoptèrent une approche plus positive de leurs souvenirs grâce à l'hypnose, elles furent capables de transformer leur corps. De nombreuses études ont démontré de façon similaire que nous pouvons modifier notre corps grâce à l'autohypnose. Si cela est vrai, cela signifie que nous pourrions être capables d'améliorer notre santé physique, à condition d'écouter et de comprendre les signaux que notre corps nous adresse afin de nous indiquer quels souvenirs du passé et du présent y sont entreposés.

Porter en soi les souvenirs et les cicatrices des autres

Il est facile de voir comment nous transportons en nous les souvenirs de nos propres expériences. Il est un peu moins évident d'imaginer et d'accepter que nous portons aussi en nous les souvenirs d'autres personnes. Aussi étrange que cela puisse paraître, cela est parfaitement démontrable.

Le célèbre chercheur Salvatore Minuchin mena une étude fameuse sur ce qu'il appela les systèmes familiaux intégrés. Il s'agit de familles dont les membres organisent leurs activités de façon tellement intégrée qu'on croirait qu'il s'agit d'un seul être et d'un seul corps. Il décrivit des familles perturbées dans lesquelles l'un des membres, fréquemment un enfant, devient le dépositaire de tous les traumatismes de la famille, ce qui se manifeste chez lui par une maladie.

Minuchin démontra que les événements comportementaux qui surviennent dans une famille peuvent être physiquement mesurés dans le système sanguin des membres de cette famille. Il plaça dans une pièce un couple de parents qui discutèrent et se chamaillèrent pendant que leurs deux filles les observaient à travers un miroir sans tain. L'une des filles était atteinte de diabète profond – une forme de diabète dans laquelle le sucre ne peut être compensé par l'insuline – et avait dû être admise à la salle des urgences de l'hôpital des douzaines de fois durant l'année. Comme cette jeune fille contemplait ses parents en train de se disputer, le niveau des acides non gras de son plasma (un indicateur biochimique annonçant une forte excitation émotionnelle) s'éleva brusquement. Au bout d'un moment, les deux filles furent amenées dans la pièce où se trouvaient leurs parents. Dès qu'elles en franchirent le seuil, les parents cessèrent de se disputer et commencèrent à rivaliser d'intérêt devant l'état de leur fille diabétique. Puis, le niveau des acides non gras des membres de la famille fut à nouveau mesuré.

Celui des parents et de la sœur en bonne santé avait décrû spectaculairement pour atteindre la normale. Par contre, celui de la sœur diabétique resta considérablement élevé, indiquant par là qu'elle était toujours très stressée. Il était évident que cette jeune fille avait détourné le conflit existant entre les autres et servi de réceptacle du stress physiologique de toute la famille. Ce stress s'exprimait par le biais de sa maladie, le diabète. Comme si son corps conservait les disputes entre sa mère et son père et qu'elle transportait en elle les cicatrices des traumas de l'ensemble de la famille.

On a beaucoup écrit sur les événements télésomatiques au cours desquels une personne peut ressentir dans son propre corps quelque chose qui se passe ou qui s'est passé dans le corps d'une autre personne. Dans le cas cité par Minuchin, la jeune fille se trouvait dans la même pièce que sa famille, ressentant ce que chacun des membres ressentait. Mais de nombreux cas décrivent des circonstances dans lesquelles des individus *séparés les uns des autres par de grandes distances* ressentent les mêmes sensations dans leurs corps. Une femme était en train d'écrire une lettre à sa fille, étudiante dans une université lointaine. Soudain, au milieu d'une phrase, elle ressentit une telle sensation de brûlure à la main droite qu'elle dut lâcher son stylo. Dans l'heure qui suivit, elle reçut un coup de téléphone de sa fille, qui lui annonça qu'elle s'était gravement brûlé la main droite avec de l'acide au laboratoire de chimie. L'accident survint à l'instant précis où sa mère lui écrivait une lettre.

Je vécus avec ma mère une expérience obsédante similaire lorsque je fus heurtée par un camion pendant que j'effectuais mon jogging, dans l'Oregon. À l'instant où je m'apprêtais à traverser le pont où je fus renversée, mes parents assistaient à un colloque de la Société d'histoire de leur ville, à l'autre bout du pays, sur la côte Est. Soudain, en plein milieu de la réunion, ma mère se dressa et s'écria : « Ed, quelque chose vient d'arriver à Mona Lisa. » Nous connaissons cette réaction parce que l'incident fut noté dans le procès-verbal de la Société d'histoire. Fait encore plus remarquable : l'heure de cet incident fut, elle aussi, notée. La réaction de ma mère survint au moment de l'impact au cours duquel je fus projetée au bas d'un escarpement en béton, à près de 4 800 kilomètres de là.

L'intuition particulièrement forte d'une mère provient de la connexion mère-bébé, ce lien qu'une mère et son enfant vivent durant les neuf mois de la grossesse. Il est très fréquent chez les femmes enceintes d'avoir des envies irrésistibles qui ne s'expliquent qu'après avoir donné naissance à leur enfant. Enceinte de moi, ma mère ne pouvait supporter l'odeur de la viande. Devinez quoi ? Je fus végétarienne pendant des années. Les femmes enceintes font souvent des rêves concernant la santé de leur bébé. Leurs médecins prennent ces rêves très au sérieux, car ils veulent éviter d'être attaqués en justice pour négligence. Bien entendu, ces rêves font partie de leur réseau intuitif, et les médecins savent qu'une relation s'installe entre la mère et l'enfant, par l'intermédiaire du placenta et du cordon ombilical.

À la naissance du bébé, le cordon ombilical physiologique est coupé, mais le cordon ombilical psychologique subsiste. Les mères savent toujours, d'une façon ou d'une autre, quand quelque chose ne va pas avec leur bébé. Cette intuition exaspère des millions de pédiatres. Mais sa réalité est indéniable. Et ces intuitions surviennent non seulement lorsque le bébé se trouve dans la même pièce que sa maman, mais aussi lorsqu'il se trouve à 5 000 kilomètres d'elle, à l'autre bout du continent.

De telles relations très étroites existent aussi entre jumeaux et autres frères et sœurs, ainsi qu'entre mari et femme. En fait, les scientifiques affirment que les expériences de nature intuitive touchant une tierce personne sont amplifiées par une connexion physique, émotionnelle ou empathique avec cette personne. La science a enregistré de nombreuses histoires d'événements télésomatiques. Une femme déclara avoir éprouvé une insensibilité de son bras lorsque celui de son mari fut brisé au cours de son travail. Nous avons tous entendu des histoires portant sur des veuves, des fiancées ou des mères ayant su précisément à quel instant un soldat, un parent ou un ami avait été tué à la guerre.

De toute évidence, il existe une technologie humaine, un réseau intuitif qui rend de telles expériences possibles. Il est donc clair qu'une personne bénéficiant d'empathie et du désir d'aider les autres, tel un médecin intuitif, peut réaliser ce genre de connexion. Un jour, je fis une lecture à distance pour une femme que je parvenais difficilement à saisir. Je fus capable de mettre en évidence certains problèmes émotionnels de sa vie, mais je ne pus rien trouver de significatif dans son corps. Tout en réalisant cette lecture, je commençai à me sentir dans une situation de plus en plus inconfortable, souffrant de bouffées de chaleur. Je dus ôter ma veste et me lever afin d'ajuster le thermostat de la pièce. Je remarquai, cependant, que la température était normale. Je revins au téléphone et dis à cette femme : « Je dois couver un rhume, parce que je me sens terriblement fiévreuse. » Et au moment où je prononçai ces mots, je compris qu'il s'agissait là, justement, du problème de ma patiente. Elle souffrait de fièvres à répétition. J'avais transféré les souvenirs de sa vie dans mon propre corps. Et dès qu'elle me confirma mon diagnostic, la chaleur que je ressentais disparut.

Nous pouvons franchir un pas supplémentaire dans l'étude de ce phénomène. La science s'est efforcée de comprendre les stigmatisés. Ces personnes subissent les mêmes blessures que Jésus-Christ, sur leurs mains, leurs pieds et leurs flancs, et portent les marques de la couronne d'épines sur leur tête. Nous savons tous que nous possédons une sorte de circuit électrique dans notre cerveau pouvant créer en permanence des transformations dans notre corps pendant les périodes de stress. Nous pouvons aussi provoquer des changements grâce à notre volonté ou à notre imagination. Une expérience célèbre a montré qu'une personne put élever la température de sa main droite en imaginant qu'elle touchait une plaque brûlante de sa cuisinière électrique. De même, cette personne pouvait abaisser la température de sa main gauche en imaginant qu'elle tenait un glaçon.

Cela tendrait à indiquer que, en pensant à quelqu'un et en s'identifiant empathiquement à lui, soit cérébralement, soit par tout moyen intuitif à notre disposition, notre corps peut réaliser certaines transformations qui concrétisent les souvenirs et les cicatrices que nous ressentons en provenance de l'autre personne. Au cours de la lecture précédente, il est possible que mon corps se soit échauffé parce que j'avais une empathie très forte pour cette femme souffrant de fièvres. Par conséquent, un mystique, dont l'empathie pour Dieu est si forte et qui passe tellement de temps à essayer de ressentir la passion du Christ et de la revivre pleinement, peut être capable de créer dans son propre corps cette douleur qu'a subie le Christ et de faire apparaître des stigmates sur sa peau.

Que nous l'appelions événement télésomatique ou empathie, un cordon ombilical existe entre les êtres, et nous nous adressons des messages les uns aux autres. Certains individus y parviennent mieux que d'autres, et on nomme cette capacité l'intuition médicale. Quelques personnes ont une plus grande capacité intuitive que d'autres, de la même façon que certaines ont des compétences musicales que les autres n'ont pas. Mais la plupart des gens ont la faculté d'augmenter leurs compétences dans n'importe quel domaine s'ils incitent leur esprit à les acquérir. Cela est valable aussi bien pour l'intuition que pour le piano.

Les cicatrices des vies antérieures

D'après certaines personnes, y compris des médecins intuitifs, nous avons tous vécu des vies antérieures et nos corps actuels revivent des événements douloureux survenus durant ces vies. Elles sont convaincues que nos corps sont chargés de souvenirs et de cicatrices des traumas passés et que nous vivons notre vie actuelle afin de nous débarrasser une fois pour toutes de ces traumatismes.

Il m'est arrivé d'entrevoir les vies antérieures de quelques-uns de mes patients. Par exemple, je fis un jour une lecture à une femme professionnellement impliquée dans une organisation rigide et hautement structurée. Je sentis aussitôt que cette situation ne lui convenait plus. Elle-même pensait ne plus pouvoir la supporter davantage. Appartenir à cette organisation ne lui semblait plus être gratifiant, et elle ressentait le besoin de s'exprimer plus totalement et de découvrir une nouvelle voie. Elle fut en accord avec ce que je lui déclarai et m'avoua être un militaire. À diverses reprises, elle avait réclamé sa mutation afin de trouver une place définitive dans la structure militaire, mais rien n'avait marché ni calmé son impatience.

Sur le plan physique, je m'aperçus qu'elle avait un problème au cou. Sur le côté gauche de celui-ci, je vis une énorme marque rouge. Je ne savais pas ce que c'était. J'ignorais s'il s'agissait de la thyroïde, d'une simple inflammation ou de quelque chose d'autre. Lorsque je lui fis part de ma constatation, elle éclata de rire. Elle me déclara que ce n'était qu'une marque de naissance, une tache de vin qui s'étendait du côté gauche de son cou jusqu'à son visage. Aussitôt qu'elle me parla de ceci, je commençai à l'entrevoir au cours d'une bataille d'un autre temps, blessée au cou par une épée et saignant abondamment, mais je ne lui glissai aucun mot de tout ceci. Pour différentes raisons, il aurait été stupide de le lui dire. D'abord, les images que j'aperçois au cours d'une lecture sont semblables à des séquences filmées. Elles sont déconnectées de la réalité présente et n'ont aucune signification dans le « ici et maintenant ». J'estimai plus important pour cette femme d'apprendre qu'elle ne pourrait jamais s'exprimer pleinement dans le domaine militaire, *dans sa vie présente*.

Savoir qu'elle avait été blessée dans une vie antérieure est certainement intéressant et pourrait expliquer la raison pour laquelle elle s'engagea dans l'armée. Mais ce genre de compréhension n'était d'aucun intérêt pour l'aider à améliorer sa vie présente. Elle ne pouvait reculer dans le temps et discuter avec les personnes alors présentes sur le champ de bataille. Celles-ci ont disparu, et elle ne pouvait rien devant ce qui était arrivé au XVIIIe siècle. Se débattre dans nos vies passées pourrait même produire un effet semblable à celui que nous avons constaté dans le cas des femmes souffrant de cancer du sein et qui s'étaient attaquées à un stress inévitable en mobilisant toutes leurs forces contre lui. Que pouvons-nous faire au sujet d'une vie antérieure ? Rien.

Nous ne pouvons revenir en arrière et dire : « Je n'irai pas me battre parce que j'aurai une blessure au cou et porterai une tache de vin dans une vie future. » Nous pouvons la *reconstituer*, comme n'importe quel souvenir, et reconnaître l'importance ou l'opportunité qu'elle peut représenter dans notre vie actuelle, mais nous ne pouvons la faire disparaître. Utiliser notre intuition afin de lire les signaux et les souvenirs de notre cerveau et de notre corps nous permet de vivre pleinement le présent et de changer ce qui doit l'être dans notre vie d'*aujourd'hui*.

Santé ou maladie ?

Les souvenirs sont la pierre angulaire de notre réseau intuitif. Comme nous l'avons vu, certains souvenirs peuvent nous prédisposer à la santé ou à la maladie. Ils se manifestent sous la forme de symptômes physiques spécifiques que nous explorerons plus en détail dans la deuxième partie de ce livre. Nous pouvons apprendre à utiliser notre intuition pour saisir le sens de ces symptômes physiques qui nous enseignent aussi ce que nos corps veulent nous dire lorsque nous nous trouvons dans certaines dispositions émotionnelles. Comprendre que nos souvenirs sont stockés à la fois dans notre cerveau et dans notre corps, changer notre façon de les appréhender et modifier notre réaction vis-à-vis d'eux, aussi bien dans le monde extérieur qu'en nous-mêmes, peut nous aider à déterminer si nous jouirons d'une excellente santé ou si nous tomberons malades.

2ᵉ PARTIE

LA VOIE INTÉRIEURE :
LE LANGAGE DE L'INTUITION

CHAPITRE V

LE LANGAGE DU CORPS : LA VOIE
DE LA SANTÉ ET DE LA MALADIE

« Pourquoi moi ? »

Voici la première question que nous nous posons lorsque la maladie nous frappe. Faute de pouvoir comprendre ce qui nous arrive, les interrogations fusent. Pourquoi cela m'arrive-t-il ? Pourquoi maintenant ? Pourquoi ne vais-je pas mieux ? Qui pourrait m'aider ? La maladie semble frapper au hasard, de façon inexplicable, et les réponses de la science paraissent toujours limitées et non satisfaisantes.

Cependant, la vérité nous oblige à dire que ces questions *ont* une réponse. Dans de nombreux cas, les circonstances qui ouvrent la voie à la maladie peuvent être déterminées et parfaitement comprises. Pour cela, il suffit de s'adresser à notre réseau intuitif. Cela signifie apprendre le langage de notre corps et ce qu'il tente de nous dire par l'intermédiaire des souvenirs et des émotions recueillis et conservés dans l'ensemble de nos organes, et ce, tout au long de notre vie.

Lorsque nous tombons malades, notre instinct nous pousse irrésistiblement à rechercher un traitement médical et à soulager les symptômes physiques qui provoquent en nous inconfort et douleur. Nous voulons au moins fuir cette douleur. Cependant, fréquemment, nous ne faisons que l'atténuer, en ignorant les symptômes, de telle sorte que la petite voix qui essaye de nous aider à sortir de la situation qui provoque notre détresse du moment est réduite au silence.

J'eus, un jour, à traiter une femme dont le cas représente un parfait exemple de ce genre de fuite. Il s'agissait d'une veuve d'environ soixante-dix ans. Sa fille l'avait amenée à l'hôpital parce qu'elle souffrait de faiblesses dans les jambes et qu'elle était tombée à plusieurs reprises au cours des jours précédents. Plusieurs spécialistes, dont un rhumatologue et un neurologue, l'avaient examinée et s'étaient trouvés dans l'incapacité de diagnostiquer la moindre anomalie physique. Ils suspectaient un désordre de conversion, problème psychologique qui se manifeste par la perte d'une fonction physique. En fait, ils pensaient que le problème était dans sa tête.

Je fus appelée pour pratiquer sur elle un examen psychiatrique. Cette dame était calmement assise sur une chaise, ne présentant aucun signe de trouble ni d'anxiété quant à son incapacité à marcher. Elle affirma qu'elle n'était pas déprimée et qu'elle ne souffrait plus. Elle était simplement incapable de prendre soin d'elle-même et avait besoin d'être prise en charge. En privé, sa fille me déclara, cependant, qu'au cours des dernières semaines, sa mère s'était repliée sur elle-même, n'avait guère eu d'appétit et avait été sujette à des crises de larmes. Il s'agissait là des signes évidents d'une dépression.

Sa fiche médicale indiquait qu'elle avait souffert de douleurs chroniques, d'un fibrome et qu'elle avait aussi eu du diabète. Deux ans auparavant, elle avait été amenée à l'hôpital après avoir avalé une dose trop forte de médicaments contre le diabète et être tombée dans le coma. En revenant à elle, se tordant de douleur, elle avait déclaré : « Je ne peux supporter tout cela davantage. » Elle réclama et obtint des analgésiques. En fait, je fus stupéfaite de voir qu'elle prenait *depuis six ans* de très fortes doses de calmants. Elle suivait ce traitement depuis si longtemps qu'elle était devenue intoxiquée. Cependant, sa douleur chronique n'était pas vraiment traitée, bien qu'elle fût sous médicaments vingt-quatre heures sur vingt-quatre. En fait, elle ne s'attaquait pas aux causes réelles de cette douleur.

Je lui fis passer quelques tests psychologiques et constatai qu'elle était frappée de démence modérée et souffrait de problèmes de mémoire. Elle était aussi en proie à un léger délire provoqué par les analgésiques. Nous avions décidé de diminuer progressivement les doses de calmants de façon à déterminer son problème. Les infirmières commencèrent à réduire le nombre de pilules. Le jour suivant, je fus appelée d'urgence auprès de cette patiente. Les infirmières déclarèrent qu'elle divaguait et tenait des propos hallucinés à des animaux et des gens qui n'étaient pas présents dans sa chambre.

Je pénétrai dans la chambre. Elle était assise toute seule sur son lit. Il n'y avait âme qui vive aux alentours.

« Comment allez-vous, Mme Brown ? » demandai-je gentiment. Elle me répondit tout aussi gentiment : « Oh ! je vais bien, docteur. J'étais sur le point de déjeuner. » Puis elle s'arrêta, regarda intensément à sa gauche, se retourna vers moi et me dit : « Excusez-moi, docteur, juste une seconde. » Elle se tourna de nouveau sur sa gauche et s'adressa à sa fille absente, qui m'avait déclaré le jour précédent que sa mère était déprimée et solitaire.

« Je ne peux plus te supporter, déclara Mme Brown de façon abrupte. Je suis fatiguée que tu essayes de gérer ma vie. Tu dis tenter de m'aider, mais tu contrôles ma vie. Je ne veux pas que tu interrompes ma conversation avec le docteur et je te demande de te taire immédiatement. Désormais, tu ne dirigeras plus ma vie. » Elle se retourna vers moi avec un sourire penaud. « Je suis tellement désolée, docteur, dit-elle. Ma fille est très, très mal élevée. »

C'était une scène étonnante et extraordinairement révélatrice. Visiblement, la patiente était en conflit psychologique grave avec sa fille et, très vraisemblablement, avec elle-même. Elle avait été incapable d'affronter ou même de déterminer simplement ses sentiments vis-à-vis de l'attitude de sa fille et de sa trop grande dépendance envers sa famille. De ce fait, ses émotions avaient été détournées dans son corps sous la forme d'un désordre de conversion qui avait supprimé sa motricité et altéré ses fonctions physiques normales. Il était hautement probable que ce conflit de dépendance ignoré avait créé, chez la patiente, de précoces douleurs chroniques. Elle craignait tellement d'entendre ce que son corps lui disait que, *pendant six ans*, elle avait étouffé sa petite voix et celle de son intuition en se bourrant de médicaments, dissimulant souvenirs et émotions dans son corps et anesthésiant la douleur qui représentait un signal d'alarme très fort, l'avertissant que quelque chose n'allait pas dans sa vie. Elle avait ignoré le bruit de son moteur physique jusqu'à ce que, finalement, elle brise sa transmission et devienne littéralement incapable de bouger.

Lorsque nous supprimâmes son traitement, quelque chose se produisit. L'insensibilité commença à diminuer, et la douleur, les souvenirs et les émotions réapparurent. Au cours du léger délire provoqué par l'arrêt de son traitement, la patiente put parler librement, sans inhibition. En somme, elle fut capable de parler de son problème. Avec un peu de chance, une assistance émotionnelle et du temps, peut-être pourra-t-elle commencer à l'affronter et, ainsi, se guérir physiquement.

Ne traiter les symptômes d'une maladie qu'avec des drogues n'est pas véritablement efficace et peut même entraîner des résultats négatifs. La santé et la maladie sont des moyens qu'utilise notre corps pour s'adresser à nous, pour nous dire ce qui va et ce qui ne va pas dans notre vie, ce qui est bien et devrait donc être conservé et même augmenté, et ce qui est mauvais et nécessite d'être reconsidéré et modifié.

LE LANGAGE DU CORPS

Combien de fois avez-vous prononcé des phrases comme : « Je le sens dans mes os », « Je le sens dans mes tripes », « Mon cœur déborde de joie », « Cela m'échauffe le sang » ?

Nous prononçons tous de telles phrases sans y réfléchir. Elles sont devenues de véritables clichés, mais elles indiquent que nous écoutons les messages que notre corps nous adresse. Nos organes sont constamment affectés par ce que nous pensons, ressentons, voyons et entendons. Certains événements, certaines personnes, certaines émotions peuvent véritablement échauffer notre sang et faire littéralement apparaître des plaques d'urticaire sur notre peau, comme cette femme aux prises avec sa belle-mère. Il s'agissait là du langage de son corps lui signalant un problème émotionnel qui affectait à la fois sa santé émotionnelle et sa santé physique.

Des livres très populaires sont parus ces dernières années afin de nous inciter à comprendre et à apprendre le langage des animaux. Nous pouvons apprendre « le chat » et « le chien », découvrir comment communiquer avec nos animaux de compagnie, lire les signaux qu'ils nous adressent par leur comportement et leurs actes afin de savoir ce qu'ils essayent de nous dire et comment répondre à leurs désirs et à leurs besoins. Si vous pouvez apprendre « le chat », alors vous pourrez sans doute apprendre « le corps ». Vous pourrez saisir le langage que votre propre corps utilise pour vous informer des besoins et des désirs que vous comblez ou non. Je n'entends pas seulement les besoins physiques, mais également les besoins émotionnels, car le langage de notre corps fait réellement partie du vaste langage de l'intuition, et l'âme, partie intégrante du réseau intuitif, nous communique des informations vitales sur notre vie tout entière.

Notre corps nous parle tous les jours, à toute occasion, avec son vocabulaire particulier représenté par les symptômes liés aux émotions et aux souvenirs du passé et du présent. Nous pouvons apprendre à lire ces symptômes de la même façon que nous apprenons à déchiffrer les signaux en provenance d'autres secteurs de notre vie. C'est comme le patron et sa secrétaire qui ont des problèmes dont ils ne discutent jamais. Les mois passent, et, en surface, tout semble aller pour le mieux. La secrétaire peut être malade deux ou trois jours, revenir, et le train-train continue. Puis, elle s'arrête une semaine pour raison de santé, mais il est évident qu'elle n'est pas malade. De nouveau, la routine reprend ses droits lorsqu'elle retourne au travail. La troisième fois, cependant, cette secrétaire démissionne. Elle sent que son patron ne s'intéresse pas à ses problèmes et qu'elle ne peut lui en parler elle-même. Espérons que le patron et sa secrétaire apprendront, grâce à cette situation, qu'ils doivent prêter attention aux signaux conflictuels avant qu'il ne soit trop tard pour régler tout problème fondamental.

Chacun de nous, dans sa vie, fait face à des problèmes dont le corps parle avec beaucoup d'insistance. Si j'en juge par mes propres expériences, j'estime aujourd'hui parler couramment divers dialectes corporels. Je parle couramment le langage de l'immunologie. Je connais le langage de mes globules blancs et je sais lorsqu'ils en ont assez et sont sur le point de me lâcher. Je peux véritablement sentir le nombre de mes globules blancs diminuer quand j'attrape un rhume ou une bronchite. Je parle aussi très couramment le dialecte « vertèbres ». Lorsque les sensations disparaissent de mes mains, je peux en interpréter la qualité, l'intensité et la fréquence comme autant de signes que certaines choses sont en train de se passer dans ma vie. Et je fais très attention quand mes vertèbres commencent à me parler. Récemment, pour la première fois depuis des années, j'ai rêvé de verres de contact. C'était toujours ce vieux rêve au cours duquel je m'efforçais d'ajuster sur mes yeux des lentilles beaucoup trop grosses. Je venais tout juste d'y parvenir avec de grandes difficultés quand je m'éveillai, effrayée. Que pouvait bien signifier ce rêve ? Cette fois, je ne pensais pas que cela avait un rapport avec mon cou, contrairement à ce qui m'était arrivé dans le passé. À ce moment-là, mes rêves empreints de lentilles disproportionnées étaient liés à un problème de vertèbres déplacées. L'émotion ressentie au cours de ce rêve avait une analogie avec ma façon de m'exprimer et d'agir en société. Cette fois, je ne ressentis aucune douleur dans mon cou. Je m'interrogeai pour savoir si, récemment, j'avais pris la bonne décision concernant un travail, mais, là aussi, tout semblait aller pour le mieux. Puis, je subis une intervention chirurgicale au nez afin de remédier à une vieille blessure. Je dus pénétrer dans la salle d'opération sans mes verres de contact. Le jour suivant, lorsque j'essayai de les placer, j'en fus incapable, car mes yeux étaient presque complètement fermés à cause de l'hématome résultant de l'opération. Bien entendu, *ceci* était la signification de mon rêve ! Aussi, n'essayai-je même pas de forcer pour placer mes lentilles. Je fus soulagée de comprendre que, dans ce cas, le langage de mon corps n'avait pas indiqué de problème de colonne vertébrale. Mais je considérai comme extrêmement important le fait que ce rêve m'ait amenée à réfléchir et à faire le point, une fois de plus, sur ma vie.

Si notre corps veut attirer notre attention, il ne s'adressera pas à nous à l'aide d'un langage que nous ne pourrons comprendre. Il utilisera des symboles et provoquera des symptômes qui nous sont familiers. Il se peut aussi que nous puissions communiquer plus facilement avec certaines parties de notre corps qu'avec d'autres. Je communique beaucoup avec ma colonne vertébrale, mais pas tellement avec mon pelvis. Une de mes collègues de travail est intimement familiarisée avec le langage de ses intestins. Lorsqu'elle ressent une sensation de brûlure dans ses intestins, elle sait qu'elle assume des tâches qui ne lui conviennent pas.

Le langage corporel de chaque individu a son propre dialecte particulier, et nous devons apprendre le symbolisme spécifique et les symptômes de notre corps. Simultanément, quelques symboles universels s'appliquent à tous. Depuis l'aube des temps, les gens ont remarqué que certaines émotions semblent être rattachées à des organes ou zones du corps, alors que d'autres émotions affectent le corps tout entier. Comme nous avançons dans la vie, accumulant les expériences, éprouvant diverses émotions, créant et stockant des souvenirs, le langage de notre corps se développe et évolue.

LA DIMENSION ÉMOTIONNELLE

Tout ce que nous voyons, entendons ou ressentons possède une dimension émotionnelle. Tout, dans notre vie, est teinté d'amour ou de joie, de colère ou de tristesse, de crainte ou de honte, etc. Nos expériences personnelles créent en nous un schéma qui nous fait voir certaines choses de certaines façons. Ce schéma nous aide à déterminer notre personnalité et affecte la façon dont nous vivons, les choix affectifs que nous faisons, notre carrière professionnelle, etc. Il s'agit d'un schéma codé dans nos mémoires cérébrale et corporelle.

Quelques émotions sont inscrites plus profondément dans nos souvenirs que d'autres. Elles ne sont pas non plus localisables ; elles ne correspondent à aucun organe particulier et peuvent être stockées n'importe où dans le corps. L'une de ces émotions est la peur. Nous connaissons tous le sentiment de peur. Lorsque nous voyons ou entendons quelque chose d'effrayant, l'image correspondante voyage jusqu'à l'amygdala dans le cerveau, laquelle fournit une réponse émotionnelle, identifie l'expérience en cours et lui appose l'étiquette « peur ». Puis, l'amygdala envoie le signal d'un souvenir effrayant à l'hypothalamus, la plaque tournante du corps humain. L'hypothalamus matérialise la peur sous la forme de certaines *réponses corporelles*. Des hormones sont sécrétées, notre pression sanguine s'élève ou s'abaisse, notre rythme cardiaque se modifie, ainsi que notre système immunitaire. En d'autres termes, la peur n'affecte pas seulement nos émotions ; elle touche aussi le fonctionnement de nos organes.

Certaines personnes craignent de prendre l'ascenseur ; d'autres ont peur des serpents. D'autres encore redoutent de parler en public, ou souffrent d'agoraphobie et sont effrayées de sortir. La peur s'insinue directement dans notre corps et provoque en nous une attitude d'agressivité ou de fuite. Ainsi, essayons-nous de fuir ce podium où nous devons prendre la parole, ou bien tentons-nous d'échapper à cet homme qui ressemble à notre ex-mari, ou encore nous éloignons-nous de ce type de relation qui nous a fait souffrir dans le passé. Une fois que nous aurons fait l'expérience d'une situation aussi effrayante, notre esprit et notre corps ne l'oublieront jamais, même si nous ne nous en souvenons pas consciemment. L'amygdala a enregistré les souvenirs du corps. Chaque peur que nous éprouverons influencera notre schéma comportemental et notre inconscient. Il se peut même que nous ne nous rendions pas compte de nos peurs, mais celles-ci n'en altéreront pas moins le fonctionnement de notre organisme et notre comportement.

Nous pouvons restructurer nos souvenirs et contourner notre peur, mais celle-ci restera présente notre vie durant. Je fis un jour une lecture pour une femme et m'aperçus qu'elle avait une sorte de bosse dans la gorge. Je ne considérai pas cette bosse comme une tumeur, mais elle était néanmoins très visible. Je dis alors à cette femme qu'il me semblait qu'elle éprouvait des peurs liées à sa façon de s'exprimer et qu'il s'agissait là de peurs très anciennes, matérialisées par cette bosse dans sa gorge. À ma grande surprise, elle se mit en colère. « Je n'ai pas peur de parler, me lança-t-elle, indignée. Cela m'est arrivé dans le passé, mais plus aujourd'hui. J'ai vaincu cet obstacle et, en fait, mon travail actuel consiste à apprendre aux gens à s'exprimer et à surmonter leur peur. » Elle reconnut qu'elle avait une bosse dans la gorge, mais prétendit qu'il s'agissait d'une tumeur, bien que divers examens n'aient rien diagnostiqué de tel. Elle ne pouvait accepter que cette bosse soit associée à sa peur de s'exprimer et de communiquer. Environ dix-huit mois plus tard, cette femme m'appela à nouveau. Elle avait beaucoup travaillé avec son nouvel analyste. Elle me déclara qu'elle réalisait maintenant que la grosseur qu'elle avait eue dans la gorge représentait la façon dont son corps matérialisait les émotions de peur et d'angoisse. Ces émotions n'étaient pas seulement situées dans sa tête, mais aussi dans sa gorge – dans son corps. Elle comprenait alors que cette bosse avait une signification précise : son corps lui rappelait qu'elle avait quelque chose d'important à exprimer, quelque chose qui ne serait pas forcément bien accueilli. Mais il était vital pour sa santé, sa créativité et sa vitalité d'aller jusqu'au bout. La bosse dans sa gorge était le signal avertisseur qu'elle devait être prête à affronter d'autres difficultés.

Lorsqu'une peur est en vous, elle y est pour toujours. Vous pouvez l'affronter en adoptant une attitude positive. Par exemple, je souffre du vertige. Il s'agit d'une peur profondément ancrée en moi, comme n'importe qui, souffrant de cette peur, pourrait vous le dire. Lors-

que vous atteignez un sommet, votre cœur bat la chamade, vos genoux tremblent, vos paumes sont moites.
Votre système nerveux autonome transfère cette peur à
votre amygdala, et celle-ci réveille l'ensemble de vos
souvenirs corporels. Un jour, je me joignis à un groupe
de personnes qui escaladaient la piste Blue Skyline aux
environs de Boston et qui redescendaient ensuite cette
montagne. Je me revois, plongeant mon regard vers le
bas et voyant ces individus descendre en voltigeant, attachés au bout de cordes qui, de l'endroit où je me trouvais, semblaient aussi grosses qu'un fil dentaire. Tout
mon corps me criait : « Peur, peur, peur, peur, peur. »
Mes genoux tremblaient, mes paumes étaient moites,
ma bouche était sèche. L'instructeur vint vers moi et
me demanda si j'étais prête à essayer. Mon cerveau disait : « Allons plutôt boire un verre », mais ma bouche
répondait « oui ». Ainsi descendis-je cette falaise, le
cœur au bord des lèvres. Je « vainquis » ma peur, mais
ne m'en débarrassai pas pour autant.

On ne peut supprimer une peur, parce qu'elle est profondément gravée dans le cerveau et le corps. Essayer
de s'en défaire reviendrait à tenter d'empêcher des petits garçons de se bagarrer. En période de stress, une
peur ou une phobie apparaîtra. On peut apprendre à
contourner cette phobie, mais seulement après avoir
compris et accepté le fait qu'elle restera toujours présente et qu'elle aura toujours le potentiel d'affecter
notre vie et notre corps.

L'angoisse est très semblable à la peur, mais il s'agit,
en fait, d'une émotion très différente. La peur est habituellement provoquée pour une seule raison ; elle est
liée à un stimulus bien spécifique. L'angoisse est la peur
de tout. Elle a plus à voir avec nos pensées alors que la
peur est davantage reliée à nos sentiments. Une personne angoissée est semblable à une souris qui fait
tourner la roue de sa cage. Elle se dit : « Si ceci arrive,
alors, il arrivera cela et cela... » et elle rumine en

permanence ses pensées. La peur et l'angoisse ont des schémas différents dans le cerveau et dans le corps. Chacune d'elles possède ses propres types de souvenirs et ses propres réactions chimiques.

La dépression est une autre émotion importante qui touche le cerveau et le corps et qui est étroitement associée à la peine et à la tristesse. La dépression est l'une des plus puissantes émotions du réseau intuitif, et en apprendre le langage peut se révéler extrêmement utile. Des études démontrent que, lorsqu'on est déprimé, une partie du cerveau, qui représente le siège des sentiments, traverse une phase particulière lorsqu'elle est excitée. Elle se met à crépiter comme du pop-corn dans le micro-ondes, pour vous aviser qu'il faudra affronter quelque chose. Vous pourrez être agité ou en colère, mais, dans tous les cas, vous êtes en proie à une émotion très intense.

Cette situation se prolongera quelque temps. En définitive, si cette dépression persiste et s'aggrave, cette zone du cerveau finira par s'éteindre et deviendra complètement inutile. Le message initial alors envoyé à notre cerveau est refoulé parce que nous n'en avons pas tenu compte. Notre lobe frontal s'assoupit lui aussi, jusqu'à ce que nous soyons en mesure d'entrer en contact avec cette émotion ou d'en parler avec quelqu'un.

Ce phénomène est semblable à ce qui arrive aux personnes souffrant de troubles obsessionnels compulsifs. La même zone du cerveau est hyperactive, incitant ces individus à compter sans cesse les objets qui les entourent ou à se laver les mains toutes les cinq minutes. Ce genre de comportement est provoqué par un désir de calmer une émotion – la peur – refoulée. En somme, ces personnes ne peuvent se dominer, car elles sont dans l'impossibilité de dissimuler leur peur. Elles répètent leurs gestes si souvent que leur comportement devient incontrôlable. Leur corps exprime une émotion que refuse leur cerveau. Cela se produit dans beaucoup d'autres situations. Supposons que Johnny soit un petit garçon nerveux de trois ans qui continue de sucer son pouce. Au début, si vous lui demandez la raison de ce geste, il pourra vous répondre que c'est parce que son papa a quitté la maison, ou qu'il a faim ou que ses parents se disputent. Nous saurons alors que le corps de cet enfant est en train d'exprimer une émotion et que chaque fois que Johnny suce son pouce, c'est qu'il est anxieux. Trente-cinq ans plus tard, John est à son travail et remarque qu'il met toujours ses doigts dans sa bouche. *Mais il ignore pourquoi.* Cependant, le temps lui a façonné un comportement qui est entièrement déconnecté de l'émotion qui en est la cause.

Que se passe-t-il lorsque l'on est déprimé de façon chronique ? Notre corps se met à exprimer l'émotion que notre dépression a tenté de nous signaler. Nous sommes bien souvent incapables d'en parler, mais notre corps en parle pour nous. Notre sommeil est perturbé ; nous perdons l'appétit. Nous sécrétons trop d'hormones de stress qui paralysent notre système immunitaire. Notre corps devient sans défense et nous risquons d'attraper une pneumonie, ou même d'être atteints d'un cancer. De nombreuses études ont démontré qu'un chagrin ou une dépression non surmontés sont reliés à des formes de cancers spécifiques. L'organe affecté par un certain type de cancer dépend de la situation dans laquelle nous nous trouvons – familiale, professionnelle ou relationnelle. Cela dépend aussi de notre vulnérabilité foncière et de nos sentiments, expériences et souvenirs passés. Il est vrai que si nous n'évacuons pas complètement la raison de notre tristesse, nous affecterons nos fonctions physiques de façon significative. La femme dont il était question au début de ce chapitre était visiblement déprimée, bien qu'incapable de parler de son problème. De ce fait, sa dépression fut dirigée dans son corps, et elle devint quasiment paralysée à cause de sa tristesse. La paralysie émotionnelle se transforma en paralysie physique, et elle ne put pratiquement plus se déplacer.

Une autre patiente, Melissa, fut capable de se libérer de sa paralysie émotionnelle et de sa trop forte dépendance envers sa famille en concentrant toute son attention sur sa dépression. Bien que tout le monde ne puisse agir ainsi, je pense que la lucidité dont elle fit preuve afin de se guérir est très instructive. Melissa se fit admettre dans un hôpital pendant cinq jours et suivit une thérapie individuelle intensive ainsi qu'une thérapie de groupe avec sa famille. Elle discuta avec son analyste sur la façon de restructurer sa vie et de se libérer de l'emprise familiale. Elle décida de suivre un traitement à base d'antidépresseurs, sous la supervision attentive de son médecin, afin de donner un coup de fouet à son organisme et de pouvoir analyser les effets physiques provoqués par sa dépression. Elle travaillait aussi avec une assistante sociale qui lui procura un travail bénévole comme lectrice dans une maison de retraite. Elle sortit ainsi de sa routine et prit conscience qu'elle pouvait être utile aux autres. Elle consulta aussi un diététicien qui l'aida à modifier son régime alimentaire. Lorsque Melissa était déprimée, elle mangeait davantage, ce qui la faisait grossir et la rendait encore plus déprimée.

Les émotions positives

Joie, passion, amour, bonheur sont ce que notre société appelle des émotions positives. Ces émotions nous indiquent que nous sommes sur la bonne voie. Sur le plan physiologique, les émotions positives ne sont pas localisées dans le corps de la même façon que les émotions négatives, telles que la colère et l'hostilité. Lorsque nous ressentons véritablement ces émotions positives — c'est-à-dire quand nous ne les utilisons pas pour dissimuler faussement colère, tristesse, peine ou honte et tant que nous ne vivons pas dans un monde hallucinatoire –, nous pouvons généralement estimer que notre vie est équilibrée. Cependant, nous devons nous efforcer de prendre conscience de la gamme complète des émotions qui affectent notre vie ; un excès émotionnel dans un sens ou dans un autre n'est pas souhaitable. Les femmes qui dissimulent leur colère, leur tristesse ou leur peine derrière un visage apparemment énergique, stoïque ou enjoué sont celles qui présentent, selon la littérature médicale, le pourcentage le plus élevé de cancers du sein. Elles s'efforcent de rester sur la voie dégagée de l'autoroute de la vie au lieu de faire attention aux embouteillages, aux accidents ou aux bouchons devant elles et de manœuvrer leur véhicule de façon à les éviter. Des études comparatives sur les problèmes émotionnels ont démontré que les hommes qui subissent des crises cardiaques sont fréquemment décrits comme souffrant de problèmes d'agressivité non résolue – ils sont coincés dans l'ornière de l'autre voie émotionnelle. Ces hommes et ces femmes ne s'autorisent qu'une expérience limitée de leur potentiel émotionnel. Ce qui n'améliore en rien leur santé.

Le mécanisme corporel

Comment les émotions se transforment-elles en symptômes dans notre organisme ? En période de stress, notre cerveau sécrète de l'hydrocortisone. Le stress et les émotions chroniques – colère, agressivité, peur ou tristesse – sont un facteur important qui amènera les glandes surrénales du corps à exprimer ces émotions en sécrétant de l'hydrocortisone. Un taux d'hydrocortisone chroniquement élevé provoque des altérations dans certains organes. Les artères commencent à se raidir et à durcir (artériosclérose). L'agressivité, une forme spécifique de la colère, est une émotion associée à un durcissement des artères. Des taux chroniquement élevés d'hydrocortisone sont aussi reliés au cancer. Le cancer peut toucher divers organes, selon les situations ou les émotions.

Le système immunitaire, cependant, nécessite des taux minimums d'hydrocortisone pour fonctionner normalement. Cela signifie que nous avons besoin d'une certaine quantité de stress ou de stimulation dans notre vie afin que celle-ci soit épanouissante. Autrement, nous dormons. Le degré adéquat de stress varie selon les individus. L'autre jour, je suis allée dans une salle de gymnastique avec une amie afin de relaxer et de me débarrasser du stress qui m'étreignait. Mon amie s'entraînait sur le tapis roulant tout en jetant, de temps à autre, un coup d'œil au téléviseur installé dans la salle. Quant à moi, je pédalais à toute vitesse sur le vélo d'entraînement tout en lisant un journal, en écoutant de la musique avec un baladeur et en regardant la télévision. Même en période de relaxation, j'avais besoin de trois fois plus de stimulation que mon amie pour me motiver.

Un taux excessif d'hydrocortisone peut, cependant, exciter dangereusement le système immunitaire. Supposons que vous ayez peur de quelque chose, mais que vous l'ignoriez et ignoriez aussi ce que votre corps vous conseille, c'est-à-dire de ne pas vous approcher de cette falaise. En fait, vous vous dirigez systématiquement vers chaque falaise symbolique que vous apercevez. Vous acceptez des emplois qui ne sont pas faits pour vous ; vous sortez régulièrement avec des personnes qui ne vous traitent pas correctement. Vous vous tenez constamment au sommet de la falaise qui vous fait peur, ne tenant pas compte des signes que votre corps vous adresse – genoux qui tremblent, cœur qui bat la chamade et paumes moites. Vous êtes enrhumé en permanence et vous n'êtes pas à l'écoute de votre corps qui vous dit : « Je suis stressé. » Ainsi, votre corps commence à considérer le monde entier, et pas seulement la falaise, comme effrayant. Il sécrète plus d'hydrocortisone et fabrique peu à peu des cellules et des molécules immunitaires contre tous les dangers extérieurs, réels ou imaginaires, réagissant comme si le monde extérieur n'était qu'une immense boîte remplie de bactéries. Vous finissez par fabriquer des cellules immunisées contre n'importe quoi. Voilà bel et bien ce qui arrive aux gens qui souffrent de rhumes, de bronchites ou de fatigues chroniques. En somme, parce qu'ils fabriquent autant d'anticorps, ces derniers finissent par se retourner contre l'organisme lui-même. Il en résulte une maladie auto-immune, telle que la polyarthrite, le lupus ou le vasculitis.

De plus, à vivre en permanence à proximité de votre falaise symbolique, vous finissez par devenir physiquement et émotionnellement épuisé par cette lutte. Votre corps ne peut continuer à vous fabriquer une armure et des armes pour vous protéger du monde qu'il considère comme extrêmement effrayant. Il ne peut plus sécréter de l'hydrocortisone ni fabriquer de cellules immunitaires en quantité importante. Leur niveau baisse, et vous devenez chroniquement déprimé. Vous épuisez les sels minéraux de votre organisme par cette lutte permanente contre un ennemi qui réside essentiellement dans votre esprit et dans les souvenirs traumatisants logés dans votre corps et dans votre esprit. Paradoxalement, l'épuisement provoqué par ce combat imaginaire vous laisse sans défense. Après avoir épuisé vos munitions et largué toutes vos bombes, vous êtes maintenant une cible facile pour le *véritable* ennemi, qui peut dès lors envahir votre environnement et vous attaquer. Vous avez involontairement préparé le terrain aux infections et aux tumeurs possibles.

D'une façon ou d'une autre, lorsque nous abritons certains souvenirs ou émotions traumatisants ou stressants sans parvenir à nous en débarrasser, ils trouvent le moyen de se manifester. Les symptômes du corps représentent le langage nous incitant à modifier quelque chose dans notre vie.

Émotions et maladie

Depuis plus de deux mille ans, les êtres humains ont observé que certaines émotions paraissent associées à des organes précis du corps. En médecine chinoise, par exemple, le cœur est comparé au feu et les émotions associées sont la joie et le bonheur. Le foie et la vésicule biliaire sont comparés au bois et associés à la frustration et à la colère. Les poumons et le gros intestin sont comparés au métal et associés aux soucis et aux chagrins. La rate et l'estomac sont comparés à la terre et associés à l'acte de ressasser et de ruminer sans cesse des pensées négatives. S'agit-il d'une simple coïncidence si les vaches, qui sont les principaux ruminants, ont un deuxième estomac ?

Au début des années quatre-vingt, le médecin intuitif Louise Hay déclara que certaines maladies étaient liées à certaines émotions. Et un grand nombre de ses théories ont été confirmées par des études scientifiques. Elle affirma, par exemple, que le fait d'être prédisposé aux accidents était lié au schéma émotionnel suivant : être incapable de s'affirmer, entrer en rébellion contre les autorités et croire en la violence. Plusieurs études ont, en fait, démontré que les accidents, particulièrement chez les enfants et dans les familles, sont liés à l'impulsivité et au ressentiment contre l'autorité. Louise Hay a associé le sida à un sentiment d'impuissance et de désespoir. Les études médicales prouvent qu'un sentiment de désespoir et un stress profond (une absence du sentiment de sécurité) ont un lien avec l'effondrement du système immunitaire. Toujours d'après Mme Hay, les problèmes lombaires peuvent être rattachés aux émotions concernant l'argent et la peur de perdre son assise financière. Devinez quoi ? De nombreuses études suggèrent que les gens qui souffrent de douleurs lombaires souffrent aussi de problèmes émotionnels ayant trait à leur emploi ou à leur travail. En fait, les douleurs lombaires sont l'une des principales causes d'invalidité des ouvriers. D'après Louise Hay, la maladie de Parkinson était associée à la peur et à un désir intense de tout contrôler. En effet, d'après des études, les gens qui souffrent de cette maladie sont convaincus, leur vie durant, qu'il est de leur devoir de maintenir bien haut les standards de la moralité et de les imposer à leur famille et à la société. Les nombreuses études confirmant les théories de Louise Hay prouvent, à l'évidence, que l'intuition – l'information que reçoivent les gens concernant certaines émotions et leurs relations avec une maladie physique – peut être attestée par les recherches scientifiques.

La théorie de Louise Hay est, fondamentalement, extrêmement simple. Cette femme a étudié le fonctionnement de chacun de nos organes, qu'elle a associés aux émotions ressenties au cours de notre vie. Ainsi, elle évalue une maladie des intestins, qui évacuent les excréments, par rapport aux problèmes d'évacuation du passé et de ce qui n'est plus nécessaire. Les problèmes aux seins, qui offrent la nourriture originelle, ont trait au fait de se négliger et de toujours s'occuper des autres d'abord. Les problèmes sanguins, y compris une mauvaise circulation et l'anémie, expriment un manque de joie de vivre.

L'essentiel du système de Louise Hay se rapporte étroitement à la médecine chinoise. Les Chinois ont aussi observé que les problèmes d'un organe déterminé sont liés au comportement émotionnel qui reflète la fonction organique. Les maladies reliées à l'intestin grêle, qui trie les nutriments dirigés dans le système digestif, sont associées aux problèmes d'organisation dans la vie du patient. Les gens qui pensent trop, qui ruminent trop, ont des problèmes d'estomac. C'est là une question de simple bon sens. Et l'intuition représente le bon sens le plus absolu.

D'autres études scientifiques indépendantes ont aussi démontré que certains schémas émotionnels et psychologiques sont associés à des maladies dans des organes spécifiques. Par exemple, les violences sexuelles peuvent préparer la voie, chez les femmes, à des douleurs pelviennes chroniques. Une agression sexuelle vécue au cours de l'enfance est associée à des affections génitales ou de l'appareil urinaire. Il a été démontré que les femmes qui entretiennent une relation affective non épanouissante et négative présentent un risque très élevé de cancer du sein. Quant à elle, l'agressivité a été associée à un risque aggravé de crise cardiaque.

D'autres études ont prouvé que les troubles gastrointestinaux, l'asthme, la maladie de Parkinson, la maladie de Grave, la sclérose en plaques, la stérilité, les crises cardiaques et de nombreuses autres maladies ont toutes une contrepartie émotionnelle spécifique. Cependant, les résultats de ces études ne sont pas systématiques, et plusieurs personnes souffrant de l'une de ces maladies ne rencontrent pas les caractéristiques émotionnelles précises annoncées par ces recherches. Comme je l'ai affirmé auparavant, le langage de notre corps est strictement personnel. Nous devons déchiffrer la façon dont il nous parle de nos émotions passées et présentes par le biais des sentiments, des sensations, de la douleur et de la maladie.

LES CENTRES ÉMOTIONNELS DU CORPS

Les religions et les philosophies orientales ont décrit une structure anatomique comprenant sept centres émotionnels situés dans le corps. Chacun de ces centres domine un groupe particulier d'organes et reste associé à un certain éventail d'émotions. Ces centres émotionnels reflètent et symbolisent notre développement émotionnel et psychologique, de la naissance à la mort. Les paragraphes suivants traiteront de ces centres émotionnels dans l'ordre. Vous devrez juger ces règles universelles à la lumière de votre propre cas, mais vous pourrez y recourir, tel un tremplin vous permettant de trouver la clé de votre propre système intuitif.

Chaque centre émotionnel est caractérisé par un ensemble d'émotions contrastées. L'une de ces émotions s'exprime en termes de puissance, ou d'assurance, et nous fait apparaître plus puissants et plus forts dans le monde extérieur (yang). Une autre émotion peut être perçue comme de la vulnérabilité, mais elle nous dote, en fait, de puissance et de force dans le monde intérieur (yin). Ainsi aurons-nous le courage (pouvoir) contre la crainte (vulnérabilité), l'assurance contre la soumission, la détermination contre la servilité, etc. Dans chacun de ces centres, nous pouvons déterminer si l'essentiel de notre force et de notre santé est connecté à la puissance ou à la faiblesse. Nous avons besoin d'un équilibre entre ces deux pôles afin de nous assurer la meilleure santé possible. Si un grand déséquilibre existe entre les deux, la littérature scientifique suggère dans ce cas que nous ouvrions la voie à une plus grande susceptibilité à la maladie dans les organes du centre émotionnel touché.

Le premier centre contient les émotions qui affectent notre structure corporelle, notre apparence physique, y compris notre squelette ainsi que les systèmes sanguin et immunitaire. Symboliquement, ce centre exerce aussi une influence sur le déroulement de notre existence qui nous procure notre structure identitaire, à commencer par notre famille, jusqu'à l'église que nous fréquentons, notre travail et les diverses institutions et organisations dont nous sommes membres. Les problèmes qui frappent cette zone de notre corps concernent les sentiments d'indépendance/dépendance, de compétence/impuissance, d'espoir/désespoir, d'intrépidité/crainte et de confiance/défiance.

Le deuxième centre émotionnel est situé dans le pelvis. L'une des deux parties du pelvis a trait à nos motivations – celles qui nous permettent de nous lancer dans la vie en quête d'accomplissement. Ces motivations incluent le sexe, l'argent, la créativité ou la fertilité. Les problèmes associés à ces motivations ont aussi un rapport avec l'énergie ou, au contraire, avec le « lâcher prise » ou bien encore avec la capacité de se séparer de sa famille d'origine. Dans ce cas, les souvenirs et les schémas comportementaux qui affectent les organes dont il est question sont en relation avec la poursuite du but que nous nous sommes fixé ou la culpabilité ressentie par rapport à ce dernier. La deuxième partie de ce centre émotionnel a trait aux relations. Elle implique la tendance d'un individu à être solitaire ou à entretenir une relation étroite avec quelqu'un d'extérieur à sa famille. Les organes touchés par les souvenirs et les schémas comportementaux de ce centre émotionnel sont l'appareil gastro-intestinal inférieur, la vessie et le système urinaire, la région lombaire et les organes reproducteurs.

Le troisième centre est situé au milieu de l'abdomen et de l'appareil gastro-intestinal. Il comprend les intestins, l'estomac, le pancréas, les reins, la rate, le foie et la vésicule biliaire. Il est associé aux problèmes émotionnels et aux schémas comportementaux relatifs au choix de notre rôle dans la société, à l'acquisition et au développement des capacités nécessaires pour jouer ce rôle avec compétence.

Le quatrième centre émotionnel a son siège dans la poitrine. Il comprend le cœur, les poumons et les seins. Ce centre est en relation avec l'expression émotionnelle, l'amour et la passion. Il est aussi associé au domaine relationnel et s'étend aux manifestations intimes et émotionnelles que nous établissons au cours d'un mariage ou d'une relation amoureuse. Alors que les problèmes relationnels du second centre émotionnel ont trait à notre capacité à maintenir notre individualité au sein d'une relation, ceux du quatrième centre, au contraire, concernent la fusion avec notre partenaire. Les problèmes liés à ce centre correspondent à l'amour, à l'hostilité, à l'intimité, à la propension au martyre et au désir de s'occuper de quelqu'un, une forme d'expression émotionnelle que l'on trouve chez de nombreuses femmes.

Le cinquième centre est situé dans la thyroïde, les vertèbres cervicales, les dents, la bouche et les gencives. Cette zone renvoie à la communication, à l'expression et à l'affirmation de notre volonté dans le monde extérieur.

Le sixième centre comprend la tête (cerveau, yeux, oreilles et nez). Il est associé à tout ce qui touche à la perception, y compris la paranoïa ainsi que la connaissance et la sagesse opposées à l'ignorance.

Le septième centre énergétique comprend les muscles, les tissus conjonctifs et les gènes. Les émotions et les schémas comportementaux liés à ce centre coïncident avec nos buts dans la vie et avec notre relation avec Dieu ou avec le divin par rapport au matérialisme et à la solitude. Les autres problèmes portent sur la conviction que l'on peut tout accomplir dans la vie, par opposition à un certain désespoir et à un sentiment de prédestination.

Votre personnalité et votre santé

Les médecins et les scientifiques savent depuis longtemps que les gens dotés de certains tempéraments sont plus enclins à certaines maladies qu'à d'autres. On a beaucoup écrit, par exemple, au sujet de la personnalité masculine de type A, prédisposée aux crises cardiaques. Selon la médecine chinoise et d'après le système de Louise Hay, le cœur est associé aux émotions et à la passion – haine/amour, hostilité/empathie. Les individus du type A ressentent des émotions extrêmement violentes, telles l'agressivité et la colère, et éprouvent des difficultés à exprimer la joie et la passion amoureuse. La littérature scientifique montre qu'une agressivité excessive, avec pour corollaire son déficit de joie, est associée à des taux très élevés de cholestérol et à un nombre anormal de morts subites par crises cardiaques. Quelles situations, quels souvenirs incitent un individu à traduire l'essentiel de ses émotions sous forme de colère et d'agressivité et provoquent en lui tant de difficultés à exprimer l'amour et la passion amoureuse ? Si la personne souffrant de ce problème pouvait trouver la réponse à cette question, elle serait en mesure d'améliorer sa santé. L'excès de cholestérol représente la façon dont son cœur la met en garde : « Attention, attention ! Ce comportement est dangereux. Il y a sûrement une autre façon d'agir. »

Chacun de nos centres émotionnels correspond à un éventail universel d'émotions. Mais dans chacun d'eux sont aussi abrités des souvenirs spécifiques propres à chaque individu et à ses expériences particulières. Chaque centre émotionnel renvoie à une étape du développement psychologique et émotionnel. Au fur et à mesure que nous avançons dans la vie, ces centres se développent constamment et progressent du passé au présent et du futur à la fin de notre vie. La nature de ces centres et leur signification quant à notre santé sont déterminées de la même façon que notre personnalité est formée par les expériences que nous vivons. Selon ce qui nous arrive à chacune des étapes de notre développement, les organes du centre émotionnel rattachés à ce niveau peuvent être affectés de diverses manières.

Les souvenirs de ces expériences sont enregistrés et auront une influence sur les futures étapes de notre développement et sur les zones émotionnelles correspondantes.

Par exemple, le premier centre émotionnel concerne le cadre de vie et les valeurs que nous recevons de notre famille. Au sein de la structure familiale, où nos besoins fondamentaux d'enfants sont comblés, nous apprenons à avoir confiance et à nous sentir en sécurité, ou, au contraire, nous perdons confiance et éprouvons le sentiment que nous ne serons jamais en sécurité dans le monde. Nous apprenons à nous débrouiller dans la vie ou devenons impuissants à nous sortir d'affaire. Ce fait a été constaté dans le passé par des neurologues et des psychologues. C'est l'étape du « nous » lorsque l'enfant ne s'est pas encore totalement différencié de sa mère ou des autres et n'a pas encore véritablement conscience de lui-même. Tout ce que nous assimilons au cours de cette première étape de notre développement est capital par rapport à notre avenir et affectera tout ce qui nous arrivera plus tard, y compris la façon dont notre corps nous parlera. Imaginez la vie comme le jeu de Monopoly. Tout le monde est au même point de départ sur le plateau de jeu et reçoit la même somme d'argent. Mais que se passe-t-il si, dès votre premier coup de dés, vous devez aller en prison et payer deux cents dollars d'amende ? Il est juste de dire qu'à partir de cet instant, vous ne vous sentirez pas très en sécurité en jouant. De plus, vous avez déjà perdu de l'argent, soit le capital dont vous disposiez au départ. Votre façon de jouer votre rôle dans la vie sera gênée à cause de cette expérience passée. Les souvenirs de cette expérience sont alors enregistrés dans votre cerveau et dans vos organes. Ils resurgiront lorsque des événements rappelant ces expériences passées surviendront, plus tard, dans votre vie. Ils affecteront également tout ce qui adviendra au cours des diverses étapes futures de votre existence. Imaginez qu'un petit enfant soit l'unique survivant d'une inondation au cours de laquelle toute sa famille a péri. Vous pouvez facilement comprendre que la manière dont cette personne affrontera la vie sera différente de celle des gens aimés et aidés par leur famille. Elle sera plus hésitante, prendra moins de risques. Sa capacité à entretenir des relations avec les autres sera amoindrie, tout comme les organes du deuxième centre émotionnel, et ainsi de suite.

Le deuxième centre émotionnel a deux facettes. La première constitue ce qui nous fait agir dans la vie, par opposition au « lâcher prise ». C'est là où nous commençons à nous différencier des autres. Nous passons du « nous » au « toi, par opposition au moi ». Les neurologues et les psychologues ont depuis longtemps remarqué qu'un enfant sait quand tenir tête à ses parents et quand céder, simultanément au développement de ses intestins. Ils ont observé que les problèmes concernant la volonté ou le « lâcher prise », l'impulsivité ou l'inhibition, touchent souvent les gens qui souffrent d'affections des intestins ou de la vessie. La seconde facette de ce centre émotionnel a trait aux relations – notre capacité à rester autonomes et indépendants opposée à notre capacité à nouer des liens avec une personne étrangère à la famille. À ce moment, nous nous concentrons sur l'autre sexe et nous battons pour obtenir situation et pouvoir. C'est là une étape difficile pour de nombreuses femmes qui ont des difficultés à distinguer le « toi » et le « moi » du « nous ». Les neurologues, psychiatres et gynécologues ont depuis longtemps remarqué que ces problèmes ont un rapport avec l'état de santé des organes sexuels.

Dans le troisième centre, l'enfant est assez âgé pour sortir, jouer dehors ou aller à l'école. Il perçoit les choses en termes de « moi contre le reste du monde ». Il s'agit de la phase au cours de laquelle, ayant renoncé à comprendre le sexe, nous nous plongeons dans notre travail. Ici, et ce fait a été constaté par les psychiatres, nous vivons un conflit opposant initiative et culpabilité, zèle et infériorité.

Le quatrième centre émotionnel – celui du cœur, des poumons et des seins – tourne autour de la notion de « toi et moi ne faisons qu'un ». Ayant jusqu'alors passé notre vie à essayer d'apprendre à être individualistes dans le monde extérieur, nous nous efforçons maintenant de ne faire qu'un avec une ou plusieurs autres personnes. Mais nous conservons toujours une certaine autonomie, de sorte que si quelqu'un nous quitte, qu'il s'agisse d'un conjoint, d'un partenaire ou d'un enfant, nous conservons toujours un « moi » qui peut survivre seul. Les psychiatres nomment cette étape « intimité/isolement ».

Le cinquième centre émotionnel, qui comprend le cou et la bouche, implique communication, expression et affirmation de soi. Son mantra est : « Je veux. » Les psychiatres appellent cette étape « accomplissement/stagnation ».

Dans le sixième centre, celui de la tête et des organes de perception, nous atteignons le point où, comme Descartes, nous pouvons dire : « Je pense, donc je suis. »

Enfin, dans le septième centre, nous avons affaire à notre corps tout entier. À ce stade, nous devrions être capables de dire : « Dieu et moi ne faisons qu'un » et de comprendre que tout dans la vie obéit à un but précis. Nous comprenons aussi, après une vie entière passée à apprendre la fonction d'une famille et celle de nos relations, que, en définitive, nous sommes seuls au monde.

De cette façon, notre société attribue certaines significations à certains organes. Ces significations sont ensuite confirmées par notre expérience personnelle, de manière à attribuer à chacun de ces organes un sens spécifique qui nous est propre. En explorant ces connexions, nous pouvons commencer à réaliser comment notre personnalité, c'est-à-dire la personne que nous devenons au fil du temps, est intimement imbriquée dans notre santé et dans ce qui nous arrive physiquement. Ce qui survient à chaque étape affecte nos souvenirs, modifie la façon dont nous nous développerons intérieurement et influence la santé de chaque organe de notre corps.

En examinant notre vie et notre santé à la lueur de ce que nous avons appris dans ce livre au sujet des organes et des centres émotionnels, nous sommes en mesure de faire l'inventaire des points forts et des points faibles de chacune des zones de notre corps afin de déterminer nos actions futures pour améliorer notre santé et notre vie. Réfléchissons à ce que les cas étudiés et les lectures effectuées peuvent nous apporter. Voyons si certains schémas émotionnels qui nous ont été présentés nous semblent familiers. En agissant ainsi, nous resterons en contact avec le réseau intuitif de notre corps et de notre esprit.

De nouveau, pensons à notre vie comme à une collection encyclopédique. Nous espérons tous acquérir la collection intégrale, au fil du temps, mais, parfois, il nous manque un volume. Au cours des années soixante, aux États-Unis, il était possible d'acheter des encyclopédies au supermarché, à raison d'un fascicule par semaine. Mais, lorsque vous partiez en vacances, vous pouviez rater un fascicule, impossible à vous procurer par la suite. Vous deviez alors combler les vides par d'autres moyens. Imaginez aussi que vous ayez choisi la trigonométrie au collège. Votre famille venant juste d'emménager dans une nouvelle résidence, vous avez perdu les trois premières semaines d'école – les semaines critiques au cours desquelles les bases de l'ensemble de ce programme sont définies. Il ne vous reste plus qu'à acquérir les informations qui vous manquent du mieux que vous le pourrez et rattraper ainsi votre retard. Bien entendu, vous pouvez agir de la sorte, mais de solides bases de départ vous échapperont toujours, comme quelqu'un à qui les notions de sûreté et de sécurité du premier centre émotionnel font défaut.

Voilà ce qui nous arrive à tous au cours de notre vie. Certains de nos centres émotionnels sont forts, d'autres fragiles. En ce qui me concerne, par exemple, mon troisième centre émotionnel est très puissant. J'ai un estomac en béton, une excellente opinion de moi-même et un sens aigu des responsabilités. Je crois en mon rôle de médecin, de scientifique, de médecin intuitif, et je suis sûre de moi, de mes compétences et des buts que je me suis fixés dans la vie depuis l'âge de sept ans. J'ai travaillé dur pour acquérir ces compétences. Mes problèmes résident principalement dans mon squelette, c'est-à-dire dans le premier centre émotionnel, parce que je n'ai jamais reçu beaucoup d'aide dans ma vie. Je sais que les gens que j'aime et sur lesquels je compte disparaîtront un jour. Je ne veux pas dépendre de qui que ce soit, et il m'est difficile d'accepter de l'aide. En fait, je peux même dire que, d'une certaine manière, j'ai grandi selon le type de schéma que Joan Borysenko, psychologue biologiste bien connue, appelle le « chaman inversé ». En effet, depuis mon plus jeune âge, bien que je me sois sentie très seule au monde, seule au sein de ma propre famille et différente des autres (premier centre émotionnel), je me suis toujours sentie en étroite relation avec le ciel (septième centre émotionnel). J'ai toujours discuté avec Dieu, que je voyais dans toute chose – dans le vent, dans les arbres et tout autour de moi. Et parce que l'on m'a enseigné que Dieu est le créateur de toute chose, y compris des arbres, je crois profondément que chacun de nous représente un fragment divin. J'ai toujours été très bonne au jeu du « Je pense, donc je suis » (sixième centre émotionnel). D'après ma mère, je passais des heures, assise dans mon parc d'enfant, à réfléchir. Selon ses propos toujours, dès mon plus jeune âge, j'étais très déterminée (cinquième sens émotionnel). Aussi, visiblement, n'ai-je aucun problème avec le « Je veux » – sauf, peut-être, une certaine exagération dans ce sens. Mes problèmes commencent lorsque nous examinons les centres émotionnels situés sous la taille.

En effet, la plupart des gens se développent du premier centre émotionnel vers le haut. Et ce que nous recherchons, au fur et à mesure que nous avançons en âge, c'est l'équilibre de chaque seuil. D'un centre énergétique à l'autre, nous ressentons à la fois force et faiblesse – puissance et *vulnérabilité*. Il est important que nous éprouvions ces deux énergies de façon équilibrée. Posséder un centre trop fragile crée des problèmes. Un excès de puissance ou de force, cependant, signifie que nous n'avons plus de place pour progresser dans cette zone de notre vie. Vous souffrirez comme un enfant dont les chaussures sont trop petites pour ses pieds. La personnalité de type A, *fortement* agressive et colérique et insuffisamment *vulnérable* en termes d'amour et d'attention, est sujette aux décès brutaux par crises cardiaques. Mais la personnalité de type D, fortement attirée par le martyre et qui éprouve de grandes difficultés à exprimer ses émotions et à s'isoler des autres, est également encline aux maladies cardio-vasculaires. Ce dont elles ont toutes deux besoin, c'est d'un équilibre, d'une capacité à ressentir profondément les émotions, à les exprimer totalement puis à les libérer. Pour que tous les organes de notre corps fonctionnent de façon optimale, ils ont besoin à la fois du yin de la vulnérabilité et du yang de la puissance.

De plus, nous accomplissons deux choses dans notre effort permanent de recherche de la plénitude. Nous nous *débrouillons* et nous nous *adaptons*. Nous devons trouver la bonne combinaison entre ces deux actions afin de rendre nos vies aussi agréables que possible. *Se débrouiller* est la capacité de changer ou de manipuler notre environnement dans notre intérêt. *S'adapter*, c'est apporter en nous-mêmes certaines modifications de manière à nous intégrer à notre environnement et à améliorer notre existence. Il est aisément constatable, dans notre société, que les femmes s'adaptent plus facilement que les hommes qui, eux, sont plus enclins à se débrouiller. Généralement, à de rares exceptions près, les femmes sont comme la Guenièvre de Camelot et comprennent la force que représentent la vulnérabilité et la dépendance apparentes envers quelqu'un dans une relation. Mais elles rencontrent des difficultés avec le pouvoir et l'affirmation. Par opposition, les hommes sont comme Lancelot, plus à l'aise en ce qui concerne le pouvoir, l'affirmation de soi et la volonté de changer le monde qu'avec la vulnérabilité et le besoin des autres. Trop de succès et de satisfactions diverses peuvent être débilitants et affaiblissants, alors que certaines pertes peuvent nous aider à développer notre force.

Accepter notre responsabilité par rapport à notre santé

Un jour, après avoir assisté à une conférence sur la médecine intuitive, je fus invitée à monter sur l'estrade avec divers autres médecins pour parler de l'intuition et de la santé. En plein milieu de la discussion, un membre de l'assistance se leva et déclara avec véhémence qu'en fait, d'après notre théorie selon laquelle la maladie est directement liée aux souvenirs corporels et que tout dépend de la façon dont on traite ses émotions, nous considérions la victime comme responsable de ce qui lui arrivait. Cet homme souffrait lui-même de fatigue chronique et refusait d'en porter la responsabilité.

Bien qu'interloquée au début par ses déclarations, je compris néanmoins son point de vue. Abordons ce dernier sur le plan strictement scientifique et médical. Supposez que vous soyez un homme d'âge moyen, fumeur, souffrant d'une surcharge pondérale, dont le père est mort d'une crise cardiaque et que, de surcroît, vous soyez en conflit permanent avec votre femme, qui proclame que vous avez un problème depuis longtemps et que vous n'êtes jamais satisfait. Un jour, vous ressentez une vive douleur dans la poitrine. Étant donné vos antécédents familiaux, vous éprouvez une peur bleue et vous vous ruez chez le médecin afin de lui demander ce qui se passe. Vous lui déclarez être prêt à faire tout ce qui sera nécessaire pour diminuer le risque d'une crise cardiaque. Le docteur connaît toutes les données scientifiques. Il sait que la nicotine augmente les risques de crises cardiaques ; il connaît les dangers reliés à l'obésité ; il sait ce que certains gènes héréditaires signifient et que tous ces éléments augmentent la probabilité de maladies ou de crises cardiaques. Il lui est très facile de vous expliquer tous ces risques. Il déclare donc que vous devriez manger moins afin de maigrir, faire baisser votre taux de cholestérol et cesser de fumer. Mais il n'y a rien que vous puissiez faire quant à vos gènes.

Récemment, ce même médecin a lu, dans une revue médicale, un article qui citait de nombreuses études mettant en évidence l'association agressivité/taux élevé de cholestérol/crise cardiaque. Mais peut-être ne vous dira-t-il rien à ce sujet. Comme la plupart des spécialistes, il craint que vous ne vous sentiez coupable de votre propre état de santé. Vous pourriez suivre un régime et modifier certains aspects de votre vie tout en continuant à vous disputer avec votre épouse et, ainsi, subir quand même une crise cardiaque incapacitante. Mais peut-être votre médecin vous parlera-t-il, néanmoins, de cet article, ce qui vous incitera à approfondir ce sujet par diverses lectures complémentaires et à trouver la corrélation entre la colère et les crises cardiaques. Peut-être y apprendrez-vous certaines techniques efficaces permettant de diminuer votre colère, dont l'exercice physique et la méditation ! Et en agissant ainsi, il se peut que vous sauviez votre vie.

Un troisième scénario possible amènerait votre médecin à vous parler de cette corrélation entre la colère et les maladies cardiaques, mais vous pourriez, dans ce cas, croire qu'il vous blâme pour votre état et négligeriez alors ses conseils. Cette situation est fréquente aux États-Unis. Un patient peut accepter la responsabilité de son obésité ou du fait qu'il soit fumeur, mais il peut, par contre, se sentir injustement blâmé si le médecin lui demande s'il sait comment libérer totalement sa colère et s'il est conscient du fait que négliger ses émotions est nuisible à sa santé. Aux yeux des patients, certaines informations sont chargées de reproches, et d'autres, non. Paradoxalement, un patient peut avoir eu de nombreuses disputes avec des êtres chers au sujet de sa colère et de son agressivité. Toutefois, il se peut qu'il n'ait jamais véritablement tenu compte de ses émotions, qu'il n'ait jamais essayé de les comprendre réellement et qu'il n'ait jamais su les rééquilibrer.

Le fait qu'un médecin prive un patient d'informations scientifiques irréfutables sur l'étroite relation existant entre les émotions et les crises cardiaques ou autres maladies cardio-vasculaires constitue une faute professionnelle. De même, le fait de ne pas informer un patient de l'existence de médicaments efficaces susceptibles de diminuer les risques d'attaques cardiaques pourrait aussi être considéré comme une faute professionnelle. Tant qu'un spécialiste communique ces renseignements avec empathie, impartialité et en mettant bien en évidence les faits scientifiques, et pour autant qu'il fournit à son patient les occasions d'améliorer sa santé, non seulement il ne culpabilisera pas son patient, mais il l'aidera.

Au début d'une lecture, je ne dispose que du nom de la personne et de son âge. Sans aucun autre élément, j'explique au téléphone à l'intéressé ce que je vais faire au cours de la lecture. Mon client et moi n'entretenons pas la relation classique médecin-patient, et je ne pratique aucune psychothérapie. Je ne donne aucun diagnostic particulier et ne préconise aucun traitement. J'informe mes clients que je présume qu'ils sont en étroite relation avec un médecin qui leur fournit diagnostics et traitements médicaux. Je n'exerce pas mon rôle de médecin lorsque je m'adonne à mes lectures.

Dans une lecture, je décris la vie émotionnelle de mon client comme je la perçois intuitivement : ses moyens d'existence présents ou passés, les problèmes importants ayant trait à son enfance et à son adolescence ainsi que ses difficultés relationnelles actuelles. Puis, je passe en revue chacun des organes de son corps, de la tête aux pieds. Si je détecte quelque anomalie, je la dépeins telle que je la reçois, sans y associer aucune maladie. Ensuite, je détaille à mon patient chaque image ou schéma émotionnel que je vois apparaître dans sa vie et qui est à l'origine de sa santé ou des modifications à apporter à certains de ses organes. Je lui explique que les symptômes qu'il ressent dans son corps font partie de son réseau intuitif qui, lui, l'informe des situations spécifiques de sa vie à modifier.

Lorsque vous commencez à puiser dans vos schémas émotionnels et dans les images que les centres émotionnels de votre corps vous adressent, vous pratiquez la médecine intuitive. Cet exercice vous communiquera divers renseignements sur vous-même et sur votre santé, qui compléteront les propos de votre médecin. Votre propre intuition médicale vous fournira les informations relatives à votre corps qui ont un lien avec les autres aspects de votre vie – les aspects émotionnels qui peuvent avoir des répercussions importantes sur les caractéristiques physiques, génétiques, environnementales et nutritionnelles de votre état de santé. Ainsi pourrez-vous effectuer les améliorations nécessaires à votre santé et à votre vie. Au fur et à mesure que le médecin intuitif lira les schémas de votre mémoire, ainsi que les sentiments de votre cerveau et de votre corps qui y sont associés, vous aurez de plus en plus envie de vous entraîner à le faire vous-même. Tout au long de cet ouvrage, je raconte quantité de lectures que j'ai menées. J'espère, de cette manière, vous aider à le faire vous-même. Ces lectures vous familiariseront avec les divers sentiments, termes et images que j'utilise au cours de mes lectures et qui me permettent de décrire les changements que je décèle dans les centres émotionnels et les divers organes. J'espère que vous parviendrez à associer vos propres images de santé ou de maladie à celles que vous découvrirez au cours de vos lectures et, de cette façon, commencerez à développer votre propre langage intuitif.

Voici un exemple de lecture que j'ai faite à l'une de mes clientes. Tout d'abord, j'ai examiné sa vie émotionnelle :

Je vois que votre vie familiale a été chaotique, de votre naissance jusqu'à l'âge de deux ans. Je remarque des coups de feu et de l'alcoolisme. Je vous vois confiée à différents membres de votre famille, de vos parents à vos grands-parents, en passant par vos oncles et vos tantes. Il semble que votre vie n'ait jamais été stable. Vous avez appris que vous deviez faire confiance à diverses personnes et vous avez éprouvé des difficultés à discerner celles à qui vous deviez l'accorder. En raison de cette situation familiale instable, vous n'avez jamais éprouvé de sentiment d'appartenance.

Je vous perçois comme extrêmement indépendante et ne voulant dépendre de personne. Lorsque vous avez fait partie d'un groupe ou d'une famille, vous ne vous êtes jamais réellement considérée comme intégrée. Vous ne vouliez pas être dépendante, de crainte que cela ne provoque des modifications dans votre vie et ne vous fasse perdre votre famille.

Tous les problèmes de cette femme provenaient du premier centre émotionnel, celui qui fonde le sentiment de sécurité dans ce monde sur de fortes assises familiales (dépendance/indépendance). En examinant son corps, je vis que tous ces problèmes affectaient les organes de son premier centre émotionnel – le sang, les os, les articulations et la colonne vertébrale. Elle avait de l'arthrite chronique dans diverses articulations due à de nombreuses blessures provoquées essentiellement par les escalades en montagne qu'elle affectionnait. Elle avait des problèmes à ses genoux et avait subi plusieurs opérations. Elle avait aussi souffert d'infections multiples et de problèmes immunitaires, telles la pneumonie, l'anémie et l'hépatite. Je lui dis :

Pourquoi faites-vous tant d'escalades ? Pourquoi vous lancez-vous sans arrêt des défis ? Vous semblez toujours perchée toute seule sur une montagne plutôt qu'entourée de votre famille. Vous paraissez tiraillée entre deux options. Le monde vous effraie, mais vous vous obligez en permanence à affronter vos peurs en approchant une falaise et à relever un défi physique après l'autre. Vous vous efforcez de vous sentir à l'aise dans ces situations, alors que vous ne l'êtes pas. Cependant, lorsque vous êtes au sein de votre famille, où chacun se sent en sécurité, vous n'avez pas l'impression d'en faire partie.

Avez-vous remarqué si vous souffrez de rhumes chroniques et de pneumonies ou si vous êtes affectée par des virus ? Souffrez-vous d'arthrite dans vos articulations, et ces dernières enflent-elles ? Quand leur état empire-t-il ou, au contraire, s'améliore-t-il ? Votre intuition vous le dit quand vous avez des problèmes avec vos sentiments. C'est elle aussi qui vous indique vos problèmes de dépendance. Vous devez vous efforcer de vous sentir à l'aise en étant dépendante tout en affrontant les divers problèmes de la vie. Voilà ce que votre corps essaye de vous dire.

Vous souvenez-vous de cette femme qui souffrait d'urticaire et dont nous avons parlé précédemment ? Si j'effectuais une lecture pour elle, je lui dirais : « Je vois que votre belle-mère vous tape sur les nerfs parce que vous vous sentez vulnérable à ses attaques verbales, bien qu'elle fasse partie de votre famille, là où tout le monde devrait se sentir à l'aise et en sécurité. Et lorsqu'elle vous exaspère, vous vous échauffez, mais vous ne pouvez exprimer totalement vos sentiments de peur de devoir quitter votre famille et de vous retrouver seule dans la vie. Il en résulte que vous refoulez vos sentiments et que vous bouillonnez intérieurement. Je me demande si vous ressentez réellement votre sang frémir dans vos veines. »

Parfois, mon intuition m'envoie l'image d'un souvenir stocké dans le corps d'une personne et, quelquefois, l'image d'une autre personne. Un jour, au cours d'une lecture pour une femme souffrant de kystes au sein, je perçus l'image d'un adolescent projeté sur ses poumons. Je lui déclarai que je la voyais passer un temps considérable à prendre soin (quatrième centre émotionnel) d'un enfant souffrant d'asthme et lui demandai s'il s'agissait de son fils. Elle répondit : « Oh, non ! il s'agit de mon frère, lorsque j'étais petite fille. » Je compris alors pourquoi prendre soin de son frère avait représenté un problème aussi important dans sa vie. Je lui dis : « Je me demande si une bonne partie de votre personnalité et de votre propre estime, c'est-à-dire l'assurance que vous affichez dans le monde extérieur, ne sont pas basées sur le schéma consistant à prendre soin des autres plutôt que d'entretenir des relations avec des gens qui peuvent vous aimer et s'occuper de vous à leur tour. » Elle en convint.

En vous familiarisant avec le lien existant entre les émotions et la maladie, la médecine intuitive développe votre force. Ce que vous gagnez à partir d'une lecture intuitive ou en prêtant attention à vos propres intuitions peut s'ajouter à votre compréhension des facteurs émotionnels associés à votre état physique. Vous pouvez augmenter votre compréhension intuitive en faisant appel à votre réseau intuitif personnel, en tentant de découvrir quels centres émotionnels présentent un déséquilibre entre puissance et vulnérabilité et quels centres émotionnels (et les organes qui y sont associés) font resurgir des souvenirs douloureux ou attirent votre attention sur les situations émotionnelles que vous devez examiner.

C'est ce qui arriva à la malade de l'histoire suivante. Une collègue gynécologue traitait une patiente souffrant de très graves infections vaginales. Quel que fût le traitement prescrit par ma collègue, les infections refusaient obstinément de disparaître. Il s'avéra que la patiente rencontrait de graves difficultés avec son mari. Elle découvrit en fait que ce dernier avait une liaison, mais elle tint à maintenir sa relation pendant deux années supplémentaires, jusqu'au jour où elle eut le courage de le quitter et d'exiger le divorce. Peu de temps après, les infections cessèrent. Cependant, cette femme ne se débarrassa jamais tout à fait des problèmes relationnels sous-jacents à son mari.

Quelque temps après son divorce, elle commença à fréquenter un homme sympathique auquel elle s'attacha. Elle se sentit très soulagée d'entretenir de nouveau une relation, car elle n'avait jamais vraiment aimé vivre seule. Tout alla bien pendant un certain temps. Puis, un jour, de façon significative, ses infections vaginales reprirent de plus belle. Au début, elle n'y prêta guère attention. Mais une petite voix la harcelait sans cesse – la voix de l'intuition. Elle refusa de l'écouter. Elle écarta le message transmis par son vagin. Elle ne voulut pas admettre le fait que sa lune de miel était terminée et que le problème qui avait détruit son mariage surgissait à nouveau dans sa nouvelle relation. L'infection persista. Puis, une nuit, elle se réveilla brusquement, un étrange malaise étreignant son cœur et son vagin. Elle imagina que, comme son ex-mari, son ami la trompait.

Enfin, elle ôta le bâillon empêchant son intuition de poindre. Elle apprit, comme elle le pressentait, que son ami avait une relation avec une autre femme. Elle rompit, et son infection disparut.

Elle entama une thérapie et travailla sur les schémas émotionnels de ses relations (deuxième centre émotionnel, le vagin) et sur ses problèmes d'autonomie, afin d'apprendre quand continuer et quand lâcher prise, l'ouverture aux autres/le désir de solitude. Elle comprit qu'elle avait besoin d'être seule un certain temps pour se concentrer sur les aspects positifs d'une relation. Elle prit aussi conscience du fait que l'intuition de son vagin la protégeait et la soutenait dans ses efforts pour apprendre à être indépendante tout en maintenant une relation équilibrée avec un homme.

Nous ne sommes pas responsables de nos maladies, mais nous pouvons adopter une attitude responsable vis-à-vis d'elles. Si nous sommes à l'écoute de notre intuition et attentifs au langage de notre corps, nous pouvons gagner en puissance. Nous pouvons apprendre à équilibrer puissance et vulnérabilité dans tous les domaines émotionnels de notre vie. Nous pouvons aménager le cours de notre existence afin de l'améliorer et de la rendre plus harmonieuse en utilisant les informations que nous adresse notre intuition.

CHAPITRE 6

LE SANG ET LES OS :
IMPUISSANCE ET DÉSESPOIR

Le premier centre émotionnel contient des souvenirs localisés dans le sang, les os, le système immunitaire, la colonne vertébrale et les hanches. Les émotions et les souvenirs entreposés dans ce centre ont un rapport avec les problèmes familiaux, l'intégrité physique, la sécurité, l'aide que nous apportent les autres, le désespoir et l'impuissance.

Lorsque j'étais une interne dans les hôpitaux, l'une de mes premières patientes s'appelait Mme O'Halloran, une femme de quatre-vingt-quatre ans admise dans les services d'hématologie et d'oncologie. Elle souffrait d'hémorragies internes, et son taux de plaquettes baissait. D'après sa fiche médicale, elle était récemment tombée et s'était fracturé une hanche. Mme O'Halloran avait vécu seule pendant de nombreuses années et avait toujours revendiqué fièrement son indépendance. Cependant, peu de temps après que j'eus pénétré dans sa chambre, elle me confia : « Je ne me sens plus en sécurité toute seule désormais », sans savoir que faire par la suite. « Je ne veux pas être un fardeau pour ma famille, dit-elle, soucieuse, mais je ne veux pas, non plus, vivre dans une maison de retraite. »

Mme O'Halloran avait une fracture de la hanche et un problème d'immunologie sanguine. Ses problèmes physiques étaient situés dans le premier centre émotionnel. Elle souffrait d'un sentiment d'insécurité et craignait d'avoir à être prise en charge par sa famille, émotions qui sont situées, elles aussi, dans le premier centre émotionnel. Elle se sentait désespérée et impuissante.

Durant son séjour à l'hôpital, son sang devint de plus en plus fluide. Elle reçut diverses séries d'intraveineuses dans l'espoir d'enrayer la destruction de ses plaquettes sanguines par les anticorps sécrétés par son système immunitaire. Mais, en réalité, elle souffrait d'effets secondaires provoqués par les médicaments que nous lui prescrivions. Elle devint agitée, incapable d'avoir confiance en quiconque, psychotique et paranoïaque.

En dépit de ses souffrances physiques et émotionnelles, Mme O'Halloran commença à s'attacher à moi, à me faire confiance et à réagir positivement à mes visites. J'étais très attentive à ses propos lorsqu'elle m'exposait ses craintes. Peu à peu, elle fut donc en confiance et put exprimer ses sentiments au fur et à mesure que ses médicaments produisaient leur effet. Lorsqu'elle fut prête à quitter l'hôpital, elle avait retrouvé foi en la vie et allait s'installer dans une maison de retraite, ce qui lui procurerait une nouvelle famille, d'autres appuis et un sentiment de sécurité.

La vulnérabilité de Mme O'Halloran, son insécurité et sa crainte de représenter un fardeau pour sa famille étaient étroitement liées à son déséquilibre sanguin et à sa fracture de la hanche. Les émotions et les souvenirs stockés dans son premier centre émotionnel – insécurité, désespoir, impuissance, confiance, famille et aide d'autrui – avaient affecté la santé de ses systèmes sanguin et immunitaire ainsi que ses os et ses articulations (voir le croquis page 235).

Le milieu familial est fondamental. On n'est vraiment bien que chez soi.

Il y a des vérités que nous apprenons durant notre prime enfance et peut-être même dans la matrice. Elles sont réfléchies dans notre culture. Souvenez-vous de Dorothée, errant à travers le royaume d'Oz et cherchant le chemin pour rentrer au Kansas en répétant : « On n'est vraiment bien que chez soi. » Et souvenez-vous encore de votre mère, lorsque vous partiez à l'université, vous recommandant de téléphoner régulièrement pour donner de vos nouvelles et vous rappelant que personne ne vous aimera jamais comme vous aime votre famille. Ou de votre père vous déclarant avec émotion qu'« en définitive, tout ce que tu possèdes, c'est ta famille ». La famille est notre plus importante source d'amour et de soutien. Elle façonne notre perception du monde et notre attitude vis-à-vis des autres. Le processus qui fait de nous ce que nous sommes commence à la maison, avec notre famille originelle. Plus tard, nous trouvons ou formons d'autres « familles » à l'école, en nous mariant, parmi nos relations, au travail, dans nos églises et dans la société en général.

Notre famille ne se contente pas de modeler notre existence ; elle modèle aussi notre corps. Tout comme la famille représente les fondements de notre vie physique et émotionnelle, le premier centre émotionnel représente l'assise de tous les autres centres du corps. Ce que nous apprenons dans notre famille d'origine se reflète dans nos familles de substitution de notre vie adulte et dans la façon dont nous considérons le monde en général. Quelle est votre perception du monde ? Vous y sentez-vous en sécurité ou bien le considérez-vous comme effrayant ? Faites-vous confiance aux autres ou vous méfiez-vous d'eux ? Êtes-vous indépendant ou dépendant ? Toutes ces attitudes trouvent leur origine dans votre famille, dans le soutien qu'elle vous apporte et dans vos relations avec elle.

PUISSANCE

- Méfiance
- Indépendance
- Individualisme
- Ingéniosité
- Courage
- Débrouillardise

VULNÉRABILITÉ

- Confiance
- Dépendance
- Appartenance
- Impuissance
- Peur
- Adaptabilité

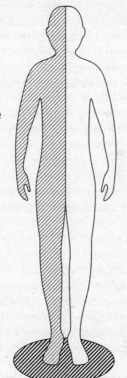

Ce que vous apprenez dans votre famille touche également les divers organes de votre premier centre émotionnel : votre sang et vos os. Les souvenirs stockés dans les organes de ce centre se répercutent tout au long de votre existence. Lorsque vous quittez votre famille et pénétrez dans le monde, vous vivez une existence basée sur les schémas déterminés par votre famille. Vous essayez de recréer les schémas (emmagasinés dans votre cerveau et dans votre corps) appris concernant la méfiance ou la confiance, la sécurité ou l'insécurité, l'intégration ou la solitude. C'est la raison pour laquelle, et de façon remarquable, chaque centre émotionnel et chaque organe corporel dépend de ce premier centre émotionnel fondamental. Toutes les routes ayant trait à la santé nous ramènent au foyer familial. Nous construisons notre vie sur les souvenirs et les émotions de ce centre. La solidité de ce dernier influence chaque chose que nous faisons et, jusqu'à un certain point, nous aide à déterminer notre état de santé.

SAGESSE ET TRAUMATISME, ÉMOTIONS ET SOUVENIRS

Nous n'avons pas tous la chance de naître dans des familles exceptionnelles. Chacun de nous, cependant, par sa famille d'origine, reçoit, pour commencer sa vie, son premier sentiment identitaire. Les comportements que nous apprenons sont également importants pour notre développement physique et pour notre santé. Les souvenirs que nous créons à partir de nos expériences dans le monde et de nos rapports avec les personnes de confiance ou inconnues que nous rencontrons sont stockés dans notre cerveau et dans notre corps. Selon que nous percevons ces souvenirs comme traumatisants ou non, notre vie sera pénible ou gratifiante. Les souvenirs de perte et de deuil, de désespoir et d'impuissance déterminent nos relations, nos buts et l'existence ou non de problèmes dans notre premier centre émotionnel. Ainsi, notre vie sera caractérisée par la santé ou par la maladie.

La biologie de l'appartenance

Dès le début, notre famille crée en nous un sentiment d'appartenance à un groupe qui nous soutient. Ce sentiment commence à se développer dans la matrice, lorsque nous sommes partie intégrante de notre mère, et poursuit son développement après la naissance, au sein de la famille qui nous soutient et comble nos besoins. Simultanément, cependant, notre famille nous expose les limites qui nous séparent du monde extérieur. Elle nous aide ainsi à prendre conscience de notre qualité d'individu.

Toute notre vie n'est qu'un lent processus de désengagement vis-à-vis de notre famille et de transformation en un individu indépendant qui conserve toutefois le sentiment d'appartenir à une famille ou à une tribu. Nous entamons notre vie entièrement liés à notre mère par le placenta et le cordon ombilical. Dès que ce dernier est coupé, la séparation commence, de façon très subtile. Par la suite, nous remarquons que nos parents forment une unité séparée au sein de la famille et que, parfois, nous-mêmes et nos frères et sœurs n'en faisons pas partie. Parfois, papa et maman s'enferment dans leur chambre. La séparation entre l'imbrication et le désengagement croît. Nous allons à l'école. Puis, nous partons à l'université ou nous trouvons un travail et n'appelons plus nos parents qu'une fois par mois. Nous sommes indépendants, mais il existe toujours un cordon ombilical symbolique représenté par le fil du téléphone qui nous apporte ce très important sentiment d'appartenance et de soutien dont nous avons besoin pour mener une vie harmonieuse.

Si nous ne possédons pas ce sentiment d'appartenance ou si nous le perdons, les conséquences peuvent être graves. Elles peuvent être physiques aussi bien qu'émotionnelles.

Les recherches ont démontré qu'il existe une biologie de l'appartenance, un véritable nutriment biologique circulant entre des gens qui vivent ensemble, mangent ensemble, dorment ensemble, un nutriment qui entraîne des conséquences physiques et métaboliques. Lorsque diverses personnes vivent une situation commune, leurs rythmes biologiques deviennent synchrones. Au cours d'une étude, on s'aperçut que les membres d'équipages de bombardiers B-52 présentaient tous le même taux d'adrénocorticoïdes lorsqu'ils travaillaient ensemble. De même, mes camarades de dortoir et moi à l'université avons constaté que nous avions toutes nos règles au même moment du mois, lorsque nous nous aperçûmes que, brusquement, le papier de toilette était épuisé. Par ailleurs, d'autres recherches ont démontré que les femmes qui ont des relations intimes régulières avec des hommes sont mieux réglées et souffrent moins de problèmes de stérilité que les autres. Il apparaît, croyez-le ou non, qu'une certaine substance dans la sueur des aisselles des hommes favorise la régularité du cycle menstruel. Apparemment, même quelque chose de potentiellement repoussant, comme une odeur corporelle, a une utilité biochimique qui nous permet de nous attacher à quelqu'un.

J'ai été frappée par l'aspect envahissant de notre besoin d'attachement lorsque je me rendis à un rodéo avec quelques amis au cours du week-end du 4 juillet (fête nationale des Américains). D'abord, il y eut les cowboys, mal attifés et plastronnant dans le corral, prêts à s'affronter pour de l'argent. Cependant, avant que le spectacle commence, tous ces rivaux potentiels se réunirent au centre de la piste afin de prier ensemble et de demander à Dieu de les aider à utiliser au mieux leurs talents. Ils éprouvaient le besoin de se regrouper au sein d'une sorte de famille, le domaine du cow-boy, avant de redevenir des individus sur le point de se défier les uns les autres. Je me souvins alors du dicton suivant :

« Les membres d'une famille qui prient ensemble restent ensemble. » Ensuite, il y eut les moutons. Une partie du spectacle consistait en un rodéo pour enfants sur des moutons. Les bêtes ruaient frénétiquement afin de se débarrasser de leurs petits cavaliers juchés sur leur dos. Dès qu'un enfant chutait, sa monture se précipitait vers l'angle le plus éloigné de l'enclos, cherchant désespérément le coin où le reste du troupeau lui procurerait la sécurité du nombre. Je vis ce phénomène se répéter de nombreuses fois, jusqu'à ce qu'au moins une douzaine de moutons se réunissent dans un angle de la piste. Seuls sur la piste avec les enfants sur leur dos, ils avaient agi sous l'emprise de la panique et de la terreur. Une fois réintégré le sein du troupeau, ils se calmaient, se sentaient en sécurité. Ils étaient de nouveau rentrés à la maison.

Nous sommes exactement comme eux. Vivre ensemble de façon permanente et intime comme nous le faisons dans notre famille – manger, dormir, converser, jouer, travailler, prier – synchronise nos horloges biologiques. Tous nos rythmes corporels ayant trait au sommeil, à la nourriture, aux rêves, aux hormones, à l'immunité, au taux d'hydrocortisone, au rythme cardiaque et au système endocrinien sont gouvernés par des régulateurs métaboliques qui les amènent à fonctionner de façon harmonieuse. En d'autres termes, le moindre système de notre corps est réglé par les interactions suscitées par notre sentiment d'appartenance. Mais que se passe-t-il quand cette intimité est détruite, lorsque nous sommes séparés de notre famille ou de notre groupe ?

Les savants ont étudié les effets de l'isolement en plaçant des individus dans des pièces séparées, sans compagnie, et ont observé les transformations survenues dans leurs rythmes biologiques. Du fait que l'on suppose depuis longtemps que les rythmes corporels sont synchronisés avec la lumière, les lampes dans ces pièces furent allumées et éteintes à des heures régulières dans le but de recréer l'alternance des cycles lumière/obscurité. À leur grande surprise, les scientifiques découvrirent que non seulement les rythmes biologiques des sujets n'étaient pas régulés par la lumière, mais qu'ils devenaient irréguliers. Les chercheurs installèrent ensuite un système de sonnerie signalant à intervalles réguliers aux sujets enfermés dans leur chambre que quelqu'un venait collecter des échantillons d'urine. Quelque chose de remarquable survint alors. Bien que les sujets fussent tous séparés les uns des autres, on remarqua que leurs rythmes biologiques étaient synchrones, comme si chacun s'ajustait au cycle de l'arrivée du collecteur d'urine dans le cadre de son isolement. En fait, ils étaient liés les uns aux autres par ce problème d'urine. C'est étrange : les gens trouveront toujours un point commun qui les liera, même s'il s'agit d'urine ou d'odeur corporelle. Ils chercheront n'importe quel port dans la tempête, se raccrocheront au plus petit contact humain afin de restaurer en eux le sentiment d'appartenance qui permet à leur organisme de fonctionner de façon stable et harmonieuse. Sans le contact stable et sécurisant de la visite régulière du collecteur d'urine, les fonctions des sujets se déréglèrent, qu'il s'agisse du sommeil, de l'appétit, des hormones, de l'hydrocortisone ou de tout autre cycle.

La famille, source de sentiment d'appartenance, est fondamentalement importante pour notre santé. Les interactions sociales jouent un rôle vital dans l'équilibre quotidien de notre organisme. Si vous vous isolez, les régulateurs de votre métabolisme, qui sont présents lorsque vous êtes intégré au sein d'un groupe, disparaissent. Il semble alors que vos rythmes biologiques deviennent chaotiques. Lorsque je fus admise à l'université et que je quittai ma famille pour la première fois, mon cycle de sommeil fut complètement perturbé. Je me mis à dormir dix-sept heures par jour. Je n'allais pas bien du tout. Les changements dans votre organisation professionnelle et une modification au sein du groupe auquel vous appartenez peuvent produire le même genre d'effet. Vous ne pouvez plus réfléchir avec logique, votre cycle sommeil/éveil est bouleversé, vous êtes en état de faiblesse, vous vous enrhumez davantage, vous vous sentez fatigué, vous devenez déprimé et vous perdez l'appétit.

Néanmoins, la plupart d'entre nous s'adaptent à ces changements. Nous trouvons de nouveaux régulateurs. Par contre, ceux qui ne s'adaptent pas ont de graves problèmes. Des études sur la privation sensorielle ont été menées sur des individus isolés, tels des explorateurs, des mystiques, des marins et ceux qui sont en proie à une solitude obligatoire, comme des prisonniers enfermés au cachot et des victimes de lavages de cerveau. Ces études ont établi qu'après de longues périodes de solitude, ces individus ont des problèmes de concentration, d'agitation et d'angoisse. Leurs pensées deviennent désordonnées, ils ne mangent pas bien, ils ont des hallucinations, perdent du poids, montrent des troubles du sommeil, et leurs muscles s'affaiblissent. Finalement, ils sombrent dans le désespoir et la dépression.

Désespoir, sentiments de perte et de deuil, dépression – telles sont les émotions qui peuvent nous envahir lorsque nous perdons notre sentiment d'appartenance. Toutes ces émotions sont stockées dans le premier centre émotionnel. Elles représentent les symptômes du chagrin. Nous ressentons les mêmes symptômes lorsque quelqu'un que nous aimons nous quitte ou meurt. Le sentiment de séparation ou de peine est donc provoqué par le fait que notre corps manque d'un véritable nutriment. Je connais une femme, Fran, qui grandit dans une famille terrible, violente et chaotique. Elle quitta un jour son foyer, se maria et créa sa propre famille. Mais, aujourd'hui encore, Fran reconnaît que, chaque fois qu'elle doit quitter son foyer actuel, même pour très peu de temps, elle ressent un profond sentiment de chagrin dans sa poitrine. Lorsqu'elle est loin de chez elle, elle souffre de troubles de l'appétit et du sommeil. Elle ressent ce chagrin au plus profond de ses os. Elle est physiquement privée du sentiment d'appartenance à la famille qu'elle a créée. Ma tante Rose adore nous rendre visite, mais, à l'instant même où le soleil se couche, elle bondit sur ses pieds en disant à mon oncle : « Joe, prépare la voiture, nous devons rentrer à la maison. » Elle doit rejoindre son port d'attache, là où se trouvent ses régulateurs biologiques. On dirait un plongeur qui s'aperçoit, en consultant ses cadrans, qu'il n'a bientôt plus d'oxygène et qu'il doit remonter à la surface. Si tante Rose, comme le plongeur, ne reprend pas pied sur la terre ferme, ses cycles biologiques se dérèglent.

En période de chagrin ou de deuil, nous ne ressentons pas seulement une perte émotionnelle, mais aussi une perte physique. Nos interactions avec cette personne disparaissent, de ce fait, notre corps ne sait plus comment régulariser ses propres fonctions organiques. Notre horloge biologique interne se détraque. Nous perdons le véritable rythme de la vie. Quand nous nous languissons de quelqu'un, nos organes se lamentent eux aussi. Notre température corporelle baisse, nous mourons d'envie d'être touchés, de sentir l'odeur de cette personne et regrettons les moments et les choses que nous partagions ensemble. Nous sommes exactement comme le personnage de la chanson de Dionne Warwick, *I just don't know what to do with myself*. Nous sommes comme la femme qui, ayant perdu son mari, se rend compte qu'elle ne peut plus dormir dans le lit qu'ils partageaient parce que son corps recherche désespérément celui de l'autre et les organes avec lesquels elle était en harmonie. Maintenant, son corps est seul. Il est perdu et devient vulnérable.

Voici un exemple de la façon dont le réseau corps-esprit nous envoie des messages intuitifs.

La lecture : Lucy Graham, quarante-cinq ans, m'appela un jour depuis les Indes, réclamant une lecture immédiate. Il s'agissait d'une urgence, dit-elle. Je me demandai quel genre de problème pouvait nécessiter une telle urgence. L'examinant intuitivement, je m'aperçus immédiatement de deux choses : elle était financièrement à l'aise et disposait d'une bonne fortune familiale, mais elle était emplie de tristesse et de peine au sujet d'une ou de plusieurs relations perdues. Je ne pus distinguer le moindre passé la concernant. Je la vis flottant dans l'espace, sans aucune attache ni racine. Elle était semblable à un satellite déconnecté du vaisseau amiral, sans aucun endroit où se poser. J'eus l'impression d'avoir affaire à une orpheline. Elle se sentait comme une brebis échappée de son parc.

Je vis, dans son corps, un rythme cardiaque lent, un certain manque de souffle et des articulations ankylosées. Je me demandai si elle souffrait d'un désordre auto-immunitaire. Je perçus aussi des problèmes d'angoisse et de dépression.

Les faits : Je lui demandai la raison pour laquelle elle se trouvait en Inde, et elle me répondit qu'elle avait quitté les États-Unis et sa famille quinze ans auparavant afin d'étudier la méditation transcendantale avec un gourou, à New Delhi. Elle vivait là-bas depuis. N'ayant aucun souci financier, elle ne travaillait pas et ne parlait même pas la langue locale. En d'autres termes, elle avait très peu de contacts humains et aucune relation suivie avec d'autres personnes.

Lucy me confirma qu'elle souffrait de dépression, de fatigue chronique et de fibromyalgie, une maladie des articulations associée à un dysfonctionnement immunitaire.

Lucy représentait le cas typique d'une personne souffrant d'une perte de régulateurs métaboliques. Elle avait perdu le lien nourricier avec sa famille et même avec son pays. Elle était semblable à un plongeur qui s'aperçoit être à court d'oxygène. L'isolement dans un pays étranger où elle ne pouvait même pas communiquer avec les autres l'avait plongée dans l'affliction et rendue nostalgique de son foyer. Elle recherchait désespérément les contacts humains qui lui auraient permis de parler sa propre langue, de manger la nourriture de son pays, de porter les vêtements auxquels elle était habituée, de partager les coutumes au sein desquelles elle avait été élevée... et qui auraient rétabli ses rythmes biologiques naturels (notez bien le rythme cardiaque lent et le souffle court). Elle était séparée de sa famille et n'en avait pas créé d'autre pour la soutenir. Les souvenirs de cette perte étaient stockés dans ses os, dans ses articulations et dans son système immunitaire. Ils étaient partie intégrante de son système intuitif, qui lui répétait de différentes façons qu'elle n'appartenait pas au cadre dans lequel elle vivait. Après avoir ignoré ses souvenirs pendant un certain temps, les signaux intuitifs se firent plus forts, et elle développa une dégénérescence articulaire. La voie qu'elle avait choisie et suivie durant les quinze dernières années n'était plus celle qui lui convenait. Son système intuitif situé dans le premier centre émotionnel et les organes qui en dépendent lui faisaient savoir qu'il fallait qu'elle parte. D'une certaine façon, elle avait été à l'écoute de son intuition, car son appel au secours était un moyen d'établir un contact avec la mère patrie et sa terre nourricière. Et cet appel était aussi désespéré que celui d'un bébé pleurant pour sa tétée.

Lucy fut tout à fait désorientée par ma lecture. À la fin de notre conversation téléphonique, elle me déclara qu'elle allait participer à une retraite de méditation au cours du prochain mois et qu'elle méditerait pour savoir si elle retournerait ou non dans son pays.

L'expérience de Lucy vous rappelle-t-elle une situation dans laquelle vous vous trouvez présentement ? Une situation au cours de laquelle vous auriez perdu tout contact avec vos racines ? Êtes-vous isolé de votre famille d'origine, ou, au contraire, avez-vous créé un autre groupe familial qui vous a aidé à trouver votre identité et à déterminer vos buts dans la vie ? Si votre corps souffre d'isolement, il peut vous le faire comprendre en créant en vous fatigue, dépression et problèmes immunitaires. Si vous vous êtes séparé de votre ancien équipage, vous devez en recruter un autre avec lequel vous vous sentirez en sécurité, comme lorsque vous atteignez un havre de paix.

Si vous avez récemment perdu un être cher, ou si des changements importants sont survenus dans votre travail, dans votre église, ou même dans votre club de bridge, vous devez prendre des précautions exceptionnelles pour votre santé physique. Vous devez suivre le bon régime alimentaire et entamer un programme d'exercices physiques adéquat. Vous devez aussi créer de nouveaux liens sociaux et d'autres amitiés afin de rétablir votre sentiment d'appartenance.

Perte et santé

La dépression est une modification biologique qui survient lorsque nous sommes séparés de l'objet de notre amour, de notre soutien affectif ou d'une appartenance sociale nous permettant d'harmoniser notre corps. Cette appartenance commence dans l'utérus et se poursuit lorsqu'une maman tient son bébé dans ses bras. Mais que se passe-t-il lorsque le bébé est arraché des bras de sa maman et perd ce contact physique ? Les scientifiques savent aujourd'hui que cela est tellement essentiel au bien-être des bébés que, si vous ne les touchez pas, ils peuvent maigrir et, éventuellement, mourir. Voilà pourquoi l'on trouve dans les hôpitaux des bénévoles qui, plusieurs heures par jour, tiennent dans leurs bras les bébés abandonnés ou en couveuse. Le contact physique et les caresses sont très importants pour le bébé, car ils permettent la sécrétion de norepinephrine et de dopamine, deux substances chimiques supposées stimuler la croissance de l'enfant.

Si vous êtes séparé trop précocement de votre famille, cette perte peut avoir des conséquences physiques et émotionnelles tout au long de votre existence. Les scientifiques ont émis l'hypothèse selon laquelle l'isolement, c'est-à-dire le fait de ne plus faire partie d'une famille, est imprimé dans la mémoire d'une personne durant sa prime enfance et la prédispose au cancer. La solitude et le manque de relations chaleureuses développent un sentiment de désespoir et d'impuissance. Si une personne est incapable d'assumer son sentiment de solitude, cette situation se prolongera toute sa vie. Et le désespoir finit par rendre l'individu vulnérable au cancer.

Avec cette théorie présente à l'esprit, les chercheurs ont étudié les effets du sevrage prématuré chez les rats. La période d'allaitement pour les jeunes rats est de vingt et un jours. Mais, au bout de quinze jours, des chercheurs ont enlevé à leur mère de jeunes rats sélectionnés, laissant le reste de la portée se faire allaiter normalement.

Quarante-cinq jours plus tard, lorsque les rats furent complètement développés, les chercheurs leur injectèrent à tous des cellules cancéreuses. Devinez quoi ? Les rats qui avaient été sevrés et séparés de leur mère prématurément furent davantage frappés par le cancer que leurs heureux frères et sœurs à qui l'on avait permis de passer le temps approprié auprès de leur maman. La conclusion des chercheurs ? Le sevrage prématuré provoque une plus grande susceptibilité à la maladie. J'appelle ceci le syndrome de Bambi.

LE SYNDROME DE BAMBI
UN CAS DE LUPUS

La lecture : Vanessa me rappelait Bambi. Quand je lui fis sa lecture, je vis un petit faon orphelin contemplant le monde avec de grands yeux soulignés par d'immenses cils et pleins de naïveté et de vulnérabilité. Elle était restée figée à l'âge de l'innocence et souffrait d'un intense sentiment d'insécurité. Elle était très sensible à la douleur et au chagrin des autres.

Je constatai que son passé était parsemé de deuils. L'une après l'autre, les personnes revêtant une importance à ses yeux avaient disparu. Son premier centre émotionnel était en émoi. Je vis qu'une personne dans sa famille lui posait encore des problèmes et lui causait de la peine. Cette personne était avare et égocentrique, ne faisait que ce qu'elle voulait et ne se préoccupait pas du mal qu'elle pouvait provoquer dans son entourage. Elle était semblable à un sac rempli de douleur et de colère que Vanessa essayait, sans grand succès, d'absorber et d'éliminer.

Vanessa avait des problèmes de concentration, de mémoire, de tristesse, de mélancolie et de dépression. Je remarquai aussi que son acuité visuelle diminuait. De même, souffrait-elle de fatigue. Je m'aperçus qu'elle était physiquement et émotionnellement vulnérable à tout ce qui était dangereux dans le monde. Elle ne savait pas à quoi se fier. Comme elle était perméable à la fureur, à la colère et aux émotions des gens, elle l'était aussi aux virus et contractait régulièrement infections et rhumes.

Les faits : Vanessa avait perdu son père à l'âge de quatre ans, et sa mère, à six ans. Bon nombre de ses autres parents disparurent aussi. La seule personne qui lui restait était un frère alcoolique, dépressif et fréquemment suicidaire. Ce frère était rempli de colère et de fureur, et enclin à de violents éclats. Vanessa était profondément affectée par ces crises de rage et avait tendance à en assumer la responsabilité. Cependant, elle s'accrochait à son frère, la seule famille qui lui restait, comme à un garde-fou. Elle était comme celui qui se jette à l'eau pour échapper aux flammes du bateau sur lequel il se trouvait et qui se cramponne à un requin parce qu'il représente son unique chance de continuer à flotter. Nécessité fait loi, comme le dit le proverbe.

Ses nombreux deuils et le sentiment de désespoir qui en avait résulté avaient profondément atteint son système immunitaire. Sa vulnérabilité émotionnelle se transforma en vulnérabilité physique. Elle avait développé le lupus, un désordre sanguin où le système immunitaire fabrique des anticorps qui attaquent les cellules du corps humain, spécialement celles des articulations. Elle était aussi très encline aux infections à cause de ses problèmes sanguins et immunitaires. À ses yeux, le monde entier ne représentait qu'une menace. Elle ne pouvait fuir ses sentiments ni ceux des autres. Il lui était difficile de voir la colère et la fureur chez les gens en qui elle souhaitait avoir confiance. Elle se refusait à voir que la personne la plus proche d'elle, le seul membre de sa famille qui lui restait, n'était pas digne de confiance. Malheureusement, elle avait perdu la vue et souffrait de dépression et de douleurs chroniques.

Le cas de Vanessa était difficile du fait qu'elle était totalement seule au monde et que son frère constituait son lien d'appartenance unique. Cependant, son influence sur elle semblait si corrosive qu'il aurait mieux valu qu'elle se sépare de lui et qu'elle essaye de créer un cadre de vie avec d'autres personnes, une nouvelle famille qui la soutienne et à laquelle elle pourrait s'attacher. Vanessa avait souffert d'un sevrage prématuré lorsque ses parents moururent au cours de sa prime enfance. Les souvenirs traumatisants de ces événements s'étaient imprimés fortement en elle et avaient provoqué une vulnérabilité excessive dans son sang et dans son système immunitaire, organes du premier centre émotionnel, et une vulnérabilité émotionnelle tout autant excessive aux humeurs et aux colères des autres. Ses rhumes répétés et ses problèmes immunitaires représentaient le signal d'alarme de son réseau intuitif, qui l'informait que quelque chose qui la touchait de près n'était pas digne de confiance et lui était néfaste. Cependant, Vanessa refusait d'en tenir compte. En réalité, il lui était trop douloureux d'admettre que le seul membre de la famille qui lui restait ne représentait strictement rien pour elle.

Avoir un parent intoxiqué représente une situation difficile à assumer pour n'importe qui. Si vous vous trouvez dans une telle situation, posez-vous cette question : « Quelles conséquences, bonnes ou mauvaises, représente l'existence de cette personne dans ma vie ? » Puis, prenez une feuille de papier et divisez-la en deux colonnes. Notez toutes les implications que sous-entend le fait de connaître cette personne. Placez les aspects positifs dans la colonne de droite et les aspects négatifs dans celle de gauche. Si les « – » l'emportent sur les « + », cela signifie que le coût que représente cette personne dans votre vie est trop élevé et que l'incidence sur votre santé sera peut-être trop importante. Dans ce cas, vous devez vous séparer d'elle. Avant d'entamer cette « relation-ectomie », sollicitez l'aide émotionnelle d'un prêtre, d'un psychologue, d'un conseiller, d'un ami ou d'un parent afin de vous permettre de surmonter cette épreuve.

Le sevrage prématuré représente une perte et un deuil – une séparation précoce d'avec la mère, la première personne à procurer un sentiment d'appartenance et un soutien familial. Quand notre mère nous allaite, elle nous transmet, par l'intermédiaire de son lait, des molécules immunisées qui nous protégeront des bactéries et des virus. Grâce à cet apport physiologique, elle augmente notre sécurité dans le monde extérieur grâce à de petites molécules qui se déplacent dans notre sang et veulent dire : « Je suis en sécurité, tu es en sécurité, nous sommes en sécurité. »

Notre mère creuse ainsi les fondations nécessaires pour un premier centre émotionnel harmonieux. Même si une maman n'allaite pas son enfant, elle lui transmet néanmoins cette sensation de bien-être grâce à son interaction avec lui, en l'étreignant, en le touchant (ce qui provoque une sécrétion d'hormones de croissance), en gazouillant et en jouant avec lui. Faute de recevoir suffisamment d'attentions de ce genre, vous ne développez pas votre sentiment d'appartenance, et cela affecte votre organisme.

Grâce à votre mère et à votre famille, vous apprenez les leçons de la vie de la même façon que vous apprenez à pédaler sur un tandem. La personne qui est devant, c'est-à-dire votre mère, dirige, et vous, assis à l'arrière, pédalez. En compagnie de votre mère, vous apprenez à pédaler. Puis, vous allez seul sur votre propre bicyclette. Si vous n'apprenez pas à le faire, vous aurez quelques difficultés dans ce domaine. Vous serez confronté à l'insécurité, vous serez effrayé de partir à bicyclette, vous aurez peur de tomber et de vous faire mal, vous ne saurez pas à quelle vitesse rouler, vous dépendrez des autres et vous souhaiterez à nouveau être à deux sur un tandem. Ou, au contraire, vous deviendrez trop indépendant. Vous direz aux autres : « Je n'ai pas besoin de vous, je peux me débrouiller tout seul. » Vous aurez alors des problèmes reliés à votre premier centre émotionnel. Vanessa dut, prématurément, se débrouiller par elle-même dans la vie et apprendre à pédaler toute seule. Elle ne s'est jamais complètement sentie en confiance sur sa bicyclette et fut ainsi prédisposée à recevoir des chocs émotionnels et physiques sur la route de la vie. Elle devint vulnérable aux maladies, spécialement aux rhumes et à la grippe.

Malheureusement, beaucoup de gens souffrent de sevrage prématuré symbolique : pour une raison ou une autre, ils n'ont aucun sentiment de sécurité ou d'appartenance. Peut-être ont-ils véritablement perdu un parent, que ce soit en raison d'un décès ou d'un divorce, ou bien l'ambiance de leur famille crée-t-elle les mêmes effets qu'une séparation ou un deuil. Que se passe-t-il alors ?

Des études ont établi que lorsque vous séparez prématurément une mère de son enfant, celui-ci traverse deux phases distinctes : la protestation et le désespoir. Au cours de la phase de protestation, l'enfant ne réalise pas que sa maman est partie. Il la cherche partout. Il regarde partout où il le peut, cherchant à renouer le lien perdu. J'ai eu l'occasion de voir une émission télévisée sur ce sujet. Elle se rapprochait du livre pour enfant *Es-tu ma maman ?* dans lequel un oisillon tombe de son nid et pose la même question à chaque rencontre qu'il fait : « Es-tu ma maman ? », qu'il s'agisse d'une vache ou d'un bulldozer. Dans l'émission télévisée, un bébé hérisson est séparé de sa maman et du reste de la portée. Nous le voyons errer pendant des heures dans le désert, cherchant sa maman dans les endroits les plus insolites. Il s'approche d'une antilope, qui l'observe froidement et s'éloigne en bondissant. Il s'approche d'un zèbre, qui l'ignore totalement. Il vient tout près d'un porc-épic, qui se met en boule et le pique. Cette production me plut énormément. J'ai toujours eu des problèmes rattachés à mon premier centre émotionnel et ne possède pas un sentiment d'appartenance très prononcé. Je dus m'identifier quelque peu avec ce petit porc-épic car, cette nuit-là, je rêvai que j'essayais d'entrer en contact avec un porc-épic ! ! ! Dans l'émission, le hérisson s'enfuit devant la réaction du porc-épic et se cache dans un trou. Il venait ainsi de pénétrer dans la phase du désespoir.

Voyez le parallèle entre ces deux types de dépression. Vous entrez dans la phase de protestation : ceci ne peut pas m'arriver, tu ne peux pas m'avoir abandonné. Puis, vous pénétrez dans la phase de désespoir et, finalement, vous souffrez de dépression lorsque vous souhaitez vous cacher dans un trou. Fondamentalement, ce qui arrive lorsqu'un enfant perd sa mère est exactement ce qui se produit lorsque quelqu'un vous abandonne. Tout au long de notre vie, chaque fois que nous sommes confrontés à une perte ou à un chagrin, nous recréons émotionnellement et biologiquement la rupture du lien que nous possédions durant l'enfance.

De nombreuses études ont examiné les effets de la tendresse des parents sur un enfant et l'importance de l'âge du père au moment de la naissance de ce dernier. Moins les parents sont affectueux et plus âgé est le père, plus grands sont les risques de complications physiques et mentales pour l'enfant. En effet, ces études ont mis en évidence le fait que ces deux facteurs prédisposaient à la mort prématurée, au suicide, aux maladies mentales, à l'hypertension, aux crises cardiaques et aux tumeurs.

Il s'agit là de mauvaises nouvelles pour les pères de soixante-dix ans, mais cette information ne peut être passée sous silence. Savoir qu'on peut compter sur certaines choses stables et permanentes dans la vie est une information capitale pour le développement du sentiment de sécurité chez l'enfant. C'est comme lorsque l'on joue avec un bébé. Quand vous cachez votre visage derrière vos mains, le bébé s'inquiète. Ne vous voyant plus, il croit que – poof ! – vous avez véritablement disparu. L'enfant est ravi lorsqu'il vous voit réapparaître, parce que vous le rassurez en lui montrant que vous êtes toujours présent avec lui. Il a appris une importante leçon concernant sa sécurité et la confiance qu'il peut vous accorder. Au fur et à mesure que l'enfant grandit, il vérifie sans cesse cette leçon, de diverses autres manières. Une scène du film *Phenomenon* montre le personnage interprété par John Travolta venant d'apprendre qu'il a une tumeur au cerveau et qu'il va mourir. Il réunit les deux enfants de son amie pour leur transmettre l'inévitable vérité. Les enfants sont en colère et effrayés parce qu'il va devoir les quitter. Travolta est en train de manger une pomme. Comme les enfants l'agressent avec colère, il leur tend la pomme. « Croquez un morceau de cette pomme, leur dit-il. C'est ma pomme, je l'ai fait pousser. En mangeant un morceau, vous saurez que je serai toujours vivant en vous. » Après sa mort, les enfants sont réconfortés en comprenant qu'il sera toujours symboliquement présent en eux, dans leurs cellules, leur sang et leurs os.

Si vous n'avez pas l'occasion de parler de la pomme et si, comme les rats sevrés prématurément, vos premiers liens affectifs sont affaiblis ou rompus, cette perte sera enregistrée dans la mémoire de votre sang et de vos os. Vous apprenez ainsi que la sécurité n'est pas de ce monde, que vous ne pouvez faire confiance à personne, et vous prenez conscience que vous ignorez comment vous aider vous-même. Vous avez appris ce qu'étaient l'impuissance et le désespoir, et cette leçon affectera votre santé.

Au cours de notre vie, longtemps après avoir quitté notre foyer originel, nous continuons à créer des familles dans notre quête vitale d'un sentiment d'appartenance. Celles-ci ne sont pas uniquement biologiques. Nous créons des groupes sociaux qui agissent comme des familles afin de nous aider, de nous rassurer et d'augmenter notre sentiment de sécurité par rapport au monde extérieur. La prise de conscience intuitive que les relations avec les autres sont vitales nous incite à agir ainsi. Si nous ne recevons pas suffisamment d'aide, notre corps élève la voix. En fait, plus notre famille est importante, mieux nous nous portons. De même qu'il n'est pas bon de rester complètement isolé, il n'est pas sain de dépendre d'un cercle trop restreint d'amis ou de parents.

De l'avis des scientifiques, le soutien que nous apportent les divers réseaux sociaux auxquels nous pouvons appartenir joue un rôle important dans la capacité qu'offrent nos cellules sanguines à résister aux infections. Les globules rouges peuvent nous protéger contre de nombreux risques de santé, tels un poids insuffisant à la naissance, l'arthrite, la tuberculose, la dépression et même la mort. Et l'interaction sociale diminue le besoin de médicaments des gens et accélère leur convalescence. Une étude fut menée auprès de patients sur le point de subir une intervention chirurgicale. Ils furent répartis en deux groupes, l'un ayant reçu des soins spéciaux et l'autre, pas. On demanda aux anesthésistes de parler avec les patients du premier groupe, de les soutenir moralement, de les encourager et de les rassurer. On leur demanda ensuite de ne rien faire de semblable avec les membres de l'autre groupe. Les patients qui bénéficièrent de soins spéciaux eurent moins besoin de calmants après leur intervention chirurgicale et furent libérés environ 2,7 jours plus tôt que les patients qui ne reçurent aucun soin particulier. Comme je l'ai déjà affirmé, j'ai quelques petits problèmes avec mon premier centre émotionnel. Lors de mes interventions chirurgicales, j'ai toujours eu un ami près de moi pour me soutenir. Je sais que ce soutien aide à éviter les infections postopératoires.

Être soutenus par un groupe a une heureuse influence sur notre système immunitaire. Par contre, si vous ne vous sentez pas en sécurité, si vous n'éprouvez aucun sentiment d'appartenance, si vous vous sentez impuissant devant les difficultés que vous éprouvez, cette impuissance est enregistrée dans votre corps. Par l'intermédiaire de votre intuition, vos globules blancs vous disent : « Je ne suis pas en sécurité. Je suis vulnérable. » Et les infections s'installeront.

Ce fait a été parfaitement mis en valeur par une récente étude. Des chercheurs ont demandé à deux cent soixante-seize volontaires d'établir la liste de leurs contacts sociaux, c'est-à-dire des personnes qu'ils avaient vues ou auxquelles ils avaient parlé pendant une période déterminée de deux semaines. On leur demanda également de spécifier les catégories auxquelles ces personnes appartenaient : époux, enfants, autres parents, voisins, amis, collègues, et ainsi de suite. Puis, on leur inocula les virus du rhume. Les résultats ? Ceux qui avaient moins de trois différents types de relations furent plus souvent et plus gravement frappés que les autres. Ceux qui avaient plus de six relations différentes furent les plus épargnés et, lorsqu'ils attrapèrent un rhume, furent les moins gravement touchés.

Ce n'est pas ce à quoi vous vous attendiez, n'est-ce pas ? Vous avez dû penser qu'avoir de nombreux amis et plusieurs relations vous exposait davantage aux microbes et donc, aux rhumes. Mais, apparemment, la théorie microbienne n'offre pas de réponse satisfaisante à la question de savoir pourquoi nous attrapons des rhumes et des infections. En réalité, les gens qui ont le moins d'amis (qui sont donc en contact avec moins de microbes) sont les plus susceptibles d'attraper des rhumes. Ceci peut peut-être s'expliquer par le fait qu'ils sont, la plupart du temps, stressés d'être seuls et qu'ils ne se sentent pas en sécurité dans notre société. Une absence de sentiment d'appartenance crée le stress. Ce stress incite les glandes surrénales à sécréter de la norepinephrine et à supprimer le système immunitaire du premier centre émotionnel.

Le fait d'avoir plus d'amis peut-il permettre à votre sang de combattre plus efficacement les infections ? Et n'avoir que peu d'amis vous rend-il vraiment vulnérable ? La réponse est oui. N'avoir qu'une seule et unique source de soutien, comme certains couples qui ne vivent que l'un pour l'autre, n'est pas bon pour le sang et les os. Mener une vie socialement active avec un large éventail d'amis est un mode de vie émotionnellement imprimé dans chacun des organes de notre premier centre émotionnel. Au contraire, l'isolement mène au sentiment d'insécurité, et notre sang, notre système immunitaire et nos os nous le feront savoir.

Vous connaissez probablement certaines femmes qui, sitôt mariées, abandonnèrent leur travail afin de s'investir totalement dans la vie de leur mari. En plus, elles négligèrent aussi leurs amies, de sorte que leur mari dut jouer non seulement le rôle de compagnon, mais aussi de meilleur ami, d'employeur, etc. J'appelle cela le syndrome de « tous-ses-œufs-dans-le-même-panier ». Cette situation est mauvaise pour la santé de la personne en question. Les gens disposant d'un vaste réseau d'amitiés vivent plus longtemps que les personnes n'ayant que peu de relations. Enfin, le fait d'avoir peu d'amis présente un plus grand risque pour notre santé que la cigarette, l'obésité et d'autres facteurs.

La lecture : Marc était un homme de trente-deux ans que je perçus aussitôt comme un célibataire, mince, extrêmement méticuleux et séduisant. En fait, je le perçus semblable à un dieu grec aux traits burinés. Il me fit penser au *David* de Michel-Ange. Immédiatement, je l'entrevis comme un homosexuel, bien que je n'en fusse pas certaine sur le moment. Je ne souhaitai pas tomber dans le stéréotype auquel Jerry Seinfeld fait allusion lorsqu'il rapporte que les gens le croient toujours homosexuel parce qu'il est célibataire, mince, séduisant et propre. Je pressentis aussi que Marc était engagé dans une relation déséquilibrée avec un partenaire beaucoup plus âgé qui dominait largement leur relation. Je le vis travailler et vivre dans une famille ou un groupe au sein duquel il était peu considéré. Il m'apparut cependant que toutes ses relations, cependant, étaient sur le point de se terminer.

Je remarquai que la fin de sa relation et son manque d'intégration dans cette famille ou ce groupe allaient l'affecter biologiquement. Je perçus, dans son organisme, les modifications prochaines de son système immunitaire. À part cela, je ne lus aucun autre problème physique réel ni aucune maladie.

Les faits : Marc me déclara être très soucieux à propos de son système immunitaire. En réalité, il était engagé depuis longtemps dans une relation homosexuelle avec un homme de trente-cinq ans son aîné qui était également le dirigeant d'un important et influent cabinet-conseil. Marc était employé dans la firme de son amant, mais occupait un poste subalterne. Il avait très peu de contacts avec les autres membres de la société, laquelle dépendait d'une communauté spirituelle. Ce déséquilibre d'influence dans leur relation était, de ce fait, déterminé à la fois par l'âge du partenaire et sa position professionnelle très forte. L'amant était le général, Marc était le soldat. Plus important encore, cette relation touchait à sa fin, car le partenaire de Marc se mourait du cancer.

Marc fit face à toute une série de problèmes ayant trait à son couple, avec l'opposition indépendance/dépendance et celle de l'individualisme/appartenance. Il était attaché à cet homme par différents liens : l'amour, la situation professionnelle, le rôle du père et du meilleur ami. Avec la mort de son ami, Marc allait perdre tous les œufs qu'il avait mis dans un même panier. Il était sur le point de perdre sa famille – celle représentée par sa liaison, par la communauté spirituelle à laquelle il était rattaché jusqu'à présent et par son entreprise. De ce fait, son statut professionnel serait encore inférieur.

En réalité, Marc avait toujours eu des problèmes familiaux. Sa mère ne lui avait inculqué aucune confiance en lui et son père avait été froid et distant avec lui. Ses relations avec des hommes plus âgés représentaient un effort permanent en vue de gagner l'affection de son père. En perdant son amant, Marc perdrait aussi l'élément moteur de son existence. Et il le savait intuitivement. Il avait conscience de traverser une situation précaire avant même de m'avoir téléphoné. Sa vie était semblable à une maison sur pilotis au bord de l'océan. Une énorme vague provoquée par une tempête pouvait anéantir en un instant tout son réseau social. Ce sentiment d'insécurité était stocké dans son premier centre émotionnel et affectait les organes associés à ce centre : son sang et son système immunitaire. Bien qu'il ne fût pas malade et que son partenaire ne fût pas atteint du sida, il était inquiet au sujet de son système immunitaire. Son intuition l'informait que sa santé pourrait connaître certains problèmes s'il ne changeait pas sa situation présente. Et c'est exactement ce que j'avais vu au cours de ma lecture.

Marc avait raison d'être soucieux. Il était sur le point de perdre sa famille et d'être totalement déraciné. Des études sur le sida ont démontré que, parmi les malades séropositifs, ceux qui vivaient le plus longtemps étaient ceux qui étaient soutenus par leur famille et qui assumaient sereinement leur état.

Marc avait besoin de suivre son intuition. Il lui fallait retrouver un sentiment de sécurité, bâtir sa vie sur des fondations plus solides. Les pilotis devaient être abandonnés. Ils avaient peut-être été suffisants à l'adolescence, mais, aujourd'hui, Marc était un homme mûr, et il avait besoin d'un sentiment d'appartenance mature et stable. Il était pressant qu'il noue des relations équilibrées, tant sur le plan de l'indépendance/dépendance que sur le plan de l'influence. Il était impérieux pour lui de trouver une nouvelle tribu pouvant le soutenir. Avant d'être déraciné malgré lui et de se dessécher tel un géranium sans pot, il lui fallait d'abord préparer le terrain d'une nouvelle installation où il pourrait planter ses racines et s'épanouir. De plus, il devait comprendre la raison pour laquelle ses relations étaient toujours si déséquilibrées, pourquoi il était sans cesse le partenaire le plus jeune et le plus soumis. Examiner cette question à la lueur de ses souvenirs et de ses expériences passées l'aiderait à adapter son environnement de façon à se sentir mieux dans sa peau. Cela l'aiderait aussi à s'adapter en effectuant en lui les transformations à la base d'un avenir harmonieux.

Au cours de notre conversation, Marc réalisa qu'il avait toujours souhaité exercer la profession de consultant. Sa trop grande implication au sein de sa communauté spirituelle ne lui laissait pas suffisamment de temps à consacrer à cette carrière. Pour franchir le premier pas en direction de son but, il me déclara qu'il allait se procurer la documentation offerte par certaines écoles locales et suivre des cours du soir en vue d'un diplôme. De cette manière, il redeviendrait peu à peu membre d'une autre communauté qui l'aiderait à atteindre ses objectifs. Il s'agissait là d'une bonne résolution, parce que Marc aurait beaucoup trop souffert physiquement et mentalement de l'abandon de sa première communauté sans s'être préparé à se transplanter lui-même dans un autre environnement.

Il n'y a aucun doute : un sentiment d'impuissance et un sentiment de soutien social sont enregistrés dans notre sang et dans nos os. Si notre soutien social disparaît, nos globules blancs et nous-mêmes pouvons alors ressentir le monde comme dangereux. Nous pouvons alors être plus sensibilisés aux infections. À ce moment-là, soit nos os peuvent ressentir la même chose et nos articulations se mettre à enfler, soit d'autres maladies peuvent se déclarer. En fait, les études ont démontré que lorsqu'une personne disposant d'un faible soutien social perd son emploi, le risque de la voir souffrir d'enflures de ses articulations est multiplié par dix. Notre capital génétique et nos sensibilités individuelles détermineront l'endroit où se déclarera une maladie. Si une maladie du genre polyarthrite ou arthrite sévit dans notre famille, nous avons des risques élevés d'avoir des problèmes dans les os. S'il existe des maladies immunitaires dans notre famille, nos problèmes seront probablement d'ordre sanguin.

S'il y a des cas de désordres génétiques dans votre famille, vous devez identifier les membres de la famille qui souffrent de cette maladie et déterminer s'ils sont affligés de certains problèmes émotionnels communs. Distinguez-vous du reste de la famille, ne suivez pas le troupeau. Soyez différent, brisez les schémas émotionnels sociaux et physiques. Singularisez-vous par vos actions, vos relations, votre régime alimentaire, votre entraînement physique, votre carrière et même dans le choix du modèle de votre voiture. Si votre famille aime les Buick, achetez une Volkswagen. Et recherchez le soutien d'un groupe de personnes qui ont su améliorer leur existence.

Dans chacun des sept centres émotionnels, il est essentiel de maintenir un équilibre entre les émotions puissantes et les émotions plus faibles. Un excès de puissance ou de vulnérabilité peut ouvrir la voie à des maladies organiques associées au centre émotionnel correspondant. Un déséquilibre dans le premier centre émotionnel peut provoquer des maladies du sang, du système immunitaire, des os et des articulations.

À l'âge de quatre ans, j'étais impatiente d'aller à l'école. Chaque matin, dès que je fus en âge de suivre les cours à l'élémentaire, je me précipitais vers l'école telle une fusée, franchissant à toute vitesse le kilomètre et demi qui m'en séparait. Au moment où la cloche sonnait, j'étais déjà assise à ma place.

J'avais trop de puissance et pas assez de vulnérabilité. Je possédais toute la puissance du premier centre émotionnel : l'indépendance, la débrouillardise, le sentiment de sécurité envers le monde. Je n'ai jamais su comment m'arrêter, attendre et laisser les choses venir à moi. Je représentais le cas type de la « fonceuse ». D'habitude, les patients qui consultent régulièrement leur médecin souffrent d'un excès de vulnérabilité au niveau du premier centre émotionnel, soit de dépendance, d'impuissance, d'un fort sentiment d'appartenance et d'une méfiance vis-à-vis du monde extérieur. Ils sont trop imprégnés par cette attitude de « retrait » caractéristique du premier centre émotionnel et n'ont pas suffisamment de puissance ou de volonté vis-à-vis du monde extérieur. Bien souvent, les médecins ne savent pas comment soigner ces gens-là.

Nos centres émotionnels contiennent tout un éventail d'émotions contrastées, de puissance et de vulnérabilité que nous devons nous efforcer d'équilibrer pour une meilleure santé. Nous avons besoin des deux pour mener une vie heureuse et harmonieuse. Lorsqu'un déséquilibre survient, notre intuition le sait et s'adresse à nous par l'intermédiaire de notre corps et des maladies qu'elle provoque.

Dans le premier centre émotionnel, la puissance, ou yang, limite le développement de notre personnalité en tant qu'individus. Si le sentiment de notre personnalité et de notre force est équilibré dans notre premier centre émotionnel, nous sommes indépendants, débrouillards, intrépides et confiants. Nous nous sentons en sécurité dans le monde. Si, par contre, nous avons un *excès* de puissance, nous avons tendance à nous isoler et à nous sentir seuls dans le monde. Nous sommes enclins à rejeter le soutien ou l'aide d'autrui, nous sommes intrépides jusqu'à l'imprudence et nous faisons trop confiance aux bonnes intentions des autres.

La vulnérabilité de notre premier centre émotionnel influence notre sentiment d'appartenance, même si nous comprenons qu'il existe des limites qui nous séparent des autres. Si notre premier centre émotionnel est doté d'une vulnérabilité harmonieusement équilibrée, nous développons alors un puissant sentiment d'appartenance. Nous acceptons de dépendre des autres si nécessaire, nous acceptons l'aide d'autrui, nous pouvons ressentir la peur et nous n'accordons pas systématiquement notre confiance. Si nous souffrons d'un *excès* de vulnérabilité, nous sommes trop dépendants des autres, désespérés, impuissants, craintifs et méfiants vis-à-vis de tout et de chacun.

Dans le langage des centres émotionnels, « puissance » n'a pas toujours une connotation positive et « vulnérabilité » n'a pas toujours une connotation négative. Indépendance n'est pas « mieux » que dépendance, etc. Parfois, dépendance et impuissance sont importantes, parce qu'il est souhaitable, de temps à autre, de se laisser aider. L'appréhension et la peur sont des émotions vitales à certains moments, parce que la peur peut nous préserver du danger.

L'idéal est un équilibre entre la puissance et la vulnérabilité. Reportez-vous à la table ci-après et déterminez votre quotient puissance/vulnérabilité. Accordez-vous une note de 1 à 5 pour chaque qualité mentionnée. Si vous ne savez trop où vous situer sur cette échelle, demandez-vous s'il vous arrive de faire les déclarations ci-dessous. Ces phrases sont devenues des clichés, mais elles expriment précisément certains de nos sentiments :

- « D'accord, je le ferai moi-même. » (indépendance)
- « Personne ne s'occupe jamais de moi. » (faible sentiment d'appartenance)
- « Personne ne m'aide. » (impuissance)
- « Si je veux que les choses soient bien faites, je dois les faire moi-même. » (autosuffisance)
- « Le monde est dangereux. » (crainte)
- « Je n'ai confiance qu'en moi. » (méfiance)

Si vous vous considérez comme extrêmement indépendant, vous pouvez vous accorder 4,5 pour l'indépendance et 2 pour la dépendance, en tant que capacité à accepter le soutien des autres. Après avoir noté chacune de vos émotions, additionnez les notes de chaque colonne afin de déterminer le total de votre puissance et celui de votre vulnérabilité.

Puissance	Vulnérabilité
Individualisme	Sentiment d'appartenance
Indépendance	Dépendance
Autosuffisance	Impuissance
Intrépidité	Crainte
Confiance	Méfiance

Quel est votre score ? En ce qui me concerne, j'ai eu 23,5 pour la puissance et 2,5 pour la vulnérabilité. Pas très équilibré, n'est-ce pas ? La vérité, c'est que je me sens à l'aise dans le monde, mais que j'ai de la difficulté à établir de nouvelles relations à cause des sentiments de vulnérabilité et de dépendance que cela implique. Mais vous savez maintenant que j'ai beaucoup de problèmes avec mes os et mon système immunitaire. Vous vous en êtes certainement rendu compte depuis longtemps. Félicitations, vous êtes un médecin intuitif !

Que nous soyons puissants ou vulnérables dans nos divers centres émotionnels dépend de deux facteurs. D'abord, il s'agit d'une question de tempérament. Chacun de nous vient au monde doté de certaines qualités spirituelles, une forme de sagesse génétique située dans notre sang. Nous connaissons tous de jeunes enfants qui sont indépendants dès leur naissance. Ils décident eux-mêmes de leur sevrage précoce. « Bon, maman, j'en ai assez », et ils s'en vont. Ils s'impliquent toujours dans les situations qui se présentent et veulent systématiquement tout faire eux-mêmes. « Je vais le faire, je vais le faire », crient-ils, échappant à l'étreinte de maman, saisissant leur poussette et la poussant devant eux. Ils peuvent apparemment couper toute relation très facilement. Et puis, il y a les bébés accrochés aux jupes de leur mère, comme avec du velcro. Ils veulent continuer à être allaités par leur mère, ils se tiennent timidement en retrait dès qu'ils sont en présence d'autres individus et s'enroulent autour des jambes de leur maman à l'approche de toute personne étrangère.

Nous avons là les deux principaux types de tempéraments bien définis. Le second facteur qui détermine la puissance ou la vulnérabilité est représenté par les souvenirs. Par la suite, votre expérience de la vie, localisée dans le premier centre émotionnel, et la façon dont elle est enregistrée dans votre esprit et dans votre corps influenceront votre équilibre psychologique et votre santé dans les organes dépendant de ce centre. Vous pouvez naître avec un esprit indépendant, mais si vous vivez des expériences traumatisantes dans le premier centre émotionnel, cette qualité peut être réduite, ou exacerbée. Certains seront dotés d'un premier centre émotionnel trop puissant ; d'autres, d'un centre trop faible.

La science a démontré qu'un excès de puissance ou de vulnérabilité ouvre la voie à la maladie. Au cours d'une étude, on s'est penché sur le cas d'hommes qui essayaient d'arrêter de boire. Certains tentèrent d'y arriver sans l'aide de personne ; d'autres participèrent à un programme semblable à celui des Alcooliques anonymes. Le résultat fut frappant. Ceux qui essayèrent de s'en sortir tout seuls furent vingt fois plus sujets aux infections et à la tuberculose. Ces hommes affichaient un excès de puissance. Ils étaient trop indépendants. Au cours de l'étude portant sur les microbes dont nous avons parlé plus tôt, les personnes qui contractèrent des rhumes étaient, elles aussi, trop isolées et ne disposaient pas d'un réseau suffisamment étendu de relations susceptibles de leur fournir un sentiment d'appartenance développé. D'un autre côté, les gens qui évitèrent les rhumes présentèrent un équilibre harmonieux entre l'indépendance et la dépendance. Leur personnalité était assez développée et extravertie pour leur permettre de disposer d'un large éventail d'amis et de contacts sociaux divers qui, en retour, leur fournissaient un sentiment d'appartenance très fort.

Vous rappelez-vous, quand vous alliez à l'école ? Il y avait toujours, dans la cour de récréation, au moins un enfant emmitouflé dans une écharpe ou qui portait un bonnet au beau milieu du mois de septembre. Qui transportait sans cesse avec lui une boîte de mouchoirs de papier. Cet enfant semblait recroquevillé, comme enfermé dans un sac en plastique hermétique. Sa mère l'appelait aussitôt qu'il se mettait à pleuvoir afin qu'il mette ses bottes. Vous pouvez même l'entendre d'ici : « Rentre vite à la maison ! Tu ne peux pas rester comme cela sous la pluie. Tu vas attraper la mort. Tu vois, tu as déjà le nez qui coule ! » Des mères comme celle-ci ont de la difficulté à accepter le développement du caractère de leur enfant et son esprit d'indépendance. Elles peuvent aussi souffrir d'un sentiment d'insécurité. Le message qu'elles adressent à leurs enfants signifie qu'ils ne peuvent vivre tout seuls en sécurité, que le monde est dangereux. Et ce message s'inscrit directement dans le sang des enfants. Leurs globules blancs comprennent que le monde est un endroit dangereux et qu'à la moindre perforation dans leur petit univers de plastique, ce sera la fin ! Ces jeunes souffrent d'un excès de vulnérabilité de leur premier centre émotionnel, et il en résultera, paradoxalement, une diminution de leur immunité vis-à-vis de ces mêmes germes contre lesquels leur sac de plastique était supposé les protéger.

LE SYNDROME DU SAC DE PLASTIQUE HERMÉTIQUE
AGORAPHOBIE MÈRE-FILS

La lecture : Martha, une femme de quarante-huit ans, m'appela, comme prévu, pour sa lecture, mais en m'adressant une requête tout à fait inhabituelle. Elle ne voulait plus de lecture pour elle-même, mais pour son fils. Je lui expliquai que je ne pouvais accéder à sa demande, parce qu'elle avait signé une décharge pour elle-même et non pour une tierce personne. Je fus intriguée, cependant, car sa demande signifiait visiblement qu'un problème existait.

Martha fut d'accord pour continuer sa propre lecture. Lorsque je l'analysai intuitivement, je compris aussitôt que son sentiment d'identité profond s'était jusqu'à ce jour concrétisé dans son rôle de mère. Je vis aussi qu'elle aspirait maintenant à s'éloigner de ce sentiment d'identité et à laisser libre cours à une autre facette de sa personnalité. Cependant, elle était effrayée à l'idée de quitter la sécurité de son identité de mère bien établie et de donner un autre sens à sa vie.

Au même moment, je vis que, dans sa vie, une autre personne était chère à son cœur. Cette personne était un jeune adolescent qui semblait mince et pâle. Je vis ce jeune homme passant beaucoup de temps devant un ordinateur, surfant sur Internet. Sortant très rarement, il n'avait que très peu d'amis. Il était régulièrement malade, souffrant d'infections chroniques. Je m'aperçus aussi qu'il éprouvait de grandes difficultés à se sentir en sécurité dans le monde et que ce sentiment affectait sa santé.

Les faits : Martha me confirma que ce jeune homme était son fils. Elle me confirma aussi qu'il souffrait de fréquentes infections, pneumonies et autres maladies. Cette situation l'obligeait à rester à la maison la plupart du temps. Je compris alors pourquoi elle avait souhaité que je fasse une lecture à son sujet. En fait, il était impossible de faire une lecture sur Martha sans inclure son fils. Ils formaient une famille étroitement liée, comme si le cordon ombilical n'avait jamais été physiologiquement ou émotionnellement coupé. Cette situation représentait un véritable problème. Celui-ci se situait dans le premier centre émotionnel et concernait les sentiments indépendance/dépendance.

Martha souffrait d'agoraphobie, la crainte de quitter son foyer et de sortir dans le monde extérieur. Son fils, de son côté, souffrait d'« agoraphobie immunologique » : il craignait de quitter sa famille, même pour aller à l'école ou pour rencontrer des amis. Les souvenirs de son premier centre émotionnel lui criaient que le monde était dangereux. Cette situation avait préparé la voie à ses problèmes sanguins et immunitaires.

Je déclarai à Martha qu'elle devait pousser son fils hors du nid, aussi pénible que cela puisse être. Plus il resterait à la maison, plus la situation empirerait pour lui, parce qu'il n'apprendrait jamais qu'il peut survivre dans le monde extérieur. Cela l'empêcherait aussi de se détacher de sa mère, et cette situation affecterait sa capacité à entretenir de saines relations avec d'autres personnes.

La réponse de Martha fut étonnante. Elle commença par pleurer au téléphone. « Mais, dit-elle, le monde extérieur *est* dangereux pour lui. Il n'a pas les capacités pour survivre à l'extérieur. » Martha apprenait à son fils que le monde est un endroit stressant, effrayant, et qu'il ne serait nulle part en sécurité sauf à la maison. Elle le rendait impuissant et désespéré. Les souvenirs de *son* premier centre émotionnel à elle avaient été transférés dans *celui* de son fils. Il est même encore plus vraisemblable qu'elle partageait avec lui le même premier centre émotionnel. En conséquence, chaque fois que son enfant quittait la maison ou tentait de s'affirmer vis-à-vis de sa famille, il tombait malade.

Je dis à Martha qu'il était indispensable qu'elle dépasse son rôle de mère et qu'elle trouve un autre moyen de s'affirmer. Même s'il était agréable de se sentir indispensable, d'occuper une situation stable au sein d'une famille à laquelle elle sentait qu'elle appartenait, il n'était plus souhaitable pour sa santé émotionnelle et pour celle de son fils de continuer à adopter ce type de comportement excessif. Si elle aimait ce dernier, elle devait le pousser hors du nid et le laisser voler de ses propres ailes. À l'évidence, son premier centre émotionnel était trop vulnérable. C'est par la façon dont nous nous affirmons par rapport à notre famille et dont nous nous ouvrons au monde extérieur que nous développons notre système immunitaire. En effet, dans ce cas, nous sommes en contact avec d'autres types de bactéries et apprenons à vivre en symbiose avec elles. Le monde extérieur devient plus sûr par le simple fait de notre présence en son sein. Si nous ne nous ouvrons pas au monde extérieur et ne nous débrouillons pas par nous-mêmes – avec le soutien de notre famille –, et si nous ne parvenons pas à créer un équilibre harmonieux entre les sentiments d'indépendance et de dépendance, nous ne pouvons pas développer notre force émotionnelle et nos défenses immunitaires. Et nous pourrions tomber malades.

Les problèmes concernant la sécurité et l'insécurité dans le monde, la confiance et la méfiance, l'indépendance et la dépendance, le désespoir et l'impuissance, l'individualisme et le sentiment d'appartenance ainsi que la perte d'un être cher et son cortège de douleur et de dépression, sont tous stockés dans le premier centre émotionnel. Les gens qui éprouvent des difficultés avec ces émotions ont des problèmes avec les organes de leur premier centre émotionnel, le sang, le système immunitaire, les os et les articulations. Ils ont aussi des taux élevés de corticoïdes, qui sont des immunosuppresseurs. Des études scientifiques ont suggéré que ces personnes sont plus susceptibles que d'autres d'attraper des maladies du sang, du système immunitaire, des os et des articulations. Elles sont aussi plus sujettes à la fatigue chronique, aux rhumes, aux infections, à la dégénérescence articulaire, à la polyarthrite, au lupus, au VIH et à l'ostéoporose.

La lecture : Deborah était une femme de quarante-huit ans que je ressentis comme une optimiste béate. Elle était trop optimiste et voyait toujours le bon côté des choses – mais souvent de façon irréaliste, au point de s'illusionner elle-même. En conséquence, elle ne parvenait ni à identifier ni à éviter certains problèmes de son existence. Elle avait eu une approche très puérile de la vie. Elle faisait trop facilement confiance et, en même temps, elle était terriblement indépendante.

D'un côté, j'observai qu'elle avait un cercle de relations très important qui la soutenait comme une famille. D'un autre, je sentis que sa capacité à entretenir des liens dans son cadre professionnel n'était pas très développée. Je la vis travailler dans un autre groupe au sein duquel elle occupait une position subalterne. Elle se sentait en sécurité chez elle, avec ses amis, mais en danger et même sujette à certaines brimades dans son travail. En fait, je distinguai dans son entourage quelqu'un qui était amer, irritable et méchant avec elle. Cette situation la rendait peureuse et méfiante. Cependant, elle semblait ignorer les attaques dont elle était l'objet et déclarait : « Oh, cette femme est sympa ! »

Je perçus des problèmes liés à l'opposition confiance/méfiance, sécurité/insécurité dans le monde et un sentiment d'appartenance à une famille. Tous ces problèmes affectaient son corps sous la forme de raideurs des articulations et du cou. Ses articulations devenaient de moins en moins souples et sa fatigue s'accroissait. Je la vis coincée et incapable de se sortir de sa situation. Cette inadaptation au monde extérieur affectait même sa capacité à marcher.

Les faits : Deborah avait un groupe d'amis au sein duquel elle se sentait heureuse, aimée et soutenue. Il s'agissait en réalité de ses vingt-quatre animaux de compagnie : chats, chiens, oiseaux et un serpent. Ses autres amis étaient ses collègues de l'université où elle enseignait. Parmi eux, une femme d'environ soixante-dix ans lui voulait du mal. Elle avait organisé une pétition afin de remettre en cause la titularisation de Deborah. Quatre mois plus tard, celle-ci se mit à souffrir de fatigue chronique et de dégénérescence articulaire, une infection qui provoque des ankyloses et réduit la souplesse des articulations.

Deborah représentait l'exemple type de la personne qui ne parvient pas à comprendre ce que les émotions de son premier centre émotionnel lui disent : « Je me sens coincée. Je fais confiance aux personnes qui me veulent du mal. Quelle est ma place dans le monde ? » Par conséquent, ces émotions furent détournées vers les organes dépendant de son premier centre émotionnel. Bien qu'elle ait su dès le départ que ses relations avec sa collègue seraient difficiles, elle avait délibérément choisi de lui faire totalement confiance, sans aucune restriction. Elle avait ignoré son intuition, qui la mettait en garde contre cette femme. Elle avait refusé d'admettre que celle-ci pouvait lui causer des problèmes.

Ce schéma comportemental lui était propre : elle avait agi de la même façon avec son ex-mari, un homme colérique qui l'avait harcelée durant une procédure de divorce longue et chaotique. Du fait de sa maladie, elle devint invalide et ne travailla plus qu'à mi-temps. Elle me déclara qu'elle souffrait de diverses douleurs « tyranniques » qui l'obligeaient à arrêter toute occupation et à s'allonger.

Deborah avait établi le lien intuitif existant entre sa situation et les problèmes avec sa collègue. Toutefois, se placer en retrait n'était pas la meilleure façon d'affronter cette situation. Elle pensait avoir gagné du fait qu'elle percevait une pension d'invalidité, mais je lui dis qu'il s'agissait là du contraire de ce dont elle avait besoin. Elle devait revenir sur le terrain et récupérer sa puissance au sein de sa famille universitaire – c'est-à-dire récupérer son âme, si je puis m'exprimer ainsi. Elle avait aussi besoin de s'adapter en prenant conscience que son approche puérile de la vie consistant à faire confiance à tout le monde, même lorsque son intuition lui conseillait la prudence, que son refus de voir arriver le train jusqu'à ce qu'il l'ait écrasée, la plaçait systématiquement dans le rôle de la victime et affectait son sentiment de sécurité dans le monde. En fait, elle était effrayée de recommencer à travailler à plein temps à cause de ce fameux sentiment d'insécurité. Mais je lui fis comprendre qu'elle ne pouvait pas continuer à se cacher ainsi derrière sa maladie. Elle devait retourner à l'université et résoudre ce conflit avant de pouvoir retrouver une vie plus agréable et plus équilibrée.

RÉAGIR ET S'ADAPTER/TRANSFORMATION ET ADAPTATION

Nous pouvons nous réconcilier avec les souvenirs emmagasinés dans notre premier centre émotionnel, avec les schémas émotionnels et les déséquilibres qui peuvent ouvrir la voie à des maladies de notre sang, de notre système immunitaire, de nos os et de nos articulations, afin de nous maintenir en bonne santé. Si nous restons à l'écoute de notre intuition, les émotions et les maladies de notre premier centre peuvent être guéries. Nous pouvons utiliser nos capacités à transformer notre environnement et à nous adapter afin d'apporter les changements qui nous rendront plus heureux et plus sains.

Lorsque nous décidons de réagir, nous modifions notre environnement immédiat afin de nous sentir sereins et en bonne santé. Nous pouvons aussi réagir en élargissant notre réseau de relations sociales, en nous créant de nouveaux amis, une famille, des collègues, afin d'équilibrer nos sentiments d'indépendance et de dépendance. Ceci nous procure des sentiments d'appartenance et de sécurité plus développés. Nous pouvons aussi provoquer des changements en nous *adaptant* – c'est-à-dire en apportant des changements en nous-mêmes afin de pouvoir mieux nous adapter à notre environnement. Nous pouvons nous livrer à une introspection de façon à modifier les qualités qui sont en nous et être ainsi capables d'affronter le stress et les agressions du monde extérieur. Nous pouvons apprendre à distinguer les personnes dignes de confiance de celles dont nous devons nous méfier. Nous pouvons nous familiariser avec les méthodes efficaces nous permettant de nous adapter au monde et d'éviter ainsi désespoir et impuissance. Nous devons reconnaître et accepter nos chagrins, nos tristesses, nos pertes, puis réagir de telle sorte que ces sentiments ne se transforment pas en dépression.

Dans le cadre de certaines études, on s'est penché sur le concept de la force de caractère. Quels genres de personnalités sont les plus à même d'affronter le stress et les changements survenant dans la vie ? Les chercheurs comparèrent deux groupes de cadres dirigeants : ils étaient tous fortement stressés, mais l'un des groupes présentait de nombreuses traces de maladies alors que l'autre n'en montrait aucune. Les scientifiques constatèrent que les individus fortement stressés, mais ne souffrant d'aucune maladie, étaient des personnes dotées d'une grande force de caractère et qui adoptaient une attitude ferme vis-à-vis du monde extérieur. Ces gens essayaient de comprendre la signification des événements qui surgissaient et restaient convaincus de pouvoir dominer chaque situation qui se présentait. De l'autre côté, les cadres qui tombaient malades se sentaient impuissants. Ils adoptaient une attitude négative et pensaient avoir peu ou pas de contrôle sur ce qui leur arrivait. Ils se considéraient comme les jouets de forces extérieures.

Les gens en bonne santé acceptent les changements et les considèrent comme des défis et des occasions de s'améliorer. Lorsqu'ils sont confrontés au stress, il peut leur arriver de se sentir désespérés et impuissants pendant un certain temps, mais ils se relèvent rapidement et réagissent. En examinant les victimes d'événements graves, comme les survivants des camps de concentration ou d'autres désastres, les chercheurs ont remarqué que les plus courageux furent ceux qui s'en sortirent le mieux et qui bénéficièrent du meilleur équilibre émotionnel. Leur condition de victimes ne les détruisit pas complètement. Ils purent récupérer. De plus, leur cœur ne s'est pas durci et a su affronter le chagrin et la douleur de leur situation.

Le secret, c'est l'équilibre. Il n'est pas souhaitable que vous fassiez preuve de trop de force de caractère. Vous devez pleinement exprimer et évacuer la douleur et le stress provoqués par un événement. Si vous n'agissez pas ainsi, vos organes et vos cellules, ces messagers de votre réseau intuitif, vous avertiront, par des symptômes dans votre sang, dans votre système immunitaire, dans vos os et dans vos articulations, que des problèmes restent irrésolus dans votre premier centre émotionnel. Mais vous devez aussi vous souvenir qu'être trop vulnérable affaiblira votre système immunitaire.

Le stress provoqué par un événement n'aura d'autre effet sur vous que celui provoqué par la façon dont *vous percevez* cet événement. Notre personnalité est façonnée, depuis notre plus jeune âge, par notre famille et nos expériences. Mais notre personnalité n'est pas définie une fois pour toutes. Nous sommes en perpétuelles transformations ; nous nous adaptons. Grâce aux changements toujours possibles, nous pouvons améliorer notre vie.

CHAPITRE 7

LES ORGANES SEXUELS ET LA PARTIE INFÉRIEURE DU DOS : RELATIONS ET MOTIVATION

Comme les oisillons qui s'élancent hors du nid, la plupart d'entre nous arrivons à un point où nous sommes prêts à quitter la maison, à faire notre entrée dans le monde et à nous imposer. Nous sommes poussés par le désir d'atteindre le bonheur, tel que nous le concevons – carrière, argent, position sociale, sexe, mariage, associations, enfants. Cependant, ce départ vers l'autonomie qui nous permettra de quitter notre nid peut se révéler difficile. Nous sommes préoccupés par le fait de nous séparer de notre famille et par la façon dont nous allons maîtriser le monde extérieur. Nous aspirons fortement à l'autonomie, mais nous doutons de notre capacité à être indépendants. Lorsque nous entamons une relation intime avec un partenaire, nous éprouvons parfois certaines difficultés à conserver notre personnalité.

Les émotions liées à ces problèmes sont entreposées dans notre deuxième centre émotionnel. Celui-ci, situé dans le pelvis et la région inférieure du dos, inclut les organes reproducteurs mâles et femelles, les reins, la vésicule biliaire, l'appareil urinaire, l'appareil gastro-intestinal inférieur et les muscles inférieurs du dos. Les souvenirs et les émotions emmagasinés dans ces organes présentent un double aspect. D'une part, ils sont en relation avec notre énergie et avec la manière dont nous poursuivons nos buts dans la vie. D'autre part, ils ont trait à la façon dont nous entretenons les nouvelles relations que nous établissons lorsque nous quittons notre famille et devenons des individus autonomes (voir le croquis page 279).

QU'EST-CE QUI ME POUSSE À AGIR ?

Vous est-il déjà arrivé de désirer fortement quelque chose mais d'être si effrayé de vouloir l'obtenir, ou de vous sentir si coupable de le désirer, qu'en définitive, vous n'avez rien fait dans ce sens ? Secrètement, vous vous languissiez de ce garçon si « craquant » de votre classe d'algèbre et vous pensiez lui plaire, mais il sortait régulièrement avec l'une de vos amies. Votre sentiment de culpabilité vous empêchait d'entamer une relation avec lui, mais vous vous êtes sentie outragée lorsqu'une autre de vos amies, pas aussi scrupuleuse que vous, a utilisé tous les moyens pour le séduire.

Le conflit fondamental du deuxième centre émotionnel concerne l'opposition autonomie/honte-doute, ou initiative/culpabilité. Il concerne ce que vous désirez et la façon dont vous allez l'obtenir. Les actions que vous allez mener et les sentiments que vous éprouvez au sujet de votre comportement peuvent affecter la santé des organes dépendant de ce centre.

Keith avait toujours voulu devenir avocat, mais il doutait de pouvoir suivre les cours nécessaires. Il avait laissé cette idée de côté pendant l'essentiel de sa vie. Mais, lorsqu'il atteignit la trentaine, se maria et eut des enfants, il se remit à envisager l'idée de suivre des cours de droit. La situation professionnelle actuelle de Keith, comme la plupart des précédentes, ne le satisfaisait pas et ne correspondait pas à ce qu'il désirait. Il changeait régulièrement d'emploi, poursuivant un but qu'il n'atteignait jamais. Cependant, il était resté chaque fois en poste plus longtemps qu'il ne l'aurait dû, parce qu'il doutait de ses capacités à réussir dans un autre domaine. Chaque fois qu'il tentait quelque chose, son ambition était neutralisée par ses phobies et la peur.

À ce jour, il ressentait un fort désir d'atteindre le but auquel il avait songé toute sa vie. Cependant, comme prévu, son schéma comportemental habituel eut le dessus. Préoccupé par le fait que suivre des cours de droit représenterait un fardeau trop lourd pour sa famille, il hésitait à s'inscrire. Toutefois, sa femme était emballée à l'idée de devenir la femme d'un avocat. Elle choisit une faculté dans une ville qu'elle aimait, remplit les formulaires d'inscription, organisa les entretiens nécessaires entre son mari et la direction de la faculté, et le propulsa littéralement en avant.

Keith commença ses cours, mais éprouva, dès le début, certaines difficultés. Son travail et ses amis lui manquaient. Il lui fut difficile de se créer de nouvelles relations et de faire face aux nouveaux défis qui se présentaient à lui. Au cours de sa première année d'études, il souffrit horriblement de calculs rénaux. En effet, il n'en eut pas un ou deux, mais huit. Il s'agissait d'un cas sans précédent, puisque ce jeune homme n'avait aucun antécédent ni aucune prédisposition aux troubles rénaux. Cette affection obligea Keith à s'absenter des cours, au grand désespoir de sa femme consternée.

Quel message l'intuition de Keith lui envoyait-elle à travers ses reins ? S'adressant à lui par l'intermédiaire du deuxième centre émotionnel, elle lui indiquait qu'il devait trouver ce qui le poussait à agir dans la vie. Que désirait-il, et comment comptait-il l'obtenir ? Keith voulait suivre des cours de droit, mais il avait des doutes quant à la réalisation de ce vœu. Ce phénomène nous arrive à tous. Nous désirons quelque chose, mais nous hésitons à essayer de l'obtenir par honte, par culpa-

PUISSANCE

Énergie
- Active
- Non inhibée

- Directe
- Dynamique

- Impudique

Relations
- Indépendant
- Recherché par les autres
- Reçoit davantage

- Limites bien définies

- Assuré
- Protège

- S'oppose

VULNÉRABILITÉ

Énergie
- Passive
- Inhibée/ phobique
- Indirecte
- Attend que les choses se présentent
- Pudique

Relations
- Dépendant
- A besoin des autres
- Donne davantage
- Limites mal définies
- Soumis
- Recherche une protection
- Coopère

bilité ou par crainte. Nous sommes semblables à l'adolescent qui donne rendez-vous à une fille pour la première fois. « Hé ! Mary ! je suppose que tu ne veux pas sortir avec moi, n'est-ce pas ? Tu dois déjà être prise. » Par peur du refus, il approche l'objet de son désir négativement, d'une façon passive, indirecte et trop empreinte de pudeur. Son deuxième centre émotionnel présente trop de vulnérabilité.

D'autres personnes poursuivent leur but avec trop d'intensité. Dans le film *La magie du destin (Sleepless in Seattle)*, le personnage joué par Tom Hanks, un jeune veuf, ose finalement proposer un rendez-vous à une de ses collègues. Celle-ci, visiblement, attendait ce moment depuis longtemps. À peine a-t-il formulé son invitation que la jeune femme l'informe déjà qu'ils iront dîner le mardi suivant, dans tel restaurant. Évidemment, tant d'impatience et d'impudeur ne vont pas la mener bien loin. Elle a montré trop de puissance.

PUISSANCE ET VULNÉRABILITÉ

Comment obtenez-vous ce que vous désirez ? Êtes-vous actif ou passif ? Si vous avez vraiment envie du dernier pilon de poulet qui reste dans le plat, l'attrapez-vous et commencez-vous à le manger avant que quiconque s'aperçoive que c'était le dernier morceau ? Ou bien le refusez-vous hypocritement (et passivement) lorsqu'on vous le propose ? « Non, non, merci. Sans façons. Je n'ai plus faim », dites-vous, culpabilisant ainsi chacun des convives et, de ce fait, obtenant *indirectement* ce que vous souhaitiez. Détermination/hésitation, extraversion/inhibition, sérénité/culpabilité, impudence/pudeur représentent les atouts et les vulnérabilités de ce secteur. Êtes-vous un « fonceur », ou bien attendez-vous que les choses viennent à vous ?

Keith, cet homme qui voulait devenir avocat, souffrait d'un déséquilibre par rapport à sa vulnérabilité. Plein de doutes et de peurs, il poursuivit le but qu'il s'était fixé de façon essentiellement passive, et indirectement, grâce à sa femme. Sa motivation n'était pas suffisante, mais son épouse le propulsa gentiment en avant, alors qu'il n'était pas véritablement prêt. Son corps, cependant, l'informa rapidement que tout cela n'était pas bon pour lui. Il est d'ailleurs très significatif qu'il ait souffert de calculs rénaux. En effet, les pierres vous alourdissent tellement que vous ne pouvez plus avancer...

Keith avait une idée de ce qu'il imaginait être son but dans la vie, mais n'en était pas absolument sûr et, surtout, ne savait pas comment l'obtenir. Il éprouvait aussi des doutes au sujet de ses compétences et se sentait coupable vis-à-vis de sa famille et de sa femme. La pire des motivations pour obtenir quelque chose – relation, argent, carrière – est la culpabilité. Si vous n'êtes pas poussé par une force intérieure en provenance directe de votre cœur, si vos actions sont guidées par la culpabilité ou la honte, si vous êtes poussé par vos parents, vos beaux-parents, votre mari ou votre femme, cela ne marchera pas. Si vous suivez des cours de droit parce que votre mère vous a dit : « Bien entendu, tu iras à la faculté de droit. Ton père était avocat, ton grand-père et ton oncle aussi. Qu'est-ce qui t'arrive ? » vous ne serez jamais un avocat heureux. Vous pourrez aussi préparer le terrain à des maladies dans les organes de votre deuxième centre émotionnel. Vous feriez mieux d'obtenir ce diplôme d'aide sociale auquel vous aspirez.

Beaucoup de gens éprouvent des difficultés à satisfaire leurs motivations. Les femmes, en particulier, ne se sentent pas à l'aise d'être à la fois actives et puissantes. En affirmant leurs motivations, elles déconcertent souvent les gens qu'elles rencontrent et les mettent mal à l'aise, même de nos jours. Une de mes amies, conférencière de renom, fut invitée récemment à prendre la parole au cours d'une conférence importante. L'homme responsable de l'organisation essaya de la convaincre d'assurer gratuitement sa prestation publique. Mon amie tint bon. Le responsable lui offrit alors une somme dérisoire, mais elle insista pour recevoir l'intégralité de ses honoraires. Exaspéré, l'homme lui jeta finalement au visage : « N'y a-t-il que l'argent qui compte pour vous ? » « En effet », répondit-elle en riant. Elle n'avait pas sombré dans la culpabilité ou la honte. Elle était bien dans sa peau, cherchant à obtenir ce qu'elle voulait sans douter d'elle-même.

Si vous voulez vraiment quelque chose et qu'il ne vous reste qu'une seule chance de l'obtenir, il est de votre intérêt de regrouper vos forces et d'affirmer hautement votre puissance. Puis, vous agissez de façon décidée, directement, sans honte et sans inhibition. Vous devez vous comporter comme le héros d'un film des années quarante qui court sur le quai d'une gare, cherchant désespérément à apercevoir, à travers les fenêtres du train, le visage de la femme qu'il aime. Il ne lui a jamais avoué ses sentiments, et elle est sur le point de quitter définitivement sa vie. Comme le train se met lentement en marche, il l'aperçoit, penchée par la fenêtre, agitant tristement sa main dans sa direction. Pendant un instant, il lutte contre sa vulnérabilité qui le retient de courir après elle. Puis, au dernier moment, comme le train prend de la vitesse, il saute à bord, criant qu'il l'adore et qu'il a besoin d'elle. Serein et extraverti comme jamais il ne l'a été auparavant, il prend les choses en main, se dirige vers son destin, sans crainte ni aucun doute.

Création et créativité

La création et la créativité sont situées dans le deuxième centre émotionnel. Dans cette zone, nous trouvons un équilibre entre la force et la vulnérabilité, et une claire compréhension de nos motivations. Ces attributs sont essentiels pour notre santé. Dans notre société, les fonceurs et ceux qui dirigent sont généralement admirés parce qu'ils représentent la puissance. Cependant, afficher *trop* de puissance dans la poursuite de nos buts peut se révéler aussi néfaste pour notre santé qu'être trop vulnérables et trop passifs. Faire preuve d'une telle intensité et d'autant de détermination pour satisfaire le moindre de nos désirs, tout contrôler, être en permanence actifs dans le monde extérieur et foncer sans complexe et sans culpabilité, tout cela peut être néfaste et avoir des répercussions sur certains organes de notre deuxième centre émotionnel.

LE SYNDROME DE LA-PIERRE-QUI-ROULE-
N'AMASSE-PAS-MOUSSE
UN CAS DE STÉRILITÉ

La lecture : Marcy était une femme de quarante-deux ans que je perçus intuitivement comme très soignée, propre et très méticuleuse quant à son apparence physique et à son environnement. Je vis qu'elle était très brillante dans son travail, qui impliquait beaucoup de déplacements. Elle ne souhaitait se fixer nulle part. Elle était très à l'aise dans le monde extérieur, fortement motivée, autonome et maîtrisant bien la situation. J'observai aussi qu'elle entretenait une relation heureuse, mais quelque peu ambiguë, par rapport à la vulnérabilité et à la dépendance qu'une telle relation implique.

Je découvris que, sur le plan physique, elle avait eu certains problèmes de poids dans le passé et me demandai si elle avait souffert d'anorexie ou de boulimie. De plus, je constatai que, depuis de nombreuses années, elle s'imposait un programme d'exercices physiques extrêmement sévère, de façon à permettre à son corps de garder une ligne parfaite. Je vis aussi qu'elle avait un problème de stérilité associé à un très fort désir d'indépendance ainsi qu'à un refus catégorique des limitations, ce qui lui donnait un esprit compétitif extrêmement développé. Elle désirait désespérément garder sa ligne en permanence, ce qui était en complète contradiction avec son désir d'avoir un enfant.

Les faits : Marcy, environ un mètre soixante-quatre, était l'heureuse vice-présidente d'une importante société-conseil en organisation, une activité qui impliquait de fréquents trajets partout aux États-Unis. Elle restait rarement longtemps au même endroit. Elle me confirma qu'elle était, effectivement, très soucieuse de son apparence physique et de son environnement. Elle était même très fière de la propreté des vitres de son bureau et de sa maison. Elle avait bel et bien eu un problème de poids et souffert de boulimie lorsqu'elle était jeune femme, mais, grâce à un régime alimentaire très strict et à un programme d'entraînement physique intensif, elle était parvenue à contrôler son poids.

Marcy avait passé l'essentiel de sa vie adulte à concentrer toute son énergie sur sa carrière, gravissant les échelons de sa société avec succès. Puis, aux environs de trente-cinq ans, elle épousa un homme protecteur merveilleux. Ils envisagèrent d'avoir des enfants, mais Marcy hésitait entre les enfants et sa situation professionnelle. Elle était aussi très désireuse de rester indépendante vis-à-vis de son mari. Puis, elle décida finalement de fonder une famille. Pendant quatre ans, son mari et elle tentèrent de concevoir un enfant. Ayant échoué avec la méthode naturelle, ils essayèrent toutes les méthodes connues sur le marché, depuis l'insémination artificielle jusqu'aux herbes chinoises. Rien n'y fit. Marcy était stérile et voulait savoir pourquoi.

Marcy était un pur produit de la génération du baby-boom, et les femmes de cette génération ne pèchent pas par excès de vulnérabilité. Nous sommes admirées pour notre force et nous ne sommes pas douces et vulnérables comme nos mères et les autres femmes des années cinquante. Nous n'écoutions pas la chanson de Dionne Warwick, *I just don't know what to do with myself* (Je ne sais trop que faire de ma vie). Nous écoutions plutôt Helen Reddy chanter *I am a woman, hear me roar* (Je suis une femme, entendez-moi rugir). On nous avait appris à ne pas attendre que les hommes nous ouvrent les portes. On nous enseignait à ne pas être passives, inhibées et indirectes. On nous disait de quitter la maison, de partir et de faire d'énormes éclaboussures dans le monde.

C'était ce que Marcy avait fait. Mais elle se trouvait maintenant face à certains choix difficiles. Elle aimait son travail et ses fréquents déplacements. Elle aimait sa silhouette parfaite, et toute son énergie était concentrée sur ses nombreuses activités. Cette attitude, cependant, avait fait d'elle une pierre qui roule, et nous savons tous qu'une pierre qui roule n'amasse pas mousse. Le fait d'être constamment en activité l'empêchait de créer quoi que ce soit de stable, y compris un enfant. Son énergie était entièrement concentrée sur son autonomie, et non sur son appartenance à une famille. De plus, l'idée de rester à la maison avec un enfant lui déplaisait, car elle pensait que cela la rendrait financièrement dépendante de son mari. Elle s'était promis, depuis son plus jeune âge, de ne jamais dépendre d'un mari pour subvenir à ses besoins. Par ailleurs, elle avait un grave problème : elle ne voulait pas perdre le contrôle de sa silhouette. Après avoir consenti tant d'efforts pour être en forme et rester mince, elle craignait les transformations physiques qu'une grossesse impliquerait.

Toutes ces raisons expliquaient l'hésitation de Marcy à avoir un enfant. Elle était réticente à perdre la maîtrise qu'elle exerçait sur le monde extérieur et sur son corps. De même, elle ne voulait pas modifier l'indépendance qu'elle maintenait dans sa relation avec son époux. Par contre, ses parents et sa belle-famille la poussaient à leur offrir un petit-fils ou une petite-fille. Cette situation, visiblement, la culpabilisait quelque peu.

La solution de Marcy consistait à avoir un enfant de la même façon qu'elle avait mené sa carrière. Elle ferait un enfant tout comme elle avait créé sa situation. C'est là la façon d'agir d'une baby-boomer. Les femmes telles que Marcy, essentiellement orientées vers leur carrière, leurs buts et la prise de contrôle, agissent toujours de cette manière. À quarante ans, ayant atteint le succès professionnel, elles décident qu'elles sont prêtes à avoir un enfant et sont alors tout à fait déterminées à faire un enfant parfait, le « Neiman Marcus baby », comme l'appelle le Dr Christiane Northrup. Mais il ne s'agit pas, cette fois-ci, de commander l'enfant de son choix d'après un catalogue. Vous ne pouvez non plus vous procurer un enfant en vous présentant simplement dans un libre-service, bien que nous vivions en pleine culture du libre-service. Les gens veulent tout, sur-le-champ. Dans le Maine où j'habite, par exemple, un endroit très populaire existe où l'on vous sert d'extraordinaires sandwiches au poisson. Vous devez attendre environ six minutes pour obtenir votre sandwich, car le poisson est frais et cuit sous vos yeux. Beaucoup de gens sont tout à fait contrariés de devoir attendre. Lorsqu'ils veulent quelque chose, ils le veulent *tout de suite*, et, croyez-moi, ils l'auront *tout de suite*.

C'est ainsi que Marcy essaya de devenir enceinte, avant d'avoir décidé ce qu'elle voulait réellement créer dans le monde. Je parcours le centre médical dans lequel je travaille en répétant : « Je suis une femme des années quatre-vingt-dix. Je peux tout avoir. » Mais je dis ceci sur le ton de la plaisanterie, parce que l'on ne peut pas tout avoir. On doit choisir. Je me suis fait ligaturer les trompes parce que je savais que je ne serais pas capable d'assurer correctement une grossesse et l'éducation d'un enfant, et que je ne voulais pas faire les choses à moitié. Je ne suis pas très bonne dans la colonne de la vulnérabilité de ce centre émotionnel. L'essentiel de mon énergie est dirigé vers le monde extérieur, et il ne m'en resterait pas assez pour des enfants. Cependant, j'en ai suffisamment pour mes deux chats... et pour les enfants de mes amis.

Si les femmes du baby-boom ont le taux de stérilité le plus élevé du monde, ce n'est pas par hasard. Les études ont démontré que le taux de stérilité est plus élevé chez les femmes orientées professionnellement, qui se trouvent en conflit avec leur désir biologique de maternité et qui sont préoccupées par les changements qui surviendront dans leur apparence physique. Ces femmes, tout comme Marcy, luttent contre l'idée d'avoir la responsabilité d'une famille entière. Elles sont aussi poussées par les autres à avoir des enfants, et ces pressions vont à l'encontre de leurs buts et motivations personnels. C'est comme conduire un jour dans une direction, et le lendemain, dans la direction opposée. Vous n'allez nulle part. Vous ne faites aucun progrès.

Nous savons que toutes ces émotions peuvent se traduire par diverses réactions dans votre appareil utérin. D'après certaines études, des personnes souffrant de stérilité ont vu décroître leurs taux de dopamine et de norepinephrine, éléments chimiques qui affectent les neurotransmetteurs permettant la libération des ovules. Dopamine et norepinephrine sont affectées par notre humeur. Lorsque celle-ci est maussade, nous sécrétons moins de neurotransmetteurs, de sorte qu'une augmentation des échecs d'ovulation et des cas de stérilité apparaît. Ainsi, lorsque nous sommes de mauvaise humeur, nos ovules le sont également.

On pense aussi que la fertilité est liée à la réceptivité. Dans un état d'esprit émotionnel réceptif, le cerveau d'une femme libère des ocytocines, un neurotransmetteur qui provoque des contractions du vagin et transforme littéralement celui-ci en pompe aspirante de sperme. Le stress émotionnel, cependant, diminue la production d'ocytocines et augmente les taux de norepinephrine et d'épinephrine, qui suppriment les hormones sexuelles en empêchant le mécanisme d'aspiration. Une femme ayant des rapports sexuels alors qu'elle est stressée émotionnellement, comme une femme qui tente désespérément d'utiliser toutes ses forces pour devenir enceinte en étant simultanément, réticente au sujet d'une grossesse, ne déclenche pas le mécanisme d'aspiration qui permettrait au sperme de parvenir jusqu'à l'ovule. En fait, elle n'est pas réceptive au sperme. La réceptivité est fonction de la vulnérabilité et non de la force/puissance.

Pour devenir fertile, une femme a besoin d'un équilibre entre la force et la vulnérabilité, puisque ses émotions affectent son utérus. Quantité d'études indiquent que l'hésitation à avoir des enfants – en d'autres termes, l'hésitation entre les diverses motivations qui nous poussent à agir – est associée à la stérilité.

Lorsqu'une femme est stérile, même lorsque son ovulation est normale, l'insémination artificielle est fréquemment la première solution à laquelle elle recourt. Pour une raison ou une autre, cependant, le sperme peut ne pas entrer en contact avec les ovules. Cela survient, comme les études l'ont établi, parce qu'une femme hésitant à avoir des enfants, et qui est inséminée artificiellement, restera probablement stérile du fait que son utérus ne déclenchera pas le signal d'expulsion des ovules. Après plusieurs tentatives d'insémination artificielle, une femme dans ces dispositions d'esprit, même inconsciemment, peut réellement empêcher toute ovulation. Comme si son corps lui disait : « Bon, ovules, arrêtez-vous : vous n'allez nulle part. »

Par contre, on a constaté que les femmes qui désirent intensément avoir un enfant peuvent expulser les ovules prématurément, avant même qu'ils soient mûrs pour la fertilisation. En d'autres termes, si vous n'êtes pas prête à avoir un enfant, vos ovules ne le sont pas non plus. Et ils vous diront qu'il est nécessaire que vous réexaminiez les principales motivations de votre existence.

Désirer trop fortement une grossesse peut entraîner des conséquences dramatiques pour vos ovaires. Si vous prenez des médicaments contre la stérilité, il se peut que vous prépariez le terrain à un cancer des ovaires. En fait, des études prouvent que les femmes stériles qui utilisent des médicaments de ce genre ont trois fois plus de risques de souffrir éventuellement d'un cancer des ovaires. En effet, que sont en réalité les médicaments contre la stérilité ? Des amplificateurs. Vos ovaires n'ont pas la force d'expulser des ovules ? Nous allons leur fournir des amplificateurs. Mais l'on a constaté que le cancer des ovaires était directement lié au nombre d'ovulations qu'une femme avait dans sa vie. Selon vous, que va-t-il se passer chez une femme à qui l'on donne des médicaments anti-stérilité ? C'est un peu comme la formule : achetez maintenant, payez plus tard. Il n'y a pas de raccourci. Vous ne pouvez pas remplacer votre équilibre naturel force/vulnérabilité par des moyens chimiques. Vous devez prêter attention aux émotions de votre réseau intuitif, celles émanant de votre deuxième centre émotionnel, qui peuvent être liées à votre stérilité.

Le même phénomène se passe chez les hommes. Parmi eux, ceux qui souffrent de stérilité et dont le taux de spermatozoïdes est faible, sont ceux qui craignent le plus d'être critiqués dans leur travail, qui ont de la difficulté à dire non et qui développent un sentiment de culpabilité. Les hommes qui n'ont aucun problème de stérilité sont beaucoup moins sujets à ces émotions. Le stress familial peut, lui aussi, affecter le taux de spermatozoïdes et leur motilité. En outre, le stress professionnel peut également avoir un effet sur la qualité du sperme. Lorsque les hommes se sentent coupables, leur taux de spermatozoïdes baisse. Moins ils sont capables de dire non dans leur travail, moins il leur est possible d'éjaculer. Aussi, travaillent-ils de plus en plus pour payer les factures des médicaments anti-stérilité. Malheureusement, cela reste inutile.

Une fois encore, les exigences de nos buts dans notre vie extérieure se trouvent confrontées à nos désirs intérieurs, dont celui d'avoir un enfant. Ces hommes gaspillent leurs forces. Ils subissent diverses pressions, à leur travail et dans leur foyer, et sentent qu'ils ne peuvent les supporter toutes. Leur puissance est dispersée, et ils ne savent plus quelle voie choisir.

La stérilité est aussi étroitement liée aux problèmes relationnels. Ceux-ci sont caractéristiques du deuxième centre émotionnel et seront discutés en détail plus avant dans ce chapitre. Les problèmes qui se posent dans ce secteur de notre vie peuvent ouvrir la voie à des complications et à des maladies dans les organes rattachés à ce centre émotionnel. De nombreuses études ont mis en évidence que les conflits relationnels entre hommes et femmes sont liés à la stérilité. Beaucoup de femmes stériles éprouvent une véritable aversion pour le sexe et, de ce fait, souffrent d'un manque d'harmonie dans leurs relations sexuelles. Il est fréquent qu'elles deviennent fertiles lorsqu'elles trouvent un partenaire qui leur convient mieux. Certains couples essaient d'avoir un enfant pour tenter de consolider leur fragile relation. Bien que, dans ce cas, ni l'homme ni la femme ne soient stériles, celle-ci ne peut concevoir, quels que soient les efforts consentis. Lorsqu'ils tentent une insémination in vitro, quelque chose de remarquable se produit. Les ovules et le sperme sont placés dans un récipient, et l'on observe que les ovules rejettent le sperme lorsqu'ils entrent en contact avec lui. La science suggère que le corps de la femme sécrète alors des anticorps contre le sperme. Il ne s'agit que d'un rejet de maternité au niveau moléculaire, ou, au minimum, du rejet d'un certain père. C'est là une parfaite illustration de la façon dont l'intuition nous parle de manière forte et claire.

Savez-vous que certaines femmes ne sont jamais satisfaites, quel que soit l'homme qui pénètre dans leur vie ? Les scientifiques ont identifié un gène appelé « le gène de l'insatisfaction ». Au cours d'expérimentations sur les mouches, les chercheurs ont trouvé que les femelles qui possèdent ce gène sont extrêmement difficiles et ne trouvent aucun mâle à leur goût. Elles sont comme le personnage de la chanson des Rolling Stones (*I can't get no satisfaction*) – elles ne sont jamais satisfaites. Les mouches femelles dotées du gène de l'insatisfaction rejettent systématiquement toute tentative mâle durant la période d'accouplement et, en définitive, ne pondent aucun œuf.

Marcy n'avait pas de problème relationnel, mais il est fort possible qu'elle ait été pourvue d'une sorte de gène d'insatisfaction qui lui était personnel. Elle était au moins inconsciemment insatisfaite à l'idée de rester à la maison pour élever ses enfants et d'abandonner tout pouvoir pendant que son mari rapporterait l'argent du ménage. Elle devait décider quels sacrifices elle était capable de faire. Elle avait besoin de déterminer jusqu'à quel point le fait d'avoir un enfant augmenterait sa vulnérabilité et la façon dont elle l'accepterait. Vivrait-elle de la culpabilité ? Serait-elle capable de demander de l'argent à son mari ? Que ressentirait-elle en se rendant à une réunion d'anciens élèves de son université et en constatant que toutes ses anciennes camarades sont présidentes de leur propre compagnie ? Se sentirait-elle coupable d'avoir à dire : « Je ne travaille plus depuis sept ans afin d'élever mon enfant » ?

Vous devez examiner vos motivations très attentivement. Si votre puissance est de cent watts, mais que vous consommez soixante-dix watts pendant votre activité professionnelle durant la journée, souhaitez-vous vraiment avoir un enfant pour lequel il ne restera plus que trente watts de puissance ? D'un autre côté, si vous disposez de beaucoup d'énergie vous permettant de vous rendre autonome dans la vie, le fait de rester à la maison afin que vos enfants puissent bénéficier des cent pour cent de votre énergie n'est peut-être pas la meilleure solution non plus. Votre énergie diminuera avec le temps. Vous serez semblable à un chat qui n'aime pas l'endroit où il vit : sa fourrure s'emmêle et devient terne, et il cesse de faire sa toilette. C'est ce qui arrive à quantité de femmes qui restent à la maison avec leurs enfants, mais qui sont insatisfaites de leur vie. Elles se laissent aller, ne s'intéressent plus à leurs vêtements, leur chevelure s'aplatit et se ternit. Elles agissent comme cet homme qui restait à la maison avec ses enfants dans le film *M. Maman (M. Mom)*. Il laissait pousser sa barbe, grossissait, et passait son temps devant la télévision à manger des puddings au tapioca avec ses enfants. Il se laissait aller parce qu'il n'avait pas de but dans la vie.

Vous devez déterminer précisément ce que vous voulez réellement. Alors seulement pourrez-vous parvenir à l'obtenir. Le système intuitif de Marcy le savait et tentait de le lui faire comprendre. Tout ce qu'elle avait à faire était d'écouter.

Marcy dépensait trop d'énergie dans le monde extérieur pour avoir un enfant dans son monde intérieur – son utérus. Par contre, ne pas en dépenser assez peut être aussi considéré comme un échec personnel et dangereux pour les organes du second centre émotionnel.

Lorsque Candy m'appela pour une lecture, je la perçus comme une jeune femme complètement autonome, sans aucun soutien d'aucune sorte. Malheureusement, elle n'assumait pas correctement son autonomie. Elle était quelque peu déracinée. Je vis qu'elle venait de rompre une relation négative et je devinai qu'elle vivait au jour le jour. Elle était très dépendante, mais n'avait jamais eu de relations solides et satisfaisantes avec un homme. Je vis aussi qu'elle n'avait aucun talent particulier. Elle avait suivi des cours à l'université pendant une année. Elle n'avait pas de situation ni aucun centre d'intérêt particulier. Elle faisait partie de ces gens qui répètent constamment : « Je ne sais pas ce que je veux. » Tout ce qu'elle désirait, c'était avoir des enfants et rester à la maison. L'homme avec lequel elle avait entretenu une relation avait hésité à lui proposer le mariage et l'avait quittée. Dans l'ensemble, l'organisme de Candy était normal, mais je distinguai deux formes dans son pelvis : l'un avec le nombre douze et l'autre avec le chiffre huit. On aurait dit des boules de billard.

Candy avait récemment subi deux fausses couches ; l'une au bout de huit semaines, et l'autre après douze semaines. Elle voulait savoir ce qu'elle devait faire pour mener enfin une grossesse à terme. Je lui dis d'être très prudente, parce qu'elle était dans un état de très grande vulnérabilité. Elle ne s'était pas du tout affirmée dans le monde extérieur. Sa passivité et sa dépendance presque totales avaient véritablement poussé son partenaire à la quitter, la laissant seule et sans soutien.

En fait, c'est connu, les fausses couches sont étroitement liées aux caractéristiques émotionnelles de la mère, qui comprennent l'hésitation à avoir un enfant, la peur des conséquences d'une naissance et la crainte de faire face à ses responsabilités. Ces diverses émotions et le stress qui les accompagne peuvent provoquer des modifications dans les hormones du corps, spécialement l'épinephrine, qui peut déclencher des contractions prématurées. Les femmes qui ont de fréquentes fausses couches sont en général excessivement conformistes, malléables, soumises, peu exigeantes et dociles. Toutes ces caractéristiques constituent des faiblesses, et Candy les avait toutes. Ces femmes ont une faible personnalité et éprouvent des difficultés à résoudre leurs problèmes. Elles sont plus dépendantes et se sentent plus facilement coupables que les autres femmes. Il leur est difficile d'exprimer ouvertement et de manière directe leur colère ou leur hostilité de façon à soulager leur frustration. Et leur principal moyen de se sentir bien consiste à combler les besoins des autres. La plupart des caractéristiques de ces femmes se trouvent dans la colonne Vulnérabilité et non pas dans la colonne Puissance.

La façon dont une femme enceinte envisage sa grossesse et son accouchement est aussi étroitement liée à son attitude et à ses relations avec sa propre mère. Si une femme entretient de bonnes relations avec sa mère et en garde de bons souvenirs, elle sera probablement très impatiente d'être mère elle-même. Si sa relation avec sa mère a été mauvaise, si elle conserve de douloureux souvenirs de conflits, de tensions et de luttes, et si elle hésite à subvenir aux besoins d'un enfant dépendant, il se pourrait alors que sur certains plans elle considère que toute son énergie sera accaparée par le fœtus. Elle peut craindre de perdre sa liberté et d'être enchaînée par la responsabilité d'une maternité. La mère de Candy avait connu ce genre de situation ; mariée à seize ans, très vite elle avait dû se débattre avec le fardeau d'une famille.

Le problème de Candy se résumait à ceci : ce qui l'incitait à créer quelque chose dans son monde intérieur n'était pas contrebalancé par un succès dans le monde extérieur. Elle n'avait pas de soutien réel ; aussi avait-elle un premier centre émotionnel très diminué. Son deuxième centre possédait toutes les caractéristiques de la vulnérabilité et aucune de la puissance. En d'autres termes, elle avait placé tous ses œufs dans le même panier. Elle me confirma qu'elle était très inhibée, craintive, qu'elle avait une peur excessive de réaliser quoi que ce soit dans le monde extérieur. Elle éprouvait une véritable phobie à l'égard des mathématiques et avait quitté l'université parce qu'elle n'aimait pas les ordinateurs. En définitive, trouver un mari restait la seule solution lui permettant de s'affirmer dans la vie. Cependant, elle était devenue si nécessiteuse, si dépendante, si passive, qu'elle ne pouvait pas vivre de relations durables. Son partenaire se sentait étouffé et submergé par sa dépendance. Elle souhaitait qu'il prenne la responsabilité de toute la colonne gauche de son tableau Puissance-Vulnérabilité. À moins de s'affirmer davantage, elle continuerait sans doute à avoir des problèmes dans ses tentatives de créer une famille.

Tenir bon et lâcher prise

Dans notre lutte pour l'autonomie, la partie délicate, à l'intérieur d'une relation, est de sentir le moment où il faut tenir bon et celui où il faut lâcher prise. Pour beaucoup d'entre nous, maîtriser ce problème exige beaucoup de temps. Par tempérament, les gens tendent à s'accrocher à tout prix à quelqu'un ou, au contraire, à n'avoir aucune attache. Combien de personnes de votre entourage gardent trop longtemps un travail qu'elles détestent ou restent mariées à un conjoint avec lequel elles ne s'entendent pas ? Que dire des gens qui ne quittent jamais la maison de leurs parents ? Les gens qui ont ce type de problème sont prédisposés aux maladies dans les organes du deuxième centre émotionnel.

S'ACCROCHER À TOUT PRIX
UN CAS DE CANCER DU CÔLON

La lecture : Je m'aperçus qu'Harriet, âgée de cinquante-trois ans, avait besoin de couper les amarres. Elle voulait accomplir quelque chose dans sa vie, mais elle était attachée à un groupe de personnes au sein duquel elle n'avait que très peu d'influence. Elle ressentait confusément cette situation et en éprouvait un sentiment de frustration et de désillusion. Je me rendis compte qu'elle effectuait les changements nécessaires pour essayer de rompre avec ce groupe, mais que ce processus était très douloureux en raison de ses liens anciens. Je la vis commencer un nouveau projet, mais elle éprouvait alors des difficultés, spécialement pour trouver l'argent nécessaire à sa réalisation.

L'organisme d'Harriet me sembla normal jusqu'à ce que je visualise ses intestins. Je remarquai une irritation du côlon ainsi qu'une inflammation et des lésions dans la région rectale. Je vis même une sorte de dégénérescence de sa hanche droite.

Les faits : Harriet, associée depuis longtemps dans une société en plein essor, spécialisée dans l'amaigrissement, avait toujours aimé son travail. Cependant, elle jugeait que son avenir y était bouché. Elle avait personnellement créé un programme diététique spécial que le président de la société, avec lequel elle avait eu une liaison, refusait de commercialiser. Harriet voulait quitter cette entreprise et mettre sur pied ses propres centres d'amaigrissement. Cependant, la majeure partie de ses capitaux était investie dans sa société actuelle. Elle ne parvenait pas à convaincre le président de lui racheter ses parts et ne souhaitait pas brusquer la situation. Elle avait déménagé dans un autre État afin de s'éloigner de son ancien associé, mais continuait à travailler pour une des cliniques de la société, dans la ville où elle s'était installée. Elle ne pourrait pas démarrer son nouveau projet avant d'avoir récupéré son argent.

Au cours de ces événements, elle avait subi une grave dégénérescence de sa hanche droite et souffrait d'un cancer du côlon.

Harriet était persuadée d'avoir rompu avec ses anciennes attaches mais, en fait, elle était toujours liée à sa société par des questions d'argent. Curieusement, sa hanche malade était la hanche droite, celle où se trouve la poche dans laquelle, en général, les hommes placent leur portefeuille et où, elle-même, portait son sac à main. Sous sa hanche, son côlon était lui aussi infecté.

Harriet était trop passive pour s'installer à son compte et monter sa propre affaire. Elle n'avait pas assez de caractère pour exiger son argent et réaliser ce qu'elle souhaitait. Elle avait peur de quitter le nid et doutait de ses compétences à pouvoir voler de ses propres ailes. Tout cela affectait les organes de son deuxième centre émotionnel. Ceux-ci lui signifiaient la nécessité de développer les qualités de la colonne Puissance, d'abandonner ce qui ne lui convenait plus et d'agir en fonction de ses buts.

Le syndrome des menottes dorées
ou « Accepte ce job et... »
Un cas de douleurs lombaires

La lecture : Je perçus Donna comme faisant partie d'un groupe de travail au sein duquel elle avait peu d'influence. Elle ne pouvait ni exprimer son identité ni être pleinement elle-même, mais elle ne pouvait pas non plus se décider à partir. Pour résoudre son problème, elle s'occupait de trop de choses. Par conséquent, elle dispersait son énergie. De plus, elle était rongée par l'anxiété et le stress.

Je sentis que Donna, âgée de cinquante et un ans, avait une légère surcharge pondérale due à une certaine stagnation dans sa vie. Je vis aussi de la fatigue, un début de dépression et des douleurs chroniques dans le bas du dos.

Les faits : Donna était infirmière dans le pavillon chirurgical d'un hôpital. Elle avait aimé son travail jusqu'au jour où on décida de réorganiser le service des soins. Auparavant, le personnel travaillait harmonieusement au bien commun des malades en s'occupant d'eux et en les soulageant du mieux possible. Ils agissaient comme l'équipage d'un skiff, chacun ramant en rythme, le bateau glissant calmement sur l'eau. Puis un jour, la gestion intégrée des soins devint le nouveau mot d'ordre : « Vite, travaillez ! Soyez rentables ! » Tel fut le nouveau credo, et chacun perdit le rythme. Les avirons n'étaient plus synchronisés. Donna s'efforça de travailler encore davantage, mais elle était moins bien payée, et sa tâche lui parut de moins en moins gratifiante. Elle savait qu'elle devrait tôt ou tard sauter par-dessus bord, mais elle avait peur de faire le saut et de nager seule. Elle haïssait son second foyer, mais souhaitait néanmoins y demeurer.

Elle commença à ressentir des douleurs chroniques dans le bas du dos, douleurs qu'elle attribua au stress provoqué par son travail. Elle avait consulté de nombreux médecins et spécialistes, y compris un ostéopathe, un acupuncteur et un homéopathe. Mais, comme elle avait besoin d'une assurance médicale, elle hésitait à modifier sa situation. De ce fait, elle se trouvait au centre d'un cercle vicieux : elle conservait un emploi qui la rendait malade uniquement parce que ce dernier lui permettait de couvrir les frais médicaux dont il était responsable !

Les douleurs lombaires représentent la première cause d'incapacité de travail aux États-Unis, tant chez les déménageurs ou les dockers que chez les employés de bureau. Ce type de douleurs sévissant parmi les employés a provoqué un boom dans l'industrie de l'ergonomie, entraînant la création d'équipements de bureau très élaborés, dessinés spécialement pour permettre l'adoption d'une posture correcte et la réduction des tensions musculaires. Et devinez quoi ? La plupart de ces efforts n'ont pas servi à grand-chose. Une récente étude a démontré que le fait d'éduquer les employés en matière d'ergonomie n'a pas réduit de façon significative les cas de douleurs lombaires et d'incapacités de travail.

Cela ne me surprend pas, car ce genre de douleurs fait partie de notre système de conseils intuitifs qui nous signale un profond déséquilibre concernant l'un des points importants de notre existence, en l'occurrence notre profession. On exerce une profession et on hésite entre la conserver ou partir, entre s'accrocher ou lâcher prise et rechercher quelque chose d'autre qui soit plus en conformité avec ce que l'on souhaite réellement faire. Voilà quel était le problème de Donna.

De nombreuses raisons psychologiques expliquent nos mauvaises postures, sources de douleurs diverses. Nous créons des souvenirs, nous stockons des émotions dans nos cellules, sans même savoir que nous les ressentons. Il se peut que nous ne soyons pas conscients d'avoir peur ou d'être en colère, mais nous ressentons ankyloses et raideurs dans certains muscles. Les gens déprimés ou insatisfaits de leur sort ressentent très fréquemment de fortes tensions musculaires. Le mal de dos et une tension musculaire accentuée apparaissent chez ceux qui ne peuvent obtenir ce qu'ils désirent ou qui ne parviennent pas à résoudre un conflit du fait qu'ils craignent les représailles. Aussi, restent-ils où ils se trouvent. Ils se comportent comme du velcro au lieu de lâcher prise. Ils souffrent du syndrome des menottes dorées et adoptent en permanence une posture rigide, ce qui ouvre la voie aux douleurs lombaires.

Les satisfactions que Donna espérait retirer de son travail – son désir d'exercer une profession qu'elle aime, ainsi que l'argent et la considération qu'elle espérait en retirer – étaient absentes, et elle se sentait frustrée. Mais elle se cramponnait, n'osant pas lâcher prise. En fait, elle avait raison de ne pas faire le saut trop rapidement. Si, brusquement, elle avait changé complètement son style de vie, elle aurait pu se rendre encore plus malade. Son premier centre émotionnel et son sentiment de soutien auraient pu être ébranlés et son mal de dos, empirer. Elle devait adopter « l'approche du ficus ». En effet, vous ne pouvez transporter brutalement un ficus d'une extrémité de la maison à une autre. Il n'aime pas cela et perdra presque toutes ses feuilles si vous le déplacez trop loin. Vous devez le bouger petit à petit, de cinquante centimètres à la fois, pour qu'il s'habitue à son nouvel emplacement. C'est ce que Donna devait faire. Elle devait partir peu à peu et se trouver une nouvelle identité progressivement. Plutôt que d'abandonner brusquement sa profession d'infirmière, je lui suggérai d'essayer le statut de travailleur indépendant, en donnant des consultations à domicile, puis, graduellement, d'augmenter celles-ci et de quitter définitivement son poste actuel. De cette façon, elle pourrait progressivement accomplir la tâche difficile du « lâcher prise » tout en se dirigeant vers un nouveau but.

La profession est un stimulant indispensable à l'homme sur le plan extérieur. Mais ce stimulant doit être équilibré par des relations intimes sur le plan intérieur.

TOI ET MOI/NOUS

Associations et guérison

Le deuxième centre émotionnel concerne les relations, l'intimité et les contradictions qu'elles contiennent. Après tout, nous venons de passer beaucoup de temps à traiter des stimulations qui nous poussent vers une plus grande autonomie. Cette autonomie est située dans ce centre. Cependant, simultanément, une pulsion nous pousse aussi à avoir une liaison avec quelqu'un. En fait, rechercher une relation épanouissante est l'une de nos plus fortes motivations. Mais pourquoi ce désir est-il si fort ? Pourquoi devrions-nous quitter notre famille et devenir autonomes pour, immédiatement après, recréer quelque chose de tout à fait semblable à la famille que nous venons de quitter ? Pour paraphraser Barbra Streisand, « les gens ont besoin les uns des autres ». Une association, c'est une guérison, et c'est la raison pour laquelle nous la recherchons avec tant de force, comme les plantes recherchent la lumière.

Entretenir une relation peut renforcer notre système immunitaire et nous protéger de la maladie. Les hommes éprouvent véritablement un besoin physiologique et immunologique d'une présence féminine. Des études ont établi que lorsque l'on place des souris mâles atteintes de tumeurs dans une cage avec deux ou trois femelles, leurs tumeurs progressent moins rapidement que lorsqu'elles sont seules ou en compagnie d'autres souris mâles. De même, il a été démontré que les hommes célibataires meurent plus tôt que les hommes mariés. Quant aux femmes, elles vivent plus longtemps si elles ont des amies proches, tout comme les souris femelles dont les tumeurs croissent plus lentement lorsqu'elles sont enfermées avec d'autres femelles. En somme, les relations ne concernent pas seulement celles avec les membres du sexe opposé. Chez les femmes, il semblerait que les amitiés étroites avec d'autres femmes soient aussi importantes qu'une liaison avec un homme.

Dans tous les cas, les relations sont vitales. La fin d'une relation, qu'elle soit due à une séparation, à un divorce ou à un décès, est considérée comme l'un des moments les plus stressants dans une vie, pouvant même entraîner de graves conséquences sur le plan de la santé. La santé d'une relation peut affecter notre santé physique. Par exemple, une amélioration des relations dans un couple peut aider à soulager les douleurs chroniques, spécialement dans le bas du dos. Lorsqu'une personne souffrant de douleurs lombaires et en proie à des problèmes conjugaux entreprend de suivre une thérapie de couple en compagnie de son (sa) partenaire, les douleurs lombaires diminuent significativement sans qu'il soit nécessaire de recourir à la chirurgie ou à un traitement quelconque, et ceci, proportionnellement à l'amélioration de leurs relations. Dans cet exemple, il est aisé de comprendre que la douleur dorsale représente le système de conseils intuitifs indiquant à l'individu qu'il existe une douleur émotionnelle dans son deuxième centre émotionnel et que ce domaine de sa vie nécessite un ajustement.

Relations et territoires

Concevoir un équilibre entre les relations et les motivations peut paraître délicat. Au premier abord, il semble que le besoin d'autonomie et le désir de relations entrent en conflit. Nous désirons être seuls, mais, en même temps, nous voulons être en compagnie de quelqu'un. Comment, penserez-vous, pouvons-nous être simultanément seuls et en compagnie de quelqu'un ?

C'est vraiment très simple. Voici ce qui arrive lorsque les gens se marient ou entament une relation : « toi » et « moi », deux entités distinctes, sommes liés ensemble par une nouvelle entité, le « nous ». Le fait d'être unis, cependant, ne signifie pas pour autant que nous cessons d'exister en tant qu'individus. Lorsque nous devenons cette nouvelle entité collective, nous savons très bien que « toi » et « moi » continuons d'exister comme des êtres humains distincts. Cependant, maintenant, nous avons intégré une troisième identité qui, elle, nous amène à nous fondre en une seule personnalité. Toutefois, chacun de nous conserve son territoire et son aire d'influence personnelle. Certains se plaignent des contrats de mariage en séparation de biens, estimant qu'ils indiquent un manque de confiance entre les partenaires et une anticipation de la fin prématurée du couple. Quant à moi, je considère ce document comme une reconnaissance symbolique et un renforcement des limites du territoire de chacun. Il signifie qu'au cas où ce « nous » cesse d'exister, « toi » et « moi » conserverons chacun notre territoire intact. Et c'est très bien ainsi.

Déterminer et respecter l'espace individuel de chacun au sein d'une relation est très important. Il est indispensable de savoir ce qui doit être partagé, ce qui sera à « toi » et ce qui sera à « moi ». Beaucoup de gens sont incapables d'agir ainsi. Ils perdent leurs marques dès qu'ils entament une relation. Combien de femmes n'abandonnent-elles pas tout – profession, amis – dès qu'elles se marient et se fondent en leur mari, comme l'épouse dans le film *Le mariage de mon meilleur ami* ? Au début de ces moments enchanteurs, elles répètent tellement à leurs amies « nous » allons faire ceci, « nous » allons faire cela, que ces dernières en ont la nausée. Ces femmes se noient littéralement dans le mot « nous ». Elles sont maladivement attachées à leur nouvel amour.

On peut aussi perdre sa personnalité avec ses autres relations. On me dit souvent que je ne sais pas dire non à mes amis proches. Ces derniers peuvent venir chez moi à n'importe quelle heure et prendre leurs aises, parce que je fais trop confiance (confiance et méfiance du premier centre émotionnel) et, par conséquent, donne beaucoup trop.

Une relation doit avoir des limites bien définies et trouver un équilibre entre la force et la vulnérabilité. Il n'est pas bon qu'un partenaire possède l'intégralité du pouvoir et l'autre, l'intégralité de la vulnérabilité. Lorsque Freud enseignait, il développait une relation mentor-protégé avec la plupart de ses étudiants. Lorsque ces derniers obtenaient leur diplôme, Freud leur offrait une bague presque semblable à une alliance. Mais si au cours de sa carrière l'un de ses étudiants n'était plus d'accord avec lui, Freud réclamait sa bague. Ce qu'il fit avec son plus célèbre disciple renégat, Carl Jung. Le fait d'offrir une bague, puis de la reprendre, était une façon, pour Freud, d'exercer très efficacement son pouvoir sur ses étudiants. Il aurait été extrêmement dévastateur pour un étudiant de perdre la bague de Freud. Mais Freud rappelait toujours qu'il était l'enseignant supérieur tandis que ses étudiants n'étaient que des inférieurs. Ses disciples devaient être passifs et soumis aux règles qu'il avait édictées. Ils ne pouvaient se démarquer de lui. Freud possédait tout le pouvoir et eux, l'intégralité de la vulnérabilité. Cela débouchait sur une relation très malsaine.

La force, dans cette zone du deuxième centre émotionnel, c'est être indépendant et recherché par les autres plutôt que de les rechercher ; c'est prendre davantage que l'on ne donne, avoir des buts bien définis par opposition à des buts vagues, s'affirmer plutôt que subir, protéger plutôt qu'être protégé, s'opposer au lieu de subir. Si ce centre est équilibré, vous saurez qu'il vous faudra parfois être dépendant dans une relation – qu'il vous faudra demander à votre compagnon de tenir l'échelle pendant que vous repeindrez les murs de votre chambre. Mais il y aura d'autres moments où vous repeindrez la plinthe et où vous n'aurez alors besoin de l'aide de personne. Il y aura des moments où vous aurez besoin des autres et des moments où l'on aura besoin de vous. Il se présentera des moments où vous vous affirmerez et des moments où vous subirez.

Bien sûr, dans notre société, les hommes sont en général supposés être dominants et les femmes, vulnérables. Un jour, je regardais une émission de télévision qui traitait des relations abusives. Là, un mari expliquait pourquoi il détenait toute l'autorité dans sa relation. Il déclarait à sa femme qu'il essayait simplement de la protéger. En acceptant d'être protégée, en subissant toujours, la femme avait abandonné tout son pouvoir de contrôle. Elle avait laissé son mari devenir tout-puissant dans son couple en acceptant par le fait même toute la vulnérabilité. Dans cet exemple, il en résulta bien sûr de nombreux excès.

Les femmes connaissent bien le vieux refrain de l'amie vivant une relation déséquilibrée et gémissant sur son sort : « Il n'écrit pas, ne m'appelle pas. » Avez-vous jamais vécu vous-même cette situation ? Les femmes entretenant une relation de ce type ont tendance à souffrir d'un manque d'espace personnel. Elles sont hyperdépendantes et donnent plus qu'elles ne reçoivent. Mais les hommes aussi peuvent très bien souffrir de dépendance excessive. Dans le film *Moonstruck*, le personnage de Cher entretenait au début une relation dans laquelle cette femme était nettement dominante. Elle pressait son fiancé de déterminer la date de leur mariage afin de pouvoir s'occuper de tous les détails de la cérémonie. Quant à lui, il ne lui restait qu'à être présent le jour du mariage. Lorsqu'ils dînaient au restaurant, il commandait un plat qu'il aimait, et elle l'annulait en disant que ce n'était pas bon pour lui et en lui choisissant autre chose. Elle était la puissance et l'affirmation personnifiées. Il était clair que leur relation était totalement déséquilibrée et ne mènerait nulle part. Puis, elle rencontra un boulanger. Cet homme était davantage son genre, et leur relation fut beaucoup plus harmonieuse. Ils partageaient le pouvoir. Elle s'imposait par moments, et subissait à d'autres. Elle apprit à plier devant lui en certaines occasions et à s'opposer à lui en d'autres.

La personne qui gagne l'argent de la famille (l'argent étant une autre caractéristique du deuxième centre émotionnel) a généralement plus de pouvoir. Une de mes amies, une enseignante, épousa un banquier. C'était une femme intelligente, mais elle souffrait d'une légère phobie concernant l'équilibre financier de ses comptes. Lorsqu'elle recevait son salaire, elle remettait son chèque à son mari, qui lui donnait alors cent dollars d'argent de poche. Vous parlez d'une liberté ! Si elle n'avait plus d'argent et lui en réclamait d'autre, il lui demandait comment elle l'avait dépensé. D'après son raisonnement à lui, il la « protégeait » des dépenses excessives. Il était protecteur ; elle était protégée. En fait, mon amie était si soumise que lorsque vous lui parliez de cette soumission dans son couple, elle se défendait en disant : « Oh, c'est bien mieux ainsi ! Il est bien meilleur gestionnaire que moi. » Pourtant, de nombreuses femmes tiennent les cordons de la bourse dans leur ménage. Dans bien des familles, la mère est le personnage dominant, celui qui gère l'argent. Au restaurant, à la fin du repas, la mère remet discrètement sous la table l'argent au père afin qu'il puisse payer la note.

Il n'est pas sain pour la relation, les émotions ou le corps que l'un des partenaires détienne tout le pouvoir et l'autre, toute la vulnérabilité. En fait, chacune de ces positions peut être douloureuse. Nous devons apprendre à comprendre les joies et les bienfaits de l'attitude opposée, c'est-à-dire à être vulnérables quand les circonstances l'exigent et à dominer la situation lorsque nécessaire. Faute d'atteindre cet équilibre, nous exposons les organes de notre deuxième centre émotionnel à la maladie.

La lecture : J'éprouvai quelques difficultés au cours de la lecture intuitive que je réalisai pour Ruth. Je la perçus d'emblée comme une femme attirante, soignée et en bonne condition physique générale. Mais sur le plan de ses relations, je découvris une certaine confusion. Je la vis impliquée dans une longue relation sans espoir. Cependant, je parvins difficilement à percevoir son partenaire. Je recevais des images d'un homme d'allure classique d'environ un mètre quatre-vingts, légèrement enrobé et perdant ses cheveux. Puis, ces images se transformèrent brusquement et j'aperçus une grande femme, les cheveux aux épaules, habillée de façon colorée et voyante, parée de bijoux étincelants et très maquillée. Je ne sus qu'en penser. Le partenaire de ma cliente était-il un homme ou une femme ? Je posai directement la question à Ruth, et elle me répondit qu'il s'agissait d'un homme. Cependant, les images d'une femme continuaient à traverser mon esprit. Je me demandai si Ruth n'était pas impliquée dans une situation du genre de celle de *M... Butterfly*. Dans cette œuvre, basée sur une histoire vraie, un homme a une liaison pendant vingt ans avec une personne qu'il avait prise au départ pour une femme, mais qui se révèle un jour être un homme. Physiquement, je ressentis une lourdeur dans la région du pelvis de Ruth et me demandai si elle avait un kyste à l'utérus.

Les faits : Contrairement à moi, Ruth n'avait aucun doute quant au sexe de son partenaire. Depuis vingt et un ans, elle avait une liaison avec un travesti. Cependant, elle était troublée – pour ne pas dire désespérée – au sujet de l'avenir de leur couple. Elle avait tenu bon pendant plus de vingt ans, attendant de façon soumise et dépendante que son amant décide ou non de l'épouser. Elle était figée dans cette relation, incapable d'avancer. Elle avait développé une grosse tumeur calcifiée dans l'utérus.

Le kyste fibromateux de Ruth représentait le souvenir matérialisé de sa relation figée avec un homme qui, dans leur relation, détenait plus de pouvoir qu'elle. Pendant plus de vingt et un ans, elle avait tout donné à cet homme, ne recevant aucune garantie en retour. Elle craignait de lui demander directement de s'engager, car elle ne voulait pas apparaître à ses yeux comme désespérée et dépendante. Elle préférait faire allusion à ce qu'elle souhaitait, de façon indirecte et passive.

Des recherches supplémentaires doivent être réalisées dans ce domaine important, mais il semblerait que l'on ait la preuve qu'une relation stressante peut affecter l'utérus. Des événements difficiles survenant dans la vie d'une femme peuvent amener les glandes surrénales à produire plus de stéroïdes, ce qui provoque alors des saignements utérins.

Il était important pour Ruth de s'affirmer davantage dans sa relation et de décider de rester avec son partenaire ou de le quitter. Seul l'équilibre entre la puissance et la vulnérabilité dans son approche relationnelle pouvait lui permettre de se libérer d'un état figé et de progresser dans la vie.

Relations et sexe

L'un des aspects importants permettant une relation équilibrée et épanouissante est la capacité de parler avec son partenaire. Nous devons être capables de communiquer de façon à pouvoir régler les problèmes concernant : puissance/vulnérabilité, dépendance/indépendance, prendre/donner, etc. Ainsi pouvons-nous nous mettre d'accord sur les limites de nos zones d'influence respectives. Les relations réussies sont très rarement basées exclusivement sur le sexe. Généralement, même lorsque deux personnes prétendent ne rechercher chez l'autre qu'une simple relation sexuelle, l'une des deux, au moins, souhaite secrètement autre chose. Ou, plus tard, l'un ou l'autre des partenaires ressentira le besoin de placer sa relation au-delà du plan physique. Une relation purement physique, sans connivence émotionnelle, peut servir de tremplin à la maladie et aux désordres fonctionnels dans les organes du deuxième centre émotionnel, en particulier les organes sexuels et reproducteurs.

Les femmes qui s'engagent aveuglément dans des liaisons qui ne dépassent jamais le simple échange sexuel souffrent de ce que j'appelle le « syndrome de la mante religieuse ». Lorsque la mante religieuse s'accouple, la femelle décapite le mâle et continue l'acte. Ce phénomène survient fréquemment lorsque les femmes choisissent un partenaire. Elles tombent amoureuses du corps de ce dernier et négligent le reste. Elles entament une relation sexuelle, laissant de côté le cerveau et la personnalité de leur partenaire. Ce qui va suivre vous semblera peut-être évident et banal, mais comme quantité de femmes et d'hommes semblent n'en tenir aucun compte, je vais le répéter : on doit consolider son attirance pour le corps de quelqu'un par une attirance encore plus forte pour son esprit.

Lorsque j'effectuais des recherches sur le sang dans mon laboratoire médical, je travaillais sur une machine appelée aggréganomètre. Il arrivait parfois qu'un fusible de cet appareil sautait. Je devais donc démonter l'appareil, remplacer le fusible et remonter le tout. N'étant pas spécialement douée pour la mécanique, je me retrouvais habituellement avec deux ou trois vis qu'il m'était impossible de replacer. Mais l'appareil semblant fonctionner correctement, je les laissais sur mon bureau. Un jour, mon supérieur entra dans la pièce où je travaillais et remarqua les vis placées dans une petite coupelle sur mon bureau. « D'où viennent-elles ? » demanda-t-il. « Ce sont quelques vis de l'aggréganomètre », répondis-je simplement. Il se prit la tête entre les mains. « Ce sont des vis de la prise de terre, cria-t-il. Vous devez les remettre à leur place, ou vous allez vous électrocuter. »

Les relations doivent aussi être fortement enracinées, ou l'on risque de se brûler physiquement et émotionnellement. Chacun doit apprendre ce que l'autre ressent et comprendre quelles sont ses limites. Sinon, notre système de conseils intuitifs, par l'intermédiaire des organes du deuxième centre émotionnel, nous signalera qu'il existe un problème dans ce domaine de notre existence. Je connais une femme qui a des relations sexuelles avec des hommes qu'elle rencontre au hasard. Elle les croise dans des aéroports, à bord des avions, dans des hôtels, au cours de conférences et, invariablement, elle se retrouve au lit avec eux. Mais cela ne va jamais plus loin. Aucune relation ne se développe jamais. Des semaines durant, elle attend que l'homme qu'elle vient de rencontrer la rappelle, mais en vain. Cette femme éprouve des difficultés à définir ses limites. Soit elle n'en a aucune, soit elle en a trop. Dans son travail, elle veille attentivement à son territoire de façon que personne ne profite d'elle, mais, simultanément, elle persiste à laisser les hommes abuser d'elle. Elle est une fenêtre ouverte permettant à toute la vermine du monde de rentrer chez elle, ou une fenêtre à double vitrage hermétiquement close.

Je ne fus pas surprise lorsque cette femme développa un cancer du col de l'utérus. On a découvert divers schémas émotionnels bien précis chez les femmes qui

310

souffrent de cancer ou de dysplasie du col de l'utérus. En général, elles ont eu des relations sexuelles très jeunes, un nombre élevé d'expériences sexuelles prénuptiales et extraconjugales, se sont mariées et ont divorcé à plusieurs reprises. Plus de la moitié de ces femmes ont grandi dans des familles où le père était décédé ou avait quitté le domicile conjugal. Surtout, ces femmes n'avaient jamais reçu l'amour d'un homme durant leur enfance. Leur comportement sexuel est semblable à un cri d'amour, à un effort désespéré pour obtenir ce qu'elles n'ont pas eu à la maison. Privées d'une représentation interne de l'amour, elles essayent constamment de combler le vide en elles par des relations nombreuses et déséquilibrées.

Chez les femmes souffrant de problèmes utérins, l'amour et le désir d'une relation amoureuse est souvent la raison principale qui les pousse à rechercher l'acte sexuel. Très fréquemment, elles ne sont même pas satisfaites sexuellement. Pourtant, elles ont tendance à être généreuses et désireuses de satisfaire totalement leur partenaire, physiquement et émotionnellement. Généralement, elles donnent plus qu'elles ne prennent. En fait, une étude portant sur cinquante et une femmes atteintes du cancer du col de l'utérus mit en évidence le fait que celles dont le cancer progressait le plus rapidement étaient celles qui donnaient plus qu'elles ne recevaient. Tout comme Sandra, dans l'histoire qui suit, ces femmes avaient, en général, souffert de solitude tout au long de leur existence. De plus, la vie qu'elles menaient et la médiocrité de leurs relations les désespéraient. Dans ces relations, elles étaient beaucoup trop coopératives, passives et soumises. Elles se rendaient trop vulnérables et ne possédaient pas de limites bien définies.

La lecture : À trente ans, Sandra souffrait de détresse émotionnelle et de divers maux physiques. Elle souhaitait modifier certaines choses dans sa vie afin de recouvrer la santé. Je la perçus comme une petite femme toute mince. Je découvris que, depuis son adolescence, elle avait eu de nombreuses relations sexuelles instables et de courte durée. Cette instabilité sexuelle était associée à ses relations avec son père. J'entrevis des souvenirs et des sentiments douloureux centrés sur le fait que, durant son enfance, son père quittait fréquemment sa famille pour plusieurs semaines. Ces absences provoquaient chez Sandra un sentiment d'abandon, de solitude, ainsi qu'un vide affectif.

Je découvris, dans l'organisme de Sandra, une grave irritation chronique de l'utérus, et une récente hémorragie utérine.

Les faits : Sandra souffrait d'herpès vaginal et de verrues vénériennes. Quelques jours avant sa lecture, elle avait avorté à la suite d'une relation de trois semaines avec un homme qu'elle souhaitait épouser. Cependant, Sandra venait juste de se séparer de son mari, John, après deux ans de mariage. Elle ne put me dire grand-chose sur son père, mais elle reconnut que, durant son enfance, en sa qualité d'officier de marine, il quittait fréquemment la maison pour plusieurs mois d'affilée. Elle aurait souhaité être plus proche de lui.

En plus de ses problèmes de santé, Sandra s'inquiétait au sujet de l'argent. Elle possédait, avec son ex-mari, une affaire lucrative et ignorait ce qu'elle pourrait bien faire en dehors de cette activité, associée à son mari. Elle n'avait pas de but bien défini dans la vie. Ses revenus et sa situation professionnelle dépendaient habituellement des hommes avec lesquels elle était sexuellement liée.

Sandra était désespérée par son existence actuelle. Elle craignait pour sa santé et se sentait impuissante en compagnie des hommes qu'elle attirait et avec lesquels elle entretenait des relations. Sa détresse émotionnelle concernant ses relations sexuelles, l'argent, ainsi que les problèmes de puissance et de contrôle étaient emmagasinés dans son deuxième centre émotionnel. La conséquence de cette situation était la suivante : les organes localisés dans ce centre s'adressaient à elle par l'intermédiaire de la maladie et de la douleur, soit par la dysplasie du col de l'utérus, l'herpès et les verrues vaginales.

Sandra était mue par le désir d'une relation amoureuse avec un homme afin de combler le vide laissé par son père durant son enfance. Le cancer du col de l'utérus a aussi été associé à un certain type de comportement. Les personnes sensibles ont tendance à être passives, pessimistes, soumises et à ne pas aborder de front leurs problèmes relationnels. Celles qui sont plus résistantes à ce type de cancer développent une attitude beaucoup plus agressive. Sur le plan immunologique, si nous ne réagissons pas bien aux situations et aux relations stressantes, nos glandes surrénales produisent davantage de stéroïdes sexuels, nous rendant ainsi plus vulnérables à des maladies, tel le cancer du col de l'utérus. Les chercheurs parviennent pratiquement à prédire quelles femmes développeront un cancer lorsque leurs frottis présentent des anomalies. Ce sera la femme dont l'amant ou le mari la trompe souvent, manque de sincérité et boit trop. Elle dira : « J'aurais dû le quitter, mais je ne l'ai pas fait à cause des enfants. » Son intuition lui dit ce qu'il faut faire, elle entend bien l'avertissement, mais ne le suit pas. Elle choisit d'être passive, soumise. De telles femmes acceptent la responsabilité de leurs problèmes et les supportent au-delà de toute logique en pensant que les autres ont besoin d'elles. Au contraire, les femmes qui ne souffrent pas de cancer du col de l'utérus connaissent généralement les limites de leurs responsabilités vis-à-vis des autres et d'elles-mêmes, et elles sont capables de s'adapter et de changer au fur et à mesure que leur vie se modifie.

Un autre exemple classique, montrant comment nos émotions et nos souvenirs ayant un rapport étroit avec le sexe et les relations sont entreposés dans l'organisme, concerne la douleur pelvienne chronique. Ceux qui ont souffert d'agressions sexuelles durant leur enfance et les femmes qui vivent des relations sexuelles douloureuses sont prédisposés aux douleurs pelviennes chroniques. Cependant, il est fréquent qu'ils n'entendent pas ce que leur intuition leur dit par l'intermédiaire des organes de leur second centre émotionnel.

LES SOUVENIRS TRAUMATIQUES
DOULEURS PELVIENNES CHRONIQUES

La lecture : Lorsque Katrina, quarante-deux ans, m'appela, je la découvris assise à son bureau, surchargée de travail, exécutant passivement les tâches que lui imposaient ses deux patrons. Je vis aussi qu'elle avait vécu un passé pénible avec au moins deux hommes qui n'étaient pas ses patrons. Je localisai cette épreuve dans son pelvis, sous la forme de profondes cicatrices, provoquant une douleur chronique. Je découvris aussi qu'elle avait un problème de dépression et d'abus de stupéfiants.

Les faits : Au début, Katrina déclara n'avoir jamais eu de relation douloureuse avec qui que ce soit. En fait, elle fut même catégorique. Elle n'entretenait aucune relation actuellement. Elle se concentrait uniquement sur sa profession, affirma-t-elle. Néanmoins, elle confirma souffrir de douleurs pelviennes chroniques à un point tel qu'elle avait dû subir quatre interventions chirurgicales qui ne lui avaient apporté aucun soulagement. Elle souhaitait désespérément savoir comment se libérer de cette douleur.

Après avoir raccroché le combiné du téléphone, je me sentis déconcertée par cette lecture. Avais-je mal interprété son passé émotionnel ? Quinze minutes plus tard, elle me rappela, en me déclarant avoir oublié de me dire quelque chose. À l'âge de quinze ans, elle avait été enlevée en revenant de l'école, emmenée dans un lieu isolé et violée par deux hommes.

Katrina n'avait pas mentionné le viol parce qu'elle ne l'avait pas considéré comme une relation. Cependant, il était évident que cet événement était à l'origine de ses troubles physiologiques. Une littérature abondante établit la relation existant entre les douleurs pelviennes chroniques et le viol. Les traumatismes sexuels, particulièrement pendant l'enfance, sont connus pour être à l'origine de douleurs dans l'appareil génito-urinaire, ainsi que de troubles du comportement alimentaire et de l'obésité. Les femmes victimes d'agressions sexuelles durant leur enfance sont aussi plus sujettes aux comportements autodestructeurs afin d'échapper au souvenir de leur traumatisme.

Katrina représentait le cas typique d'une dissociation émotionnelle et de l'oubli volontaire d'un souvenir traumatisant. Mais ce souvenir était imprimé dans son pelvis, la zone symbolique où le traumatisme était survenu. Katrina n'avait jamais appris à affronter et à évacuer ce souvenir traumatisant qui perturbait ses relations actuelles. Par conséquent, elle revivait sans cesse le schéma d'impuissance qui avait marqué son adolescence. Elle était passive et soumise envers ses employeurs, anxieuse de plaire et donnant plus qu'elle ne recevait. Simultanément, elle évitait les relations sexuelles avec les hommes. Elle se consacrait entièrement à sa carrière, qui représentait sa principale motivation, mais elle ne parvenait pas à équilibrer cet aspect de son existence par une relation harmonieuse dans sa vie privée. Par l'intermédiaire de son pelvis, son système de conseils intuitifs l'informait que sa vie était déséquilibrée et lui donnait l'occasion de faire quelque chose dans le but d'y remédier.

ÉQUILIBRER RELATIONS ET MOTIVATIONS

Dans le deuxième centre émotionnel, relations et motivations sont étroitement liées et indispensables à l'harmonie de ce centre. On ne peut pas avoir l'un sans l'autre.

En effet, les relations représentent une motivation vitale par elles-mêmes et une contrepartie essentielle à nos buts matériels, comme l'argent, le pouvoir, la carrière. Les hommes qui perdent leur situation s'en sortent beaucoup mieux et évitent la maladie s'ils sont profondément convaincus d'être soutenus par leur famille et s'ils sont pleinement satisfaits de leurs relations. Cela est tout à fait sensé. En perdant votre situation, vous perdez l'une des plus importantes motivations du deuxième centre émotionnel. Donc, si vous avez également des problèmes relationnels, vous serez alors vulnérable aux maladies de ce centre.

L'histoire suivante illustre parfaitement l'imbrication entre relations et motivations, et leurs répercussions potentielles sur la santé d'un individu.

George, cinquante-cinq ans, avait toujours été le fier patriarche de sa famille. Fils d'immigrants, il avait grimpé les échelons pour parvenir à une situation élevée et rémunératrice dans une importante société d'investissements. Il avait une jolie femme et deux enfants merveilleux. La famille bénéficiait de tous les signes extérieurs de richesse due aux succès de George – une superbe maison avec piscine, plusieurs voitures dont une Volvo et une Jaguar, une adhésion au *country club* local et un épagneul breton nommé Muldoon. George était un pilier de sa communauté, un officier du Lions Club et du club Rotary, et un conseiller officieux du maire de sa ville.

À la maison, George était le maître suprême. Il gérait les finances de la famille et réglait toutes les factures. Il était très protecteur envers sa fille, surtout depuis qu'elle était en âge de sortir. Sa femme, Karna, restait à la maison pour s'occuper des enfants et participait à quelques œuvres bénévoles. Elle n'avait jamais travaillé, même lorsque ses enfants furent assez grands pour aller à l'école. Elle ne prenait jamais de décision sans consulter préalablement son époux. En fait, Karna souffrait de dépression, mais ne s'était jamais opposée à son mari. Elle n'avait jamais trouvé de centre d'intérêt en dehors de sa vie familiale.

Tout allait bien pour la famille lorsque George fut subitement accusé de délit d'initié. La chute fut terrible. Il fut reconnu coupable et condamné à deux ans de prison. Cet homme si puissant fut brutalement privé de tout le contrôle qu'il exerçait sur sa vie professionnelle et privée. Sa famille lui rendit visite en prison et, au début, communiqua avec lui chaque jour. Mais, bientôt, les cartes, les lettres, les coups de téléphone et les visites s'espacèrent. Cette réclusion commença à déséquilibrer George. Il était rongé par le remords et submergé par la honte de ce qui s'était passé.

Pendant ce temps, Karna se métamorphosait. Au début, elle fut désespérée et effrayée lorsque George fut envoyé en prison. Puis, elle se remit à taper à la machine, trouva un travail de secrétariat et gagna peu à peu de l'argent. Elle effectua même quelques voyages et s'habitua à être seule, indépendante, sans avoir à rendre de comptes à qui que ce soit. Ses enfants avaient toujours besoin d'elle, mais, pour la première fois, elle découvrit la satisfaction de ne pas dépendre des autres pour donner un sens à sa vie. Elle apprit à s'affirmer et à définir ses propres buts. Sa dépression disparut. Elle se sentit plus forte et se mit à prendre des décisions pour la famille, ce qu'elle n'avait jamais fait auparavant.

Lorsque les deux années furent écoulées, George se prépara à rentrer à la maison. Il demanda que toute la famille soit présente pour l'accueillir. Les enfants rentrèrent de l'école et accrochèrent un ruban jaune à l'extérieur de la maison pour fêter le retour du patriarche. Ils essayèrent de ressembler aux enfants qu'ils avaient été avant le départ de leur père.

Mais les choses étaient différentes maintenant. George éprouva des difficultés à trouver du travail. Il commença à grossir, laissa pousser sa barbe et se mit à errer sans but autour de la maison. Les enfants étaient partis à l'université, leur personnalité s'était développée, et ils ne considéraient plus leur père comme le chef incontesté de la famille. Karna, pendant ce temps, appréciait sa nouvelle puissance. Elle avait bénéficié d'une promotion et suivait maintenant des cours de droit à l'université locale. Elle se mit à traiter George comme un étranger. Il n'était plus l'homme qu'elle avait épousé.

L'équilibre du pouvoir dans leur couple s'était complètement renversé. Karna prenait maintenant la plupart des décisions familiales. Leurs enfants ayant quitté le foyer, elle exprima à George son désir de vendre leur grande maison et de s'installer dans une autre, plus petite. Lorsqu'il eut plusieurs accidents avec sa Jaguar, Karna insista pour la vendre aussi. George avait perdu tout son pouvoir au sein de sa famille. Maintenant, il était en train de perdre aussi ses biens, symboles de sa position sociale et de sa richesse. Peu de temps après, il se mit à souffrir de douleurs en urinant. Il alla consulter un médecin, qui diagnostiqua un cancer de la prostate.

L'état de George correspondait à la perte de l'important pouvoir dont il disposait extérieurement et parmi ses diverses relations. Il vivait un renversement complet de position dans les deux secteurs de son deuxième centre émotionnel, et cela déclencha des troubles de la prostate.

Comment savons-nous que le sentiment de puissance extérieure – sexe, argent, travail – et les rapports de forces au sein d'une relation peuvent affecter la santé et la puissance des organes sexuels mâles ? Des études sur des singes rhésus confirment cette conclusion. Elles démontrent que lorsqu'un singe mâle s'affirme et prétend devenir le dominant du groupe afin d'accaparer le pouvoir, son taux de testostérone augmente. Au contraire, les mâles soumis ou vaincus, qui n'ont pas ou qui ont peu de pouvoir au sein du groupe, voient leur taux de testostérone diminuer.

Le statut social, après une brève pause dans le cerveau, s'installe apparemment directement dans le pelvis. Les scientifiques étudièrent un poisson appelé *Haplochromis Bertoni*. Ils découvrirent que parmi les mâles agressifs de cette espèce qui contrôlaient de grands territoires et tenaient les autres mâles à distance, les cellules de l'hypothalamus, qui contrôle la testostérone, gonflaient, faisant grossir ainsi leurs organes sexuels – c'est-à-dire leurs testicules. Ces poissons étaient ensuite capables de copuler six à huit fois plus longtemps que les autres poissons. De plus, ils se teintaient d'une extraordinaire couleur brillante qui contrastait avec le beige terne des autres poissons. Ainsi, non seulement ces poissons accaparaient toutes les femelles, mais ils étaient aussi parés des atours de la puissance.

Durant sa splendeur, George avait été semblable au poisson macho ou au coq dans le poulailler. Puissant, socialement important, revêtu des attributs de la réussite, il avait paradé toute sa vie. Mais la roue de la fortune avait tourné. Il est valorisant d'être au sommet, mais un problème pointe alors : lorsque vous êtes tout en haut, tout le monde veut vous faire descendre. Il semblerait que la vie soit une lutte impitoyable. Le poisson brillamment coloré de l'étude citée plus haut n'était pas heureux, malgré tous les avantages de sa position dominante. Ses brillantes couleurs, semblables à un drapeau rouge, signalaient sa présence aux prédateurs et aux concurrents. S'il était battu dans un combat pour le pouvoir, il subissait à son tour ce qu'il avait fait endurer à son prédécesseur. Ainsi, les cellules de son hypothalamus rétrécissaient, et son taux de testostérone baissait. En d'autres termes, la taille de ses testicules diminuait. Simultanément, ses belles couleurs commençaient à se faner, et, rapidement, il en était réduit à porter l'habit beige du « cadre moyen ».

L'histoire de ce poisson nous donne une leçon intéressante sur la nécessité d'équilibrer puissance et vulnérabilité dans tout ce qui nous motive. Visiblement, on ne peut simplement se complaire dans le machisme agressif et ne présenter que les caractéristiques de la colonne de la puissance du deuxième centre émotionnel. Trop de puissance peut en définitive finir par nous rendre vulnérables. Les prédateurs peuvent nous attaquer et nous faire dégringoler de notre piédestal.

Lorsque George perdit son pouvoir, sa position sociale et ses relations, il devint comme le poisson dont le cerveau se racornit et dont les testicules rétrécissent. L'équilibre de son existence fut complètement bouleversé, passant de la colonne de la puissance à celle de la vulnérabilité. Au même moment, sa femme saisit la direction des opérations et s'empara du pouvoir. Elle s'inséra dans le monde extérieur et prit le pouvoir pendant que lui-même perdait le sien. Le stress accompagnant ce genre de situation affecta sa santé. Le stress est considéré comme l'un des principaux facteurs responsables des problèmes de prostate. Il envahit l'hypothalamus, ce qui affecte la glande pituitaire, provoquant ainsi un déséquilibre entre les hormones androgènes et œstrogènes, ce qui, en somme, crée un gonflement de la prostate.

Mais George n'avait pas qu'un simple problème de stress. Son système de conseils intuitifs lui soufflait que l'intégralité de son deuxième centre émotionnel était détraquée. En fait, ce dernier était sur le point de s'effondrer totalement, à moins que George n'agisse vite et bien. Il devait rétablir un équilibre non seulement entre la puissance et la vulnérabilité à la fois dans ses motivations et ses relations, mais aussi entre les deux moitiés de son deuxième centre émotionnel. Si toute votre vie tourne autour de votre profession et que vos relations sont médiocres, alors, il vous manque une facette de votre deuxième centre émotionnel. L'harmonie ne règne pas, et vous êtes vulnérable aux maladies. Inversement, si vos relations sont excellentes, mais qu'elles ne sont pas équilibrées par un but dans l'existence, vous serez également vulnérable.

Dans le deuxième centre émotionnel, vous ne devez pas mettre tous vos œufs dans le même panier. Vous devez les répartir également entre les deux zones.

CHAPITRE 8

L'APPAREIL GASTRO-INTESTINAL :
RESPONSABILITÉ
ET AMOUR-PROPRE

Dans la comédie musicale *Chorus Line*, l'une des protagonistes se demande si elle parviendra un jour à devenir danseuse et chante une mélodie qui exprime ses doutes et ses interrogations. « Qui suis-je réellement ? » se questionne-t-elle. « Ne suis-je rien d'autre qu'un curriculum vitae ? »

Cette problématique résonne dans la conscience de chacun d'entre nous. Alors que nous luttons pour trouver notre place dans la vie, notre sentiment d'identité et d'amour-propre est intimement lié à notre travail, à notre tâche dans l'existence, à la façon dont nous l'accomplissons et dont les autres perçoivent, jugent et acceptent le résultat.

Cette question est au cœur du troisième centre émotionnel. Celui-ci concerne la notion du « je par rapport au reste du monde ». Dans notre quête en vue de nous établir une position de force dans le monde, nous sommes en proie à des sentiments d'adéquation ou d'inadéquation, de compétitivité et d'agressivité opposés à des sentiments de non-compétitivité et de défensive. Nous luttons pour développer notre sens des responsabilités, pour nous fixer des buts et pour comprendre nos limitations. Les souvenirs liés à ces émotions sont imprimés dans les organes de ce centre, c'est-à-dire les organes de l'appareil gastro-intestinal, dont la bouche, l'œsophage, l'estomac, l'intestin grêle, le gros intestin, le foie et la vésicule biliaire (voir le croquis ci-dessous).

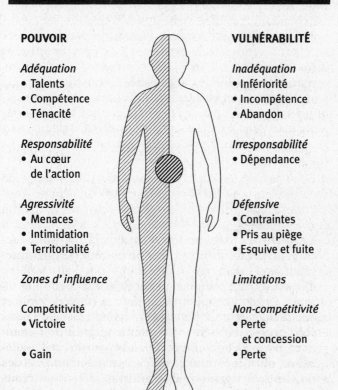

Troisième centre émotionnel

POUVOIR

Adéquation
- Talents
- Compétence
- Ténacité

Responsabilité
- Au cœur de l'action

Agressivité
- Menaces
- Intimidation
- Territorialité

Zones d' influence

Compétitivité
- Victoire

- Gain

VULNÉRABILITÉ

Inadéquation
- Infériorité
- Incompétence
- Abandon

Irresponsabilité
- Dépendance

Défensive
- Contraintes
- Pris au piège
- Esquive et fuite

Limitations

Non-compétitivité
- Perte et concession
- Perte

Certains d'entre nous sont motivés par le succès. Nous luttons pour la compétence et l'adéquation. Nous sommes hautement compétitifs, ambitieux et agressifs dans l'exécution de nos tâches, quelles qu'elles soient. Nous prenons nos responsabilités très au sérieux. En tout, nous jouons pour gagner. En récompense de nos actions, la société nous accorde argent, notoriété, encouragements permanents, et cela nous incite à continuer. Ayant acquis succès et pouvoir, nous estimons avoir réussi, et les autres pensent de même.

Cependant, parallèlement, nous préparons les conditions de notre chute. Vouloir toujours gagner, ne jamais accepter l'éventualité de perdre un jour, produit un excès de puissance dans le troisième centre émotionnel. Nous sommes déséquilibrés par le refus d'admettre que nous pouvons présenter certaines insuffisances et certaines limites sur quelque plan que ce soit, et cette surcharge de puissance peut créer les conditions de la maladie dans les organes du troisième centre émotionnel.

La lutte pour le pouvoir
Un cas d'ulcères

La lecture : Lorsque Pierre m'appela pour une lecture, je perçus intuitivement un homme de quarante-cinq ans qui travaillait dans une atmosphère d'intense compétition où prévalait une mentalité de rivalité permanente et où la lutte pour le pouvoir et le contrôle était extrêmement forte. Je vis que Pierre était très compétent et hautement qualifié. Cependant, il avait atteint un point où son travail ne le satisfaisait plus. Il commençait à s'interroger sur ses buts réels et se demandait s'il ne pourrait pas satisfaire ses besoins spirituels grandissant d'une autre façon. De plus, bien qu'il ait acquis avec succès de plus en plus d'importance dans sa société, il avait perdu sa situation après avoir tenté d'empiéter sur le territoire de quelqu'un d'autre.

Sur le plan physique, je remarquai que Pierre présentait le risque de voir son artère coronaire bouchée. Cependant, cela ne le tourmentait pas actuellement. Lorsque j'examinai son œsophage, je vis une inflammation, puis de grands trous sanglants dans son estomac et son duodénum.

Les faits : Pendant des années, Pierre avait exercé de hautes fonctions dans l'une des cinq cents premières compagnies américaines. Il avait lutté intensément et avec beaucoup de succès afin d'assumer ses hautes responsabilités. Il trébucha, cependant, à cause d'une affaire très délicate : il avait entretenu une liaison avec la femme de son patron. Quand cette liaison fut découverte, un poste inférieur lui fut assigné au sein de l'entreprise. Pour finir, il fut obligé de chercher du travail ailleurs et signa un contrat avec une autre très importante compagnie, un concurrent de son employeur précédent.

Pierre souffrait d'ulcères avec hémorragies de l'estomac et du duodénum et voulait savoir ce qu'il devait faire à ce sujet.

Le système intuitif de Pierre hurlait telle une sirène, et il l'avait entendu jusqu'à un certain point. Il avait intuitivement ressenti qu'il devait modifier certains aspects de sa vie passée survoltée. Son aspiration à davantage de spiritualité représentait la reconnaissance intuitive de son besoin d'un meilleur positionnement dans la colonne Vulnérabilité du troisième centre émotionnel.

La compétition peut être salutaire. Elle vous place dans une situation qui vous offre l'opportunité de vous surpasser. Si vous supprimez toute compétition, vous obtenez le vieux système soviétique du bloc communiste. Nous savons tous que cela n'a pas duré. Ses citoyens n'étaient animés par aucune motivation et n'atteignaient jamais leur seuil maximal de productivité. Mais il y a des moments où la compétition, qui n'est que le simple désir de vaincre, peut être pesante et négative. Afin que la santé du troisième centre émotionnel soit maintenue, il est important de savoir perdre aussi bien que de savoir gagner, d'accepter d'être compétitif ou non, de tolérer les insuffisances comme les compétences.

Nous connaissons tous quelqu'un qui a toujours besoin de gagner – que ce soit au jeu d'échecs ou au cours d'une discussion – et qui n'est, en fait, qu'un malotru. Il ne peut accepter de perdre, car l'échec le rend incompétent et vulnérable. La victoire, bien entendu, nous donne à tous un sentiment de puissance euphorique. Mais lorsque nous tentons d'acquérir de nouvelles connaissances ou d'améliorer nos compétences dans un domaine, nous ne pouvons nous attendre à être le meilleur immédiatement. En réalité, nous devons traverser par une phase de non-compétitivité et, peut-être même, accepter de perdre. Je joue régulièrement au tennis avec une excellente amie, mais je ne suis pas (encore) aussi bonne qu'elle. Je perds presque chaque fois que je joue contre elle et j'admets que je déteste cela. Mon jeu s'améliore cependant et, il n'y a pas très longtemps, je menais même le match quatre à deux. Cependant, à cet instant, je dis à mon amie que je n'allais pas essayer de gagner les prochains jeux, mais que j'allais, au contraire, m'appliquer à améliorer la qualité de mes coups et le placement de mes balles. Cela ne me fut pas facile. Comme la plupart des gens, je déteste perdre (ce qui m'arriva ce soir-là), mais cela était indispensable si je voulais espérer pouvoir acquérir un jour les qualités et le niveau de compétence qui me permettraient d'en faire voir de toutes les couleurs à mon amie, sur le court.

De la même façon, puisque nous voulons tous être compétents, nous devons accepter d'avoir des insuffisances dans certains domaines de notre vie. Personne ne peut être bon partout. Nous devons tolérer nos insuffisances et celles des autres. J'avoue que cela m'est parfois difficile. Certaines personnes, cependant, ont tellement peur d'échouer qu'elles n'achèvent jamais ce qu'elles ont commencé. Elles attendent. Cela s'appelle la procrastination.

Le croquis précédent illustre la puissance et la vulnérabilité du troisième centre émotionnel. Quel est votre rapport puissance/vulnérabilité dans ce domaine ? Vous considérez-vous comme compétitif, comme quelqu'un qui doit toujours gagner ? Est-il important pour votre amour-propre d'être compétent dans tous les domaines ? Ou bien ressentez-vous tellement vos insuffisances que vous ne finissez jamais ce que vous commencez ? Estimez-vous être un individu responsable et fiable, ou évitez-vous les responsabilités qui vous donnent l'impression d'être pris au piège ? Vous déchargez-vous sur les autres ? Face à un défi ou à une menace, réagissez-vous agressivement et de façon intimidante, ou avez-vous tendance à vous sauver, à vous cacher, à éviter la confrontation ? Enfin, avez-vous besoin d'espace vital ? Comment délimitez-vous votre territoire ? Votre vie personnelle est-elle compartimentée ? Et votre vie professionnelle ? Aimez-vous que chaque chose soit à sa place ? Vos « pins » magnétiques sont-ils bien alignés sur la porte de votre réfrigérateur ? Toutes vos paires de chaussettes sont-elles rangées de façon bien ordonnée dans le tiroir correspondant ? Vos billets de banque sont-ils rangés dans votre portefeuille par ordre d'importance ? Empiétez-vous sur le territoire des autres, cherchant à étendre votre zone d'influence, tout en protégeant agressivement votre propre secteur réservé ? Ou êtes-vous perturbé et frustré par les restrictions de tous ordres, en ayant l'impression d'être diminué et pris au piège ?

Vous surprenez-vous parfois à prononcer des phrases comme : « Je dois toujours tout faire moi-même » ou : « Si je veux que quelque chose soit bien fait, je dois le faire moi-même » ? Cela peut signifier que vous êtes excessivement responsable. Si votre mantra est : « Il faut que je sois le numéro un » ou : « Je n'entreprends rien où je ne sois le meilleur » (ce qui est mon cas), et si vous détestez la médiocrité, vous êtes probablement intensément compétitif. Au contraire, si vous êtes convaincu de n'être jamais à la hauteur, vous êtes sans doute envahi par un sentiment d'insuffisance.

Pendant des années, Pierre s'efforça d'être le numéro un. Il s'était presque exclusivement positionné dans la colonne Puissance du troisième centre émotionnel. Toujours gagnant, il avait rarement envisagé la possibilité d'un échec dans la poursuite de ses buts. Il n'avait jamais imaginé adopter une approche passive devant quoi que ce soit. La compétition était sa raison d'être. Très doué et compétent, il avait poursuivi ses buts agressivement avec un sens développé de la territorialité. Conquérir de nouvelles aires d'influence était sa spécialité et représentait sa motivation profonde. De plus, Pierre considérait sa compétitivité, son agressivité et son sens de la territorialité comme autant de moyens d'assumer ses responsabilités dans la vie. En étant compétitif, il se sentait responsable. En fait, il élargissait ses champs d'action en envahissant ceux des autres. Ainsi, ses divers succès et victoires lui procurèrent, au moins pour quelque temps, une profonde estime de lui-même.

Finalement, son intuition et les organes de son troisième centre émotionnel l'informèrent qu'il était temps de procéder à certaines modifications. La compétition permanente et l'agression territoriale auxquelles se livrait Pierre depuis si longtemps affectaient la santé de son estomac et de son appareil digestif.

Un parallèle frappant avec le cas de Pierre nous est offert par une étude concernant les marsupiaux australiens. En observant le comportement de ces animaux durant la saison des amours, les chercheurs constatèrent que les mâles se battaient agressivement les uns contre les autres pour s'assurer la possession à la fois du territoire et des femelles. Ce n'étaient que disputes et batailles, chacun violant les limites définies par les autres et cherchant à accaparer leurs territoires. Pendant ce temps, les femelles restaient assises et contemplaient le spectacle. Une fois la poussière retombée, elles cherchaient du regard le mâle disposant du territoire le plus vaste. Puis, les femelles les plus développées et les plus désirables prenaient place dans son espace. À leur tour, les femelles un peu moins attirantes choisissaient un mâle disposant d'un peu moins d'espace, et ainsi de suite. Les mâles fertilisaient les femelles et, peu après, tombaient raides morts. Ils ne verraient jamais leur progéniture.

En examinant les marsupiaux afin de déterminer la cause de leur mort, les chercheurs constatèrent qu'ils étaient criblés d'ulcères à l'estomac et au duodénum. Ils avaient été fortement infestés par divers parasites qui avaient dévoré les parois de leur estomac et de leurs intestins, provoquant des hémorragies ayant causé leur mort. En s'agressant et en luttant les uns contre les autres, ils avaient augmenté leur taux de corticoïdes, supprimant ainsi leurs défenses immunitaires et favorisant l'invasion parasitaire. Quelle ironie ! La chose la plus importante à leurs yeux était de violer les limites des autres et d'envahir leur territoire. Le même sort leur était infligé dans leur organisme. Et cela les avait détruits. Certains appelleront cela la « loi du karma » ou jugeront cette histoire comme une preuve de la règle d'or : « Fais aux autres ce que tu aimerais que l'on te fasse. »

Le champ de bataille des marsupiaux pourrait être comparé au champ de bataille des entreprises de New York. Tout comme ces mammifères, Pierre avait passé la meilleure partie de sa vie, c'est-à-dire son adolescence, sa jeunesse et sa jeune vie d'adulte, à répéter les rituels d'agression entre individus et d'augmentation de territoire. Cela avait développé en lui un sentiment de puissance, de responsabilité et d'estime de soi. Cela lui avait aussi donné des ulcères.

Les ulcères, cependant, étaient la voix de son intuition l'informant qu'il devait changer de vie. La science nous dit la même chose. D'après une littérature importante, les gens qui sont très ambitieux, très agressifs et hautement compétitifs ont un taux élevé d'ulcères. Mais revoyons le cas des marsupiaux australiens. Les chercheurs donnèrent à chacun des mâles une portion de terrain sur laquelle se trouvait un petit abri et les empêchèrent d'entrer en conflit et d'envahir le territoire du voisin. Qu'arriva-t-il ? Les mâles ne moururent plus après avoir fertilisé leurs femelles. Ils survécurent et veillèrent au développement de leurs petits. Ils furent même capables de rester avec leurs femelles et vécurent deux fois plus longtemps qu'auparavant. Changer leurs habitudes avait modifié leur état de santé et la qualité de leur vie. La même chose pourrait arriver à Pierre.

S'agit-il pour autant d'un argument contre tout type de compétition, en tout temps ? Suis-je en train de dire que nous devrions tous nous comporter comme des marsupiaux, permettre au gouvernement d'accorder à chacun de nous un bout de terrain et une Ford Escort, et nous installer dans la médiocrité ? Non. Comme je l'ai dit auparavant, la compétition peut être salutaire à certains moments, mais négative si elle est permanente. Il est nécessaire de trouver un équilibre entre ces deux extrêmes. Nous devons apprendre à être les meilleurs dans quelques domaines et accepter d'être médiocres dans d'autres. Il est possible que le fait de vivre deux fois plus longtemps n'ait pas apporté le bonheur aux marsupiaux mâles. Certains d'entre eux ont peut-être tout simplement prolongé leur vie misérable. Longévité n'équivaut pas toujours à bonheur. Dans le cas de Pierre, il est bon de noter que son propre système de conseils intuitifs lui indiquait qu'une intense compétition et une ambition forcenée ne lui convenaient plus. Il avait besoin de trouver un meilleur équilibre dans la vie, comme la plupart d'entre nous.

SAGESSE, TRAUMA ET INTUITION

Les organes dépendant du troisième centre émotionnel sont plus sensibles aux émotions que n'importe quel autre organe du corps. Ce lien très étroit peut être dû au fait que le premier contact que nous avons avec le monde extérieur se produit au travers de l'appareil digestif. En effet, le système gastro-intestinal est essentiel dans notre vie, depuis l'instant où nous posons les lèvres sur le sein de notre mère. Il paraît donc sensé que nous puissions ressentir nos émotions dans nos intestins.

Déjà, au XIXᵉ siècle, les médecins évoquaient la « sensibilité intestinale » de quelques patients et considéraient les intestins comme un moyen d'exprimer les sentiments. Réfléchissons simplement au langage émotionnel que nous avons bâti autour de l'estomac et de l'intestin : « J'ai l'estomac dans les talons », « J'ai les intestins noués », « J'ai l'estomac retourné », « Cela me prend aux tripes », etc. De même, certains autres organes de ce centre émotionnel sont aussi utilisés dans des expressions comme : « J'ai le cœur au bord des lèvres », « J'ai la bouche sèche », « Je vais lui faire ravaler ses paroles », « Faire rendre gorge à quelqu'un », « J'ai la gorge nouée », etc. Ainsi, généralement, les organes du troisième centre émotionnel sont souvent utilisés pour exprimer colère, dégoût, peur, dépression, vengeance et intuition.

Au début du XIXe siècle, un homme appelé Alexis Saint-Martin se tira accidentellement une balle dans le ventre. La blessure était importante et ne se cicatrisa jamais. Par un petit trou dans la ceinture abdominale de M. Saint-Martin, on pouvait clairement apercevoir la paroi stomacale. Le fameux chirurgien William Beaumont entreprit d'examiner cet homme, afin de déterminer l'influence de son état d'esprit sur son estomac. Il observa que la paroi stomacale changeait de couleur selon que telle ou telle émotion provoquait une sécrétion plus ou moins forte d'acide dans l'estomac. Lorsque la colère congestionnait son visage, la paroi stomacale virait, elle aussi, au rouge. Cela représentait l'essence même de la relation médicale existant entre le corps et l'esprit (en l'occurrence, l'estomac-esprit). Chacune des émotions de cet homme – angoisse, ressentiment, frustration, colère, joie – était littéralement réfléchie par sa paroi stomacale.

Comment le cerveau parvient-il à transformer les souvenirs et les émotions d'un événement déterminé en une modification physiologique dans l'estomac ou dans toute autre partie de l'appareil gastro-intestinal ? Un réseau très dense de connexions nerveuses relie le cerveau et les intestins. Un très important réseau de fibres nerveuses en provenance du système nerveux autonome – qui anime le cerveau sans que nous en ayons conscience – sert de connexion entre le cerveau et les intestins. Semblables à une ceinture radiale sur un pneu, ces fibres nerveuses s'enroulent littéralement autour de la paroi intestinale et la font se contracter. Quand vous utilisez l'expression « J'ai l'estomac noué », celle-ci est parfaitement appropriée. À cet effet, quand vous ressentez une émotion violente, les nerfs qui entourent votre estomac et vos intestins les nouent véritablement.

D'importantes connexions existent aussi entre l'amygdala du lobe temporal et l'estomac. Elles permettent à nos émotions violentes – peur, angoisse, colère, menace, intimidation – d'être ressenties dans l'estomac et dans l'abdomen. Du fait que l'amygdala joue un rôle important dans le mécanisme de la mémoire, elle peut aussi atténuer l'intensité avec laquelle des expériences négatives ou traumatisantes peuvent provoquer des transformations dans l'appareil gastro-intestinal. Chez les animaux, l'amygdala détermine les réactions de puissance ou de vulnérabilité dans des situations de stress. Plus intense est le sentiment d'impuissance face aux menaces, aux contraintes et aux agressions, plus élevée est la probabilité de développement d'ulcères.

Les gens savent depuis longtemps que de nombreuses émotions sont liées aux ulcères. Quand on se sent menacé, par exemple, le cerveau ordonne à l'estomac de sécréter plus d'acide et de réduire l'afflux sanguin dans sa paroi, préparant ainsi le terrain aux ulcères. Certains scientifiques ont émis l'hypothèse selon laquelle les ulcères sont provoqués par une invasion, dans l'estomac, de bactéries appelées *Heliobactera pylori*. Cependant, bien que nous ayons tous des *Heliobactera pylori* dans notre estomac – comme nous avons tous des *E. Coli* dans les intestins et que toutes les femmes ont des champignons dans le vagin –, il doit y avoir quelque chose dans l'estomac de certaines personnes qui les rend plus susceptibles que d'autres au développement d'ulcères. Les scientifiques croient que les changements importants et stressants dans la vie, les sentiments d'insécurité et le fait de se sentir pris au piège ou limité peuvent altérer le système immunitaire et provoquer le développement de ces bactéries, ouvrant la voie aux ulcères. Comme si le *H. pylori* annonçait de mauvaises nouvelles.

En effet, il a été démontré que se sentir piégé, prisonnier d'une situation sans issue, contribuait au développement d'ulcères. Les cas d'ulcères grimpèrent considérablement durant le blitz de Londres, dans les années quarante, lorsque les gens furent prisonniers dans leur maison, incapables de sortir et de se défendre contre la menace d'annihilation représentée par les bombes d'Hitler. Les gens qui ne peuvent fuir une situation difficile ont des taux élevés d'acides non gras dans le sang, indiquant la présence de stress qui peut favoriser la création de futurs ulcères. De nos jours, les hôpitaux placent couramment leurs patients gravement malades – ceux qui sont enfermés dans des espaces restreints pendant de longues durées – sous antiacides après un certain temps, parce que de tels patients sont connus pour développer un taux anormalement élevé d'ulcères provoqués par le stress du confinement et des limitations.

L'anxiété chronique, les soucis et la rumination sont également étroitement liés aux ulcères, de même que le perfectionnisme. De plus, la perte de confiance en soi peut entraîner dans le sang une baisse de l'hormone somatostatine, ce qui empêche l'estomac et les intestins de fonctionner normalement, préparant ainsi le terrain aux ulcères et autres problèmes gastro-intestinaux.

TU MARCHES SUR MES PLATES-BANDES
UN CAS DE MALADIE DE CROHN

La lecture : Je découvris que Marshall, soixante ans, était un homme très créatif. Il voyait comment une chose devait être faite et l'exprimait de façon très claire. Cependant, il tolérait difficilement l'échec et la contradiction. Simultanément, je vis aussi qu'il travaillait avec une personne qui le jugeait et avait le pouvoir de bloquer sa créativité. Je compris qu'il avait eu des problèmes constants d'autorité tout au long de sa vie, jalonnée de luttes incessantes pour faire respecter ses zones d'influence. Cela provoquait une angoisse permanente chez lui et le faisait bouillir intérieurement.

Je découvris une rougeur et une inflammation sur la paroi de son estomac, de son duodénum et de son côlon. Je remarquai aussi des cicatrices sur son foie, provoquées par un ancien problème relié à l'alcool, ainsi que des marques sur ses poumons résultant de son passé de fumeur.

Les faits : Marshall était contremaître dans une grande imprimerie. Il s'occupait du quai de chargement et il avait des problèmes avec son patron, avec qui il engageait d'incessantes luttes de pouvoir concernant ce qu'il jugeait être son domaine. Il avait des idées sur la façon dont les choses devaient être faites, y compris sur l'emplacement des caisses, dont son patron ne tenait fréquemment aucun compte. Tout cela contrariait considérablement Marshall. « Sur mon quai de chargement, me dit-il, je veux que les choses soient faites à ma façon. » Il possédait un sens du territoire très développé.

Dans sa jeunesse, cet homme avait eu des problèmes similaires avec son père, un personnage très autoritaire, qui voulait toujours que les choses soient faites selon ses vues. Marshall avait sans cesse recherché son approbation, qui lui avait été rarement accordée. Il me confirma qu'il souffrait de la maladie de Crohn, un état dans lequel les ulcères se développent d'un bout à l'autre de l'appareil gastro-intestinal. Par ailleurs, dans le passé, il avait fumé et souffert d'alcoolisme.

Marshall avait des difficultés à définir les limites de ses zones d'influence, et il était beaucoup trop dépendant de l'approbation des autres. Voici un homme dont l'affirmation de soi et la puissance étaient uniquement basées sur ses compétences professionnelles et sur la façon dont elles étaient reconnues par les autres et, particulièrement, par son supérieur. Son travail consistait à organiser l'aménagement des caisses sur le quai de chargement, et il prenait son rôle très au sérieux. Il s'agissait de sa responsabilité, de son domaine, et il l'avait très soigneusement délimité. Vous avez probablement déjà connu des gens comme cela, des gens dont le bureau doit toujours être organisé selon un ordre rigoureux, qui placent règles et stylos d'une certaine façon et alignent les autres objets avec une précision absolue. Puis, le patron de Marshall arrivait et suggérait que, peut-être, *cette* caisse devrait être bougée *là-bas*. Alors, le monde de cet homme s'écroulait. Son amour-propre souffrait, car la simple suggestion qu'une caisse pût être déplacée lui apparaissait comme un défi ou une menace allant à l'encontre de ses responsabilités, de son territoire, de ses prérogatives. Le sentiment que son territoire était menacé le perturbait intérieurement, il ruminait sans cesse, et cela affectait les organes de son troisième centre émotionnel.

De plus, voyant ses décisions contestées, Marshall estimait que son patron ne reconnaissait pas ses mérites et ses compétences professionnelles. Il s'agissait là d'une répétition des difficultés qu'il éprouvait dans ses relations avec son père, lequel n'avait jamais reconnu à son fils aucune compétence ni aptitude d'aucune sorte. En fait, Marshall représentait le type parfait de la personne souffrant de colites ulcératives, qui ressent un profond lien psychologique envers un personnage clé de son existence et qui, en vieillissant, transfère cet attachement à d'autres personnages clés. Ces personnes sont réputées pour avoir un besoin vital d'approbation des autres afin de se sentir bien dans leur peau.

Lorsque les points de repère de Marshall et son amour-propre étaient menacés – si l'on bougeait ses caisses, par exemple –, il passait en un instant de la colonne Pouvoir à la colonne Vulnérabilité de son troisième centre émotionnel. Il se sentait incompétent, sur la défensive. Lorsque quelqu'un d'autre donnait des ordres concernant les caisses, limitant ainsi sa propre autorité, il se sentait pris au piège. C'était, pour lui, une situation insupportable. Pendant des années, il avait essayé de fuir ces émotions négatives en se réfugiant dans la boisson et le tabac, ce qui soulageait ses sentiments de colère et d'insuffisance. En fait, il avait essayé de faire taire son intuition qui, par le biais de sa maladie, continuait de s'adresser à lui. Elle lui disait de cesser de dépendre d'une approbation extérieure pour se sentir valorisé et d'apprendre à mieux gérer sa colère envers ceux qui empiétaient sur ses propres prérogatives.

RESPONSABILITÉ, ENGAGEMENT ET DÉPENDANCE

L'un des problèmes les plus sérieux associés aux ulcères et autres maladies du troisième centre émotionnel est représenté par la responsabilité et l'engagement qui en découlent. Au fur et à mesure que nous remplissons notre tâche dans le monde et gagnons compétences et confiance, nous sommes confrontés au besoin d'endosser certaines responsabilités. Nous apprenons, à un degré plus ou moins élevé, à prendre l'engagement de nous consacrer à une tâche, à un groupe ou à une personne pendant un certain temps et à assumer les responsabilités correspondantes. La façon dont nous allons faire face à ces responsabilités, fondée sur les émotions et les souvenirs stockés dans notre troisième centre émotionnel, peut déterminer l'état de santé de ce dernier.

Nous savons que certaines émotions, y compris le sens des responsabilités, peuvent affecter nos intestins. Lorsqu'un enfant va à l'école pour la première fois et affronte ses premières responsabilités dans la vie, il a souvent *mal au ventre*. Les soucis, l'angoisse de ses responsabilités et peut-être aussi le désir d'être à la hauteur affectent ses intestins.

Lorsque nos responsabilités croissent en importance, nous pouvons être de plus en plus fortement touchés. Des scientifiques placèrent deux singes dans une cage. L'un d'eux fut désigné comme le chef et l'autre, comme son subalterne. On brancha des fils électriques sur le corps de ce dernier. Le chef, pour sa part, devait envoyer des décharges électriques à son subalterne par le biais d'un bouton placé dans la cage. Ainsi, l'un des singes souffrait tandis que l'autre en supportait la responsabilité. D'après vous, quel singe développa des ulcères ? Celui qui recevait des chocs électriques ? Eh bien non ! Ce fut le singe dominant.

Bien sûr, des tas de gens ont de lourdes responsabilités sans pour autant développer des ulcères. Dans certains cas, il est possible de prédire qui aura un ulcère et qui n'en aura pas. Une étude porta sur un groupe de recrues militaires qui sécrétaient en abondance une substance chimique influençant le développement des ulcères. Au sein de ce groupe, ceux qui développèrent des ulcères du duodénum furent ceux qui éprouvaient des difficultés à résoudre leurs problèmes reliés au contrôle, à la responsabilité et à l'incompétence.

On estime que l'environnement familial et les souvenirs émotionnels qui y sont associés peuvent préparer le terrain à des problèmes gastro-intestinaux chez les enfants ainsi qu'à certains troubles du comportement alimentaire, dont l'anorexie, et aux ulcères. J'ai connu un jeune homme dont les parents divorcèrent lorsqu'il avait dix-huit ans et qui, par la suite, fut tiraillé par ses responsabilités à l'égard de chacun de ses parents. Son

père le suppliait de passer avec lui ses soirées du vendredi et du samedi, moments que son fils souhaitait occuper avec ses amis. Sa mère se plaignait qu'il ne lui
accordait pas assez de temps et critiquait son ex-mari
en toute occasion. Le fils se plaignait d'être littéralement écartelé entre les deux en essayant de les satisfaire. En définitive, il attrapa, bien entendu, la maladie
de Crohn, qui provoquait une desquamation de la paroi
de son appareil intestinal.

Les émotions et les souvenirs que nous stockons dans
les organes de notre troisième centre émotionnel, ajou-
tés à notre capacité à équilibrer pouvoir et vulnérabilité
dans cette zone, détermineront l'état de santé des organes concernés.

IMPLICATIONS : LE POIDS DES RESPONSABILITÉS
ULCÈRES ET OBÉSITÉ

Felicia était l'aînée de huit enfants d'une famille chré-
tienne fondamentaliste. En sa qualité d'aînée, elle
était responsable de ses frères et sœurs. Lorsque ses
parents sortaient, laissant les enfants à la maison, ils
lui répétaient qu'elle avait la garde de ses frères et
sœurs et qu'ils comptaient sur elle pour maintenir les
enfants dans le droit chemin. Cependant, les frères
de Felicia étaient de vrais petits diables indisciplinés
qu'il était difficile de maîtriser, spécialement pour
une jeune fille à peine plus âgée qu'eux. Ils avaient
l'habitude de faire d'énormes bêtises, allant, un jour,
jusqu'à mettre le feu à la grange près de la maison.
Chaque fois qu'un incident survenait, Felicia en était
blâmée. Elle comprit rapidement que le seul moyen
qu'elle avait de mériter l'amour de ses parents était
de devenir une personne responsable.

En grandissant, cette conviction devint sa règle de
vie. En rentrant dans la vie active, elle exerça diverses

fonctions de direction dans le domaine de l'administration. Très compétente, elle devint bientôt la responsable administrative de sa société. Elle voyait à tous les détails, veillait à tout et dirigeait tout le monde comme si la société était une famille dont les enfants étaient insupportables. Lorsque des différends survenaient parmi ses collègues, elle se comportait en médiateur et tentait d'arrondir les angles. Mais elle était toujours prise entre deux feux.

Au fil des ans, Felicia devint progressivement obèse. Ses kilos superflus s'étaient fixés sur son torse, particulièrement autour de l'estomac, mais ses bras et ses jambes restaient étonnamment minces. De plus, se sentant toujours impliquée, elle commença à souffrir de douleurs abdominales inexplicables. Un jour, elle eut une sérieuse nausée, se mit à vomir, eut de la fièvre et fut parcourue de frissons. Finalement, après avoir consulté un médecin, elle apprit qu'elle avait des ulcères.

Felicia est un cas typique de l'affection du troisième centre émotionnel. Vous sentez-vous fréquemment pris au piège ? Supportez-vous le poids des responsabilités des autres ? Vous occupez-vous sans cesse des affaires de tout le monde ? Les difficultés que rencontrait cette femme dans le cadre de ses responsabilités provenaient clairement des émotions et des souvenirs stockés dans son cerveau et dans son corps depuis son enfance. Pour prouver qu'elle était vraiment responsable, elle était déterminée à devenir compétente dans tous les domaines qu'elle abordait, et surtout dans ses fonctions professionnelles. En fait, elle développa une hyperresponsabilité qui lui garantissait de se trouver toujours placée dans la colonne Puissance/pouvoir de son troisième centre émotionnel. Cependant, cela signifiait qu'il lui manquait la capacité de prendre du recul, d'observer les erreurs des autres et de les laisser assumer leurs propres responsabilités. Elle était convaincue qu'il était de son devoir d'éviter que des erreurs ne soient commises. Autrement, maman et papa rentreraient à la maison et la blâmeraient pour tout ce qui aurait été de travers.

Sa « glande de la responsabilité » hyperdéveloppée avait préparé le terrain à ses ulcères. De plus, cette affection était exacerbée par un autre aspect de la nature de Felicia : en dépit de son image de personne responsable, elle répugnait à s'engager. En réalité, elle faisait tout pour éviter les responsabilités nouvelles, tant dans sa vie professionnelle que dans sa vie privée, craignant les charges supplémentaires que cela pourrait entraîner. Mais, d'un autre côté, elle restait convaincue qu'endosser toutes les responsabilités était non seulement de son devoir, mais aussi une obligation. Le fait de lui demander d'assumer une certaine responsabilité déclenchait en elle le sentiment d'être prise au piège qui trouvait un écho dans son enfance. Lorsque Felicia était enfant, ses parents la punissaient en l'enfermant pendant des heures dans la cave obscure et restaient insensibles à ses pleurs et à ses supplications. Comme nous l'avons vu, cette sensation d'être prise au piège provoqua l'apparition de ses ulcères.

Par la suite, le poids de toutes les responsabilités qu'elle avait portées sur ses épaules pendant tant d'années commença à se matérialiser physiquement sous la forme d'un excès de poids autour de son torse. L'emplacement de cette surcharge pondérale est significatif. Lorsqu'elle était enfant, Felicia s'était trouvée prise entre ses parents et ses frères et sœurs. À l'âge adulte, elle se retrouvait au milieu des gens avec lesquels elle travaillait et dont elle était responsable. Le développement de son torse et de son abdomen matérialisait le souvenir du trauma de son enfance.

Les problèmes de poids peuvent-ils être provoqués par le stress des responsabilités ? Le stress peut-il dérégler la façon dont notre organisme réagit aux hydrocarbonates, aux graisses et aux calories ? Des études scientifiques démontrent que le stress et certaines émotions peuvent affecter le métabolisme d'une personne, ou sa capacité à assimiler la nourriture. On a constaté que le stress et les émotions modifient la façon dont le corps transforme les graisses et le sucre par métabolisme. Bouleversements émotionnels, situations défavorables et profondes frustrations peuvent contribuer à l'apparition du diabète, un problème de métabolisme lié aux hydrocarbonates, au sucre, aux graisses, et qui peut accélérer le cours d'une maladie. D'après une autre étude, le diabète, chez certains enfants, s'aggrave lorsque ces derniers subissent un stress lié aux problèmes de responsabilité et de contrôle des parents. Le stress émotionnel augmente le taux d'hydrocortisone dans le sang, qui, à son tour, augmente le niveau d'insuline et crée simultanément une plus grande résistance à l'insuline. L'organisme se met alors à fabriquer plus de graisse.

Felicia voulait toujours se situer dans la colonne Puissance du troisième centre émotionnel. Elle ressentait comme son devoir le fait d'être responsable de tous et, en retour, n'autorisait personne à être responsable d'elle, car cela l'aurait rendue vulnérable et dépendante. Si elle était invitée à une soirée ou à sortir avec des amis, elle insistait toujours pour conduire sa propre voiture afin que personne n'ait à s'occuper d'elle. Ainsi, elle n'aurait pas le sentiment d'être prise au piège. En fait, des tas d'observations médicales montrent que les gens souffrant d'ulcères et d'affections de l'appareil gastro-intestinal éprouvent certains problèmes de dépendance. Bien qu'ils ressentent un désir intense d'être aimés et souhaitent fortement que l'on s'occupe d'eux (ce qui, en fait, était une profonde motivation chez Felicia), ils se sentent honteux de ce désir ou effrayés par la peur d'être déçus sur ce point. Aussi, surcompensent-ils en devenant ambitieux, déployant une énergie excessive et semblant n'avoir besoin de personne. Mais le système intuitif de Felicia savait que son âme se désolait et souhaitait que cette situation change.

Pour sa part, Felicia avait une approche trop responsable de la vie. D'autres personnes, quant à elles, trouvent les responsabilités trop lourdes et cherchent à les fuir en les évitant totalement, ou en trouvant refuge dans une dépendance.

NOYER SON CHAGRIN
UN CAS D'ALCOOLISME

La lecture : Lorsque Maureen, âgée de quarante-huit ans, m'appela pour une lecture intuitive, je vis aussitôt qu'elle éprouvait une peine profonde au sujet d'une personne proche d'elle venant tout juste de quitter sa vie et avec laquelle elle avait entretenu une relation difficile. Je remarquai aussi qu'elle supportait le lourd fardeau d'un stress émotionnel à son travail, où elle était responsable des soins à un groupe important de personnes qui avaient besoin d'aide. Maureen m'apparut physiquement légèrement enrobée et portée à boire. Je vis que cette consommation abusive d'alcool endommageait les organes de son troisième centre émotionnel, tout particulièrement son foie et son pancréas. J'observai même que des tests sanguins effectués sur son foie malade mettraient en évidence un taux élevé d'enzymes dans le sang.

Les faits : Maureen était psychologue et avait une importante clientèle de patients ayant souffert de mauvais traitements physiques et émotionnels. À présent, elle trouvait le fardeau de ses patients trop lourd pour elle. Ce sentiment avait été exacerbé par le décès récent de son père. Maureen ne parvenait pas à surmonter cet événement, car elle n'avait jamais réussi à accepter l'incapacité de son père à la choyer lorsqu'elle était enfant. Elle envisageait donc de réduire le nombre de ses patients afin d'évacuer la peine provoquée par le décès de son père.

Son médecin venait de lui annoncer que ses tests sanguins montraient des dommages hépatiques dus à sa consommation excessive d'alcool.

Lorsque, par la suite, je rencontrai Maureen, elle était en train de boire du vin tout en ajoutant du xérès à des légumes qu'elle faisait frire pour son repas. Elle essayait d'oublier la mort de son père et d'adoucir les difficultés qu'elle éprouvait à s'occuper de ses patients en s'imbibant d'alcool. En fait, elle était tiraillée par des problèmes de responsabilités. Elle vivait toujours dans la maison de son père, elle voulait la vendre mais se sentait obligée de la conserver, comme son père l'avait souhaité. La boisson à laquelle s'adonnait Maureen camouflait ses sentiments d'insuffisance devant les responsabilités qu'elle assumait difficilement. L'alcool la soulageait. C'est le but de la plupart de nos penchants. Ces derniers, de façon notable, impliquent fréquemment le fait de mettre quelque chose dans notre bouche. Cela s'explique, puisque manger est un acte primitif qui nous réchauffe, nous sécurise et apporte à notre corps un sentiment de bien-être.

Toutefois, une dépendance n'implique pas forcément une substance quelconque. On peut être, par exemple, dépendant de son travail. Nous connaissons tous ce genre d'individu qui refuse systématiquement d'aller prendre un verre avec ses collègues, le vendredi soir, invoquant qu'il a trop de travail au bureau. Le travail est le seul dieu qu'il adore. Ou bien cette amie qui, sous aucun prétexte, ne manquera son jogging quotidien ; elle ne prendra aucun engagement pour être certaine d'être en mesure d'aller courir. D'autres personnes ont un penchant pour les feuilletons télévisés. La dépendance, par essence, est un moyen de fuir les responsabilités et les obligations de toutes sortes. Les alcooliques ne tiennent jamais leurs engagements, arrivant en retard à leur travail ou à leurs rendez-vous. Mais ils sont totalement tenus par leur dépendance, le seul engagement qu'ils peuvent honorer, car cela leur permet de négliger tout le reste. En définitive, ce type de penchant cache souvent des sentiments profondément enfouis d'insuffisance, d'agressivité et un faible amour-propre.

AMOUR ET NOURRITURE
UN CAS D'ANOREXIE-BOULIMIE

La lecture : Au cours de ma lecture intuitive d'Andréa, quarante ans, je découvris dans son passé une situation émotionnelle dans laquelle elle avait été impliquée avec un homme qui essayait de maintenir un équilibre entre deux choses. Je ne pus déterminer avec précision de quoi il s'agissait exactement, mais je vis qu'il y parvenait difficilement. En définitive, cet homme avait dû faire un choix qui avait produit un effet profond sur Andréa.

Je vis que ce choix avait aussi affecté l'organisme d'Andréa, mais j'éprouvai quelques difficultés à établir un diagnostic. Ses organes semblaient tout à fait normaux, mais ses bras et ses jambes paraissaient très maigres tandis que son abdomen était gonflé comme un ballon. Cela me laissa perplexe.

Les faits : À l'âge de vingt ans, Andréa avait eu une liaison avec un homme marié. Un jour, la femme de ce dernier découvrit la vérité, et cet homme dut choisir entre son mariage et sa maîtresse. Il avait alors décidé de laisser tomber cette dernière et de revenir auprès de son épouse. Cette décision avait entraîné des répercussions profondes sur Andréa qui, dès ce jour, n'eut plus aucune relation intime avec un homme. Pour compenser, elle s'était jetée à corps perdu dans son travail, devenant cuisinière professionnelle et photographe. À l'époque où elle me consulta pour sa lecture, elle était également en train d'écrire un livre.

En dépit de l'image que j'avais d'elle avec son énorme ventre, Andréa était en fait anorexique et extrêmement maigre. Elle souffrait aussi de boulimie, une affection au cours de laquelle le malade se rue sur la nourriture puis l'évacue en se forçant à vomir. Ce que j'avais lu en elle ne représentait pas la véritable apparence de son abdomen, mais la façon dont elle-même *percevait* son état.

Après sa rupture avec l'homme marié, Andréa souffrit d'un sentiment d'infériorité et d'une perte d'amour-propre. Pour tenter de remédier à cela, elle se lança à fond dans son travail. Cependant, cette frénésie se transforma en une véritable dépendance, ce qui ruina ses efforts. Un penchant, en l'occurrence son amant, avait donc été remplacé par un autre. Sa soumission totale à cette dépendance lui offrit la possibilité de fuir les engagements et responsabilités éventuels, y compris les nouvelles relations. Cela lui permit d'éviter la compétition et les situations menaçantes qui auraient pu surgir avec ces nouvelles relations s'offrant à elle. Andréa se situait complètement dans la colonne Vulnérabilité de son troisième centre émotionnel.

Simultanément, elle commença à combler le vide que son amant avait laissé derrière lui en absorbant de la nourriture, elle aussi une dépendance. En mangeant beaucoup, elle introduisait en elle un sentiment d'amour, de plénitude, et une agréable sensation de bien-être qui lui donnaient l'impression d'être en sécurité. Comme une véritable droguée, elle jeûnait complètement (anorexie), ou elle s'empiffrait de façon incontrôlable (boulimie). Elle utilisait la nourriture comme un substitut à l'amour pouvant lui ramener l'amour-propre qu'elle avait perdu. Andréa me déclara elle-même qu'elle ingurgitait fréquemment les aliments pour combler le « grand trou noir » qu'elle ressentait au fond d'elle-même, la zone du troisième centre émotionnel où l'amour-propre est stocké.

Dans la culture humaine, la nourriture est intimement associée à l'amour. Nous tendons tous à la choisir comme substitut à l'amour. Pensez simplement à ces familles italiennes où la mère tourne autour de la table, ordonnant à chacun de manger, car la nourriture est l'expression de l'amour. La nourriture est spécialement importante pour les femmes, car elle leur procure le sentiment d'exister et une plénitude intérieure. Nous connaissons tous cette femme qui, n'ayant aucun rendez-vous le samedi soir, noie son chagrin dans la glace et les sucreries. Nous connaissons tous des femmes qui tueraient pour une tablette de chocolat lorsqu'elles sont déprimées. Par contre, ce comportement est très rare chez les hommes. Cela tient à la structure différente du cerveau des hommes et des femmes. Dans le cerveau féminin, les zones ayant trait à la nourriture et au sexe sont extrêmement proches l'une de l'autre, presque superposées dans l'hypothalamus. Chez les hommes, ces zones sont nettement séparées. Pour un homme, il y a la nourriture et il y a le sexe. Pour les femmes, il y a la nourriture-sexe. Cela signifie que lorsque les femmes mangent du chocolat et que leurs neurones sont excités, elles ressentent des sensations similaires à celles qu'elles peuvent éprouver lorsqu'elles sont amoureuses et ont une relation sexuelle. La réceptivité des femmes au sexe croît et décroît parallèlement à leur réceptivité à la nourriture, en fonction du rythme de leurs hormones et de leur cycle menstruel. (Certaines de mes amies feraient n'importe quoi pour du chocolat juste avant leurs règles.) Ainsi, le fait que la nourriture et l'amour soient un problème pour beaucoup de femmes n'est plus un secret pour personne. De même pour la cellulite.

La dépression, tout comme l'angoisse, peut inciter les femmes à manger davantage ou à manger moins. Les émotions peuvent pousser la thyroïde, les glandes surrénales et le cerveau à sécréter plus ou moins d'hormones, stimulant le métabolisme ou le ralentissant. Après avoir pris un repas avec une personne qui me stresse, je peux peser un kilo de plus, même si je n'ai avalé qu'une carotte cuite à l'eau. D'un autre côté, quand je me sens tout à fait à l'aise et éprouve un amour sincère, je peux choisir n'importe quel plat sur le menu, y compris des fritures au beurre et des desserts nappés d'une double portion de chocolat, et ne pas prendre un gramme. Cela dépend uniquement de la façon dont vous vous sentez et de l'image que vous avez de vous-même.

Après avoir été rejetée par son amant, Andréa souffrit d'un sérieux problème de manque d'estime de soi. Elle ne parvint pas à s'accepter telle qu'elle était. Mais son organisme, par l'intermédiaire de son réseau intuitif, lui disait qu'elle pourrait procéder à certains changements lui permettant de trouver une nouvelle voie vers l'estime d'elle-même, vers un équilibre entre relations et travail et, au bout du compte, vers la santé.

UNE QUESTION DE TEMPÉRAMENT

Étant donné la relation étroite entre les organes du troisième centre émotionnel et les sentiments, comment se fait-il que nous n'attrapions pas tous des ulcères, que nous ne devenions pas tous obèses et que nous ne tombions pas tous dans une dépendance ? Cela dépend de nos tempéraments individuels et de la façon dont l'intuition se manifeste en chacun de nous. Felicia, la femme obèse ayant des ulcères, avait des souvenirs émotionnels très forts provenant de son enfance et rattachés à l'image qu'elle avait d'elle-même face à ses responsabilités. Elle se rappelait aussi avoir été piégée par ses diverses obligations. De plus, son tempérament semblait la pousser à percevoir ces divers souvenirs de façon si traumatisante qu'ils l'avaient affectée tout au long de sa vie.

D'autres personnes pourraient souffrir du même traumatisme et le ressentir de façon différente. Ainsi, ne seraient-elles pas touchées par les mêmes problèmes physiques. Néanmoins, je connais une femme qui fut, elle aussi, brimée durant son enfance. Fillette hyperactive, elle échappait fréquemment à la surveillance de sa gardienne et gambadait dans les rues de sa ville, parfois même toute nue. Elle était si difficile à surveiller et à garder que, pour son bien, sa famille l'attachait souvent afin d'éviter qu'elle ne s'échappe. Elle fut même une fois retenue à son lit avec une grosse corde, mais parvint néanmoins à s'enfuir. Vous pensez peut-être que cette femme souffre aujourd'hui de désordres post-traumatiques de stress, de claustrophobie et de problèmes divers liés, de près ou de loin, à la sensation d'être « attachée ». Pas du tout. Son tempérament est tout à fait différent de celui de Felicia. Elle se souvient qu'elle se disait, une fois attachée : « Pas de problème. Je peux me libérer en un éclair. »

Cette femme n'a pas de problème dans son troisième centre émotionnel, car elle ne perçoit pas les souvenirs des moments où elle était attachée comme traumatisants. Par contre, Felicia, elle, perçoit ses propres souvenirs comme traumatisants, même inconsciemment. En apprenant le langage de son troisième centre émotionnel, qui est partie intégrante de son réseau intuitif, elle saisit peu à peu ce que les ulcères de son appareil gastro-intestinal étaient en train de lui dire. Elle comprit que ses problèmes de responsabilités, d'engagements et d'amour-propre provenaient de son traumatisme passé et des souvenirs qui se manifestaient dans son estomac, un organe du troisième centre émotionnel. Sachant cela, elle fut capable d'acquérir une compréhension de ses problèmes et de réaliser, lorsqu'elle avait un trouble de l'estomac, que quelque chose était en train d'activer ses souvenirs et qu'elle avait besoin d'affronter certaines difficultés actuelles liées à ses responsabilités et à ses obligations. L'intuition de Felicia avait trouvé sa « niche » dans son corps – son estomac –, d'où elle pouvait s'exprimer. De même, en chacun de nous, l'intuition trouve sa « niche » afin de pouvoir communiquer avec nous.

CHAPITRE 9

Cœur, poumons et seins :
émotions, intimité et tendresse

L'une de mes histoires favorites est *Comment Grinch vola Noël*, par le Dr Seuss. J'adore le moment, à la fin de l'histoire, où le cœur sec et racorni de Grinch se met soudainement à grossir pour atteindre une taille normale. Pour quelle raison ce miracle se produit-il ? Parce que la petite Cindy Lou Who et sa famille ont inondé le vieux Grinch d'amour.

Cette histoire, digne d'une carte postale Hallmark, est le reflet fidèle de la vie réelle. Le Dr Seuss a peut-être pensé que son histoire, où l'amour nourrit le cœur, n'était qu'une gentille fable, mais l'amour agit exactement de cette façon. Indépendamment de toutes les autres émotions, il affecte la santé, presque littéralement, et la taille du cœur. Ce fait fut mis en évidence par une étude fameuse au cours de laquelle des chercheurs de l'Université d'Ohio décidèrent d'élever des lapins et de développer en eux un durcissement des artères. Après le sevrage, les animaux furent régulièrement nourris avec des aliments ayant un taux de cholestérol élevé. Cependant, une fois les lapins adultes, les chercheurs furent surpris de constater que quinze pour cent d'entre eux avaient des artères coronaires presque complètement dégagées. Cela parut impossible, et personne n'en comprit la raison. Les chercheurs s'étonnèrent également de découvrir que tous les lapins en bonne santé se trouvaient dans les cages les plus accessibles, celles situées à hauteur d'homme. Devinez quoi ? Il apparut que quelqu'un avait montré de l'affection à ces lapins. L'étudiant chargé de nourrir les animaux avait pris l'habitude de les sortir de leur cage, de les caresser, de les dorloter et de jouer avec eux. La conclusion des chercheurs fut la suivante : le fait que l'on s'occupe de vous, que l'on vous parle, que l'on vous caresse et que l'on s'amuse avec vous peut protéger vos vaisseaux sanguins et vos artères et peut même aider votre cœur à guérir. En d'autres termes, recevoir et ressentir de l'affection est bon pour le cœur.

Reconnaître ses émotions, les ressentir pleinement et les exprimer – que ce soit de l'amour, de la joie, de la peur ou de la colère – est bon pour la santé. Cela nous aide à avancer dans la vie. En fait, le mot émotion dérive d'un verbe latin signifiant « bouger ». C'est ce que font nos émotions. Elles nous permettent de nous orienter vers la bonne direction. Elles nous mènent vers la santé et la plénitude, comme l'amour et le bonheur, ou bien nous éloignent du mauvais chemin, comme la peur et la colère.

Les émotions font partie de notre réseau intuitif. Elles sont semblables à un flot d'intuition qui nous traverse. Lorsque nous sommes capables d'identifier nos émotions, de les ressentir et de dire : « Je suis triste », « Je suis en colère », « J'ai de la peine » ou « J'ai peur », nous allons dans la bonne direction, effectuons les changements qui s'imposent et prenons les décisions qui nous permettront de jouir pleinement de la vie.

La façon dont nous ressentons et exprimons nos émotions est l'objectif du quatrième centre émotionnel. Rattaché à ce centre se trouve aussi l'état émotionnel des relations intimes que nous entretenons avec d'autres personnes, puisque, dans notre vie, d'autres acteurs interviennent. Ces acteurs sont les gens avec lesquels nous nous exprimons, partageons nos émotions et vivons. Dans chaque circonstance de notre existence, nous avons besoin de comprendre la fonction de chaque émotion que nous ressentons, de la vivre pleinement et d'y réagir de façon appropriée. Si nous en sommes incapables, nous ouvrons la voie aux maladies des organes du quatrième centre émotionnel – le cœur, les poumons, les seins et l'œsophage. Si les émotions représentent un courant intuitif en nous, alors ces organes sont les amplificateurs qui les annoncent. Ils reconnaissent nos émotions, y réagissent et les expriment sous la forme de symptômes physiques lorsque nous ne parvenons pas nous-mêmes à les reconnaître et à les exprimer. Comprendre de quelle manière la sagesse et la douleur, en leur qualité d'expressions émotionnelles, sont imprimées dans le cœur, les seins et les poumons nous aide à saisir le langage de notre intuition corporelle (voir le croquis page 355).

ÉMOTIONS, CŒUR ET RÉSEAU INTUITIF

La relation existant entre le cœur et les émotions (cette superbe image du cœur, siège de nos sentiments) est presque mythique. Nous disons que notre cœur déborde d'émotions et nous parlons des élans de notre cœur. Nous décrivons les gens généreux et bons comme ayant un cœur d'or, ou bon cœur, ou ayant un cœur « gros comme ça », ou encore, ayant le cœur sur la main. Nous souhaitons combler les vœux de notre cœur, certaines choses nous tiennent à cœur, ou nous conservons le souvenir de quelqu'un dans notre cœur. Le Lion peureux du Magicien d'Oz souhaitait posséder un cœur empli de courage, et ceux qui sont braves et intrépides sont appelés des cœurs vaillants. Lorsqu'une personne est froide et insensible, on dit qu'elle n'a pas de cœur. Quand nous souhaitons nous fermer à certaines émotions, nous disons que nous devons durcir notre cœur, ce qui correspond exactement à ce qui se passe lorsque nous supprimons ce que nous ressentons.

Louise Hay nous exhorte à considérer notre cœur comme le centre du bonheur et le siège des émotions de notre vie. Une bonne circulation sanguine dans notre cœur, nos artères et nos veines dépend du flux de joie dans notre vie. Les artères bouchées par le cholestérol symbolisent un arrêt de ce flux de joie, ou la suppression d'une émotion. D'après Louise Hay, les attaques cardiaques se produisent lorsque toute joie a été chassée de notre cœur et remplacée par la poursuite de l'argent, de la position sociale ou des gains matériels. En fait, il a été maintes fois prouvé qu'un grand nombre de victimes d'attaques cardiaques sont classées parmi les personnalités de type A, souvent des hommes volontaires dont la passion réside presque exclusivement dans l'argent, le pouvoir, la position sociale et qui ne sont pas d'un commerce particulièrement agréable.

Par ailleurs, nous savons que la colère contenue et inexprimée, la tristesse et la peur provoquent des vasoconstrictions, un resserrement des vaisseaux sanguins reliés au cœur. Quand nous sommes en proie à la colère ou à la peur, ces vaisseaux sanguins se contractent en réponse à un excès de substances chimiques en provenance du système nerveux sympathique. Par contraste, la joie et l'amour élargissent les vaisseaux sanguins, comme dans l'expérience des lapins de laboratoire de l'Ohio. Joie et amour stimulent le système nerveux parasympathique, qui dilate alors les vaisseaux sanguins et crée un afflux de sang vers le cœur. Cependant, cela ne signifie pas que nous ne devons jamais ressentir la peur ou la colère. Il est essentiel pour la santé du quatrième centre émotionnel de ressentir et d'exprimer *toutes* les émotions, de façon équilibrée.

POUVOIR

*Expression
émotionnelle*
- Passion
- Colère et rage,
  haine et hostilité
- Joie
  et exubérance
- Stoïcisme
- Courage
- Deuil
- Perte

Partenariat
- Isolement
- Aider (donner)

- Donner
- Paternalisme
- Martyre

VULNÉRABILITÉ

*Expression
émotionnelle*
- Amour
- Ressentiment
  et amertume
- Sérénité
  et paix
- Effusions
- Anxiété
- Dépression
- Abandon

Partenariat
- Intimité
- Accepter
  l'aide (prendre)
- Recevoir
- Materner
- Prendre soin
- Pardonner

Il y a six émotions fondamentales : l'amour, la joie, la colère, la tristesse, la peur et la honte. Toutes les autres émotions ne représentent que des nuances dérivées des précédentes. Le chagrin, le désespoir et la mélancolie sont des variantes de la tristesse. La fureur, le ressentiment et la haine découlent de la colère. L'angoisse, la panique et l'horreur constituent diverses nuances de la peur. Tout au long de notre vie et à des

355

degrés différents, selon les événements que nous affrontons, nous ressentons tous ces émotions. Les émotions et les souvenirs qui les concrétisent s'adressent à nous comme des éléments de notre réseau intuitif, comme des signaux avertisseurs intuitifs nous indiquant si nous sommes dans la bonne ou la mauvaise direction pour atteindre le bonheur et la santé.

Quand une émotion nous fait du bien, nous savons alors que nous sommes sur la bonne voie. Les sentiments tels que l'amour et la joie représentent notre zone interne de réconfort. Lorsque nous réussissons quelque chose, ces sentiments nous indiquent que nous sommes dans la bonne direction et que nous devons continuer ainsi. Ils sont semblables à la cloche qui retentit quand nous trouvons la bonne réponse dans un jeu télévisé. Nous ne nous contentons pas d'entendre cette cloche : elle résonne en nous dans les organes du quatrième centre émotionnel, particulièrement le cœur, les poumons et les seins. Pensons-y de la façon suivante : lorsque nous voyons défiler un orchestre, une parade, et que nous entendons cette musique joyeuse, ou au contraire, celle, triste, d'un convoi funèbre, où ressentons-nous l'émotion provoquée par cette musique ? Pas dans nos orteils ni dans nos cheveux, mais bel et bien dans la poitrine.

Les émotions négatives nous avertissent que nous ne sommes pas sur la bonne voie. La colère, par exemple, représente fréquemment une façon de nous informer que les événements ne se sont pas déroulés comme il était prévu. La colère s'empare de nous quand nous perdons le pouvoir, notre statut ou le respect. Elle nous signale nos échecs ainsi que l'interruption de certains instants ou activités agréables de notre vie. La colère peut parfois avoir un effet protecteur : elle nous prévient lorsque nous souffrons physiquement ou moralement, ou nous indique toute menace de la part de quelqu'un ou de quelque chose. Elle est semblable à un signal d'alarme dans le cerveau qui nous dit : « Attention, tu n'es plus dans le ton, ne va pas si vite, ralentis, réfléchis et essaye une autre tactique. » Cela est également vrai en ce qui touche la peur, ce signal d'alarme intuitif puissant qui nous met en garde contre une nouvelle situation potentiellement dangereuse et nous recommande la prudence. De même, la tristesse nous indique généralement que nous allons dans une direction que nous ne souhaitons pas, que nous n'obtenons pas ce que nous désirons ou que quelque chose d'important a été retranché de notre existence.

Trop souvent, cependant, nous ne parvenons pas à reconnaître nos sentiments. Nous traînons notre tristesse sans réellement identifier la raison pour laquelle nous sommes dans cet état d'esprit. En fait, notre culture et la société actuelle encouragent souvent le détachement par rapport à certains sentiments. Supposons que vous soyez un enfant, que vous vous promeniez avec votre mère et que vous rencontriez un de vos oncles paternels que vous n'aimez pas beaucoup parce qu'un jour, alors que vous étiez seul avec lui, il vous a touché d'une façon quelque peu incorrecte. Votre mère vous dit : « Oh, chéri, voici oncle Ned. Sers-lui la main. » Bien entendu, au lieu de lui serrer la main, vous secouez la tête, reculez et tentez de vous cacher derrière votre mère. Vous avez terriblement peur de cet homme qui a, en quelque sorte, violé votre intimité. De plus, vous êtes en colère d'être obligé de le saluer comme si rien ne s'était passé. Mais vous ne pouvez définir vos sentiments parce que le langage de vos émotions n'est pas encore pleinement développé. « Je le déteste ! » direz-vous en pleurant. Votre mère, embarrassée, vous gronde. « Mais non, tu ne détestes pas oncle Ned, il est très gentil, dit-elle. Maintenant, sois gentil et sers-lui la main tout de suite. » En cet instant précis, vos émotions sont ignorées par les autres. C'est alors que vous commencez à saisir le langage des émotions. Tout ce que vous savez, c'est que chaque fois que vous voyez cet homme, vous avez la chair de poule, votre cœur bat plus vite, et une sensation de froid vous envahit. Puis, vous commencez à vous déconnecter de votre réseau intuitif émotionnel. Vos émotions sont là pour vous protéger, mais on vous a enseigné à ne pas les écouter et à ne pas en tenir compte.

Ce genre de situation se répète fréquemment dans notre vie. Tu n'as pas le droit de te mettre en colère, nous a-t-on répété lorsque nous étions enfants. Regarde tout ce que tu as – de la nourriture, des vêtements – et pense aux petits enfants qui meurent de faim en Afrique. Tu ne devrais pas être en colère. Tu devrais être reconnaissant. Ainsi, vous apprenez à refouler votre colère ou à la détourner. Puis, vous la remplacez par une autre émotion, comme la honte. Ou bien vous devenez déprimé et vous ignorez pourquoi. Les gens souffrant de dépression profonde et chronique peuvent finir par se défaire totalement du langage des émotions ; on doit le leur apprendre de nouveau. En 1993, Marcia Linehan écrivit un livre merveilleux afin d'aider de telles personnes à reconnaître leurs émotions et à y réagir de façon appropriée. Un jour, une de mes patientes me parla d'une visite qu'elle avait effectuée chez le médecin, visite au cours de laquelle un échantillon de sang devait être prélevé. « Je me mis en colère lorsque l'infirmière s'est approchée de moi avec une aiguille », me dit-elle. A priori, cette attitude me parut bizarre. Mais un coup d'œil rapide au livre de Mme Linehan concernant la description des sensations et des symptômes physiques qui accompagnent certaines émotions me fit rapidement comprendre que ma patiente avait ressenti de la *peur*.

La plupart d'entre nous n'ont pas besoin d'un ouvrage comme celui-ci pour discerner leurs émotions. Mais il *est* essentiel que nous apprenions à reconnaître le langage de chacune de nos émotions, sa fonction et comment elle se manifeste. Il est essentiel que nous apprenions à exprimer pleinement cette émotion et à y réagir de façon appropriée. Nous devons être en accord avec nos émotions et évoluer avec elles.

Sinon, ces émotions se dirigeront dans notre corps et affecteront les cellules de nos organes, provoquant sans doute des maladies. Dans le quatrième centre émotionnel, les émotions peuvent créer des problèmes pouvant aller de la maladie du cœur jusqu'à la crise cardiaque en passant par le cancer du sein.

LE GRAND IMPOSTEUR OU LA TRAGÉDIE DU FAUX-SEMBLANT
UN CAS DE CRISE CARDIAQUE

La lecture : Lorsqu'il m'appela pour une lecture, Mike était âgé de soixante-deux ans. Je perçus un homme d'environ un mètre soixante-dix, enrobé et chauve. (Sa calvitie est significative puisqu'une étude reconnue a démontré que les chauves ont des risques élevés de crises cardiaques en raison d'un excès de testostérone.) Je vis que cet homme était membre d'un groupe qu'il considérait en quelque sorte comme sa famille. Il croyait qu'au sein de ce groupe, la convivialité régnait et que tout le monde travaillait main dans la main. Cependant, je compris que la réalité était quelque peu différente. Je constatai qu'il était amer, déçu et rempli de ressentiments de ne pas être à la place qu'il aurait voulu occuper dans la vie. Son âge était avancé, et il ressentait une peine considérable de n'avoir jamais reçu en retour la considération qu'il pensait lui être due. Il évoluait dans un milieu très concurrentiel, mais refusait de reconnaître la peine et la peur associées à cette compétition. Il camouflait ses émotions derrière l'air courageux qu'il affichait sur son visage et persistait à affirmer que son groupe était merveilleux.

Dans le corps de cet homme, je détectai un élément inquiétant : les vaisseaux sanguins entourant son cœur étaient épais, durcis et partiellement obstrués.

Les faits : Mike était un acteur qui avait connu de bons succès au cinéma et à la télévision, bien que je n'aie pas reconnu son nom lorsqu'il me le communiqua. Il n'avait jamais tenu de rôle principal, mais s'était fort bien débrouillé dans les rôles de second plan. Néanmoins, en vieillissant, même ces rôles devenaient de plus en plus difficiles à décrocher. Ma lecture m'indiqua qu'il ressentait de la peine et de la déception du fait que sa carrière n'avait jamais été plus brillante. Cette situation et la prise de conscience que sa carrière touchait à sa fin avec l'arrivée d'acteurs plus jeunes qui prenaient sa place lui donnaient de fortes migraines. Cependant, à ma grande surprise, Mike nia ces faits. Il continua d'affirmer que les acteurs avec lesquels il travaillait formaient un groupe formidable. En effet, il tournait moins de films, mais faisait beaucoup de tournées estivales amusantes et faciles, sans aucune rivalité entre les acteurs. Il embellissait la réalité et dissimulait stoïquement ses véritables émotions. Il insista aussi sur le fait qu'il ne présentait aucun symptôme physique et certainement pas de problème cardiaque.

Cette lecture me contraria beaucoup, parce que je crus que je m'étais peut-être entièrement trompée sur le compte de ce client. Six mois plus tard, cependant, je tombai sur la rubrique nécrologique du magazine *People*. J'y lus un compte rendu sur la mort de cet acteur, décédé brutalement d'une crise cardiaque.

C'est là le cas d'une personne qui n'avait pu reconnaître ses émotions ni réagir positivement à celles-ci. Les émotions contenues ont une influence sur l'hypertension due au durcissement des vaisseaux sanguins. En d'autres termes, faire barrage à vos émotions peut ralentir le flux sanguin dans votre cœur. Même si Mike avait eu conscience de ce qui se passait vraiment dans son cœur, il aurait peut-être été incapable d'éviter la catastrophe ultime qui l'emporta.

Des études ont démontré que la difficulté à s'adapter aux changements importants de la vie favorise souvent les crises cardiaques. Elles indiquent aussi que les gens qui souffrent d'un deuil éprouvant ont beaucoup plus de risques de décéder de crises cardiaques durant la première année suivant ce deuil. Les veufs de plus de cinquante-cinq ans voient leur risque de crise cardiaque augmenter pendant les six mois qui suivent la perte de leur femme. Il est très clair, en somme, que l'on peut véritablement mourir d'une peine de cœur ou de la perte d'un être cher. Mais il existe aussi d'autres causes de crises cardiaques. Lorsqu'une personne parvient au terme de sa carrière et prend sa retraite, les sentiments de peine et de deuil peuvent l'accompagner. Le mot retraite signifie « se retirer ». Après une vie entière sur le devant de la scène, nous sommes forcés de disparaître dans les coulisses, et cela peut provoquer un profond chagrin.

Mike avait refusé d'admettre que sa vie était en train de changer. Il affirmait que tout marchait comme sur des roulettes. Il ne se rendait même pas compte qu'il était déprimé, anxieux, et en colère. Cependant, ces émotions sont celles qui sont le plus étroitement liées aux maladies cardiaques. Une enquête effectuée par le biais d'une lettre confidentielle adressée à des femmes révéla que quarante-six pour cent des répondantes croyaient que leurs problèmes les plus sérieux étaient la dépression et l'angoisse. Et quelle est la cause principale de mortalité, à la fois chez les hommes et les femmes ? Les maladies de cœur. Cependant, une étude menée auprès de gens désespérés et incapables de réagir démontra que les hommes d'âge moyen qui pensent avoir échoué dans la vie peuvent souffrir d'artériosclérose et être sujets aux attaques cardiaques plus fréquemment et plus précocement que ceux qui sont optimistes. En fait, on a observé que le désespoir et le sentiment d'échec comportent le même risque d'atteinte cardiaque que fumer un paquet de cigarettes par jour. Pas une ou deux cigarettes. Non. *Un paquet entier.* Les médecins demandent toujours à leurs patients s'ils fument ou ont fumé dans le passé, mais ils ne leur demandent jamais s'ils se sentent désespérés ou agressifs, ou s'ils pensent qu'ils ont échoué dans leur vie, bien que ces émotions aient des répercussions évidentes et importantes sur leur santé.

En particulier si l'on prend quelques mesures afin de ramener l'espoir et l'optimisme chez un homme, sa condition physique peut s'améliorer. Comme Mike abordait une nouvelle phase de son existence, il était impératif qu'il l'évalue attentivement, qu'il analyse ses émotions et qu'il soit à l'écoute de son intuition située dans le quatrième centre émotionnel, afin de comprendre ce qu'elle essayait de lui communiquer et de tenter d'effectuer les changements appropriés dans sa vie. S'il avait abordé le sujet de sa séparation d'avec ses collègues, s'il avait parlé de la peine qu'il éprouvait à voir sa vie changer, s'il avait laissé libre cours à ses sentiments et les avait exprimés totalement, et s'il s'était mis à faire des projets pour la prochaine étape de sa vie, il aurait sans doute diminué ses risques de crise cardiaque. Au lieu de cela, comme tout acteur qui se respecte, je suppose, il interpréta le rôle du grand imposteur et joua la comédie, dissimulé derrière une façade de stoïcisme, de gaieté et d'optimisme, proclamant qu'il voyait la vie en rose et que tout allait pour le mieux dans le meilleur des mondes possibles. Mais la vie et la santé ne sont pas un scénario de film, et notre réseau intuitif sait lorsque nous jouons la comédie. Mike ne permit pas à ses émotions de lui indiquer la bonne direction ; au lieu de cela, celles-ci se manifestèrent dans son quatrième centre émotionnel.

Les études concernant les personnalités de type A qui ont souffert d'une crise cardiaque démontrent que ces patients peuvent diminuer les risques d'une seconde attaque en apprenant à exprimer leurs émotions d'une façon différente. Ces individus peuvent y parvenir par la méditation, la thérapie cognitive et la thérapie de modification comportementale, mais il est important qu'ils soient guidés dans cette approche.

Je fis un jour une lecture à un analyste boursier de Chicago qui avait eu une crise cardiaque. George avait été mû par le désir de faire un boulot formidable pour ses clients. Littéralement, gagner de l'argent était toute sa vie. Il pouvait dénicher une bonne valeur un an ou deux avant qu'elle ne commence à grimper formidablement. L'excitation de la chasse le propulsa au sommet de sa profession, et comme beaucoup d'hommes évoluant dans ce domaine, il accorda peu de place à sa vie émotionnelle et personnelle ainsi qu'à sa famille.

Bien entendu, George n'était qu'un homme, et il commit quelques erreurs de jugement dans ses recommandations. Ses clients subirent parfois de lourdes pertes, se chiffrant à plusieurs milliers de dollars. Pour survivre dans ce monde extrêmement compétitif et trouver le courage de prendre de si grands risques, George apprit à refouler ses sentiments de tristesse, de peine et de honte lorsque ses analyses étaient erronées. Il avait endurci son cœur contre la déception et n'exprimait aucun remords lorsque ses clients éprouvaient de graves difficultés à cause de lui. Puis, un jour, son cœur lâcha.

Sa femme le poussa à me téléphoner pour une lecture après qu'il eut subi une angioplastie, opération au cours de laquelle les vaisseaux sanguins sont nettoyés afin de rétablir une bonne circulation. Je vis les artères coronaires de George tapissées de stalactites pointues qui empêchaient le sang de circuler normalement. Au moment où George m'appela, il était au beau milieu de ce que les médecins appellent communément une dépression postinfarctus du myocarde. Pour ma part, je le visualisai, assis sur un lit médical à son domicile, très triste, réalisant que son ancienne vie était à jamais terminée et qu'il allait devoir chercher un nouvel emploi. Sa dépression me sembla être une manifestation biochimique du fait que, maintenant débarrassé de ses stalactites, il pouvait finalement ressentir pleinement les émotions – la tristesse, la peine et la honte – qu'il avait refoulées pendant tant d'années.

PUISSANCE ET VULNÉRABILITÉ

Le quatrième centre émotionnel touche deux aspects vitaux essentiels : la puissance et la vulnérabilité. À la question : « Qu'est-ce qui nourrit mon cœur ? » (et donc, maintient les organes de ma poitrine en bonne santé), la réponse réside dans le degré d'expression émotionnelle que nous nous autorisons et éprouvons dans notre vie. Simultanément, les relations représentent un autre aspect essentiel du quatrième centre émotionnel. Ces relations sont différentes des relations du second centre émotionnel. Dans celui-là, le paradigme de partenariat est : « Toi et moi ne sommes qu'un. » Nous sommes concernés par l'intimité, la qualité émotionnelle et la nature de nos relations en tête à tête. Par opposition, dans le second centre émotionnel, notre relation est identique à celle d'un couple qui dispute une course à pied en ayant une jambe attachée[1]. Nous avons deux jambes liées ensemble, mais chacun de nous

---

1. Dans ce type de course, deux concurrents essaient de courir, la jambe droite du premier partenaire étant ligotée à la jambe gauche du second. *(N.d.T.)*

conserve une jambe libre, indépendante de l'autre. Nous sommes attachés ensemble sans perdre notre individualité. Par contre, dans le quatrième centre émotionnel, nous assistons à une course en sac à deux, où les deux partenaires se glissent dans le même sac et se dirigent ensemble vers la ligne d'arrivée en sautillant. Nous ne formons qu'une seule et même entité. Pour parvenir à l'équilibre dans notre vie, nous devons être capables d'accomplir ces deux prouesses simultanément.

La colonne Puissance de l'expression émotionnelle dans le quatrième centre émotionnel inclut la passion, la colère, l'agressivité, la joie, le courage, le stoïcisme, soit la maîtrise de ses émotions lorsque cela s'avère nécessaire. La colonne Vulnérabilité comprend l'amour, le ressentiment, la sérénité, l'anxiété, l'expansivité ou le « lâcher prise » émotionnel. Dans l'équation du partenariat, la colonne Puissance inclut l'isolement, la disponibilité, le sens des responsabilités et le martyre, alors que la colonne Vulnérabilité comprend l'intimité, la dépendance et l'instinct maternel.

Vous pouvez vous situer sur cette échelle. Êtes-vous plutôt porté sur les passions tumultueuses ou sur les amours sereines ? Exprimez-vous votre colère en explosant, ou en remâchant votre ressentiment et votre amertume ? Êtes-vous toujours joyeux et exubérant, ou avez-vous tendance à être plutôt calme et serein ? Affrontez-vous la vie avec assurance et courage, ou êtes-vous paralysé par l'angoisse ? Parvenez-vous à évacuer vos sentiments de deuil, ou les laissez-vous persister et vous plonger dans la dépression ? Comprenez-vous et acceptez-vous les pertes d'êtres chers, ou vous plongent-elles dans un profond sentiment de détresse ? Par-dessus tout, dissimulez-vous vos émotions derrière un masque de courage, ou bien les laissez-vous transparaître en permanence ? Ou bien encore adoptez-vous, dans toutes ces situations, une position intermédiaire, comme la plupart d'entre nous le souhaiteraient ?

Dans vos relations, êtes-vous distant ou affectueux ? Préférez-vous donner ou recevoir ? Êtes-vous plutôt paternaliste, dirigiste et instructeur, ou possédez-vous plutôt un côté maternel davantage tourné vers l'affection, l'éducation et l'amour ? Avez-vous une propension au martyre, vous sacrifiant et vous dévouant pour les autres afin de gagner leur reconnaissance, ou bien préférez-vous les aider et les guider afin qu'ils puissent atteindre leur autonomie ?

Comme pour chacun des autres centres émotionnels, la santé du quatrième centre dépend de l'équilibre existant entre la puissance et la vulnérabilité. Pour que les organes de ce centre soient en bonne santé, il est nécessaire que vous puissiez ressentir à la fois les émotions puissantes et les émotions vulnérables.

Le stoïcisme, par exemple, est admiré dans notre culture. Dans le quatrième centre émotionnel, il constitue une qualité puissante. Il dénote la force de caractère, et la détermination qui l'accompagne est souvent appréciée. Lorsque Kennedy mourut, le monde entier admira la façon dont sa veuve, Jackie, fit preuve de stoïcisme devant une nation en deuil. Son visage voilé de noir symbolisa le courage à l'état pur, et personne n'aurait songé à la blâmer de ne jamais verser une larme en public. Mais un excès de stoïcisme, l'incapacité à donner libre cours à ses émotions quelles que soient les circonstances, n'est bon pour personne. Nous savons que ce genre d'excès mène droit à la dépression et à une quantité d'autres affections. Notre acteur, Mike, était stoïque ; il avait passé sa vie à dissimuler ses émotions derrière une façade enjouée. Le résultat : il refoula ses émotions dans son cœur, obstruant ainsi ses vaisseaux sanguins.

L'effusion émotionnelle est tout le contraire du stoïcisme. Dans notre société, elle est encore mal considérée. Nous enseignons à nos enfants à ne pas être trop exubérants lorsqu'ils font du sport, à éviter, par exemple, de bondir en criant « Youpi » lorsque leur équipe a marqué un but. Mais nous venons juste de dire qu'exprimer ses émotions est bon pour la santé. Même les Britanniques, réputés pour leur flegme, l'ont compris après la mort tragique de Diana, la princesse de Galles. Laisser libre cours à leur chagrin provoqua une explosion affective après des siècles de répression émotionnelle. Cependant, lorsque l'expression d'une émotion dégénère en pleurs continuels, cette émotion peut se transformer en un excès de vulnérabilité qui ouvre la voie à des maladies et à des problèmes divers.

La colère est une autre émotion de la colonne Puissance. La science nous apprend qu'il est sain d'exprimer sa colère, et c'est vrai. Mais si nous la manifestons de façon trop violente, si c'est la seule émotion que nous exprimons en permanence, nous nous engageons tout droit dans une voie mortelle. Cependant, ne pas exprimer notre colère peut être tout aussi néfaste, comme nous l'avons vu avec notre acteur. Conserver cette colère en nous afin de faire preuve de stoïcisme peut aussi affecter d'autres organes du quatrième centre émotionnel, spécialement chez les femmes.

LA RANCUNE
UN CAS DE CANCER DU SEIN

La lecture : France Payne, cinquante-deux ans, m'apparut tout à fait comme une martyre : elle me fit penser à Jeanne d'Arc. Je vis qu'elle était intelligente et douée. Je vis aussi qu'elle vivait avec un partenaire extrêmement occupé et qui me sembla totalement épuisé. Il en résultait que France éprouvait de grandes difficultés à avoir une intimité normale avec lui et à se sentir aimée et choyée. Je lui dis que je la sentais déçue par sa relation.

Je remarquai aussi qu'elle avait subi une perte importante, sans pouvoir déterminer s'il s'agissait de quelque chose ou du décès de quelqu'un. Je ressentis que chaque fois que son partenaire quittait la maison, son départ provoquait en elle les sentiments qu'elle avait éprouvés envers cette perte. Je sentis beaucoup de colère réprimée. D'une façon générale, il me sembla que quelque chose d'important et de difficile à gérer se passait dans la vie de cette femme.

Lorsque j'examinai son organisme, je perçus l'image d'une sorte de protubérance rouge dans la région de son sein droit, sous le mamelon. En scrutant davantage, je remarquai le même genre de protubérance rouge dans sa hanche gauche. Je crus percevoir aussi d'autres formes semblables dans son foie. Enfin, je vis qu'elle avait des problèmes de mémoire et que des changements étaient en train de survenir dans la substance blanche de son cerveau.

Les faits : France était mariée à un homme que sa profession éloignait de son foyer deux à trois fois par semaine, et parfois pendant plusieurs jours d'affilée. En réalité, il était rarement à la maison. Cependant, France insista sur le fait qu'elle n'était pas déçue par sa vie conjugale. « Je vis avec un mari affectueux. Il est merveilleux, et nous n'avons aucun problème », dit-elle. Lorsque j'insistai sur ce dernier point, elle admit finalement : « Bon, je suppose que parfois il ne m'est d'aucun secours, spécialement quand je reçois de mauvaises nouvelles du médecin. »

France insista aussi sur le fait qu'elle n'avait été frappée par aucune perte d'aucune sorte. À part, peut-être, la mort de son père. « Mais c'était il y a quatre ans, dit-elle, et je suis heureuse qu'il soit mort. » Apparemment, son père l'avait agressée verbalement toute sa vie. Elle ajouta que ses relations avec lui n'avaient été qu'une suite ininterrompue de cris, événements au cours desquels sa mère disparaissait sous la table. Lorsque je suggérai qu'elle souffrait peut-être de chagrin et de colère inexprimés à propos de cette mort, elle le nia avec force. « Je suis heureuse qu'il soit mort », répéta-t-elle. Cependant, elle finit par admettre qu'elle éprouvait peut-être un certain chagrin non évacué, regrettant la mauvaise qualité de sa relation avec son père. Par ailleurs, elle ressentait une certaine colère du fait qu'il soit mort avant qu'elle ait pu améliorer cette relation. France éprouvait aussi des difficultés à accepter l'affection des autres : « Je n'accepterais une aspirine de personne », déclara-t-elle.

Les commentaires de France concernant sa santé représentèrent la partie la plus étrange de notre discussion. Elle me déclara qu'un spécialiste avait diagnostiqué un cancer du sein et qu'elle refusait ce diagnostic. Elle ajouta que ses guides – des conseillers spirituels – lui avaient affirmé qu'il ne s'agissait là que d'une infection de l'un de ses seins. Elle ressentait une douleur dans sa hanche gauche, mais pensait qu'il s'agissait également d'une infection.

La colère et le chagrin inexprimés de cette femme, aussi bien avec son père qu'avec son mari, et son incapacité à accepter l'aide ou l'affection de qui que ce soit développèrent le profil émotionnel type propre à provoquer un cancer du sein. Les études ont démontré une relation entre le cancer du sein et une tendance à réprimer sa colère en permanence. L'incapacité à exprimer notre désarroi peut affecter nos défenses immunitaires. En effet, notre organisme possède ses propres « cellules tueuses », qui veillent dans les différents organes de notre corps et qui avalent et évacuent les éventuelles cellules cancéreuses cherchant à s'implanter. On a établi que l'intensité de l'activité des « cellules tueuses » d'un individu représente un élément essentiel permettant de déterminer si un cancer se développera ou non. Si cette activité est réduite, vos risques de développer un cancer augmentent. Selon les chercheurs, si une femme souffre d'une perte émotionnelle non évacuée, il est probable qu'elle a perdu près de cinquante et un pour cent de ses « cellules tueuses ». En clair, si vous êtes contrarié, il est souhaitable que vous ayez conscience de votre contrariété, que vous exprimiez votre désarroi et que vous l'évacuiez.

France est un exemple caractéristique d'une personne incapable d'agir ainsi. Elle était si déconnectée de ses émotions qu'elle ne pouvait même pas admettre être en colère contre son père et son mari. Elle avait également refusé toute affection et jusqu'à l'idée de souffrir d'un cancer. France ne permettait pas à ses émotions de circuler en elle et les empêchait de se transformer en pardon. Au contraire, celles-ci s'enracinaient dans son corps, provoquant tumeurs et maladies. Parce que France ne modifiait pas ses émotions, ces dernières la transformaient véritablement, altérant la structure de son corps.

Il est parfaitement normal de maîtriser ses émotions de temps à autre, ou de se réfugier dans un état d'esprit durant quelque temps. Mais l'important réside dans la durée de cet état. En elle-même, l'émotion n'est pas un poison qui nous affectera. Elle ne devient dangereuse que si elle est refoulée trop longtemps. Nous pouvons comparer cette attitude au fait de s'asseoir sur une chaise. Cet acte, en soi, n'est pas malsain. Mais si vous restez assis dix-sept heures sans vous lever, vous serez figé dans une certaine position. S'asseoir sur une chaise n'est pas un problème. Être *immobilisé* sur cette chaise le devient. De même, être paralysé par une émotion quelconque est malsain parce que cette attitude va à l'encontre de ce que l'émotion signifie, c'est-à-dire bouger, agir. Si vous êtes bloqué par une émotion, il ne s'agit plus seulement d'une émotion. Cela devient un problème.

Voyons ensemble l'histoire d'une de mes clientes ; elle illustre bien cette nuance. Meg était un professeur non titularisé de l'Université du Michigan depuis quinze ans, et elle prenait grand soin de ses étudiants afin de les aider à obtenir leur diplôme. Elle avait passé de nombreuses nuits et plusieurs week-ends à effectuer des recherches et à rédiger des articles pour la revue de l'Académie, sacrifiant sa vie de famille et ses loisirs. Elle était sur le point d'obtenir sa titularisation. Dans l'un de ses derniers articles, elle s'était aliéné certains pontes de l'université en exprimant une opinion controversée sur les études des femmes. Le résultat : on lui refusa sa titularisation.

Meg fut furieuse et en proie à un profond chagrin. Elle quitta l'université et se mit à écrire un livre basé sur son fameux article, s'imaginant qu'elle pourrait publier ses travaux de façon encore plus approfondie et se venger ainsi de l'université. Bien entendu, en agissant ainsi, Meg refusait de lâcher prise et considérait ce sentiment de vengeance comme un but à atteindre. Quatorze mois après avoir quitté l'université, Meg remarqua une grosseur sur son sein droit, mais n'en tint aucun compte pendant six mois, avant de subir une biopsie. Cette grosseur était cancéreuse.

Meg fut effrayée par ce diagnostic et décida de changer de vie afin de se guérir, bien qu'une partie d'elle-même voulût se concentrer exclusivement sur son livre. Lorsque je réalisai une lecture pour elle, je perçus l'image d'une trahison familiale pesant sur sa poitrine. Il s'agissait, bien sûr, de l'université, qui avait représenté une véritable famille pour Meg. À son crédit, cette dernière comprit qu'elle était emplie de chagrin et de colère et qu'elle avait besoin de se séparer de l'objet de la trahison – le livre – qu'elle avait utilisé pour nourrir et intensifier son sentiment de ressentiment, de colère et de peine. Elle prit un congé sabbatique, s'arrêta d'écrire et subit une chimiothérapie.

Meg réalisa aussi que ses amis et relations de l'université lui manquaient énormément et qu'elle ressentait le besoin de reconstruire un autre environnement social et émotionnel. Elle avait aussi besoin de trouver un stimulant intellectuel – autre que le livre – afin d'utiliser ses facultés mentales et sa créativité. Meg démarra une activité d'enseignante à mi-temps dans une université publique et renoua avec sa passion de l'enseignement, qui lui avait tellement manqué pendant qu'elle écrivait son livre en solitaire. Son livre ne représentait pas un substitut suffisamment fort pour compenser ses contacts avec les enseignants et ses étudiants. Il ne lui permettait pas non plus d'exprimer toutes les facettes de son talent. Cependant, Meg a fini par terminer son livre, et son cancer a disparu depuis trois ans et demi.

Qui êtes-vous réellement ?

La plupart des gens pensent, lorsqu'ils s'inquiètent de l'état de leur cœur, qu'il leur suffit de manger des gâteaux allégés pour réduire leur taux de cholestérol et que tout aille bien. Ils se mettent à table et comptent les noix de beurre, suppriment les œufs et croient ainsi protéger leur cœur. Mais personne ne leur a parlé du rôle essentiel que jouent leurs émotions sur le plan de leur santé cardiaque.

Car les émotions sont capitales dans ce domaine. Prenons la personnalité de type A. Des tas d'études démontrent que ce type de personnalité est associé à l'hypertension, au taux élevé de cholestérol et aux décès par crises cardiaques. Et quelles sont les caractéristiques précises de ce type de personnalité ? Les individus du type A (et nous parlons essentiellement d'hommes, car très peu d'études ont été menées auprès de femmes susceptibles d'appartenir à cette catégorie) ont un excès de puissance et un déficit de vulnérabilité à la fois dans leur expression émotionnelle et dans leur comportement vis-à-vis de leurs partenaires. Les personnalités de type A s'expriment émotionnellement avec un excès de colère et d'agressivité. Elles ont tendance à être agressives, peu commodes, compétitives et impatientes. Elles possèdent une personnalité rigide qui leur rend difficile le fait d'apprécier la paix et la sérénité. Dans leurs relations, ces individus éprouvent fréquemment des problèmes d'intimité, n'acceptent pas l'aide de l'autre et ne sont guère affectueux. Ils se préparent toujours pour le combat suivant et sont peu enclins à la soumission. Cette agressivité est associée à l'hypertension et aux maladies coronariennes. Pour de nombreux joueurs de tennis, la compétition est plus importante que l'esprit du jeu.

Les personnalités de type A sont semblables à des conducteurs appuyant à fond sur l'accélérateur de leur véhicule. Ces gens conduisent à 130 km/h dans une zone limitée à 40 km/h. « Vous ne comprenez pas ? J'ai des rendez-vous. Je m'en vais résoudre les problèmes du monde. » Si vous connaissez quelqu'un appartenant à cette catégorie, je suis certaine que vous ne penserez pas à lui comme à un individu vulnérable. Cependant, certaines personnes de type A dissimulent leur agressivité et l'intériorisent. Lorsque ces gens-là vous font une queue de poisson en conduisant, ils réussissent à conserver le sourire. Ils souffrent souvent d'hypertension. Ils veulent apparaître comme des individus accommodants et agréables, mais sont souvent indisposés par les autres et doivent intérioriser leur colère. Ces personnes de type A restent souriantes dans les salles de réunion jusqu'à ce que le contrat soit signé. Puis, elles sortent de ces séances de travail furieuses, tapant du poing sur leur bureau en remâchant toutes les exigences blessantes qu'elles ont dû supporter de la part de tous ces autres types durant les meetings.

Dans un chapitre précédent, j'ai décrit Pierre, un cadre de direction fonceur et motivé. Son problème physique numéro un consistait en de graves ulcères, raison pour laquelle j'avais placé cet exemple dans le chapitre traitant le troisième centre émotionnel. Mais j'avais vu qu'il avait aussi certains problèmes réels et potentiels dans son quatrième centre émotionnel. Pierre représente un exemple parfait de la façon dont les centres émotionnels sont étroitement liés et parfois même cumulent leurs effets. J'avais remarqué que les artères de cet homme étaient sur le point de se boucher. Ce n'était pas encore le cas, mais cela pouvait survenir à tout instant. Cependant, son intuition ne s'adressait pas à lui par l'intermédiaire du quatrième centre émotionnel. Mais je sus que, s'il ne modifiait pas son style de vie, elle finirait par se manifester sous la forme de problèmes cardiaques.

Bien que souffrant fréquemment de problèmes relationnels, les personnalités de type A sont souvent considérées comme fiables. Leur volonté, leur sens de la compétition et leur travail acharné constituent une garantie qu'elles feront tout ce qui sera nécessaire, quoi qu'il en coûte, pour rapporter à l'entreprise les meilleurs produits possible en abondance. Malheureusement, lorsqu'elles rentrent chez elles, il est rare qu'elles se détendent et apprécient le repas avec leur partenaire. Il leur est impossible de laisser leurs caractéristiques de type A à la porte d'entrée. Après avoir agressé les autres en voiture et au bureau, ces individus rentrent à la maison, pénètrent dans le monde de leurs relations intimes et continuent à agir de la sorte. Sous le pilote automatique, leur véhicule fonce droit devant lui en écartant tout le monde sur son passage, y compris le conjoint.

Une étude a porté sur la façon dont les personnes de type A communiquent au cours de leurs relations, mesurant simultanément leur rythme cardiaque et leur tension. Les chercheurs voulaient savoir si ces individus de type A coopéraient avec leurs partenaires, les récompensaient, ou s'ils luttaient contre eux, les punissaient et les évitaient. On découvrit que les « type A » étaient extrêmement agressifs et s'opposaient violemment à leurs partenaires. Ils étaient deux fois plus agressifs que les autres types de personnalités, punissaient leurs partenaires trois fois plus souvent, étaient très peu coopératifs et peu reconnaissants. Cet excès de puissance et cette déficience de vulnérabilité influençaient les organes de leur quatrième centre émotionnel. Les fluctuations de leur rythme cardiaque étaient plus élevées que dans les autres groupes, et ils avaient une certaine propension à l'hypertension.

Les « type A » avaient tendance à blesser leurs partenaires au cours de leurs discussions. Même si ces derniers abondaient dans leur sens et étaient tout à fait conciliants, les personnalités de type A se lançaient dans une confrontation et se montraient menaçantes. Elles ne tenaient pas compte de ce que leurs partenaires essayaient de leur dire. En fait, elles ignoraient quinze fois plus souvent les propos de leurs partenaires que les personnalités des autres types. Cela signifie que si votre mari est de type A et que vous lui demandez : « Est-ce que tu m'écoutes ? » il fera la sourde oreille. Si, encore, vous lui dites d'un ton suppliant : « S'il te plaît, ne jette pas les serviettes de bain par terre dans la chambre », il fera celui qui n'entend pas. En résumé, l'étude a fait ressortir que les « type A » n'étaient guère intéressés par un partenariat réciproque et mutuel. Leur système de communication était à sens unique : ils ne tenaient compte que des appels qu'ils envoyaient et ignoraient les messages qui leur parvenaient. Ils manquaient de chaleur et se montraient peu enclins à satisfaire les désirs de leurs partenaires.

Les relations des « type A » me rappellent l'étude importante menée sur les singes et qui avait établi que le singe dominant affirmait son autorité sur les autres membres du groupe en évitant de croiser leur regard. Il levait toujours les yeux au-dessus de ces derniers ou regardait légèrement au-delà, avec une apparente indifférence. Il apparaissait aux autres comme extrêmement puissant. En fait, les « type A » veulent toujours figurer dans la colonne Puissance de leurs relations et ils se sentent beaucoup plus à l'aise lorsque leurs partenaires sont eux-mêmes placés dans une position de vulnérabilité. Ils veulent sans cesse dominer, mais cela ouvre la voie à de graves problèmes physiques.

UN ROCHER NE SOUFFRE PAS
UN CAS D'AFFECTION CARDIAQUE

La lecture : Fred, soixante-huit ans, ne voulait pas discuter avec moi. Son épouse, qui m'avait téléphoné, le suppliait de me parler. Finalement, il accepta et entra en contact avec moi. Mais tout ce que j'entendis à ce moment-là fut un silence total. En fait, Fred se sentait aussi froid et silencieux qu'un roc. Il me fit penser au poème de John Donne selon lequel aucun homme n'est une île ou à l'extrait d'une chanson de Simon et Garfunkel, « un roc ne souffre pas et une île ne pleure jamais ». Je perçus Fred comme un bel homme aux yeux d'un bleu acier, d'environ un mètre quatre-vingt-cinq, soigné, avec un peu de ventre, et qui se considérait comme un bon joueur de tennis et un bon partenaire au bridge. Je remarquai qu'il était très stoïque, ne laissant jamais apparaître peine ou colère sur son visage, et qu'il tenait à ce que son entourage se comporte de la même façon. Il ne tolérait aucune effusion. En fait, il traitait les autres avec grand mépris, estimant que la plupart des gens n'étaient pas dignes de lui. Il avait très bien réussi dans la vie et attendait la même chose de ses propres enfants. Il exerçait un contrôle étroit sur sa famille, mais d'une façon quelque peu distante. Je le perçus comme étant très isolé de sa femme et de ses enfants. En réalité, je finis par voir qu'il avait une maîtresse, une femme plutôt extravagante, tout à fait à l'opposé de son épouse plus conservatrice. Je constatai aussi qu'il avait nourri beaucoup de colère et d'agressivité sa vie durant. Il était semblable à une bouilloire sous pression. Sous une apparence de contrôle, il éprouvait alors de la colère et de la peine à la suite d'un échec professionnel.

Je pus diagnostiquer immédiatement que cet homme avait un rythme cardiaque inhabituellement rapide, bien que régulier. Ses poumons me parurent encrassés et comme remplis d'eau. Quelque chose de gros comme un ballon semblait être dans son abdomen. Son teint paraissait pâle et cireux. Il semblait très faible intérieurement, malgré toute la force qu'il affichait extérieurement.

Les faits : Fred était un ancien combattant de la Seconde Guerre mondiale décoré de la Purple Heart[1]. Il avait eu une longue carrière professionnelle couronnée de succès. Toute sa vie, l'estime qu'il avait de lui-même avait reposé sur sa capacité à gérer des capitaux. Ses enfants avaient tous réussi comme médecins ou juristes. Fred était fier de constater qu'ils étaient tous capables d'assumer leurs responsabilités dans la vie. Il ne croyait pas aux vertus du maternage. Un jour, son plus jeune fils avait souhaité faire les Beaux-Arts, mais Fred avait refusé de payer

---

1. Décoration attribuée aux blessés de guerre *(N.d.T.)*.

ses études, car il ne croyait pas en quelque chose d'aussi « émotionnel » et d'aussi « hémisphère droit ». Bien qu'il disposât de nombreuses relations au *country club* dont il était membre avec son épouse, il n'avait aucun ami véritable.

La société de Fred était sur le point de perdre le procès qui lui avait été intenté pour irrégularités financières. Ce problème était extrêmement grave, mais Fred refusa d'afficher le moindre désarroi. En fait, il se battait sur le plan juridique depuis des années, chacun s'accordant à dire qu'il s'était bien débrouillé, et il ne montra jamais à quel point ce sujet l'inquiétait. Il était parfaitement stoïque.

Puis, subitement, il commença à souffrir de lassitude et de faiblesse. Après avoir consulté un médecin, celui-ci découvrit qu'il souffrait d'insuffisance et d'arythmie cardiaques menaçant sa vie. De plus, il était affligé d'un incurable anévrisme de l'aorte dans son abdomen, près des reins.

Fred remplissait tous les critères de personnalité du type A, qui court un risque de problème coronarien et de durcissement des artères. Il se sentait solide comme un roc et agissait en conséquence, car il estimait qu'être fort, c'était être stoïque. Cependant, il était rempli d'agressivité contenue qu'il évacuait de façon agressive et méchante. C'était le genre d'homme qui pouvait déclarer insidieusement à la femme dînant avec lui : « Dis donc, tu as un sacré coup de fourchette ! », ou : « Je me demande comment tu peux avaler quelque chose d'aussi lourd ? »

Personne ne le connaissait vraiment et personne ne pouvait l'approcher émotionnellement. Il était solitaire, froid et distant. Il n'acceptait pas d'être choyé, flatté ou diverti. Il ignorait comment s'occuper de quelqu'un et refusait que l'on s'occupât de lui. Il était immergé dans son identité de père, mais pas au sens affectif du terme, uniquement en tant que père distant et autoritaire. Pour lui, apporter de l'aide consistait à fournir des fonds, des vêtements, etc. Il n'était jamais disponible émotionnellement ; il était condescendant envers les serveurs et serveuses, et avait tendance à ne jamais regarder les autres dans les yeux. Comme les singes dominants, il traitait les gens d'un air dédaigneux et supérieur.

Le fait d'avoir une maîtresse était la manifestation extérieure d'un cœur déchiré, matérialisé par une déchirure de l'aorte. De plus, il séparait les choses du cœur de celles de l'esprit. Il ne croyait en rien de ce qui était illogique, émotionnel, nébuleux ou enraciné dans l'hémisphère droit. À ses yeux, toute chose devait être rationnelle et intellectuelle. Eh bien, des études ont démontré que, lorsque vous augmentez votre activité rationnelle pendant une expérience émotionnelle, vous envoyez des informations en provenance du système nerveux sympathique dans votre cœur et augmentez ainsi les risques d'arythmie. En termes simples, cela signifie que si vous ne pouvez ressentir simplement et pleinement quelque chose, si vous devez faire appel à votre lobe frontal et vous mettre à tout intellectualiser, vous courez un plus grand risque d'arythmie. C'est exactement ainsi que Fred agissait.

Toutes les émotions de cet homme étaient classées dans la colonne Puissance. Mais, pendant qu'il donnait extérieurement une impression de force, il était véritablement très faible intérieurement. Ni joie ni amour ne circulaient en lui, et toutes les autoroutes de son cœur étaient, soit complètement bouchées par des affections coronariennes, soit déchirées par un anévrisme. Il n'avait aucune vulnérabilité pour équilibrer les émotions violentes qu'il ne pouvait exprimer, et celles-ci, de ce fait, se matérialisaient de façon dévastatrice dans son corps.

Ainsi, si vous êtes de type A, est-ce que cela signifie que tout est fini pour vous ? Puisque c'est votre personnalité, êtes-vous destiné à mourir d'une crise ou d'une insuffisance cardiaque ? Non. Pas obligatoirement. Dans le cadre d'une étude, on a suivi un groupe d'hommes ayant subi une crise cardiaque pendant les deux années qui ont suivi cette crise. À certains de ces hommes, on enseigna la façon de modifier leur comportement de type A, de parler de leur colère et de l'évacuer. Curieusement, on s'aperçut que ces individus souffraient moins de rechutes que ceux qui n'avaient reçu aucun conseil, même si leur tension et leur taux de cholestérol restaient inchangés. En d'autres termes, lorsqu'on leur recommanda de sortir de leur zone exclusive de la colonne Puissance du quatrième centre émotionnel et d'équilibrer leur vie avec un peu de vulnérabilité, indiscutablement, leur santé s'améliora. Lorsqu'ils écoutèrent leur système intuitif et effectuèrent les changements nécessaires dans leur vie et sur le plan de leurs réactions émotionnelles, ils améliorèrent leur santé.

En somme, nous devons bien comprendre que la santé de notre cœur, dans le quatrième centre émotionnel, ne dépend pas uniquement de notre tension ou de notre taux de cholestérol. Ni, d'ailleurs, d'une simple question d'agressivité. De nombreux facteurs peuvent affecter la santé de notre cœur, depuis notre régime alimentaire, notre forme physique et notre hérédité, en passant par nos schémas comportementaux, tel l'usage du tabac. Mais l'agressivité, une variante de la colère, occupe réellement une place tout à fait à part. En tant que composante du comportement de type A, elle est étroitement associée aux affections cardiaques. Ainsi, les *émotions*, ou, plus précisément, les émotions pleinement exprimées et évacuées, ont une influence capitale sur la santé de notre cœur.

Il semblerait que les mots « colère » et « homme » soient étroitement associés dans l'esprit des gens. Et, parfois, on les relie d'une façon positive : un homme en colère est considéré comme un monument de droiture et de puissance. Dans le pire des cas, il peut être jugé comme un sacré « salaud » avec lequel il est difficile de s'arranger et qui vous en fait baver. Mais même cette dernière description implique une certaine admiration forcée. Dans les hôpitaux où j'ai travaillé, les médecins hommes qui montraient de la force de caractère ou qui avaient une personnalité difficile et agressive étaient unanimement appréciés et considérés comme des fonceurs et des battants.

Que se passe-t-il, cependant, lorsqu'une *femme* exprime de la colère ? Je ne parviens pas à me rappeler la dernière fois où j'ai entendu quelqu'un parler avec admiration d'une « jeune femme en colère ». Au travail, au moindre éclat de ma part, on me cataloguait immédiatement comme une « salope » agressive et coléreuse. Mais ce mot en « s » a un sens très différent du mot en « s » utilisé à propos des hommes, un peu plus haut. Il implique une notion franchement désobligeante. Personne ne me féliciterait si j'exprimais ma colère de la façon dont mes collègues hommes le font : les gens me regarderaient plutôt avec des yeux ronds. J'ai toujours pensé que cela était injuste, mais c'est la vie.

Dans notre culture, les femmes ne sont pas supposées extérioriser des émotions violentes. Parce qu'elles craignent d'être mal jugées par les autres, elles ont généralement peur d'exprimer pleinement leur colère. Pourtant, cela ne signifie pas qu'elles ne la *ressentent* pas. Elle reste donc prisonnière au fond d'elles-mêmes, mijotant et se transformant peu à peu en ressentiment et en amertume. Et cette amertume peut attaquer le cœur de la même façon que l'agressivité ouverte d'un homme. Trop de gens commettent l'erreur de penser que lorsque l'on parle d'affection cardiaque, on parle essentiellement des hommes. Il est vrai qu'à l'origine presque toutes les études portant sur les maladies cardio-vasculaires ont été menées auprès d'hommes, mais cela est en train de changer rapidement, car nous réalisons que les maladies cardiaques sont, également chez les femmes, la première cause de mortalité. Pourtant, de façon étonnante, une enquête récente a fait ressortir que seulement *huit pour cent* des femmes américaines savent que les affections cardiaques représentent le risque le plus élevé pour leur santé.

Chez les hommes, les maladies cardiaques sont proportionnelles à la violence et à l'agressivité exprimées. Chez les femmes, au contraire, elles sont proportionnelles à leur refoulement. Bien qu'il existe des exceptions à cette règle, en général, les hommes et les femmes sont comme deux récipients différents chauffant ensemble sur une cuisinière. La plupart des hommes sont semblables à des marmites sur feu vif et sans couvercle, bouillonnant furieusement jusqu'à ce qu'elles débordent. Les femmes, elles, sont semblables à des bouilloires sur feu doux qui frémissent pendant des heures, avec un couvercle réprimant leurs émotions. Elles sont plus discrètes, mais, rapidement, l'eau s'évapore et la bouilloire se fendille. Elles dégagent peu de vapeur, font peu de bruit, et, de ce fait, personne ne se rend compte qu'il y a un problème. Pourtant, celui-ci existe bel et bien.

La lecture : Dès que je commençai ma lecture concernant Violette, trente-huit ans, je la perçus pleine de joie et d'exubérance. Elle m'apparut comme un petit moineau gazouillant, perché sur une clôture. Elle n'aimait pas se plaindre et dissimulait ses émotions derrière une apparente bonne humeur. Mais, au fond de son cœur, je découvris un problème, une personne qui l'empêchait d'obtenir ce qu'elle désirait. Je devinai de la déception dans sa relation avec cet être qui représentait un obstacle à son équilibre. Je vis que Violette voulait accomplir quelque chose, suivre une certaine voie, mais je sentis qu'elle était freinée par cette personne, qui exerçait une forte autorité sur elle. Celle-ci m'apparut sous les traits d'un homme très volontaire et égocentrique poursuivant ses buts au détriment des sentiments de son entourage. En fait, il me fit penser à un chat venant de tuer un oiseau, assis sur le pas de la porte et entouré de plumes. En l'occurrence, ces plumes représentaient les pétales du cœur de Violette.

Je me rendis compte que Violette ressentait de moins en moins de joie et sombrait peu à peu dans le ressentiment et la colère. Sa relation n'était pas équilibrée : son partenaire détenait l'autorité, et elle était soumise.

Dans son organisme, je découvris de petites cicatrices dans ses poumons, séquelles d'un passé de fumeuse, et des traces anciennes d'infections de la vessie. Mais dans sa tête, je vis de la fureur qui me renvoya l'image d'une véritable tornade. Cette tempête de colère et d'agressivité secouait son cœur, qui s'affolait et battait irrégulièrement.

Les faits : Violette était une musicienne qui désirait intensément devenir chef d'orchestre. Elle avait eu l'occasion de travailler dans ce sens et de s'entraîner avec un chef d'orchestre homme. Cependant, son mari s'opposa à ce projet. N'étant pas musicien lui-même, il s'était inquiété à l'idée que sa femme puisse travailler en étroite collaboration avec un autre homme, dans un domaine qui lui était totalement étranger, et avait refusé qu'elle persiste dans cette voie. Violette fut intérieurement furieuse de cette décision, mais, afin de respecter les sentiments de son mari, suspendit son entraînement. Cependant, elle conserva toute sa détermination à devenir, un jour, chef d'orchestre. Elle continua, en elle-même, à nourrir ce projet, qu'elle remit à une date ultérieure, pensant qu'elle pourrait éventuellement le présenter à son mari d'une autre façon, afin qu'il puisse, en définitive, l'approuver. En réalité, cette femme avait posé un couvercle sur ses propres sentiments afin que son époux soit heureux, mais son ressentiment couvait.

Elle me confirma également qu'elle souffrait d'arythmie cardiaque.

Il ne vint même pas à l'idée de Violette d'aller contre les désirs de son mari. Leur relation déséquilibrée rendait cela impossible. Violette avait totalement abandonné toute l'autorité de leur couple à son mari, mais il en résulta, pour elle, un grand ressentiment qui l'oppressait. Et cela préparait le terrain à de sérieux problèmes cardiaques. On croit que la mort subite provoquée par une crise cardiaque est due à une arythmie, à un changement de rythme des battements du cœur. Le stress provoque fréquemment un accroissement de certaines sécrétions de substances chimiques du cerveau qui peuvent accélérer le rythme du cœur, exciter le muscle cardiaque, épuiser ses réserves et augmenter, chez un individu, le risque de développer une maladie cardio-vasculaire. En refoulant ses émotions, en les dissimulant derrière un visage avenant, Violette préservait momentanément la paix dans son couple, mais, en même temps, elle infligeait des dommages aux organes de son quatrième centre émotionnel. Elle était telle une bouilloire frémissante sur le point de se craqueler.

En général, pour exprimer des émotions similaires, le cœur des hommes et des femmes réagit différemment, car, chez les hommes, les connexions reliant le cerveau au cœur sont différentes de celles des femmes. Les hommes possèdent un cerveau plus compartimenté et organisé, chaque zone étant bien définie. Pour emprunter une image : le cerveau masculin est semblable à un tiroir de cuisine contenant des compartiments en plastique permettant de bien séparer les fourchettes des couteaux et des cuillères. De même, les zones fonctionnelles d'un cerveau masculin sont toutes parfaitement séparées. Lorsqu'un homme parle, une ou deux zones de son cerveau sont activées, alors que les autres sommeillent. Chez les femmes, au contraire, le cerveau est beaucoup moins bien organisé et semblable à un tiroir de cuisine en pagaille. Le cerveau féminin est comme un tiroir dans lequel vous fourrez tout sans aucun ordre et où tous les ustensiles sont mélangés : la cuillère à glace et la pince à homard, cinq élastiques, plusieurs brochettes pour *shish kebab* et quelques fourchettes en plastique aux dents cassées. Il est évident que chacun de ces tiroirs a sa fonction propre et son utilité. Mais aucun n'est supérieur à l'autre : seul le système d'organisation diffère.

Cela signifie que la plupart des hommes n'utilisent qu'un hémisphère de leur cerveau à la fois, généralement le gauche. Ils pensent donc d'une façon plus directe et logique. Mais, lorsqu'ils recourent à leur hémisphère droit, ils ressentent leurs émotions très intensément, parce qu'ils ne sont concentrés que sur une seule activité. Leurs sentiments sont activés beaucoup plus rapidement jusqu'à ce qu'ils débordent. Cependant, la plupart des femmes emploient leurs deux hémisphères simultanément. Cela signifie qu'elles ont davantage accès à leur hémisphère droit, et ce, de façon plus continue. Et l'hémisphère droit possède des connexions plus denses avec le cœur. Par conséquent, la plupart des femmes ont plus de connexions neurologiques et émotionnelles avec leur cœur que la plupart des hommes. De ce fait, à tout instant, ce qu'une femme ressent se manifeste et résonne dans sa poitrine.

Mon amie Norma se décrit elle-même, depuis toujours, comme une femme-qui-mijote-lentement. Elle réprime sa colère, particulièrement lorsqu'elle est pleine de ressentiment ou irritée contre quelqu'un qui pourrait la rejeter. Elle a adopté ce comportement lorsqu'elle était enfant ; les souvenirs de l'attitude des membres de sa famille sont imprimés dans les organes de son quatrième centre émotionnel. Sa famille était composée de gens bien. En grandissant, Norma ne vit jamais un membre de sa famille se mettre ouvertement en colère contre quelqu'un d'autre. (Pour moi qui ai grandi dans une famille méditerranéenne au sang chaud, ceci est presque inconcevable.) Elle ne fut jamais frappée durant son enfance. Chacun des membres de sa famille s'efforçait de rendre tous les autres heureux en faisant passer ses propres désirs au second plan. En surface, l'harmonie semblait régner, mais certains problèmes couvaient. Et, bien sûr, les quatre grands-parents de Norma, ainsi que son père, moururent de diverses affections cardiaques. Norma sait qu'elle devra un jour soulever ce couvercle mortel qui réprime sa colère, si elle veut que la santé règne dans son quatrième centre émotionnel.

Parce que les femmes ont de tout temps réprimé leurs émotions de colère et d'agressivité, on a longtemps ignoré les problèmes cardiaques féminins. Ce manque d'intérêt pour cette question fut renforcé par la façon dont se manifestent les maladies cardiaques chez les femmes. Lorsque nous évoquons une crise cardiaque, nous pensons à la façon dont elle survient chez les hommes : douleur soudaine dans la poitrine, dans la mâchoire et le long du bras gauche. Cependant, chez une femme frappée par une crise cardiaque, les symptômes peuvent être différents. Elle peut souffrir d'indigestion et de douleur abdominale. Il se peut qu'elle ne ressente aucune douleur dans la poitrine. Le premier signe d'une crise cardiaque chez la femme peut être une congestion, sans aucun symptôme de crise cardiaque préalable.

L'idée que les femmes ne souffraient pas d'attaques cardiaques fut si communément répandue que, particulièrement vers la fin des années trente et au début des années quarante, lorsqu'une femme se présentait en salle d'urgence d'un hôpital en se plaignant de douleurs dans la poitrine, on lui répondait régulièrement qu'elle souffrait probablement d'une simple crise d'anxiété. Ce n'est plus le cas aujourd'hui. Dans l'hôpital où j'ai travaillé, lorsqu'une femme se présentait en se plaignant d'une douleur située entre l'abdomen et le cou, on lui faisait automatiquement passer un électrocardiogramme.

Violette est l'exemple type d'une personne qui refoulait ses émotions, ignorant les nombreux avertissements intuitifs et inconsciente du signal d'alarme déclenché dans son corps. Mais elle allait mettre sa vie en danger si elle continuait à ruminer trop longtemps et ne libérait pas ses émotions. Ces dernières lui disaient de sortir et d'accepter le travail dont elle avait envie. En fait, il existe un rapport étroit entre la santé cardiaque d'une femme et la profession qu'elle exerce. Les femmes ayant des professions valorisantes et complexes, dotées de larges responsabilités et offrant des challenges, sont habituellement en bonne santé. À l'opposé, celles qui sont employées de bureau, qui dépendent de supérieurs hiérarchiques exigeants et qui ne peuvent exprimer leur colère sont beaucoup plus sujettes aux affections cardiaques. On peut affirmer que c'est le cas de quatre-vingt-dix-huit pour cent des femmes aux États-Unis. Même s'il s'agit de femmes au foyer, elles sont innombrables à avoir un supérieur hiérarchique intraitable en la personne de leur époux. On peut dire que Violette rentre exactement dans cette catégorie. Son mari exerça son autorité de chef et la plaça dans une position dans laquelle elle ne put exprimer sa colère. Et cette position ne la motivait plus. Il est facile de comprendre que si une femme n'a plus le cœur à l'ouvrage, elle renoncera. On peut ajouter que si nous ne mettons pas tout notre cœur dans les diverses tâches que nous accomplissons dans notre existence, celle-ci sera probablement abrégée.

Au fur et à mesure des mutations de notre société, nous commençons à percevoir une certaine masculinisation des schémas de santé féminins. J'ignore s'il s'agit d'une bonne chose ou non. Tout ce que je puis déclarer, c'est que si nous faisons quelque chose qui nous met mal à l'aise, nos organes nous le font savoir. Le plus important est de se souvenir que, quelle que soit la façon dont nous exprimons notre colère, en explosant ou en ruminant longuement, en définitive, les effets sont identiques : ils mènent tout droit à la crise cardiaque. Je ne pense pas qu'il existe d'illustration plus claire montrant que le fait d'exprimer nos émotions de façon extrême – que ce soit par un excès de puissance ou de vulnérabilité – est nocif pour la santé. Une explosion permanente de colère est néfaste, mais un refoulement constant de celle-ci et sa transformation en ressentiment et en amertume sont tout aussi néfastes. Trouver un équilibre et un juste milieu peut nous faire recouvrer la santé.

Dans le domaine de la santé, un des éléments les plus dérangeants de notre époque est le nombre croissant de cancers du sein parmi les femmes de la génération du baby-boom. Jusqu'à une date récente, on estimait que le cancer du sein frappait une femme sur neuf. Aujourd'hui, les statistiques ont grimpé pour atteindre une femme sur huit. Pour l'essentiel, les efforts consentis pour inverser ces statistiques ont été concentrés sur la découverte d'un remède miracle contre le cancer, sous la forme de chimiothérapie ou d'un traitement médical qui prend en compte les différents facteurs responsables de ce type de cancer.

Mais nous ne pouvons sous-estimer l'importance des émotions et de l'attitude mentale, à la fois dans le développement du cancer et dans la lutte contre ce fléau. Les femmes de la génération du baby-boom sont en proie à un tas d'émotions diverses trouvant leur origine dans les changements culturels de notre société depuis des années, et ce, dès qu'elles ont atteint l'âge adulte. La plupart de ces émotions sont centrées autour du grand problème de cette génération – le conflit entre le rôle de mère de famille et l'indépendance obtenue grâce à l'exercice d'une profession. Le fait de fonder une famille, d'en prendre soin, et d'être prise en charge par une tierce personne pose à ces femmes des problèmes que rencontraient rarement les femmes des générations précédentes. Certaines d'entre elles acceptent leur rôle d'épouse et de mère de famille tout à fait naturellement, mais d'autres, plus difficilement. Doutant de leurs capacités dans ce domaine, elles se transforment en martyres et sacrifient leurs propres besoins afin de s'occuper totalement des autres dans un acte suprême d'autosacrifice qui n'a plus qu'un lointain rapport avec l'entretien normal d'une famille. Cette attitude affecte leurs relations avec leurs époux aussi bien qu'avec leurs enfants.

Il est logique que les effets provoqués par de tels conflits émotionnels se produisent dans la poitrine des femmes, partie du corps contre laquelle elles pressent ceux qu'elles aiment et, plus spécifiquement, dans leurs seins, symbole physique de l'affection et de l'amour féminins. Pour conserver en bonne santé leurs seins ainsi que les autres organes de leur quatrième centre émotionnel, les femmes doivent trouver un équilibre entre puissance et vulnérabilité à la fois dans leur expression émotionnelle et dans leurs rapports avec les autres. Elles doivent être capables d'aimer les autres, mais également d'exprimer d'autres émotions. Elles doivent pouvoir exprimer pleinement l'amour, la haine ou tout autre sentiment et ne pas les dissimuler derrière un visage avenant. Elles doivent être capables de supporter chagrin et perte, puis de les évacuer. Il est nécessaire qu'elles consacrent du temps à leurs relations intimes et qu'elles puissent s'isoler du vacarme familial lorsque cela s'avère nécessaire. Elles doivent trouver un équilibre entre donner et recevoir.

La mère ambivalente
Un cas de cancer du sein

La lecture : Samantha, quarante-trois ans, m'apparut comme une femme extrêmement responsable, presque hyperresponsable, très à l'aise avec le pouvoir et les responsabilités professionnelles, et impliquée dans des situations politiques complexes. Cependant, sur le plan personnel et émotionnel, je m'aperçus qu'elle ne gérait pas correctement certaines situations relationnelles délicates. Je vis qu'elle essayait de maintenir quelque chose en place, mais qu'elle trouvait cet effort trop lourd. Je vis aussi, dans sa vie, un homme déprimé ou profondément touché par la perte de quelque chose, et qui avait fortement besoin d'elle. Elle était contrariée par cette sorte de dépendance, mais n'exprimait pas son ressentiment. De plus, je découvris qu'elle éprouvait une profonde déception et un grand regret provoqués par une autre relation. Il me sembla qu'elle essayait sans cesse de trouver un équilibre entre deux choses : prendre soin des autres, mais à contrecœur, ou s'occuper d'elle-même, et se sentir coupable. Elle m'apparut quelque peu rigide et sèche, et certainement pas comme une personne épanouie émotionnellement.

En examinant intuitivement son organisme, je notai un rythme cardiaque légèrement rapide et des marques dans ses poumons. Je me rendis compte qu'elle ne pouvait respirer profondément. Je vis aussi des kystes dans ses seins.

Les faits : Samantha avait exercé la fonction de cadre supérieur de marketing. Elle avait mieux réussi que son époux, lequel venait de perdre son emploi à titre de conservateur de musée. Cette situation le désespérait et l'avait rendu émotionnellement dépendant au sein de son couple. Cependant, le véritable problème de Samantha résidait dans ses relations difficiles avec sa fille de vingt et un ans. Celle-ci lui avait déclaré ne pas l'apprécier en tant que mère. Cette situation culpabilisait complètement Samantha, puisque, dès le début, elle avait hésité à avoir un enfant. Ayant passé outre à ses hésitations et mis sa fille au monde, elle avait alors lutté pour équilibrer sa vie familiale et sa vie professionnelle. Le commentaire de sa fille représentait, pour Samantha, une cruelle critique de ses efforts et la preuve qu'elle avait échoué dans son rôle de mère, alors qu'elle avait toujours réussi sur le plan professionnel, là où son cœur la portait.

Quelques années plus tôt, on avait diagnostiqué un cancer du sein chez Samantha. Il venait récemment de s'étendre à ses poumons. Chaque fois qu'elle prenait une inspiration profonde, la douleur était atroce. Samantha avait dû démissionner de son travail et se consacrait maintenant exclusivement à sa santé et à sa famille.

Cette femme souffrait d'un énorme sentiment d'insécurité dans son statut de mère de famille. Elle n'avait jamais été réellement intéressée par le fait d'avoir un enfant, mais s'était sacrifiée pour faire comme tout le monde. Après avoir eu un enfant qu'elle n'était pas certaine de désirer, elle avait tenté de réaliser un équilibre qui avait échoué par la suite. Elle éprouvait un sentiment de culpabilité au sujet de sa relation décevante avec sa fille. Elle éprouvait aussi certains doutes quant à ses capacités de mère de famille, doutes renforcés par sa fille, qui avait apparemment compris l'ambivalence de sa mère et l'utilisait comme une arme contre elle. Elle avait aussi une relation déséquilibrée avec son mari et s'était rendu compte qu'elle ne faisait que donner sans jamais recevoir. Samantha avait abandonné son travail et s'était consacrée à sa famille par pur sacrifice. Cette situation, cependant, pouvait représenter l'un des nombreux facteurs contribuant au développement de son cancer du sein. Selon une étude, soixante-seize pour cent des femmes souffrant du cancer du sein possédaient des qualités de dévouement excessives. De plus, avant l'apparition de leur cancer, elles se sentaient coupables, profondément déprimées, angoissées et fortement critiques envers elles-mêmes.

Dans notre société actuelle, et bien qu'elles ne l'admettent pas ouvertement, de nombreuses femmes s'interrogent sur le fait d'avoir ou non des enfants. Certaines n'en veulent absolument pas, mais les fortes pressions qu'elles subissent de la part de leur famille, de leur mari et de leurs amis poussent beaucoup d'entre elles à mettre, néanmoins, un enfant au monde.

La plupart des gens ne réalisent pas que, de nos jours, on peut être une femme et utiliser ses organes créateurs et reproducteurs dans d'autres buts. Être une femme complète ne signifie pas obligatoirement qu'il faille avoir des enfants. En fait, avoir un enfant lorsque votre intuition vous le déconseille peut être une erreur. Des études ont démontré que la façon la plus simple de provoquer un cancer chez un rat femelle consiste à le forcer à avoir une portée lorsqu'il n'est pas prêt pour cela. Des chercheurs enlevèrent prématurément leur portée à des femelles et les contraignirent à en avoir une autre immédiatement après, bien qu'elles ne fussent pas disposées à cela. La plupart d'entre elles développèrent rapidement des tumeurs mammaires.

Afin de combattre ses sentiments de culpabilité et d'indignité en tant que mère, Samantha s'était drapée dans la condition de martyre. Dotée, par nature, d'un sens élevé des responsabilités, elle était devenue hyperresponsable dans ses relations avec son mari et sa fille, prenant tout en charge pour le bien de sa famille et pour satisfaire les besoins émotionnels de ses proches. Les martyrs, cependant, sont tellement enclins à l'autosacrifice qu'ils ont tendance à assumer les fardeaux des autres au détriment de leurs propres émotions. Ils le font en imaginant qu'ils aiment les autres, mais, en réalité, le martyre est très différent. Selon un vieil adage : « Si tu donnes un poisson à un homme, tu lui procures sa nourriture pour une journée ; si tu lui apprends à pêcher, tu le nourris pour sa vie entière. » La seconde partie de cet adage signifie vraiment prendre soin de quelqu'un. La première partie est une forme de martyre. Aujourd'hui, bon nombre de femmes sont habituées à se sacrifier pour les autres. En définitive, leur glande de la responsabilité s'hypertrophie tandis que celle des personnes prises en charge s'atrophie.

C'est ce qui était en train de se passer chez Samantha et sa fille. Cette dernière lui avait fait des reproches et n'était pas satisfaite d'elle comme mère. Cela revenait à lui dire qu'elle souhaitait qu'elle satisfasse tous ses désirs en permanence. De ce fait, Samantha commença à se plier aux exigences de sa fille. Elle démissionna de son poste et décida de suivre une thérapie en commun avec son mari, afin d'essayer d'améliorer la vie de leur fille à la maison. Mais, en réalité, cette attitude n'était pas très maternelle. En effet, le rôle d'une mère consiste à apprendre à son entourage à devenir fort, compétent et autonome.

Quel est le rôle fondamental d'une mère de famille ? Nous pouvons trouver la réponse à cette question en examinant une variété spéciale de poisson sud-africain. Le mâle est l'organisateur de la vie sociale. Il voit tout ce qui concerne la réalité extérieure. Lorsqu'un prédateur surgit, il donne l'alarme, et la femelle ouvre la bouche afin que tous les bébés poissons s'y réfugient, bien à l'abri et au chaud. Quand tout danger est écarté, le mâle donne le feu vert, la mère ouvre la bouche, et tous les bébés poissons retournent à l'eau libre et continuent à grandir, en développant leur indépendance et leur autonomie. Voici le genre de protection maternelle que nous aimons : la mère protège ses enfants contre les dangers du monde extérieur puis les laisse folâtrer et grandir lorsqu'il n'y a aucun danger. Cependant, curieusement, de temps à autre, l'un des poissons femelles se refuse à assumer correctement son rôle de mère. Lorsque le père donne l'alarme, elle n'ouvre pas sa bouche afin de laisser ses bébés s'y réfugier. Soit ils parviennent alors à s'échapper par eux-mêmes, soit ils sont dévorés par les prédateurs. Inversement, il arrive parfois que la mère protège normalement ses petits lorsqu'un danger est signalé, mais qu'une fois la situation redevenue normale, elle n'ouvre plus la bouche. Ses enfants ne peuvent alors en sortir et meurent étouffés.

Les mères humaines sont parfois semblables à ces mères poissons. Il y a celles qui sont distantes, froides, réticentes vis-à-vis de leur rôle de mère. Et il y a celles qui sont hyperprotectrices, étouffantes et excessives. Ces deux approches sont également néfastes, à la fois pour la mère et pour l'enfant. En fait, autant les mères froides et distantes que les mères excessives présentent un taux élevé de cancer du sein. Les femmes qui s'appuient sur l'éducation d'un enfant pour développer leur estime d'elle-même et leur identité féminine, par exemple, sont plus sujettes aux problèmes de ménopause et plus exposées au cancer du sein. De même, les mères froides et distantes sont nombreuses parmi les femmes qui développent un cancer du sein. Enfin, les femmes souffrant de ce type de cancer ont souvent exercé davantage de responsabilités que les autres durant leur enfance. À cette époque, elles assumèrent fréquemment l'essentiel des responsabilités de la famille et, rapidement, basèrent leur fierté sur cette situation. Elles entrèrent souvent en conflit avec leur propre mère, rencontrèrent des difficultés à exprimer et à évacuer leur colère, la dissimulant derrière un visage avenant. Elles eurent tendance à se sacrifier et éprouvèrent des difficultés à demander aide et protection aux autres. Samantha présentait toutes ces caractéristiques.

Cependant, Samantha aurait pu parvenir à l'état de « mère acceptable » sans avoir à sombrer dans le martyre pour s'occuper correctement de sa fille. Il lui suffisait d'apprendre à son enfant comment devenir responsable, de lui fournir toute l'aide nécessaire et d'espérer que tout se passerait bien. Et elle avait besoin d'équilibrer puissance et vulnérabilité, de perdre un peu de son stoïcisme et d'apprendre à mettre un peu plus de sensibilité dans son attitude afin que ses relations avec sa fille et son mari deviennent plus étroites et plus intimes.

Pour améliorer sa santé, il était nécessaire qu'elle abandonne l'attitude courageuse et le détachement apparent qu'elle affichait vis-à-vis de son cancer et qu'elle apprenne à demander de l'aide aussi bien qu'à en fournir. Nous savons que la façon dont les femmes réagissent à leur cancer détermine l'évolution de leur maladie. D'après un grand nombre d'études, de nombreuses femmes souffrant d'un cancer du sein ont tendance à être stoïques. On a constaté qu'il s'agissait de femmes impassibles, réprimant leurs émotions négatives, refoulant leur colère, et paraissant toujours gaies, enjouées et coopératives. Elles refoulent leurs griefs, semblant les conserver étroitement serrés sur leur poitrine. Ainsi, ces émotions peuvent se matérialiser dans leurs seins.

LA NONNE CHANTANTE
UN CAS DE KYSTE AU SEIN

La lecture : L'un des cas les plus curieux que j'aie rencontrés fut celui de Teresa, âgée de quarante et un ans. Lorsqu'elle m'appela pour une lecture, je reçus immédiatement l'image d'une personne presque entièrement recouverte d'une sorte de grande robe, sévère et noire. Je distinguai quelque chose de rigide, de couleur blanche, qui entourait et recouvrait presque quasiment tout son visage, dissimulant ses expressions. Je ne pus déterminer ce qu'était cet ornement, mais je sus qu'il était contraignant et inconfortable, et rendait toute action corporelle difficile à effectuer. En fait, je me demandai comment Teresa faisait lorsqu'elle se rendait à la salle de bains. Ce costume semblait représenter quelque chose d'important ; aussi tentai-je, tout au long de ma lecture, d'approfondir cette question.

Alors que j'essayai d'imaginer la famille de cette femme, je ne distinguai ni mari ni enfants. Je ne vis ni maison de campagne ni chien de compagnie. À la place, je perçus Teresa passant une bonne partie de son temps au sein d'un groupe important de personnes qui semblaient représenter sa véritable famille. « Je ne parviens pas à comprendre votre style de vie, dis-je, mais je suis certaine que vous appartenez à une famille nombreuse. » À l'endroit où elle vivait, tout le monde suivait le même emploi du temps, et les émotions de Teresa – la passion, la colère, l'agressivité – étaient masquées par l'expression uniforme de sérénité et de paix du groupe dont elle faisait partie. Les émotions devaient être dissimulées, de même que tous les besoins physiques. Cependant, au sein du clan de Teresa, je ressentis de nombreuses relations secrètes ainsi qu'un manque général d'affection et de soutien émotionnel envers elle. Sur le plan physique, je perçus une certaine rougeur dans son sein gauche.

Les faits : Comme vous l'avez probablement déjà deviné, Teresa était une nonne, membre d'un ordre religieux catholique romain. Elle vivait dans une communauté contemplative dont les règles impliquaient de strictes restrictions relationnelles entre ses membres. Mis à part la prière et les repas pris en commun, il était interdit aux nonnes de fraterniser les unes avec les autres, et la règle du silence était appliquée tout au long de la journée. Les nonnes portaient toutes la tenue religieuse traditionnelle : une robe noire, lourde et inconfortable, une guimpe blanche amidonnée et un voile.

Contrairement aux autres membres de son couvent, Teresa, à l'origine, avait été quelque peu réticente à l'idée de rentrer dans les ordres après avoir eu une aventure avec une autre femme au collège. Elle n'était pas une postulante tout à fait convaincue. Elle avait considéré son admission au couvent comme un moyen de se protéger et de fuir ses relations du monde extérieur, qui la mettaient mal à l'aise. Comme le personnage de Maria dans *La Mélodie du bonheur*, elle se cachait derrière les murs de son couvent pour échapper à ses besoins physiques et affectifs.

Teresa m'annonça qu'un kyste au sein gauche lui causait du souci.

Dans notre société actuelle, l'incarnation du sacrifice et du stoïcisme est représentée par les nonnes. Celles-ci *s'entraînent* véritablement à réprimer leurs émotions. Elles ne doivent jamais se mettre en colère. Les chercheurs sont aujourd'hui capables de prédire quelles femmes peuvent développer un cancer du sein, uniquement en examinant leur capacité à extérioriser leur colère. Les femmes qui adhèrent aux normes sociales et se plient aux diverses pressions de la société ont davantage de risques de développer un cancer du sein. On demanda probablement à Teresa d'accepter les règles sociales de son couvent. De plus, on a constaté que les femmes qui acceptent leur cancer du sein avec stoïcisme décèdent plus tôt que celles qui expriment quelque émotion, que ce soit la colère ou la peur, ou qui réagissent en refusant le diagnostic et décident de se battre. Cependant, les femmes qui ont un esprit trop combatif et qui se sont heurtées à des situations qu'elles ne pouvaient espérer modifier, telle la mort d'un être cher, ont donné tort aux statistiques en sortant du domaine du combat légitime pour se lancer dans une croisade et se transformer en martyres. Elles se situent trop profondément dans la colonne Pouvoir du quatrième centre émotionnel. Il y avait beaucoup de sagesse dans cette phrase du chef Joseph : « Je ne combattrai jamais plus. » Nous devons savoir quand résister et quand plier, quand faire preuve de puissance et quand nous montrer plus vulnérables.

Au sein de l'ordre de Teresa, les sœurs étaient supposées être pieuses et sans aucun besoin physique. On n'autorisa jamais vraiment Teresa à rechercher l'affection des autres. Pourtant, accepter l'aide et l'affection d'autrui peut avoir une importance capitale pour la santé d'une femme souffrant d'un cancer du sein. Les femmes qui *ressentent* un manque d'appui de la part de leur entourage immédiat ont plus de risques de rechutes que les femmes qui pensent être soutenues. Les femmes convaincues d'avoir un soutien important de la part de leur conjoint et de leurs intimes ont davantage de cellules tueuses, ces cellules qui protègent du cancer. Martyrs et stoïques, eux, n'ont pas d'assistance véritable. Si vous ne réclamez jamais l'aide d'autrui, on finira par vous laisser tomber. Et, au moment de la chute, rien ni personne ne sera là pour vous retenir. Si Jeanne d'Arc avait été trapéziste, je suis prête à parier qu'elle aurait travaillé sans filet.

Teresa n'était pas autorisée à rechercher de l'aide dans son couvent. Cependant, les femmes souffrant d'affections aux seins ont besoin d'aide. Lorsque des femmes souffrant de cancer du sein se réunissent entre elles afin de lutter ensemble, elles vivent beaucoup plus longtemps que les femmes qui ne bénéficient pas d'un tel soutien. Une étude mit en évidence le fait qu'elles doublaient littéralement la durée de leur espérance de vie.

Bien qu'être nonne puisse représenter un choix judicieux pour certaines femmes en proie à une vocation très forte, l'intuition de Teresa a très bien pu lui faire comprendre qu'elle n'était pas à sa place, que dans ce couvent on l'obligeait à brimer ses émotions et à montrer sans cesse une apparence joyeuse. Comme nous l'avons déjà vu, la joie est le carburant du cœur. Mais si la joie de Teresa était feinte, si elle n'affichait simplement qu'une *apparence* de joie, tout son système intuitif le percevait. Je savais que cette religieuse éprouvait des sentiments très forts et même une passion pour quelqu'un, passion qu'il lui était impossible d'exprimer. Voilà pourquoi je persistais à la voir engoncée dans la tenue traditionnelle de l'ordre, bien qu'elle m'ait dit que les nonnes ne portaient plus ce genre de vêtement depuis des années. Les relations secrètes que je perçus au cours de sa lecture reflétaient ses véritables émotions, qu'elle cachait derrière un masque courageux et avenant. Ces émotions réelles se répandaient dans son organisme et affectaient les organes de son quatrième centre émotionnel.

LE POIDS DU CHAGRIN

Le chagrin est une autre émotion que nous ressentons dans notre poitrine. Lorsque nous avons de la peine, nous disons souvent que notre cœur est lourd, ou que nous avons un poids sur la poitrine. Lorsque nous perdons quelque chose ou quelqu'un – un parent, un enfant, un conjoint, une situation, et même le sentiment de notre identité – nous devons ressentir du chagrin. Si tel n'est pas le cas, si nous ne l'exprimons pas et ne l'évacuons pas, cela peut affecter les organes de notre quatrième centre émotionnel. Chez les femmes, cela signifie souvent les seins, spécialement lorsque la perte que nous subissons concerne un être aimé, comme un mari, un enfant ou un parent.

La relation entre le chagrin et le cancer du sein est connue depuis des siècles. Depuis le XVIIIe siècle, les médecins ont observé que la plupart des cancers du sein surviennent après un événement dramatique de l'existence. Examinons le cas de cette femme de vingt-sept ans vivant au XIXe siècle et atteinte d'un cancer du sein droit. Lorsqu'on l'interrogea sur sa vie émotionnelle,

elle déclara n'avoir aucun problème. Cependant, on s'aperçut rapidement que son père était mort plusieurs années auparavant et que sa mère avait été ruinée. La jeune femme avait dû travailler comme gouvernante. Lorsqu'elle découvrit une grosseur dans son sein, elle attendit une année avant d'aller consulter un médecin. Il s'agit là de l'exemple, vieux de cent cinquante ans, d'une personne stoïque à la puissance n, niant et réprimant ses émotions, puis continuant à les dissimuler derrière un visage serein, même après que la maladie eut été déclarée.

Vous vous souvenez de ces rats femelles qui développaient des tumeurs lorsqu'ils étaient forcés d'avoir une portée contre leur gré ? Ils avaient eu une première portée qui leur avait été enlevée prématurément. Nous avons des raisons de croire que le fait de n'avoir pu évacuer leur chagrin à la perte de leurs premiers bébés, avant d'être obligés d'avoir une nouvelle portée, a pu jouer un rôle dans le développement de leur cancer. Chez les humains, on a constaté que le déchirement provoqué par un décès, un divorce ou la perte de travail augmente d'environ douze fois le risque de cancer du sein chez les femmes qui ont souffert de stress au cours des cinq années précédant ce cancer. En d'autres termes, les cinq années suivant le traumatisme affectif (perte d'un être cher, divorce, perte de situation) représentent une période durant laquelle nous devons exprimer notre colère, notre douleur, et même notre joie, si nous sommes désireux de voir une situation négative prendre fin. Nous devons affronter toutes les émotions qui accompagnent un deuil, une perte, de même que l'angoisse du lendemain, et nous assurer que ces émotions soient pleinement exprimées et évacuées. Dans le cas contraire, nous courons le risque de les voir se matérialiser dans nos seins ou dans une autre partie de notre corps, par l'intermédiaire de notre système intuitif.

Nous savons tous que les risques de cancer du sein se multiplient lorsque les femmes atteignent l'âge où leurs enfants quittent le foyer familial, où leurs maris prennent leur retraite et où elles-mêmes peuvent perdre leur situation. C'est le moment, dans la vie d'une femme, où son identité de mère, de compagne ou de femme exerçant une profession peut subir des pertes qui se matérialisent dans sa poitrine. Le Dr Christiane Northrup nous raconte l'histoire d'une femme, au début de la cinquantaine, qui lui rendit visite dans son cabinet. Elle était désespérée parce que son chien venait de mourir, parce que l'un de ses enfants était parti dans une école privée et qu'un autre était rentré à l'université. Cette femme rêvait régulièrement qu'elle allaitait ses enfants. Elle avait aussi un kyste qui grossissait dans son sein gauche. Lorsqu'on l'enleva, on découvrit qu'il était rempli de lait.

Nous voyons ainsi que le chagrin se dirige directement dans les organes du quatrième centre émotionnel. Refoulé, il peut provoquer de graves maladies dans ce centre.

SANS ISSUE
UN CAS DE KYSTE AU SEIN ET DE CANCER DU POUMON

La lecture : Hélène, cinquante-deux ans, me fit penser à une martyre par obligation. J'eus le sentiment qu'elle avait passé toute sa vie à prendre soin de quelqu'un. Cependant, je vis qu'elle n'était pas satisfaite de cette situation et qu'elle agissait à contrecœur. Elle ressentait une profonde colère de se sentir prise au piège. Elle avait l'impression que Dieu l'avait placée dans une situation sur laquelle elle n'avait aucun contrôle. Une énorme responsabilité pesait sur ses épaules et la paralysait.

Dans le sein gauche de cette femme, je découvris une zone rouge sombre, comme une sorte de trou. Bien que ses poumons me semblassent tout à fait sains, j'aperçus quelque chose de bizarre au niveau de ses vertèbres supérieures, sans pouvoir exactement déterminer de quoi il s'agissait. On aurait dit une grosseur.

Les faits : Hélène avait une fille de trente ans qui était née avec une paralysie cérébrale. De ce fait, elle était mentalement retardée et requérait des soins permanents. Hélène avait travaillé dur afin de s'occuper elle-même de sa fille et s'était juré de ne jamais la placer dans une institution. S'occuper de sa fille représentait le but de son existence depuis que son mari les avait abandonnées lorsque l'enfant avait deux ans. Toutefois, elle n'était pas une martyre spontanée. Elle ne se sentait pas épanouie par la tâche consistant à prendre soin de sa fille. Elle trouvait même cela pénible et douloureux, et se sentait coupable de ces sentiments qu'elle tentait de réprimer. Ainsi, elle se sentait prise au piège par son rôle de mère.

Hélène était très affectée par le fait que les soins qu'elle donnait à sa fille l'avaient empêchée de s'épanouir pleinement dans le monde extérieur, là où son cœur la portait réellement. Infirmière diplômée, elle avait poursuivi des études en vue d'obtenir d'autres diplômes dans ce domaine. Cependant, elle avait été incapable de concrétiser son objectif, car elle avait indisposé ses examinateurs par son attitude agressive et amère. En réalité, il lui était difficile de collaborer ou de travailler avec quelqu'un en raison de cette attitude. Et cela augmentait encore son courroux. Elle avait l'impression d'avoir aliéné sa vie entière pour quelqu'un d'autre, ce qui l'avait empêchée de vivre pour elle-même, comme elle le désirait.

Dix ans plus tôt, on lui avait enlevé une tumeur au sein gauche. C'était à l'époque où elle avait échoué à son examen. Depuis peu, après de gros efforts, les autorités avaient réussi à retrouver son mari, qui était au chômage et donc incapable de lui verser plus de deux cent cinquante dollars de pension mensuelle. Finalement, Hélène fut obligée de placer sa fille dans une institution publique, car il lui était devenu impossible d'assumer les frais des soins requis pour son enfant. Une semaine plus tard, elle attrapait une toux chronique, et l'on décelait un cancer du poumon, juste en dessous de l'endroit où sa tumeur au sein s'était déclarée.

La poitrine d'Hélène débordait de chagrins – chagrin d'avoir une famille éclatée, d'avoir échoué à son examen, chagrin de n'être soutenue et choyée par personne et, enfin, chagrin concernant sa fille et les sentiments qu'elle éprouvait d'avoir à s'occuper d'elle en permanence. Elle avait supporté tout cela stoïquement. Mais toute cette peine et la colère qu'elle ressentait en vivant cette situation de martyre forcée avaient creusé un trou dans les organes de son quatrième centre émotionnel et avaient semé, dans ses cellules, les germes de la maladie. Au lieu de porter stoïquement sa croix, Hélène aurait mieux fait d'écouter les signaux en provenance de son système intuitif. Au lieu de se charger, toute sa vie, de l'ensemble des responsabilités ayant trait à sa fille, il aurait été préférable pour elle, et quelle qu'en fût la difficulté, de la placer dans une institution et de lui rendre visite régulièrement. Elle aurait pu aussi trouver une autre solution intermédiaire, solution qui aurait eu le mérite de ne pas drainer toute son énergie. Elle avait besoin de se libérer de ce carcan afin de suivre la voie de son cœur. L'âme de certaines femmes se nourrit d'actes désintéressés de bienfaits et de gentillesse. Ces actes représentent toute leur vie. Mais tout le monde ne peut être Mère Teresa, et nous ne sommes pas toutes prédisposées à la sainteté ou à rentrer au couvent. Hélène non plus. Il était nécessaire qu'elle dépose son armure de puissance et qu'elle s'autorise un peu de vulnérabilité de façon à s'octroyer une nouvelle chance de parvenir à une vie plus harmonieuse.

Montre-moi ce que tu ressens

Il est sain d'exprimer ses émotions. Bien entendu, cela peut parfois compliquer notre existence. Un des problèmes, lorsqu'on exprime nos émotions, c'est que les autres en seront témoins. L'une des principales raisons pour lesquelles nous ne parlons pas de nos sentiments aux autres, c'est que nous craignons leur réaction. Alors, nous finissons par aller consulter un psychologue qui nous dit, lui, que nous *devons* extérioriser nos émotions. Nous devenons alors des patientes dociles et nous écoutons notre psychologue qui nous incite à formuler ce que nous ressentons. Puis, nous disons à notre mari que nous en avons assez de le voir laisser traîner sa serviette de bain sur le sol de la chambre à coucher. Mais au lieu de se précipiter pour la ramasser, il se met en colère et fait la tête toute la journée. (Au moins, il montre ses sentiments !) Alors, nous nous sentons malheureux tous les deux. Puis, nous autres femmes, pensons que chacune aurait peut-être mieux fait de ramasser elle-même cette fichue serviette afin d'éviter le drame. Cependant, réfléchissez à ceci : une serviette par jour = 7 serviettes par semaine = 31 serviettes par mois = 365 serviettes par an. Si nous faisons cela pendant nos vingt-cinq années de mariage, cela représente 9 125 serviettes que nous avons ramassées en ravalant notre contrariété et notre ressentiment. Pendant tout ce temps, nous prenons conscience que notre association n'est pas équilibrée. Nous ne faisons que donner et ne recevons rien en contrepartie. Il ne nous reste plus qu'à camoufler nos sentiments derrière un visage serein. Même au cours du mariage, qui est censé représenter la relation la plus intime de notre existence, nous ne pouvons exprimer totalement nos sentiments. Puis, un jour, nous réalisons qu'il ne s'agit pas d'une simple serviette de plus à ramasser. Cette serviette symbolise en réalité notre santé émotionnelle et le degré de réciprocité et d'intimité que nous avons au cours d'une relation très importante de notre existence. Après tout, nous connaissons tous des relations brisées à cause d'une serviette de trop.

Lorsque nous apprenons à exprimer nos émotions, nos relations peuvent devenir un peu plus compliquées. Mais ces complications compenseront largement les ennuis que nos émotions retenues créeraient autrement. Ressentir la palette de toutes les émotions – joie, colère, tristesse, peine, crainte, etc. – et partager celles-ci avec les autres de façon équilibrée amélioreront la santé de notre quatrième centre émotionnel et feront de notre vie l'aventure enrichissante et gratifiante qu'elle devrait être.

CHAPITRE 10

LA THYROÏDE, LA GORGE ET LE COU : COMMUNICATION, SYNCHRONISME ET VOLONTÉ

Entendre Frank Sinatra interpréter avec tout son cœur *My Way* peut nous rendre forts et déterminés. Nous comprenons parfaitement que Sinatra chante l'histoire d'un homme qui savait ce qu'il voulait, qui savait comment le dire et qui restait convaincu que, quelles que soient les difficultés rencontrées sur sa route, il *parviendrait* à obtenir ce qu'il désirait. Cet homme allait imposer sa volonté au monde lorsqu'il le déciderait, comme il le voudrait, et il suivrait sa route, quoi qu'il advienne. Rien ne pourrait l'empêcher d'être fidèle à lui-même.

My Way pourrait être l'indicatif musical de notre cinquième centre émotionnel. Ce centre est associé aux problèmes de communication et d'affirmation de nous-mêmes dans l'existence ; aux problèmes de synchronisation, c'est-à-dire savoir quand et comment combler les désirs de notre cœur ; aux problèmes de volonté, soit la façon dont nous imposons notre propre volonté ou dont nous nous inclinons devant celle des autres. Ce centre concerne les moments de notre vie où nous déclarons « Je veux » et la lutte entre la créativité et la stagnation, soit continuer le cycle de la vie grâce à la création dans le monde extérieur ou permettre aux choses de stagner et de s'arrêter.

La santé de ce centre nécessite un équilibre entre l'expression de soi-même et l'écoute des autres ; entre aller de l'avant pour combler nos besoins ou attendre, lorsque nécessaire, que les choses viennent à nous ; entre imposer notre volonté aux autres ou permettre que les autres nous imposent la leur. Les organes affectés par notre capacité ou notre incapacité à parvenir à cet équilibre sont la gorge, la bouche, la thyroïde et le cou (voir le croquis page 410).

PUISSANCE ET VULNÉRABILITÉ

Certaines personnes sont d'excellents communicateurs, mais de très mauvais auditeurs. Connaissez-vous une personne qui soit excellente pour exprimer son point de vue, mais qui fait la sourde oreille lorsqu'il s'agit d'écouter le vôtre ? Pendant que vous parlez, elle est déjà en train de penser à ce qu'elle dira ensuite. Et que dire des gens qui ont horreur d'attendre, qui vous doublent dans la voie de droite sur l'autoroute ou qui font des queues de poisson avec leur chariot pour passer avant vous à la caisse du supermarché ? Mes amis affirment que je fais partie de cette catégorie. Je tombe presque malade lorsque, au téléphone, j'entends l'un de ces messages enregistrés : « Toutes nos opératrices sont occupées. Veuillez attendre, s'il vous plaît. » J'en deviens folle ! On m'a toujours encouragée à être fonceuse, et on m'a répété que les occasions ne sont pas offertes par des vendeurs de porte-à-porte. Je n'attends pas que les choses me tombent toutes rôties dans le bec. Lorsque je téléphone, si je tombe sur un répondeur, plutôt que d'attendre, je raccroche et recompose le numéro une douzaine de fois si nécessaire, jusqu'à ce que j'obtienne un interlocuteur. Bien sûr, j'aurais pu obtenir *plus tôt* ma communication si j'avais attendu, mais j'ai appris à foncer pour obtenir ce que je voulais, au lieu de patienter jusqu'à ce que quelqu'un s'adresse à moi.

Finalement, combien connaissez-vous de personnes qui savent parfaitement ce qu'elles veulent et qui se concentrent tellement sur leur but que rien ne pourra les empêcher de l'atteindre, quels que soient les obstacles dressés sur leur route ? Dans certains cas, cette attitude représente un atout ; elle démontre de la détermination, de l'adaptabilité et de la persévérance. Mais, lorsqu'elles deviennent excessives, ces qualités se transforment en entêtement. D'après mes amis, ce dernier défaut me caractérise tout à fait. Le mot « attente » n'est pas le seul auquel je sois allergique. Je déteste aussi les mots « limitations » et « impossible ». J'ai une forte volonté et je l'impose fréquemment. Parfois, cependant, je subis un retour de manivelle. Lorsque je joue au tennis, je me surprends de temps à autre à me concentrer sur une façon particulière de frapper la balle. Et, invariablement, je la frappe trop fort, et elle sort des limites du terrain. De la même façon, vous pouvez dépasser les limites avec trop de volonté.

Les catégories de personnes dont je viens de parler sont trop profondément ancrées dans la colonne Puissance du cinquième centre émotionnel. Semblables au héros de la chanson *My Way*, ces personnes, admirables à plusieurs titres, sont un peu trop volontaires. Elles reconnaissent rarement leurs erreurs et n'éprouvent guère de regrets.

Les organes du cinquième centre émotionnel peuvent être endommagés s'ils sont imprégnés de trop de puissance. Mais ils peuvent aussi être affectés par trop de vulnérabilité – une trop forte crainte de s'exprimer ou une incapacité à communiquer ses souhaits et ses désirs tout en étant attentifs à ceux des autres. Être pas-

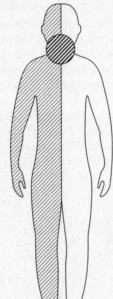

POUVOIR

Communication
- Expression
- Parler

Synchronisation
- Aller de l'avant

Volonté
- Volontaire

VULNÉRABILITÉ

Communication
- Compréhension
- Écouter

Synchronisation
- Attendre

Volonté
- Accommodant

sifs et se laisser imposer la volonté des autres poussera notre organisme à nous mettre en garde contre cette situation en préparant le terrain aux maladies du cinquième centre émotionnel.

La lecture : Cecilia, une femme de soixante ans, m'apparut comme plongée en permanence dans une lutte intense qui usait son organisme. Elle restait convaincue que son univers était indépendant de sa volonté et que la plupart de ses options constituaient le choix d'autres personnes. Elle ne pouvait imposer sa volonté en quoi que ce soit. Je vis que quelque chose était sur le point de se terminer dans sa vie et qu'elle souhaitait ardemment mettre un terme à son passé. Cependant, Cecilia était une femme très cérébrale qui, de ce fait, ne parvenait pas à exprimer ses désirs (la passion qui emplissait son cœur) et à les concrétiser dans le monde extérieur. Dans notre cinquième centre émotionnel, ou notre cou, réside notre capacité à exprimer les passions de notre cœur. Pour cette femme, cela semblait impossible. Elle ne pouvait extérioriser ses désirs.

Je perçus que Cecilia était épuisée par son travail. Un élément pesait sur sa santé, mais elle ne pouvait se résoudre à démissionner. Le monde lui ayant dicté des limitations, elle était incapable d'imposer sa volonté.

Je constatai, dans sa tête, des migraines anciennes et des difficultés de concentration. Je décelai des tas de problèmes dans son cou et découvris que le mauvais fonctionnement de sa glande thyroïde en était la cause principale. Je perçus également une raideur au niveau des vertèbres cervicales. Par ailleurs, son rythme cardiaque se modifiait imperceptiblement. Je sentis qu'elle souffrait de mélancolie et de fatigue, qu'elle était froide et léthargique, et que sa température était instable. Je vis aussi que son organisme éprouvait des difficultés à régulariser ses fluides.

Dans son couple, je remarquai des problèmes d'énergie, de libido et de fatigue. Ses difficultés professionnelles affectaient ses relations avec son mari. Je m'interrogeai pour savoir si quelqu'un lui avait signalé que ses glandes surrénales étaient épuisées.

Les faits : Cecilia adorait son travail au sein d'une agence gouvernementale. Mais, depuis peu, les choses avaient changé. Elle devenait de plus en plus épuisée, et son travail ne lui convenait plus. Son cœur l'incitait à ouvrir une boutique de fleurs. Elle savait, cependant, que cela était impossible, car elle devait continuer à travailler dans son agence pendant cinq années supplémentaires, de façon à toucher son fonds de retraite et à conserver sa couverture médicale. (Combien de personnes semblables connaissez-vous, qui sont prêtes à « mourir pour préserver leurs avantages » ?) Cecilia craignait qu'en quittant sa situation actuelle, elle ne perde ses avantages médicaux, et qu'en cas de maladie, elle ne puisse régler ses factures. Elle préférait rester en place et être malade. Bien qu'elle ait mis de l'argent de côté en cas de besoin, elle craignait les risques que comportait une démission. Elle était convaincue que le monde extérieur la contrôlait. Elle ne pouvait diriger sa vie ni s'exprimer.

Cecilia souffrait principalement d'un problème d'hypothyroïdie, une diminution de l'activité de la glande thyroïde. Cette glande est responsable du système hormonal et, en quelque sorte, régularise les fonctions de tous nos organes. Cecilia avait donc des problèmes hormonaux. Elle souffrait aussi de diabète et ne réagissait pas bien à l'insuline. De plus, on lui avait signalé que ses glandes surrénales étaient épuisées, affaiblissant sa libido, son énergie, et augmentant sa fatigue générale. De même, ses défenses immunitaires étaient inexistantes. En fait, très jeune, elle avait souffert de nombreuses insuffisances hormonales de la thyroïde, des glandes surrénales et des ovaires. Elle avait été ménopausée à trente-neuf ans.

Cecilia avait des problèmes d'identité, de volonté et de créativité dans la société. Elle ne pouvait imposer sa volonté, soit son principal moyen d'affirmation de soi. De même, lui était-il impossible de concrétiser les passions de son cœur. Sa situation était sans issue. Elle était semblable à un joueur de Monopoly bloqué en prison et qui n'arrive pas à en sortir, quel que soit le nombre de jets de dés. Au bout d'un certain temps, il ne veut même plus continuer à jouer. Certaines personnes sont capables de s'imposer dans le monde avec tellement de force qu'elles demeurent imperturbables lorsqu'on leur dit : « Allez directement en prison, ne passez pas par la case Départ et ne touchez pas deux cents dollars. » Ces personnes sont persuadées qu'elles sortiront de prison en moins de temps qu'il n'en faut pour le dire en payant cinquante dollars et pourront, ainsi, continuer la partie. Elles ne se sentent pas liées par les circonstances de la vie ou victimes d'un revers de fortune. Mais d'autres, comme Cecilia, sont persuadées qu'elles ne pourront jamais sortir de prison. Elles pensent que le jeu n'en vaut pas la chandelle et finissent par rester enfermées parce qu'elles sont incapables de s'en sortir seules. Elles sont convaincues d'être prisonnières du destin.

Cecilia avait économisé en vue de réaliser son rêve : « sortir de prison » et ouvrir une boutique de fleurs. Mais lorsque vint le moment de concrétiser son projet et de prendre la décision qui s'imposait, elle refusa de payer les cinquante dollars d'amende, car elle craignait qu'un mauvais lancer de dés ne la renvoie en prison.

413

Cette femme avait un blocage dans la colonne Vulnérabilité de son cinquième centre émotionnel. Elle avait peur, ou se sentait incapable, d'exprimer ses désirs et ses besoins. Elle ne pouvait réaliser ses plans ; elle ressentait la nécessité de continuer à exercer sa profession actuelle, de « mourir pour conserver ses avantages », de façon à préserver sa sécurité. Ainsi, elle était complètement assujettie à la volonté des autres, qui décidaient à sa place de son propre destin. Elle croyait ne jamais parvenir à être celle qu'elle souhaitait ni pouvoir imposer sa volonté au reste du monde, parce qu'elle avait peur de ce qui pourrait lui arriver. Cecilia était convaincue d'être à la merci des autres et d'être sous « leur » influence. Cette situation affectait sa colonne vertébrale dans la région du cou, perturbant ainsi le bon fonctionnement de sa thyroïde.

On a établi que les individus souffrant de désordres de la glande thyroïde rencontrent fréquemment des problèmes liés à la volonté, à l'affirmation de soi et à la transformation de leur environnement dans la société actuelle. Les personnes qui connaîtront un jour des problèmes thyroïdiens présentent souvent un schéma comportemental caractéristique préalable. Elles sont souvent impliquées dans des situations où elles doivent lutter, sans succès, pour leur autonomie ou leur liberté. Ces situations peuvent aussi entraîner un manque d'indépendance. Confrontées à n'importe quelle crise physique ou émotionnelle, ces personnes deviennent soumises, se laissent submerger par la crise et sont incapables d'avoir la volonté de l'affronter. Elles se croient inférieures et partent battues d'avance.

Lorsque les chercheurs examinèrent ce qui se produit dans les glandes thyroïdes des rats qui se battent, ils découvrirent que la taille de la thyroïde des rats dominants, ceux qui s'imposent aux autres, ne changeait jamais. Et à l'opposé, la taille de la thyroïde des rats les plus soumis, ceux qui étaient incapables de s'affirmer et qui se faisaient battre par les rats dominants, diminuait de volume de façon sensible. Cecilia était une personne qui se sentait écrasée par la vie. Elle était soumise et, comme les rats les plus faibles, incapable de s'affirmer.

Je souffre de la maladie de Grave, bien qu'en voie de rémission, une maladie au cours de laquelle l'organisme fabrique des anticorps qui stimulent l'action de la thyroïde. La période de ma vie où l'on diagnostiqua cette affection fut, pour moi, très significative. C'était une époque où j'étais ballottée entre les colonnes Puissance et Vulnérabilité de mon cinquième centre émotionnel. J'étais étudiante en médecine et, cette année-là, je m'inquiétais au sujet du financement de mes études. Je balançais entre deux positions extrêmes : soit je me bagarrais pour me procurer l'argent nécessaire, soit je me trouvais complètement impuissante, me résignais, devenais soumise aux événements et attendais que Dieu pourvoie à mes besoins. Ce qui me fit craquer fut de découvrir que deux de mes prêts étudiants avaient mystérieusement été refusés, sans aucune raison logique. On me privait de prêts étudiants alors que j'étais toujours étudiante ! Folle de rage, je me mis à téléphoner aux personnes concernées, essayant d'éclaircir cette situation confuse. Après chaque cours de chirurgie, je me précipitais sur le téléphone pour parler à tous les responsables financiers afin de comprendre ce qui s'était passé. Mais, j'avais beau m'exprimer calmement ou fermement, personne ne m'écoutait. Je n'arrivais pas à croire qu'il me serait impossible de résoudre cette situation. Après tout, je courais le marathon ! Je savais comment dépasser mes limites et continuer à avancer en dépit de la souffrance. Allez, allez, allez, même lorsque l'on est épuisé. Tel pourrait être le mantra des femmes des années quatre-vingt-dix. On nous dit que nous sommes des fonceuses et non des contemplatives qui attendent la volonté de Dieu. On nous a répété : « Si tu restes comme ça à ne rien faire, tu te retrouveras enceinte et au chômage. » Je ne voulais pas que cela m'arrive. Je voulais être une fonceuse.

En fait, tout cela ne servit à rien. Un jour, une de mes camarades de cours me regarda et me dit : « Tu sais, je pense que tu as la maladie de Grave. Tes yeux ressemblent à ceux de Barbara Bush. » (Cela se passait peu de temps après que l'on eut diagnostiqué cette maladie chez la femme de l'ancien président des États-Unis.) Tout d'abord, je trouvai cette idée ridicule. « Nous avons tous de grands yeux dans la famille », lui répondis-je en m'esclaffant. Mais, en réalité, la réflexion de ma camarade me mit mal à l'aise. Mon intuition était en train de me dire quelque chose. Aussi décidai-je d'effectuer certains examens, qui confirmèrent la présence d'anticorps caractéristiques de la maladie de Grave, bien que cette dernière soit en phase de rémission.

J'ai toujours éprouvé des difficultés à communiquer avec les autres et à exprimer les élans de mon cœur. Je n'ai jamais accepté le fait d'attendre et d'être docile. Toute ma vie, mon intuition s'est adressée à moi par l'intermédiaire des organes du cinquième centre émotionnel, à propos de mon besoin d'affirmer ma volonté et de mon incapacité à maîtriser mon impatience. En fait, j'incarne parfaitement les caractéristiques du cinquième centre émotionnel. Généralement, je me situe trop dans la colonne Puissance. J'éprouve des difficultés à communiquer (particulièrement par le biais de l'écriture, car je suis dyslexique). Je suis une impatiente, surtout lorsque je roule sur une autoroute (je suis notoirement connue des services de police pour mes excès de vitesse, dans les deux États du Maine et du Massachusetts). J'ai beaucoup de volonté et n'aime pas les limites, même si je me heurte à des murs (ou à des camions). Où vous situez-vous sur l'échelle de ces caractéristiques : expression/écoute, impatience/patience, volonté/soumission ?

Vous devez éprouver certaines difficultés avec les émotions de votre cinquième centre émotionnel si vous êtes du genre à dire : « Qui veut, peut. » Ce vieux proverbe peut signifier que votre volonté représente un problème dans votre vie. Dans ce cas, vous vous efforcez d'imposer vos vues. Par contre, que penser de phrases comme : « Je n'ai jamais mon mot à dire », ou : « N'ai-je pas voix au chapitre ? » Éprouvez-vous des difficultés à vous exprimer, à être entendu et compris ? Finissez-vous souvent par dire : « Bon, d'accord, nous ferons comme tu voudras » ? C'est le signe d'une personnalité faible et soumise. S'il vous arrive de prononcer ce genre de phrases trop fréquemment, et si le point faible de votre organisme est situé quelque part au niveau de votre cou, il est possible que vous éprouviez quelques difficultés ou souffriez même de maladies de votre cinquième centre émotionnel.

ÉCOUTEZ-MOI : COMMUNICATION

Comme de nombreuses personnes, je suis terrifiée à l'idée de parler en public. La première fois que je pris la parole lors d'une conférence nationale, j'étais très nerveuse, et les critiques furent mitigées. Quelques-uns estimèrent que j'étais une passionnée pleine d'énergie créatrice, mais d'autres ne remarquèrent que mes maladresses. Certains déclarèrent avoir adoré ma façon très personnelle de m'exprimer ainsi que le rythme énergique de mon débit, alors que d'autres détestèrent le plan que je suivis et auraient souhaité plus de lenteur et plus de rigueur dans mes propos, afin de les rendre plus compréhensibles. À partir de ce jour, je fus encore *deux fois plus* terrifiée à l'idée de parler en public. Les cinq années suivantes, je fus invitée à diverses reprises à prendre la parole dans le cadre de cette même conférence. Régulièrement, la veille de chacun de mes exposés je me retrouvais bronchitique, fiévreuse et en proie à une toux tenace. Je devais m'exprimer tout en suçant des pastilles pour la gorge de façon à ne pas hacher mon discours par des quintes de toux répétées. Un jour, deux personnes parmi les deux cent cinquante qui assistaient à ma conférence voulurent savoir si j'avais un défaut de prononciation, ou si j'avais du chewing-gum ou des bonbons à la menthe dans la bouche. Et, si tel était le cas, si je pouvais être assez aimable d'expliquer à l'assistance quelle en était la raison, puisque parler la bouche pleine est, généralement, considéré comme incorrect.

Perdre la voix est un autre symptôme du trac et représente l'une des causes essentielles de la phobie de parler en public dont souffrent de nombreuses personnes. Le dysfonctionnement des cordes vocales est semblable aux symptômes d'une crise d'asthme. Mais le stress du discours public n'est pas l'unique raison qui provoque une extinction de voix. L'une de mes amies, une conférencière renommée, parcourt le pays en tous sens afin d'offrir des exposés brillants et parfaits à des auditoires divers. Avant que sa carrière ne démarre vraiment, elle avait travaillé dans une faculté de droit, où elle était supervisée par un professeur éminent, une autorité dans son domaine. Lorsque mon amie décida de quitter l'université afin de suivre une autre voie, ce professeur fut extrêmement contrarié et le lui fit savoir en termes peu amènes. Celle-ci fut profondément ulcérée par sa réaction. Par la suite, il advint que sa tournée de conférences la ramena à plusieurs reprises à cette université. Elle s'aperçut alors que lorsqu'elle devait prendre la parole en présence de son ancien mentor, sa voix faiblissait à un point tel qu'il lui devenait difficile de s'exprimer. Comme si le fait d'avoir imposé sa volonté à cet homme, puis de s'être vue critiquée pour cette raison, avait provoqué en elle une sorte de désordre post-traumatique à l'origine d'un stress qui lui faisait perdre sa voix et ses moyens lorsqu'elle se trouvait en face de lui.

Ma propre phobie de paraître et de parler en public provient du souvenir d'un traumatisme qui continue de m'affecter et perturbe le fonctionnement des organes de mon cinquième centre émotionnel. Lorsque j'étais enfant, j'étudiais le piano et, une fois par an, je participais à un concours proposé par une fondation pour le développement du piano. Au cours de l'audition, je devais jouer de mémoire une dizaine de pièces, longues et difficiles, devant un juge. Chaque année, en attendant mon tour, je m'asseyais à l'extérieur de l'auditorium sur une chaise en plastique, en proie à une grande nervosité. Cette nervosité croissait au fur et à mesure que j'entendais, terrorisée, les autres concurrents interpréter leurs pièces brillamment, et je me demandais si j'allais être en mesure de faire aussi bien lorsque viendrait mon tour. Puis, je pénétrais dans la salle, remettais ma partition au juge, m'asseyais au piano et découvrais immédiatement que j'avais tout oublié. Il m'était impossible de me souvenir d'une note de ce que j'étais supposée jouer. Chaque année, j'éclatais en sanglots et restais assise là, écoutant mes larmes tinter sur les touches d'ivoire du piano. Et, chaque année, le juge, un homme doux et bienveillant, s'alarmait de mon état, s'exclamait : « Ô mon Dieu ! » et me rendait ma partition. Et alors, je commençais à jouer et obtenais la meilleure note.

Pour quelle raison étais-je la seule à vivre une telle situation ? Visiblement, j'éprouvais des difficultés à m'exprimer, à m'affirmer vis-à-vis des autres. Cette caractéristique était soit génétique, ou codée dans mon cerveau, soit le fruit de mon environnement, et due aux expériences vécues à la maison et qui étaient imprimées dans mon organisme. J'avais le sentiment, comme de nombreuses personnes, que j'étais incompétente, que je ne pouvais m'affirmer et que je n'étais pas assez bonne dans ce que j'entreprenais. Ainsi perdis-je ma voix – non pas celle qui me servait à parler, mais la voix qui s'exprimait par l'intermédiaire du piano. De la même façon, votre voix pourrait se manifester par la rédaction d'un livre, la présentation d'un rapport professionnel ou même, simplement, la frappe d'un document. L'expression de votre personnalité peut revêtir n'importe quelle forme.

Les personnes qui ont souffert d'agressions sexuelles durant leur enfance présentent fréquemment un dysfonctionnement des cordes vocales : elles perdent littéralement la voix. (Le poète Maya Angelou a écrit, un jour, quelque chose à ce sujet.) Rien n'est plus logique. En effet, si quelqu'un vous a déjà imposé sa volonté, alors que vous étiez impuissant, non seulement vous a-t-il privé de votre moyen d'expression, mais aussi de votre capacité à pouvoir, un jour, vous exprimer. Il vous a véritablement dérobé votre voix. En général, les gens qui souffrent de dysfonctionnement des cordes vocales éprouvent aussi des difficultés à exprimer leurs émotions et à quitter leur foyer d'origine – en d'autres termes, ils éprouvent des difficultés à affirmer leur propre voix. La perte de leur voix est le moyen que choisit leur intuition pour les informer qu'il leur est nécessaire de trouver de nouvelles approches du monde extérieur afin de pouvoir s'exprimer.

Les animaux, et peut-être même tout ce qui vit sur la terre, ont la capacité d'exprimer ce qu'ils ressentent de façon compréhensible pour les autres. Chez les humains, la capacité unique de communiquer par des mots nous permet de nous développer et d'évoluer, d'atteindre nos buts et de réaliser nos souhaits. Bien que presque tous possèdent la faculté mécanique de communiquer et de parler, tout le monde n'a pas la capacité émotionnelle d'exprimer les notions essentielles concernant sa personnalité profonde, de la façon la plus efficace. Lorsque cette aptitude est contrariée, les conséquences peuvent apparaître sous la forme de problèmes dans le cou.

UNE BOULE DANS LA GORGE

La lecture : Rita, quarante-neuf ans, semblait être une femme très efficace. Je la perçus comme une animatrice de séminaire, travaillant avec des groupes d'individus qu'elle entraînait à parler en public. Bien que très compétente, elle ne paraissait pas complètement épanouie, elle avait des problèmes à exprimer sa véritable personnalité et éprouvait certains doutes quant à ses qualités professionnelles. Elle voulait toujours faire mieux, mais se heurtait à des obstacles qui l'empêchaient de connaître le succès qu'elle souhaitait obtenir.

Dans l'ensemble, son organisme me sembla en bonne santé, mais lorsque je visualisai sa gorge, je remarquai qu'elle éprouvait des difficultés à déglutir. Les muscles de sa gorge ressemblaient à une pièce de viande saignante. Je ne distinguai aucune grosseur. Pourtant, je vis Rita passer d'un centre médical à un autre, subissant toute une série de tests se révélant négatifs. Mais je me rendis compte qu'elle ressentait comme une boule dans sa gorge.

Les faits : Rita était une consultante professionnelle spécialisée en management et en communication. Elle aidait les cadres à mieux communiquer et à mieux écouter. Bien que sa carrière fût couronnée de succès, elle estimait n'avoir pas atteint le but qu'elle s'était fixé dans ce domaine pourtant très concurrentiel. Elle ressentait un besoin impérieux d'obtenir plus de puissance et d'honneurs, et bien que tous ses efforts fussent tendus vers ce but, elle éprouvait des difficultés à s'affirmer et à imposer sa volonté. Elle pensait avoir beaucoup plus à offrir à sa profession, mais personne ne l'écoutait. Au contraire, c'est elle qui écoutait toujours les autres, les aidant à communiquer et à s'affirmer.

Rita croyait avoir une grosseur dans la gorge. Bien que de nombreux tests aient prouvé le contraire, elle avait des difficultés à avaler, ressentait en permanence une boule dans sa gorge et se sentait très inquiète.

Bien que Rita ne souffrît d'aucune maladie de la gorge, elle était particulièrement concentrée émotionnellement sur cette zone, et cela se traduisait par des symptômes physiques spécifiques. Elle était semblable aux personnes victimes d'agressions sexuelles traumatisantes et qui, par la suite, souffrent de douleurs pelviennes chroniques. Elles éprouvent des douleurs et des traumatismes dans le deuxième centre émotionnel, celui contenant les organes à l'origine de leur affliction : pelvis, utérus, ovaires. En dépit de la douleur parfois hautement incapacitante que ressentent ces personnes, il est fréquent que les tests médicaux ne décèlent aucune altération de ces organes pouvant expliquer cette douleur. De mon point de vue, le traumatisme de Rita, quel qu'il ait pu être, avait un lien avec la communication et l'affirmation de soi. Bien qu'elle enseignât aux autres à communiquer, elle avait l'impression que personne ne l'écoutait, quels que soient les efforts qu'elle déployait pour s'affirmer. Son problème ne se situait pas dans sa tête, mais dans son cou. C'est exactement ce que j'avais perçu au cours de ma consultation médicale intuitive, ne connaissant d'elle que son nom et son âge.

Rita souffrait de ce que l'on nomme, en psychiatrie, un *Globus hystericus*, qui se manifeste par une sensation de boule dans la gorge, rendant la déglutition et la respiration difficiles. On décrit cette affection comme l'impression de ressentir une balle très dure écrasant l'extérieur de la gorge, ou un bâton enfoncé dans la gorge ou quelque chose remontant dans la gorge. Ceux qui en souffrent éprouvent des difficultés à respirer et la sensation d'étouffer. On pense aujourd'hui que cette sensation est provoquée par la contraction des muscles du cou comprimant l'os cricoïde. Cependant, dans le passé, du fait qu'aucune cause physique ne pouvait être détectée, on attribuait le *Globus hystericus* à un « utérus errant » provoquant une pression sur le cou.

La traduction latine du mot utérus est *hystera*. Tous les mots français dérivés tels que « hystérie » et « hystérique » dérivent de ce mot latin et renvoient à l'ancienne croyance selon laquelle les femmes, dotées d'un utérus, étaient beaucoup plus émotives que les hommes et enclines à d'irrationnels et perturbants éclats d'humeur accompagnés de certains symptômes physiques. Bien que l'utérus de Rita ne se soit évidemment pas « promené » dans son cou, cette vieille croyance n'était pas complètement erronée. Les femmes, comme je l'ai déjà dit, ont une plus grande facilité d'accès à l'hémisphère droit de leur cerveau et sont, de ce fait, davantage connectées en permanence à leurs émotions. Il n'est donc pas surprenant que le *Globus hystericus* soit plus fréquemment rencontré chez les femmes que chez les hommes.

Les gens souffrant de *Globus hystericus* sont plus anxieux, déprimés et introvertis que les autres. Une personne introvertie comme Rita écoutera davantage qu'elle ne parlera. Le *Globus hystericus* est interprété aussi comme une manifestation de larmes retenues ou d'une émotion refoulée, soit quelque chose que vous avez besoin de dire, mais que vous ne pouvez exprimer. En d'autres termes, il s'agit d'une pensée ou d'une émotion que vous ne pouvez communiquer.

L'incapacité à communiquer aux autres nos pensées, nos sentiments et notre moi profond peut entraîner de très sérieuses conséquences et affecter toute notre existence.

RAVALER SA COLÈRE
LE SYNDROME DE LA THYROÏDE

La lecture : En examinant Liz, soixante-dix ans, je pus dire aussitôt qu'elle était très émotive, qu'elle avait un profond besoin de l'aide des autres, mais qu'elle éprouvait de grandes difficultés à solliciter l'aide d'autrui. Elle semblait entourée d'un mur protecteur. Je vis qu'elle répugnait à laisser éclater sa colère, craignant d'avoir à en payer le prix. Dans le même temps, elle avait l'impression d'être victime de cette situation. Je découvris qu'elle entretenait une relation avec un homme qui n'ignorait rien de ses difficultés, mais ne s'en préoccupait pas, car il ne voulait pas y être impliqué.

Dans son organisme, je remarquai des sinusites et une certaine raideur dans le cou. Je découvris aussi que, dans sa famille, les femmes souffraient d'une diminution de l'activité de leur glande thyroïde, et j'aperçus une inflammation dans sa zone thyroïdienne. De plus, je devinai une tendance aux inflammations dans l'appareil gastro-intestinal en lien à la fois avec les quatrième et cinquième centres émotionnels, de l'œsophage jusqu'à la gorge et au cou.

Les faits : Liz était une femme âgée qui m'avoua avoir longtemps souffert de dépression et de solitude. Elle trouvait son mari froid et distant et souhaitait profondément qu'il soit à l'écoute de ses besoins, mais ne pouvait pas compter sur lui sur le plan émotionnel. Cette situation la touchait beaucoup, mais elle estimait qu'il était du devoir d'une femme de ravaler sa colère plutôt que de la laisser éclater.

Liz m'expliqua qu'elle était atteinte du syndrome de la thyroïde. Elle était en cours de traitement afin de compenser les déficiences de cette dernière.

Liz avait des problèmes avec de nombreux organes de son cinquième centre émotionnel, qui a un rapport avec la communication et l'expression. Elle n'estimait pas avoir le droit de s'affirmer devant les autres ni de leur faire part de ses sentiments et, de toute façon, s'en sentait totalement incapable. Elle restait convaincue que les femmes doivent dissimuler leurs sentiments.

Il n'est pas surprenant que les femmes soient beaucoup plus nombreuses que les hommes à souffrir de problèmes thyroïdiens. Il est très fréquent de les voir suivre un traitement compensatoire de la thyroïde plus tard dans leur vie. Leur thyroïde semble être plus facilement affectée par le stress que celle des hommes. Ce fait a été démontré dans une étude portant sur les réactions d'hommes et de femmes au moment de passer un examen. Généralement, celles-ci sont plus terrorisées que les hommes et obtiennent des résultats inférieurs. En effet, cette étude démontra qu'une certaine hormone X stimule la thyroïde qui, à son tour, sécrète sa propre hormone, appelée thyrotrophine. On constata que le taux de cette hormone stimulante X était légèrement plus élevé le jour le l'examen, chez les deux sexes. Mais on constata également que le lendemain, ce même taux baissait beaucoup plus nettement chez les femmes que chez les hommes. Cela indiquerait que les femmes sont beaucoup plus stressées par les examens que les hommes.

Passer un test constitue un moyen très utile pour nous exprimer, pour parler de nous et pour communiquer nos connaissances. Pour les femmes, passer un examen est plus délicat, car notre société, jusqu'à une date récente, a davantage brimé et limité la liberté d'expression des femmes que celle des hommes. Dans le passé, les femmes et les enfants étaient supposés être présents, mais devaient garder le silence. Cela est assez amusant, si l'on considère que les femmes, dès l'enfance, sont supérieures aux hommes en matière de communication. Les petites filles parlent plus précocement et s'expriment mieux. Elles utilisent davantage de mots par phrase – ce qui signifie qu'elles parlent plus – et sont moins sujettes au bégaiement et à la dyslexie. En d'autres termes, lorsqu'elles sont jeunes, les filles s'imposent plus que les garçons. Cependant, au fil du temps, elles perdent leur avantage. Selon certaines études, durant leur adolescence, les garçons sont plus loquaces à l'école, alors que les filles deviennent silencieuses. La confiance en soi des filles croît proportionnellement à l'intérêt que leur portent leurs professeurs. En fait, c'est la période où les filles devraient réellement commencer à s'exprimer davantage. Comme leurs sécrétions hormonales augmentent et que leurs règles apparaissent, leur facilité d'élocution devrait véritablement s'améliorer. Les femmes s'expriment le mieux au cours de leur sécrétion maximum d'œstrogènes, soit au milieu de leur cycle menstruel. Celles dont les règles viennent de se terminer éprouvent plus de difficultés à prononcer cinq fois rapidement « panier, piano, violon » que les femmes en milieu de cycle. Cependant, elles parviennent presque toujours à mieux prononcer ces mots que les hommes, car elles sont meilleures qu'eux pour parler et s'exprimer verbalement. Cependant, la qualité où les femmes excellent est justement celle qu'elles peuvent le moins exprimer.

Ce phénomène n'est pas entièrement la faute de la société. Les sexes masculin et féminin s'expriment de façon profondément différente. La plupart des hommes (bien entendu, il existe toujours des exceptions) sont caractérisés par ce que j'appelle le syndrome « rarement raison, ne doute jamais ». Mus par leurs glandes androgènes et par la testostérone, ceux-ci réagissent rapidement. Ils n'hésitent pas à s'exprimer. Dans une étude scientifique non encore publiée, on a constaté que les hommes commettaient plus d'erreurs d'affirmation. Ils lancent des tas d'idées en l'air. Peu se concrétisent, mais ce sont ces dernières que les gens remarquent. Ainsi, on accorde du crédit aux hommes simplement parce qu'ils s'expriment et non pas en fonction du fait qu'ils aient raison ou non. La plupart des femmes, au contraire, sont plus hésitantes à s'exprimer. Elles sont plus lentes à réagir et commettent ainsi plus d'erreurs par omission. Cependant, lorsqu'elles décochent une flèche, elles atteignent presque toujours le centre de la cible. Mais, comme ces flèches sont très rares, on ne remarque pas les femmes autant que les hommes.

La prédisposition biologique des femmes à réagir plus lentement et à s'exprimer moins fréquemment que les hommes est renforcée par les usages de notre société. Diverses études concernant des hommes et des femmes placés dans la même pièce ont démontré que, alors que les femmes parlent trois fois moins que les hommes, elles donnent l'impression de parler tout le temps. On a constaté que lorsque les femmes d'âge moyen croient avoir perdu leur droit à la parole, leur glande thyroïde s'atrophie et commence à faiblir. Il en est de même de nos fonctions biologiques. Si on ne les utilise pas, elles disparaissent.

À un certain moment, Liz cessa de s'adresser à son mari, car, de toute façon, il ne l'écoutait pas. Elle reçut et enregistra le message selon lequel personne ne pouvait l'entendre. Aussi, n'essaya-t-elle plus de s'exprimer. Comme de nombreuses femmes, elle sombra dans la colonne Vulnérabilité du cinquième centre émotionnel et arrêta de s'affirmer. Lorsque sa thyroïde cessa de fonctionner, son système intuitif était en train de lui dire qu'elle avait besoin de changer certaines choses, de trouver un moyen de s'exprimer et de recommencer à dialoguer avec son mari et avec les autres. Si elle parvenait à s'affirmer et à se situer dans la colonne Pouvoir du cinquième centre émotionnel, particulièrement dans la zone de la communication, elle pourrait commencer à retrouver la voie menant à la santé.

Tout est dans la coordination

Lorsque certaines personnes rencontrent des problèmes de coordination dans leur existence, cela peut se lire dans leur organisme. Leur horloge interne est déréglée. Au lieu d'agir normalement, de façon équilibrée, elles démarrent à toute vitesse, tel un métronome devenu fou, ou s'arrêtent, tout simplement. Ces personnes ont des hauts et des bas, et sont hyperactives ou inertes. Je représente probablement l'un des meilleurs exemples qui soient d'un individu souffrant de problèmes de coordination. Généralement, je fonce à 200 km/h, ou je suis complètement amorphe, endormie. Je suis connue pour ma façon très personnelle d'effectuer mes rondes à l'hôpital. Quand les étudiants en médecine m'accompagnent, ils doivent mettre leurs chaussures de sport pour me suivre. Par ailleurs, je suis narcoleptique et, bien que je maîtrise maintenant cette affection, il m'est arrivé de m'endormir en marchant ou en faisant de la bicyclette.

La glande thyroïde est l'un des régulateurs de l'organisme. Elle aide à réguler les fonctions organiques et à maintenir le corps humain en équilibre et en bon état de fonctionnement. De ce fait, la maladie apparaît fréquemment dans la thyroïde. Il n'est donc pas surprenant que mon corps renferme les anticorps de la maladie de Grave. Comme je l'ai déjà dit, j'ai horreur d'attendre. Mes amis déclarent souvent, sous forme de boutade, que le seul moment où je fais preuve de patience, c'est lorsque je travaille à l'hôpital comme médecin. Autrement, je n'en ai aucune. Bien que, dans certaines circonstances, être une fonceuse représente un avantage indéniable, très nombreuses sont les occasions où la patience est hautement préférable. Le dicton selon lequel « tout vient à point à qui sait attendre » est empli de sagesse. Nous devrions au moins maintenir un équilibre entre foncer et patienter. (Je reconnais, toutefois, que je ne suis pas encore en mesure d'appliquer ce principe.)

Un soir, alors que je vivais en appartement, il m'arriva de découvrir que la tuyauterie de ma baignoire était complètement bouchée. Bien sûr, n'importe qui aurait remarqué que l'écoulement se faisait mal et aurait solutionné ce problème mineur avant qu'il ne se transforme en catastrophe majeure. Pas moi. Je suis d'un seul bloc. Vous vous souvenez ? J'ai tendance à ignorer les détails jusqu'à ce qu'ils prennent une importance telle qu'il m'est alors impossible de les ignorer plus longtemps. En général, j'attends jusqu'à ce que toutes les canalisations de mon appartement soient totalement obstruées. Par contre, ce soir-là, après avoir constaté cet ennui, je voulus qu'il soit immédiatement résolu. Je me rendis au supermarché du coin et, n'ayant pas l'habitude d'agir avec modération et de faire les choses à moitié, j'achetai trois produits différents pour déboucher ma baignoire. Les instructions spécifiaient de verser une petite quantité du liquide dans la tuyauterie et d'attendre ensuite une quinzaine de minutes avant de rincer. Mais, ne voulant pas attendre aussi longtemps, j'ignorai ces directives. Je vidai le flacon entier, fis chauffer de l'eau dans le micro-ondes et la versai aussitôt dans le conduit. Une vapeur verte se répandit alors dans les airs, et un résidu acide de couleur verte remonta des tuyaux et demeura dans le fond de la baignoire. Cela me contraria quelque peu, d'autant plus que la tuyauterie était toujours bouchée. Aussi, fus-je incapable d'évacuer cette substance. Je décidai alors de fermer la porte de la salle de bains et partis dans une autre pièce.

Je m'installai devant le téléviseur et me mis à regarder l'émission Seinfeld pendant environ trente minutes. Dès qu'elle fut terminée, je me précipitai pour verser les deux autres bouteilles du produit dans la tuyauterie de ma baignoire. Je me faisais un peu de souci, mais au lieu de gérer tranquillement cette crainte et cette anxiété, je m'imaginai qu'il valait mieux prendre le taureau par les cornes. Vous voyez le rapport avec la coordination ? La peur vous dicte de ralentir ; je faisais exactement le contraire. Je pris la décision d'attendre encore deux heures. À cet instant, j'avais utilisé six fois plus de produit qu'il ne le fallait et l'avais laissé agir quatre fois plus longtemps que le temps recommandé. Mais, aux grands maux, les grands remèdes, n'est-ce pas ?

Au bout d'un certain temps, les vapeurs chimiques devinrent si importantes qu'elles me brûlèrent les yeux alors que j'étais assise dans une autre pièce. Je décidai que c'était maintenant ou jamais. Je pénétrai dans la salle de bains, ouvris complètement le robinet d'eau chaude et croisai les doigts. Que pensez-vous qu'il arriva ? Le conduit fut dégagé, l'eau commença à s'évacuer et je m'apprêtai à fermer le robinet d'eau chaude lorsque celui-ci me resta dans la main ! Et l'homme à tout faire de l'immeuble était absent pour le week-end ! L'eau chaude coula pendant si longtemps que le chauffe-eau commun se vida complètement et que l'ensemble de l'immeuble fut privé d'eau chaude pendant deux jours. Vous pouvez imaginer quelle fut ma cote d'amour ce jour-là !

En un instant, j'étais passée de l'obstruction totale à une véritable inondation. Ce fut la parfaite illustration de mon incapacité à réguler le rythme et l'intensité de l'activité physique dans ma vie. En fait, je vécus, par la suite, une expérience très similaire, au sujet de la plomberie, mais, cette fois-ci, dans mon organisme. J'avais récemment subi une opération bénigne. Après toute intervention chirurgicale, il est très fréquent que le patient qui a été sous anesthésie générale soit constipé pendant quelques jours avant que ses intestins ne se remettent à fonctionner normalement. En termes simples, la « tuyauterie » de mon propre organisme était bouchée. Étant donné mon caractère, il n'était pas question d'attendre que mes intestins se remettent à fonctionner normalement. Je voulais accélérer les choses, mais n'y parvins pas. Je voulais immédiatement imposer ma volonté à mes intestins. À cet effet, je demandai un médicament à une amie médecin. Elle me tendit un paquet de petites pilules rouges appelées Dulcolax. Je jetai un coup d'œil sur la posologie et, en raison de mon impatience, je ne lus que les premiers mots (je n'agis jamais ainsi avec un patient, mais lorsqu'il s'agit de moi, je n'applique jamais le même soin ni la même diligence). Tout ce que j'enregistrai fut : « ... prendre une... » Aussi, pris-je une pilule et attendis-je vingt minutes. Rien ne se passa. Aussi, en pris-je une autre. J'attendis encore vingt minutes. Toujours rien. Je pris une troisième pilule. Encore rien. Ce manège dura plusieurs heures. Lorsque le laps de temps fut écoulé, j'avais ingurgité treize ou quatorze comprimés. Je n'imaginai pas que cela pût être nocif : ces pilules ressemblaient à ces petits bonbons rouges et légèrement épicés que je mâchais lorsque j'étais enfant. Je croyais qu'il fallait en prendre un certain nombre. Autrement, comment une ou deux de ces petites pilules rouges pouvaient-elles produire un effet quelconque ?

Deux heures plus tard, mon amie médecin me rendit visite pour voir comment j'allais. Lorsque je lui dis combien de pilules j'avais avalées, elle faillit s'évanouir. « Tu en as pris *combien* ? s'écria-t-elle. Un seul de ces comprimés est une vraie bombe, et tu en as pris *treize* ?

Tu es supposée en prendre un et attendre douze à vingt-quatre heures. » Bon.

Environ sept heures plus tard, j'allai au centre commercial avec une amie. Je me trouvai dans une boutique de vêtements lorsque tout commença. Soudain, mes intestins se mirent à produire un sombre gargouillement. C'était étrange. C'était le même bruit qu'avait produit la tuyauterie de ma baignoire lorsqu'elle s'était bouchée. Inutile de préciser qu'à cet instant je *ne pouvais* attendre. Je devais agir – et vite !

La canalisation de ma salle de bains symbolisait ma canalisation interne. Dans les deux cas, les problèmes concernaient la coordination, la volonté et la communication pouvant ouvrir la voie à la maladie dans le cinquième centre émotionnel. Dans les deux cas, j'étais davantage volontaire que patiente ; je ne pouvais attendre le bon vouloir d'une force extérieure, c'est-à-dire que le produit pour déboucher ma baignoire et le laxatif agissent. J'avais refusé d'écouter et n'avais ni lu ni assimilé les instructions. Plus que tout, ma coordination n'avait pas fonctionné. J'avais refusé d'attendre le moment approprié pour agir de façon adéquate. Au contraire, j'avais insisté pour foncer, en ignorant les signaux d'alerte, telles les vapeurs vertes et l'acide qui me signifiaient d'arrêter. Le résultat ? Je passai d'un extrême à l'autre : d'une constipation totale à une incontinence totale.

Cet exemple est très caractéristique des personnes qui souffrent de désordres thyroïdiens. Elles ont souvent des problèmes avec la coordination de leurs intestins, aussi bien que dans d'autres domaines. La constipation – le barrage – représente fréquemment un symptôme d'hypothyroïdie, soit d'une insuffisance thyroïdienne, alors que la diarrhée – l'inondation – accompagne souvent l'hyperthyroïdie, ce fonctionnement trop intensif de la thyroïde.

Les gens atteints de problèmes de coordination ne savent pas quand se mettre en avant dans le monde extérieur. J'ai une amie dont le mari semble toujours choisir le mauvais moment pour s'affirmer ou pour demander quelque chose aux autres. Cette amie sera sur le point de partir pour un rendez-vous lorsque son mari se précipitera vers elle avec les déclarations d'impôts, affirmant qu'ils doivent les étudier ensemble à l'instant même. Il ignore simplement les signaux émotionnels émis dans toute situation déterminée. Lorsque ces signaux en provenance du cœur ne sont pas coordonnés avec les signaux en provenance du cerveau, le résultat peut être un déséquilibre ouvrant possiblement la voie à des problèmes physiques dans les divers organes du cinquième centre émotionnel.

ALLER DE L'AVANT
UN PROBLÈME DE VERTÈBRE CERVICALE

La lecture : Lorsque je discutai avec Ellen, cinquante-deux ans, je découvris qu'un changement important venait juste de survenir dans sa vie. Je vis qu'elle avait exercé une profession très gratifiante. Dans le cadre de ce travail, je remarquai une personne très déterminée qui avait largement contribué à aider Ellen à avancer dans la vie. Cette personne avait agi auprès d'elle comme une sorte de *public relation* chargée de communiquer à sa place et de lui ouvrir la route afin qu'elle puisse apparaître à son avantage. En fait, je ressentis cette personne comme un soutien ayant permis à Ellen de progresser. Cependant, je m'aperçus que, dans son travail, une partie importante de l'identité d'Ellen allait disparaître. Il s'agissait d'un problème émotionnel essentiel qui affecterait sa santé.

433

Je vis Ellen assise à un bureau, prenant beaucoup de notes. Cette activité s'accompagnait de fortes douleurs au cou. Et je découvris, dans ses vertèbres cervicales, un grand nombre d'ostéophytes, ces petits fragments osseux pouvant provoquer de vives douleurs dans le cou.

Les faits : Pendant plusieurs années, Ellen avait travaillé comme directrice et administratrice d'un programme social important. Bien qu'elle ait été excellente dans son travail, elle avait éprouvé des difficultés à mettre de l'avant ses qualités de façon à en retirer tous les honneurs mérités. En fait, elle m'avoua que, la plupart du temps, elle s'était sentie timide, peu écoutée et presque invisible. Cependant, elle avait eu la chance d'avoir, en la personne de son supérieur hiérarchique immédiat, une femme dynamique et pleine de charme qui appréciait son travail à sa juste valeur. Cette femme, grande communicatrice, avait servi de mentor à Ellen et avait vigoureusement appuyé son travail au sein de l'organisation.

Ellen avait été heureuse dans son travail mais, quand ses enfants quittèrent la maison, elle éprouva soudain une forte aspiration à changer de voie. Elle avait passé sa vie à élever ses enfants et, maintenant qu'elle se retrouvait seule, elle ressentait le besoin de s'affirmer davantage vis-à-vis du monde extérieur. Elle avait décidé de se diriger vers une carrière administrative au sein d'une clinique, afin de rester en contact avec ses centres d'intérêt sociaux. Toutefois, lorsqu'elle effectua ce changement professionnel, son ancienne supérieure hiérarchique fut blessée, surprise et perplexe. Ellen ne lui avait pas fait part de sa décision, et cette femme ne parvenait pas à comprendre. Après avoir représenté si longtemps la voix d'Ellen, elle se sentait rejetée. Elle fut si profondément blessée qu'elle n'adressa plus la parole à Ellen. Bien que cette dernière ait passé beaucoup de temps assise et à écrire, elle n'avait jamais eu, jusqu'ici, de problème au cou. Cependant, peu de temps après avoir changé d'emploi, un de ses disques cervicaux se brisa, et elle se mit à souffrir de douleurs chroniques dans le cou.

La décision d'Ellen de changer de situation professionnelle et donc, d'identité, ainsi que les problèmes de santé qu'elle connut, peuvent être considérés comme la conséquence d'une mauvaise coordination. Lorsque ses enfants partirent, Ellen ressentit le besoin d'affirmer sa personnalité. Elle prit alors la décision de satisfaire ce besoin sans tenir compte des signaux émotionnels qui lui furent adressés afin de la mettre en garde contre la précipitation d'une telle décision. Plutôt que d'attendre et de discuter de ce désir avec sa supérieure, et d'écouter les avis d'une femme à ce sujet, Ellen agit de sa propre volonté. Le résultat ? Elle se sépara définitivement d'une des plus proches et des plus importantes relations de son existence. Elle avait rompu tout lien physique avec la seule personne dont l'aide professionnelle lui avait été capitale et avait aussi mis fin à l'excellente relation professionnelle qui l'avait soutenue et aidée à progresser. Elle s'était privée de la voix qui s'était exprimée à sa place avant qu'elle ne soit en mesure d'y arriver toute seule.

Ellen avait aussi des difficultés à communiquer et à s'exprimer. Sa timidité et l'impression qu'elle avait de n'être ni entendue ni vue par les autres indiquaient sa grande vulnérabilité en matière de communication et d'affirmation de soi. Pendant une grande partie de sa vie, elle avait eu besoin de quelqu'un d'autre pour parler et s'exprimer à sa place, et pour imposer sa volonté. Elle avait passé l'essentiel de son existence dans la colonne

Vulnérabilité de son cinquième centre émotionnel. Cependant, lorsqu'elle réalisa qu'elle désirait modifier cette situation, elle se plaça, d'un bond, dans la colonne Pouvoir. Une fois de plus, elle se trouva en déséquilibre. Son intuition et son organisme, parfaitement au courant de cette situation, lui adressaient, par l'intermédiaire de sa douleur dans le cou, un signal afin qu'elle recherche une approche plus équilibrée pour s'exprimer et s'affirmer.

LA VOLONTÉ

Dieu offrit le libre arbitre à l'homme. Que l'on définisse le mot « volonté » comme le pouvoir de choisir librement et de s'affirmer grâce à ses actes, ou comme une ferme résolution ou un désir intense, la volonté est essentielle au développement du caractère de chaque individu.

Cependant, comme tout présent qui nous est offert, la volonté doit être utilisée avec sagesse et discernement. Sinon, des conséquences fâcheuses peuvent en résulter. L'histoire est pleine de personnages qui pensèrent pouvoir imposer leur volonté au reste du monde et qui connurent, de ce fait, beaucoup de problèmes. Une trop grande volonté de puissance peut produire un Hitler ou un Staline et causer des ravages. Un homme imposant sa volonté à des millions d'individus les prive nécessairement de leur propre volonté. Hitler écrasa le libre arbitre de millions de personnes. Il tua beaucoup de gens, mais même ceux qui survécurent portent encore les cicatrices provoquées par la volonté toute-puissante d'un seul homme.

Curieusement, on trouve souvent ces cicatrices dans le cinquième centre émotionnel. Une étude portant sur les survivants des camps allemands mit en évidence un nombre élevé de toxicoses thyroïdiennes, une maladie très grave se manifestant par un hyperfonctionnement de la thyroïde et la production trop élevée d'hormones thyroïdiennes, donc très dangereuse pour la santé. Je ne peux guère imaginer de situation brimant davantage notre personnalité. Nous ignorons, bien sûr, si ces prisonniers recevaient des quantités suffisantes d'iodine et autres nutriments nécessaires à l'équilibre de la thyroïde. Une carence de ces éléments a très certainement contribué au développement de cette maladie. Mais de nombreuses autres études portant sur des prisonniers de droit commun des personnes privées de la possibilité de s'affirmer, montrent aussi un taux élevé de toxicose thyroïdienne. Les recherches démontrent que la thyroïde est souvent affectée dans les situations où les individus ressentent un manque de contrôle personnel sur leur vie. Des événements négatifs ainsi que des contraintes importantes et prolongées ont été reliés à l'apparition de la maladie de Grave et à l'hyperthyroïdie, qui provoque des toxicoses thyroïdiennes.

LUTTES DE VOLONTÉ
HYPERTHYROÏDISME

La lecture : Irène, trente-six ans, semblait être une personne d'une grande détermination. Je vis qu'elle était très intégrée dans le monde et qu'elle refusait que les autres la détournent de son but. Cependant, elle était impliquée dans un groupe de personnes avec lesquelles elle ne s'entendait pas très bien et dont elle ne recevait guère de coopération. Elle n'était plus satisfaite de sa situation et désirait mettre fin à ses relations avec ces gens, mais on ne le lui permettait pas.

Bien qu'elle parût forte et puissante, Irène me sembla faible. Son rythme cardiaque était plus rapide que la normale, et elle éprouvait des difficultés à dormir. Dans son cou, je vis une zone rouge et enflammée à la base de sa gorge, au niveau de la thyroïde.

Les faits : Irène était sergent dans l'armée des États-Unis. Elle avait combattu lors de l'opération Tempête du désert et avait été décorée pour héroïsme. Elle aimait l'armée et sa carrière militaire, mais, récemment, elle s'était trouvée en conflit avec certains membres de son unité. Elle souhaitait être transférée dans une autre unité, mais son officier en chef s'y opposait et n'approuvait pas sa requête.

Irène souffrait de faiblesse musculaire et ne dormait pas bien. De plus, son médecin venait de diagnostiquer une hyperthyroïdie.

Bien qu'elle fût une personne au caractère bien trempé, Irène voyait sa volonté contrariée à l'endroit où elle se sentait le plus adaptée : son travail. Elle se trouvait en lutte de volonté, tant au sein de son unité, avec ses propres collègues, qu'au sein de l'armée en général, où la volonté de ses supérieurs lui était imposée. Elle se sentait prise au piège, perdant le contrôle de sa propre vie.

En fait, Irène se sentait vulnérable dans les trois zones du cinquième centre émotionnel : elle souffrait de n'avoir pas droit à la parole et de n'être pas écoutée, d'être obligée d'attendre et d'avoir à supporter la volonté des autres. Ce dilemme émotionnel se concrétisait dans sa thyroïde, partie intégrante de son système intuitif, et lui indiquait la nécessité de s'adapter à sa situation. Ce qu'elle avait probablement fait dans le passé, c'est-à-dire s'exprimer, se mettre de l'avant et imposer sa volonté, ne fonctionnait plus à la place qu'elle occupait maintenant. Comme nous tous, Irène avait besoin de trouver un juste milieu épanouissant entre pouvoir et vulnérabilité au sein de son cinquième centre émotionnel.

Il est important d'être franc avec soi-même, de savoir ce que l'on veut et de chercher à l'obtenir sans trahir son âme et les buts de son existence. Il est aussi très important de se rappeler que l'on ne peut imposer sa volonté en brimant celle des autres. Il faut savoir quand avancer, quand reculer et quand patienter. Alors, le monde nous écoutera et nous permettra de réaliser ce que nous avons à faire, de la façon dont nous le souhaitons.

CHAPITRE 11

LE CERVEAU ET LES ORGANES
SENSORIELS :
PERCEPTION, PENSÉE ET MORALITÉ

Il y a plus de trois siècles, le philosophe et mathématicien français René Descartes donna sa définition de l'être humain : « Je pense, donc je suis. »

La faculté de penser est la caractéristique essentielle de l'être humain. Comment pourrions-nous vivre si nous ne pouvions penser le monde dans lequel nous vivons ? Essayons d'imaginer une telle situation. Difficile, n'est-ce pas ? Si nous ne pouvions saisir ce que nos sens nous communiquent du monde extérieur – ce que nous voyons, entendons, touchons, goûtons, sentons, etc. – et associer ces perceptions à nos sentiments intérieurs, puis transformer l'ensemble en pensée consciente et cohérente, le monde n'aurait que très peu de sens pour nous.

Perception et réflexion sont au cœur du sixième centre émotionnel. Ce dernier se situe principalement dans le cerveau. Grâce aux organes sensoriels des yeux, des oreilles et du nez, le cerveau perçoit d'abord le monde extérieur, puis ajoute la pensée à ces perceptions. Enfin, nous comparons nos pensées à nos expériences concrètes, de façon à déterminer une série de codes de pensée et de comportements qui constituent notre éthique ou notre moralité qui, elles aussi, ont leur siège dans ce centre. Notre façon d'appréhender le monde, de l'interpréter, puis de le juger et d'agir en conséquence, détermine les problèmes que nous rencontrons et définit le degré de santé ou de maladie des organes de ce centre émotionnel (voir le croquis page 443).

POUVOIR ET VULNÉRABILITÉ

Comment percevez-vous le monde qui vous entoure ? Vous apparaît-il clairement et considérez-vous que cela devrait être le cas en permanence, ou acceptez-vous une vision floue, mal définie, représentant un monde plein d'ambiguïtés ? Êtes-vous toujours concentré, ou vous arrive-t-il parfois de relaxer et de vous détendre ? Vous protégez-vous en permanence en restant imperméable aux informations en provenance des autres, ou pouvez-vous être réceptif lorsque la situation l'exige ? Acceptez-vous ce que vous voyez ou devinez du monde extérieur, ou avez-vous plutôt tendance à être méfiant ou même à la limite de la paranoïa ? Toutes ces caractéristiques représentent des forces et des faiblesses de perception du sixième centre émotionnel.

Nous devons chercher à équilibrer sagesse et connaissance/ignorance ; pensée rationnelle et linéaire/pensée irrationnelle et non linéaire ; rigidité et obsession/flexibilité ; hémisphère gauche/hémisphère droit du cerveau. Quel est votre quotient puissance/vulnérabilité ? Pensez-vous généralement avoir raison sur tout, ou vous reconnaissez-vous certaines lacunes ? Êtes-vous intellectuellement ouvert et curieux ? Avez-vous une attitude forte vis-à-vis du monde extérieur ? Avez-vous une pensée linéaire et rationnelle, caractéristique de votre hémisphère gauche, tout en vous reconnaissant des faiblesses et en laissant s'exprimer votre hémisphère droit et ses pensées irrationnelles et non linéaires ?

Voici deux phrases caractéristiques du sixième centre émotionnel : « Je refuse de t'écouter » et : « Je ne veux pas en entendre davantage. » Avez-vous déjà prononcé ces paroles au cours d'une dispute ? Ou les avez-vous déjà entendu prononcer par quelqu'un ? Ces phrases constituent un avertissement très clair que les fonctions réceptrices du cerveau s'éteignent. Un rideau est baissé sur le monde extérieur. Les personnes qui prononcent ces paroles montrent qu'elles se situent exactement dans la colonne Puissance du sixième centre émotionnel et qu'elles sont imperméables à toute nouvelle perception et pensée. Elles sont fermées à l'opinion des autres, sûres de leur propre sagesse et de leurs connaissances, et rigides dans leurs points de vue. Voici quelques autres phrases caractéristiques : « Dis-moi ce que tu penses et non pas ce que tu ressens », ou : « Je n'ai pas suffisamment d'informations pour prendre une décision. » La personne qui fait de telles remarques est rationnelle, linéaire, influencée par son hémisphère gauche, peu disposée à prendre en compte les émotions de son hémisphère droit et son cortège de données irrationnelles. Toutes ces caractéristiques trouvent leur place dans la colonne Puissance du tableau Puissance/Vulnérabilité. Mais si ces caractéristiques sont compensées par une certaine vulnérabilité, elles n'impliquent pas forcément des problèmes. Par contre, si la balance penche trop du côté Puissance, un dysfonctionnement peut survenir dans les organes de perception à l'origine de la pensée, de la compréhension et de la sagesse.

Sixième centre émotionnel

POUVOIR	VULNÉRABILITÉ

POUVOIR

Perception
- Clarté
- Concentration
- Acuité
- Manque
  de réceptivité

Pensée
- Sagesse
- Connaissance
- Faculté
  de raisonnement
- Linéarité
- Rigidité et obsession

Moralité
- Conservatisme
- Respect des lois

- Propension à juger
- Critique
- Consciencieux
- Répressif

VULNÉRABILITÉ

Perception
- Ambiguïté
- Dispersion
- Aveuglement
- Réceptivité

Pensée
- Ignorance
- Éducabilité
- Manque de
  raisonnement
- Non-linéarité
- Flexibilité

Moralité
- Libéralisme
- Prise
  de risques
- Culpabilité
- À l'écoute
- Non inhibé

« JE NE VEUX PAS LE SAVOIR »
LA MALADIE DE MÉNIÈRE

D'aussi loin que remontaient ses souvenirs, Otis avait vu les hommes de sa famille exploiter la ferme familiale de dix hectares située en plein centre de l'Iowa. Otis lui-même avait été élevé en vue de succéder à son

443

père lorsque celui-ci prendrait sa retraite. Aujourd'hui, dans la cinquantaine, Otis exploitait la ferme familiale depuis plus de vingt ans, mais, pour la première fois depuis cent ans, cette dernière rencontrait des difficultés. Les bénéfices étaient extrêmement bas. Le gouvernement avait considérablement diminué les subventions agricoles, et les agents immobiliers locaux tournaient autour de la propriété afin d'amener Otis à vendre sa bonne terre. Pour toutes ces raisons, il devint sourd d'une oreille. Il ne voulait pas entendre parler de la cession de sa ferme ni de la vente de ses terres. Cette simple idée lui semblait immorale. Il ressentait comme une obligation morale de conserver la ferme au sein de la famille, de l'exploiter et de continuer à faire les choses comme elles avaient toujours été faites. Il ne pouvait même pas concevoir que les choses puissent être différentes.

Otis était un homme calme, aux manières douces, peu à l'aise financièrement, mais qui pourvoyait tout à fait aux besoins de sa famille. Celle-ci comprenait sa femme, Verla, son fils, Otis, et sa fille, Eileen. Afin d'élever ses enfants, Verla était restée à la maison et avait aidé son mari en tenant ses livres de comptes. Puis, lorsque les enfants grandirent, Verla commença à vendre des produits de beauté pour se faire un peu d'argent. Très rapidement, son affaire prit de l'ampleur. Elle se mit à assister à des réunions au sein de la société de produits cosmétiques pour laquelle elle travaillait. Elle effectua tellement de ventes qu'elle gagna un véhicule. Puis elle remporta le prix de la meilleure vendeuse de tout le Midwest. L'entreprise se préparait même à l'envoyer à New York afin qu'elle reçoive officiellement son prix.

Verla demanda alors à Otis de l'accompagner, car il était important, à ses yeux, que son mari se rende compte de ce qu'elle était parvenue à accomplir. Otis était réticent. Au début, il s'était réjoui des succès de sa femme, car cela atténuait la pression financière pesant sur ses épaules. Mais, simultanément, il ne supportait pas d'entendre sa femme parler de son travail. Dans son esprit rationnel, l'activité de son épouse était futile et insignifiante. Rapidement, il commença à ressentir un sentiment confus de malaise vis-à-vis des succès de Verla. Elle avait une voiture neuve, mais lui continuait à conduire les mêmes vieux tracteurs. Il finit par éprouver un certain ressentiment. De plus, ayant caché une information à sa femme, il se mit à se culpabiliser quelque peu. En effet, il avait retiré de l'argent de leur compte bancaire et sollicité un prêt important, sans lui en parler. Il subissait maintenant une forte pression, mais n'en partageait pas le poids avec sa femme, car il avait été élevé dans la croyance que seuls les hommes voyaient à ces questions. Il croyait être le mieux placé pour déterminer ce qui était bon pour la ferme et pour sa famille, et refusait de tenir compte de l'opinion des autres. De plus, Otis fils, qui venait juste d'obtenir son diplôme d'agronomie, incitait son père à procéder à certains aménagements afin d'améliorer la rentabilité de la ferme. Mais celui-ci n'avait rien voulu entendre. Il était persuadé d'avoir raison, et personne n'aurait pu l'amener à changer d'avis.

Malgré ses hésitations, Otis décida de se rendre à New York avec Verla. Sur le vol du retour, il tomba malade, souffrant de tels vertiges qu'il dut être transporté dans un fauteuil roulant. Il en fut très contrarié, car il avait toujours été fort et robuste et ne pouvait concevoir qu'il pût en être autrement. Pendant une dizaine de jours après son retour à la ferme, Otis souffrit de vomissements réguliers et fut convaincu d'avoir attrapé une sorte de virus intestinal. Puis, les vomissements continuant, il se décida finalement à consulter un médecin. Après une série d'examens, on diagnostiqua la maladie de Ménière. Cette maladie, provoquée par des sécrétions de l'oreille interne, perturbe le sens de l'équilibre.

Il est très significatif que la maladie d'Otis ait un rapport avec son sens de l'équilibre, puisque son sixième centre émotionnel était, lui-même, visiblement déséquilibré. Cet homme avait toujours imaginé sa place dans le monde avec clarté et netteté. Sa perception du monde ne laissait place à aucune ambiguïté, et seul son point de vue comptait à ses yeux. Il était imperméable aux idées des autres et intolérant, convaincu qu'il pourrait continuer à exploiter sa ferme de la même façon qu'auparavant. Lorsque son fils essaya de changer les choses, Otis devint très critique à son égard. Il ne connaissait qu'un mode de vie : être conservateur, respectueux des lois, consciencieux et pudique. Lorsque la famille se réunit pour procéder à certains aménagements, il protesta. « Je ne veux pas entendre parler de cela maintenant, dit-il. Je vais guérir rapidement. Je vais de nouveau exploiter la ferme, et tout redeviendra comme avant. » En définitive, le fait qu'Otis ait refusé d'écouter les autres membres de sa famille se matérialisa réellement : l'ouïe de son oreille gauche commença à baisser. L'oreille gauche, nous le savons, est contrôlée par l'hémisphère droit, la zone vulnérable du cerveau. Cette zone est associée à la pensée irrationnelle et non linéaire, aux émotions et aux diverses connexions avec l'organisme. Pour Otis, cette perte d'ouïe était étroitement liée à sa détresse psychologique et émotionnelle, et à son besoin de force de son sixième centre émotionnel. Un soir, sa femme et sa fille discutèrent du livre à grand succès, *The Rules*, un manuel quelque peu rétro expliquant aux femmes comment séduire et garder un homme. Jetant un coup d'œil à son père, Eileen demanda à Verla : « Maman, est-ce que papa fut ton M. Parfait ? » « Bien sûr », répondit Verla. Mais, à l'autre bout de la pièce, Otis répondit vivement : « C'est faux. Je ne suis pas toujours parfait. » La force de son centre émotionnel diminuant, Otis percevait le monde d'une façon déformée.

La maladie de Ménière était un message que le système intuitif d'Otis lui envoyait pour lui faire comprendre qu'il était temps de sortir de la colonne Puissance de son sixième centre émotionnel et d'écouter les autres. Son intuition s'était exprimée de façon très claire. Étant donné le mécontentement d'Otis vis-à-vis du succès de Verla et la pression qui s'exerçait sur lui à cause de ses mauvaises décisions professionnelles, Otis était agité par divers sentiments qui l'avertissaient que quelque chose n'allait pas et que des changements devaient être effectués. Comme il ignorait son intuition, celle-ci décida de s'adresser à lui par l'intermédiaire de symptômes physiques, seule façon d'attirer son attention. La maladie d'Otis lui signalait clairement que le monde était en train de changer et qu'il devait prendre conscience et accepter cette réalité, ainsi que la façon de s'y adapter. À cette fin, il devait abandonner un peu de puissance et accepter un peu plus de vulnérabilité au sein de son sixième centre émotionnel.

Il n'est pas surprenant qu'Otis souffrît d'un dysfonctionnement de ses organes sensoriels. De nombreuses études ont démontré que les yeux, les oreilles, le nez – organes de perception du monde extérieur – ressentent nos émotions. En fait, le nez et les sinus partagent, avec l'estomac, le privilège d'être deux des cibles favorites des principales émotions. D'après une étude portant sur les personnes ayant des sinus bouchés – affection connue sous le nom de rhinite vasomotrice –, la muqueuse tapissant les sinus rétrécit ou augmente selon nos émotions. Une partie du système nerveux, le système nerveux sympathique, provoque le rétrécissement des muqueuses et ouvre les sinus. Par contre, le stress pousse l'autre partie du système nerveux, le système nerveux parasympathique, à augmenter les sécrétions de mucus dans les sinus, obstruant ces derniers et rendant ainsi la respiration difficile et la vie pénible. Louise Hay émit la même hypothèse en déclarant que la sinusite était une manifestation physique de larmes retenues, ou une sorte de contrariété émotionnelle.

En ce qui concerne l'affection d'Otis, de nombreux travaux ont démontré qu'un certain type de personnalité est prédisposé à souffrir de la maladie de Ménière. Cet homme possédait de nombreuses caractéristiques de type A et, comme nous le savons, ce type de personnalité aime se situer dans la colonne Puissance. Vous rappelez-vous cette personne de type A qui refusa neuf messages sur dix en provenance de ses partenaires ? Otis était, lui aussi, du même genre. Il possédait aussi une personnalité autoritaire et aimait dominer ses diverses relations. Il fut contrarié par les succès de sa femme et ne put accepter les idées de son fils sur la façon d'exploiter la ferme, spécialement après qu'il fut tombé malade.

De nombreuses personnes atteintes de la maladie de Ménière ont les caractéristiques psychologiques du type A. Elles sont davantage sujettes aux idées fixes que les autres personnes et ont tendance à ruminer leurs pensées. Par conséquent, lorsqu'elles sont obsédées par une idée, elles y réfléchissent sans cesse, tournant en rond, telle une souris sur la roue de sa cage. Leurs pensées sont toujours très détaillées et très « hémisphère gauche ». D'autres études ont mis en évidence le fait que les individus souffrant de la maladie de Ménière sont sujets à l'anxiété, à diverses phobies, et qu'ils ont tendance à être déprimés, toutes ces affections diminuant leur capacité auditive. Une étude chiffra même à quatre-vingts pour cent le nombre de personnes atteintes de la maladie de Ménière et souffrant de dépression grave. Cela est très significatif, car tous les malades ne sont pas déprimés. Cependant, les individus atteints de la maladie de Ménière sont supposés dissimuler leur dépression, ce qui signifie qu'ils cachent leurs sentiments et leur anxiété, affichant vis-à-vis du monde extérieur calme et contrôle de soi apparents. Otis avait toujours été considéré comme un homme calme et pondéré. Il avait la réputation d'un chef de famille responsable.

Cependant, on a constaté que les malades atteints de la maladie de Ménière éprouvaient des difficultés à gérer leurs problèmes de perte de contrôle. Ils se retrouvent handicapés par leur ouïe déficiente, qui les oblige à abandonner bon nombre de leurs responsabilités. Plus grave est leur handicap, plus ils doivent laisser tomber de responsabilités, plus ils estiment que le monde leur en veut et qu'ils n'ont aucun contrôle sur leur vie. Ils perdent l'intime conviction de tout maîtriser et la croyance qu'ils peuvent avoir de l'influence sur les choses qui les entourent. Ce sentiment d'être hors circuit se matérialise physiquement sous la forme de nausées et de vertiges. De plus, la maladie de Ménière est associée au stress émotionnel et aux pensées angoissantes.

Otis ressentait véritablement l'impression que son petit monde échappait à son contrôle alors que sa ferme périclitait et que son épouse le supplantait par sa réussite professionnelle. En outre, le succès de Verla créa une situation conflictuelle au sein de leur couple. Et les conflits relationnels sont aussi supposés contribuer à l'apparition de la maladie de Ménière.

L'histoire d'Otis est une parfaite illustration des conséquences d'un déséquilibre entre la puissance et la vulnérabilité au sein du sixième centre émotionnel.

Marsha, elle aussi, souffrait d'un problème similaire. Elle était issue d'une famille nombreuse, avec un père très autoritaire et une mère protectrice qui interféraient trop dans la vie de leurs enfants. Marsha avait des problèmes importants de contrôle et d'intransigeance. Libraire de profession, elle avait une approche directe et rationnelle de la vie. En tant que ménagère, elle était perfectionniste. Chez elle, tout était en ordre parfait – chaque photo, chaque bibelot occupait une place précise, à dix centimètres du bord de la table ou du manteau de cheminée, tous les coussins du sofa étaient parfaitement alignés, sans l'ombre d'une poussière sur quoi que ce soit. Avec beaucoup de soin, elle nettoyait ses tapis, veillant à ce que les traces laissées par l'aspirateur soient bien parallèles. Marsha rencontrait de sérieux problèmes avec sa mère, qu'elle considérait comme envahissante. Elle se plaignait que celle-ci lui répétait sans cesse des choses qu'elle savait déjà, ou qu'elle savait mieux qu'elle. Marsha voyait donc sa mère comme une personne irrationnelle et extravertie, alors qu'elle-même maîtrisait ses émotions en permanence – ou même les réprimait – sous une apparence calme et impassible.

Cette femme était sujette à de réguliers bourdonnements dans les oreilles, ce qui constitue un symptôme de la maladie de Ménière. Un jour, elle se présenta à la clinique où je travaillais, se plaignant de bourdonnements et de douleurs dans l'oreille droite. Plus tôt dans la journée, sa mère avait insisté pour qu'elle accepte un emploi offert qui avait l'avantage d'être plus proche de son domicile. Sa mère avait énoncé toutes les raisons que Marsha avait d'accepter ce travail : il était plus en conformité avec ce que Marsha recherchait ; il représentait une promotion par rapport à sa situation actuelle ; il était mieux rémunéré, et cela lui permettrait d'être plus proche de sa famille. Marsha savait déjà tout cela et n'avait aucun besoin que sa mère lui en parle. Par ailleurs, son opinion lui importait peu. Elle était soucieuse, car accepter ce nouveau boulot impliquait un risque et, par nature, elle était très conservatrice et pas du tout téméraire. Marsha tentait de se distinguer de sa famille et ne souhaitait pas être trop près du foyer familial. Aussi, ses oreilles étouffèrent-elles la voix de sa mère par un bourdonnement.

Comme Otis, Marsha se situait en permanence dans la colonne Puissance de son sixième centre émotionnel. Elle n'aimait pas ce sentiment de vulnérabilité qu'elle éprouvait lorsqu'elle s'ouvrait aux avis des autres ou qu'elle devenait irrationnelle et souple, en prenant des risques. Quand les gens comme Marsha sont confrontés à des défis à leur pouvoir qui frappent leur sixième centre émotionnel, ils vont aussitôt à l'encontre de la volonté qui les incite à encourir certains risques et à devenir ainsi vulnérables. Leur intuition – qu'ils l'écoutent ou non – les guide vers les changements nécessaires à réaliser dans leur vie. Otis et Marsha devaient trouver une nouvelle façon de percevoir et d'envisager le monde, et devaient prêter attention à d'autres informations et croyances.

Les problèmes d'Otis et de Marsha étant principalement centrés sur la perception et la pensée, ils débordaient aussi sur la dimension émotionnelle de ce centre concernant la moralité. Dans le sixième centre émotionnel, nous abritons notre code du bien et du mal. Nos attitudes fortes incluent l'obéissance aux lois, la conscience et l'esprit d'analyse. Les attitudes plus vulnérables consistent à souhaiter violer les lois, à prendre des risques, à accepter toutes les informations extérieures et à s'extérioriser. Bien qu'obéir aux lois et être consciencieux soient de bonnes choses, nous connaissons tous des personnes qui possèdent ces caractéristiques de façon extrême et qui deviennent intolérantes, moralisatrices, critiques et inhibées. On pourrait les appeler Mme ou M. Citoyen Idéal. Ces gens-là ne vous rendent-ils pas malade ?

Par ailleurs, il est aussi possible d'aller trop loin dans la direction opposée, en extériorisant excessivement la colonne Vulnérabilité, en prenant trop de risques et en violant trop de règles. La folie actuelle du « politiquement correct », par exemple, indique une rigidité de la pensée et un excès de libéralisme et de culpabilité pouvant entraîner une sorte de fascisme libéral.

La capacité de chacun à être tolérant en ce qui a trait aux problèmes de moralité, à équilibrer puissance et vulnérabilité dans ce domaine de sa vie, est essentielle pour la santé des organes du sixième centre émotionnel – les yeux, les oreilles, le nez et le cerveau.

LE CITOYEN DE L'ANNÉE
UN CAS DE MALADIE DE PARKINSON

La lecture : Lorsque Paula, quarante-huit ans, m'appela pour une lecture, je l'entrevis aussitôt, travaillant dans un bâtiment de grosses pierres massives entouré d'arbustes feuillus de couleur verte. Je me rendis compte que ses collègues étaient guindés et très collet monté. Paula elle-même me sembla engoncée dans des habits inconfortables qui ne lui permettaient pas de se sentir à l'aise. Sa conception de la détente se limitait à l'achat d'un bermuda qu'elle portait au cours de voyages d'étude sur la flore, les deux premières semaines d'octobre de chaque année. Autrement, elle portait toujours le même genre de chemisier en soie, les mêmes jupes étroites et les mêmes vestons bleu marine, jour après jour, d'une année à l'autre. Elle ne suivait aucunement la mode, ne se maquillait jamais, considérant ces deux habitudes comme autant de faiblesses. Je vis que sa vie sentimentale était satisfaisante et que son existence était calme et sans surprise. Elle m'apparut comme une femme très consciencieuse et inexpressive. Son visage ressemblait à un masque.

En examinant l'organisme de Paula, je distinguai une rigidité dans son bras et sa jambe gauches, mais ne pus en déterminer la cause. Je vis qu'elle éprouvait des difficultés à marcher rapidement. Je ne pensai pas que son problème se situait dans les os, mais sa mobilité avait considérablement diminué. Elle me fit penser à une figurine de cire.

Les faits : Paula enseignait l'instruction civique à des élèves de troisième, dans une école privée huppée pour garçons. Peu de temps auparavant, elle avait surpris l'un des élèves en train de fumer une cigarette dans le dortoir, ce qui était formellement interdit d'après le règlement de l'école. Paula avait dénoncé cette infraction au directeur et avait insisté pour que l'élève soit renvoyé, conformément au règlement. Cependant, ce garçon était le fils d'un important et influent avocat local, ancien élève de l'école et l'un de ses principaux donateurs. Quand la direction de l'école décida d'adoucir la punition de cet élève et de ne lui infliger que des retenues, Paula en fut scandalisée. Elle se rendit auprès du conseil de direction et insista pour maintenir la punition prévue. Paula fut éconduite par ses supérieurs et forcée de prendre, contre son gré, un congé sabbatique de trois mois.

Paula aurait pu être une excellente candidate au concours du Citoyen de l'année. Elle avait agi toute sa vie selon un code moral très strict. À l'âge de douze ans, elle avait dénoncé une camarade d'école qui fumait dans les toilettes pendant une pause. Elle m'expliqua qu'ayant toujours été consciencieuse et appliquée, elle avait eu régulièrement d'excellentes appréciations sur ses carnets scolaires. Bien sûr, elle était toujours le chouchou de ses professeurs. Cependant, ses camarades de classe l'avaient surnommée « visage de marbre », car elle ne montrait jamais ses sentiments. Elle avait donc peu d'amis. De plus, Paula avait toujours attaché beaucoup d'importance à la culture. Sa famille lui avait enseigné que la culture, les connaissances représentaient le pouvoir et que tout être humain devait penser clairement et de façon rationnelle. Et Paula avait toujours travaillé dur pour y parvenir. Bien qu'ayant réussi dans son travail, elle n'avait que peu d'amis adultes, exception faite d'un ou deux enseignants de son école. Son mari et sa fille représentaient le centre de son univers.

Le problème de l'élève coupable ayant été finalement réglé, Paula fut de nouveau autorisée à revenir et à donner ses cours. Une semaine plus tard, elle éprouva soudain des difficultés à se lever de sa chaise et à marcher. Son corps semblait répugner à l'idée de se mouvoir. Inquiète, elle consulta un neurologue, qui diagnostiqua la maladie de Parkinson, une affection dégénérative du cerveau.

Paula incarnait de nombreux problèmes liés à la moralité, problèmes provoqués par un excès de puissance du sixième centre émotionnel. Elle aurait certainement pu être un excellent candidat au concours du Citoyen de l'année, car sa conception du bien et du mal était extrêmement stricte. Convaincue qu'elle avait raison et que tous les autres avaient tort, elle refusait de transiger avec ses principes. Pour toutes ces raisons, elle était la candidate idéale à la maladie de Parkinson. Les personnes souffrant de cette maladie présentent des caractéristiques psychologiques très particulières tout au long de leur vie : elles travaillent trop et sont trop moralisatrices ; elles sont stoïques et sérieuses ; elles mettent l'accent sur le travail et la productivité ; leurs mariages sont stables ; elles évitent les risques et les nouveautés, et, par principe, ne boivent pas d'alcool et ne fument pas. Paula n'avait jamais bu une goutte d'alcool ni fumé une seule cigarette de toute sa vie et ne comprenait absolument pas pourquoi les autres n'agissaient pas comme elle. Cette attitude est curieuse car, pendant longtemps, les scientifiques ont cru que la cigarette avait un effet protecteur contre la maladie de Parkinson. Cette théorie fut présentée après certaines recherches portant sur des jumeaux dont l'un des deux frères souffrait de la maladie de Parkinson et pas l'autre. Les recherches établirent que le jumeau atteint n'avait jamais fumé de sa vie. En considérant les facteurs génétiques comme seuls responsables de la maladie, le fait de fumer semblait alors avoir permis d'éviter le développement de cette affection chez le jumeau fumeur. Aujourd'hui, les chercheurs ont changé d'idée. Ils estiment que les gènes ne sont pas les seuls responsables de cette maladie ; ils considèrent que la personnalité a son importance dans le développement de ce processus. Ainsi, ce n'était pas parce qu'il fumait que le premier jumeau *n'était pas* atteint de la maladie de Parkinson. Et si l'autre tomba malade, c'est qu'il avait une personnalité qui jugeait l'acte de fumer comme immoral. Ne vous méprenez pas. Je ne fume pas moi-même et n'ai jamais fumé. Je hais littéralement la fumée de cigarette. Mais je ne pars pas pour autant en croisade morale contre les fumeurs.

Les personnes souffrant de la maladie de Parkinson ont tendance à être dignes de confiance. Ce sont des citoyens exemplaires qui se conforment aux lois et dont le foyer et la famille représentent le centre de leur existence. Ils réussissent professionnellement parce qu'ils sont très appliqués, assidus et consciencieux. Ils appartiennent à de nombreuses organisations et occupent souvent des postes de confiance et de responsabilités. Mais ils n'ont que peu d'amis proches avec lesquels ils peuvent partager une véritable intimité affective. Paula correspondait parfaitement à cette description. Elle était membre de diverses associations bénévoles reliées à son école et à sa ville, où elle faisait preuve d'assiduité. Néanmoins, le centre de sa vie était représenté par sa famille et son foyer. Bien qu'ayant quelques relations à l'école et au sein des associations qu'elle fréquentait, Paula ne partageait ses sentiments intimes avec personne.

Les seuls individus avec lesquels elle entretenait des relations normales étaient son mari et sa fille.

En outre, les malades atteints de cette maladie ont, tout au long de leur vie, un schéma comportemental qui les incite à réprimer leurs impulsions et leurs émotions, en particulier l'agressivité et la colère. Leur vie durant, ces gens affichent un masque impassible sur leur visage, dissimulant ainsi leurs émotions, tout comme Paula. Ce refoulement émotionnel annonce l'attaque de la maladie et, au cours de cette dernière, il se caractérise par un visage figé – en d'autres termes, le visage du malade est inexpressif, incapable de réfléchir la moindre émotion. À tel point que, même si ces individus voulaient laisser libre cours à leurs émotions, ils ne le pourraient pas puisque la zone de leur cerveau qui contrôle le mouvement ne peut plus remplir sa fonction. Paradoxalement, lorsqu'ils tombent malades ou rencontrent des difficultés émotionnelles, ces gens sont extrêmement tendus et anxieux intérieurement, tout proches de la panique. Mais nul ne peut s'en apercevoir parce qu'ils maîtrisent parfaitement leurs sentiments et semblent calmes, équilibrés et détendus aux yeux des autres. Personne au monde ne pourrait se douter que ces malades sont, en réalité, des individus extrêmement exigeants vis-à-vis des autres, tout comme ils le sont envers eux-mêmes.

Quels mécanismes physiques et biologiques sont à l'œuvre ici ? Les personnes atteintes de la maladie de Parkinson sont très strictes. Tout d'abord, cette rigueur est mentale, puis elle s'étend à l'ensemble de l'organisme. Les scientifiques croient que le mécanisme à l'origine de ce comportement est lié à une substance du cerveau appelée dopamine qui nous permet de ressentir le plaisir, d'apprécier les nouveautés, de prendre des risques et de frissonner. Il est possible que, par hérédité, ces personnes sécrètent un taux de dopamine trop faible. Il est aussi possible que leur schéma comportemental, rigide depuis toujours, et la répression des sentiments qui en découle soient aussi à l'origine de cette trop faible sécrétion. Si vous injectez une forte dose de dopamine à un schizophrène refoulé, il rejettera toute inhibition et deviendra tout à fait décontracté.

Les personnes atteintes de la maladie de Parkinson ne sont absolument pas décontractées. La nouveauté et les risques rendaient Paula anxieuse. Lorsque sa fille eut les oreilles percées, Paula en tomba presque malade. Elle meubla sa maison avec le style de meubles très simples qu'avaient ses parents. Lorsqu'elle était anxieuse ou qu'elle avait peur, elle essayait de se contrôler en faisant et refaisant les mêmes gestes, de façon obsessionnelle. Par conséquent, elle abaissait son taux de dopamine et, ainsi, devenait encore plus coincée et rigide. Je ne dis pas que la rigidité provoque la maladie de Parkinson, mais il est notoire que les personnes ayant un long passé de rigidité psychologique et d'obsession caractérielle ont tendance à être affectées par cette maladie caractérisée par une rigidité corporelle. Le seul autre type de maladie qui touche les personnes présentant de semblables caractéristiques psychologiques de rigidité est la polyarthrite. En réalité, lorsque vous agissez d'une certaine façon, le mécanisme biologique de votre cerveau et de votre corps nécessaire pour agir ainsi est renforcé. Par contre, lorsque vous agissez d'une autre façon, ce même mécanisme s'atrophie. La dopamine sert à créer le mouvement dans l'organisme. Si vous faites partie des gens qui ne font pas beaucoup d'efforts pour essayer de nouveaux mouvements ou tenter de nouvelles activités, le mécanisme biologique nécessaire pour agir dans ce sens peut progressivement tomber en panne. Cela pourrait expliquer pourquoi les gens possédant ces caractéristiques caractérielles ont un taux de dopamine peu élevé.

Je dis à Paula qu'il était important qu'elle essaie de diminuer son intérêt excessif pour son travail et qu'elle tente d'accroître sa spontanéité en se distrayant davantage. Elle avait aussi besoin d'améliorer son expression émotionnelle et d'assouplir le contrôle qu'elle exerçait sur sa colère et son agressivité afin de dissimuler sa personnalité. Un psychologue pourrait l'aider à cesser de réprimer ses impulsions, lui permettant ainsi plus de spontanéité et lui apprenant à être moins sur ses gardes et moins rigide.

Cette maladie représentait la façon dont sa connexion corps-esprit l'informait qu'elle devait apprendre à être plus souple et à s'ouvrir davantage au monde extérieur. Elle avait besoin de plus de vulnérabilité dans son sixième centre émotionnel pour avoir une meilleure santé physique, de davantage de plaisir et de bonheur dans sa vie.

PERCEPTION ET PARANOÏA

La perception peut, parfois, revêtir une certaine subtilité. Après tout, chacun de nous a sa propre perception du monde, basée sur sa personnalité unique et ses expériences. Comment pouvons-nous déterminer qui a raison ? Quelle confiance pouvons-nous accorder à ce que nous percevons ? Nous y parvenons, pour la plupart, par des moyens en harmonie avec le monde dans lequel nous vivons. Cependant, certaines personnes accordent si peu de confiance à leur perception, aux images et aux messages en provenance du monde environnant, qu'elles les déforment et plongent dans la paranoïa. Lorsque nous sommes incapables de voir ce qui nous entoure, lorsque notre perception est bloquée par notre incompréhension et notre incapacité à accepter les informations en provenance des autres, et qu'ainsi, nous n'accordons plus aucune confiance à ce que nous voyons et entendons, notre cerveau commence à transformer les événements et les choses autour de nous de façon à les faire concorder avec notre vision. Ce phéno-mène peut être inné ou provoqué par nos expériences. La faculté de l'ouïe et celle de la vue sont situées dans le lobe temporal du cerveau. De nombreuses personnes souffrent de troubles dans cette zone. On les appelle des schizophrènes. Elles souffrent d'un problème d'évolu-tion et naissent avec une prédisposition à se méfier de ce qu'elles voient et entendent. La paranoïa est une puis-sance exacerbée du sixième centre émotionnel. Cette maladie implique un refus pathologique du monde ex-térieur. Un tel déséquilibre des émotions peut grave-ment affecter les organes de ce centre.

OUVRIR ET FERMER LA PORTE À LA RÉALITÉ
UN CAS DE PARANOÏA

Un jour, je fus appelée au chevet d'Eunice, une femme de cinquante-deux ans qui venait d'être trans-portée à l'hôpital dans un état d'agitation extrême et qui montrait tous les signes de psychose et de para-noïa. En pénétrant dans sa chambre, je m'aperçus qu'elle avait subi une attaque cérébrale provoquant des tics nerveux incessants sur son visage, en parti-culier autour de sa bouche et de ses joues. Pendant que je l'examinai psychologiquement, Eunice n'arrê-tait pas de sortir de son lit, puis d'y rentrer, ou bien de jouer avec l'une de ses pantoufles, la mettant à son pied, puis l'enlevant… Lorsque je l'interrogeai, ses réponses furent incohérentes. Je lui demandai : « Pourquoi êtes-vous ici ? » Elle répondit : « Nous sommes lundi. » À nouveau, je lui demandai pour quelle raison elle se trouvait dans cet hôpital, et elle me répondit que nous étions mardi. Apparemment, elle pensait que j'essayais de l'orienter psychologique-ment, comme le font souvent les psychiatres appe-lés en consultation. Cela montrait un haut degré d'intelligence chez cette femme, mais, chose beaucoup plus frappante, elle ne pouvait visiblement retenir aucune information. Ce qu'elle entendait ou voyait ne revêtait aucun sens à ses yeux. Elle ne comprenait rien de ce qu'on lui disait. Elle prêtait attention à mes propos, mais n'avait aucune idée de ce qui était en train de se passer. Lorsque je lui posai des questions spécifiques afin de mettre en activité son lobe temporal, elle ne put répondre. Le lobe temporal est essentiel pour comprendre les images et les sons. Il crée les souvenirs et y accole les émotions et les sentiments, y compris ceux qui déterminent le degré de confiance que l'on doit accorder aux autres. Les personnes qui subissent des attaques dans cette zone ont des pertes de mémoire et de confiance. Elles entendent des sons qui n'existent pas et voient des choses que personne d'autre ne remarque.

Chez Eunice, je diagnostiquai une probable aphasie de Wernicke, soit une incapacité à comprendre le langage verbal. (La zone de Wernicke correspond à une petite partie du lobe temporal liée à la compréhension du langage.)

En fait, Eunice avait de lourds antécédents de schizophrène paranoïde. Très intelligente, elle était diplômée en biologie de l'Université de Stanford. Depuis cette époque, cependant, elle avait souffert d'une paranoïa qui s'était aggravée avec le temps. Elle avait épousé un de ses condisciples de Stanford. Ils avaient vécu un certain temps en Californie, puis avaient soudain décidé de couper les amarres et de s'installer en Nouvelle-Angleterre parce que Eunice se méfiait des personnes qu'ils connaissaient tous deux jusqu'à ce jour. D'un seul coup, me dit-elle par la suite, elle se défia de ses amis. Lorsque sa fille eut sept ans, Eunice fut admise dans une institution psychiatrique, où elle séjourna un mois, puis on diagnostiqua une schizophrénie. Son internement terminé, elle sembla rétablie et continua à s'intégrer dans la vie, dirigeant avec succès un commerce d'antiquités. Son intelligence aiguë l'aida à dissimuler son problème. Contrairement à une schizophrène paranoïde classique, elle avait des amis et était en mesure de mener une vie tout à fait normale.

Puis, elle partit assister à un salon professionnel sur les antiquités et, à son retour, elle avait complètement changé. Elle n'adressa plus la parole à son mari, refusa de voir ses amis et s'enferma dans sa maison. Le jour où on l'emmena à l'hôpital, un voisin l'avait aperçue dans sa cour, ouvrant et refermant sa boîte aux lettres pendant plus d'une heure, les yeux dans le vide. Comme si elle ouvrait et refermait sans cesse la porte donnant sur la réalité.

À l'hôpital, on découvrit qu'Eunice souffrait d'un cancer du sein qui, curieusement, avait formé des métastases dans la zone de Wernicke du lobe temporal gauche de son cerveau. Cette femme, qui vivait depuis très longtemps un problème de paranoïa, qui refusait les perceptions que ses sens lui communiquaient, souffrait maintenant d'une tumeur dans la zone précise du cerveau se rapportant à la compréhension auditive.

Depuis toujours, l'âme d'Eunice lui avait soufflé qu'elle avait un problème de confiance et de compréhension des choses qu'elle voyait et entendait. Toutefois, Eunice n'avait jamais appris à accepter ce fait et à le gérer. Au lieu de cela, elle avait utilisé le pouvoir de son intelligence et ses connaissances pour dissimuler ce problème aux autres et à elle-même. Cependant, son intuition lui offrait maintenant une dernière chance de changer les choses, non plus de façon homéopathique, mais sous la forme d'un traitement draconien. Elle se manifestait au travers des organes de son sixième sens émotionnel, dans le lobe temporal du cerveau, afin de lui dire que sa vie devait être modifiée.

Lorsque je vis Eunice pour la seconde fois, on lui avait donné des médicaments qui avaient fait diminuer sa tumeur dans la zone de Wernicke. Elle était tout à fait normale, lucide et cohérente dans ses propos. Lorsque je lui demandai de m'expliquer ce qui n'allait pas chez elle, elle déclara souffrir d'une tumeur au sein qui s'était étendue à son cerveau et que si l'on ne parvenait pas à la lui enlever, elle pourrait mourir. Puis elle ajouta quelque chose qui faillit me faire tomber de ma chaise. Elle commença à pleurer, tourna son regard vers moi et dit : « Vous savez, toute ma vie j'ai été incapable de faire confiance à qui que ce soit et de me fier à ce que je voyais et entendais. Je ne sais pas pourquoi, mais c'est ainsi. Et, aujourd'hui, bien des gens me disent ce que je devrais faire pour ma santé, mais cela ne m'est d'aucun secours parce que je ne fais confiance à personne. Sauf à vous. Que dois-je faire ? »

Je fus surprise, mais ses paroles me donnèrent de l'espoir. Une personne souffrant de paranoïa depuis toujours n'aurait pas dû être en mesure de faire confiance à quelqu'un et aurait dû être complètement perdue. Mais voilà qu'elle s'ouvrait à moi, me confiant un problème qu'elle avait essayé depuis si longtemps de dissimuler aux autres. Elle savait devoir prendre une décision concernant sa santé et sa vie. Et elle augmentait sa vulnérabilité afin de mieux comprendre les autres et son environnement.

L'âme d'Eunice, par l'intermédiaire de son système intuitif, avait attiré son attention sur ce problème en déclenchant un symptôme physique exactement à l'endroit voulu – et la zone de Wernicke est vraiment petite ! –, qui correspondait à sa capacité à comprendre ce que les autres lui disaient. Les paroles qu'elle m'adressa représentaient l'exemple type de la façon dont l'intuition s'exprime par le langage corporel.

Eunice était mise au défi d'apprendre la leçon qui lui était donnée par une maladie qui pouvait être mortelle. Cette leçon s'intitulait : « Puis-je faire confiance à ce que je vois et à ce que j'entends ? » Maintenant, son destin dépendait d'autres personnes et de sa capacité à leur faire confiance, à les écouter et à s'ouvrir aux caractéristiques vulnérables de son sixième centre émotionnel.

Bien que le cas d'Eunice n'ait pas mis ce fait en évidence, les personnes souffrant de paranoïa et de schizophrénie – avec une perception déformée de la réalité – sont aussi très intuitives. Leurs problèmes se situent dans le lobe temporal, qui nous aide à percevoir et à comprendre ce que nous voyons et entendons, et qui joue également un rôle dans la création de l'intuition. Lorsque des individus ont une perception affaiblie du monde extérieur, ils bénéficient souvent, en contrepartie, de pouvoirs psychiques et intuitifs plus développés. Certaines de leurs hallucinations, ce qu'ils inventent, peuvent en réalité provenir de quelques bribes de vérité auxquelles ils ont accès grâce à l'intuition.

Cela me fut confirmé de façon étrange par un incident récent. J'ai, parmi mes patients, une schizophrène souffrant d'hallucinations graves, qui est convaincue d'être la fille illégitime de Zsa Zsa Gabor et de Donald Trump. Elle est persuadée d'avoir été confiée à une famille adoptive parce qu'elle était sérieusement malade et que, de ce fait, on a pratiqué sur elle l'ablation de plusieurs organes essentiels. Elle croit que son cœur a été remplacé par une horloge, son foie, par une boîte métallique, que l'une de ses épaules est en métal, comme la femme bionique, et que ces implantations ont été réalisées de telle façon que même les rayons X ne peuvent les détecter et qu'aucune cicatrice n'apparaît sur son corps. Elle m'a raconté la même histoire pendant des années. Puis, un jour, brutalement, cette histoire changea. Les complaintes de ma patiente devinrent différentes. Elle me déclara avoir subi une intervention chirurgicale du nez et en souffrir. J'en fus stupéfaite. J'avais moi-même, peu de temps auparavant, subi une intervention chirurgicale du nez afin de remédier à une ancienne fracture. Mais cette patiente ne pouvait absolument pas en avoir connaissance, puisque j'avais pris grand soin de n'en parler à personne. J'avais organisé mes rendez-vous de façon que nul ne s'aperçoive de mon opération ni de ma convalescence et je n'avais pas repris mon travail avant la disparition de mes hématomes. Personne ne s'était douté de cette opération. Et soudain arrivait cette femme en proie à des tas d'hallucinations et qui mettait le doigt sur l'opération que j'avais subie.

Bien que cette patiente éprouvât des difficultés à recevoir des pensées et à rendre cohérentes les informations en provenance du monde extérieur, elle avait, apparemment, le pouvoir d'obtenir ces informations par d'autres moyens. Cette histoire montre combien sont étroites les connexions entre l'intuition et le sixième centre émotionnel, c'est-à-dire les organes de perception.

Mais cette histoire nous en apprend davantage. Elle souligne avec évidence le fait que l'intuition est simplement une autre forme de perception. Si nous pouvons apprendre à nous y référer, à y puiser et à l'assimiler, nous pouvons l'utiliser afin d'effectuer des changements positifs dans notre vie, changements qui affecteront non seulement la santé des organes de notre sixième centre émotionnel, mais notre organisme tout entier.

CHAPITRE 12

LES MUSCLES, LE TISSU
CONJONCTIF ET LES GÈNES :
UN BUT DANS LA VIE

Quelle est ma raison d'être ?

Depuis l'origine des temps, les hommes et les femmes se posent cette question angoissante et fondamentale. Quel est le but de l'existence ? Pourquoi vivons-nous ? Nous voulons non seulement connaître le but de la présence humaine sur terre, mais aussi la raison et le sens de notre propre vie. La raison fondamentale pour laquelle vous, moi, notre voisin de palier et la femme au bas de la rue existons. Au fil du temps, nous ressentons tous le besoin de comprendre le but de notre existence. Le fait d'échouer à nous connecter à notre but fondamental affecte profondément notre septième centre émotionnel.

Je pris conscience de ce fait après avoir vécu une expérience traumatisante, lorsque j'effectuai mes études médicales préparatoires à l'Université Brown. Cette expérience m'apprit qu'une maladie grave constitue un message qui nous est destiné afin de nous amener à réévaluer certains aspects de notre vie et à les modifier. C'est le message que nous adressent à la fois notre septième centre émotionnel et l'ensemble du livre que vous avez entre les mains.

Étudiante, je passais mon temps à courir, mon existence se déroulant à toute vitesse, perpétuellement concentrée sur le futur. C'est, en fait, la façon dont j'ai vécu toute ma vie. Je m'organisais toujours en vue de l'étape suivante de mon existence. À l'école, je me voyais déjà au collège, préparant mon avenir comme médecin ou comme scientifique et déployant tous les efforts nécessaires pour obtenir de bonnes notes afin de pouvoir figurer en tête de classement. Au collège, je prévoyais déjà mes années universitaires et m'imaginais avoir des notes telles que l'entrée dans l'une des meilleures universités du pays m'était garantie, ce qui m'assurerait d'être admise ensuite dans une faculté de médecine. Je ne vivais jamais dans le présent, ne profitais jamais de l'instant qui passe. C'était toujours demain, demain…

Durant ma première année universitaire, mon problème d'endormissement prit des proportions alarmantes. Un jour que je faisais la queue à la cafétéria du campus, je m'endormis subitement. Je fus réveillée par un bruit de verre cassé. Regardant autour de moi et intégrant la situation dans mon esprit, je réalisai que je m'étais assoupie et avais fait tomber mon plateau. Le sol était jonché de nourriture et de débris de verre. Un attroupement s'était formé autour de moi, et l'on me considérait avec curiosité. Cela provoqua un choc en moi. Cette fois-ci, je n'avais reçu absolument aucun avertissement avant de m'endormir. Après cet incident, et sur l'instance de mes amis, je pris l'autobus pour Boston afin de procéder à un examen médical. Un médecin m'examina et me demanda de revenir une semaine plus tard, afin d'être admise à l'hôpital pour subir une série d'examens. Comme il remplissait mon dossier d'admission avec sa secrétaire, cette dernière lui demanda le motif d'admission. Il me jeta un regard puis déclara à voix basse : « tumeur hypothalamique ».

En entendant le mot « tumeur », je reçus un choc terrible. Je ne pouvais croire que je souffrais réellement d'une tumeur au cerveau, car l'hypothalamus, comme je le savais trop bien, est situé dans le cerveau. Soudain, je me trouvai devant une éventualité que je n'avais jamais envisagée : celle de ma propre mort.

Dans l'autobus qui me ramenait au campus, j'étais rongée de peur et d'angoisse. Néanmoins, je pris une décision concernant mon avenir. Comme si un rideau s'était écarté pour me révéler le monde tel qu'il était réellement, et je sus aussitôt quoi faire. J'allais immédiatement cesser de me concentrer sur l'avenir, puisqu'il devenait incertain. Par contre, j'allais vivre dans le présent. Dorénavant, j'allais savourer chaque instant de chaque jour, parce que chaque instant est précieux et unique. Lorsque je descendis de l'autobus et traversai le campus, tout me sembla soudainement différent. Je sais que ce que je vais dire ici va peut-être sembler quelque peu banal, mais c'est pourtant l'exacte vérité. C'était comme si, pour la première fois, je remarquais combien le ciel était radieux, à quel point le vert éclatant de l'herbe et des feuilles et la splendeur de la lumière irradiaient toute chose autour de moi. Je pouvais sentir la vie couler partout – dans les arbres, l'herbe, le vent et le soleil. Je perçus alors l'unicité de l'univers et compris combien j'étais partie intégrante du Grand Tout. Des vagues d'émotions intenses me submergèrent. Mon masque, celui que nous portons tous dans la vie, était tombé, et je me trouvai soudain face à l'exaltante réalité de la vie et à toutes les connaissances maintenant à ma disposition en provenance de l'univers, des cieux, ou de quelque origine que ce soit.

Je réalisai que mon intuition tournait à plein régime. J'étais semblable à une personne à qui l'on venait d'annoncer l'heure de sa mort. Soudainement, je pris conscience de certaines choses, quelques-unes étant tout à fait paradoxales. Je sus qu'une force dans l'univers – que vous l'appeliez Dieu ou autrement – déclenchait dans ma vie des choses que je ne pouvais contrôler, mais je sus aussi que, simultanément, j'avais le pouvoir d'influencer ce qui m'arrivait. Je pris conscience que ma vie contenait d'infinies possibilités, mais aussi que certaines limitations existaient dans le monde et que je devais apprendre à les accepter. Je sus que je ne devais pas trop m'attacher à une certaine identité ; qu'autrement, elle pourrait m'être ôtée. Enfin, je sus que je devais vivre « ici et maintenant » et, par-dessus tout, ne pas dévier du dessein de mon existence afin de m'intégrer parfaitement au monde et à la vie que j'aimais ainsi qu'à l'univers, dont je pressentais maintenant l'unicité et l'interaction qui nous liaient.

Toutes ces notions sont intégrées dans le septième centre émotionnel. C'est là que nous ressentons et exprimons notre unicité avec Dieu ou avec le divin : Dieu et moi sommes Un. L'équation est simple : nous devons avoir un dessein dans la vie et comprendre la portée de notre contrôle, c'est-à-dire savoir quand le contrôle est entre nos mains et quand il nous échappe. Le septième centre émotionnel abrite également les notions d'attachement, de détachement, notre apparence extérieure, cette carapace qui nous isole du monde et, parfois, nous protège des blessures de la vie. En dernière analyse, le septième centre émotionnel se rapporte au point de notre existence où notre vie pourrait s'interrompre. Et parce que tout le monde finit par arriver à ce point, d'une façon ou d'une autre, chacun de nous est touché, plus ou moins soudainement, par ce centre.

Les maladies affectant ce centre émotionnel sont diverses, atteignant aussi bien les muscles que les tissus conjonctifs et les gènes. Cependant, il est important de savoir que n'importe quelle maladie menaçant notre vie, ainsi que le dernier stade d'une maladie en phase terminale peuvent nous connecter très rapidement à notre septième centre émotionnel afin de nous permettre de comprendre le sens de notre vie et notre raison d'être (voir le croquis page 471).

(voir le croquis page 471)

POUVOIR ET VULNÉRABILITÉ

« Je ne sais pas quoi faire de ma vie. »

Avez-vous jamais prononcé cette phrase ? Nombreuses sont les personnes qui ont éprouvé ce sentiment à différentes étapes de leur vie. Cela signifie qu'elles ne connaissent pas réellement leur raison d'être, qu'elles ne sont pas sûres de ce qu'elles veulent faire de leur vie et qu'elles ignorent quelle voie suivre. Elles sont très vulnérables dans la zone de leur septième centre émotionnel concernant le sens de la vie. Dans ce secteur du septième centre émotionnel, la puissance consiste à définir précisément un but et une voie à suivre dans la vie. Pour maintenir ce centre émotionnel en bonne santé, un équilibre entre les deux notions suivantes est nécessaire : déterminer un but clair et bien défini, mais accepter aussi certaines incertitudes et nous résigner à ne pas connaître tous les détails des événements qui surviendront dans notre vie.

Un attachement excessif à une voie particulière ou à un type de personnalité peut nous être préjudiciable. L'univers est imprévisible et semble affectionner particulièrement l'ironie. Lorsque les gens basent leur vie et leur univers sur une seule compétence, une seule identité, une seule façon d'être, ou même une seule personne, à un point tel qu'ils excluent les autres dimensions de leur personnalité, l'univers aime à leur jouer des tours : il peut leur enlever la chose à laquelle ils étaient très attachés afin de les obliger à développer les autres caractéristiques de leur personnalité. Entre vingt et trente ans, j'avais l'habitude de courir beaucoup. Au début, je courais pour contrôler mon poids mais, avec le temps, j'accordai beaucoup plus d'importance à ma qualité de coureur et me mis à participer à des courses et à des marathons. Un jour, je m'écriai : « Aussi longtemps que je pourrai courir, je sais que je resterai mince et heureuse. » Peu de temps après, je fus renversée par un camion pendant que j'effectuais mon jogging et dus arrêter cette activité définitivement. Il est important, pour notre septième centre émotionnel, et ce, afin d'éviter l'apparition de la maladie, de trouver un équilibre entre un certain type de personnalité ou de vocation et un nécessaire détachement.

Le septième centre émotionnel touche également le contrôle et la création, c'est-à-dire ce qui, selon nous, crée et contrôle notre existence. Ici, la puissance est notre croyance en un centre *interne* de contrôle. En d'autres termes, nous créons notre vie et nous influençons les événements de notre existence. Notre guide est matériel et terre à terre. La vulnérabilité, au contraire, est le sentiment qu'il existe un centre de contrôle *extérieur* dirigeant notre vie et que nous n'avons que peu ou pas d'influence sur les événements. Dans ce cas, notre guide est lié à l'univers – que ce soit Dieu, les cieux ou toute autre puissance. Ceux qui croient en cette puissance extérieure ont tendance à tenir des propos du genre : « C'est le destin » ou : « Je n'y peux rien. » Certains pensent que ce qui leur arrive est indépendant de leur volonté alors que d'autres prennent leur vie en charge et n'acceptent aucune interférence extérieure. Mais, dans un cas comme dans l'autre, ils ont tort. On peut créer un équilibre dans cette zone en acceptant un paradoxe apparent : pendant que l'univers est en contrôle et que les événements se déroulent normalement, nous dirigeons notre vie et avons la possibilité de choisir notre destin.

Un autre paradoxe de ce centre émotionnel consiste à croire en des possibilités illimitées et infinies tout en ayant conscience, simultanément, qu'il existe parfois

Septième centre émotionnel

POUVOIR

- Une vue précise du sens de la vie

- La conviction que je dirige ma vie

- La conviction que je peux influencer le cours de mon existence

- La capacité de s'attacher aux choses de la vie

VULNÉRABILITÉ

- Une vague idée du sens de la vie

- La conviction que les cieux dirigent ma vie

- La conviction que je ne maîtrise pas le cours de mon existence

- La capacité de se détacher des choses de la vie

des limitations dans des directions que nous souhaitons emprunter. Personnellement, je n'aime pas du tout les limites. Lorsque quelqu'un me dit : « Tu ne peux pas faire cela », c'est comme si on faisait craquer une allumette. Je deviens alors décidée à faire tout ce qui sera nécessaire pour réaliser ce que je veux. Mais, en prenant de l'âge et avec l'expérience, nous comprenons que nous devons accepter certaines restrictions. Il est vrai que certaines limitations sont momentanées. J'ai appris à franchir ce genre d'obstacles en disant : « Cela ne va pas durer. » Mais il existe également des limitations permanentes, décidées par la volonté du ciel, et nous devons être prêts à accepter ce genre d'éventualités.

Maintenir tous ces éléments en équilibre peut nous aider à conserver notre septième centre émotionnel en bonne santé. Mais si nous provoquons un déséquilibre dans un sens ou dans l'autre, nous ouvrons la voie à la maladie.

MA VIE D'INVALIDE : MON ÉTAT NÉCESSITE
DES SOINS CONSTANTS
LE SYNDROME DE GUILLAIN-BARRÉ

Un jour, Fred, le mari de Shirley, soixante ans, atteinte de la maladie de Guillain-Barré, téléphona à la clinique en faisant une remarque inhabituelle : « Ma femme peut marcher à nouveau », me dit-il. J'étais stupéfaite. « Et c'est un problème ? demandai-je. Elle va mieux, elle est en voie de guérison, et cela vous pose un problème ? » Fred amena sa femme à la clinique pour un bilan de santé. Il me déclara que sa femme avait contracté un virus à l'âge de seize ans et qu'elle était, depuis, paralysée des jambes. Pendant un certain temps, elle avait pu marcher à l'aide de béquilles. Mais, trois ans après avoir épousé Fred, elle avait dû utiliser un fauteuil roulant et ne l'avait jamais quitté depuis. Elle dépendait entièrement de son mari pour ses soins.

Récemment, Shirley avait commencé à ressentir des troubles du sommeil et avait pris des comprimés de Benadryl pour l'aider à dormir. Puis, un jour, elle s'était dressée hors de son fauteuil roulant et s'était dirigée vers la cuisine, qu'elle avait commencé à nettoyer. Mais elle se trouvait en pleine confusion. Elle avait placé ses chaussures dans le four et le télé-phone, dans le réfrigérateur. C'est alors que Fred m'avait appelée.

Shirley se trouvait au stade initial de la démence. Elle prenait trop de Benadryl, ce qui provoquait aussi cette confusion mentale. Mais je fus très excitée par le fait qu'elle avait retrouvé l'usage de ses jambes. Je lui demandai d'arrêter la prise de Benadryl et de reve-nir deux semaines plus tard. Lorsqu'elle revint, Shirley se trouvait de nouveau dans son fauteuil rou-lant, et Fred me déclara qu'elle ne pouvait plus mar-cher. Simultanément, Shirley était contrariée de ne plus pouvoir dormir la nuit et réclama des médica-ments à cet effet. « Mais n'êtes-vous pas tout excitée maintenant que vous pouvez marcher à nouveau ? lui demandai-je. Ne voulez-vous pas que je vous pres-crive une thérapie physique pour améliorer vos fonc-tions motrices ? » Shirley me regarda quelques instants, puis me répondit quelque chose d'étrange : « Je ne peux pas marcher. Je suis invalide. J'ai besoin d'un fauteuil roulant, et mon état nécessite des soins vingt-quatre heures sur vingt-quatre. » Je ne pus en croire mes oreilles. À nouveau, je lui demandai si elle souhaitait que je l'aide à devenir plus mobile et plus indépendante. Mais elle ne fit que me répéter : « Je suis invalide, je ne peux pas marcher et j'ai besoin de soins vingt-quatre heures sur vingt-quatre. » Une fois de plus, je lui fis la même demande, et elle me répon-dit exactement la même chose. Voyant cela, je lui rédigeai une ordonnance et la renvoyai chez elle.

Shirley souffrait de nombreux problèmes situés dans le septième centre émotionnel. C'était une femme sans aucun but dans la vie – à moins que vous ne considériez comme un but le fait d'être invalide, mais ce n'est pas le cas. De plus, c'était une femme qui, non seulement acceptait son handicap, mais le défendait. Au nom du ciel, elle était invalide et elle entendait bien le rester ! Elle était semblable à ces rats dont j'ai parlé plus tôt à qui l'on offrait la chance de quitter la cage dans laquelle ils vivaient, mais qui ne la saisissaient pas. Bien qu'ils aient reçu des décharges électriques toute leur vie dans cette cage, ils avaient décidé de rester là, à cet endroit qu'ils connaissaient et où ils se sentaient bien. Ils avaient accepté leurs limitations et ne pouvaient concevoir d'autre possibilité. Shirley pouvait elle aussi quitter sa « cage », mais elle y était bien trop attachée. Son cas était comme un clin d'œil du destin. À travers sa démence et la confusion qui en découlait, l'univers tentait de briser son attachement à sa qualité d'invalide et de lui donner un avant-goût de la santé. Cependant, Shirley avait choisi la maladie comme voie dans la vie. De plus, elle s'était convaincue qu'il lui était impossible de contrôler sa vie et qu'elle avait besoin d'être totalement prise en charge par les autres. Elle sombrait maintenant dans la démence. Un rideau était tombé, la séparant du monde extérieur, élargissant le fossé entre elle et la réalité. Son intuition lui parlait haut et clair de la nécessité d'un changement d'existence ainsi que du besoin de donner un sens à sa vie et de trouver un meilleur équilibre entre puissance et vulnérabilité dans son septième centre émotionnel. Shirley préférait se blottir au sein de la vulnérabilité provoquée par son in-validité et s'accrocher à la croyance selon laquelle elle n'avait aucun moyen de contrôler sa vie. Son cas illustre tristement le fait que, lorsque notre intuition nous parle et nous presse de changer de direction, nous ne pou-vons suivre ses conseils que si nous sommes réceptifs et attentifs aux messages qu'elle nous transmet.

La suite du cas de Shirley est intéressante. Un mois plus tard, son mari, Fred, prit contact avec moi. Il me déclara qu'avoir entendu sa femme se complaire dans son invalidité avait représenté un tournant dans sa vie. Il lui était alors clairement apparu qu'un choix s'offrait à lui quant à la façon de mener sa propre vie. D'un côté, le but de son existence pouvait consister à prendre soin de sa femme, laquelle insistait lourdement sur son invalidité totale, tant physiquement qu'émotionnellement. D'un autre côté, il pouvait choisir de mener une vie lui permettant d'exprimer davantage ses diverses potentialités. Fred décida qu'il pourrait satisfaire les besoins de son épouse en soins intensifs en la plaçant dans une excellente institution spécialisée. Ainsi serait-il en mesure de poursuivre ses propres objectifs. La dernière fois que je lui parlai, il me dit : « Ma vie vient juste de commencer. »

Un but dans la vie

Lorsque nous pensons aux personnes qui ont un but bien défini dans l'existence, les poètes et les artistes sont les premiers qui nous viennent à l'esprit. Certains poètes passent leur temps à scruter le sens de la vie et notre place dans l'univers. Personnellement, j'ai appris beaucoup sur l'importance que revêt un but dans l'existence en étudiant le poète May Sarton.

Lorsque l'on diagnostiqua mon désordre du sommeil, et une fois passée la vague d'attentions de la part de mes amis et de mes relations, je me retrouvai seule dans ma lutte pour recouvrer la santé. Durant la journée, je tentais d'échapper à ce problème en me tenant occupée et active. Tant que je l'étais, je restais éveillée, mais je redoutais l'instant où je devrais m'arrêter, car alors, je sombrerais. Aussi, la nuit, après m'être installée à Boston (j'avais quitté momentanément l'Université Brown), je parcourais la ville en métro. Cependant, il me fallait bien regagner mon studio, fermer la porte et me retrouver seule avec mon problème. Et cela était très, très dur.

Au cours de mes efforts pour recommencer à lire, je trouvai, dans une bibliothèque, le livre intitulé *Journal d'une solitude*, de May Sarton. Enfermée dans ma propre solitude, je croyais que cet ouvrage pourrait peut-être m'être utile. Et ce fut le cas. Sarton, femme poète de renom dans les pays anglo-saxons, y décrit ses difficultés au cours de sa vie solitaire. Mais elle a aussi beaucoup écrit sur la quête de la créativité en expliquant que, pour développer cette dernière, il fallait avoir un but et être en contact avec sa muse, la force créatrice du monde. Tout au long de son *Journal d'une solitude*, Sarton répète qu'elle se réveillait le matin en étant incapable d'écrire et que cela la déprimait. Mais elle contemplait un vase de fleurs sur la table, et la simple vue d'un éclat de lumière frappant un pétale de rose la mettait aussitôt en contact avec sa muse. Puis, l'inspiration poétique surgissait spontanément. J'étais moi-même en permanence à la recherche de la lumière et du bonheur dans les circonstances très simples de la vie, de cette lumière qui me réveillerait et me galvaniserait en dépit de mon désordre du sommeil. Je fus si inspirée par ce bouquin que j'écrivis une lettre à son auteure afin de lui dire combien son livre avait été important pour moi et de quelle façon il m'avait aidée à retrouver la paix au milieu de mes ennuis. Je lui écrivis que ma maladie s'était transformée en une sorte de muse, tout comme la lumière sur le pétale de rose. Ce livre m'avait fait comprendre l'importance d'avoir un but dans la vie. Il m'avait fait voir la vie de façon différente, plus pragmatique, et m'avait amenée à considérer les choses qui m'entouraient comme plus vivantes. J'ajoutai qu'il avait déclenché en moi le même genre de sentiment que celui que vous éprouvez en créant quelque chose. Lorsque vous faites une découverte en laboratoire, vous avez l'impression d'avoir touché la main de Dieu. Comme si un flot d'énergie vitale jaillissait de vous. Grâce à ma maladie, j'avais appris comment aborder la vie de la façon dont cette femme poète l'avait abordée et l'avait ensuite transposée dans ses écrits, atteignant ainsi le but qu'elle s'était fixé dans la vie.

Sarton m'écrivit à son tour puis m'appela pour me remercier de ma lettre. Finalement, je lui rendis visite dans le Maine, où nous discutâmes de façon plus approfondie sur les questions essentielles de la vie. À un certain moment, elle se leva du canapé sur lequel elle était assise et se dirigea vers une bibliothèque. D'un geste du bras, elle me montra une étagère couverte de beaux livres reliés en cuir et me dit : « Vous savez, Mona Lisa, lorsque j'ai l'impression que ma vie n'a aucun sens, je jette un regard sur ces livres que j'ai écrits et je pense alors que j'ai apporté ma modeste contribution au monde. » Notre amitié dura une quinzaine d'années, jusqu'à sa mort. Notre relation fut l'une des plus marquantes de mon existence. Et dans mon esprit, cette relation a toujours été liée à ce moment significatif de ma vie où mon intuition, par l'intermédiaire de la maladie, m'ouvrit les yeux sur les vérités du septième centre émotionnel.

Avoir un but dans la vie est essentiel pour la santé et le bien-être de tout individu. Il appartient à chacun d'entre nous de définir ce but. Pour quelques personnes, avoir des enfants ou se dévouer pour les autres peut représenter le but de l'existence. Pour d'autres, cela peut être le travail ou la carrière, une profession ou un art précis. Vous êtes le seul à savoir quel est le but de votre vie. Et vous devez être sincère. Choisir une voie différente parce que c'est le souhait des autres ou pour une raison pratique n'a aucune valeur. Dans ce cas, les effets de cette mauvaise décision se manifesteront dans les organes du septième centre émotionnel ou sous la forme d'une quelconque maladie grave mettant en danger votre santé.

D'un autre côté, il est possible que vous suiviez une voie qui semble, à vos yeux, pouvoir vous mener au but que vous vous êtes fixé et que vous constatiez un jour, par l'intermédiaire de votre intuition, que cette voie n'est pas la bonne. Il peut arriver aussi que l'un des buts visés pendant une partie de votre vie ait été atteint et que vous deviez en trouver un autre. Vous devez être capable, si nécessaire, de vous détacher de la personnalité que vous aviez adoptée, ou du but que vous poursuiviez. Restée sourde à mon intuition corporelle, j'ai appris cette leçon de cuisante façon, à travers une maladie grave, à l'époque où je voulais continuer mes études de neurologie et où mes disques vertébraux se brisaient. Mon intuition m'informait que l'univers ne voulait pas me voir prendre cette direction, mais je m'obstinais à l'ignorer, parce que la voie que je suivais était celle que j'avais toujours voulu suivre, convaincue qu'il s'agissait là de mon but dans la vie, que cela s'avérait nécessaire à l'épanouissement de ma personnalité. Après quatre disques brisés, je dus finalement prendre une autre direction.

Il n'est pas bon pour la santé d'être attaché de façon excessive à la poursuite d'un but désiré à la fois par notre volonté (cinquième centre émotionnel) et notre intellect (sixième centre émotionnel), car nous créons alors un trop-plein de puissance. C'est comme vouloir se dresser sur une voie ferrée en disant : « J'arrêterai ce train, ou alors il ne viendra pas ! » La seule chose qui arrivera sera que vous serez fauché par le train. La force du septième centre émotionnel est telle qu'elle peut supplanter tous les autres centres. Peu importe que l'ensemble de votre famille (soutien du premier centre émotionnel) vous dise : « Tu deviendras neurologue » ; qu'un partenaire (soutien du deuxième centre émotionnel) vous affirme : « Je t'aiderai à devenir neurologue » ; que des professeurs vous donnent d'excellentes notes au cours de vos études supérieures (troisième centre émotionnel) et vous disent : « Vous serez neurologue. » Et peu importe que vous éprouviez une passion pour cette carrière (quatrième centre émotionnel), que vous l'exprimiez clairement dans le monde extérieur (cinquième centre émotionnel) et que votre intellect vous assure que tout ira bien (sixième centre émotionnel). Si votre septième centre émotionnel ne le veut pas ainsi, vous devrez trouver un autre but dans la vie et changer d'existence.

LE SYNDROME « TIENS-TOI AUX CÔTÉS DE TON HOMME » LA MALADIE DE LOU GEHRIG

La lecture : Lorsque Irma, soixante-dix ans, m'appela pour une lecture, je vis immédiatement une femme qui n'avait pas de véritable raison de vivre. Je ne pus distinguer ce qui la retenait sur terre. Je découvris que, jusqu'à ce jour, sa seule raison de vivre avait été un homme qui avait représenté, pour elle, son « John Wayne sur son beau cheval ». Je remarquai qu'Irma était soutenue par un groupe de personnes, sa famille, l'entourant affectueusement. Mais ces individus ne constituaient pas une raison suffisante pour la garder en vie. L'unique membre de la famille qui aurait pu donner un sens à sa vie n'était plus avec elle. Je m'aperçus que cette situation était très douloureuse pour son entourage. Tout le monde tentait de communiquer avec elle, de lui faire comprendre qu'elle représentait beaucoup à leurs yeux, mais leurs efforts étaient inutiles. Irma ne voyait même pas ce qu'ils faisaient pour elle, tant elle était uniquement concentrée sur cette personne qui ne faisait plus partie de sa vie.

Lorsque j'examinai son corps, je m'aperçus que sa tête penchait vers la gauche. Je la vis assise, éprouvant de réelles difficultés à se lever. J'observai aussi qu'elle semblait gênée dans ses mouvements. Elle souffrait d'une certaine rigidité et d'un manque de mobilité de ses extrémités. Son pied droit était recroquevillé vers l'intérieur et paralysé. Je ne parvins pas à comprendre ce qui n'allait pas chez Irma. Mais je savais bien que sa vie était figée et que sa jambe était définitivement paralysée.

Les faits : Irma s'était occupée de son foyer presque toute sa vie et avait élevé ses enfants. On pourrait ajouter que ces derniers étaient toute sa vie, mais cela ne serait pas tout à fait exact. Bien qu'elle ait pris soin de tous ses enfants, elle avait centré sa vie autour de son aîné, son seul fils. Ce fils ainsi que son mari avaient été l'unique véritable centre d'intérêt de sa vie et sa seule raison d'être. En fait, Irma n'avait vécu que pour les hommes de sa vie. Elle faisait sans cesse leur éloge auprès de ses amis. Et lorsque son fils devint neurochirurgien, elle faillit exploser de fierté. Puis, son mari mourut et son fils accepta une situation à l'autre bout du pays, dans une prestigieuse université. Irma en fut véritablement détruite. D'un seul coup, les deux hommes de sa vie l'avaient quittée. Ses deux filles tentèrent de la consoler, mais elle ignora et méprisa leurs efforts. Celles-ci en furent profondément affectées.

Un jour, Irma fit une chute et, à partir de ce moment, elle éprouva des difficultés à marcher. Elle utilisa un fauteuil roulant et passa son temps chez les neurologues afin de chercher de l'aide. Finalement, on diagnostiqua une sclérose latérale amyotrophique (SLA), une maladie neuromusculaire dégénérescente, plus communément appelée « maladie de Lou Gehrig ».

Le problème d'Irma était le suivant : elle avait perdu le but de son existence et refusait d'en trouver un autre. Son unique but avait été ses deux hommes : elle avait vécu pour eux et par eux. Elle représentait exactement la femme qui « se tient aux côtés de son homme » et, n'ayant plus d'homme, elle n'avait plus personne aux côtés de qui se tenir. Son cas était très simple, comme la plupart des cas se rapportant à ce centre émotionnel. Si l'on essaye de les compliquer et de trop approfondir la question, on se retrouve rapidement dans le sixième centre émotionnel, où l'on réfléchit, intellectualise et rumine.

Le manque de but dans la vie d'Irma signifiait que son niveau de santé intellectuelle était bas. Elle était beaucoup trop positionnée dans la colonne Vulnérabilité du septième centre émotionnel, convaincue que rien ne pouvait être fait pour changer sa vie. Lorsque son fils la quitta, Irma commença à se déconnecter de la réalité. Comme la sclérose en plaques, la SLA est une maladie qui peut évoluer de diverses façons. Certains malades peuvent vivre ainsi des années alors que d'autres meurent très rapidement. Des études portant sur des individus atteints de SLA ont démontré que ceux qui présentent un niveau de santé psychologique peu élevé, un manque de contrôle sur les événements extérieurs et qui n'ont pas de but dans la vie ont un risque élevé de décéder plus rapidement que les malades dont la santé psychologique est bonne. En fait, les malades du premier groupe vécurent en moyenne un peu moins d'une année après le diagnostic. Au contraire, ceux qui exerçaient un contrôle sur leur vie, qui étaient moins déprimés et moins désespérés, vécurent en moyenne quatre ans après le diagnostic.

Cette découverte est importante pour les habitants d'un pays comme les États-Unis qui souffrent du complexe de la persécution, où la plupart d'entre eux sont situés en permanence dans la colonne Vulnérabilité, persuadés que des forces inconnues les manipulent et dirigent leurs vies (manque de contrôle sur les événements extérieurs). Comme les patients à hauts risques de cette étude, nous sommes persuadés que les bienfaits que nous recevons de la vie n'ont rien à voir avec nos diverses actions, mais qu'ils nous sont accordés par le destin, la chance ou d'autres forces invisibles. Cependant, de telles études suggèrent que si vous tentez de mieux définir votre but dans la vie et si vous prenez conscience que vous avez davantage de contrôle sur ce qui vous arrive, vous pouvez améliorer votre santé et accroître la durée de votre vie. En d'autres termes, si Irma avait écouté le message adressé par son intuition, message d'une nécessité de changement ou de redéfinition de son but dans la vie, elle aurait augmenté ses chances d'infléchir le cours de sa maladie de façon sensible. En somme : au lieu de se plaindre de ce qu'elle n'avait pas, il aurait mieux valu qu'elle voie ce que la vie lui offrait et qu'elle avait toujours rejeté. Il y avait tant de choses qu'elle aurait pu faire, la moindre d'entre elles n'étant pas de renouer des liens normaux avec ses filles et avec ses autres relations.

La perte d'un être cher est, depuis longtemps, considérée comme un facteur majeur de prédisposition à des maladies neurologiques, en particulier la sclérose en plaques, une autre affection du septième centre émotionnel. Dans un cas renommé datant de 1822, un jeune homme nommé Augustus d'Este, fils illégitime du duc du Sussex, fut adopté. Son père adoptif prit cet enfant sous sa protection, lui fournit une identité et une raison de vivre, et l'éleva comme son propre fils. Cet homme mourut alors qu'Augustus n'était qu'un jeune homme. Immédiatement après les funérailles, il fut frappé de sclérose en plaques.

De nombreuses sommités médicales ont décrit des cas similaires au cours desquels la mort ou la disparition d'un être cher amène la personne affligée par cette perte à remettre en cause et à réévaluer la direction ou le sens qu'elle donnait à sa vie. Une femme trouva un jour son mari, qu'elle adorait, au lit avec une autre femme et souffrit, dès le lendemain, de sclérose en plaques. Une autre fut atteinte de cette terrible maladie à l'âge de trente-cinq ans, après le décès de son mari et la mort de son fils tué par une voiture, la laissant affligée et cherchant une raison pour continuer à vivre. Une autre encore fut touchée par cette maladie à trente-deux ans, après avoir été informée que ses parents et son frère venaient de mourir. Dans un autre cas, une femme de trente-huit ans en fut aussi frappée après avoir appris qu'elle était stérile. Récemment mariée, elle avait rêvé toute sa vie d'avoir un enfant qui représentait, pensait-elle, le but de son existence.

Tous ces malades se rendirent compte qu'ils étaient incapables de gérer une situation devenant, soudain, capitale pour la suite de leur existence. Les personnes ou les choses qui avaient donné un sens à leur vie disparurent brutalement, et ils furent dans l'obligation de réévaluer et de redéfinir le sens de leur existence. Ne pouvant y parvenir, ils succombèrent à la sclérose en plaques. En fait, les personnes affligées de cette maladie ont été décrites comme souffrant de soumission et d'un complexe d'abandon. Lorsqu'elles se trouvent confrontées à des difficultés ou à un choc émotionnels, elles abandonnent. Elles perdent leur raison de vivre et sont dans l'incapacité d'avancer. Leur capacité à percevoir leur but dans la vie disparaît. C'est ce qui s'est passé chez Jane, dans l'histoire suivante.

JETER L'ÉPONGE
UN CAS DE SCLÉROSE EN PLAQUES

La lecture : Je perçus Jane comme une femme d'une trentaine d'années dont le travail ne satisfaisait absolument pas ses désirs et n'avait rien à voir avec le but réel de son existence. Dans le cadre de cet emploi, elle ne pouvait utiliser ses facultés intellectuelles et ses compétences, et n'éprouvait aucune satisfaction.

Jane était semblable à ces personnes qui restent toujours en retrait et ne participent jamais à quoi que ce soit. En fait, elle piétinait sur place, attendant que quelqu'un d'autre lui donne le signal du départ. Elle piaffait d'impatience et commençait donc à être fatiguée d'attendre.

Dans son cerveau, je vis des petites marques blanches semblables à de petits bouts de coton.

Les faits : Jane avait toujours souhaité devenir avocate et avait prévu depuis longtemps de suivre des cours de droit. Cependant, son mari nourrissait le même rêve. Pour financer les études de son mari, Jane avait différé les siennes et gardait des enfants. Son mari termina ses études, et elle se prépara à entrer à la faculté de droit. Mais son mari lui annonça alors une nouvelle imprévue : il souhaitait poursuivre ses études et obtenir un doctorat en droit, en plus de sa licence.

Une fois de plus, Jane reporta ses propres plans. Bientôt, elle commença à laisser échapper certains objets. Son élocution devint difficile. On diagnostiqua une sclérose en plaques.

Jane était frustrée et malheureuse, ne menant pas la vie souhaitée. Elle ne l'admettait pas consciemment, mais son corps, par l'intermédiaire de son intuition, connaissait la vérité. Lorsqu'elle accepta de retarder ses études pour que son mari puisse continuer les siennes, elle se sacrifia pour que quelqu'un d'autre puisse atteindre son objectif. Cependant, cette situation impliquait qu'elle-même ne pouvait suivre sa voie. Jane aurait mieux fait de dire à son mari qu'elle en avait assez et que c'était maintenant à son tour. Mais elle semblait croire qu'elle n'avait jamais pu contrôler les événements de sa vie. Son existence était dirigée par des puissances extérieures limitant ses possibilités. Elle ne pouvait prendre en charge sa propre vie.

L'apparition de sa sclérose en plaques fut provoquée par son intuition, qui lui accordait ainsi une autre chance de comprendre le message afin de poursuivre ses propres buts. Malheureusement, Jane fit exactement le contraire. Après avoir discuté du diagnostic avec les membres de sa famille, elle décida de prendre son temps et, au lieu d'essayer d'atteindre à tout prix le but qu'elle s'était fixé, elle se plia au désir des siens, qui souhaitaient la voir mettre un enfant au monde. Cela, pensa-t-elle, était tout ce qu'elle pouvait faire pour sa famille avant que son corps ne succombe à la maladie.

Non seulement Jane céda, mais elle renonça. Elle s'était dit : « Je souffre de sclérose en plaques et je vais mourir de toute façon. Aussi, ferais-je aussi bien de donner au monde un enfant, avant de disparaître. » Mais il ne s'agissait pas là du véritable but de son existence, et cette prévision n'était pas bonne. Selon des études, les gens souffrant de sclérose en plaques virulente et qui deviennent complètement impotents pensent généralement qu'ils n'ont que très peu de contrôle sur leur vie. Ils croient n'exercer aucune influence sur ce qui leur arrive. Non pas qu'ils pensent que les choses qui surviennent soient le fruit du hasard, mais bien plutôt qu'ils sont les victimes manipulées par des forces hors de leur contrôle.

Comme pour toutes ces personnes, la colonne Vulnérabilité du septième centre émotionnel de Jane était trop développée. Ses buts dans la vie étaient trop vagues, et elle croyait ne pas pouvoir faire grand-chose pour modifier cette situation. Lorsqu'elle se sentit victime d'événements indépendants de sa volonté, elle tenta de donner un autre sens à sa vie. Mais comme elle n'était pas sincère envers elle-même, la situation ne fit qu'empirer. Reconnaître son véritable but dans l'existence et accepter qu'elle puisse influencer les événements de sa vie auraient signifié, pour Jane, un meilleur équilibre de son centre émotionnel et une chance éventuelle d'améliorer sa santé.

SAUVER LES APPARENCES

Comme je l'ai évoqué précédemment, lorsque j'appris, à l'Université Brown, que je frôlais peut-être la mort, j'eus soudain l'impression que mon masque tombait, que plus rien ne me séparait du monde extérieur, et je pus alors ressentir mon unité avec l'ensemble de l'univers. En réalité, ce phénomène est fréquent chez les personnes qui voient la mort de près, quelle qu'en soit la cause. Elles entrent immédiatement en contact avec leur septième centre émotionnel. Brusquement, elles regardent la vie d'un œil complètement différent. Elles éprouvent ce que l'on appelle une *intensité primaire*, c'est-à-dire qu'elles vivent l'instant présent d'une façon immédiate et intense. Elles ressentent, entendent et voient avec une clarté absolue. Rien ne les sépare plus de l'énergie vitale brute qui les entoure. Aucun voile n'adoucit les dures réalités de l'existence humaine ou ne ternit l'exaltation de la passion et de la créativité. Les masques tombent, plus de faux-semblants !

Comme pour la plupart d'entre nous au cours de notre vie quotidienne, l'image que nous donnons de nous-mêmes et derrière laquelle nous nous abritons nous protège des aspects les plus déplaisants et les plus pénibles du monde extérieur. De même nous protège-t-elle de l'hypocrisie permanente et parfois nécessaire qui permet aux êtres humains de vivre ensemble. En fait, cette situation est très difficile à supporter pour les personnes qui ont perdu cette façade protectrice. Il leur est impossible d'écouter les petits mensonges des autres, de contempler les manœuvres auxquelles ils se livrent ou d'observer leurs manipulations et machinations diverses sans ressentir aussitôt une violente réaction négative. Bien que cette sorte d'honnêteté puisse sembler une excellente chose, il n'en reste pas moins qu'elle rend la vie plus difficile et plus douloureuse parce qu'elle nous distingue des autres et tend à nous rendre irritables et agressifs.

Une autre conséquence résultant du fait de ne plus disposer de masque derrière lequel nous abriter est la suivante : nous sommes presque complètement ouverts à l'intuition. Lorsque notre masque tombe, rien ne nous empêche plus d'appréhender globalement le monde extérieur et de puiser directement dans le réservoir de nos connaissances intuitives. Cela peut, bien entendu, être merveilleux. Néanmoins, apparaître tels que nous sommes réellement peut présenter un danger. Parce que nous pouvons entendre, voir ou ressentir tout ce qui se passe autour de nous, nous pouvons soudain nous mettre à percevoir les pensées des autres et à ressentir, physiquement, leurs peines et leurs douleurs. Ce genre d'expérience peut véritablement se révéler extrêmement douloureux. Nous devenons alors comme le personnage emphatique de la série *Star Trek : The Next Generation*. Bien que je ne regarde que rarement cette série, parce que je n'arrive pas à distinguer les protagonistes (ils sont tous vêtus de la même façon), le personnage féminin emphatique m'a impressionnée. Cette femme représente exactement le contraire de Spock, l'archétype de la raison froide et insensible. Deanna Troi est comme un récepteur de radio ouvert à fond et qui reçoit chaque message passant à proximité. Elle éprouve des difficultés à vivre sa vie concrète et matérielle, comme toute personne positionnée dans le premier centre émotionnel, parce que, en fait, elle est une personnalité du septième centre émotionnel. Ce personnage est aussi excessivement vulnérable que Spock est puissant dans le septième centre émotionnel.

Bien entendu, les êtres humains normaux ne peuvent vivre longtemps de cette façon. Ressentir le poids d'une telle intuition est accablant. Il y a trop d'informations à traiter sans devenir fou. En fait, comme nous le verrons dans la dernière partie de ce livre, nous sommes en général plus réceptifs à notre intuition à certains moments qu'à d'autres. Par exemple, durant certaines phases du cycle de reproduction, étant donné les changements hormonaux, les femmes se sentent plus électriques, sensibles et vulnérables, et ne peuvent rester trop longtemps dans cet état.

Survivre à une expérience de mort imminente ou à tout autre événement menaçant notre vie provoque presque toujours des changements chez les personnes touchées. Une femme à deux doigts de mourir d'un cancer du sein, mais qui est sauvée par la chimiothérapie et les rayons X, n'est plus tout à fait la même. De telles personnes procèdent généralement à plusieurs changements dans leur vie. Elles peuvent changer de situation professionnelle, de relations... Après une durée d'environ quatre ans, un certain degré de normalité réapparaît, quelques-uns de leurs anciens comportements resurgissent, et l'équilibre entre le pouvoir et la vulnérabilité au sein de leur septième centre émotionnel est beaucoup plus harmonieux. Mais elles ne perdent jamais tout à fait le contact avec l'univers qui leur a été révélé. Elles deviennent une sorte de combinaison des personnalités de Spock et du conseiller Troi. Ces personnes peuvent s'asseoir à table avec vous et parler chiffons puis, soudain, se mettre à discuter de sujets incroyablement importants et existentiels. Elles ne peuvent jamais oublier complètement leur expérience.

Notre « masque protecteur », s'il est normal, nous maintient en équilibre avec le reste du monde. S'il est trop puissant, s'il nous sépare trop profondément du monde environnant, il nous éloigne alors du sens que nous donnons à notre vie. Par contre, si ce masque est insuffisant, nous sommes alors trop perturbés par l'agitation du monde extérieur et nous envisageons la vie différemment des autres personnes.

CHANGER DE PEAU
VITILIGO

La lecture : Carolyn, cinquante-cinq ans, m'apparut comme une personne dotée d'une grande force, très dynamique, aimant se lancer dans le monde et accomplir de grandes choses. Cependant, pour une raison quelconque, je vis qu'elle n'agissait plus de la sorte. Sa capacité à se réaliser dans le monde extérieur avait diminué, et je pus discerner en elle un énorme désappointement. J'observai un homme triste et déprimé se tenir auprès d'elle. Carolyn voulait l'amener à se concentrer sur autre chose que sur sa dépression, mais n'y parvenait pas. Il lui était difficile d'admettre son impuissance à aider cet homme à se débarrasser de ses problèmes. Elle ne parvenait pas à lui faire voir la vie autrement, bien qu'elle-même ait développé les qualités nécessaires pour y parvenir dans sa propre vie. Aujourd'hui, elle enseignait aux autres la façon de procéder pour solutionner leurs problèmes existentiels.

Dans l'organisme de Carolyn, particulièrement dans son pelvis, je distinguai divers symptômes mineurs ayant trait à un problème de rétention d'urine. Je perçus également des problèmes potentiels dans ses poumons. Mais le plus important m'apparut lorsque j'inspectai sa peau. J'ignorai exactement de quel problème il s'agissait, mais Carolyn paraissait être une personne qui ne pouvait absolument pas s'exposer au soleil, sous peine de voir un cancer se développer.

Les faits : Carolyn était psychologue et rencontrait des difficultés avec son fils. Trois ans plus tôt, ce dernier avait abandonné sa carrière de gymnaste olympique après s'être gravement blessé au genou, et cette perte soudaine de puissance l'avait lentement entraîné vers une dépression dont rien ne semblait pouvoir le sortir. Carolyn avait essayé de lui fixer des objectifs, de le pousser aux études ou de l'inciter à trouver une occupation de substitution, tel l'immobilier, mais rien ne marcha. Son fils avait résisté à tous ses efforts et s'était accroché à sa dépression. En fait, il avait une très ancienne prédisposition à cet état mental et, en ce sens, les efforts de sa mère étaient restés vains.

Néanmoins, Carolyn ne pouvait accepter l'incapacité de son fils à changer, à accepter le fait que son but dans la vie n'était plus le même et qu'il pouvait et devait chercher une nouvelle raison de vivre. Elle ne pouvait accepter cette situation parce qu'elle-même s'était trouvée confrontée à de tels défis lorsqu'elle était jeune et avait alors lutté de toutes ses forces pour triompher. À l'âge de quatorze ans, peu de temps après la mort de sa mère bien-aimée, Carolyn avait souffert de vitiligo, une affection rare au cours de laquelle la peau perd toute sa pigmentation. La peau de Carolyn était d'une blancheur tout à fait anormale, semblable à celle d'un albinos. Comme si elle s'était dépouillée de sa peau, restant exposée au monde extérieur sans protection. En fait, elle comprit elle-même ce qui s'était précisément passé. Elle fit allusion à l'apparition de sa maladie comme étant l'époque « où Dieu s'empara de ma peau ».

Carolyn adorait sa mère et la considérait comme son héroïne. Lorsqu'elle mourut, Carolyn perdit son mentor et se retrouva exposée au monde extérieur. Puis Dieu lui enleva sa peau, la laissant littéralement nue, sans aucune protection contre les aléas et les chocs de la vie. À quatorze ans, cette situation aurait pu être dévastatrice, car, à cet âge, lorsque l'on affronte le monde, l'apparence physique est fondamentale. De plus, cette affection l'empêcha de pratiquer les sports de plein air, ce qu'elle affectionnait, puisqu'il lui était devenu impossible de s'exposer au soleil.

Bien que la maladie de Carolyn n'ait pas représenté de menace pour sa vie, elle n'en altéra pas moins sa façon de vivre. Elle fut obligée de considérer son existence de façon différente et de vivre différemment des autres. Cette affection l'amena à donner un autre sens à sa vie. D'après ses propos, cette nouvelle situation lui avait fourni une autre raison à sa présence sur terre. Elle eut recours à l'introspection et fit appel à sa force intérieure afin de trouver d'autres potentialités pour affronter les défis de son intuition et suivre une nouvelle voie dans la vie. Elle devint psychologue, car elle souhaitait enseigner aux autres la façon de développer de nouvelles compétences pour vaincre adversité et obstacles. Cependant, elle avait un fils auquel elle ne parvenait pas à enseigner les connaissances acquises.

Carolyn éprouvait toujours certains problèmes d'attachement et de détachement, conséquence de la perte de son « masque de protection ». Elle ne pouvait donc pas se détacher de son fils et l'accepter tel qu'il était. Elle ne pouvait lui communiquer les sentiments d'intensité et d'intimité qu'elle entretenait avec la vie, en vertu de son manque de « masque protecteur » et de l'absence d'un contact privilégié avec le monde. Elle se rendait compte que son fils avait besoin de donner un nouveau but à son existence, mais elle était incapable de l'aider sur ce plan. Les centres d'intérêt de notre septième centre émotionnel ne sont pas ceux des autres. Partir en croisade pour convaincre les autres n'est pas recommandé. Apparemment, le fils de Carolyn n'avait pas encore atteint le point où il pourrait voir et ressentir les choses comme sa mère. Il ne pouvait vivre et évoluer avec le même degré d'intensité et de passion que celle-ci.

Pourquoi sommes-nous ici-bas ? Pourquoi tombons-nous malades ? Pourquoi moi ?

Il n'existe pas toujours de réponses à ces questions. Certaines choses resteront toujours un mystère, et c'est un fait qu'il nous est difficile d'accepter. L'être humain est caractérisé par sa tendance à rechercher l'information, à s'accrocher au concret et à chercher des explications. Après tout, la connaissance, c'est le pouvoir, et si nous en disposons, nous pouvons nous venir en aide.

Mais nous n'avons pas accès à toutes les connaissances en même temps. Dans le septième centre émotionnel, nous sommes confrontés au mystère inhérent à notre vie et nous devons apprendre à l'accepter.

Si nous attendons suffisamment longtemps, ce mystère est parfois éclairci. Il y a quelques années, je reçus un appel frénétique d'une femme qui me supplia d'effectuer immédiatement une lecture sur son mari, tout juste hospitalisé pour diverses affections organiques graves. Il se trouvait présentement dans l'unité de soins intensifs, en train de mourir. Il s'agissait là précisément du genre de situation dans laquelle, en ma qualité de médecin intuitif, je ne m'implique jamais. Lorsque les gens sont en pleine crise, ils ne sont pas disposés à écouter les émotions ayant pu contribuer à les précipiter dans cette situation. Ce serait alors comme si on s'arrêtait en plein milieu d'un incendie pour dire : « Voyons, sur le plan karmique, pourquoi ce feu s'est déclenché. » Vous éteignez d'abord le feu, puis vous commencez votre enquête. De la même façon, il était important que le mari de cette femme suive le traitement préconisé par le médecin et enraye la progression de la maladie. Alors seulement, si ces deux conjoints souhaitaient toujours une lecture, ils pourraient me consulter à nouveau afin que je puisse les aider à se mettre au diapason de leur système intuitif. Bien que cette femme m'ait téléphoné à deux reprises afin de me demander de procéder à une lecture, je dus, à regret, refuser.

Environ un an plus tard, je reçus un appel pour une lecture de la part d'une femme qui me sembla complètement déracinée, tel un géranium arraché de son pot et replanté ailleurs. Je m'aperçus que quelque chose ou quelqu'un, dans sa vie, était mort et que cette mort l'avait amenée à prendre un nouveau départ et à suivre une voie qui lui permettrait d'apporter au monde ce qu'elle considérait comme sa contribution personnelle.

Il s'agissait de cette femme qui m'avait appelée un an auparavant, alors qu'elle se trouvait au chevet de son mari, dans une unité de soins intensifs. Son histoire était étonnante. Son mari, à la mi-cinquantaine, avait eu une brutale crise cardiaque, et tous ses organes essentiels avaient inexplicablement commencé à se détériorer. Personne n'avait pu comprendre ce qui se passait ni la raison de cette métamorphose. Sa femme m'avait appelée, car elle voulait comprendre cette raison. Lorsque je refusai de procéder à la lecture, elle avait rejoint certains de ses amis, qui s'étaient rendus à l'hôpital afin d'administrer à son mari un traitement thérapeutique d'imposition des mains. Lorsque le prêtre lui administra les derniers sacrements, ses organes recommencèrent à fonctionner un par un, apparemment à la suite de cette imposition des mains. Les médecins et le personnel de l'hôpital ne purent en croire leurs yeux. Ils furent si impressionnés par ce qu'ils constatèrent, qu'ils décidèrent de lancer un projet de recherche sur la thérapie par imposition des mains et sur la façon dont elle affecte le fonctionnement des organes.

Bien que cet homme mourût brutalement au cours de la nuit, sa réaction au toucher thérapeutique marqua un tournant dans la vie de son épouse, qui découvrit alors un nouveau sens à sa vie. Elle quitta son travail dans l'immobilier, qui avait été totalement sans intérêt pour elle, et s'impliqua peu à peu dans les recherches sur la thérapie par imposition des mains. En dépit de la peine provoquée par la mort de son époux, elle restait convaincue que celui-ci lui avait fourni une nouvelle perspective sur l'existence et que des bienfaits extraordinaires en avaient découlé pour elle.

Ainsi, le mystère de la mort de cet homme était éclairci au moment voulu. Si j'avais effectué une lecture sur son mari et si j'avais expliqué à cette femme que l'une des raisons possibles pour lesquelles ce dernier était en train de mourir était de lui faire mieux comprendre à elle le sens de la vie et de lui faire trouver sa véritable voie dans l'existence, elle n'aurait probablement pas été très réceptive à mes propos. Et elle aurait eu raison de ne pas l'être. Souvent, le mystère doit venir à nous. Et il ne nous deviendra compréhensible et acceptable que lorsqu'il sera prêt à se révéler lui-même.

Nous avons besoin de mystère dans notre vie, besoin de nous poser des questions. Nous avons, dans nos âmes, un vide à combler qui nous aide à nous propulser dans la vie. Si nous le comblons trop tôt, nous perdons le rythme qui nous permettait d'avancer, tel le syndrome de la reine de beauté. Certaines filles deviennent des reines de beauté et certains garçons, les héros de l'équipe de football. Ils sont les idoles du collège ; on les adore. Ils semblent avoir tout pour être heureux, mais leur vie ne peut plus rien leur apporter. Ils ont atteint leur plénitude à dix-sept ou dix-huit ans, ils ont reçu tout ce que leurs appétits réclamaient, et plus rien ne les motive.

Lorsque les gens m'appellent ou consultent une voyante, ils cherchent des réponses, mais toutes les vérités ne sont pas bonnes à dire. Un jour, je suis moi-même allée consulter une voyante au cours d'une période de ma vie où je m'endormais inopinément, et elle m'annonça que j'aurais des problèmes pendant les onze années à venir. Pas douze, ni sept, ni soixante-dix, mais onze, précisément. Une information comme celle-ci ne sert à rien. Certaines personnes l'interpréteraient à la lettre et suspendraient leur existence pendant onze ans. Elles patienteraient en disant : « Bon, dans onze ans, ma vie recommencera. » Je pris le parti d'ignorer ce que la voyante m'avait dit et, au lieu de me résigner, je m'élançai en avant. Onze ans après l'avoir consultée, je décrochai mes diplômes de médecine.

Les gens souffrant de problèmes dans leur septième centre émotionnel croient parfois que la solution aux mystères et aux difficultés du présent réside dans leurs vies antérieures. Cette croyance peut les empêcher de vivre pleinement le présent et de maintenir l'harmonie dans leur septième centre émotionnel. Résoudre les mystères d'une vie antérieure – en supposant que cela soit possible – ne nous donnerait pas nécessairement les moyens de vivre pleinement notre vie actuelle. Résoudre les problèmes de notre vie présente, c'est comme pelleter la neige. Il y a suffisamment de neige à pelleter et de lieux à déblayer dans notre vie actuelle. Pourquoi devrions-nous retourner pelleter la neige de nos vies antérieures ? La tâche est écrasante et nous enlise tellement que nous ne pouvons plus affronter les problèmes de notre vie présente.

Notre culture est basée sur l'information. Nous voulons tout comprendre. Même ce livre a été réalisé pour vous aider à interpréter le langage de votre corps, de vos rêves, et à déchiffrer les conseils de votre intuition. Cependant, il y a des choses que nous ne pourrons jamais connaître. Même si notre intuition est très développée, il nous arrivera souvent d'ignorer pourquoi les choses sont ce qu'elles sont.

Un jour, j'effectuai une lecture pour une femme qui représenta, pour moi, une véritable énigme. Il me sembla qu'une sorte de force très puissante, un raz de marée, l'avait complètement anéantie. Il s'agissait d'une femme cultivée dont la vie était bien tracée. Elle était mariée, propriétaire d'une maison et prête à avoir des enfants. Sa vie semblait parfaite. Puis, tout s'effondra. Tout ce qu'elle considérait comme important dans sa vie avait changé. Sur le plan physique, je remarquai chez elle des problèmes d'attention et de mémoire. Son rythme cardiaque était quelque peu irrégulier. Sa peau paraissait sèche, et tout son corps me sembla électrique et très chaud. Je m'aperçus que toute sa jambe gauche était douloureuse, comme si elle était en feu.

Cette femme avait été frappée par la foudre. Elle était partie faire une promenade en montagne avec son mari lorsqu'un orage très violent éclata. Elle se cramponnait à une clôture métallique lorsqu'un éclair frappa cette dernière. La décharge se propagea dans sa jambe gauche, provoquant d'importants dommages nerveux. Après cet événement, la vie de cette femme changea du tout au tout. Elle abandonna les études qu'elle poursuivait après avoir obtenu un doctorat et changea complètement de branche professionnelle. Ses rapports avec son mari se modifièrent aussi. Le monde entier lui sembla très différent. Les centres d'intérêt qui lui avaient semblé vitaux jusqu'à présent lui paraissaient maintenant triviaux. Sa façon de voir les choses et la vie ne fut plus la même désormais. Même son corps se transforma définitivement.

Cette femme ne pouvait saisir la raison pour laquelle tout cela lui était arrivé. Un événement était survenu, qu'elle ne pouvait contrôler, et qui l'avait détachée de presque tout ce qu'elle avait connu précédemment. Il avait provoqué l'effondrement de la façade derrière laquelle elle s'abritait et avait transformé le cours de son existence. Pourquoi moi ? voulait-elle savoir. Malheureusement, il m'était impossible de lui fournir la réponse à cette question. Un jour, peut-être, la signification de cette expérience lui serait révélée, mais peut-être pas. Peut-être même restera-t-elle un mystère à jamais.

Bien entendu, la vie elle-même représente un mystère fondamental. La clé de ce mystère peut se trouver quelque part dans une dimension inaccessible de l'univers ou dissimulée dans l'un des recoins les plus profonds de notre âme. Jusqu'à ce que nous la trouvions, nous ne pouvons qu'accepter ce mystère et nous immerger totalement en lui. Voilà l'enseignement prodigué par notre septième centre émotionnel, grâce à l'intuition.

IIIᵉ PARTIE

ÊTRE À L'ÉCOUTE DE SON RÉSEAU INTUITIF

CHAPITRE 13

VOTRE IDENTITÉ INTUITIVE :
LES DIFFÉRENTES CATÉGORIES
D'INTELLIGENCE INTUITIVE

La chanteuse country Dolly Parton a dit un jour : « Prenez la ferme décision de découvrir qui vous êtes réellement. » J'aime cette phrase qui exprime en quelques mots le message au cœur de ce livre. Si nous parvenons à découvrir le langage intuitif propre à chacun de nous, si nous utilisons sciemment les connaissances qui nous sont ainsi communiquées dans notre vie quotidienne, nous deviendrons alors un véritable organisme intuitif et découvrirons qui nous sommes réellement. Nous pourrons gravir les marches menant à une vie plus saine, plus heureuse, plus gratifiante et aider les autres à faire de même.

Les informations en provenance de notre réseau intuitif (représenté par nos sept centres émotionnels) et l'ensemble des souvenirs positifs et négatifs entreposés dans notre cerveau et dans notre organisme forment une sorte de manuel d'instructions à l'usage du corps. Le langage de l'intuition – c'est-à-dire les signes et symptômes grâce auxquels notre corps nous signale que nous devons prêter attention à une certaine émotion – est semblable à un guide d'entretien d'un véhicule.

Il décrit toutes les pièces du moteur et du châssis, nous explique comment faire fonctionner la voiture et nous indique les symptômes qui peuvent nous renseigner sur un problème quelconque de fonctionnement. La lecture d'un tel manuel nous apporte un sentiment de sécurité et de maîtrise de notre véhicule. Il s'agit d'un guide essentiel et précieux concernant les règles de fonctionnement de notre automobile. Cependant, un tas de variables peuvent affecter le fonctionnement de n'importe quelle voiture *individuelle* : sa marque, son âge, son kilométrage, les accidents subis ainsi que toute caractéristique ou tout défaut inhérents à ce véhicule.

C'est la même chose pour notre corps et notre réseau intuitif. Nous possédons tous les mêmes éléments de base, les mêmes organes qui permettent à notre intuition de parvenir jusqu'à nous. Comme je l'ai dit précédemment, si vous avez un cerveau gauche, un cerveau droit, un corps, des émotions et des souvenirs, si vous dormez et rêvez, alors vous êtes intuitif – même si vous pensez le contraire. L'intuition nous parvient selon un processus bien particulier. Ce processus est formé d'une quantité de variables qui déterminent l'individualité de chacun de nous : notre sexe, notre âge, nos expériences et la façon spécifique dont notre « moteur » et notre « châssis » sont construits, y compris les forces et les faiblesses de notre cerveau et de notre organisme. Cela signifie que nous devons ajouter nos propres remarques personnelles sur la notice d'instructions de notre organisme intuitif, utilisant pour cela le vocabulaire particulier de notre langage personnel intuitif.

Qui êtes-vous, en termes intuitifs ? Êtes-vous gaucher ou droitier ? Homme ou femme ? Plutôt vieux, ou plutôt jeune ? Vous considérez-vous comme logique, précis, rationnel et intellectuel ? Ou plutôt comme émotif, irrationnel et créatif ? Êtes-vous à l'aise dans le monde rationnel et mal à l'aise dans celui des sentiments ? Votre faculté d'attention est-elle particulièrement limitée ?

Êtes-vous déconnecté de vos sentiments ? Les réponses à ces questions vous aideront à découvrir votre identité intuitive de base et à appliquer cette autoconnaissance à votre vie quotidienne.

Cependant, même avec le manuel d'instructions en main, beaucoup d'entre nous éprouveront des difficultés. La plupart d'entre nous, par exemple, ne peuvent réparer leur véhicule sans l'assistance d'un mécanicien. De la même façon, bien que nous soyons maintenant en mesure de connaître toutes les composantes de notre réseau intuitif et la façon dont elles fonctionnent ensemble, nous ne sommes pas toujours capables de déchiffrer notre intuition corporelle avec précision et d'accepter ses messages. Tout cela parce que l'hémisphère gauche de notre cerveau, rationnel et logique, ainsi que le lobe frontal agissent tels des censeurs qui nieront toujours la validité de notre intuition. La plupart d'entre nous refusent de croire les signaux intuitifs qu'ils reçoivent parce que les écouter impliquerait certains changements dans leurs comportements. Or, les changements font toujours peur. Beaucoup d'entre nous ont tendance à se déconnecter de leur intuition corporelle. Lorsque nos mains s'engourdissent, nous pensons que cela est dû au fait que nos manches sont trop serrées et non pas que nous avons un problème relié à un disque cervical ou à une douleur émotionnelle symbolique dans le cou.

En fait, notre corps lui-même participe à ce phénomène de rejet de notre intuition. Le corps humain est programmé pour se maintenir tel qu'il est par un processus appelé homéostasie. En d'autres termes, il est conçu pour conserver son équilibre, même lorsque tout change autour de lui. Si quelque chose d'effrayant survient, notre cœur se met à battre plus vite pour nous indiquer que nous avons besoin d'être effrayés. Mais il reprend son rythme normal dès que possible. Il veut retrouver son rythme initial. En physique, l'équilibre correspond à l'inertie. Comme l'a affirmé Einstein, rien ne se passe sans mouvement. Ainsi, même si nos signaux intuitifs nous disent : « Change ! Sois ému ! » notre corps est enclin à répondre : « Non, calme-toi, tout va bien. Tout le monde a des problèmes, sauf toi. Prends une bière, assieds-toi dans ton fauteuil et regarde la télé. »

Cela veut dire que nous aurons probablement besoin d'aide pour nous comprendre, de quelqu'un qui pourra nous servir d'avocat du diable. De même, nous pourrons servir d'avocat du diable aux autres. Ce que nous apprenons, dans ce chapitre et dans le suivant, au sujet de notre intuition et de la façon de l'utiliser nous aidera à appliquer nos facultés intuitives pour lire notre corps et celui des autres, comme un moyen d'éclairer le sens de notre moi profond.

Nos messages intuitifs varient en intensité et en clarté. Certaines personnes perçoivent leur intuition plus fortement et plus directement, grâce à leurs dispositions mentales, physiques et émotionnelles. D'autres la ressentent de façon plus subtile et indirecte, ce qui requiert de leur part un effort conscient plus important pour l'entendre et la comprendre. Quel que soit votre cas, comprendre votre identité intuitive vous aidera à utiliser vos dons personnels pour enrichir votre vie et celle des autres d'innombrables façons.

Homme ou femme ?

En 1871, Charles Darwin écrivait : « Chez la femme, les facultés intuitives sont plus développées que chez l'homme. »

Le concept de l'intuition féminine est certainement antérieur à Darwin, bien que celui-ci ait été sans doute le premier à la quantifier scientifiquement. L'idée que les femmes possèdent une capacité innée à deviner ou à ressentir les choses, alors que les hommes en sont largement dépourvus, a été reprise dans le folklore et les traditions des cultures du monde entier. Pensez à toutes nos images stéréotypées sur les voyantes et autres diseuses de bonne aventure : ce sont, invariablement, des femmes en jupes longues à volants et colliers de perles, lisant les lignes de la main, les tarots ou les feuilles de thé. Les hommes doués d'une forte intuition existent aussi, mais ils sont beaucoup plus rares.

L'explication de cette situation réside essentiellement et sans aucune surprise dans le cerveau. Dans un chapitre précédent, j'ai traité des différences entre l'hémisphère droit – la zone émotionnelle, visuelle, intuitive du cerveau – et l'hémisphère gauche, qui, à l'opposé, représente la zone intellectuelle, expressive et logique. Dans notre culture, les gens ont tendance à être dominés par l'un ou l'autre de ces hémisphères, mais en ce qui concerne les femmes, la plupart d'entre elles ont davantage accès à leur hémisphère droit que les hommes. Cela s'explique peut-être par le fait que les femmes ont un *corpus callosum* – la connexion entre les deux hémisphères – plus important que les hommes. Et c'est vrai depuis leur tendre enfance. Dès l'âge de vingt-six semaines, les petites filles présentent un *corpus callosum* plus développé que celui des petits garçons du même âge. De ce fait, elles ont davantage de connexions – des lignes téléphoniques, si vous préférez – entre les deux moitiés du cerveau. En réalité, les femmes ont des connexions plus denses entre toutes les zones fonctionnelles de leur cerveau, même à l'intérieur de chaque hémisphère. En termes plus scientifiques, le cerveau féminin est davantage connecté et moins compartimenté que le cerveau masculin, de sorte que les activités des différentes zones s'entremêlent.

Pour définir l'organisation du cerveau masculin, l'image la plus appropriée pourrait être celle d'un grand magasin. Dans chaque rayon, tout est parfaitement rangé et présenté – les habits masculins à gauche, les cosmétiques à droite, les articles de sport au sous-sol, les livres et la papeterie à l'étage supérieur, l'électronique à l'arrière, etc. Vous terminez vos achats dans un rayon, puis passez au rayon suivant. Si vous êtes vendeur au rayon des vêtements pour hommes et que le téléphone sonne au rayon des cosmétiques, de l'autre côté du magasin, vous ne répondrez pas à cet appel avant d'avoir terminé de vous occuper de votre client. Quant à lui, le cerveau féminin ressemble généralement à un magasin traditionnel où tout est plus ou moins en désordre. Les articles sont rangés par catégories, mais il n'y a pas de rayons nettement séparés. Les articles, par ailleurs, semblent avoir une propension à se disperser un peu partout. En vous dirigeant vers les cartes de vœux, vous allez tomber sur une vadrouille, puis vous trouverez une bouteille de détergent à vaisselle au milieu des pelotes de laine. Vous errez au hasard parmi les rayons, choisissant au passage les articles dont vous avez besoin, revenant sur vos pas à diverses reprises pour acheter ceux que vous aviez oubliés.

Par nature, les femmes peuvent parcourir toutes les zones de leur cerveau, passant d'un hémisphère à l'autre, à tout moment. Au contraire, les hommes possèdent un cerveau plus organisé et plus compartimenté. La plupart d'entre eux ont tendance à utiliser une seule zone de leur cerveau à la fois et à rester dans cet hémisphère jusqu'à ce que la tâche en cours soit accomplie. Ils ont aussi tendance à se situer davantage dans le cerveau gauche et à passer moins fréquemment de l'un à l'autre. En fait, la neuroanatomie montre que la façon dont les hormones affectent certaines zones du cerveau, y compris le lobe frontal et l'amygdala du lobe temporal, tend à rendre les femmes supérieures pour accomplir les tâches qui requièrent des passages rapides d'un hémisphère à l'autre, alors que les hommes sont supérieurs pour les tâches qui nécessitent l'usage d'un seul hémisphère à la fois.

Les femmes utilisent plus leur hémisphère droit que les hommes. Parce que cet hémisphère est étroitement relié au corps humain, les femmes sont généralement plus à l'écoute de leur corps que les hommes. Cela signifie aussi qu'elles sont davantage sujettes à des émotions et réceptives à leur intuition. Chez les femmes, et ce, de façon globale, l'information tend à être fournie par le cerveau gauche, le cerveau droit et le corps, tous étroitement unis. En d'autres termes, la totalité du réseau intuitif est toujours branché et disponible à tout instant. Au contraire, un homme utilisera plus volontiers la zone précise et spécifique pour l'accomplissement d'une tâche déterminée. S'il s'agit d'une tâche routinière, le cerveau droit est habituellement sollicité. Mais s'il faut parler, le cerveau gauche prend la relève. Tout cela signifie que les hommes ont, dans l'ensemble, moins d'informations intuitives disponibles à chaque instant pour prendre une décision correcte à partir d'une information physique insuffisante.

D'excellentes raisons expliquent sans doute ces différences entre les sexes. Historiquement, les hommes étaient les chasseurs et les guerriers dans les divers groupes sociaux. Par conséquent, ils devaient souvent agir en faisant abstraction de leurs sentiments. Un champ de bataille n'est pas l'endroit idéal pour exprimer nos sentiments. Si vous deviez fracasser le crâne de quelqu'un pour survivre et protéger votre famille, vous ne pourriez vous permettre d'être handicapé par votre système intuitif vous indiquant que vous venez juste de commettre un acte horrible. Vous deviez agir ainsi et continuer sans état d'âme. Historiquement, les femmes étaient les mères nourricières et les gardiennes du foyer. Leur rôle exigeait d'elles de réfléchir et de ressentir leurs émotions simultanément. Elles devaient les exprimer continuellement afin d'aider leurs enfants à grandir et d'être à l'écoute de leurs sentiments.

Les femmes utilisant davantage de connexions entre le cerveau droit et le cerveau gauche, elles sont également capables de mieux communiquer leur intuition lorsque celle-ci se manifeste. Elles ont une plus grande activité que les hommes dans le *cyngulate gyrus*, une zone du lobe frontal qui joue un rôle déterminant dans la création de l'intuition et de l'expression verbale. Cela signifie que les femmes ont une meilleure connexion entre la zone de l'intuition et celle de l'expression orale. Quant à eux, les hommes ont une plus grande activité dans le lobe temporal, qui provoque l'action et joue un rôle dans la réception de l'intuition mais qui, malheureusement, ne peut l'exprimer clairement. En d'autres termes, le lobe temporal est plus important pour recevoir l'intuition, alors que le lobe frontal revêt une importance capitale pour la communiquer. Donc, si les femmes reçoivent leur intuition par l'intermédiaire du lobe frontal, situé juste à côté du centre de communication, elles la transmettent directement. Par contre, les hommes la reçoivent par le biais du lobe temporal, mais doivent l'envoyer dans un autre lobe afin de pouvoir la transmettre. Comme si, après avoir reçu une intuition, les hommes devaient se diriger vers un autre rayon afin de pouvoir l'expédier. Par conséquent, en réponse à une intuition, ils agissent, plutôt que de l'exprimer verbalement.

Si vous êtes un homme et que vous lisez ces lignes, il se peut que vous secouiez la tête en disant : « C'est sans espoir. Je n'aurai jamais aucune intuition. » Permettez-moi de vous répondre avec force que *ce n'est pas vrai* ! Les hommes peuvent être intuitifs et de différentes façons. D'une part, aucune règle n'est absolue. Tout ce que j'ai écrit dans ce livre peut être, d'une façon générale, appliqué à *la plupart* des hommes et des femmes. Comme nous le savons très bien, tous les hommes et toutes les femmes ne sont pas identiques. Il y a des hommes au cerveau droit dominant, tout comme il existe des femmes au cerveau gauche dominant. Si vous êtes un homme gaucher, par exemple, il se peut que vous ayez autant de facilités pour accéder à votre réseau intuitif que la plupart des femmes droitières. On a pu constater que les gauchers des deux sexes ont un *corpus callosum* plus développé que les droitiers. Ils sont davantage reliés à leur hémisphère droit, et donc à leur corps et à leurs émotions, c'est-à-dire à leur intuition.

Si vous êtes un homme « hémisphère gauche » sans aucune anomalie particulière au cerveau, vous pouvez certainement avoir accès à votre hémisphère droit. Vous mettrez simplement plus de temps et éprouverez un peu plus de difficultés que la plupart des femmes. Vous pouvez ressentir une intuition, mais vous serez incapable de la définir. Vous connecter à votre intuition représente un véritable défi pour vous, parce que votre tendance naturelle vous pousse à déconnecter vos deux hémisphères. Lorsque votre intuition s'exprime, votre hémisphère gauche – qui, vous vous en souvenez, tend à nier tout ce qui provient de l'hémisphère droit – raccroche probablement le téléphone, tout comme vous-même raccrochez au nez de ces employés de télé-marketing qui semblent toujours vouloir vous appeler au moment où vous vous mettez à table. Vous n'avez pas envie de les écouter. Il va peut-être vous falloir modifier votre façon de penser. Au lieu de recevoir des appels, vous devrez peut-être commencer à en faire, à composer le numéro qui vous mettra en relation avec votre hémisphère droit, en utilisant les techniques expliquées au dernier chapitre. Vous vous apercevrez peut-être, surtout au début, que vous allez vivre diverses situations semblables à celle que vous subissez lorsque vous appelez un service administratif. Vous patientez depuis un quart d'heure au téléphone, attendant un interlocuteur, lorsque, soudain, la communication est interrompue. Il y a de quoi devenir fou, mais ce que vous avez de mieux à faire est de recomposer le numéro et d'attendre. On vous raccrochera peut-être plus souvent au nez que les femmes, mais si vous persévérez, le nombre de ces interruptions peut diminuer.

Le plus grand défi de notre société, d'un point de vue intuitif, est de maintenir chaque homme et chaque femme branché sur son réseau intuitif. Les rôles définis pour chaque sexe évoluant et se modifiant, les hommes et les femmes sont de plus en plus semblables. Malheureusement, en raison de ces changements, les femmes commencent à perdre une partie de leurs connexions avec leur hémisphère droit, soit avec les émotions et l'intuition qui y sont traditionnellement rattachées, ce qui peut être considéré comme une grande perte.

LES BONS MOMENTS

L'intuition n'est pas statique. Les formes et l'intensité avec lesquelles l'intuition s'adresse à nous varient selon les différents stades de notre vie. Le moment de notre existence que nous traversons peut affecter la façon dont nous pouvons recevoir, comprendre et exprimer notre intuition.

On considère depuis longtemps les enfants comme plus intuitifs et souvent plus perspicaces que les adultes. Un jour, sortant de chez le coiffeur, où je m'étais fait éclaircir très légèrement quelques mèches, je pénétrai dans une librairie bondée où une de mes amies organisait une séance de signature. J'étais convaincue que personne ne remarquerait l'infime soupçon de blond qui éclaircissait à peine ma chevelure. (Vous savez bien que les femmes prétendent toujours que leur chevelure est naturelle.) À peine avais-je pénétré dans la salle que la fille de huit ans d'une de mes collègues m'interpella de l'autre bout de la pièce, de sa petite voix flûtée, interrompant brusquement le brouhaha des conversations : « Mona Lisa, pourquoi as-tu décoloré tes cheveux ? » Deux cents têtes se tournèrent soudain vers moi, tandis que j'essayais désespérément de me fondre dans les boiseries de la pièce et que je fantasmais sur les moyens de bâillonner cette enfant d'habitude si adorable.

Bien entendu, elle n'avait fait qu'obéir à son penchant naturel pour l'observation. La plupart d'entre nous ont vécu des expériences semblables, comme lorsqu'ils sont assis à table et que le petit Johnny se met soudain à hurler : « Maman, pourquoi M. Jones et Mme Smith font-ils ces drôles de trucs avec leurs pieds sous la table ? » Les enfants ont la faculté de recevoir un maximum d'informations, non seulement par l'intermédiaire de leurs cinq sens mais également par le biais de leur système intuitif. Bien avant de pouvoir parler, nous ressentons les choses sans pouvoir exprimer nos sensations. Cela peut s'expliquer par le fait que l'hémisphère droit se développe avant l'hémisphère gauche. De façon peut-être encore plus significative, les lobes frontaux des enfants – ces censeurs permanents qui ne cessent de nous répéter : « Tu ne peux pas faire ceci » ou : « Ne dis pas cela » – ne se développent complètement que plus tard dans la vie. Comme si ces circuits n'étaient pas encore connectés. Bien que les enfants connaissent des tas de choses, ils ignorent lesquelles sont importantes ou essentielles, impropres ou sans intérêt. Par conséquent, ils ont un conditionnement et un comportement sociaux insuffisants. Ainsi, ils ont tendance à laisser échapper étourdiment des remarques qui provoquent des silences embarrassés chez les adultes.

Néanmoins, la facilité avec laquelle les enfants ont accès à leur intuition est une expérience à la fois enrichissante pour eux et instructive pour nous. Regardez-les jouer et constatez la liberté qu'ils accordent à leur imagination et leur ouverture d'esprit au monde extérieur. Tout cela développe leurs dons intuitifs. Le jeu favorise la chance. En d'autres termes, lorsque vous jouez, vous n'essayez pas de limiter ce qui pourrait survenir. Vous êtes ouvert à tout ce qui peut favoriser ce que vous souhaitez, et cela inclut l'intuition. Nous abandonnons cette attitude lorsque nous rentrons dans l'âge adulte. Nous arrêtons de jouer, et notre univers change. Au lieu de vivre dans un monde marqué du sceau de l'inconnu et où des choses fantastiques peuvent se produire, nous nous retrouvons dans un endroit familier où chaque chose a une explication. Nous ne laissons aucune place à l'intuition, cette soudaine étincelle qui surgit de nulle part et qui nous offre bien souvent de nouvelles possibilités créatrices.

Cultiver l'intuition chez les enfants, leur faire prendre conscience de ce véritable don, devrait être la tâche à laquelle nous devrions tous nous atteler avant que leurs lobes frontaux n'apparaissent. Car, à partir de cet instant, ils ne cesseront de leur dire : « Désormais, n'écoute plus ton intuition. » Malheureusement, les adultes finissent très souvent par se comporter exactement comme les lobes frontaux de leurs enfants, inhibant leur intuition plutôt que l'encourageant. Généralement, les enfants ignorent qu'ils sont intuitifs ou que cette faculté comporte quelque chose de spécial. Un jour, j'effectuai une lecture pour un petit garçon extrêmement intuitif qui était fasciné par les voitures. Je lui demandai de décrire la mienne. Sa mère prit immédiatement le rôle du lobe frontal et tenta d'interrompre son fils en disant : « Oh, il ne peut pas faire ça ! » Mais il le put. Il décrivit parfaitement mon véhicule. « Un coupé Honda Civic vert », dit-il. Je lui demandai de m'imaginer assise au volant mon véhicule et de me décrire. Aussitôt, sa mère réagit à nouveau exactement comme un lobe frontal. Mais je lui assurai que son fils pourrait y parvenir, et ce fut le cas : « Un mètre soixante-trois, mince et cheveux longs jusqu'aux épaules. » Le fait qu'il m'ait décrite comme une femme mince me le fit aimer immédiatement. Je réalisai que ce petit garçon possédait un potentiel extraordinaire de voyance qui pourrait rendre de grands services à la justice. Il pourrait, par exemple, indiquer le type de véhicule qu'un meurtrier a utilisé pour s'enfuir... Mais, à moins que ces caractéristiques intuitives ne soient encouragées, il allait les perdre ou les brimer, comme nous sommes si nombreux à le faire durant notre jeunesse.

On peut aider les enfants à développer leur intuition en leur demandant de dessiner (activité du cerveau droit) ce qu'ils ont vu dans leurs rêves ou ce qu'ils ont fait durant la journée. Si un enfant renverse un verre de lait, on devrait le faire réfléchir à ce qui l'a poussé à poser ce geste, si une raison sous-jacente l'a incité à agir de la sorte. Et l'on devrait travailler avec lui en ayant recours aux symboles. Si la petite Suzie déclare que l'oncle Martin lui rappelle un porc-épic, on peut émettre l'idée qu'elle ressent une impression douloureuse lorsqu'elle se trouve en présence de l'oncle Martin.

Même si l'on développe l'intuition chez un enfant, il peut être difficile pour lui de rester en contact avec elle sa vie durant, car notre identité intuitive se modifie avec les cycles de la vie. Lorsque l'on passe de l'enfance à la puberté, l'ensemble de notre univers se transforme. Ces sacrées hormones apparaissent et font véritablement mûrir le cerveau. À ce moment, le lobe frontal se met en place, et l'on commence à entendre de façon plus sélective, à filtrer les informations que le lobe frontal nous interdit d'assimiler. Des inhibitions se manifestent peu à peu, et l'attention que l'on portait jusqu'alors aux nombreux signaux intuitifs qui nous parvenaient diminue.

Chez les femmes, la puberté représente le point de départ de ce que l'on peut appeler l'intuition cyclique, c'est-à-dire l'intuition que la plupart des femmes possèdent au cours de leurs années de formation et de fécondité. Cette intuition va et vient, rythmée par le cycle menstruel (voir croquis page 515). Durant les jours précédant l'ovulation, l'intuition est au plus bas. Puis, juste avant ses règles, la femme a de nouveau accès à son intuition. Christiane Northrup décrit la phase prémenstruelle comme le moment où la « sagesse intérieure », la sensibilité, l'écoute des émotions et des messages qu'elles transmettent sont le plus accessibles aux femmes. Il s'agit là de la sagesse de l'intuition. Biologiquement, elle fonctionne de cette façon : au cours de la première moitié du cycle menstruel, les taux de lutéine et de folliculine, hormones qui incitent les ovaires à sécréter les ovules, sont bas. Ils augmentent progressivement pour atteindre un maximum au cours du quatorzième jour. Bien que nous ignorions la connexion exacte entre le cerveau et ces hormones, nous savons que l'hormone œstrogène, contrôlée par ces dernières, voit, elle aussi, son taux augmenter en milieu de cycle. Elle s'associe alors au système limbique du cerveau, lequel est essentiel à l'intuition. Ainsi, l'ovulation apparaît comme le facteur déclenchant du réseau intuitif et permet aux femmes d'y avoir accès plus facilement.

Avant l'ovulation, l'hémisphère gauche du cerveau est en contrôle. L'essentiel de la fonction du langage est supposée se trouver dans cet hémisphère. Cependant, des études ont démontré que l'hémisphère gauche est également conçu pour entendre essentiellement les mots *positifs* comme joie, bonheur, amour et gaieté. Néanmoins, après l'ovulation, l'hémisphère droit prend la direction des opérations alors que l'hémisphère gauche perd son influence. Chez les femmes, la fonction du langage peut se trouver également dans les deux hémisphères, mais les mots auxquels l'hémisphère droit est réceptif sont des mots à connotation négative. Les femmes peuvent alors entendre les mots fureur, colère, tristesse et dépression de façon plus importante pendant leurs règles que pendant le reste de leur cycle. Durant cette période, leur cerveau leur permet de percevoir les choses qu'elles n'entendent pas habituellement. C'est l'intuition qui est à l'œuvre ; elle nous permet d'acquérir des informations et des connaissances qui ne sont pas habituellement présentes dans notre environnement extérieur, des informations qu'en général nous ne pouvons voir, entendre ou utiliser.

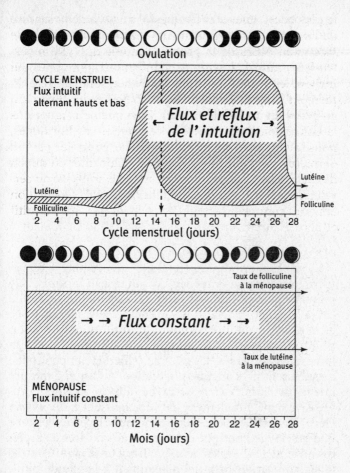

Christiane Northrup nous raconte l'histoire édifiante d'une patiente amenée un jour en consultation par son mari, qui déclara (et je ne plaisante pas) : « Réparez-la, elle est cassée. » « Quel est son problème ? » demanda le Dr Northrup, stupéfaite. L'homme répondit que sa femme était normale pendant la première moitié de son cycle. « Elle s'occupe de tout dans la maison : elle prépare les repas, fait la lessive et raccommode mes chaussettes. Et elle s'active avec bonne humeur. Elle est heureuse. Mais, deux semaines avant ses règles, tout change. Soudain, sa vie ne lui convient plus. Elle veut aller à l'université ! » En sa qualité de réparateur d'appareils électroménagers, cet homme était familier avec la notion de « réparation ».

Durant sa phase prémenstruelle, cette femme entendait la sagesse de son intuition lui dire que sa vie devait être modifiée, que des aménagements devaient y être apportés. Elle réprimait cette idée le reste du temps, parce que son mari ne voulait pas en entendre parler et qu'elle-même préférait éviter des scènes de ménage. Après l'ovulation, son intuition se manifestait à elle par l'intermédiaire de son cycle menstruel et lui envoyait des signaux qu'elle ne pouvait ignorer.

Durant ses années de fécondité, une femme a réellement besoin de se brancher sur son réseau intuitif et d'y prêter la plus grande attention, spécialement pendant la phase prémenstruelle. Lorsqu'elle devient ménopausée et que son cycle menstruel cesse, une transformation physique survient, qui affecte son intuition. Chez la femme ménopausée, les taux de folliculine et de lutéine ne subissent plus aucune fluctuation. Au fur et à mesure que les ovulations décroissent, ces taux augmentent progressivement. Finalement, ils se stabilisent à un niveau élevé. D'après la science, ce phénomène se produit parce que le cerveau continue d'ordonner aux ovaires de sécréter davantage d'ovules, alors qu'il n'y en a plus. Comme le signal ovarien habituel demandant à la glande pituitaire de diminuer sa production de folliculine et de lutéine n'existe plus, on croit que la glande pituitaire continue de produire ces hormones à un taux très élevé dans le vain espoir que des ovules soient expulsés. Mais la nature n'agit pas sans raison. Pourquoi le cerveau continuerait-il à fabriquer de la folliculine et de la lutéine, qui sont de précieux neuropeptides, alors qu'il pourrait consacrer cette énergie à fabriquer de bonnes protéines pour les cuisses, par exemple ? Le cerveau le fait pour une raison bien précise. En agissant ainsi, il ne s'adresse pas seulement aux ovaires et à l'utérus, mais à tous les organes du corps : il transmet alors l'intuition à l'organisme tout entier.

Christiane Northrup décrit la ménopause comme le passage d'un courant de sagesse alternatif à un courant de sagesse continu. Durant la ménopause, l'intuition ne se présente plus sous la forme de flux discontinus, mais sous la forme d'un flux constant. À la lueur de ce fait, il n'est pas surprenant que de nombreuses cultures considèrent les femmes âgées comme des femmes sages et célèbrent la « sagesse de la vieille ». Ces femmes disposent non seulement de la sagesse que procurent l'âge et l'expérience, mais aussi de la sagesse intuitive. Et elles ne craignent pas de l'utiliser et de suivre ses conseils. On a constaté un peu partout que de nombreuses femmes, après la ménopause, deviennent beaucoup plus déterminées et péremptoires qu'elles ne l'étaient auparavant. Joan Borysenko l'affirme sans ambages : « À la ménopause, les femmes deviennent de grandes gueules ! » Ce phénomène se produit parce qu'elles perdent les inhibitions qui les ont empêchées d'envoyer des flèches à tout propos, comme le font les hommes. Cette modification de comportement peut résulter d'une production accrue d'hormones androgènes. Les femmes qui manquaient d'assurance durant leur jeunesse, qui n'osaient prendre aucune initiative et, de ce fait, rataient de nombreuses occasions, se mettent à adopter, après la ménopause, davantage d'attitudes et d'initiatives masculines. De plus, elles ont tendance à attaquer et à marquer des points, tout comme les hommes.

Ces divers éléments devraient réjouir les femmes qui atteignent l'âge de la ménopause, car il ne s'agit pas là d'un voyage sans retour vers le déclin et l'oubli. C'est plutôt une opportunité de puiser pleinement dans nos ressources intuitives et de nous imprégner de toutes les informations et de toutes les richesses offertes par notre réseau intuitif.

Là encore, je peux vous entendre penser : « Mais, et les hommes, alors ? » Je n'ai absolument pas l'intention de les négliger. Malheureusement, nous ne possédons que très peu d'éléments concernant d'éventuels cycles dans le cerveau mâle qui pourraient correspondre à ceux des femmes et influencer ainsi le flux d'intuition. Il existe quelques preuves montrant que, lorsque les hommes vieillissent et que leur propre modification hormonale survient, leur mécanisme d'attention se modifie, comme chez les femmes, ce qui pourrait affecter la façon dont ils écoutent leur intuition et réagissent à ses conseils. Les hommes qui, durant leur jeunesse, faisaient feu de tout bois, commencent à se calmer, écoutent avec plus d'attention, parlent à bon escient et ont raison plus fréquemment. En vieillissant, la plupart des hommes ont donc une chance de vivre ce que les femmes ont vécu durant leur jeunesse. Ils ont la possibilité de viser juste et de bien faire les choses. Ils ont une chance de s'ouvrir davantage à leur intuition et d'appliquer à leur vie les conseils qu'elle leur donne.

Les scientifiques commencent tout juste à explorer les cycles du cerveau des hommes et les changements qui s'effectuent dans leur vie. Des recherches plus approfondies dans ce domaine révéleront peut-être que les hommes ont leurs propres caractéristiques intuitives.

DU DÉSORDRE À L'ORDRE

Certains individus des deux sexes ont un cerveau qui fonctionne différemment de celui des autres. Généralement, on dit qu'ils ont le cerveau ou l'esprit « dérangé », ce qui est, en fait, un synonyme de « maladie ». Très souvent, ces personnes ont un véritable don intuitif. Vu sous cet angle, le choix du mot « dérangé » acquiert alors une signification intéressante. On pourrait dire que ce désordre est créé par l'intuition. Cette dernière n'obéit à aucun protocole et n'est limitée par aucun règlement. Elle nous pousse à renverser de l'eau, à casser des tasses et à faire des commentaires gênants pour ceux qui les entendent. Le désordre qu'elle crée est inquiétant. Mais, avec du travail, nous pourrons parvenir à rétablir un ordre normal dans notre cerveau.

L'intuition du rêveur : le cerveau hypofrontal

Vous a-t-on jamais lancé que vous étiez dans la lune ? Les gens vous disent-ils des phrases telle : « Bienvenue sur Terre ? » Si oui, votre mécanisme d'attention est sans doute légèrement différent de celui des autres. Vous représentez ce que j'appellerais une façon atypique d'évoluer dans le monde et de lui prêter attention. Fait intéressant : l'une des conditions requises par l'intuition est de modifier son approche du monde. La plupart des gens s'attardent aux choses extérieures. Mais, dans ce cas, ils ne prêtent pas attention aux choses du monde intérieur d'où l'intuition leur parvient. Si vous avez un moyen inhabituel de voir ce qui se passe autour de vous, peut-être d'une façon plus attentive, vous avez probablement, et par définition, des dons intuitifs particuliers. Ce qui vous distingue des autres vous rend spécial. Et cette différence est la marque de votre génie.

Le meilleur exemple permettant d'illustrer ce phénomène est celui des personnes ayant changé considérablement leur processus intuitif, soit des personnes souffrant de désordres de l'attention. On suppose qu'il s'agit là d'un problème de développement. La zone du cerveau où est situé le centre de l'attention se développe différemment des autres zones. On appelle les personnes souffrant d'une telle affection des *hypofrontales*.

Cela signifie que leurs lobes frontaux sont quelque peu déconnectés, diminuant ainsi leur efficacité. Vous vous souvenez que nos lobes frontaux agissent comme des censeurs et des inhibiteurs qui nous interdisent d'apprendre ou de faire certaines choses. Ils sont semblables à ces directeurs d'école tentant de calmer l'excès d'activité de leurs élèves et de maintenir le brouhaha des voix à un niveau supportable.

Parce que leurs lobes frontaux sont en hypoactivité, les personnes souffrant de désordres de l'attention éprouvent des difficultés à se concentrer pendant de longues périodes de temps. Elles ont tendance à prêter attention à plusieurs choses à la fois et sont presque incapables d'éliminer les sujets sans importance. Lorsque, par exemple, elles entendent le vent frémir dans les feuilles des arbres par la fenêtre de leur salle de classe, ces personnes ne peuvent ignorer ce son qui distrait leur attention des propos de leur professeur. Ces gens sont également excessivement actifs physiquement. Ils sont toujours en train de jouer avec un stylo, de tripoter leurs cheveux, leurs jambes, leurs pieds agités de tremblements nerveux, se levant et se rasseyant sur leur chaise. Ils sont mûs par une force intérieure et ne peuvent s'arrêter. Semblables au petit lapin de la pub sur une marque de piles électriques, ils sont toujours en activité. En outre, ces gens-là souffrent d'une dépendance aux stimuli. En d'autres termes, lorsqu'ils sont mis en présence d'un stimulus quelconque, ils sont attirés par lui de façon irrésistible. Je me suis rendue à Las Vegas à plusieurs reprises et je me souviens que chaque fois, je me suis trouvée complètement hypnotisée par les néons qui clignotent sans cesse. Ces derniers représentaient un stimulus dont il m'était extrêmement difficile de m'arracher. Il est très fréquent, pour quelqu'un souffrant de cette affection, de regarder la télévision, d'écouter la radio avec des écouteurs, de surfer sur le Net et de parler au téléphone – tout cela en même temps. Entourées par tous ces stimuli, ces personnes sont heureuses. Être un « accro des stimuli » signifie aussi avoir des problèmes d'inhibition et éprouver des difficultés à refréner nos impulsions. Elles aperçoivent donc le signal d'alarme d'incendie sur le mur, lisent le mot « abaissez... » et, automatiquement, rabattent la manette d'un coup sec avant d'avoir lu le reste du message, «... en cas d'urgence ». Je représente le cas typique des individus souffrant de troubles de l'attention.

En raison de leur dépendance aux stimuli, ces personnes ont une façon bien personnelle de décocher étourdiment des traits dans n'importe quelle situation. Lorsque je dus me faire photographier pour la jaquette de mon livre, je m'arrangeai, par téléphone, pour rencontrer le photographe dans un lieu public. Je ne l'avais vu qu'une fois auparavant, et il me demanda si j'allais le reconnaître. L'image de lui présente à mon esprit remontait à un jour très froid et neigeux où il était venu prendre des photos d'un ami. Tout ce dont je me souvenais c'était qu'il portait un bonnet de laine et que son nez coulait. Aussi lui répondis-je : « Bien sûr, vous êtes le type au bonnet de laine et au nez qui coule. » Un bref silence s'ensuivit. Puis, il rectifia gentiment mes propos : « Non, dit-il, je suis le gars qui ressemble à Elton John, avec un peu plus de cheveux. » En fait, le jour où je l'avais rencontré, je ne m'étais concentrée que sur certains détails caractéristiques de sa personne.

Les élèves qui souffrent de désordres de l'attention ont la remarquable capacité de se concentrer sur des tas de choses, aussi bien extérieurement qu'intérieurement, sauf deux, celles que les scientifiques estiment être les seules importantes : la feuille de papier qu'ils ont sous les yeux et la dame ennuyeuse debout près du tableau noir. Par ailleurs, ils ressentent les ondes négatives que la plupart des autres ne remarquent pas, parce qu'ils sont uniquement concentrés sur leur tâche du moment et que leurs lobes frontaux les nient. Comme elles n'utilisent que très peu leurs propres lobes frontaux, les personnes souffrant de désordres de l'attention sont rarement au diapason du comportement social des autres et font fréquemment des remarques mal venues. Un enfant atteint de cette affection observera que, chaque fois que papa rentre tard de son travail, il dégage une odeur de parfum. Le lobe frontal de maman s'efforce de bloquer son réseau intuitif en lui disant : « Tu ne dois pas penser à cela. C'est impossible. » Mais, chaque fois que son père rentre à la maison, le petit Johnny s'écrie : « Oh, papa, tu sens bon ! » Et, chaque fois, son père le rabroue en lui disant : « Tais-toi. » Mais Johnny continue parce qu'il ne peut s'en empêcher. Et, en agissant ainsi, que fait-il ? Il met l'accent sur le détail saillant de la situation. Comme le papillon de nuit attiré par la lumière, Johnny met le doigt sur le détail significatif et se dirige infailliblement vers le point important que personne ne veut voir.

Si, dans un groupe de personnes tout à fait conformes socialement, vous ajoutez un individu souffrant de troubles de l'attention, il percera tous les secrets dissimulés sous les apparences et n'hésitera pas à les déballer. Comparons cette situation aux membres de la famille royale anglaise, tous impassiblement assis au cours d'une discussion pénible, alors que, au bout de la table, se trouve un enfant, atteint d'un désordre de l'attention et qui leur lance la vaisselle au visage. Ceux qui souffrent de ce type de désordre sont souvent des intuitifs somatiques, ce qui signifie qu'ils ressentent les choses dans leur corps et les traduisent par le mouvement. Je réagis fréquemment moi-même de cette façon. Si je me trouve dans une réunion de travail où les apparences sont civiles et calmes alors que je sens la tromperie dans l'air, je renverse immanquablement mon verre d'eau ou vide l'encre du réservoir de mon stylo sur la table. D'une façon ou d'une autre, je provoque une certaine pagaille qui concrétisera les problèmes sous-jacents que tout le monde s'efforce de dissimuler. Une amie à moi souffre d'un comportement quelque peu obsessionnel (un autre désordre que nous verrons un peu plus loin). Ces gens-là s'efforcent de transformer leur environnement de façon à dissimuler l'angoisse et le désordre qu'ils ressentent intérieurement. Mais lorsque je suis en présence de telles personnes, je perçois tout ce chaos enfoui. Et, parce que je souffre moi-même de désordres de l'attention et que je suis une intuitive somatique, ce chaos va se concrétiser. Infailliblement, lorsque je suis chez cette amie, je renverse quelque chose. J'ai déjà versé de l'huile sur son lit, du soda à l'orange sur son tapis tout neuf et cassé divers objets. Tout cela m'arrive chez elle plus que n'importe où ailleurs, à un point tel qu'elle a commencé à devenir quelque peu paranoïaque. En réalité, je ne fais que réagir à ses troubles intérieurs, bien que cela ne me dispense absolument pas de la responsabilité de lui acheter un nouveau tapis ou d'autres objets en diverses occasions.

Récemment, je buvais un cappuccino avec un collègue chez lequel je devais dîner ce soir-là. Je me sentais très perturbée et énervée, sans aucune raison apparente. Au moment de partir, je renversai involontairement ma tasse de café, qui tomba par terre, m'inondant de son contenu et se brisant en mille morceaux. Couverte de café, j'avais maintenant une excuse pour annuler ce repas, ce qu'en réalité je souhaitais depuis un moment. Il s'avéra que mon ami avait eu une dispute avec sa femme, situation que j'avais subodorée depuis le début. Une fois de plus, j'avais intuitivement et somatiquement matérialisé le tumulte sous-jacent que j'avais ressenti ce soir-là.

Les enfants atteints de troubles de l'attention se font les interprètes inconscients des disputes survenant à la maison. Papa et maman se querellent, puis tentent de calmer les choses. Mais bébé se prend les pieds dans le tapis, tombe et se blesse à la tête parce qu'il sait que quelque chose se passe, et il le concrétise physiquement. Maintenant, il saigne parce que ses parents saignent intérieurement, mais personne ne l'admet. Ce cas est semblable à celui de l'enfant dont nous avons parlé plus tôt (voir l'expérience Minuchin) et qui souffre de maladies ayant un rapport avec les souvenirs et les émotions de sa famille. Cet enfant devient l'intuition corporelle de la famille.

Il n'est pas nécessaire que vous soyez gravement atteint de désordres de l'attention pour faire preuve de la même hypersensibilité intuitive. Beaucoup de gens, qui ne sont que légèrement affectés par les troubles de l'attention, sont connectés à leur système intuitif de diverses façons. On estime que quinze pour cent de la population est touchée par cette affection. Comme on retrouve le même pourcentage de gauchers parmi cette population, ce qui est considéré comme une moyenne normale, je prétends que les troubles de l'attention ne sont en réalité ni un désordre ni une maladie. Il s'agit plutôt d'un comportement atypique. Il est vrai que cette caractéristique complique quelque peu l'existence lorsqu'il s'agit de s'intégrer dans une société qui voit avec une certaine méfiance le concept de l'intuition et qui associe au « diable » ce genre de tournure d'esprit atypique. Mais je préfère apprécier les bienfaits que cette attitude apporte avec elle – l'accès à un sens qui nous aide à créer une nouvelle organisation de notre vie et qui nous apporte la bénédiction que représente le bien-être.

L'intuition du sac en plastique hermétique :
le cerveau hyperfrontal

Bien que les désordres de l'attention puissent aider les gens affectés à se mettre plus facilement à l'écoute de leur réseau intuitif, une autre catégorie de désordres mentaux provoquent malheureusement des effets opposés. Ces syndromes sont caractérisés par un lobe frontal très fort, de la taille des biceps d'Arnold Schwarzenegger, qui censure et freine l'intuition en permanence. Les personnes affectées par ces syndromes remâchent sans cesse les mêmes idées. Les malades atteints de troubles obsessionnels compulsifs sont aussi *hyperfrontaux*. Si l'on pratiquait un scanner de leur cerveau, la zone de leur lobe frontal s'allumerait comme une torche. Cela signifie que leur cerveau leur dit en permanence : « Tu ne peux faire ceci ; ne fais pas confiance à tes sensations corporelles ; ne va pas là-bas maintenant, ce n'est pas le bon moment ; ne dis pas cela, les gens penseront que tu es idiot. » Chez ces gens-là, les lobes temporaux et leur capacité intuitive sont tenus à l'écart.

Nous connaissons tous des gens dotés de traits de caractère obsessionnels. Ils placent tous les aliments du réfrigérateur dans des sacs Ziploc (sacs en plastique hermétiques). Ils utilisent les feuilles de papier aluminium une fois, deux fois, trois fois, puis les plient soigneusement et les placent dans un tiroir après chaque usage. Ils vous donnent l'impression de ne jamais se plaindre, ne font jamais de bruits corporels incongrus, même pas un gargouillis intestinal. Chaque détail de leur vie doit être parfaitement ordonné. Ils ont besoin de tous les éléments avant de réfléchir longtemps et de prendre une décision. Ils se font du souci et ruminent en permanence.

Chose curieuse, malgré le bavardage incessant de leur lobe frontal, les personnes affligées de troubles obsessionnels compulsifs sont véritablement très intuitives. Leur affection est mise en relief par une angoisse exacerbée au sujet de détails futiles. En d'autres termes, elles détectent et ressentent des éléments très subtils autour d'elles. Mais, avant de pouvoir les reconnaître et d'agir en conséquence, elles deviennent obsédées par l'effort fourni pour organiser leur environnement et faire cesser leur angoisse. Si ces individus étaient en mesure de faire taire cette obsession, ils auraient la possibilité de devenir d'excellents intuitifs corporels. Mais ils devraient, pour cela, pouvoir déterminer le moment où leur lobe frontal, leur censeur, entre en scène.

Imaginons que vous êtes en train de lire ces lignes et qu'au bout d'un moment, vous vous mettez à tordre nerveusement vos doigts. Puis, vous vous levez cinq fois pour aller vous laver les mains. Ensuite, vous vous mettez à penser qu'au lieu de lire ceci, vous feriez mieux de vous concentrer sur les factures à payer ou sur le nettoyage de la moquette. Vous n'avez pas passé l'aspirateur depuis vingt-quatre heures, et il y a un poil de chien sur le petit tapis ; vous devez l'enlever immédiatement. Vous devez passer la balayeuse parce que vous vous sentez angoissé. Et, ce faisant, vous ignorez votre réseau intuitif puisque vous utilisez vos contraintes et vos obsessions pour étouffer votre intuition corporelle. Si vous pouviez noter précisément l'instant où vous commencez à vous tordre les doigts, vous seriez en mesure d'identifier votre intuition corporelle, qui exprime votre angoisse, c'est-à-dire les émotions ressenties physiquement. Il serait bon que vous notiez ces remarques dans un carnet. Ainsi, vous pourriez y avoir recours comme un manuel d'instructions pour traduire le langage corporel retenu par votre intuition pour se manifester à vous. Si vous ressentez des palpitations cardiaques, vous pouvez vous adresser à votre quatrième centre émotionnel et déterminer le secteur où existe un déséquilibre concernant les relations et l'expression émotionnelle. Si vous sentez votre estomac se soulever et une nausée vous envahir, il serait bon d'essayer de déterminer les événements ayant pu provoquer cette nausée, puis de vous adresser à votre troisième centre émotionnel afin de trouver le déséquilibre se rapportant à la responsabilité ou à la compétence. Vous pouvez puiser dans ce qui vous semblera être votre type d'intuition dominant et apprendre à devenir un bon intuitif corporel.

Tous les circuits sont coupés : le cerveau déconnecté

Une autre affection qui représente un défi à l'intuition est appelée *alexithymia*. Les personnes affligées de cette affection ont un cerveau dont toutes les zones du réseau intuitif sont débranchées. Comme si quelqu'un avait coupé toutes les connexions avec une paire de ciseaux. Bien que ces personnes soient en possession de tous les éléments du réseau, les différentes parties ne peuvent communiquer entre elles. Elles peuvent ressentir des intuitions physiques ou somatiques, mais ne peuvent les exprimer. En fait, elles sont même dans l'incapacité de les reconnaître, en raison du manque de connexions dans leur cerveau et, de façon encore plus significative, de la dominance de l'hémisphère gauche qui, lui, nie l'existence de toute intuition, quelle qu'elle soit.

Un jour, nous partîmes en voiture quelques amies ensemble pour nous rendre dans la campagne afin d'effectuer une randonnée équestre. La journée avait commencé sous le soleil, mais, comme nous roulions, les nuages s'amoncelaient peu à peu. Bientôt, quelques gouttes se mirent à tomber. Mary, qui conduisait, mit les essuie-glaces en marche. Depuis le siège arrière, Joan se lamenta : « Oh, non, il commence à pleuvoir ! » dit-elle. À l'avant du véhicule, Mary secoua la tête. « Non, dit-elle, il ne pleut pas. Nous allons faire une belle promenade à cheval. Tout sera formidable. » Mais elle venait juste de mettre en marche les essuie-glaces ! C'était tout à fait caractéristique. Sa main gauche avait actionné le bouton des essuie-glaces, mais, simultanément, son cerveau gauche niait ce que son corps avait fait. D'une certaine façon, cette femme était une intuitive somatique, semblable aux personnes souffrant de troubles de l'attention, parce que son corps avait réagi immédiatement à un message intuitif. Le corps, comme l'ensemble de ce livre tente de vous le démontrer, effectue toujours le geste approprié. Mais il ne peut empêcher l'hémisphère gauche de nier la vérité.

Le mari d'une de mes amies est probablement « *alexithymique* ». Au cours d'une soirée chez eux, nous regardions le film d'Howard Stern, *Private Parts*. Quoi que l'on puisse penser d'Howard Stern, ce film est vraiment très drôle. Mark, le mari de mon amie, n'était pas présent au début du film. Très rationnel et très strict, il n'apprécie généralement pas l'humour d'Howard Stern. À un certain moment, après le début du film, il vint nous rejoindre. « Je n'entends rire personne », dit-il, et il s'assit. Après un moment, le film commença à devenir vraiment drôle, et Mark se mit bientôt à rire. En quelques minutes, nous étions tous écroulés de rire, mais Mark riait le plus fort. Par moments, le rire le secouait de son fauteuil. Le jour suivant, tout en se rendant à son travail en voiture, mon amie demanda à son mari : « Que penses-tu du film que nous avons vu hier soir ? » Et Mark lui répondit : « Je l'ai trouvé simpliste. Je ne l'ai pas aimé du tout. » Mon amie n'en crut pas ses oreilles. Elle l'avait vu éclater de rire à s'en tordre les boyaux. Et maintenant, il le niait ! Il était en train de nier les émotions que tout le monde l'avait pourtant vu exprimer.

Mary (qui avait mis en marche les essuie-glaces alors qu'elle prétendait qu'il ne pleuvait pas) et Mark (riant en voyant le film d'Howard Stern) possédaient tous deux un réseau intuitif déconnecté. Ils ressentaient physiquement les émotions et entendaient les signaux en provenance de leur cerveau, mais ils restaient incapables de les reconnaître. Leur hémisphère gauche était si puissant et tellement déconnecté du reste du réseau intuitif, qu'il niait tout simplement l'existence de ce réseau. Les gens comme eux peuvent se sentir contrariés et arborer un visage furieux. Mais lorsque vous leur demandez si quelque chose ne va pas et comment ils se sentent, ils vous répondent : « Non, je vais bien. Tout va bien. » Leur corps exprime une chose, et leur bouche en dit une autre. Inversement, ils peuvent vous annoncer la mort de leur chien, que leur père vient de se briser une hanche, qu'ils sont anémiques et sur le point de subir un contrôle fiscal, mais tout cela avec le sourire, comme s'ils parlaient de choses sans importance.

En fait, ce type d'affection peut rendre la vie très pénible à ces gens-là. Parce qu'ils sont déconnectés des autres et de leur réseau intuitif, ils ont tendance à être extrêmement moraux, rationnels et obsédés. Ils sont souvent dépressifs et souffrent de difficultés personnelles parce qu'ils peuvent parfaitement vivre une expérience agréable, mais sont incapables d'éprouver de la joie, car leur hémisphère gauche en nie l'existence. Ils se sentent toujours quelque peu différents des autres et séparés du reste du monde. C'est là une situation regrettable puisque, fondamentalement, ils ont tendance à être extrêmement gentils, affectueux, à avoir bon cœur, mais ne peuvent créer de contacts avec les autres.

L'*alexithymia* est un syndrome pénible. Les personnes qui en sont atteintes ont un véritable problème pour ressentir leurs émotions, leurs sensations corporelles et leur intuition. Il semblerait qu'elles ne puissent y parvenir que par l'intermédiaire des autres. Tout d'abord, elles doivent prendre conscience qu'elles sont si perdues qu'elles requièrent l'aide d'autrui. Ensuite, elles doivent se tourner vers les autres pour que ceux-ci leur fournissent les renseignements intuitifs dont elles ont besoin en devenant, en quelque sorte, leurs câbles téléphoniques de secours. Enfin, elles doivent être ouvertes aux informations. Leur seule façon de comprendre les expériences de l'hémisphère droit et du corps est que quelqu'un puisse les leur transmettre. Lorsque ces personnes déclarent : « Ce film n'était pas drôle », il faut que quelqu'un puisse leur dire : « Je crois pourtant me souvenir que tu as beaucoup ri en le voyant. »

Si vous êtes affligé de ce syndrome, vous ressentirez parfois une drôle d'impression : vous constaterez que votre entourage a tendance à se méprendre sur votre état d'esprit. Les gens vous demanderont : « Quelque chose ne va pas ? » et vous répondrez : « Non, tout va bien », pensant qu'ils sont fous. Mais si vous réalisez que vous êtes entouré de fous et que vous êtes le seul élément sain, il se peut que vous vous posiez la question suivante : « Serait-il possible que mon hémisphère gauche soit en train de tirer les ficelles ? Devient-il semblable à la puissante soprano de la chorale qui veut chanter plus fort que tout le monde ? » Vous devrez alors interroger les autres : « À quoi ressemblait mon visage ? » Vous devrez leur expliquer vos rêves et leur permettre de les expliquer à leur tour. Vous aurez probablement des tas de cauchemars parce que votre âme sera dans l'obligation d'utiliser un haut-parleur pour parvenir jusqu'à vous. Elle vous enverra des images terrifiantes afin de vous pousser à changer rapidement. Ce sera dur, mais vous pourrez vous transformer. Grâce aux autres, et si vous êtes désireux de les écouter, vous pourrez apprendre à saisir ce que votre corps et vos émotions vous disent.

CERVEAU GAUCHE, CERVEAU DROIT

La plupart des gens ne souffrent pas de syndrome particulier ni de désordre du cerveau. Dans notre culture, les hommes et les femmes sont essentiellement « hémisphère gauche » avec des lobes frontaux puissants et très développés. Comme vous le savez, les personnes à prédominance « hémisphère gauche » s'appuient principalement sur l'intellect. Ce sont des personnes rationnelles, directes, bien organisées et qui s'expriment verbalement. Ce sont les bibliothécaires du monde pour lesquelles la précision du langage est essentielle. Elles peuvent sembler manquer de drôlerie mais, nom d'un chien, elles connaissent bien leur langue ! Si ces personnes voient une feuille d'arbre tomber, elles peuvent vous décrire de mille et une façons sa couleur ainsi que la courbe, les tourbillons et les spirales de sa chute dans les airs. Elles composeront une ode en l'honneur de cette feuille parce que c'est ainsi que leur esprit fonctionne – avec précision, beaucoup de détails et des mots supplantant les sentiments. Par contraste, une personne « hémisphère droit » considérera cette feuille et s'exclamera : « Oh, quelle belle feuille ! »

Vous vous rappelez, l'hémisphère droit fournit un sentiment, un instinct, une impression, une idée générale ou une image. L'intuition semble nous parvenir tout d'abord par l'intermédiaire de l'hémisphère droit et du lobe temporal. L'hémisphère gauche, quant à lui, est très orienté vers les détails et la précision : il doit fournir les détails nécessaires à l'intuition qui nous parvient. Si nous confectionnons un gâteau, notre hémisphère droit nous suggérera la forme à lui donner, alors que notre hémisphère gauche, lui, nous proposera les motifs de la décoration. Ou alors, cela peut se comparer à une information que je vis un jour à la télévision, peu de temps après la mort de Mère Teresa. L'une des nonnes qui travaillaient avec elle avait fabriqué une énorme mosaïque dans l'herbe représentant le visage de Mère Teresa. De loin, vous pouviez distinguer les traits essentiels de son visage ; mais en vous approchant, vous réalisiez que les détails étaient formés de milliers de pétales. Le portrait était défini à la fois par le dessin général et par les pétales de fleurs. De même, notre intuition nous devient-elle intelligible lorsque l'hémisphère droit et l'hémisphère gauche travaillent harmonieusement ensemble.

La fille d'une de mes amies représente le cas type d'un hémisphère gauche dominant. Maggie peut vous rendre fou simplement en tartinant son pain. Elle mettra une noisette de beurre sur son couteau et commencera à l'étaler méticuleusement sur chaque parcelle de sa tranche de pain, bourrant tous les trous, comme s'il était essentiel pour elle de l'enduire intégralement. Quant à moi, au contraire, j'aurais plutôt tendance à saisir un couteau, une cuillère ou tout autre ustensile, y compris l'un de mes doigts, et à étaler le beurre n'importe comment sur mon pain, ne couvrant en général que la moitié de la tranche et faisant tomber une partie du beurre sur la table. Je m'en tiens au schéma général, alors que Maggie aura manqué l'autobus scolaire parce qu'elle se sera acharnée sur les détails de sa tartine. Peut-être aurait-il fallu que nous nous mettions à deux – Maggie, hémisphère gauche, et Mona Lisa, hémisphère droit, pour parvenir à beurrer correctement la tranche de pain en question.

C'est la même chose avec l'intuition. Maggie veut devenir actrice. Elle est véritablement excellente quand il s'agit de mémoriser ses textes, parce que sa faculté d'analyse, située dans l'hémisphère gauche, est très développée. De même, elle chante très bien, parce qu'elle est capable d'analyser la musique selon les critères de l'hémisphère gauche et de la retranscrire en la chantant avec beaucoup de justesse. Par contre, il ne viendrait à l'esprit de personne de la comparer à Ella Fitzgerald et d'admettre qu'elle met beaucoup d'émotion dans ses chansons. Cela est également vrai par rapport à sa façon de jouer. L'imagination représente une part très importante du jeu d'acteur, car on doit imaginer à quoi ressemblerait le personnage que l'on incarne. En fait, interpréter un rôle s'apparente beaucoup à une lecture intuitive que l'on ferait pour quelqu'un. L'imagination, comme l'intuition, est située dans l'hémisphère droit. Cependant, Maggie éprouve de grandes difficultés à puiser dans son imagination. En ce qui me concerne, cela ne me pose pas de problème. Je peux me transposer dans le corps de quelqu'un et tenter de déterminer ce qu'il ressent. Néanmoins, même pour sauver ma vie, je ne pourrais jamais apprendre un texte par cœur. Là encore, il faudrait que nous soyons toutes les deux ensemble pour fabriquer une excellente actrice, quelqu'un dont le talent serait naturel et éclatant. Afin d'aider Maggie à se mettre à l'écoute de son imagination et de son intuition, je lui fais, en général, une lecture intuitive pour lui apprendre à être attentive à son hémisphère droit et à utiliser les informations qu'il diffuse au lieu d'être en permanence censurée par son hémisphère gauche et son lobe frontal.

Voilà le problème des personnes qui sont trop « hémisphère gauche ». Leurs lobes frontaux, très puissants, sont toujours en train de leur ordonner d'ignorer tout ce qui provient de leur hémisphère droit. Tout en camouflant n'importe quelle information en provenance du cerveau droit et du lobe temporal, ces lobes frontaux ne cessent de répéter : « Tu ignores cela. Tu ne peux pas savoir cela. Cela ne se peut pas. » En agissant ainsi, ils inhibent complètement les informations émotionnelles intuitives et corporelles en provenance de l'hémisphère droit. En conséquence, les personnes à dominance « cerveau gauche » croient qu'elles ne sont pas intuitives. En fait, elles ont simplement déterminé inconsciemment les points forts de leur intuition et appris à les utiliser afin de surmonter leurs faiblesses intuitives. C'est ce que nous apprendrons dans le chapitre suivant. Les personnes « hémisphère gauche », par exemple, ont tendance à penser en termes très symboliques et peuvent, de ce fait, ressentir de très fortes intuitions au cours de leurs rêves.

Quant à elles, les personnes à dominance « hémisphère droit » ont aussi leurs propres faiblesses. Elles peuvent percevoir de fortes images intuitives, mais il s'agit de généralités, sans aucun détail. Une telle personne faisant une lecture intuitive serait surtout capable de faire une description d'ordre général du genre : « Oh, cette personne ressemble à une vraie mère. Elle est presque irréelle, comme un songe. Elle aime les tons pastel. Son travail a un rapport avec les jardins et les fleurs. » Il s'agit là d'une information picturale sympathique, mais guère analytique. Elle ne fournit pas beaucoup d'éléments. Il faudrait qu'une personne « hémisphère gauche » prenne la suite et dise : « Elle mesure environ un mètre soixante-cinq, elle est affligée d'un léger strabisme convergent de l'œil gauche et souffre de son poignet gauche. » L'hémisphère gauche met un nom sur ce que vous voyez ou entendez intuitivement ou sur les émotions que vous ressentez. Il vous dit : « Cette femme est déprimée », ou : « Cette femme est solitaire. » Une personne à dominance « cerveau droit » aura tendance à exprimer son intuition de façon trop subjective. Cela ne vous apporte rien de concret. Si l'on demande à un « hémisphère droit » de décrire quelqu'un, il répondra de façon hésitante, évasive et imprécise. Par conséquent, il ne se passe jamais rien, parce que rien n'est déterminé, noté, ressenti et solutionné. En ce sens, l'hémisphère gauche a la mauvaise réputation de ne pas être très intuitif, mais ses informations sont très significatives.

Les deux hémisphères, le droit et le gauche, jouent un rôle très important dans la manifestation de l'intuition. Alors que les gens ont, habituellement, un hémisphère plus développé que l'autre, les deux parties du cerveau sont nécessaires pour rendre l'intuition utile.

Quelle que soit notre identité intuitive, nous pouvons déterminer un moyen pour réveiller notre réseau intuitif. Chacun de nous possède des zones plus développées que d'autres. Il est important que nous connaissions notre identité intuitive de façon à pouvoir en déterminer les forces et les faiblesses, et à être capables de déchiffrer le langage de notre intuition lorsque celle-ci s'adresse à nous. Cela ne signifie pas que nous devrions essayer de déterminer systématiquement quels désordres particuliers ou faiblesses sont les nôtres. Nous ne devrions pas seulement nous poser les questions suivantes : « Suis-je un rêveur *(hypofrontal)*, ou mes pensées sont-elles semblables à un sac de plastique hermétique *(hyperfrontal)* ? Toutes mes lignes de communication sont-elles coupées ? Les différentes parties de mon cerveau sont-elles déconnectées les unes des autres ainsi que de mon corps ? » Il s'agit là d'une approche négative de l'intuition. Nous ne verrions alors que son aspect vulnérable. Nous devons pratiquer une approche beaucoup plus positive. Nous devons considérer l'aspect « puissance » de notre intuition. Nous disposons tous de zones où nous sommes bien pourvus en matière d'intuition et d'autres, beaucoup plus vides et moins accessibles. Si nous apprenons à comprendre et à utiliser les talents qui sont les nôtres, nous pourrons illuminer le tréfonds de notre réseau intuitif et l'amener ainsi à nous aider à profiter d'une vie plus intuitive, plus riche et plus saine.

CHAPITRE 14

Votre profil intuitif

Lorsque vous pénétrez dans une salle de gymnastique ou dans un centre de remise en forme, le nombre incroyable d'appareils divers à votre disposition pour vous aider à modeler votre corps et à développer vos muscles peut vous sembler à la fois déroutant et décourageant. Si vous êtes comme moi, vous vous dirigerez sans doute d'abord vers les appareils les plus simples à utiliser, c'est-à-dire ceux qui font travailler les parties de votre corps les plus développées. Cette attitude est sensée, parce qu'elle vous donne confiance et vous encourage à continuer. Vous pourrez utiliser d'autres machines par la suite, mais si vous aviez directement commencé par les plus difficiles, vous auriez éprouvé de grandes difficultés, et votre carrière de culturiste n'aurait guère connu d'avenir. En ce qui me concerne, je n'ai pas beaucoup de puissance dans la partie supérieure de mon corps, mais j'ai de la force dans les jambes, et c'est pourquoi je commence toujours par elles. Je m'entraîne aujourd'hui à faire travailler mes bras davantage, mais si j'avais commencé par eux, dès le début, je pense que je me serais découragée très vite, que j'aurais ressenti un sentiment d'échec et que j'aurais abandonné.

C'est exactement ainsi que les choses se passent avec l'intuition. Vous vous apercevrez que, d'ores et déjà, certains secteurs de votre réseau intuitif fonctionnent bien. Vous développerez les autres secteurs plus tard. Si vous décidez d'être un rêveur intuitif, mais découvrez que vous ne vous rappelez jamais aucun de vos rêves, vous allez rapidement vous sentir frustré. Il pourra vous arriver aussi de vous apercevoir que vous êtes incapable d'utiliser certaines de vos fonctions intuitives ou, au contraire, que vous les employez parfaitement. Tout cela est très bien. Souvenez-vous. Nous avons tous de l'intuition, mais la façon dont elle se manifeste varie avec chacun d'entre nous. De même, le langage auquel elle recourt pour s'adresser à nous diffère selon les individus. Ne pensez surtout pas que vous n'êtes pas intuitif si votre intuition ne se manifeste pas de la même façon que la mienne, que celle de Barbara Brennan ou que celle de votre collègue de bureau. Les livres de Barbara Brennan sont remplis de diagrammes sur les chakras, les champs d'énergie et autres images que, personnellement, je n'ai jamais réussi à apercevoir avec ma vision intuitive. Beaucoup d'autres intuitifs s'expriment aussi en termes de chakras et de champs d'énergie. Certaines personnes peuvent les voir, d'autres non. Si vous n'y parvenez pas, cela veut-il dire que vous n'êtes pas intuitif ? Non. Cela signifie simplement que vos muscles sont différents, de même que votre langage et votre système intuitif.

Lorsque nous regardons un objet, le processus de vision est le même pour tout le monde : la lumière frappe la rétine de l'œil, se prolonge dans le *chiasma* optique, frappe le cortex visuel et transmet l'image au cerveau. Le phénomène de la vision est identique chez chacun de nous. Mais l'intuition s'exprime différemment. Elle est davantage semblable à une passion. Or, une passion se manifeste de façons diverses selon les individus.

Il existe certains *types* intuitifs de base ; il en a été question dans le premier chapitre de ce livre. Certains êtres sont des intuitifs visuels et reçoivent des images visuelles mentales. D'autres sont des intuitifs auditifs et entendent les pensées, les sons ou les messages chargés d'informations intuitives. D'autres encore sont des intuitifs somatiques et reçoivent des données somato-sensorielles ou des sensations corporelles en provenance d'eux-mêmes ou des autres. Lorsque des gens me disent : « Je ne suis pas intuitif. Je n'arrive pas à voir les choses », je leur demande : « Alors, qu'entendez-vous ? » ou : « Que ressentez-vous ? » Il est très important de découvrir vos points forts particuliers et d'utiliser les connexions qui s'y rapportent plutôt que de créer un blocage psychologique en raison des caractéristiques que vous ne possédez pas.

En vous branchant sur votre réseau intuitif, vous devez comprendre la façon dont, *actuellement, vous utilisez votre intuition*, et ce, de façon peut-être très subtile. Lorsque vous avez déterminé ce que vous faites sans réellement vous en rendre compte, vous pouvez développer ce « muscle » en le faisant travailler davantage. J'ai vécu une expérience intéressante à ce sujet un jour que j'animais un séminaire de lecture intuitive. L'une des participantes exerçait la profession de chirurgien dans un grand hôpital et était visiblement à forte dominance hémisphère gauche, très rationnelle et consciencieuse. Elle se leva et déclara abruptement : « Je n'y arrive pas. Je suis incapable de visualiser des corps, je n'entends aucun son, je ne ressens aucune sensation physique concernant mes patients, je ne rêve pas et je ne suis pas particulièrement intuitive. Mais je voulais entendre ce que vous aviez à dire. » Aussitôt je pensai : « Au moins, son esprit n'est pas complètement fermé. »

Au cours de ce séminaire, je découvris que cette femme avait déjà recours à son intuition d'une façon particulièrement remarquable, sans même s'en rendre compte. Selon ses propos, lorsqu'elle était de garde à l'hôpital et qu'elle récupérait en dormant un moment dans la salle des médecins, elle se réveillait immanquablement quelques minutes avant chaque alarme signalant une urgence. Cela lui arrivait systématiquement lorsqu'elle était de garde la nuit. Elle avait appris à se fier à cet instinct à un tel point que lorsqu'elle se réveillait, elle se levait automatiquement, s'habillait et descendait les escaliers, sans attendre la sonnerie de son téléavertisseur, qui se déclenchait inévitablement peu de temps après. Je lui demandai *comment* elle ressentait cette intuition. Elle me déclara qu'elle l'ignorait ; que c'était juste quelque chose qu'elle ressentait « dans ses tripes ». À l'évidence, elle était « clairsensitive », c'est-à-dire une personne intuitive somatique ou corporelle, ce qui était une bonne chose, après tout, étant donné sa profession de chirurgien opérant des corps humains. Elle ressentait les choses dans son corps, et celui-ci réagissait en agissant en conséquence, de la même façon que mon corps avait réagi lors de l'anecdote déjà racontée concernant cette femme aux prises avec une crise cardiaque dans le service d'urgence de l'hôpital où je me trouvais alors. Le muscle le plus développé du réseau intuitif de cette femme semblait être son estomac. Il envoyait à son corps le signal de s'éveiller et de se préparer à agir.

Il est intéressant de constater que ce chirurgien obéissait à son intuition. Le problème le plus important que les gens rencontrent en essayant de se brancher sur leur intuition est le suivant : même lorsqu'ils ressentent quelque chose, ils n'agissent pas ou ne veulent pas agir en fonction de cette sensation. J'ai expliqué, au cours de ces pages, comment nous ignorons les divers signaux d'alarme qui nous sont adressés jusqu'à ce qu'une pièce vitale de notre organisme tombe en panne. Non seulement nous ne bénéficions pas de tous les bienfaits que devrait nous apporter notre intuition, mais nous ouvrons la porte à de nombreux problèmes. Ces bienfaits renforcent notre confiance et font travailler ce muscle afin de le développer. Agir selon son intuition était réellement quelque chose d'important pour ce chirurgien, non seulement pour son réseau intuitif mais aussi pour le plus grand bien de ses patients. Si les médecins ne sont pas à l'écoute de leur intuition – ce qui signifie, comme nous le savons, agir sans informations suffisantes – alors, les patients peuvent mourir. Parce qu'elle avait agi intuitivement très souvent, les autres membres de son équipe faisaient maintenant confiance à son intuition, sachant qu'elle le pressentait toujours lorsque quelque chose nécessitait une attention particulière.

Cependant, cette femme n'avait jamais considéré ce phénomène répété comme une manifestation de son intuition. Elle devait apprendre à y être plus attentive, d'une façon différente, afin de pouvoir mieux l'identifier, de reconnaître sa vraie nature, sa portée et, ainsi, commencer à développer de nouveaux dons intuitifs.

Un jour, une productrice de télévision m'appela à propos d'un documentaire sur l'intuition. Dès le début de notre conversation, cette femme me sembla tout à fait renfermée, et sa voix m'apparut froide comme de l'acier. Je perçus qu'elle ne m'aimait pas et qu'elle était très circonspecte à mon égard. Elle me demanda de lui faire une lecture intuitive par téléphone. Je refusai. J'avais l'impression que cette lecture n'aurait fait que renforcer sa croyance selon laquelle je n'étais qu'une sorte de créature fantastique avec des cornes. Cela n'aurait fait qu'accentuer sa conviction que, tout comme les autres personnes « normales », elle n'était pas intuitive et était incapable de faire ce que je faisais moi-même. Sa voix devint même encore plus glaciale lorsqu'il fut évident que je n'accéderais pas à sa demande. De façon intéressante, son intuition commença à lui communiquer un certain inconfort du fait qu'elle n'obtiendrait pas satisfaction. Au moment où je commençai à lui parler d'autres lectures que j'avais réalisées, elle se mit à tousser. Elle s'excusa et me déclara qu'elle me rappellerait plus tard.

Le matin suivant, lorsqu'elle me téléphona, sa voix était complètement différente – tout son aspect « métallique » avait disparu. « Il faut que je vous dise ce qui m'est arrivé hier ! » me lança-t-elle, tout excitée. « Au moment où je vous ai appelée, j'ai peu à peu ressenti une pression dans le cou. Mes muscles ont commencé à se tétaniser et, à la fin de notre conversation, je pouvais difficilement respirer. Cette sensation a disparu lorsque j'ai raccroché le combiné. » Elle hésita un instant, puis reprit timidement : « Je voudrais vous poser une question. Avez-vous des problèmes au cou ? »

Je fus stupéfaite. Cette femme était « clairsensitive » et avait mis le doigt exactement sur mes problèmes. En fait, je venais juste de me briser deux disques vertébraux – une expérience incroyablement douloureuse. Elle fut tout étonnée lorsque je lui dis : « Maintenant, vous savez que l'intuition existe, à la fois dans votre corps et dans votre âme. Vous avez la matière pour votre reportage. » Elle acquiesça en ajoutant : « Oui, mais je craignais de vous parler de cela. » Et elle ajouta quelque chose que l'on me répète régulièrement : « Je me sentais ridicule. »

Combien de fois les gens se retiennent-ils de dire une chose qu'ils savent pourtant être sensée, ou freinent-ils leur intuition, parce qu'ils se sentent ridicules ? Combien de fois cela vous est-il arrivé personnellement ? Il s'agit, encore une fois, du lobe frontal, qui déclare : « Tu as tort et, au nom du ciel, ne dis pas cela, sinon les gens te croiront stupide ! » Pendant notre entraînement intuitif, alors que nous essayerons de développer notre « muscle » intuitif, nous tenterons également de réduire l'influence de notre lobe frontal. Regardez les choses merveilleuses qui surviennent lorsque le lobe frontal est temporairement réduit au silence. Quand le chirurgien dont il a été question plus haut dormait, son lobe frontal était déconnecté du réseau intuitif. Par conséquent, lorsque cette femme recevait une intuition, son corps était capable de la ressentir et de se mettre en branle, puis d'enclencher les mécanismes routiniers de l'habillage et de la mise en action avant que son lobe frontal ne soit totalement réveillé, rebranché, et ne lui dise qu'elle avait tort d'agir ainsi. Qui sait combien de malades furent sauvés grâce à cela ?

Reportez-vous à votre vie personnelle. Vivez-vous, ou avez-vous déjà vécu des expériences semblables à celles décrites ci-dessus ? Faites-vous des rêves très précis, remplis de symboles significatifs ? Faites-vous parfois des rêves prémonitoires ? Avez-vous déjà eu le pressentiment d'un événement qui s'est ensuite révélé exact ? Vous êtes-vous déjà mordu les doigts de n'avoir pas agi comme votre intuition vous le commandait ? Si la réponse à l'une de ces questions est affirmative, alors vous savez ce qu'est l'intuition. Vous devez maintenant déterminer la zone de votre système intuitif par laquelle elle vous parvient le plus nettement.

Pour vous aider à trouver les forces et les faiblesses de votre réseau intuitif, procédez comme suit : prenez deux marqueurs, un noir et un jaune. Examinez le diagramme du réseau intuitif ci-après. Puis, tout en gardant bien présente à l'esprit votre identité intuitive, cochez en noir les zones où vous êtes faible, c'est-à-dire les « muscles » que vous allez momentanément délaisser. Puis, cochez en jaune les zones dominantes de votre réseau intuitif. Le guide suivant vous sera d'une certaine utilité :

• Si vous êtes à dominance « hémisphère gauche » (vous pensez avec des mots ; vous êtes en général droitier ; vous êtes très doué pour le langage ; vous aimez les études qui exigent beaucoup de lectures ; vous aimez les détails ; vous êtes incapable de dessiner correctement), vous cocherez en noir le cerveau droit et sans doute le corps. Vous allez colorier en jaune tout ce qui se rapporte au cerveau gauche et probablement les rêves. Généralement, les personnes à cerveau gauche dominant rêvent beaucoup. Avec leur hémisphère gauche déconnecté, elles ont accès à leur intuition, représentée symboliquement dans leurs rêves par des images du corps. Cela peut signifier que vous devrez parcourir des tas de livres sur l'interprétation des rêves et vous plonger dans les analyses de Jung, mais cela devrait tout à fait vous convenir. Je vous conseille de tenir un journal de vos rêves, ce qui vous aidera à mieux les comprendre.

• Si vous êtes à dominance « hémisphère droit » (vous pensez en images ; vous êtes droitier, gaucher ou ambidextre ; vous évitez les études qui exigent de lire et d'écrire beaucoup ; vous aimez l'art ; vous détestez l'ordre), cochez en noir le cerveau gauche. Coloriez en jaune le cerveau droit, le corps et les rêves.

• Si vous êtes hypofrontal, comme quelqu'un qui souffre de désordres de l'attention, et que vous ressentez les choses par le mouvement et le corps, cochez en noir le lobe frontal gauche. Coloriez en jaune le cerveau droit et le corps.

• Si vous êtes hyperfrontal, comme quelqu'un atteint de tendances obsessionnelles et compulsives, cochez en noir le cerveau droit et coloriez en jaune le lobe frontal gauche et le corps.

• Si vous êtes un jeune enfant, coloriez en jaune le cerveau droit.

• Si vous souffrez du syndrome prémenstruel, coloriez le cerveau droit et le corps en jaune.

• Si vous souffrez de maladies diverses, coloriez le corps en jaune.

• Si vous n'avez jamais eu d'orgasme, cochez le corps en noir.

• Si vous êtes une femme, coloriez en jaune les zones qui relient le cerveau gauche au cerveau droit et celles qui relient le cerveau droit au corps.

Vous disposez maintenant du diagramme de votre réseau intuitif. Vous connaissez les zones qui vous sont aisément accessibles et celles qui, actuellement, le sont moins. Avec cette carte de votre « musculature » intuitive, vous pouvez entamer le processus qui vous permettra de développer vos points forts, puis d'utiliser ces derniers pour fortifier les zones plus faibles. Vous pouvez apprendre à pratiquer une lecture intuitive.

LA LECTURE INTUITIVE

Pour comprendre le langage de chaque centre émotionnel, vous devez apprendre à écouter cette petite fraction du cerveau qui se trouve en chacun d'eux et qui vous parle avec son propre langage émotionnel et par l'intermédiaire du langage physique, des symptômes corporels et des maladies. Quels sont vos symptômes physiques particuliers ? Êtes-vous atteint d'une affection précise ? Dans quelle partie de votre corps réside-t-elle ? Souffrez-vous fréquemment de douleurs ou de maladies ?

Pour déceler peu à peu les zones de votre corps et de votre vie où certains messages intuitifs vous sont adressés, reportez-vous au sommaire suivant, qui énumère les centres émotionnels et les symptômes ou affections qui y sont associés. Lorsque vous vous sou-

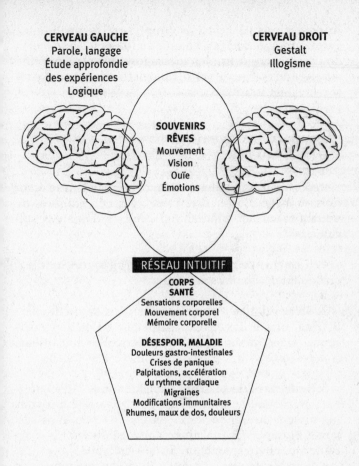

CERVEAU GAUCHE
Parole, langage
Étude approfondie
des expériences
Logique

CERVEAU DROIT
Gestalt
Illogisme

SOUVENIRS RÊVES
Mouvement
Vision
Ouïe
Émotions

RÉSEAU INTUITIF

CORPS SANTÉ
Sensations corporelles
Mouvement corporel
Mémoire corporelle

DÉSESPOIR, MALADIE
Douleurs gastro-intestinales
Crises de panique
Palpitations, accélération
du rythme cardiaque
Migraines
Modifications immunitaires
Rhumes, maux de dos, douleurs

venez d'un symptôme physique dont vous avez souffert, ou si vous en souffrez actuellement, notez-le dans votre journal personnel. Souvenez-vous que vous devez prêter attention à la partie de votre corps où un symptôme apparaît. Il s'agit là d'un endroit précis de votre système corps-esprit auquel vous devrez vous référer régulièrement afin d'y puiser informations et conseils. Analysez les problèmes émotionnels associés à chaque centre émotionnel afin de commencer à lire les messages que votre système corps-esprit tente de vous transmettre dans votre propre langage intuitif.

PREMIER CENTRE ÉMOTIONNEL : STRUCTURE PHYSIQUE, OS, ARTICULATIONS, COLONNE VERTÉBRALE, SANG, IMMUNITÉ

Reportez-vous à l'illustration du premier centre émotionnel (page 235) et déterminez vos déséquilibres de puissance ou de vulnérabilité dans les domaines suivants :

1. **Confiance** : Savoir quand faire confiance à quelqu'un ou quand s'en méfier.

2. **Dépendance** : Votre famille vous soutient-elle ? Pouvez-vous, le cas échéant, dépendre d'une tierce personne, mais également ne compter que sur vous-même si nécessaire ?

3. **Sentiment de sécurité dans le monde** : Ressentez-vous le monde comme dangereux ? Vous sentez-vous impuissant ou effrayé de façon régulière ou dans certaines situations ? Éprouvez-vous des difficultés à accepter les changements ou à vous y adapter ?
• Vous sentez-vous comme la brebis égarée (Lucy Graham, page 243) : avez-vous perdu tout contact avec votre famille et avec votre mère patrie ? Vous sentez-vous proche de Bambi (Vanessa, page 247) : avez-vous perdu tous les membres de votre famille ? Pensez-vous être seul et n'avoir le soutien d'aucun groupe, quel qu'il soit ?
• Ressemblez-vous à Marc, qui avait mis tous ses œufs dans le même panier (page 257) ? Votre réseau de

relations sociales est-il limité à quelques rares amis très proches ?

• Souffrez-vous, comme Martha et son fils, du syndrome du sac en plastique hermétique (page 266), estimant que le monde est fondamentalement dangereux et stressant ?

• Faites-vous fréquemment des déclarations comme celles-ci :

« On ne peut se fier qu'à soi-même. » (Méfiance excessive)

« D'accord, je le ferai moi-même. » (Indépendance excessive)

« Si tu veux que quelque chose soit bien fait, fais-le toi-même. » (Indépendance excessive)

« Personne ne s'occupe jamais de moi. Tout le monde s'en fiche. » (Faible sentiment d'appartenance)

« Personne ne m'aide. » (Impuissance excessive)

« Le monde est un endroit dangereux. » (Crainte excessive)

DEUXIÈME CENTRE ÉMOTIONNEL : UTÉRUS, OVAIRES, COL DE L'UTÉRUS, PROSTATE, TESTICULES, VESSIE, GROS INTESTIN, ZONE RECTALE, BAS DU DOS

Reportez-vous à l'illustration (page 279) et déterminez vos déséquilibres de puissance ou de vulnérabilité par rapport à vos buts et à vos motivations. Comment essayez-vous d'obtenir ce que vous désirez ?

1. **Buts** : Cherchez-vous à obtenir ce à quoi vous aspirez de façon active ou passive ? Directement ou indirectement ? Êtes-vous honteux ou non de vos besoins et de vos désirs ?

2. **Relations** : Dans le cadre de vos relations, avez-vous tendance à être excessivement indépendant ou, au contraire, excessivement dépendant ? Donnez-vous davantage que vous ne recevez ? Ou l'inverse ? Avez-vous une personnalité trop affirmée ou trop soumise ? Protégez-vous toujours les autres, ou est-ce le contraire ?

• Ressemblez-vous à Marcy (Le syndrome de la pierre-qui-roule-n'amasse-pas-mousse, page 283), poursuivant implacablement vos buts dans la vie ?

• Ressemblez-vous à Harriet (S'accrocher à tout prix, page 295) ? Vous attachez-vous à quelqu'un et devenez-vous tellement dépendant de cette personne qu'il vous est extrêmement difficile de rompre cette relation, même quand il devient évident qu'elle ne peut plus rien vous apporter ?

• Ressemblez-vous à Donna (Le syndrome des menottes dorées, page 297), exerçant une profession sans issue parce que vous êtes trop effrayé pour envisager une autre orientation ou parce que vous vous sentez incapable de changer ?

• Ressemblez-vous à Ruth (Le gel des relations, page 307) qui donne tout à son partenaire mais qui reçoit tellement peu en retour ?

• Ressemblez-vous à Sandra (Le syndrome de la mante religieuse, page 312), éprouvant des difficultés à définir les limites d'une relation ?

• Ressemblez-vous à Katrina (Les souvenirs traumatiques, page 314) ? Avez-vous subi des relations sexuelles traumatisantes ou des mauvais traitements physiques ou émotionnels ?

• Ressemblez-vous à George (Le coq sans poulailler, page 317) qui perdit tout ce qu'il possédait sur les plans financier et sentimental ? Avez-vous déjà été déçu par des relations ou subi des revers de fortune ?

• Prononcez-vous des phrases telles que :

« Je ferais n'importe quoi pour toi. » (Don excessif)
« Je peux tout avoir. » (Indépendance excessive)
« Personne ne m'aimera jamais. Tout le monde me quitte. » (Dépendance excessive)

TROISIÈME CENTRE ÉMOTIONNEL :
ABDOMEN, APPAREIL DIGESTIF MOYEN,
FOIE, VÉSICULE BILIAIRE, REINS, RATE,
COLONNE VERTÉBRALE MÉDIANE

Reportez-vous à l'illustration du troisième centre émotionnel (page 323) et déterminez vos déséquilibres de puissance ou de vulnérabilité par rapport aux points suivants :

1. **Adéquation** : Vous sentez-vous compétent dans votre activité professionnelle, ou êtes-vous sans cesse tourmenté par des sentiments d'inadéquation et d'incompétence ?

2. **Responsabilité** : Dans les domaines professionnel et relationnel, êtes-vous hyperresponsable ou, au contraire, irresponsable ? Intervenez-vous souvent lorsque des querelles opposent certains de vos amis, des membres de votre famille ou des collègues ?

3. **Agression** : Avez-vous souvent des problèmes de territoire ? Êtes-vous fréquemment impliqué dans des conflits d'influence ? Utilisez-vous l'intimidation pour obtenir ce que vous voulez, ou êtes-vous facilement intimidé par les autres ?

4. Compétition : Dans les compétitions, vous sentez-vous toujours obligé de gagner ? Ou, au contraire, perdez-vous toujours ?

• Ressemblez-vous à Pierre (La lutte pour le pouvoir, page 324) toujours en compétition avec les autres et dont la principale source de valorisation et de fierté est le fait qu'il domine les autres dans le domaine professionnel ?

• Ressemblez-vous à Marshall (Tu marches sur mes plates-bandes, page 334) et éprouvez-vous des difficultés avec votre entourage professionnel ? Basez-vous votre fierté sur l'approbation des autres ?

• Ressemblez-vous à Felicia (Le poids des responsabilités, page 339) et estimez-vous toujours qu'il vous appartient d'apaiser les conflits, aussi bien à la maison qu'à votre travail ?

• Partagez-vous, comme Maureen (Noyer son chagrin, page 343) ou comme Andréa (Amour et nourriture, page 345), une dépendance envers l'alcool, la nourriture ou le travail, afin de dissimuler vos émotions, spécialement le sentiment d'inaptitude devant les responsabilités ?

QUATRIÈME CENTRE ÉMOTIONNEL : CŒUR, VAISSEAUX SANGUINS, POUMONS, SEINS

Reportez-vous à l'illustration de la page 355 et déterminez vos déséquilibres de puissance ou de vulnérabilité par rapport à l'expression de vos émotions et dans le cadre de vos relations avec les autres. Dans ce dernier cas, pouvez-vous ressentir l'éventail complet des émotions ? Êtes-vous à l'aise avec la passion, l'amour, la colère, le ressentiment, le courage, l'angoisse, le chagrin, l'abandon et le pardon ? Ou avez-vous tendance à être bloqué par une seule émotion ? Dans vos relations sentimentales, maintenez-vous un équilibre entre l'isolement et l'intimité à deux ? Vous occupez-vous davantage des autres que l'on ne s'occupe de vous ?

• Ressemblez-vous à Mike (Le grand imposteur, page 359), à France (La rancune, page 367), ou à Fred (Un rocher ne souffre pas, page 376), tous incapables de ressentir, d'exprimer ou d'évacuer la palette des émotions ?

• Peut-être, comme Violette (Le moineau étouffé, page 383), vivez-vous une relation non équilibrée où l'un des partenaires donne toujours tandis que l'autre reçoit sans cesse ? L'un des partenaires a-t-il plus d'autorité que l'autre ?

• Ressemblez-vous à Samantha (La mère ambivalente, page 390), ou à Hélène (Sans issue, page 402) ? Souffrez-vous depuis toujours d'une grave ambivalence devant le fait d'être un parent et ressentez-vous une immense incertitude concernant votre capacité à vous occuper d'une autre personne ? Êtes-vous enclin à l'autosacrifice et au martyre ?

*CINQUIÈME CENTRE ÉMOTIONNEL : DOULEURS AU COU,
PROBLÈMES THYROÏDIENS, DENTS ET GENCIVES*

Reportez-vous à l'illustration page 410 et déterminez vos déséquilibres de puissance ou de vulnérabilité par rapport à la communication (parler et écouter), à l'organisation (aller de l'avant ou reculer) ou à la détermination.

• Ressemblez-vous à Cecilia (Hello ! Quelqu'un m'entend-il ? page 411) et éprouvez-vous des difficultés à exprimer votre personnalité dans la vie ? Êtes-vous incapable d'exercer votre volonté ou de vous affirmer dans votre travail ou dans le cadre de vos relations ?

• Êtes-vous comme Liz (Ravaler sa colère, page 424), effrayé à l'idée d'exprimer vos désirs et vos besoins ? Estimez-vous que l'on n'écoute jamais votre point de vue ?

• Ressemblez-vous à Ellen (Aller de l'avant, page 433) et éprouvez-vous des difficultés à déterminer quand insister et quand vous exprimer ?

*SIXIÈME CENTRE ÉMOTIONNEL : CERVEAU, YEUX,
OREILLES ET NEZ*

Reportez-vous à l'illustration page 443 et déterminez vos déséquilibres de puissance ou de vulnérabilité par rapport à la perception, à la pensée ou à la moralité. Êtes-vous toujours concentré, ou finissez-vous toujours par vous déconcentrer durant votre réflexion et vos activités ? Êtes-vous excessivement réceptif ou non réceptif ? Êtes-vous hyper rationnel ? Êtes-vous trop rigide ou trop flexible ? Avez-vous tendance à critiquer ? Pouvez-vous accepter les critiques ? Êtes-vous trop prudent, ou rejetez-vous toute prudence si nécessaire ?

• Peut-être, comme Otis (« Je ne veux pas le savoir », page 443), éprouvez-vous des difficultés à être réceptif aux avis des autres ?

• Ressemblez-vous à Paula (Le citoyen de l'année, page 452), parfois trop moraliste et quelque peu rigide dans vos opinions ?

Reportez-vous à l'illustration page 471 et déterminez vos déséquilibres de puissance ou de vulnérabilité par rapport à votre but dans la vie. Savez-vous pourquoi vous êtes sur terre ? Quelle est votre véritable raison d'être, votre vocation ? Pensez-vous que vous seul créez votre vie ou bien vous soumettez-vous aux événements tels qu'ils se présentent ? Pouvez-vous concilier votre attachement aux fruits de votre travail avec un détachement souhaitable envers celui-ci, tout en rendant grâce ?

• Ressemblez-vous à Shirley (Ma vie d'invalide, page 472), qui n'a jamais su trouver le but de sa vie ?

• Êtes-vous comme Irma (Le syndrome « Tiens-toi aux côtés de ton homme », page 479), dont le seul but dans la vie était d'exister pour son mari et son fils, et grâce à eux ?

Rappelez-vous ! Si vous possédez un corps, un cerveau droit, un cerveau gauche et que vous rêvez, vous êtes intuitif. Votre corps exprime des symptômes, votre cerveau droit déclenche des émotions, et votre cerveau gauche les transforme en mots et les analyse. Vos rêves peuvent se présenter à vous sous forme d'images ou de sons ayant trait à la santé ou à la maladie de vos organes.

Permettez-moi d'insister une fois encore sur le fait que *vous pouvez procéder à une lecture intuitive*. Vous pouvez lire votre corps et celui des autres.

Ne permettez pas à votre lobe frontal de vous dire que vous ne pouvez pas faire telle et telle chose. Ne lui permettez pas de s'immiscer dans l'ensemble de votre réseau intuitif et d'occuper une position dominante. Vous apprendrez très bientôt comment faire taire votre lobe frontal mais, tout d'abord, jetez un coup d'œil au tableau suivant.

| CLIENT | TABLEAU D'INFORMATIONS INTUITIVES | | | |
	AUDITIVES ET VISUELLES	CORPORELLES	ÉMOTION- NELLES	ONIRIQUES/ AUTRES

Ce document vous guidera au cours du processus de lecture intuitive. Vous avez déjà déterminé votre personnalité intuitive et mis en évidence les points forts de votre réseau intuitif. Ces points forts devraient correspondre à une ou plusieurs cases du tableau. Dans celles-ci, inscrivez tout ce qui vous viendra à l'esprit sur la personne pour laquelle vous effectuez une lecture. Il est important de tout noter, que cela ait un sens ou non, parce que chaque information, quelle qu'elle soit, est potentiellement utile.

Lorsque j'anime des séminaires sur l'intuition, j'associe les participants deux par deux. Cette façon de procéder leur permet de mieux intégrer leurs divers points forts et de parvenir à une lecture plus complète dès le début, alors qu'ils ont encore des tas de points faibles à développer. Le partenaire A communique au partenaire B le nom et l'âge d'une personne réelle. Puis, alors que le partenaire B commence à énoncer toutes les pensées, sensations ou émotions qu'il ressent, le partenaire A les note sur le tableau.

Très souvent, la meilleure façon de commencer est d'effectuer une visualisation ou de pratiquer un exercice de relaxation. Au cours de mes séminaires, j'utilise habituellement les services d'un spécialiste, qui dirige des exercices spéciaux de visualisation, menant les participants le long d'une route imaginaire, traversant un paysage tranquille et relaxant, amenant ainsi le lobe frontal à se taire et à quitter sa position dominante. La plupart des gens croient que vous devez vous asseoir sur une chaise et vous calmer – parvenir à un certain état d'esprit – avant de pouvoir réaliser une lecture. En ce qui me concerne, les choses se passent autrement. Je n'ai pas besoin de ça. Mais l'ensemble des individus, dotés de lobes frontaux très développés, ont besoin de recourir à cette petite étape afin de débrancher leurs censeurs. Je travaille avec de nombreux médecins qui, par leur profession, font partie des personnes les plus « hémisphère gauche », rationnelles et organisées que vous puissiez rencontrer, et qui ont de puissants lobes frontaux les brimant en permanence. Si vous faites partie des gens qui ruminent beaucoup, qui souffrent d'insomnies, il y a de fortes chances que vous soyez, vous aussi, doté de lobes frontaux très développés. Aussi devrez-vous tenter quelque chose pour essayer de les calmer momentanément. À la maison, vous pouvez écouter une cassette de relaxation afin de vous calmer, de faire taire votre lobe frontal et de vous mettre dans l'état d'esprit requis pour faire une lecture intuitive.

Une fois votre lecture commencée, dites à votre partenaire tout ce qui vous vient à l'esprit. Il se peut aussi que vous entendiez des mots ; écrivez-les. Il se peut que vous distinguiez la personne pour laquelle vous faites la lecture ou des aspects de sa vie. Peut-être verrez-vous même une bicyclette ! Vous ne comprendrez probablement pas ce que cela signifie, mais écrivez-le. Peut-être ressentirez-vous une certaine sensation dans votre corps ! Peut-être serez-vous submergé par une émotion !

Il est possible que vous vous sentiez effrayé, inquiet ou euphorique. Il est possible aussi que vous pensiez : « Cette personne m'agace tellement que j'ai envie de la frapper et de la laisser sur le bord de la route ! » Notez tout cela. Peut-être recevrez-vous l'image d'un show télévisé ou d'un film ! Chaque détail est important et représente une information. Plus tard, vous déterminerez le langage utilisé par votre intuition et ce qu'il est en train de vous dire. Si vous ne ressentez rien, écrivez-le également. Après tout, cela peut aussi constituer une information intéressante. Et, par-dessus tout, ne vous sentez pas ridicule.

Il est indispensable que vous conserviez l'état d'esprit requis et que vous ne portiez aucun jugement sur ce que vous ressentez ou voyez. C'est là que vous avez besoin de pratiquer ce que j'appelle la « connaissance concentrée ». Si vous êtes très frontal, votre esprit peut se mettre à vagabonder et à tenter de vous distraire. Vous pouvez, dans ces moments, remarquer que votre stylo n'a plus d'encre, que vous manquez de papier ou que votre verre est vide. C'est votre lobe frontal qui intervient. Au cours de mes séminaires, je le remarque immédiatement lorsque les participants ont peur. Ils commencent alors (à cause de leur lobe frontal) à me poser des questions très spécifiques : « Devons-nous connaître le nom de la personne, ou le prénom suffit-il ? Le nom de jeune fille ou de femme mariée ? Et que se passe-t-il si la personne a changé de nom ? Que faire si elle a été adoptée ? Le fait d'être un véritable jumeau complique-t-il les choses ? » Et ainsi de suite… Ou bien ils me posent des questions concernant le type de téléphone que j'utilise : « S'agit-il d'un appareil sans fil ? Peut-on procéder à une lecture à partir d'un téléphone cellulaire ? » Oubliez tout cela. Lorsque de telles pensées parasites vous viennent à l'esprit, écartez-les ou imaginez que vous les mettez de côté. Dites à votre hémisphère gauche et à votre lobe frontal : « Merci de te soucier de ces questions, mais revenons-en à l'essentiel. »

Après avoir terminé, votre partenaire et vous-même commencerez à étudier les informations inscrites et à déchiffrer les symboles et les images recensés. Il vous appartiendra aussi de déterminer quelles images ou sensations émanent de la personne sur laquelle vous avez effectué une lecture et lesquelles proviennent de votre propre vie. Si vous avez éprouvé une grande colère, concernait-elle cette personne ? Ou bien était-elle provoquée par le souvenir d'une facture reçue récemment ?

Pour vous donner un aperçu de ce que chacun peut retirer d'une lecture, selon ses forces et ses faiblesses intuitives, jetons un coup d'œil à quatre exemples de lectures effectuées par quatre personnes différentes, toutes dotées de caractéristiques intuitives diverses. Chaque lecteur reçut, pour toute information, un nom, un âge et un secteur géographique : Mary, trente-huit ans, habitant York, dans le Maine. Voici leurs lectures :

1. **Personne à hémisphère droit dominant** : « Hou la la ! C'est comme si je mettais mon doigt dans une prise électrique. Je ressens le courant. Elle passe son temps à courir d'un endroit à l'autre. Pourquoi ai-je envie de faire du shopping ? Allons vite au centre commercial ! »

2. **Personne souffrant de troubles de l'attention** : « Oh ! elle me rappelle quand j'avais quatre ans, que j'étais toute blonde et que je faisais partie de la section natation de mon YWCA. (Aux États-Unis, certains clubs de jeunesse sont dénommés YMCA – Young Men Christian Association, pour les garçons – ou YWCA – Young Women Christian Association, pour les filles. Ce détail aura son importance pour la suite de ce texte.) Dis donc ! elle a vraiment les cheveux blonds, tellement blonds qu'on dirait qu'ils sont teints. Cela me rappelle

que je dois laver le plancher de ma cuisine. Il est si sale !
Comme si l'on y avait fait des travaux, avec des traces
de boue un peu partout et... Qu'est-ce que je disais, au
fait ? Ah oui ! Mary, d'accord. Donc, les cheveux blonds,
je crois. Mais, est-elle... Pourquoi est-ce que je pense à
une émission de télémarketing ? Oh ! vous savez, ils
proposaient ces poupées d'Afghanistan. Attendez une
seconde, je dois écrire tout cela. Au fait, de quoi
parlions-nous ? Ah oui ! de Mary. Ah ! c'est vrai, l'émission de télémarketing... Je pense qu'elle a un petit garçon. Pourquoi est-ce que je vois un petit garçon dans la
piscine d'un YMCA ?... Oh ! est-ce que ça vous brûle le
nez, à vous aussi ?... »

3. **Personne à dominance « hémisphère gauche » :**
« Je n'y arrive pas. » On demande alors à cette personne
de retourner chez elle, d'avoir une bonne nuit de sommeil, puis de noter tout ce qu'elle a pu rêver. Le jour
suivant, elle revient avec son rapport, bien tapé à la machine, bien présenté dans un classeur à fermeture métallique : « J'ai fait un rêve tout à fait remarquable. Il
s'agissait de mythologie, quelque chose se rapportant à
la mythologie grecque. Il y avait une femme aux cheveux de lin, comme ces déesses que l'on voit sur les
urnes grecques. Elle menait une vie parfaite, harmonieuse, où chaque chose était à sa place de façon merveilleuse. Et puis, soudain, tout a changé. J'étais assis
à mon bureau – je suis bibliothécaire –, et des gens
s'adressaient à moi pour me demander où se trouvait
un certain ouvrage. Je leur répondais qu'ils le déniche-
raient sur le deuxième rayon de la quatrième rangée.
Alors, ils me regardaient et me demandaient : "Pourquoi ?" (En anglais, l'adverbe « pourquoi » se dit *why*,
qui se prononce lui-même comme la lettre « Y » en anglais.) Tout le monde me demandait "Pourquoi ?"
(*Why* ?) Cela me troublait énormément. »

4. Personne « clairsensitive » : « Oh ! mes mains et mes bras sont tellement crispés. Pourquoi est-ce que je pense à un jus de canneberge (d'airelle) ? J'ai envie de boire un jus de canneberge. Pourquoi est-ce que je bois un tel jus ? Je ne sais pas. Je n'arrive pas à me concentrer du tout. Tout ce que je désire, c'est bouger, bouger, bouger. Cela me rappelle que je dois aller faire des achats au centre commercial... avec la foule qu'il y aura pour cette veille de Noël ! Pourquoi est-ce que je pense à cette actrice blonde, quel est son nom déjà, celle qui jouait dans le film *French Kiss* ? Ah oui ! Meg Ryan. »

En réalité, qui est Mary, trente-huit ans, habitant York, dans le Maine ? Il s'agit d'une femme teinte en blonde qui travaille au YMCA (Young Men Christian Association) et qui enseigne la natation aux jeunes enfants. Dans sa vie privée, Mary veut ressembler à Martha Stewart (écrivaine et journaliste spécialisée dans la décoration...). Elle veut que chaque détail, dans sa maison et dans sa vie, soit parfait, comme dans les articles de Martha Stewart. Mary est une véritable « intoxiquée » du shopping. Sur sa voiture, on peut lire la phrase suivante sur un autocollant : « Quand les choses vont mal, je fais du shopping. » Et elle souffre régulièrement d'infections de la vessie contre lesquelles un spécialiste en médecine alternative lui conseille de boire du jus de canneberge.

Chacune des quatre personnes ci-dessus a effectué une lecture correcte de Mary Brown. Chacune a découvert des fragments de vérité. Cependant, il se peut qu'en étudiant séparément leurs lectures, vous ne les compreniez pas, vous ne saisissiez pas le symbolisme qui y est caché ni la personnalité de Mary. Le rêve de la personne à dominance « hémisphère gauche » au cours duquel on lui posait la question « pourquoi ? » (*why ?*) peut ne pas être immédiatement interprété comme un symbole de la lettre « Y » dans la vie de Mary. La personne atteinte de troubles de l'attention a besoin d'être constamment recentrée sur le sujet traité. On retrouve plusieurs références hors contexte dans sa lecture, que ce soit les poupées afghanes ou le sol maculé de sa cuisine.

Ces quatre personnes devraient améliorer leur compréhension du symbolisme particulier de leur lecture et découvrir le langage qu'utilise leur intuition pour s'adresser à elles. Lorsqu'elles deviendront plus familières avec ce langage, l'interprétation de leurs lectures leur semblera de plus en plus facile et de plus en plus fluide. Tout cela ressemble fortement à un entraînement musculaire dans une salle de gymnastique. Ou alors pensez à vos gammes de piano. Si vous exercez vos doigts régulièrement, non seulement vous musclez vos mains, mais votre cerveau adopte un rythme qui transmet automatiquement les signaux nécessaires à vos doigts, qui exécutent alors la partition avec plus de brio.

Je sais que cela fonctionne ainsi, car je m'en suis aperçue régulièrement au cours des conférences ou des séminaires que j'anime. Là, presque tous les participants découvrent certaines vérités au cours de leurs lectures. Parfois, je suis même véritablement stupéfaite par quelques-uns, ce qui me conforte une fois de plus et sans conteste dans la certitude que nous avons tous accès à notre intuition, à la condition d'apprendre à la reconnaître.

Récemment, j'ai animé un séminaire au cours duquel l'une des participantes, médecin de profession, et sa partenaire montèrent sur l'estrade à mes côtés. Après un exercice de visualisation, la partenaire donna le nom d'une petite fille de deux ans. Nous constatâmes alors que le médecin changea brusquement d'attitude, adoptant la posture assise et les gestes d'un enfant de cet âge. Elle commença à tortiller les mèches de ses cheveux, et ses pieds se tournèrent vers l'intérieur. Puis elle se mit à parler, et sa voix devint celle d'une toute petite fille : « Je suis dans le bureau du docteur, et ma maman et mon papa parlent avec lui. Ils se font beaucoup de souci, car je ne respire pas bien » – à cet instant, sa respiration devint beaucoup plus laborieuse – « et cela dure depuis longtemps et je suis fatiguée. Ils m'ont mis un gros ver en plastique dans le cœur. Mais je vais bientôt mourir, et alors tout ira bien. Ma maman et mon papa ne veulent pas que je passe de l'autre côté, mais je me sens prête. Je pourrai jouer là-bas aussi. »

Toute la salle en fut stupéfaite. Nous venions d'assister à quelque chose de réellement étonnant. La petite fille pour laquelle le médecin venait de réaliser une lecture était atteinte de mucoviscidose. On venait de lui placer une artère pulmonaire artificielle dans le cœur. Il s'agit d'une sorte de tube que la participante avait interprété comme un enfant l'aurait fait : un asticot ou un ver. Elle avait fourni une description très précise de la condition physique de l'enfant. Mais ce qui était le plus significatif et le plus extraordinaire, c'était la façon dont elle s'était dirigée droit au cœur du sujet, directement vers le problème essentiel : l'environnement émotionnel de cette enfant.

Cette femme médecin n'avait jamais effectué de lecture auparavant. Cependant, elle était, de façon évidente et étonnante, une intuitive exceptionnelle. Elle était véritablement capable de se transporter à l'intérieur du corps d'une autre personne et non seulement d'adopter ses manières et sa gestuelle, mais aussi d'imaginer comment elle pensait et comment elle ressentait ses émotions. Elle aurait pu développer une merveilleuse carrière comme actrice.

Cette expérience particulière me remua tellement que les larmes me montèrent aux yeux. S'apercevoir que quelqu'un est si parfaitement branché sur son réseau intuitif est une expérience extraordinairement gratifiante. Bien que tout le monde ne soit pas doté de dons aussi exceptionnels, je suis toujours excitée lorsque mes élèves découvrent qu'ils peuvent « mettre le doigt sur quelque chose » dans le cadre d'une lecture intuitive. Habituellement, tout le monde, à un degré ou à un autre, rencontre quelque succès. Puis, après coup, les gens viennent me voir et me disent : « J'y arrive ! Maintenant, je crois vraiment à l'intuition ! »

Parfois, il arrive qu'une ou deux personnes n'y parviennent pas. Mais je me suis rendu compte qu'elles recevaient, néanmoins, certaines informations. Simplement, ces dernières ne sont pas toujours directement reliées au sujet traité. Il s'agit cependant d'informations utiles, bien que non utilisables sur le moment. Au cours d'une de mes conférences, une femme se plaignit un jour qu'elle n'obtenait aucun succès dans ses lectures. Elle ne recevait aucune information. « Je ne vois rien. Je n'entends rien. Je ne ressens rien, dit-elle. Rien du tout. » Elle se sentait isolée et en retrait du groupe. Il s'agissait là d'une situation difficile, et je me sentis vraiment désolée pour elle.

Puis elle me regarda et ajouta : « Mais vous savez, je me fais du souci pour vous. » Elle me décrivit, parcourant la salle en tous sens, malgré mes problèmes de colonne vertébrale, et me prenant les pieds dans les fils de mon micro. « J'ai peur que vous ne vous blessiez en tombant », dit-elle.

En entendant ce commentaire, je fus sur la défensive. Après tout, c'était moi le médecin intuitif et l'instructeur de ce groupe. Je n'appréciais pas que l'on me parle de *mes* problèmes ni de me sentir vulnérable. C'était moi qui étais supposée agir ainsi avec les autres. Chaque fois que je me sens vulnérable, je me défends en noyant les autres d'informations techniques. Ainsi assurai-je à cette femme que les études portant sur les personnes souffrant de problèmes de dos démontraient que le fait de marcher rapidement et en confiance tendait à réduire le risque de chutes. Elle me regarda simplement et répéta, en secouant la tête : « Je crois que vous allez vous faire mal. »

Deux semaines plus tard, je trouvai une lettre très contrariante dans mon courrier. J'étais en train de la lire lorsque le téléphone sonna. Je laissai tomber cette lettre et me dirigeai vers mon appareil. Ce faisant, je marchai sur un trousseau de clés que j'avais laissé tomber par terre... et me cassai le pied.

Je possède une photo de moi, le pied plâtré, et je la fais circuler durant mes séminaires. Cet incident m'avait donné une bonne leçon. La participante qui m'avait fait part de cette réflexion, loin d'être aussi incompétente qu'elle le pensait, était, en réalité, une intuitive extrêmement profonde. Au lieu d'effectuer une lecture sur la personne qu'on lui avait assignée, *elle avait fait une lecture sur moi !* L'ennui, c'est que j'étais trop sur la défensive et que mon hémisphère gauche s'était empressé de nier l'intuition de cette femme. J'aurais mieux fait de l'inscrire sur un tableau d'informations intuitives.

Voici pourquoi il est si important que vous notiez *toutes* les informations qui vous parviennent au cours d'une lecture. Vous aurez à distinguer intuition et projection, ce qui a un lien avec votre vie personnelle et ce qui se rapporte à l'autre personne. Certaines informations pourront vous sembler sans intérêt sur le moment, mais elles peuvent se révéler de grande valeur par la suite. Prenez note de tout.

Rappelez-vous ! Pour entendre votre intuition, même s'il s'agit de pensées, d'idées, de sensations ou d'émotions apparemment insignifiantes et sans intérêt, vous devrez faire un peu plus qu'*être simplement attentif*. L'intuition nous parvient de sources inattendues, à des moments imprévus. Décider de l'écouter, ou choisir de l'ignorer, peut représenter toute la différence entre la santé et la maladie, le bonheur et le chagrin, une vie plus riche ou plus stérile.

Très souvent, le « muscle intuitif » que vous développez le plus est non seulement relié à votre identité intuitive, mais également à votre identité professionnelle. Il se peut aussi que votre intuition s'exprime dans votre vie par le biais d'un passe-temps ou de centres d'intérêt. Votre intuition utilise un langage qui s'inspire directement de votre vie personnelle et qui s'exprime en termes qui vous sont propres. Apprendre à prêter attention à ce genre d'intuition, si elle se manifeste dans votre existence, peut vous aider à apprécier les dons intuitifs que vous possédez et à les développer davantage.

L'identité intuitive permet souvent de déterminer l'activité professionnelle d'une personne. Par exemple, j'ai observé que de nombreux psychiatres sont gauchers, ce qui signifie parfois qu'ils sont à dominance « hémisphère droit ». Cela sous-entend qu'ils ont facilement accès à leur intuition. Du fait que l'intuition et la capacité à lire à l'intérieur des gens sont des facultés très utiles en psychiatrie, il est logique que des gens dotés de ces capacités soient attirés par ce domaine.

Mais bien qu'un certain type d'organisation du cerveau ou une certaine forme d'identité intuitive puissent attirer une personne dans un domaine spécifique, il arrive aussi qu'un de ces domaines ou types d'occupation puisse aider les gens à développer une certaine forme d'intuition. En d'autres termes, une profession ou une activité déterminées peuvent vous aider à développer une intuition forte dans ce domaine. Quelques individus sont intuitifs en affaires. D'autres sont des intuitifs judiciaires capables de trouver les endroits où les cadavres sont enfouis. Il a déjà été question des infirmières et de la façon dont leur intuition avait aidé certaines d'entre elles à se surpasser. Je connais une femme qui récolte de façon brillante des fonds pour les œuvres charitables et qui possède une forte intuition dans son travail. Elle me raconta qu'un jour elle avait appelé un donateur important afin de solliciter des fonds pour un projet. Comme d'habitude, elle obtint satisfaction, lui arrachant la promesse d'un don substantiel, et éprouva alors le sentiment du devoir accompli. Cependant, à peine avait-elle raccroché qu'elle ressentit le besoin impérieux de rappeler ce donateur pour lui demander davantage d'argent. Après quelques instants, elle suivit son instinct, téléphona à nouveau à cet homme et lui réclama une contribution supplémentaire. Pouvez-vous imaginer ce qui s'était passé durant les cinq minutes séparant les deux appels ? Le donateur avait reçu d'excellentes nouvelles financières concernant son entreprise. Se sentant d'humeur généreuse, il avait immédiatement promis une autre somme importante !

Je connais une autre femme, directrice d'une société d'édition, qui se branche sur son intuition en effectuant des « lectures » sur le matériel promotionnel de ses diverses publications. Un jour, par exemple, elle se concentra sur l'un de ses projets en se disant : « Ce sera comme le magazine *Life* après la mort du président Kennedy. » Se fiant à sa vision intuitive, elle se mit à définir les grandes lignes du magazine, les couleurs, le ton de la publication, confiante et convaincue que ce numéro connaîtrait un grand succès. Et tel fut le cas.

Reportez-vous à votre propre vie. Y a-t-il un domaine avec lequel vous éprouvez une affinité ? Avez-vous tendance à penser en utilisant certains types de symboles ? J'ai une amie que j'appelle une intuitive cinématographique. Lorsqu'elle reçoit des intuitions, elles lui parviennent en termes de films et en symboles cinématographiques. Je lui ai demandé un jour de faire une lecture sur un homme de mon immeuble. Elle me répondit immédiatement : « Il me rappelle Norman dans le film *On Golden Pond*. » Utilisant des symboles cinématographiques, elle était en train de décrire un personnage qui perdait la raison. En fait, la personne pour laquelle je l'avais interrogée avait des problèmes de mémoire.

Je connais un pédiatre qui déteste son travail, mais qui adore faire des dessins humoristiques pendant ses loisirs. Durant la journée, il apparaît comme un médecin typiquement « hémisphère gauche ». Je lui demandai un jour d'effectuer une lecture sur quelqu'un, et en fut totalement incapable. Il ne put ni voir, ni entendre, ni ressentir quoi que ce soit. Finalement, je lui tendis un stylo et un bloc de papier et lui dis : « Peut-être pourriez-vous dessiner quelque chose ? » Il commença immédiatement à dessiner un homme de haute taille, aux cheveux bouclés, sur une plage, accompagné d'un berger allemand. En réalité, l'homme que je lui avais demandé de décrire était grand, avait des cheveux bouclés, vivait le long d'une plage et possédait un tel chien. En outre, ce médecin avait dessiné des détails encore plus précis sur l'animal que sur son maître. Cela m'amena à croire qu'il n'exerçait sans doute pas la profession qui lui aurait convenu. Je pensai qu'il aurait pu être un merveilleux vétérinaire intuitif. Il aurait peut-être pu également travailler comme intuitif judiciaire, dessinant des croquis pour les forces de police.

Cependant, l'aspect le plus remarquable de cette lecture fut le suivant : ce médecin avait été capable d'afficher d'exceptionnels dons intuitifs alors qu'il lui était impossible de les exprimer verbalement. Son intuition était visuelle et de type « cerveau droit ». Mais la connexion entre son cerveau droit et son cerveau gauche était apparemment coupée et, de ce fait, il ne pouvait mettre un nom sur ce qu'il voyait. Cela ne signifiait pas qu'il était dépourvu d'intuition. Il lui fallait simplement utiliser le langage avec lequel son intuition s'adressait à lui, c'est-à-dire le dessin.

Une fois encore, le point le plus important est de vous concentrer sur votre intuition et de prêter attention aux diverses façons dont vous pouvez l'employer dans votre vie en général, dans votre profession, dans vos rêves et sous toutes les formes dont vous n'êtes pas encore conscient. Si vous parvenez à ce résultat, vous serez non seulement en mesure de recourir à ces connaissances, mais aussi de renforcer tous les autres secteurs de votre réseau intuitif.

RÉVEILLEZ VOTRE INTUITION

Chaque jour, il nous arrive à tous de prendre de bonnes décisions à partir d'éléments inadéquats. Cela, grâce à l'intuition. En fait, je ne connais aucune façon de vivre sans l'aide de mon intuition. Quand je me promène autour de ma maison, je sais lorsque le téléphone va se mettre à sonner. Très souvent, je sais même qui va m'appeler. De cette façon, je sais si je dois répondre ou non. Parfois, il m'arrive même de voir certains éléments concernant la personne qui tente de me joindre pendant que les sonneries résonnent encore. Quand une de mes vieilles amies se dispute avec son mari, je le sais parce que j'ai alors une migraine. Et je sais quand cette dispute est terminée, car la migraine cesse brusquement ! Je sais ainsi exactement à quel moment je peux me permettre de l'appeler. Une mère ressent la même chose à propos de ses enfants. Aussi, parierais-je que vous avez déjà connu des expériences similaires.

Par ailleurs, en consultant mon carnet de rendez-vous, je sais quels patients seront particulièrement difficiles à étudier, car mon corps réagit alors comme si un orage s'annonçait. Vous avez probablement vécu une expérience semblable en vous rendant à votre travail – la sensation très nette que vous allez vivre une journée difficile. L'intuition est semblable à un système de radar interne qui vous annonce des turbulences éventuelles. Aussi, attachez votre ceinture et procédez aux ajustements mentaux et physiques appropriés.

L'intuition nous guide dans la vie. C'est un point cardinal sur notre boussole interne. Vivre sans intuition, c'est comme vivre sans avoir la direction de l'est affichée sur notre boussole. Pouvez-vous imaginer un seul instant de traverser la vie sans jamais prendre la direction de l'est ? D'être en mesure de suivre uniquement trois directions sur quatre possibles : le nord, l'ouest et le sud ?

Bien que je sache comment mon corps s'adresse à moi par le biais de la santé, des symptômes et des maladies, j'écoute toujours les propos des autres, qui remarquent mes symptômes avant que je n'en prenne conscience moi-même.

« Mona Lisa, t'es-tu aperçue que tu t'es endormie durant les deux premiers actes de la pièce de ce soir ? Es-tu inquiète à propos de ton travail ? »

« Mona Lisa, ton cou te fait-il mal ? Tu marches d'une drôle de manière. Es-tu toujours inquiète au sujet de cette offre d'emploi ? »

« Mona Lisa, tu as encore une bronchite. Es-tu à préparer ta prochaine conférence ? »

Mes amis me rappellent toujours que l'empereur est nu. Demandez à vos amis de faire la même chose pour vous. Les informations en provenance des personnes pour lesquelles vous comptez et concernant vos symptômes physiques peuvent vous aider à remonter jusqu'aux émotions qui y sont associées.

Santé ou maladie, joie ou insatisfaction, plaisir ou douleur : le degré d'intensité avec lequel nous ressentons chacun de ces états dépend du choix que nous faisons à chaque instant afin de prendre en compte les messages qui nous sont adressés en permanence par notre réseau intuitif. Ce réseau nous indique ce qui est bon ou nocif dans notre vie. Il nous indique aussi ce que nous devons changer et les ajustements auxquels nous devons procéder.

Mes amis se moquent de moi parce que, lorsque je suis à la maison, la télévision marche tout le temps, bien qu'à un faible niveau sonore. Je trouve ce bruit de fond rassurant. Chacun de nous possède un réseau intuitif qui fonctionne en permanence, comme la télévision. Quelle que soit la source de votre intuition – votre corps, votre cerveau droit ou gauche, vos rêves –, un émetteur d'informations bourdonne en vous en permanence. Branchez-vous sur votre réseau intuitif personnel. Vous disposez de différents moyens pour changer de longueur d'onde jusqu'à ce que vous trouviez le signal le plus clair à partir duquel vous pourrez augmenter le volume ou ajuster votre réception comme vous le souhaitez.

À PROPOS DE L'AUTEURE

Mona Lisa Schulz, médecin et docteur en philosophie est également neuropsychiatre, scientifique et médecin intuitif. Elle a obtenu son diplôme de médecin et son doctorat en neuroscience du comportement à la faculté de médecine de l'Université de Boston en 1993 et a suivi un programme d'internat en psychiatrie au Maine Medical Center de Portland.

Outre son importante expérience en médecine clinique et en recherche cérébrale, le Dr Schulz pratique la médecine intuitive depuis plus de dix ans.

L'une des grandes joies du Dr Schulz est d'enseigner à tous (professionnels ou non) la façon de reconnaître, d'accepter, de se fier et de développer leurs dons intuitifs. Elle collabore également, en qualité de recherchiste, au bulletin mensuel du Dr Christiane Northrup, *Health Wisdom for Women*.

Joseph Murphy • *Comment réussir votre vie*
Mona Lisa Schulz • *Le réveil de l'intuition*

PARANORMAL/DIVINATION/PROPHÉTIES

Édouard Brasey • *Enquête sur l'existence des fées et des esprits de la nature*
Marie Delclos • *Le guide de la voyance*
Jocelyne Fangain • *Le guide du pendule*
Jean-Daniel Fermier • *Le guide de la numérologie*
Jean-Charles de Fontbrune • *Nostradamus, biographie et prophéties jusqu'en 2025*
Dorothée Koechlin de Bizemont • *Les prophéties d'Edgar Cayce*
Maud Kristen • *Fille des étoiles*
Dean Radin • *La conscience invisible*
Régine Saint-Arnauld • *Le guide de l'astrologie amoureuse*
Rupert Sheldrake • *Les pouvoirs inexpliqués des animaux*
Sylvie Simon • *Le guide des tarots*

POUVOIRS DE L'ESPRIT/VISUALISATION

Dr. Wayne W. Dyer • *Le pouvoir de l'intention*
Marilyn Ferguson • *La révolution du cerveau*
Shakti Gawain • *Techniques de visualisation créatrice*
Shakti Gawain • *Vivez dans la lumière*
Jon Kabat-Zinn • *Où tu vas, tu es*
Bernard Martino • *Les chants de l'invisible*
Éric Pier Sperandio • *Le guide de la magie blanche*
Marianne Williamson • *Un retour à la prière*

LOBSANG T. RAMPA

Le troisième œil
Les secrets de l'aura
La caverne des Anciens
L'ermite

JAMES REDFIELD

La prophétie des Andes
Les leçons de vie de la prophétie des Andes
La dixième prophétie
L'expérience de la dixième prophétie
La vision des Andes

Le secret de Shambhala
Et les hommes deviendront des dieux

ROMANS ET RÉCITS INITIATIQUES

Deepak Chopra • *Dieux de lumière*
Elisabeth Haich • *Initiation*
Laurence Ink • *Il suffit d'y croire…*
Gopi Krishna • *Kundalinî – autobiographie d'un éveil*
Shirley MacLaine • *Danser dans la lumière*
Shirley MacLaine • *Le voyage intérieur*
Shirley MacLaine • *Mon chemin de Compostelle*
Dan Millman • *Le guerrier pacifique*
Marlo Morgan • *Message des hommes vrais*
Marlo Morgan • *Message en provenance de l'éternité*
Michael Murphy • *Golf dans le royaume*
Scott Peck • *Les gens du mensonge*
Scott Peck • *Au ciel comme sur terre*
Robin S. Sharma • *Le moine qui vend sa Ferrari*
Baird T. Spalding • *La vie des Maîtres*

SANTÉ/ÉNERGIES/MÉDECINES PARALLÈLES

Deepak Chopra • *Santé parfaite*
Janine Fontaine • *Médecin des trois corps*
Janine Fontaine • *Médecin des trois corps. Vingt ans après*
Caryle Hishberg & Marc Ian Barasch • *Guérisons remarquables*
Dolores Krieger • *Le guide du magnétisme*
Pierre Lunel • *Les guérisons miraculeuses*
Caroline Myss • *Anatomie de l'esprit*
Dr Bernie S. Siegel • *L'amour, la médecine et les miracles*

SPIRITUALITÉS

Bernard Baudouin • *Le guide des voyages spirituels*
Jacques Brosse • *Le Bouddha*
Deepak Chopra • *Comment connaître Dieu*
Deepak Chopra • *La voie du magicien*
Sa Sainteté le Dalaï-Lama • *L'harmonie intérieure*
Sa Sainteté le Dalaï-Lama • *La voie de la lumière*
Sa Sainteté le Dalaï-Lama • *Vaincre la mort et vivre une vie meilleure*
Sam Keen • *Retrouvez le sens du sacré*

VIE APRÈS LA MORT/RÉINCARNATION/INVISIBLE

8267

Composition Nord Compo
Achevé d'imprimer en France (La Flèche)
par Brodard et Taupin
le 23 février 2007 -39864.
Dépôt légal février 2007. EAN 9782290000458

Éditions J'ai lu
87, quai Panhard-et-Levassor, 75013 Paris
Diffusion France et étranger : Flammarion